講談社文庫

新装版

かの子撩乱

瀬戸内寂聴

講談社

岡本かの子像

目次

新装版　かの子撩乱

曾《かつ》て、このやうな苦悩が私にあつたらうか――心は表現を許さない厳粛な苦悩を口含みつつ、酷《きび》しく私の上に君臨してゐる。私は奴隷のやうにすすり泣きつつ、こまごまそこらを取りかたづける――取りかたづけることは小説を書くことであつた。

日記より　かの子

序章　堕天女

《あふれるほど豊かな想像力にめぐまれて、現実世界のほかにいま一つ完全な世界を打ちたてることができた、バルザックのような天才の場合、私生活の末の末に至るまで詰らぬ事実に拘泥《こうでい》するなどということは、まずあり得ないだろう。そういう天才は、現実をなんの容赦もなく変えてしまう、その意志の専横ぶりに、一切を従わせようとする》

（水野　亮　訳）

岡本《おかもと》かの子の火のような生涯と、絢爛《けんらん》豪華な文学の遺産について想う時、私にはなぜか、ツヴァイクの「バルザック」の書き出しのこの文章が浮んでくる。

バルザックは、氏もない百姓を先祖に持つ自分の出生の事実を否定し、彼自身の願望である貴族の裔《すえ》だという夢想を強引に主張した。オノレ・バルザックという戸籍名を無視して、貴族の称号の「de」をつけ、三十歳頃からは、常にオノレ・ド・バルザックと、あらゆる文書に署名したばかりでなく、自家用の馬車に、自分の祖先だと称して由緒ある貴族のダントレーグ家の紋章さえ描きこんだ。

このお手盛の、むしろ無邪気な似非《えせ》貴族ぶりに対して彼の生前、世間はあらゆる嘲罵《ちょうば》を浴《あ》びせたし、後世の史家は根気よく訂正した。けれどもバルザックの強烈な意志と彼の偉大な文学の業績は、ついに世評や常識を征服し、沈黙させてしまった。今ではもう、世界中の誰一人、この世界的文豪を呼ぶのに、彼の願望通り、オノレ・ド・バルザックと呼ばないものはない。

ツヴァイクはいっている。

《あらゆる後世の訂正にかかわらず文学は常に歴史に勝つのである》

昭和八年のことだった。

四年間の外遊から帰って間もない岡本かの子は、街で逢った森田《もりた》たまに、いきなり興奮した口調で訴えた。

「あたし、つくづく厭《いや》になったわ。日本人って、何て不作法で不愉快なんでしょう。あたしが今、銀座《ぎんざ》を歩いて来たら、みんなこっちをじろじろ見てふりかえったりするのよ。本当に不作法で厭だわ。外国じゃこんなことは絶対になくってよ」

森田たまは返答にこまり、つくづくかの子を見た。その日のかの子の服装は真紅《しんく》のイヴニングドレスだった。背がひくく、ころころ肥《ふと》ったかの子が、滞欧中断髪にしたおかっぱ頭で、白粉《おしろい》を白壁のように厚塗りし、真赤なイヴニングを着て、白昼の銀座を歩いていたのである。この時、かの子は四十五歳になっていた。
ユニークな作家ほど、そのまわりに謎めいた伝説や意味あり気な逸話はつきものだ。岡本かの子も生前から奇怪な無数の伝説にとりかこまれていた。
才能豊かな歌人であり、女流仏教研究家の第一人者として、すでに世評に高かった岡本かの子が、突然、休火山が爆発したような旺盛な勢《いきおい》で、小説家として目ざましい作家活動を始めたのは、昭和十一年だった。かの子の死は、それから僅《わず》か四年めの昭和十四年二月十八日に訪れている。
かの子文学の研究家岩崎呉夫《いわさきくれお》の年譜によれば、
《同二十四日、夕刊各紙を通じて、その永眠を発表。通夜告別式を行なったが、この間一週間ほど喪を秘していたため、さまざまの臆測《おくそく》流説《せつ》が乱れとんだが、これはいずれも真実ではない》
とある。年譜にまで明記された臆測流説は否定の言葉にもかかわらず、かえって異様に映り、死後二十余年を経た現在も、一向に立ち消えてはいない。伝説は伝説を呼び、自殺説や心中説など、ひそひそと語りつがれ、ますますかの子を深い謎の奥につつんでいく傾向がある。
かの子は漫画家として天才を謳《うた》われた岡本一平《いっぺい》の妻だったが、二人の間に肉体関係はなかったという噂だけでも、かの子は生涯処女妻《しょじょづま》だったという説もあれば、結婚当初の、一平の放蕩《ほうとう》時代への復讐《ふくしゅう》に、かの子が生涯許さなかったという説もある。

「いえちがいます。私が聞いたのは、一平さんの放蕩時代、かの子さんが淋しさの余り一度だけ、若い人と過ちをおかしたのを、一平さんが死ぬまで許さなかったというんです。それが本当なら、一平さんは何て心の冷い人でしょう」

そんな異論も入ってくる。かの子の死の当時、地方の女学生だった私など、かの子が若い評論家と、別々の場所で決めた時間に毒をあおり、かの子だけが死んだというロマンチックな噂を、相当長い間信じこんでいたものであった。

かの子に若い燕《つばめ》がいたという噂。一子太郎《たろう》の出生に関する臆測。かの子の小説は夫一平の作だという噂。

ある日、長谷川時雨《はせがわしぐれ》が、かの子とエレベーターに乗ったら、丁度先に一平が乗っていて、ぱったり顔を合せた。すると二人は、お辞儀して真面目な顔でお久しぶりと挨拶したという。そんな出来すぎたゴシップめいたものから、かの子が日頃内心ライバル視していある女流歌人の歌集出版をつげられ、電話口で最大級の祝辞をのべた後、その深夜から、相手の人形《ひとがた》をつくり、庭で丑刻詣《うしのこくまい》りをはじめ呪ったという不気味なものまで出てくる。

奇妙なことには、まことしやかに語りつがれているこれら根拠もない臆測や噂話の中には、かの子自身の口から出たとしか考えられないものもある。例えば、

「うちでは、一平と私はずっと兄妹の間がらなの、だから私は何をしてもいいって一平に

許可されてるのよ」

という同じことばを何人かの異性に話している。

これらの伝説はほとんどが、かの子の常人には想像出来ないアブノーマルな、奇想天外な言行を伝えていた。

こうした単なる根拠のない噂話の外に、円地文子《えんじふみこ》が、かの子の文学にも人柄にも、否定的な立場をとることを表明した上で書いた「かの子変相」という短篇がある。

《自分の愛し、或ひは愛したことのある作品や人については、どんなに毒づいても妙に安心してゐられるが、愛したことのない、従つて溺《おぼ》れたことのない人について酷薄であることは骨まで凍るやうに寒いのである。しかしさうだからといつて、いい加減のお座なりをいふ生ぬるつこさには、私は一層居たくない》（かの子変相）

こんなぎりぎりの心境で書かれているだけに、「かの子変相」の中の、かの子像は、円地文子の目に映ったかの子のいやらしさ、醜さ、奇矯《ききょう》さを一種の冷い情熱をこめて辛辣《しんらつ》に書きつけている。この中で語られるかの子の言動は、根拠のない噂話や伝説ではなく、ある日、ある時の、実在のかの子の言動にはちがいないという意味で見逃せない。

《「母子叙情」が出た時には平林《ひらばやし》さんも私も一様に嘆声《がい》を上げた。

「実に奇妙な小説だわ。化かされるにしても化かされ甲斐のある小説よ……」

「小説の形みたいなものを無視してゐる……といふよりまるで知らないで、書きたいやうに書いてゐる魅力ね」

「岡本さんはあの中に、自分の断髪を童女のやうだつて書いてゐるわね」

「素晴しい美人でもあるのよ」

「そりや小説だから……」

「小説でもちやんと自分と解るやうに書いてあるわ。そこが謎なのよ」

「ほんたうに岡本さんは自分を美しいと思つてゐるのかしら……」

平林さんはうむと口を結んで、思案する時の癖で眼をきつと据ゑ頭を曲げた。

かの子女史を美しいとは私は一度も思つたことがない。眼だけは強い感情が溢《あふ》れてゐてともかく異常に輝いてゐるが、皮膚や体つきが粗野で着物の好みにも着方にも知的なデリカシーがまるで感じられない。幾色も俗悪な色の重なつた派手な衣裳にまとはれて、恬然《てんぜん》としてゐる様子は、グロテスクだといふのが嘘のない現実である。

ところがそれから少し経《た》つたある夜、ある会合の帰り私はかの子女史と同じ自動車に乗つた。車はかの子女史の青山《あおやま》の家へよつて、私の家へまはる順序だつた。

私たちはその時も何か小説の話をしてゐたが、ふとかの子女史はルームライトの暗い中で私の方へ顔をさしよせ、他聞を憚《はばか》るやうに小声で私語《ささや》いた。

「ねえ円地さん、小説を書いてゐると、器量が悪くなりはしないでせうねえ」

その声は心配さうにひそまつて、吐息のやうだつた》(かの子変相)

「かの子変相」の中には次のような話も載っている。

ある日、長谷川時雨、平林たい子、森田たま、板垣直子《いたがきなおこ》、等々の女流作家の集りの中に円地文子もかの子も加わっていた。その時、かの子は、一平が自分をいかに敬愛しているかという話をしだした。

《「私がね、少し帰りが晩《おそ》かつたりすると、顔をみると拝むのよ。ほんたうに拝むの。有難いんですつて……それはねえ。私が器量がいいとか、才能があるとかいふためではないのよ」

拝むのよといふことばを、照れも臆しもせずに、持ち前のゆるゆるした口調でいつた。

その時、また、かの子はらんらんとした眼でみんなを一人一人みまはした後、

「私、この中に好きな人がたつた一人ゐるのよ」

といつた。誰もかの子に愛される一人になりたいとは思はないが妙な籤《くじ》を引かされたやうな気分にはなつた》

その後数日して、円地文子が森田たまにあうと、

「岡本さんて気持がわるいわ、あの日の帰り道にそっと私の傍《そば》によって来て、さっきこの中に好きな人が一人いるといったの、あなたのことよって凝《じ》っと私の顔をみるの」

といった。それからまた何日かして円地文子は平林たい子に逢ったので何気なくその話

をすると、平林たい子は、怒ったような顔で聞き終り、ふうむと深い息をついて、

「そうですか……実は、私もあの帰りに岡本さんに同じことを言われたのですよ」

といった。二人は大きな声で笑いだしてしまった。四十も半ばを過ぎたかの子の、幼稚な言動と、あの妖麗《ようれい》博識の豊かな作品群と、どこで結びつくのか。

一平の記録によれば、かの子は人並より早く生理の訪れがあり、死の病床までそれがつづいていたという。

それほど旺盛な体質を持ちながら性格の一部には、童女のまま育ち止った面があったようだ。

人を信じ易い天真爛漫《てんしんらんまん》な性格のエピソードとして、村松梢風《むらまつしょうふう》の「近代作家伝」に伝わっているのは、ある時、岡本家へ出入りの青年が、たまたまかの子の手作りの卵焼のご馳走になったので、一応儀礼的に美味《おい》しいとお世辞をいったら、かの子は無条件にその言葉を信じて大喜びで、

「あら、そうお、じゃ、もう一つ変ったものを作ってあげましょう」

といって、すぐ次のご馳走をつくってくれた。青年はこれもほめざるを得なくなり、また美味しいといった。

「あら、そう、じゃもう一つ」

かの子はますます上機嫌で、またいそいそ次の料理をつくった。あとからあとから、ほ

める度、際限もなく料理をつくって、とうとう夜半の三時までご馳走ぜめにあったという。多分に誇張のある話としても、かの子の純情な、お人好しさかげんと、何事に対しても体当りでひたむきな熱情を、限度もなくかたむけつくさずにはおれない一面がうかがえる。

要するに、かの子の感情も行動も、物事の両端をゆれ動き、その振幅度《しんぷくど》の広さは常軌を逸した感を世人に与えるらしかった。中庸《ちゅうよう》を欠く平衡《へいこう》感覚の欠如、強烈なエゴの示顕欲《じけんよく》、王者のような征服欲、魔神のような生命力、コンプレックスと紙一重の異常なナルシシズム……そんなものがかの子の体の中には雑居し、ひしめきあい、その結果、外にあらわれる言動が世間の常識と波長が合わなくなるのである。

奇嬌《ききょう》と見られ、きざとさげすまれ、批難と誤解にあう度、かの子は世間との違和感に打ちのめされ、終生、苦しみつづけなければならなかった。

幸いかの子は全世界を敵に廻しても恐れなくていいほどの、強力な理解者に恵まれていた。夫一平と、一子太郎である。

《だが母親のこの到底尋常では考えられない激しさ、重厚さを、さすが初めはかなりへコタレていたらしいがたった一人岡本一平が正面から引き受けたのである。母親の中にある非凡な純粋こそ本当に守らなければならない資質だと見抜き、それに殉じたのである。実際に岡本一平なしにはかの子は決して大成しなかったであろうし、余りにも彼女

からかけ離れた大正、昭和を通じての雰囲気の中に生きつづける事は出来なかったに違いない》(思い出すこと)

太郎のこの洞察《どうさつ》以上に、これまでかの子を理解したものはあらわれていない。一平にとっては、他人が、奇矯と観じ、為にするわざとらしさと見、人気取りの技巧と受取るかの子の言動のすべてが、かの子のたぐい稀《まれ》な、純情から生れる天衣無縫《てんいむほう》と映るのであった。童女がそのまま大人になったような稚純《ちじゅん》さが痛々しくどうにもいじらしくてならないのである。

《女史の他から帰ったときのだらしなさ、玄関の硝子《ガラス》戸を破れよとばかり叩く、それは追剝《おいはぎ》から逃れ来るものの如く、百年流浪の故家に帰るものの如くである。そして「パパ様――」と続け叫ぶ。毎回新《あらた》である。隣、近所などはあれども無きが如くである。戸を開けてやると、私の胸に飛び付くことが往々ある。そして「帰つて来たのよ来たのよ」といふ。おお、それが僅《わず》か丸《まる》の内辺《うち》の集会から帰つて来ての仕打である。だが私とてもかの女を何処《どこ》へでも、出して遣つた間はとても不安だ。それをいま確《しか》と胸に受け戻した。私の胸は男としてさう強い胸ではない。それをしも心が許せる塒《ねぐら》として飛込んで呉《く》れる。私は嬉しくて涙ぐむ。そしてこの大きな童女の肩肉を揉《も》みほぐすやうに撫《な》でてやり乍《なが》ら「よく、帰つて来たなあ」といつてほつと安心の息を吐く。二十有八年間これも毎回新である。

女史を外に出してやつた間の、私の不安といふものは実に単純素朴なものだ。車に轢《ひ》かれやしないか、迷子になりはしないか、へまをやりはしないか、よその子に苛《いじ》められやしないか。誘拐《いうかい》されやしないか、物を落して不自由してやしないか。その心配がをさな子に対するもののやうに、単純素朴であるだけにまた端的である。そして女史なるものにも、私をしてかう心配させる閲歴《えつれき》が無いことはない。物はよく落すし、行動は遅々として、小取廻しは利かないし、人を正直に信じて逆手や皮肉には弱いし、こまかい利便の途を知らない》(解脱)

一平にとっては、何時《いつ》までたってもかの子は、内っ子の子供であった。かの子の喜怒哀《きどあい》楽《らく》の表現も徹底していて尋常一様でなく、泣く時は、童女のように、髪も着物もふり乱して一平の胸にしがみつき、

「パパア、パパア」と慟哭《どうこく》する。当時岡本家の近所に住んでいた村松梢風はよく御用聞から、

「今、岡本さんでは、かの子先生がワアワア泣いていらっしゃいます」

という報告を聞いたと「近代作家伝」に伝えてある。かの子の喜ぶ時はまた手放しで、その天真爛漫さもまた人界のものとも思えない。怒る時は、女夜叉《にょやしゃ》のようになって手のつけようもないほど荒れ狂う。人から贈られた高価な反物《たんもの》でも、ずたずたにきりきざんでしまったりする。

これらのすべての場合のかの子が、一平には哀憐《あいれん》の対象となった。が何よりも心を締め上げられるほどのいじらしさを感じるのは、かの子が持って生れたとも見える無限の憂愁《ゆうしゅう》の翳《かげ》であった。その翳は、人間が生れながらに背負わされて来た久遠《くおん》以来の諸行無常の業《ごう》、つまり人生のあらゆる矛盾相剋《そうこく》、不如意《ふにょい》の運命について思いを凝らすことから来る憂愁の翳であった。

「どうしたらいいだろうなあ」

声に出して歎《なげ》き、涙をながす。その時だけは一平にも手をかしてやりようがない。かの子ひとりの歎きであった。一平は苦しんで悶《もだ》えるかの子を見守り、いっしょに泣いてやるしかない。

するとかの子は、

「パパも泣いてくれるの」

といっていっそう激しく泣くか、

「パパも泣いてくれるなら、もういいや」

と、けろりとするかである。そんなかの子が、一平の目には次第にこの世のものとも見えなくなってきた。

《私は昭和七、八年の頃、かの女を見て、どうあつてもこの女は、普通の人間らしくないといふ感じに撃たれました。あまりに無垢《むく》でぽつとしてゐる顔や手から、私はふと博物館にある、浄瑠璃《じやうるり》寺吉祥天《じきつしやうてん》の写しが思ひ出されました。早速、その像の写真を取寄せて見較べると、瓜二つなので感興《かんきよう》が湧き、油絵で「吉祥天に象《かたど》れるかの子の像」を描いて、春陽会《しゆんやうくわい》へ出品しました。――中略――私はこれを描いてるとき、つくづく思ひました。この女は私のやうな下品《げぼん》の人間や、貧弱な生活の家へ、来る女ではない。誤つて、私のもののやうなところへ来たので、ひどい苦労をさせた。堕天女《だてんによ》といふ言葉があるが、確に堕天女だ。――中略――実際この時代のかの子は、天部の面影がありました》（かの子と観世音《かんぜおん》）

常我浄《じようがじよう》、華果充満《かかじゆうまん》の天国にこそ住むにふさわしい無垢の心身を持って、どうしてこの娑《しや》婆《ば》に堕ちたのだろう。一平の目には、かの子の孤独感が、堕天女の天涯の孤児の孤独と見えてくるのである。

　丸い顔である。コンパスで描いたように丸く、月のように白い。豊かな頬でぷっつりと切りそろえた童形の断髪は漆黒の艶《つや》を放ち、両頬にかぶさっている。富士型にあらわれた額が清らかだ。顔からはみだしそうな感じの黒々の瞳が凝らされている。どこを見ているともわからない凝視、現実感を越え、永遠の虚空《こくう》に向って見開かれた瞳は、古代エジプトの女王の、あの無心の気魄《きはく》のこもった目とも見え、飛鳥《あすか》時代の無名の彫師の祈りがこめられた天女像の縹渺《ひようびよう》としたまなざしとも見える。

見ているうちに、写真であることを忘れさすほど、生気がみなぎってくる切実な哀感をたたえた二つの目であった。

その目がひどく離れてついている上、やや目尻が下っているので、細くなよやかに描いた眉と共に、瞳にこめられた悲痛なかげを柔げていた。鼻がつまんだように可愛らしい。唇は肉感的にややもり上っている。顔だけ見ていると、十四、五歳の少女といっても通るかもしれない。四十五歳以上の時の写真である。

首がなく、顔の下にすぐ御所人形のように盛り上った肉づきの肩が流れている。女魔術師の舞台衣裳を思い出させるヴォイルの妖《あや》しいアフターヌーンを着こんでいる。袖とスカートに金モールの飾りが二筋ずつついている上、胸にはこってりと造花の花がもり上る。下着のすける服の色目は、わからないが、いずれ、黒か赤だろう。透《す》ける布地の袖の中の腕はむっちりと官能的なのに、手首から先はまるで幼児のように小さく可愛らしい。信じられない若さだ。決して醜い顔ではない。そこには、

われもまた女なりけり写真機によく撮れよとぞ心ねがひつ

と、素直に歌った一人の女の、いじらしいお澄《す》ましの顔があるだけだ。

生前のかの子に私は一度も逢ったことがないから、かの子の俤《おもかげ》を想像するのに、写真に頼るしかない。写真でみるかぎり、私はかの子を所謂《いわゆる》美人とは思わないけれどいい顔の一つだと思う。

ているようだ。
　生前のかの子に面識のある人々、殊《こと》に女性の間では、かの子は徹底的に醜いと表現され
《かの子女史は外遊中に断髪したらしく、短い髪の毛が太つた顔を一層丸く見せ、縮緬《ちりめん》
で縫つた鞠《まり》のやうに肩も胸も盛り上りくくれて見えた。きめの荒い艶のない皮膚に濃く
白粉を塗り、異様に大きくみひらいた眼が未開な情熱を湛《たた》へて驚きつづけてゐるやうに
まじろがない》（かの子変相）
「かの子さんのあの着物や化粧の無感覚なこと、あんな感覚から小説が生れる筈《はず》がない
わ」
という宮本百合子《みやもとゆりこ》の手厳しいことばも、「かの子変相」の中には伝えられている。
　私はまた、二子玉川《ふたこたまがわ》のかの子の生家大貫《おおぬき》家で、
「あの美男子の一平さんがどうしてかの子のような不器量な女をお嫁にしてくれたんだろうって、その当時からうちで不思議がったものですよ」
　という話も聞いた。
　お化けのような白塗の厚化粧、極彩色《ごくさいしき》の趣味の悪い満艦飾《まんかんしょく》、十本の指の八本まで指輪をはめる無神経、醜悪なまでふくれ上った贅肉《ぜいにく》の 塊《かたまり》、滑稽《こっけい》さを伴うグロテスク……およそそういう評価がかの子の容姿について否定的に語られるものであった。
　不思議なことに、それらと同時に、一方では、かの子の容貌《ようぼう》に対して全く反対の意見も

聞くことであった。

かの子の死の前年頃、女流作家の写真を撮影して歩いた新聞記者の一人が語ってくれた。

「一番印象に残ったのは岡本かの子だったよ。女流作家ってものは案外うるさくて、誰といっしょだと厭《いや》だとか誰より先でなければ厭だとかいうし、いざいくと、簞笥《たんす》中ひっくりかえして、どれを着ましょうなんて始めるのがいる。そんな中で、かの子は悠然として立派だった。一種異様な風体《ふうてい》だったけれど気魄というか、びいんとこっちをしびれさすような磁力《じりょく》があった。やっぱり、魅力のある女だな。私はああいう人達とは全然ちがいますとくりかえしいって、他の女流作家を問題にしていないということを強調していた」

川端康成《かわばたやすなり》にかの子の泣き顔を叙した文章がある。

《岡本さんは厚化粧のために、かなり損をしたが、よく見ると、あどけなくきれいで、豊かな顔をしてゐた。それが泣き出すと一層童女型の観音顔になつて清浄で甘美なものを漂はす時もあつた。岡本さんの美女（小説の中の）達の幻と共に浮ぶのは、この岡本さんの大きい泣顔である。涙を浮べながら、苦もなく微笑んでゐる——》

村松梢風の「近代作家伝」の中には、

《夫妻が二年間の欧羅巴の旅から帰つてまだ何程も経たぬ頃だつたらう。夏のことで、かの子女史は花模様の派手なワンピースを着て断髪無帽だつた。丈が低く、丸々太つてゐて、むやみに白粉を塗つた顔が明るい夕陽に曝《さら》されて一寸《ちよつと》滑稽な位な印象を与へた。――中略――其の後かの子女史とは劇場の廊下やなんぞでお目に掛つたことがある。さういふ時女史は非常に人懐つこく、ころころして、側へ寄つて物を言つた。劇場や東京会館あたりで会ふと、此の女性は美しくて異常な魅力があつた》

とある。かの子の文学の最大の理解者として、かの子から絶大な感謝と信頼をよせられていた亀井勝一郎《かめいかついちろう》はかの子に逢った印象をこう語っている。

《かの子と対座してゐると、私はいつも一種の鬼気を感じないわけにはゆかなかつた。たとへば十年の甲羅《こふら》を経た大きな金魚のやうに見える。断髪が両側から額にかぶさつて、そこに輝く苦しげな瞳をみてゐると、古代の魔術師のやうにも見える。あきらかに宗祖の姿だ。菩提樹《ぼだいじゆ》の下に座りつづけてゐる老獪《ろうくわい》で惨忍な神々のひとりである。男でもなければ女でもない。この無気味な雰囲気を氏は決して意識してゐたわけではなからう。それを告げると非常に嫌な顔をされた。――中略――突然氏の口から軽い冗談や笑ひが洩《も》れはじめると、今度は可憐《かれん》な童女の姿が現出するのであつた。――中略――真実美しい童女である》（追悼記）

女流作家にとっては、自己の容貌に関するコンプレックスとナルシシズムの割合が、エゴに反映し、作品の性向を決定づけることさえままある。特にかの子のように耽美《たんび》的傾向の作家にとっては、このことが重大な意味を持つ筈である。一平は他の誰にもましてかの子の美を礼讃《らいさん》した。

それはもう、夫が妻の美を認めるというような生やさしいものではなく、殉教者が守護神を渇仰《かつごう》するような、宗教的な礼讃ぶりである。口の悪い連中が、漫画家として一世を風《ふう》靡《び》した一平が漫画そのもののようなグロテスクなかの子を伴って銀座を歩くのを見て、これこそ諷刺の極致だと、

「かの子をつれて銀座を歩ける一平は偉いよ」

と皮肉ったというゴシップが伝わっているが、一平はかつて一度もかの子をみっともない女だとは見たことがないようである。新聞が名士に「自分の好む女性」というアンケートを求めた時、かの子たちの媒酌人《ばいしやくにん》である和田英作《わだえいさく》は、かの子を推薦し、かの子の性質の純粋《じゆんすい》さがそのまま顔にあらわれたようだといい、服装のつくりも妥当賢明であるとのべた。

《「うちには娘がゐないので、パパは私に娘のやうな服装をさせたがるのよ」かの子はさう誰にもいつて、私の好みに応ずる服装をして外出し、人にも憚《はばか》らず示すと私は人から聞き、どんなに心が賑《にぎや》かにされたか》（きれいな人）

《ふだんはぽつとして生れ立ての蛾《が》のやうに無心で新鮮な顔をしてゐる。苦悩の影が射すとき永劫拭《えいごふぬぐ》ひ去らざるかの斑蝕《はんしよく》を示す。泣くときは川端康成氏も指摘されたやうに、量感のある丹花《たんか》が暁露《げうろ》を啜《すす》るが如く、美しい娯しい感じを見るものへ与へる。――中略

——女史の生命力といふものは現実よりも浮出て鋭く生々《なまく》しい。しかし、それが盛られてゐる性格や肉体は、古典芸術品で、かの子と相似のものに度び度び触れたが、試《ため》しにその中の二つを出してみる。

一つは山城《やましろ》浄瑠璃寺の吉祥天の像である。

一つは高野山明王院《こうやさんみやうわういん》の赤不動明王の図中の童子《どうじ》の像である。

別々の面を現して同じくかの子の面影である》（解脱）

昭和四年に刊行されたかの子の「散華《さんげ》抄」の扉に、一平がかの子をモデルとして描いた吉祥天女像を入れている。前述した春陽会に出品した昭和七、八年の頃のかの子を写した像の原型《げんけい》であろう。

その天女像の無垢《むく》なあどけない表情のいじらしさ、もぎたての桃のような豊頬《ほうきよう》に、無心な黒々の瞳をつぶらに見開いて、無防禦に起立している。それは天女像というより天童女像と呼ぶにふさわしい、清らかにも可憐この上もない表情をしている。これこそ一平がかの子の上に描いていた理想像であろう。

私はまだ浄瑠璃寺の吉祥天女像を拝する機会を得ていないが、写真で見るかぎり、その清艶玲瓏《せいえんれいろう》な天女像の俤の中に、とうていかの子の俤を見出すことは不可能であった。ところが、ここに、一平の描く天女像を二枚の写真の間に置けば果然、そこに微妙な関連が生れ、三つの俤が不思議にも渾然《こんぜん》と重りあうのを見る。芸術の魔術だろうか、愛の秘跡だろうか。

「吉祥天にかたどれるかの子の像の説明」という一平の文章がある。

《むかし信仰の篤《あつ》い人が渇仰の仏菩薩像に自分の像を造り籠め仏縁の深からんことを禱《いの》つた事がある。いかにも人間の願ひの至情が現れていぢらしく思ふ。自分も信仰あついかの子の為に一度さういふ像を描いて祈禱して造り度く思つて居た。丁度昨年三月彼女は散華抄《さんげせう》の執筆を始め多年の志を述べる機縁に際会したのが本図である。彼女のその頃の風格は一番浄瑠璃寺の吉祥天に似てゐると自分は感じたからであつた》

夫からこれほど神格化され拝跪《はいき》の対象とあがめられることが果して妻にとって幸福であろうか。この夫婦の世の常識を越えた次元で結合している異常な夫婦生活の秘密をとく鍵がここにあり、同時にかの子文学に入る鍵もここにありそうに思われる。

かの子の上に一種の美を認めたのは異性の方に多かったらしい。けれどもそれらのどの讃辞にもまして、かの子自身ほど自分の美を信じ、愛し、讃仰《さんこう》したものはなかった。それは生れつきの性向に多分にナルシシズムがあったにせよ、夫一平から讃美されつづけた影響がかの子に浸透していったものがより強いのではないだろうか。

容貌はいうまでもなく、他からは醜いとされる肥満型スタイルや疾患を持つ内臓まで、全身くまなくことごとく、かの子はそれを美化し、情熱を傾けつくしてそれを愛し、それに殉じた。

《かの女は他人でもある種の男女の美人を愛敬《あいきやう》したが、しかし、最も気に入つてゐたのは自分自身に外ならなかつた。これは女として普通のことであらう。だがこの普通のことを護るのにかの女はいつもすべてを賭けてゐた。かの女が病中一度も鏡を見なかつたといふのは、その現れの一つに過ぎない。かの女は鏡を退けていつた。

「いえあたしの頭の中に自分の姿は出来てますから――鏡を見て今更それを壊し度くありません」》（エゲリヤとしてのかの子）

かの子は生前、牡丹《ぼたん》にたとえられ、牡丹観音と呼ばれることを好んだが、この比喩《ひゆ》の起りも、亀井勝一郎に向って、かの子自身の口から、

「わたしが巴里《パリ》にいた頃フランス人はわたしを牡丹と呼びましたのよ」

と告げたことから始まっている。

《かの女は断髪もウェーヴさへかけない至極簡単なものである。凡《おほよ》そ逸作とは違つた体格である。何処にも延びてゐる線は一つも無い。みんな短かく括《くく》れてゐる。日輪草《にちりんさう》の花のやうな尨大《ばうだい》な眼。だが、気弱な頬が月のやうにはにかんでゐる。無器用な子供のやうに率直に歩く――実は長い洋行後駒下駄《こまげた》をまだ克く穿《は》き馴《な》れて居ないのだ。朝の空気を吸ふ唇に紅は付けないと言ひ切つて居るその唇は、四十前後の体を身持ちよく保つて居る健康な女の唇の紅さだ。荒い銘仙絣《めいせんがすり》の単衣《ひとへ》を短かく着て帯の結びばかり少し日本の伝

統に添つてゐるけれど、あとは異人女が着物を着たやうにぼやけた間の抜けた着かたをして居る。

「ね、あんたアミダ様、わたしカンノン様」

と、かの女は柔かく光る逸作の小さい眼を指差し、自分の丸い顔を指で突いて一寸気取つて見た……》（かの女の朝）

かの子の描いたかの子の自画像である。

見逃せないのは、「あんたアミダ様、わたしカンノン様」という言葉である。何気ない冗談のように使われているこの言葉に深い暗示がある。かの子は本気でそう思っていたのだ。一平はかの子の没後、誰はばからずかの子を「かの子観世音菩薩」と拝誦《はいしよう》したが、生前に於《おい》ても、かの子は一平の偶像であり秘仏であった。パパの好む子供のような服装をしたように、かの子は一平の偶像《ぐうぞう》になることをためらわなかった。

《釈尊が美男でなければ私は仏教を愛さなかつたかもしれない。観音さまでも美貌でなければ決して私は観音さまを肌身に抱いてなんかゐはしない。あれほど深い教《をしへ》は、美貌より包蔵し得る資格なし》

と言い切ったかの子にとって、自分を神格化するという夢は、かの子の耽美的な美意識に合致し、かの子のナルシシズムとエリート意識を甘やかし満足させることになった。一平という殉教者によって渇仰され、無際限に甘やかされ巨大にふくれ上ったかの子の自我《エゴ》はついに現世に於て生身で美神に合体しようという法外な夢を描くに至った。しかし、かの子の自己神格化には、それまでにかの子が体得した大乗仏教の救世思想の裏づけがあるだけに、常人には考えられない自信と信念にみたされていた。

円地文子は、

《かの子女史が正真の美人であつたら、かの女のナルシシズムは文学の上では決してあれほど絢爛に花咲かなかつたであらう。かの子女史の美女扮装癖《ふんさう》は、むしろかの子女史が美しい肉体を持たなかつたために、是が非でも美しくならうと意欲したコンプレックスの逆な表現であつたのだ》（かの子変相）

と解釈しているが、私はむしろ、かの子の文学は近代人の当然持たねばならぬ宿命的コンプレックスをひとかけらも持ちあわせなかった原始人の情熱が、秩序を求めて悶《もだ》え狂う詩ではないかと考える。たとい、一平がそう望んだとしても自分の顔を描いた女神像を自著の扉に入れるのも、随筆「かの子抄」の自序のような文章を書くのも、ほんの一かけらでもコンプレックスのある人間には、思いも及ばないことではないだろうか。

《ひとたび、稍〻《せうせう》完成しかかつた私を解体《かいたい》して欧州遊学の途にのぼつたのは、今から六年前、すなはち昭和四年の秋であつた。それから昭和七年春、欧米の旅から帰り、母国に於ける丸二ケ年の歳月を経た。

解体した後の私が、徐々にまた新しい私を打ち建て始めようとした最近六ケ年間のひたむきな生活から探求し得た素材は何か？　「かの子抄」に於て先《ま》づその素材の一部分をお目にかけ得る。「かの子抄」は、「将来の私」といふ本建築の前に建つべく当然の必要とされた「第一の門」である。かの子に来りたまはんとする人々よ。先づこの門より来りたまへ。私みづからもまた、新らしき我家の門に、限りなき愛感《あいかん》を持つ。私の生涯の第二期に於ける始めての著書を手にとり給ふ読者の前に謹みて識《しる》す》（かの子抄序文）

この時、すでに、かの子は半身美神と化しかかっていた。

第一章　枯　野

渋谷《しぶや》から出ている溝《みぞ》ノ口《くち》行バスに五十分ばかり揺られていると、やがて県境の多摩《たま》川にさしかかる。長いコンクリートの二子《ふたご》橋は水のようななめらかさで、たちまちバスの後ろに流れ去り、フロントガラスには、急にくすんだ灰色の一筋の家並がのびていく。厚木《あつぎ》街道の両側に、櫛《くし》の目型にひっそりと軒《のき》を並べた川崎《かわさき》市二子の町並であった。

橋の袂《たもと》から二つめのバス停の標柱は、古風ないかめしい門構えの黒板塀の前に立っている。見るからに由緒ありげな風格であたりを圧しているその家が、かの子の生家大貫《おおぬき》家であった。当時は神奈川県橘《たちばな》郡二子村二五六番地、現在川崎市二子二五六番地に当る。

門の屋根は瓦葺《かわらぶき》だが、木立の奥に見える母屋の屋根は、こんもりしたかや葺である。上にひょろりとペンペン草がのびていた。板塀の右隣の地続きに、これはぐっと近代的な大きな病院の建物が建っている。コンクリートの塀には大貫病院と看板が出ていた。かの子の弟喜久三《きくぞう》が開いた病院だ。

戦災をまぬがれたこの旧街道の町筋は、昔の宿場町の面影をまだそこはかとなくとどめていて、鄙《ひな》びた侘《わび》しさが滲《にじ》んでいた。

アスファルトの道路には相当頻繁《ひんぱん》に車が往来しているけれど、車の絶え間のふとした瞬間には、人影が少なく、風景はすり硝子《ガラス》を通して見るように儚《はかな》い陰影を持って幻燈《げんとう》めく。昼すぎの初夏の陽ざしが猛々《たけだけ》しく真上から照りつけているのに、ひんやりと沈んだ空気の澱《よど》みが、家々の軒下や露地のかげに重くただよっているような印象をうける。宿場時代はおそらく、大貫家が本陣の位置にあっただろう。大貫家の真向いに大和屋《やまとや》と筆太の看板をあげた土蔵のある酒屋があり、その隣りに光明寺《こうみようじ》の山門が見える。

大和屋というのは大貫家が江戸時代、幕府諸大名の御用商人として全盛を極めていた頃からの屋号であった。

《権之丞《ごんのじよう》といふのは近世、実家の中興の祖である。その財力と才幹は江戸諸大名の藩政を動かすに足りる力があつたけれども、身分は帯刀御免の士分に過ぎない。それすら彼は抑下《よくげ》して、一生、草鞋《わらじば》穿きで駕籠《かご》へも乗らなかつた。——略——蔵はいろは四十八蔵あり、三四里の間にわが土地を踏まずには他出できなかつたといふ。天保銭《てんぽうせん》は置き剰《あま》つて縄に繋いで棟々の床下に埋めた》（雛妓《すうぎ》）《二十余台の馬力車は彼の広大な屋敷内に羅列する幾十の倉々から荷を載せて毎日、江戸へ向けて出発した。江戸へ三里の往還には、いつの日もその積荷の影を絶たなかつた。彼の身近には江戸近郷、遠くは北国西国の果からまで、何百人かの男女の雇人が密集した》（老主の一時期）

かの子が小説の中に描いている先祖の全盛の模様は、あながち根拠のない絵空事ではなかった。

　現在尚健在な、かの子の小学校時代の級友だった鈴木勝三《すずきかつぞう》氏の記憶によれば、幼年時代、今の病院の敷地には道路に面して土蔵の白壁が立ち並んでいたという。

「維新で数は減ったとその頃の年寄はいっていましたが、わしらの子供時代、数えたらまだ十七くらいあの蔵があったのを覚えています。今の酒屋の大和屋さんに移っている二つの蔵も、昔はおかのさんの家に並んでいたものでした。今はなくなったが、塀ぎわに道まで影をおとした大きなムクの大木があり、遠くから大貫家の目じるしになったものです」

　かの子の幼時には、大貫家の地所は南は横浜《よこはま》にもあり、東は多摩川を越え、桜新町《さくらしんまち》のあたりまで拡がっていた。

　玉川《たまがわ》電車が開通した当時、大貫家の川向うの地所が坪一円四十銭で買占められたという話が村人の語り草になったものだ。

　大貫家の菩提寺光明寺の過去帳によれば、光明寺がこの地に建てられたのは、天正《てんしょう》年間のことで、武田勝頼《たけだかつより》が天目山《てんもくざん》で敗れた時、甲州《こうしゅう》から落ちのびて来たという由来が記されている。ただし、現住職の研究では、過去帳の冒頭に書かれたその文字は、つづく本文の文字より墨色も新しく、字も全く異なっているので、後世の住職が書き入れたものらしく信用出来ないという。ともあれ、光明寺の開祖が二子に移り住んだ時、大貫家は一緒にどこからか移住してきた一族であったということが、代々寺に語り継がれて来たものらしい。

当時二子村はわずか戸数十四、五軒であったことが、過去帳によって察しられる。現在の二子は、大貫という姓の家だけでも三十数軒に増えている。
かの子の時代には、家の慶弔の度ごと、
《北は東京近郊の板橋《いたばし》かけて、南は相模《さがみ》厚木辺まで蔓延《まんえん》してゐて、その土地土地では旧家であり豪家である実家の親族の代表者は悉《ことごと》く集まつてゐる》（雛妓）
というほど、その血族は根強く這松《はいまつ》のように根をはり、武蔵《むさし》相模を中心に関東一円に拡がっていた。
これほど生命力と由緒を持つ大貫家の祖先が、過去帳にはじめて明記されたのは、寛文《かんぶん》五年のことであった。
「寛文五歳
順永　極月十八日、大貫先祖内蔵之助古又」
とある。少なくとも三百年前には確かに大貫家は二子に根を据えていた。
かの子の父寅吉《とらきち》は、元治《げんじ》元年三月二十一日、父喜三郎《きさぶろう》と母小起《こき》の間に長男として生れた。寅吉二歳の慶応《けいおう》二年、母が三月に、父が七月に相継いで他界した。小起二十一歳、喜三郎三十七歳の若さであった。この時まだ大貫家には寅吉の祖父権之丞が健在であった。
明治に入り、光明寺の過去帳は無気味なほど打ちつづく大貫家の不幸を記していく。即ち明治四年に、権之丞の妻が、明治六年に権之丞の娘多美《たみ》が、明治七年に同じく権之丞の娘千野《ちの》が、そして同年、千野におくれること三ヵ月後、権之丞自身が、遂に七十六歳で他界した。

寅吉は十歳で、もはや肉親のすべてに先だたれ、旧家の薄暗い奥座敷に、孤児として一人取り残されたのである。

かの子が幼時から大貫家中興の祖として聞かされていた権之丞という人物は、おそらくこの寅吉の祖父を指すのだろう。

《その娘二人の位牌がある。絶世の美人だつたが姉妹とも 躄《あしなへ》 だつた。権之丞は、構内奥深く別構へを作り、秘かに姉妹を茲《ここ》に隠して朝夕あはれな娘たちの身の上を果敢なみに訪れた》(雛妓)

と書いたかの子は、躄の美女の伝説とその不幸な父の権之丞の身の上に感傷と興味をそそられたらしく、別にこの三人をモデルにした「老主の一時期」という短篇も残している。

《山城屋《やましろや》の家庭の幸福を根こそぎ抜き散らしてしまつた悲惨な出来事が、最近突然山城屋に現はれた。

宗右衛門《そうえもん》に二人の娘があつた。上のお小夜《さよ》は楓《かへで》のやうな淋しさのなかに、どこか艶《なま》めかしさを秘めてゐた。妹のお里《さと》はどこまでも派手であでやかであつた。宗右衛門の幸福は、巨万の富を一代にかち得たばかりで満足出来なくて、あの春秋を一時にあつめた美貌を二人まで持つたと人々は羨《うらや》んだ。その二人の娘が——お小夜は十九、お里が十七になつたばかりの今年の春、激しい急性のリューマチで、二人が二人とも前後して、足が不自由になつてしまつた。人々の驚き、まして宗右衛門夫婦にとつては、驚き以上の驚きであり、悲しみ以上の悲しみであつた。妻のお辻《つじ》はそれがため持病の心臓病を俄かに重《おも》らして死んで行つた》（老主の一時期）

宗右衛門一家は実在の権之丞一家にあてはめられるが、小説はあくまでかの子のロマンチシズムの描いた美化された幻想《げんそう》であった。

多美、千野の姉妹は過去帳にも権之丞娘となっているところを見れば、四十歳と三十五歳で死亡するまで未婚で終ったらしい。千野は過去帳に分家したことが出ている。寅吉の叔母に一人、リューマチにかかり足を悪くした者があり、忠実なまちという乳母を入籍しそれに聟《むこ》をとって娘の後見をさせた。その家が現在大貫家の向いに位する大和屋であると語り継がれている。この娘が千野であろう。同時にかの子の小説のヒロインでもあろう。

まちは夫運が悪く、二人まで夫に先だたれた。三人目のまちの夫が、当時浪人していた武士の寛之丞《かんのじょう》で、寛之丞は大貫家に入ると、浪々中習い覚えた酒造りをはじめ、商売に徹した。寛之丞は美貌で才気のある浪人だった。今でもその凄艶《せいえん》な男ぶりが二子の古老の間には語りつがれている。寛之丞の身の上を権之丞の上に写し、かの子は「老主の一時期」

の主人公宗右衛門という人物を造りあげたのであろう。かの子が嫁ぐ頃までまだまちは働き者のおまちばあさんといわれ健在であった。

十歳の寅吉だけになった大貫家には、親類から後見が入った。よくある例で、この後見は大貫家の財産を喰物にした。その後へ、寅吉の母の里の幸右衛門《ゆきえもん》という篤実《とくじつ》な人物が入り、献身的に大貫家の財政を建て直した。既にこの頃は、大貫家は商いをやめ完全な地主になっていた。

寅吉は幸右衛門のはからいで、良家の子弟を預り教育する平間《ひらま》の寺へ預けられた。孤児の当主が多勢の使用人に甘やかされ放題になることを怖れたのである。寅吉は十六七歳まで寺に居て、二子の家に帰って程なく、十九歳の時、同県同郡下菅田《しもすげた》村の鈴木政右衛門《まさえもん》二女アイと結婚した。アイは一つ年下の十八歳であった。

写真に残っている寅吉は、やせぎすのからだに見るからに上質の着物を瀟洒《しょうしゃ》に着こなしている。田舎《いなか》地主の若旦那というよりは、歌舞伎役者のような優男《やさおとこ》の美男だ。いつでも髪をきれいになでつけ、面長《おもなが》の彫の深い端正な顔立。黒目の大きな憂愁をたたえた目と、高い鼻筋が目だつ。男らしさよりも、気弱げな繊細《せんさい》な表情の滲みでた上品な顔である。結婚後も幸右衛門は財政の管理をつづけていたらしく、寅吉は二子村の村長などひきうけ、謡曲に凝《こ》ったりして閑《のど》かな暮しぶりであった。幼少から愛情のこもった保育者に恵まれなかったせいで、寅吉は早くから胃弱に悩まされた。

子供の頃、寺へ帰っていく道々誰かにもらった羊羹《ようかん》を一棹《ひとさお》まるごとかじりながら歩いたというような思い出話からも、孤児の孤独な育ち方がうかがわれる。持病の因《もと》もその辺につくられたのだろう。

外では放蕩一つせず村人から聖人扱いされていたが、家の中ではさすがに富裕な旧家の家長らしく我儘《わがまま》で贅沢《ぜいたく》を極めていた。暇にまかせて薬や医者をあさり歩く一種の病気道楽で、いじりまわしすぎ一層からだを悪くするというふうだった。

とうとう胃からくる神経衰弱に、糖尿病を持病に持ってしまった。あげく、青山《あおやま》に大和屋の寮があったので、保養を兼ね一家総出で青山に移り、岩井《いわい》という医者にかかりつけた。今日は病院、明日は芝居見物というような贅沢な暮しがはじまった。米味噌は二子の家から荷駄で運ばせ、一日おきの胃洗滌《せんじよう》には、軀を押えさせる為だけに、わざわざ二子から男衆を徒歩で青山まで通わせるという仰山《ぎようさん》さだった。

かの子は両親がそんな暮しをしていた時、青山の寮で生れたのである。かの子は父よりも母により強い愛を抱いていたが、晩年には父に対しても深い理解と同情を示している。

《私の祖父は俳人だつたので、父は歌俳諧こそやらないが、風流気があつた。たまには一瓢《いつぺう》を腰にして当時新輸入の自転車に乗つて野山の早桜を探つて歩くといふ余技があつた。これが十二月に入ると、枯野見物をしようといふので私の入つてた女学校の寮へ迎へに来る。枯野なぞは娘には気も進まないが、外へ出られるのを悦《よろこ》んで私はついて行く。

今戸河岸《いまどがし》まで人力車で行き、「枯野を見るには渡し舟に乗らないでは」と、竹屋《たけや》の渡しに乗る。曇天《どんてん》には、鉛のやうな空がそのまま水に映つてその陰気さはない。土手の桜の木はただ黝《くろず》んでゐる。鷗《かもめ》だけが白く動いてゐる。

綾瀬《あやせ》川の堤へ出ると、合歓《ねむ》の木が沢山ある。枯蘆《かれあし》の岸に船で綸《いと》を御《おろ》してゐる釣人の姿は石のやうに動かない。父は「鮒《ふな》はこれから寒中へ向けて鱗に胡麻のやうな斑点をつけるのでゴマ鮒といふ。昆布巻にしても何でも美味くなる季節だ」と言つた。何にしても娘の興味には縁遠い話である。それから中川《なかがわ》堤へ出て、上流へ遡《さかのぼ》り、中川が木下《きのした》川と名を変へるあたりまで逍遥《せうえう》して、木下川の薬師へお詣りしたり、次郎兵衛《じろべえ》の桜とか言つたと思ふが、田舎の豪家の構へうちに老樹が沢山ある。そこへ入り、もし南側の枝に膨《ふく》らんだ莟《つぼみ》でも見付けたら父は大歓びである。

木下川の川岸には河原柳がたくさんあつた。父はこれを折り取り、私に渡して、寮へ持つて帰つて水に挿しといてごらん、春には猫柳になると言つた。

湯の桶を傍に置いて、手がかじかむとその湯へつけては、また泥水の中を探つてゐる蓮《はす》掘りの人。乾いて罅《ひび》割れてゐる冬田へ草履《ざうり》のままで降り、小穴を見付けては指で土を覆してゐる泥鰌《どぜう》を掘る人。私はやや面白くなつて来た。

風は飄々《へうへう》と吹く。大根の葉の緑を置く畑地から笹藪、雑木の原、特にこの江東《こうとう》の地の畦《あぜ》に多く立並ぶ榛《はん》の木が冬枯れの梢《こずゑ》に黒い小さな実を釣り下げてゐるのが、風にさやかに鳴る。曇り日の間から鈍い夕日が射す。私は後年、寂しさに堪へられないとか、孤独感に身を切られるやうだとかいふ気持が徹ると、日本人なら誰にでも起る、あの徹した気持の底から何か親しみ深い、和やかな暖味が滲み出すやうに思へてきた。それはこの幼時にうけた枯野の夕日の印象なぞが充分下地になつてゐると思ふ。

その後ずつと、あの辺へは行かなくなつたが、父の死後、ここ数ヶ年、却《かへ》つて枯野の季節になると行つてみる》（枯野）

こんな随筆で父をなつかしんでいる。かの子の女学生時代は、寅吉にとっては生涯で最も平穏な幸福に包まれていた時代に当る。健康もほぼ落着き、莫大な財政は安定し、家の内はよく治まり、十人産んだ子供のうち八人までは無事に育っていた。

村に大した事件もなく朝夕は平和に明け、穏やかに暮れていた。その時でさえ既に寅吉の心の中には蕭条《しょうじょう》とした枯野が抱きしめられていたのだ。生涯一介のジレッタントとして何一つ積極的な仕事らしい仕事にたずさわりもせず、業績らしいものを残しもしなかった寅吉の瞳は二十代から心に拡がる枯野をひたすら見つづけていたのかもしれない。一平にもこの当時の寅吉を活写した文章がある。

《おやぢといふのが五十そこそこの律義さうな男、田舎の豪家の若旦那が天然に年を老《と》

つて来たといふやうな人物、客座敷で対座すると切りに自分は居住居《ゐずまゐ》を直す癖に、

「さあ、どうぞお楽に〳〵」

好意をやや無理強《じ》ひする程の世間並の礼儀を墨守《ぼくしゆ》して居る。

「自分は別に道楽といふやうなものの無い人間でして――」

自分を語るのに、自分は、自分はといふ言葉遣ひ予の如き若者に向つても可成り謹しみを失はぬかういふ言葉を遣ふ処は田舎の家長達の普段の味の無い交際を想はせる。予を年よりませて世事を解する気さくな都の若者と認め無聊《ぶれう》の際には話相手にもよいといふ位の心持ちで、

「これでも自分は若い時には相当に元気でありまして、この近所の名所といつた所で矢つ張り田舎でありますが久慈《くじ》の桜だとか神木《しんぼく》の不動あたりへ遊びに参りますのにきつと瓢箪《へうたん》を腰につけて行つたものでした。それが妻帯後薩《さ》つ張り弱くなりまして。いえなに別に悪い病といふものもございませんがその胃を痛めましてな。それに糖尿病を発しまして東京の医者といふ医者は歩き尽しました。この病気は眼に何処といつて悪い処が見えずに手数のかかるものですから傍《はた》へ贅沢のやうで始末が悪くありまして」

客の予の前に据ゑられた馳走膳と同じ膳を前へ据ゑられて彼は先づ一とわたり眉と眉の間へ皺《しわ》を寄せて検分する。そして椀の蓋を内密のやうにそつと取つて見て、

「どうもこの辺は田舎でありますから何も無くて。何んだ玉子の露汁か。なんかありさ

うなものだのに。一向どうもだらしが無くつて。これなによ、あの常や、おかみさんにな、今日は鶴屋《つるや》は休みかつて訊いて見な。なに休みか。ハア仕出し屋が休みぢやどうも、仕方ない。ご覧の通り有り合せもの許《ばか》りで。然《しか》しこの小肴《こざかな》だけは生麦《なまむぎ》から直接担いでくるものですから新しい事は確かです」

　客への世辞に家の者を叱《しか》つて見る。それから、病気を庇《かば》ひ砂糖気の無いさしみだの海苔《のり》だのへ箸《はし》をつける。慾か出ておつかなびつくり軽蔑したやうな顔をしつつも箸を鉢の煮ものへ入れる事である。挟《はさ》んで口の中へ入れて見て、

「う、う。どうも。こりや甘い。酒の肴にこんな甘い煮方をしちや。田舎者といふものは薩つ張り気が利きませんでして」

　烏賊《いか》の足を膳の上へ吐き出す。こつちが一二本徳利を挙げるのを見届けると確《たし》かに馳走したと安心して煙草《たばこ》を筒へしまひ込み、

「一寸《ちよつと》失礼ですが役場の事で人が来る時刻ですから」

　とかなんとか断りを言つて立上る》（へぼ胡瓜《きゆうり》）

まだ一介の画学生だつた一平がかの子に恋をして多摩川をわたり大貫家へ通いはじめた頃のことである。東京下町で放蕩児の粋《いき》をきどつていた若い一平の目には寅吉の謹直なもてなしぶりが、野暮にしか映らなかつたのがうかがわれる。

平穏な寅吉の生涯に突然、衝撃《しようげき》的な大事件がわきあがつたのはかの子が一平に嫁いだあ

との明治四十四年であった。寅吉はその前、遠縁の鈴木《すずき》精助《せいすけ》という人物がつくった合資会社高津《たかつ》銀行の重役になっていた。この銀行には、二子のほとんどの富裕な旧家が合資していた。この銀行が、突然つぶれ、取りつけ騒ぎが起ったのである。小心で生真面目な寅吉にとって、村の預金者達の蒙《こうむ》る迷惑は見捨てられなかった。その上、寅吉の頼んだ弁護士が悪く、何年も長びいた解決のあとには、大貫家の莫大な財産は九分九厘まではぎとられ、わずかに家屋敷だけを残す無惨さであった。

この事件の最中、寅吉は後継者雪之助《ゆきのすけ》と、糟糠《そうこう》の妻アイにひきつづいて先だたれた。二人の死の原因も、結局は、破産さわぎのショックにあると思えば、寅吉の受けた苦痛は一層深刻なものとなった。名を貸しただけのために蔵屋敷まで投げだした寅吉の誠意は村人たちを感動させ、聖人とまでいわれたが、この事件の不手際な失態の責任は寅吉にとっては祖先と子孫に対し死ぬまでの負目《おいめ》となって残った。

丁度この最中、かの子の身の上にも不幸が襲っていた。新婚の短い甘い夢のすぎた後、一平の放蕩が始まり、かの子は生れたばかりの太郎をかかえて三日も食べるものさえないどん底に投げこまれた。かの子は思い余った末、実家の父にすがりにいった。息子の死も妻の死も落着いて悲しんでやる閑《ひま》もないほど朝夕債権者に責められていた寅吉は、

「うちはもう、それどころではないのだよ。お前も一たん嫁いった以上、自分の家の中のごたごたくらい自分で始末して、この上、お父さんを苦しめないでくれ。本当のところ、

お前の家を救うどころか、この家にも居られなくなるかもわからないせっぱつまった実状なのだから」

といった。かの子のうけている悲惨と絶望の深さを思いやるゆとりも寅吉自身にはなかったのだ。かの子はこの父の態度に逆上《ぎやくじよう》した。

「お父さんがそんな冷い人とは思わなかった。この家の人は物質が大切なんですか、人間が大切なんですか。私はもうこんな冷い家は里と思いません。二度とお願いにも上りません。親とも思いません」

激しい言葉で父をなじり、そのまま帰っていった。それ以来、かの子は大貫家と長く絶交状態をつづけた。この寵愛して育てた長女との不和も寅吉の心には重い責となって残されていた。

《父はまた、父の肩に剰《の》る一家の浮沈に力足らず、わたくしの喜憂《きいう》に同ずることが出来なかつた。若き心を失ふまいと誓つたわたくしと逸作との間にも、その若さと貧しさとの故に嘗《かつ》て陥つた魔界《まかい》の暗さの一ときがあつた。それを身にも心にも歎き余つて、たつた一度、わたくしは父に取り縋《すが》りに行つた。すると父は玄関に立ちはだかつたまま「え――どうしたのかい」と空々しく言つて、困つたやうに眼を外《そ》らし、あらぬ方を見た。わたくしはその白眼がちの眼を見ると、絶望のまま何にも言はずに、すぐ、当時、灰のやうに冷え切つたわが家へ引き返したのであつた。

それが、通夜《つや》の伽《とぎ》の話に父の後妻がわたしと語つたところに依《よ》ると、

「おとうさんはお年を召してから、あんたの肉筆の短冊を何処かで買ひ求めて来なさつて、ときどき取り出しては人の自慢に見せたり自分でも溜息をついては見ていらつしやいました。わたしがあのお子さんにおつしやつたら幾らでもぢかに書いて下さいませうにと申しましたら、いや、俺はあの娘には何も言へない。あの娘がひとりであれだけになつたのだから、この家のことは何一つ頼めない。ただ、蔭で有難いと思つてゐるだけで充分だ」と洩らしたさうである》（雛妓）

この後妻も人にすすめられ貰ったが、最後まで子供たちに遠慮《えんりよ》して籍を入れなかったし、隠居してからは足袋《たび》や靴下は息子の履き古ししかはかないような寅吉であった。かの子にこれまで愛をもって書かれるまでには不幸な絶交の日から二十余年の歳月を必要とした。寅吉は病弱の割に長生きし、昭和十一年一月十三日まで生き、元治《げんじ》、慶応、明治、大正、昭和と五代にわたる生を終えた時は七十二歳であった。仏の髪は異様に黒々としていた。

かの子の母アイは大貫家に劣らぬ格式と富を持った家に育った。生家の鈴木《すずき》家は菅田《すげた》の油屋といえば神奈川県では誰しらぬ者もないほど有名な屋号を持った旧家だった。アイの父鈴木政右衛門《まさえもん》は橘《たちばな》郡の郡長をつとめ、馬に乗って役所と家の間を往来した。

アイはこういう家庭で、両親と兄弟の愛を豊かに受けて何不自由なく育ったので、性質

はあくまで素直で明るかった。

寅吉の消極的で内攻的な、陰気な性格に対し、アイは性来陽気で活動的な、情の深い女であった。十八歳で大貫家へ嫁いで以来、我儘で病弱な、神経質の夫をあやしながら、次々休む暇もなく十人の子を産み育てただけでも並々の苦労ではなかった。ちなみに寅吉とアイの間に生れた子供をあげてみると、

明治十七年十一月　長男　正一郎《せいいちろう》　アイ十九歳
明治二十年二月　次男　雪之助《ゆきのすけ》　二十二歳
明治二十二年三月　長女　カノ　二十四歳
明治二十五年五月　次女　キン　二十七歳
明治二十七年三月　三男　喜久三《きくぞう》　二十九歳
明治二十八年四月　三女　チヨ　三十歳
明治三十年二月　四男　喜七《きしち》　三十二歳
明治三十二年五月　四女　貞《さだ》　三十四歳
明治三十六年六月　五女　糸《いと》　三十八歳
明治四十年十月　五男　伍朗《ごろう》　四十二歳

となる。大正二年一月二十八日、四十八歳で他界するまで、女の生命のすべてを子を産むためだけにしぼりつくしたような観さえある。これだけ大勢の子を産んだ母は早死させ

る子を持つ悲哀も味わわねばならなかった。三女チヨは生後五ヵ月余りしかこの世にいなかったし、長男正一郎は、秀才で、一中二年まで進みながら、体操の時鉄棒から落ち、打ちどころが悪かったのが原因であっけなく死亡した。

アイは正一郎の死後頼りにしていた雪之助が、銀行騒ぎの最中急逝したのがよほどこたえたらしく、家運の前途も見極めもつかないどん底の中で、雪之助の後を一年あまりで追うように他界している。

かの子は母の秘蔵子で特別の愛をうけたと信じていたし、父よりも母に近親感を抱いていた。骨組のがっちりした体格、短い手足、まるい胴など、体質的にはかの子は母の血を多く受けていた。容貌も男の子たちがみな父親似で端正な美貌《びぼう》なのに、かの子をはじめ女の子は母親似の丸顔であった。

写真のアイは年より地味な丸髷《まるまげ》に結い、頬骨のはった丸顔をしている。とりたてて美しくもない平凡な顔立である。いつでも使用人とまちがわれるような地味ななりで、まっ黒になってこまめに立ち働いていた。

短いが、かの子の母へ対する愛と理解にあふれた素直な文章がある。

《私の母は名を愛子と言ひました。名が母の性質を充分に現はしてをりました。母は母の晩年棲みました村で生仏と言はれた程、愛情の深い女性でありました。

母は、花を非常に好んでをりました。「花を愛する者に悪人なし」とよく口で言ひ乍つて来ては供へてをりました。

母は、わが子供に対しても愛情から来る遠慮が随分ありました。どちらかと言へば率直な性分なので、時々率直に叱つて叱り過ぎたと思ふやうな時、母は見るも気の毒な程無邪気《むじやき》にうちしをれてわが子の前へ笑顔で来て、

「まあ、母さんに叱られたからつてそんなに悄気《しよげ》なさるな。私もなあこれからもつと穏かに叱りませうよ。お前が私の子だからと言つて、天からあづかつた一人の人間だもの、親の私だつてそんなにひどく小言言つては済まないからねえ」

こんな愛情のこもつた言葉は子どもの心を美しくするばかりでした。

召使ひにも厳格《げんかく》と同時に愛情があふれて居ました。或夜、元使つてゐた女中が遊女になり、夜中道になやんで泊めて呉《く》れと言つて来ました。母は厳然と、多くの子女や、他の多くの召使ひの居る家へ売女のお前は泊められないが、私が出来るだけの費用で宿屋の好い部屋を取つてあたたかく寝かして上げると言つて、自分で先導して近所の宿屋の温い蒲団に寝かせてやつたので、その売女は心を改めて、またかたぎになり、家に召し使はれることになりました。

母におもしろい癖がありました。それは洗濯した衣類や足袋などを折角父が立派に普請した座敷の隅に一ぱい並べて置くのです。父が戸棚へ入れたら好《よ》からうと申しますと

真面目な顔をして申されますには、「でも旦那様、みなきれいに洗つて御座いますもの、座敷へ置いてみつともなくは御座いません。戸棚へ入れて積み込んで仕舞ふより使ひ好《よ》う御座います」この事などは普通主婦としては一寸をかしなことですけれど、母にはそんな変つた処があるだけに実にかざりけのない無邪気なところがありました。私は子であり乍ら母はつくづく可愛ゆい人だと思ひました。何か嬉しいことがあれば小娘のやうにころげて笑ふといふやうな人でした。兄の嫁を貰つた時、「折角あんなに仕込んで年頃の娘さんにしたものをうちへ貰ふなんて有難い」と心から言ふのです。そして嫁を可愛がつた母は姑さん（私達の祖母）にも無類の孝行者でした。

母は頭のしつかりした人で俳句が上手でしたし、常磐津《ときわづ》を仕込まれてゐました。母はよく私たちと意見を闘はす時実語経《じつごきやう》の句を用ひてゐましたが、それと同じやうな厳粛な顔で常磐津の心中浄瑠璃《じやうるり》を語つてきかせても呉れました。そしてこれをいやらしい歌と思つてきくな、浄瑠璃といふ芸だと思つて聞け、といつてゐました》（わが母）

私達の祖母とあるが、寅吉の両親は早く死んでいるので、これは財産たて直しに入った石井幸右衛門の妻だろう。幸右衛門の努力と功労を寅吉は長く徳として、子供たちにも石井家の者に対してはいつまでも恩を忘れないようにと言い聞かせていたので、幸右衛門夫婦は最後まで寅吉が面倒を見たと考えられる。

アイの里の四男に善四郎《ぜんしろう》という兄があった。善四郎は青年時代キリスト教徒になり、牧師になった。この時、鈴木家では猛烈な反対に逢い、善四郎は警察の力をかりてまで家に呼びかえされるという騒ぎであった。そんな時、大貫家の寅吉だけが、善四郎の信仰を理解し、善四郎を励ました。後《のち》北海道で牧師になった善四郎は長女の礼子《れいこ》を大貫家に預け、立教《りっきょう》女学校に通わせた時代がある。アイは老人や夫に気がねしながらも、貧しい牧師の娘になってお小遣いにも不自由しながら、親許を離れている姪がいじらしくてならず、一銭銅貨を棒のようにしたものをこっそり度々礼子に渡し、

「誰にもいうんじゃないよ」

とささやいた。

アイのこういう愛情の豊さはかの子の中にも多く受けつがれている。アイはあふれる愛情と同時に男のようなさっぱりとした率直な気性も持っていた。それに天性の明るいユーモアが加味されていた。年頃になったかの子と兄の雪之助が仲が好すぎてけんかをする場合など、かの子が兄の横暴を訴えて母の膝に泣きすがるとアイは娘の背をなでて一部始終をききとり、

「ふうむ——どうも困ったところばかり似て……好いよ、母さんにおまかせ、好い人だからこそ我儘一ぱいにさせとくんだけど、そりゃあちっと過ぎるよ。よし、よし、私が言ってやる」

と勢いこみ、家の中に人の出はらっていない時を見はかり、かの子をつれて雪之助の部

屋へおしかけていった。部屋の襖《ふすま》の外でぴたっと坐りこむと切口上に、

「雪さん、この子に言い分があるなら、私に言ってもらいましょう。さ、何から何まで言ってもらいましょう。さ、さ」

と詰めよった。日頃は無邪気で、時々男の子のような振舞や言葉のあるアイは、どうかすると、芝居がかったこんな場面を展開する。かの子は横で急に母の芝居もどきの詰めより方がおかしくなり、自分の泣き言がその場の原因なのも忘れ、思わずくすりと笑ってしまった。すると叱られていた雪之助も思わず苦笑いをもらしてしまった。アイはとたんにぷっと、誰よりもおかしそうにふきだしてしまい、いきなり立ち上って廊下へ出るとあははと男のような傍若無人の高笑いをして、笑いころげながら梯子《はしご》段をどさどさとかけおりていった。

アイのこんな大らかさやユーモアが、どれほど重苦しい旧家のよどみがちの空気を和らげていたことだろうか。その上、アイには天性の大母性の上に聡明で、人間を見ぬく直感があった。かの子の内に早くも秘められていた特異な天賦《てんぷ》の芸術性を、それとはたしかに見ぬけないまま、

「この子はどこかいじらしいところのある子だ」

といって十四、五歳まで時には抱き寝するような不びんさで可愛がった。同時に、

「とうていこの子は人並に嫁に入ったり、世間の苦労の出来る子ではない」

といって、早くから琴をしこみ、家の近くに家でもたててやって、琴の師匠をして、生涯、一人立ちが出来るような生活設計まで建てていた。そのくせ、一平がかの子を見初《みそ》めて強引に求婚に押しかけた時は、寅吉よりも早く、一平とかの子の宿命的結びつきを直感し、

「あなた、ああおっしゃるんだからさしあげたらよいでございましょう」と、決断を下した。

「何もかもよく御存じの上で貰いたいとおっしゃるのならさしあげたらよろしいではございませんか」

一平は寅吉よりも早く自分を認めてくれたアイを生涯徳《しょうがい》としてうやまっていた。アイはそのあとで一平に、

「この子はあなたに着物といってはふろしきに穴をあけてかぶせるようなこともしでかしかねませんよ。でもいざという時には頼りになる子だし、福を背負ってゆく子ですよ」

といった。アイはかの子の本質をすでに見ぬいていたのである。かの子もこの母には心から甘えきっていた。

大貫家の土蔵から発見されたかの子の手紙の中に、太郎が生れて間もなく、まだ魔の季節が訪れない幸福そのものの新婚時代の母への手紙がある。まるで少女のような手ばなしの甘えが行間にあふれる情愛にあふれた手紙である。嫁いだ娘にこんな手紙を書かせるア

イの慈愛の深さに思い至る。
《色々かち合つてさぞ御いそがしいでせう。
その御忙しいなかへこんな呑気《のんき》らしいお願ひをするのも気のきいたわざではありません
が、実は今朝こんな問題が持ち上つたのです。
それはうちの庭ですがね植木をうゑてながめるほど広くもなしさうかつて開けて置く
のもをしいと私が眺めながらしきりに考へて居りますと一平が豚を飼はうと言ひ出しま
したのでブタはきたなくて近所がめいわくだと私が打ち消しますとなんでもかまはぬ太
郎の対手《あひて》をさせたり時々おれが散歩につれて行くつて言ひ出したらどうしてもきかない
のですよ。そこで私はどうしてもやめてもらひ度《た》くたうとうにはとりを飼ふことに極《き》め
てをさまりがつきました。
おつかさんまことにすみませんが実用むきの玉子をよく生むぢやうぶな地鳥を五六羽
ほしいのですがうちの鳥に抱かせてかへして下さいませんか（今うちにあればなほ結構
ですが）鳥を飼ふ処は奥座敷の前の庭だと言へば清吉《せいきち》が分りますから今度使に来た時オ
ヒコミやねどこをこしらへたり工夫したりしてもらへるでせう。
まことに済みませんが御承諾ならば御返事下さいましグヅグヅして居て一平に豚をつ
れこまれると大変デスカラ
母上様　　かの

オ正月ニモラッタオコヅカヒデ写真をとりましたから送ります》（未発表手紙）

こんなアイに先だたれた後の大貫家の暗さは充分想像出来る。死んでみてはじめてアイの発していた光りの大きさと熱の温みに、残された者たちは気づき心身を凍らせた。四男の喜七が多感な少年時代、家の没落に逢い大学への進学を絶って船に乗りこみ、間もなく海中に身を投じ厭世自殺したのも、四女の貞が雪の消えるようにはかなく病死したのも太陽を失った星が光りを消していくなりゆきに見えた。残された子等の誰にもまして、妻の無償《むしよう》の愛に包みこまれていた寅吉の心の中に、枯野はふたたび、凄惨な烈風をまきあげながら、無限におしひろがっていった。

第二章　隕　石

光明寺の境内《けいだい》の墓地の中程に、一際人目をひく風変りな巨大な墓石がある。畳一畳程もある天然石の表を磨《みが》きこみ、「文学士大貫雪之助之墓」と彫りこんだ文字が見える。その通りに群《むら》がっている大貫家の先祖代々の墓石は、まるでその巨大な墓にひれ伏しぬかずいているように見える。

いうまでもなくかの子の兄雪之助の夭折《ようせつ》に遇《あ》い父寅吉の建てたものである。不慮の災難で聡明な長男正一郎を失った上、頼りにしきっていた次男に大学を出たばかりの人生の門口で先だたれた寅吉の痛恨が、異様に巨大なまるで文豪の文学碑のように見える墓石にも、事々《ことごと》しく彫りこまれた「文学士」という文字の中にもうかがわれる。

寅吉はどういうわけか、正一郎が十一歳の時、既に財産を相続させており、正一郎の没後は直ちに家督は十歳の雪之助に相続させている。

十人の兄弟の中で、かの子の精神形成上、最も密接な関係を持った者として、雪之助と、すぐ下の妹きんを見のがすことは出来ない。もし雪之助がいなかったならば、かの子の天賦の文学的才能も、あれほど早く芽生えなかったであろうし、雪之助の夭折という不幸に見舞われなかったならば、かの子のあれほどの文学への執念の烈しさも貫きとおせたかどうか疑問であった。

　雪之助は正一郎に劣らない生れつき優秀な頭脳を恵まれていた。高津の小学校を出て、名門府立一中へ進み、つづいて、一高、帝大と、秀才コースを順調に進んでいる。一中時代から谷崎潤一郎《たにざきじゅんいちろう》を識《し》り、文学を通じて結ばれた友情が、雪之助の死に至るまでつづいていた。

　潤一郎は作品の中で屢〻《しばしば》雪之助に筆を及ぼしている。「羹《あつもの》」（明治44）の副主人公佐々《ささ》木《き》卯之助《うのすけ》、「亡友」（大正5）の大隅玉泉《おおすみぎょくせん》は明らかに雪之助をモデルとしたものであり、「青春物語」（昭和7）の中では、実名で雪之助に触れている。中でも「亡友」は、雪之助の死後四年たって書かれたもので、全篇、まだ生々しい亡き親友の想い出を描き、綿密な筆でその不幸な性格描写を極めた手記体の小説である。ちなみにこの作品の載ったため大正五年九月号の「新小説」は発売禁止にあっている。

　かの子も「或る時代の青年作家」の中で雪之助や谷崎潤一郎を女らしい眼で執拗に描き出している。

　十人の兄弟の中で今は只一人の生存者であるきんは、

「わたくしどもの家系の血の中には、人さまの五倍も七倍もの情熱が激しく流れているのでございます。おそらくそれは母方の血かと思われます。わたくしども兄弟はそれにどれほど苦しめられたかしれません。兄も姉もその悩みが一きわ深かったようでございます。その一方、その血のさわぎをひたおしに圧えようとする内省的な反省癖があって、その二つの相剋《そうこく》が血の中で荒れ狂うのでございます。後の方は父方の血だと思っております」と語る。きんの記憶では、雪之助は神経質で陰鬱《いんうつ》で、幼い弟妹たちにとっては父母より怖く、口もきけなかった存在であったらしい。けれどもひとり、かの子は例外で、雪之助に最も馴れ親しんでいたし、雪之助もかの子を他の弟妹とはひきはなして特別に寵愛していた。

写真に残る雪之助は父親似の眉目秀麗《びもくしゆうれい》な美青年で見るからに聡明そうな顔立をしているが、当時の彼の風貌は、

《色の黒い、頸《くび》の太い、十七八の娘のようにむくむくした、極めて無骨な体つきで、顔には満面の蕎麦《そば》かすがあり、手足には白なまづがところどころに出来て居る。どちらかと言ふと、田舎者丸出しの醜男《ぶをとこ》であるが、しかし其の目鼻立ちは決して不揃ひの方ではなかつた。小さい、正直らしい眼の底には何処となく怜悧《れいり》な閃《ひら》めきがあつて、鼻の形などもよく整ひ、きりりと締まつた口元と高く秀でた顴骨《くわんこつ》の辺りに犯し難い威厳さへ含まれて居た》(亡友)

そんな印象を人に与えたらしい。一中の同窓の口の悪い辰野隆《たつのたかし》はそんな雪之助をからかって

「大貫は雪之助ではない、雲之助だよ」

といった。ただし雪之助は声が好かった。甲高い艶麗《えんれい》な声で女性的な、ややもすると少し淫靡《いんび》にさえ聞えたと「亡友」にはある。声の好いのはかの子たち兄弟に伝わった共通の母の遺伝であるらしい。かの子の声のよかったことも多くの人に証明されているし、きんの声も、七十歳と思えない今なお若々しい艶のある美声である。

雪之助は早くから文学に目ざめ、一中時代はもう完全な文学少年であった。大貫晶川《しょうせん》と号して歌を詠み、雑誌や新聞に投書をはじめていた。

かの子はたちまち兄の感化を受け、兄と競争で文学書をあさり読み、大貫野薔薇というペンネームで、十六七歳からしきりに作歌し「文章世界」「女子文壇」「読売新聞」などに投稿していた。

晶川がかの子に谷崎潤一郎について時々話すようになったのは中学二年頃からであった。

「君、一級上に変に頭の好い奴がいるんだぞ、谷崎潤一郎っていうんだけど、何でも出来るんだぞ、何でもさ、数学でも英語でも国語でも作文でも何でもさ」

晶川はクラスでも三、四番をしめる秀才だったけれど数学は苦手だったので、潤一郎の数学の才能に殊《こと》の外《ほか》感心していた。

潤一郎の方では中学四年の時はじめて大貫晶川の名前を記憶した。一中の文芸部の校友会雑誌にのせた晶川の歌が印象にのこったからである。その翌年、二人が揃って文芸部委員になったことから、急速に親しさを増していった。晶川がかの子に話す谷崎評はますます熱を帯びてきた。

「谷崎って男は、怖しい友達だ。凄い男だぞ、学識があって大胆で、文学に野心がありながら、今の文学界（文壇の意）なんかに野心はないんだ。僕はあいつの前では僕の詩や歌は読んで聞かせないのだ。あいつは感心して聞いているのかと思うと、ふんといった様子も見せるのだ。僕はあいつがいまいましい。だが三日とあいつに逢わずにはいられない。あいつも僕を馬鹿にしているように見えながら三日と逢わずにいないんだよ」

事実は、彼等は毎日のように学校の運動場の片隅で、互いに自分の創作を見せあったり、読書の感想や、小説の批評をしたりしていた。

「僕は頭が悪いせいか、哲学の本を読んでも意味が徹底しないんだよ、だから君のように、深い思想を歌ったり論じたりする事が出来ない」

晶川は心から潤一郎を畏敬していた。そんな晶川を、潤一郎の方ではまた、ひそかに自分より晶川の方がほんとうの詩人であり、ほんとうの創作家ではないかと感じていた。無邪気に淡白《たんぱく》に新鮮な田園の自然を讃美し、恋愛を謳歌した晶川の作品に、潤一郎は自分には無い才能を認め内心高く評価していた。野暮で謹厳そのものと思っていた晶川が七歳の時から年上の子守と戯れ、何度も女を経験しているという打ちあけ話をした時だけは潤一郎を驚かせた。その時まだ潤一郎の方は童貞を保っていたのである。晶川の方では滑稽なことに、潤一郎ほどの者がそんな事は絶対にあり得ないと、彼の純潔を頭から信用しなかった。

《大隅君は私の「こけおどかし」に一杯くはされながら、而《しか》も着々と実力を以て、私を凌《しの》いで行くやうであつた。私が一高の一部へ入学した時分、まだ中学の五年生であつた彼は、折々長詩だの短歌だのを、都下の新聞や雑誌に発表した。私の論文や創作が、校友会誌の小天地で纔《わづか》に幅を利かせて居る間に、「大隅玉泉」の名は既に俊秀な青年詩人として文壇の一部に認められ、彼の作物は「明星」や「新小説」や「万朝報」などに、堂々たる大家と轡《くつわ》を列《なら》べて雄を競《きそ》つた》(亡友)

この頃、かの子は跡見花蹊《あとみかけい》の営む跡見女学校の寄宿舎に入っていた。

当時の晶川の異常なはにかみ癖を語る事件をかの子が伝えている。

ある日、かの子は晶川と町を歩いている時、背後から兄の袴《はかま》にほころびがあるのを発見した。

「あら、兄さん、袴のそこが破けててよ」

何気なくかの子が注意すると、晶川はさっと、燃えるように顔をあかくして、ものもいわずかの子から離れていった。その直後、雪之助から寄宿舎のかの子に手紙が送られて来た。

「きみはぼくを恥しめた。僕のぶざまを黙って見ていた人が（それが妹であろうと）わずかな時間でも僕の背後に居たかと思えば恥しい。君は黙って僕の気づかぬうちにほころびを縫っておいてくれるのが本当ではないか……」

というような文面だった。兄に負けないほど自尊心と屈辱感の強いかの子も、さすがにこれには呆れかえってしまった。

晶川も潤一郎に一年おくれて、中位の成績で一高の仏文科へ入学した。晶川は充分実力があるにもかかわらず、持ち前の自己卑下と神経質から落第をおそれて一番入学しやすい仏文を選んだという。

入学が決った直後、晶川は胃腸病にかかり入院した。そこへ見舞いにいった時、かの子ははじめて実物の谷崎潤一郎と初対面する機会を得た。日頃、晶川から聞かされている上に、自分でも潤一郎の才気にみちた作品を読みその天才的な素質に早くも傾倒して、英雄視していたかの子には、この初対面が非常に強烈な印象となって残っている。潤一郎の方は、この時のかの子など全く目に入っていなかったらしい。

この日、かの子は女学校の親友とし子とつれだって兄の病室を見舞った。とし子は学校の人気投票で、一等の美人にあがったくらいの美少女だった。耽美派のかの子がその美貌に惚《ほ》れこんで自分から近づき親友になった少女であった。かの子は休日に家に帰っても、

「これはとし子さんのお膳よ」

と、蔭膳をつくるくらいの熱烈ぶりだったから、晶川の未来の妻としてとし子を描き、兄にも近づけていた。次の文中綾子とあるのがとし子に当る。

《その日加奈子《かなこ》は兄の見舞に眼の覚めるやうな八重桜の盆栽、綾子は紅白のマシマロの菓子折を持つて行き三人四方山《よもやま》の談に耽つてゐた。すると、人影がしてだしぬけに廊下に面した和風障子ががらりと開いた。日本服を着け眼の光つた若い小男！　やあ、谷川《たにがわ》か。と兄が何故か少し赤らめた笑顔で迎ひ入れた。二人の少女は坐りながらあとすさりした。そして二人揃つておとなしいお辞儀をした。小男の谷川氏は顎を少し突き出すやうにして加奈子の今まで坐つてゐた晶川の枕元へしんねりと坐り込み如才なささうな黙礼は一つしたものの直ぐくるりと二少女にお尻を向けた。兄の言葉を通して英雄的人物(軍人や実業家とは違ふ精神的英雄といつたやうなもの)のやうな仮想を谷川氏に描いてゐた加奈子は（さうだ谷川氏は此頃全国何万かの学生を抜いて第一高等学校に十番かで入学してゐた）この瘦《や》せた小男の谷川氏を一見してやや拍子抜けのした気持だつた。――お尻を向けられた加奈子達は立つて谷川氏の入つて来たとは反対側の廊下へ出た。――略――何か加奈子は不平だつた――綾子に眼を止めない者があらうか。どんな男だつて女だつて――このあでやかな顔立の綾子に眼もくれない谷川氏。それから加奈子の持つて来た八重桜にも眼もくれないで煙草《たばこ》のけむりをふうふう吹きかけ、美しいとも思はないやうなあの態度……。と、何か小声に兄と話しあつてゐた谷川氏が傍若無人な高笑ひを張り上げた。始め少し鼻にかかり歯の間を出憎さうな笑声がしまひには何もかも吹き飛ばしていくらか空に響くのだ》（或る時代の青年作家）

とし子よりも八重桜よりも、かの子を全く無視してかえりみなかった潤一郎の態度が、一番かの子の自尊心を傷つけたであろう。それでいてかの子は洒々《しゃしゃ》とした潤一郎の態度と、その向うから、かの子たちを気にしながら、気弱な目つきでそっとうかがい、口は潤一郎に対して笑っている兄の小心をとっさに対比し、不思議な圧迫感を潤一郎の小さな後姿から感じていた。その時ふと、潤一郎の小さくかっちりとした後頭部にやや縮れた稚毛《ちもう》の薄いのがあるのが目につき、何がなしにほっと緊張しきっていた心が寛《くつろ》いできた。それをしおにかの子はとし子をうながして二人に挨拶もせず廊下へ出た。

「ね、あれがお兄さまの御自慢の谷崎さん？　わりにつまんないような方ね」

とし子が顔をよせて馬鹿にしたように笑ったとたん、かの子の胸中にわだかまっていたもやもやした感情がふいに怒りになって思いがけずとし子に向ってはじけた。潤一郎の偉大さが一向にわからないとし子の鈍感と無神経に腹が立ち、その美貌さまで表情に乏しい幼稚なものに見えてきた。

かの子はこの時潤一郎がとし子の美貌を無視したと怒ったが、さすが潤一郎は一瞬で跡見第一の美人の容貌を目にとめていたのだ。

《私は前後にたつた一遍、彼が胃腸を煩《わづら》つて病院へ這入つて居た際に、図らずも彼の枕許でその人を見かけた事があつた。色の白い、鼻の高い、怜悧ではあるが聊《いささ》か卑しげな眼つきをした、心持ち頬骨の出張つた、円顔の、十八九の婦人であつたと記憶する》（亡友）

晶川はこの当時、とし子とほとんど婚約を結んでいる状態だった。寅吉がわざわざとし子の実家の姫路《ひめじ》の方まで調べに行ったりしている。ところが、どういうわけからか、この婚約を晶川の方から破棄してしまった。しかもそれを苦にやんで晶川はほとんど神経衰弱になった。とし子を捨てた理由をかの子に問いつめられた時、晶川は「谷崎がとし子と電車の中で偶然逢ってよく観察して、あれは処女じゃないといったから……」と答えた。一方、潤一郎に向っては、

《「あの女も別段悪い人間ではないんだが、どうもあんまり才が弾けてゐて、僕のやうな愚鈍な男には気を許してつきあふことが出来ないんだ。言ふことでも為すことでもキビキビしてゐて隙《すき》がない代りに、女らしい暖かみに乏しくつて、僕とは全くお派が合はない」》（亡友）

といい、ある夜、晶川の下宿でとし子とかの子の三人で寝た時、とし子が真中に寝て積極的に晶川に働きかけ、かの子がその気配にたまりかね、ふとんをかぶって泣き出したので事なくて危機をすごしたという話まで打ちあけている。

けれどもきんの話によれば、

「とし子さんにお兄さんがあって、その人が姉にけしからぬ振舞があったということをおこった姉から聞いております」

ということだ。これらを思いあわせると、晶川がかの子からとし子の兄の所業を聞き及んで、憤慨し、妹まで厭《いや》になったのが本当ではないだろうか。

《「女の家に比べると、僕の方には多少の動産や不動産がありますから、僕に惚れ込んだといひ条、そんな事がいくらか先方のめあてであったかも知れないんです」》（亡友）

ともいい潤一郎はそれが最大の理由ではないかと見ている。寅吉が調べた結果、とし子の実家は大して資産がなかった。晶川は自分は恋人をつくっていても溺愛《できあい》していた妹のかの子は、誰にも渡したくないという奇妙な愛の独占欲に苦しめられていたのではないだろうか。

事実、晶川はかの子の男友達に対しては異常なまでの嫉妬を持っていた。自分にかくれて男友達と文通したといってはねちねちかの子を責めたてたり、ヒステリーが嵩《こう》じると、かの子の顔を見ただけで興奮しうち据えようとしたりする。そんな時、かの子も負けずにヒステリックに泣きながら、

「ええ、もう誰ともつきあいません。兄さんに監督されて、兄さんが読めとおっしゃる本を読み、いけないとおっしゃる本は読みませんし、行けとおっしゃる処へ行き、行っては

いけないとおっしゃる処へは行きません、着ろとおっしゃる着物を着て……」

「君、君、ちょっとまって」

「いいえ、伺わなくたって分ってよ。私今までよりもっともっと監督していただいて、まるで兄さんのあやつり人形のようになりますわ」

かの子は捨てばちなそんないい方で報いるか、土蔵に逃げこんで、母に食料をさしいれてもらい兄の目から一日、かくれていたりする。

そんないさかいを繰りかえしながらも、やはり晶川とかの子は誰よりも仲のよい兄妹ではあった。

青春時代から死ぬまでつけていた晶川の日記には潤一郎についでかの子の記事が多い。

《ああ、僕はどうしてこんなに鈍間《のろま》でシャイ（多恥）でふさぎの虫なんだらう。その癖、嬉しいことでもあるとどきつけ上りやがつて、ふらふらとする。まだあるまだある。この俺のやきもち焼き奴《め》！　俺はいくら妹が可愛いといつて妹に恋人さへ持たせまいとする。馬鹿奴！　これで人生とか博愛とかよくも言へた。トルストイに恥ぢよ。エマアソンに（しかし、まてよ。トルストイもやきもちやきであるにはあつた。）——略——

俺の妹は俺より頭もよささうだ。それに俺より度胸が宜《よ》い。ことによると俺より偉くなるかもしれんぞ。俺はいつか四十円失くした時に、父に済まないと思つて一週間もふさいでゐた。加奈子は先日百円近い金を落したけど大して弱つた顔も見せてゐなかつたぞ。……だが彼女も俺に似て鈍間でシャイだ。学校の歴史の女教師が可愛がつていくら自宅へ来いと言つても行かないんだ。その癖その先生が大好きで行けば為にもなつただろうに……》（或る時代の青年作家）

潤一郎との友情の中でも、晶川は潤一郎を敬愛するあまり心の傷つけられることが多かつた。

「我を益するも谷崎、我を害するも谷崎！」

など日記に書きながらも潤一郎との友情を至高のもっとも最上の誇りとも思っていた。その頃には潤一郎が度々玉川の大貫家へ来て泊ったり、晶川が、潤一郎の下町の家へ泊ったりするまでになっていた。家庭に於ける潤一郎の母への孝行ぶりに晶川がすっかり感激して帰ると、かの子は、

「そりゃ谷崎さんのお母さんが美人だからでしょう。娘の頃錦絵の一枚絵に描かれて絵草《えぞう》紙《し》屋の店に出たくらいのお母さんで、今もそんなにみずみずしいとすりゃ、あの耽美派の谷崎さんがお母さんに孝行するのはむしろ谷崎さん自身の好い気持の心酔なんでしょう。一概に普通の親孝行とは混同出来ないわ」

など、憎まれ口を利く。最初の出逢い以来、かの子は何故か潤一郎に対して素直になれないのだ。

潤一郎がたまたま、大貫家に泊った時、かの子の得意とする琴を聞きたいといったら、かの子はわざと、二階の一室で姿を見せないでひき、音色だけを潤一郎の耳に入れたりした。そんな態度を潤一郎の方では小しゃくな厭味としかとらなかったであろうし、かの子を晶川ほどには認めていなかった。

かの子の厚化粧を、

「あまりごてごて白粉をつけすぎて野暮じゃないか」

など晶川に遠慮なくいう。それがかの子の耳に入ってから、かの子はいっそう表面では谷崎嫌いの風を装った。妹のきんをつかまえ、

「ふん、何さ、谷崎さんなんか、あたしあんな嫌いな人ってなくってよ。人のこと白粉ごてごてだなんて、いらないお世話じゃないのさ。ちっとばかし才能があると思って増長してるのよ」

と口汚くののしるのが例になった。けれどもかの子の心の底では潤一郎を畏敬《いけい》していたし、日記にはその気持をあますことなく書きつづってあった。その文学から受けた影響は死ぬまでぬけず、かの子の晩年の諸作品には、あきらかに潤一郎の影響のあとを指摘出来るものが多かった。

ところが潤一郎の方では、一向にかの子の気持は伝わっておらず、かの子の死後の座談会でかの子について語っていることばはまことにかの子にとっては無惨という外ない。

《武田泰淳《たけだたいじゅん》　岡本かの子ですね、先生は岡本かの子さんを……？
谷崎　どうもあんまり……。だけども、その後だいぶ評判だから読んでみようかと思うことはあるんですけどね。
伊藤整《いとうせい》　ぼくなんか読むと、岡本さんに一番谷崎さんの影響を感じるんですけれども。
三島由紀夫《みしまゆきお》　逆に言うと、谷崎先生の作中人物が小説を書き出したようなもんですね。
――中略――
谷崎　小説でなく、若い時、よく知ってましたからね。
――中略――
谷崎　その前にね（註、「鶴は病みき」発表以前）私の所へ送ってきたものがあるんです。何んていったか、いま記憶がないんですけどね、それを中央公論か何かへ推薦してくれ、というんですよ。それからね、ぼく、自分がいいと思えば推薦するけど、初めから推薦すると約束するのはいやだ、だから、拝見した上でよかったら推薦する。紹介するくらいならいくらでもするけれども、推薦するというのはいやだって言ったんですよ。そうしたら送って来てね、それと一緒に反物が一反来たんですよ、それからぼくは腹が立ってね、送り返したんですよ。不愉快になっちゃってね。
武田　あれはしかし、ある意味じゃ谷崎文学を発展させたものですね。
伊藤　発展させたかどうか判らないけれども、まあ、お弟子さんですね。向うでなったお弟子さんですね。

谷崎　ぼくは兄貴の大貫晶川を通じて、いろんな……。高等学校が一緒だったし、ぼくはあそこの家へも泊ったり何かしたんだけれども、嫌いでしてね、かの子が。(笑)お給仕に出た時も、ひと言も口きかなかった。(笑)

武田　だから向うはよけい好きになったのかな。

谷崎　あとで兄貴に、失敬な男だといって非常に怒ったそうですよ。ぼくは嫌いで、話したことはなかった。

伊藤　日常生活はいろんな点で少しずつやり過ぎる方であったらしいですね。世俗的に見て。

武田　岡本かの子の文学というものは、これからやっぱりいろいろ研究する余地があると思うんだ。

谷崎　学校は跡見女学校でね、その時分に跡見女学校第一の醜婦という評判でしてね。(笑)

武田　ひどいことになったな。

谷崎　実に醜婦でしたよ。それも普通にしていればいいのに、非常に白粉デコデコでね。(笑)だから一平といっしょになってからもね、デコデコの風、してましたよ。着物の好みやなんかもね、実に悪くて……。

――中略――

谷崎　一平はチャキチャキの江戸ッ子で、大貫のほうは田舎ですからね、一平がなぜこんなものを貰ったんだろうねって、蔭で悪口を言ったんですよ、木村荘太《きむらそうた》か何かとね、言ったおぼえがありますよ。(笑)》

(昭和三十一年「文芸谷崎潤一郎読本」)

生きてかの子が読めば悶死《もんし》しかねない座談会である。かの子の死後十七年経っていた。ちなみにかの子は跡見の人気投票では「優雅な人」というのに当選している。

晶川はとし子の後に友人の妹で喜多村緑郎《きたむらろくろう》に似た下町の美女に恋をし、失恋した。その傷手で小心な晶川は他の見る目も痛ましいほど懊悩《おうのう》し、神経衰弱になった。

《朝は必ず五時か六時に床を離れ、特別の場合でない限りは、毎日一定の時間を劃《くぎ》つて、一定の運動、食事、勉強をする。日曜毎に、彼は予《あらかじ》め次の一週間に成すべき仕事を時間割りに作つて、ノオト・ブックに記して置くのを、折々見かける事があつた。さうして彼の確固たる意志の力は、一週間の計画を大概故障なく遂行させせるらしかつた》(亡友)

ストイックな性質《たち》の晶川は人一倍良心的で病的なまでに誠実であった。こんな規則正しい生活を送りながら、精神は常にずたずたに引き裂かれ、矛盾に苦しみ血を流しつづけていた。少女のように柔軟で感受性の強い心は外界の刺激に対しても一々敏感に反応した。

ある時、教室で友人に原稿用紙を一枚くれといわれ、とっさに持っていないと断わった。実はその時、彼は真新しい原稿用紙を百枚持っていた。それはその日から彼が精魂をこめて訳し始めるつもりのシモンズのトルストイ論に使うべく買いととのえたばかりのものであった。晶川にとってはその原稿用紙はその為以外一枚たりとも用いたくなかった。その気持からとっさに無いということばが出てしまったのだ。その直後晶川は自分の嘘のため自分を責めさいなんで苦しんだ。晶川からその話を打ちあけられたかの子は思わず涙をはらはらこぼし兄の手をとり、

「兄さん、わたしたち兄妹は、どんなにこの純粋な性質のために苦しまなければならないのでしょう。どれほど世の中に損をしたり辛い心で生きて行かねばならないのでしょう。私悲しいより自分たちに腹が立つ。もっと強くなりましょうよ」

といって泣きむせんだ。この頃のかの子の詩に、

また一つ、白歯を折らん偽りをわれまたいひぬ

とある。この並々でない自己呵責《かしやく》の精神は、晶川とかの子が宿命的に荷わねばならなかった業《ごう》であった。晶川は自分の若い健康な体にあふれる性欲を、人並以上のものと考えて苦しみつづけた。救いをもとめて宗教にすがろうとし、一時植村正久《うえむらまさひさ》のもとに通って熱烈なクリスチャンになったが救われなかった。

何事にも enthusiatic な性質でごまかしの利かない性分の彼はどんな些細《ささい》なことでも徹底的に没頭しなければ気がすまない。読書一つにしても巣林子《そうりんし》に凝れば帝国文庫の「近松《ちかまつ》浄瑠璃集」の全篇、すみずみまで誦《そら》んじてしまうという惑溺《わくでき》ぶりであった。三馬《さんば》に凝りモオパッサンやワイルドに移りツルゲーネフに進んでいく。外国の流行に一々染っていく感受性は、目まぐるしい明治末期の文壇思想の情勢にもへとへとに神経をすりへらした。ツルゲーネフの自然描写に故郷の武蔵野《むさしの》の風景を見出し、最も心を慰められながら、トルストイ、ゴルキーの人道主義にもひかれ、日本の自然主義小説の流行にも無関心ではいられなかった。そのあげく、芸術が身命を賭《と》すほどのものだろうか、いっそ宗教家になるべきではないかという迷いに至った。

宗教か、芸術か——この岐路に立って悩んでいる時は、さすが絶対の崇拝者潤一郎にさえ、全身でくってかかり討論してひかなかった。

《「君にしたつて、口ではそんな強い事を言ふけれど、腹の中では始終良心の呵責《かしやく》を受けて居るでせう。世の中に偽悪と言ふ事ほど悪い物はありませんよ。要するに君の理窟は負け惜しみなんです。君は嘘を言つて居るんです」》（亡友）

たとい言いまかしても傷は必ず晶川の心の方に残り血をふくのである。それほどに神を求めながら、晶川はついに宗教によっては救われなかった。身うちに荒れ狂う情欲の火を、祈っても祈っても宗教は静めてはくれなかったのである。

晶川はまた文学に帰ってきた。ぼろぼろになった聖書やエマアソンの代わりに机上に再びツルゲーネフやフロオベルや島崎藤村《しまざきとうそん》の書が並びはじめた。

明治四十三年九月、発足した第二次「新思潮」には晶川も同人に列《つらな》った。同人には潤一郎はじめ、和辻哲郎《わつじてつろう》、後藤末雄《ごとうすえお》、木村荘太《きむらそうた》、恒川陽一郎《つねかわよういちろう》、小泉鉄《こいずみてつ》などがいた。

潤一郎は「新思潮」に自分の文学的前途を賭けていた。晶川も漸《ようや》く、歌から散文に移ろうとして小説や評論を熱心に持ちこんだ。

当時、晶川は例の熱狂ぶりで島崎藤村に心酔していた。

「いくら何でもこりゃあんまりひどすぎる、藤村そっくりじゃないか」

と同人にいわれるほど、他人の目には藤村のカリカチュウルのようなものを書いていた。

「まるで藤村の声色《こわいろ》を聞かされているようでやりきれんよ。大貫からはまず藤村の影響をのぞかなければ駄目だ」

口の悪い同人に散々こきおろされても、晶川の藤村熱は冷めようとしない。それほど憧《どう》憬《けい》している藤村の許へ、シャイな晶川も三度くらい訪れている。

ただし藤村の前に行くと興奮してしまって、晶川は何時間いても一言も発することが出来ない。同行した友人のかげで無言のままひかえているばかりだった。

晶川は藤村から貰った手紙を、どんな断簡零墨《だんかんれいぼく》といえども虎の子のように大切にしていた。晶川の葬式に藤村が列ってくれたのは晶川にとっては無上の光栄だったが、同じ藤村が晶川の死後、潤一郎に向って……

「大貫という人はどっかこっけいな感じのする人でしたね」

と笑いながらいったというのは、かの子に対する谷崎氏の座談会の言葉と共通の惨酷《ざんこく》さを感じさせられる。

小説はしりぞけられたが、「新思潮」一号には潤一郎の戯曲「誕生」や「門を評す」と並んで大貫晶川の「家を読む」という評論が載っている。

晶川が突然、結婚したという通知で「新思潮」同人を驚かしたのは明治四十四年正月であった。

前年、かの子は一平の許に嫁いでいた。

花嫁は神奈川県高座《こうざ》郡座間《ざま》村栗原《くりはら》の大矢《おおや》善太《ぜんた》郎《ろう》とシマの長女ハツで、晶川より三歳、かの子より一歳年下であった。大矢家は大貫にも劣らない豪農で、寅吉が晶川のために探した縁であり、平凡な見合結婚である。ハツは横浜の女学校を卒業しており、小柄で愛くるしいほがらかなおっとりした娘であった。

婚礼荷物の行列は、二子から次の宿まで延々と打ちつづき、座間《ざま》から二子まで、村々の年番が交替で婚礼荷物を守護して送りとどけるという盛大なもので、その華やかさが村人たちの目を見はらせた。

晶川は、ありあまる青春の血の狂いを旅先の宿々の女などでまぎらせていたが、素人の娘との恋愛には二度深い傷を受けていた。肉親以上の精神的なつながりで結ばれていた半身のようなかの子も一平に奪い去られ、全く孤独に投げこまれていたので、溺《おぼ》れる者が何かにとりすがるように、この結婚に入ったと見られる。

結婚してみて、晶川は期待以上の幸福と平安に生れてはじめて出あったらしい。素直な純情な花嫁のハツの柔かな胸に、晶川は、はじめてすべてを忘れ去る安息場所を発見することが出来た。

新婚旅行は熱海《あたみ》へ行き、そこから友人たちに結婚通知をだした。

月半ばに突然ひとり上京して潤一郎を訪れた晶川は幸福そのものの表情で、何時間ものろけつづけた。新妻が里帰りしているので淋しさにたえないから上京して時間つぶしするのだという。

「待ちどおしくてそわそわ落着かないんですよ。これでやっと僕も幸福になれそうです。今までずいぶん苦しみましたからねえ」

晶川は、相手の心情などおかまいなしで次第に興奮して新婚の酔心地を滔々《とうとう》としゃべりたて、あげく猛烈な自作の新婚歌を幾十首となく朗詠《ろうえい》しはじめた。おまけに丁寧に一々解説をつける。最後は里帰りの花嫁の手紙まで披露に及んだ。けれども実はその朝、晶川は以前の恋人とし子の突然の訪問を受け、捨身の誘惑に負けて、死ぬほどの悔恨に責めたてられていたのであった。清らかな新妻を愛し乍ら、誘惑に負けた自分の弱さと罪深さから一瞬でも目をそらせたい為、憑《つ》かれたように新妻ののろけをしゃべりつづけていたともいえる。

翌日、潤一郎に監督者兼証人になってもらい、とし子に因果をふくめて、この秘密は葬った。けれどもこのことの罪の意識が、誠実な晶川の心からその後一日として消えさることはなかったのである。病的なほど晶川は妻の肉体に惑溺《わくでき》し、妻を愛しつづけた。友人はおろか、妻以外の家族とさえ口もききたがらなくなった。かの子さえ晶川の急変した冷淡さに呆れかえるほどであった。

明治四十四年四月二十四日付の潤一郎の手紙が大貫家に残っている。ハツと同行で伊豆《いず》山《さん》へ静養にいっていた晶川のもとに送られたもので「新思潮」廃刊直前の切迫した雰囲気が行間から感じられる。半紙三枚に毛筆の達筆で書かれたものである。

《偕楽園《かいらくゑん》あての御はがき正に落手仕候伊豆山は小生曾遊《そういう》の地春先暖なる海島の景色は嘸《さぞ》かしと思ひやられ欣羨《きんせん》に不堪《たへず》候

——中略——

小生も新思潮の事やら箱根《はこね》の事やらいろいろと不如意なる話ばかりにて昨今は泣きたくなり申候君が伊豆山御出立の前に新思潮三号は又しても発売禁止（或は発行停止）の厄に会ひ最早や到底立ちゆかぬ始末と成り居候——中略——新思潮の負債三百のうち二百

だけは小生調達致したれども残り百だけは皆、応分に出金して一時なりとも木村を扶《たす》けねば義理かなはず活版屋の方も今月末には是非とも支払はねば相成らぬ仕儀に有之三十日に和辻後藤小泉小生一同会合して出来るだけ金子《きんす》を調達する一方には能ふ可《あた》くんば何処かに金穴《きんけつ》を捜し出さんものと目下小生思案投げ首の体に御座候旁〻《かたがた》此の際御気の毒ながら会議に列席の為め、一旦御出京を煩はし度く事業困難危急存亡の時にあたりて貴君のすがたを見ざるは皆々のおもはくも如何故──後略──》(未発表手紙)

文面から察せられるようにもうすでにこの頃から晶川は「新思潮」に熱心ではなくなっていた。

この一ヵ月後から悪性の流行病にかかり、卒業試験は間に合わなかった。九月、妻に手をひかれ骨と皮ばかりになって登校し、追試験には合格した。翌一月一日長女鈴子《すずこ》が生まれた。

その秋、晶川は鼻の頭に面疔《めんちょう》が出来たのが原因で急性丹毒《たんどく》症をおこした。かかえの車夫が夜通し走って伝研《でんけん》から血清をとりよせ、注射した直後、容体改まり急逝《きゅうせい》した。

「ああ、もう目が見えないよ」

と妻にいったのが最後のことばだった。大正元年十一月二日午前五時三十分であった。

ツルゲーネフの「スモオク」の見事な訳が一巻残されていた。何を感じてか死の直前、晶川は文学書のすべてを処分してしまっていた。聖書や論語が机上にのこされたのを見ると、晶川の心はふたたび宗教の世界に救いを求めていたのであろうか。幸福な家庭も遂には晶川の心を救うことが出来なかったのか。愛欲と芸術と宗教の三つの搾木《しめぎ》に責めしぼられて、晶川の誠実な、あまりに誠実純粋な魂と肉体はこれ以上持ちこたえる力を失ったのだ。晶川の死の意味が生かされるのは、かの子の文学の華開くまで、尚二十数年の歳月の後を待たねばならなかった。

第三章　花あかり

大貫家の奥座敷で私はその人を待っていた。

静かな足音にふりかえると、磨きぬかれた廊下に庭樹の翠《みどり》を背にして青衣《しょうえ》の老女がひたっと坐っていた。紺一色の夏衣のせいか、緑陰のせいか、一きわ青白く見える顔に、光りの強い目の輝きが尋常ではない。

そこにその人が坐っただけで、ふやけたように暑気に倦《う》み疲れていたあたりの空気が、ぴしっと引緊《ひきしま》り、涼気が爽やかにふきおこった感じがあった。滲みだす気韻《きいん》の高さがあたりを払っていた。

はじめて逢う石井きん女、かの子の妹で十人の兄弟中ただ一人の生存者であった。目をはじかれたような感じで、私は一瞬ことばを失いきん女に見惚《みと》れていた。

晶川とかの子が精魂をしぼりつくして告白し、表現しようとした大貫家の血の並外れた高貴と情熱と叡智と、かぎりない憂愁と苦悩のいりまじった強烈な魂の存在をそこに見出したからであった。晶川やかの子の命がけで残した千万のことばにもまして、生きているきん女のたくましい老軀《ろうく》から滲みだす気韻と哀愁が、選ばれた血の栄光と悲惨を無言で示いるようであった。

「姉はわたくしども一族の代表者でございます」

かの子も晶川もこのように美声であったのかと、はりのあるやや高いきん女の声を聞いた。きん女のことばは折目ただしい丁寧なものだったが、歌うようなよどみのない調子といい、語られる話の照明のあて方といい、七十歳の老女のものとは信じられない若々しさがあった。

しゃんとのばした上背のある軀《からだ》に、無駄な肉はなくすっきりやせているけれど、骨組は決してきゃしゃな弱々しいものではなかった。

若い日の写真の俤《おもかげ》を一番伝えている広いすがすがしい額の下に、やや奥にくぼんだ光りの強い眼は黒目がちでまるく、離れてついている。白粉気もない下ぶくれの頰に口もとが小さく、可愛らしい。笑うと、はっとするようなあどけない清らかさに可憐な童顔がほころびた。

「ああいう強い個性の芸術家が一人誕生するためには、まわりの者はみんな肥料に吸いとられてしまうのでございましょうか。姉の芸術のかげにはそれはそれはたくさんの犠牲が捧げられております。でも、姉のおかげでわたくしどもの一族の血の中にこめられていた憧れや、苦悩や淋しさが表現されましたのですから……」

現在は婚家の藤沢《ふじさわ》に在住しているきん女はことばの途中で目をあげ、なつかしそうに部屋をみまわした。かの子たち十人の兄弟や両親と賑やかに住んでいた往時のまま残されている生家の奥座敷は、きん女にとっては語りつくせない想い出がこもっているのだろう。一平がかの子に求婚して、夜を徹して寅吉に談判したのもこの部屋である。青春の憂鬱に閉ざされた谷崎潤一郎が、延び放題の蓬髪《ほうはつ》を蒼白い額にさかだて、「海屋《かいおく》の書」の掛物のかかった床の間を背にし、陰鬱な目を凝らせ、終日、キセルで煙草を吸いつづけていたのもこの部屋であった。

もっと遠い記憶には、次の間との襖《ふすま》を払い十畳二間をうちつづけて緋縮緬《ひぢりめん》の幔幕《まんまく》が華やかにはりめぐらされていただろう。村一番の豪華な雛壇《ひなだん》を飾りたて、ぼんぼりの灯の下に着かざった姉妹が晴着の袖を合わせ白酒を汲んだ夜。

真紅のえぼし縮緬の下着に、芝居のうちかけに見るようなきらびやかな花蝶総縫いの縮緬のふり袖を重ねた京人形のようなかの子の晴れ姿は姉妹の中でもひときわ光りをあつめるような輝きがあった。

「父は子供の中で一番姉を可愛がっておりました。父自身、生涯白足袋しか履かないようなおしゃれでしたが、姉の着物だけは、父が必ず東京の呉服屋で見立てて来なければ気がすまず、誰よりも華やかに着かざらせておりました。わたくしや妹たちが何を着ていようと全くかまわないのでございます。そんな父の偏愛《へんあい》ぶりが姉の我ままを増長させたことはあると思います。小さい時から姉は自分は特別だという感じをもっていて一家中のタイラントで、誰よりも強い存在でございました。そんなに父が可愛がるのに、姉の方じゃ、お父さんはランプのほやみたい口だけで中身がないなどひどい憎まれ口をいっておりました」

きん女は、天井に近い欄間《らんま》に目を止め、

「あれは、父の自慢のものでございますよ。筬欄間《おさ》といってはた織の筬からとった形だそうでございます」

といった。

べっ甲色に時代のついた櫛《くし》の目のような形の瀟洒《しょうしゃ》な欄間が珍しかった。きん女の想い出の糸はその筬の間からはてしもなく繰りだされてくるようであった。

明治二十二年三月一日、東京市赤坂区《あかさか》（現在の東京都港区《みなと》）青山南町三丁目二三番地の大和屋の別邸に寅吉とアイにとってははじめての女の子が生まれた。

髪の濃い目の大きな赤ん坊はカノという名がつけられた。大貫家の先祖の中におかのさんという女丈夫がいたのにちなんでつけられた名前である。三田村鳶魚《みたむらえんぎょ》の「江戸生活辞典」によれば、女の子の名前に子がつけられるようになったのは、明治も跡見花蹊《あとみかけい》が東京で女学校をはじめて以後の現象だといっている。元来公卿の子女は名前に子をつけたのが、公卿の出である花蹊によって、東京の上流子女の間にひろまったというのである。いずれにせよ、かの子の戸籍も、妹たちの名もすべて実名は子がついていない。

かの子も筆名に大貫野薔薇《のばら》とか、大貫可能子《かのこ》とか使ったこともあったが明治四十年の「明星」十月号からは「かの子」を使っている。ただし、第一歌集「かろきねたみ」は、岡本かのになっていて、著書の著者名が岡本かの子に決定したのは第二歌集「愛のなやみ」からになっている。かの子は自分の名前をたいそう気にいっていた。後年「姓名に関する話」という随筆の中にも、かの子という名は美しい舞姫などにあるような名で、この名のひびきからは、汚らしい険相《けんそう》なお婆さんの顔など想像出来ない。こんな名を持つあなたは、いつまでも名が連想させるような童顔でいなければならないと人からいわれたと述べ、

《……親は、あやふい名をつけて下さつた。幸ひ私は童顔だから宜《よ》いやうなものの、でも前述のやうなことをいはれると、うつかり名まへに義務を感じて年もとれない。

しかしまた、それゆゑに気を張つて、いつまでも義務にしろ若くてゐられるかもしれないとしたら、この名をつけて下さつた親に感謝しなければならない》（姓名に関する話）

といっている。更に後年には、かの子という名をそのまま、

かの子かの子はや泣きやめて淋しげに添ひ臥《ふ》す雛《ひな》に子守唄せよ

と歌に詠みこんだり、小説「雛妓」の中では主人公と副主人公の二人にかの子という名をつけたりするほど、愛着をもっていた。

虎子や熊子でなくてよかったと述懐しているように耽美派のかの子が満足する名がつけられたのは、かの子の生涯の第一歩でまずは祝福されたスタートであった。

寅吉の療養中に出生したような子供なのでかの子は生まれつき腺病質であった。

やがて、青山の表通りや、近くの寺の境内に、紫矢ばねのおめし縮緬に黒繻子《しゅす》の衿《えり》をかけた小粋なねんねこ姿の子守があらわれるようになった。通りすがりの人々は思わずねんねこの中に目を奪われると、艶々《つやつや》したおかっぱの下に黒目のはみだしそうな大きな目をうるませた色の白い幼女がうっとりと夢みるような表情で見つめてきた。

物心つくかつかずに、こうしてかの子の目に映り、皮膚にしみた青山界隈《かいわい》の風景や空気が、後にかの子の生涯のほとんどを、その地区に結びつける因縁をもっていようとは、まだ誰も知らなかった。

数え年五歳の時、かの子は両親の元からひとり二子の実家に帰された。

腺病質なかの子には、東京のほこりっぽい空気より、多摩川のほとりの武蔵野の陽光と風が、滋養になるだろうという配慮からであった。

かの子は一まず同じ村の、やはり格式の高い鈴木家にしばらく里子に出されていた。そこには御殿女中を長くつとめた気位の高い独身の女がおり、かの子を預ってくれることになった。

二年後、寅吉やアイが東京からひきあげて親子揃って住むようになってからも、かの子の里親は、乳なしの乳母《うば》としてかの子の面倒を見つづけた。薩摩《さつま》祐筆を父にもつ乳母は、古典文学の教養に富み、躾《しつ》けはきびしかったが、かの子の上に、昔仕えていた御殿の姫君を夢みて、溺愛する面もあった。

禁じていた土いじりをしたといっては、容赦《ようしゃ》なく仕置きの灸《きゅう》をすえたりするかと思うと築山のかげの緑陰に花むしろをしき、ふり袖のかの子に舞いのふりをつけたりする。祭のように着かざらしたかの子を自慢らしく、親類知人に見せ歩く。

乳母はかの子が人から軽んじられるのを何よりも厭がった。その頃子供たちの間にはやったリボンなどは、品がないといってつけさせない。

昔自分の仕えていた姫君がしていたように紫縮緬の細い紐をつくって、かの子の稚児髷《ちごまげ》の上に結んだりする。

わざと人前ではかの子を呼ぶのに、

「ひいさま、ひいさま」

といって、偶像か女神に仕えるようにした。

食物でも魚は生きた鰈《かれい》とか鯒《こち》とかに決っていて、塩鮭や切身の魚は下品だといって食べさせない。

初夏の朝、暗いうちから台所では大ぜいの人声がしていた。苗の植えつけの人々が朝飯をとっているのであった。かの子が柱にもたれ眠い目をこすりながらのぞくと、障子のあけたての間に、台所の人々の姿が見える。大ランプの下で藍《あい》の香のする紺飛白《こんがすり》に襷《たすき》がけの女や紺の股引《ももひき》の男たちがいりまじって、さかんな食欲をみたしていた。茶碗にもりあがったこうばしそうな麦飯、さらさらと美味そうにたてるお茶漬の音、目にしみるたくあんの黄金《こがね》色……かの子はみんなといっしょにそんなお茶漬がたべたく、たくあんをばりばりとかじってみたかった。

けれども、かの子には茶飯は胃に毒だといって許してくれない。たまに小さな握りめしを一つくれるくらいだった。

その頃では珍しくハイカラなたべものの、パンを毎朝たべさせられるのが、かの子にはしらじらしく空疎《くうそ》な味に思えてなさけなかった。

アイはかの子のあとにきんをはじめ続々と子供を産んでいたから病的な癇癖《かんぺき》が強く、腺病質なかの子は、むしろ、乳母がかまうのをいい都合にしてまかしきってあった。

寅吉の偏愛の上にこの乳母の躾《しつ》けが重なったから、物心つく頃から、かの子はエリート意識をうえつけられ、気位の高い我ままなタイラントの性情を助長させられていった。

「姉は小さい時から、花ならば日向葵《ひまわり》のような強烈な情熱的な少女でした。わたくしなど、姉の強さと明るさのかげになって、本質以上に、いじいじした日かげの道ばたの野菊のような存在でした」

と、きんに語らせるかの子の激しい性向は、この物心つくかつかぬかの幼時につちかわれていたのである。

乳母はかの子の教育に対しても、異常なほど早教育、一種の天才教育をほどこした。その頃二子村には円福寺《えんぷくじ》という寺の鈴木孝順《こうじゅん》という僧が、松柏林塾《しょうはくりん》という寺小屋形式の塾を開いて、村の子弟の教育をしていた。漢文の素読や英語を教える一方、女子には孝順の妻が和裁の手ほどきをするというやり方であった。

小学校に上った子供たちが、学校がひけてから、今のおさらい塾のように松柏林塾に通っていた。

かの子は小学校に上る前から、この塾に入れられ、漢文をたたきこまれた。家では、乳母が、源氏物語や古今集を口うつしに覚えこませた。お家流の字をよくする乳母は、習字は特に力を入れた。かの子が力あまって紙からはみだすような字を書いた時など、

「おお、おお、その意気でその意気で」

と、かえってはげまし、字の出来不出来より、かの子の気宇《きう》の大きさをのばすようにおだてあげる。

こんな有様だから、かの子は同年輩の村の子供と友達になれる筈《はず》もない。いっそう神経質で夢見がちな少女になっていった。

漠《ばく》とした人生の孤独《こどく》や悲哀まで、すでに小さな心の中にひそかにかげらせはじめてい

た。

孤独なひとり遊びをみつけるのもそうした環境のせいといえる。

この頃、かの子は日和下駄《ひよりげた》をはいてひとり橋を渡るのが好きになっていた。真新しい日和下駄の前歯を橋板に突き当て、こんと音をさせ、その拍子に後歯を落してからりと鳴らす。

《こんからり

足を踏み違へて橋詰から橋詰までこの音のリズムを続け通させるときに、ほんとにおなかの底から橋を渡つた気がし、そこでぴよんぴよん跳ねて悦《よろこ》んだ。母親は「この子の虫のせゐだからせいぜいやらしてやりませう。とめて虫が内に籠りでもしたら悪い」さういつて新しい日和下駄をよく買ひ代へて呉れた。たいがい赤と黄の絞りの鼻緒をつけて貰つた。かういふ風に相当こどものこころを汲める母親だつたが、私が橋のさなかで下駄踏み鳴らしながら、かならず落す涙には気がつかなかつた。私は橋詰から歩いて行つてちやうど橋の真中にさしかかる。ふと両側を見る。そこには冷たい水が流れてゐる。向ふを見ると何の知合ひもない対岸の町並である。うしろを観る。わが家は遠い。たつた一人になつた気がしてさびしいとも自由ともわけのわからぬ涙が落ちて来る。頭の上に高い太陽——かういふ世界にたびたび身を染めたくて私は橋を渡るのを好んだのかも知れない。——略——》（橋）

このひそやかな楽しみもある日、橋ぎわのいかけ屋の主人がいきなりおどり出て、「このがきか、毎日やかましい音を立てて橋をわたるのは。こうしてやるわ」と荒々しく下駄をとりあげてしまったことで無惨な終幕となった。

このような多感な傷つきやすい神経が、幼女の腺病体質に荷ないきれるわけはなかった。

明治二十九年、高津《たかつ》尋常小学校に入学し、一年後には、眼病治療のため早くも一年休学している。

かの子は生れつき眼が弱く、腺病性角膜炎《かくまくえん》という病名で、しばしば眼科医にかかった。体が衰弱すると視力が薄れてくるのだった。

京橋竹河岸《きょうばしたけ》の寮に乳母と移り、京橋の宮下《みやした》眼科に通院し、歌人井上通泰《いのうえみちやす》博士の治療をうけた。

この頃のことを一平は、

《当時、宮下病院のあるところから、三つばかり横町を距《へだ》てたところに僕の家があつた。子供同志のこととて、いつか遊び友達になつてしまつた。

すぐ眼について、そして何となく気になる稚児髷《まげ》に結《ゆ》つた女の児だつた。

僕が子供ごころに、その何となく気になつたのは後で考へてみると、あの寂しい中に、情熱と派手なものを貯へてゐる容貌、性格によるらしい。

無口で、しじゆう、うつらうつら考へ事をしてゐるやうな女の子で、普通の遊び事には混らないが、無理に勧めて仲間に入れると、駆けつこはいつも一等だつた。といふのは、かの女が一たん意を決して駆け出すと、脇目も振らずといふよりは、その一途さは子供の目にも危険のやうに見えた。後に跡見女学校へ入つてからもランニングでは同じ事だつた。「あたし、家の近所のお友達から蛙《かへる》つていはれてゐるのよ」かの子の無口の中から、僕にさう語つたのを覚えてゐる。いつも辛抱強く黙りこくつて、大きな目だけをぱちり〳〵させてゐるからだつた。

「蛙を泣かせてやれ、」さういつて、かの女の秀才を嫉《ねた》む小学校の男の朋輩は、棒切れで苛《いじ》めた》（かの子の歌の思ひ出）

といい、自分たちは筒井筒《つつゐづつ》の仲だといっている。これは出来すぎていて信用し難い。かの子の小説「美少年」にも目の悪い少女と下町の美少年の話を書いているが、随筆には、かこの頃の一平との交渉に一度もふれてはいない。これほどの印象を与えた思い出なら、かの子と十四年後めぐりあい、京橋の話が出たなら、すぐどちらかが思い出しそうなものだ。一平はこの文章より何十年も前に「どぜう地獄」や「へぼ胡瓜《きうり》」でかの子との出逢いのことをつぶさに書いているけれど、その中にはこの筒井筒の話は出て来ない。

蛙の話もマラソンの話も、かの子の随筆に書いてあることである。一平は、かの子の死後、恋しさのあまり、かの子との因縁《いんねん》をより強調して考えたいため、かの子の小説を現実のものとして故意に自分に信じこませようとしたのではないだろうか。

あるいは、一平は、かの子以上にロマンチストでセンチメンタリストで空想家だったので、かの子の京橋の仮寓と、自分の生家が近くであったことから、後年、こういう仮想もなり立つものとして描き、かの子にあり得た話として語ったのかもしれない。かの子は一平のそんな仮想をもとに小説「美少年」をつくりあげたともとられる。後年のかの子の小説は、一平の考え方やことばに示唆されたり暗示を受けて創られたと思われるものが非常に多いのである。

きんも、筒井筒の話は全く聞かなかったという。おそらく二人は青春時代、はじめて宿《しゆく》命的《めいてき》な出逢いをしたと見る方があたっていよう。

それよりも、「どぜう地獄」に、かの子のことばとして、宮下病院に通った頃、若い美男の医師に恋して、七つの少女が、その医師に診《み》られる前日は、着物だのリボンだのを気にして夜も眠れなかったとあるのがリアリティのある話に聞える。

早教育を受け、いやが上にも感情的には早熟になっていたかの子は、この医師の以前にも六歳の頃、村にかかったどさまわりの役者の一人にあこがれて、恋のようなせつなさを味わったと一平に告げている。

近所の子供が棒ぎれでいじめたというようなことは考えられない。地主の娘として一種敬遠《けいえん》はされても、棒ぎれでいじめられるような扱いはかの子はうけなかったのではないだろうか。むしろ、敬遠され、仲間外れにされる淋しさをかの子は訴えていた。

幼時のかの子は無口で動作がスローモーションのくせに、癇癖《かんぺき》の強い勝気なタイラントだったから、兄弟からでも、近所の子供からでも、いじめられだまってひっこんでいるような子供ではなかった。口数が少いかわり、いきなり男の子のように軀をきかせ、相手にむしゃぶりついていく。ねじふせておいて、自分の方がわあわあ泣いてしまうので相手があっけにとられるということが多かった。

一年間の療養で眼病は一応落ちついたものの、この眼疾《がんしつ》にはかの子は娘時代まで度々悩まされていた。

学校へ上っても眼帯をしていることが多かったので「ほおじろ」というあだ名をつけられたりしていた。

「そら先生がきた」

といわれ、あわててお辞儀をすると、全然別の大人だったりする。そんなからかい方をされてもわからないほど、視力のおとろえることがあった。

動作が緩慢《かんまん》でことりまわしがきかないたちだったというのも、眼の悪かったことが原因していたかもしれない。御はんをいつまでたってもこぼしてたべるので相当大きくなるまで、エプロンをかけさせられ、兄弟からばかにされる種になっていた。

それでも小学校でのかの子の成績は抜群《ばつぐん》だった。

かの子と同級だった鈴木勝三《かつぞう》氏は七十一歳とは見えない張りのある顔をほんのり紅潮させながら語ってくれる。

「こどもの頃のおかのさんは、まあ云えば大そう活発なお嬢さんでございました。そうでございますなあ、陰気なというような印象は全く受けておりません。色の白いふっくらした丸顔で、目の大きなかわいらしい娘さんでございました。

あの頃はのんきなものでして、小学校などもいくつから上ってもよろしいようでして、わたくしはおかのさんより二つ年下でございましたが、高等一年つまり尋常四年生からおかのさんと同じ級でございました。男五人女五人の十人の一クラスでございますから、兄弟のように仲よくなります。

おかのさんはそれはもうずばぬけて御利発でして、勉強もよくお出来になり女の子の方ではいつでも一番でございました。男の方ではまあわたくしがどうやらいつも首席をしめておりまして……級長をつづけました。一週一度のお習字の清書がいつでもおかのさんと並んで壁にはりだされたものでございます。

当時の点数は美之上、美之下などというものでしたが、おかのさんと二人、いつも美之上と朱で書かれて得意だったのを覚えております。

その当時、白桜花《はくおうか》という一本五銭の筆を子供たちは使っておりましたが、おかのさんの筆は二十五銭もする上等の筆で、長峰勇雲《ちょうほうゆううん》とかいう字が彫られていたのが子供心にも目にしみて、今に覚えております。紙もどうさびきの墨のにじまない上等の半紙を使っておられました。それをわたくしどもがうらやましがると、『おつかいなさいな』といくらでも気まえよくわけてくれます。筆なども惜しがらず、貸してくれたものでございます。ああいう御大家のお育ちでしたが、あのお方は生れつき鷹揚《おうよう》なおっとりしたところがおありでした。

身なりはそれほど派手ではありませなんだが、外の子どもが絣《かすり》とか縞《しま》を着ている中で、花模様の着物にえび茶の袴が可愛らしゅうございました。活発で負けずぎらいで、なかなかの人気者でございました。体操も、当時は柔軟体操とか亜鈴《あれい》体操とかいうものをたすきがけでやりましたが、徒競走《ときようそう》はおかのさんが一番早かったのでございます。運動会でも今でいうスターでございました。

卒業の時は優等総代で郡長からわたくしといっしょに証書をおもらいになりました。その時、おかのさんのお父さんの寅吉さんは村長さんでしたから、卒業写真にいっしょに写っております。これがその写真でございます」

セピア色の卒業写真は霧がかかったようにぼうっとしているが、寅吉を正面にしてかこんだ卒業生の中に、紅顔《こうがん》の美少年だった鈴木氏の面影がうかがわれる。

かの子はふくらませた髪の型が他の少女のおさげの型とは一風かわっていて、丸顔に目鼻立ちの華やかな美少女ぶりが一きわ目だって見える。

寅吉は卒業生たちを式のあと招待して久地《くじ》の桜を見物につれていった。勝三は、その日の帰り、大貫家の裏庭につづく畠の中の道でかの子と別れた時、ふいにつきあげるような感傷にとらわれ、かの子の後姿を見守って涙をこぼしていた。

「わたくしは、家の没落にあい、上級学校へ上るのを断念したところでしたし、机を並べたおかのさんは、東京の女学校へ上って、二人の道はもうすっかりちがったものになるのだと思うと感慨《かんがい》があったのでございましょう」

勝三の話によれば、学校に上ってからのかの子は結構ほがらかな明るい少女時代を送ったと見られる。

「どこへいっても大和屋のお嬢さまと悪丁寧にあつかわれて、心の中では冷く意地悪にあしらわれていた」

と、一平に語ったり、「人情の冷たさを風景の美しさでがまんした幼時」などいっているのはかの子の持前の被害者意識がすでに萌芽《ほうが》していたとみられるし、自分の幼時の不幸をセンチメンタルに誇張することに一種の快楽を感じていたとしか考えられない。

《おなかの中では敏感《びんかん》でくやしがりやでありながら表面はあつち向けといはれればあつち向いてゐるといふ風だからからかはれます。そして手を出してはそれがかなはず、くやしがつて泣いたものです。割合に人に物をやつたり、親切だつたりしたさうで、これは後になつて母は私を可哀さうだといつてゐました。意地つぱりでゐて気が弱く、大きくなつて何するかわからないからついててやりたいといつてゐました。私はどういふものか、お金のかん定と時計のかん定がわからなかつた。それでゐて物語ものなどはよく読んでわかつてゐたのですが――略――感情的には執着が強いが物質的には執着がなく、物を人にぽん〳〵やるくせに、自分の一番すきだつた鞠《まり》が池におちたといつては、一晩中池のはたに蚊《か》に食はれながら泣いてゐて、さがしに来た家の人につれかへられたこともありました。それはあやめの花の頃でした。可愛がつてゐた犬が死んだといつては一日中泣いてゐたりしたこともありました》（わが娘時代）

というような幼時の何となく陰気な感じは、しだいにかの子の表面からはかげをひそめていたのである。

むしろ、八歳の時、家に入った強盗が、煙草盆を持ってこいといった時、大人たちが恐怖で身じろぎも出来ないでいると、かの子が平気で強盗の前に煙草盆を運んだので、強盗がかえってぎょっとなったという逸話に伝えられている気の強さの方が、次第に表面に出てきはじめていた。

もうこの頃では古風な乳母の教育はかの子の天性の個性をおさえきれなくなっていた。

高等小学校の時代から、かの子は晶川の影響をうけて、手当りしだいに文学書を乱読しており、小学校を卒業する頃は、すでに一かどの文学少女になっていた。

三歳年下のきんももう、かの子の打ちあけ話のかっこうの相手になってきた。かの子はおとなしいきんを女王に侍《かしず》かせる侍女のように気ままにひきまわし、こきつかってきた。

「毎晩、夜おそくまで二階で兄と姉は文学書に読みふけっていました。わたくしも時々仲間に入るのですが、たいていお使いの役がまわってきます。町内に久兵衛《きゅうべえ》という手打そばやがありました。夜ふけて、女中も下男も眠ってしまったころ、わたくしはよく、姉にこの久兵衛そばを買いにやらされました」

家の前の通りに時々、ごぼう市がたつことがあった。その時は色々な食物の屋台店も出る。

かの子は、おでんのこんにゃくの煮こみや、焼き芋をほしがり、いつでもきんに命じてそれをこっそり買いにやらせていた。

乳母が知ったら、歎きかなしむような品のない食べものばかり、育ちざかりのかの子はせっせと買い食いしているようであった。

この当時、大貫家は最も幸福で平和な時代であった。

寅吉の病気もおさまっていて、時々一家じゅうをあげて芝居見物に出かけるような贅《ぜい》をつくしていた。

かの子はまだもの心つきかねるころから人形のように着かざって寅吉の膝に乗り、暁闇《ぎょうあん》の多摩川堤を人力車で駆けぬけ、東京の芝居に度々つれて行かれた記憶がある。その芝居見物が、もっと大がかりになって、近所の車宿の車全部買いきりにして、晴着に着かざった家族一同が車をつらね、堤の上を走っていく。歌舞伎座も明治座も行ったが、寅吉は浅《あさ》草《くさ》の宮戸《みやと》座をひいきにしていた。

宮戸座にいく時は上野《うえの》の池《いけ》の端《はた》に定宿が決めてあって、みんなでそこに泊りこんで芝居見物をした。

舞台にくりひろげられる哀艶《あいえん》な男女の恋の運命が、かの子の情感を刺激して、思わず涙をこぼしているようなことがあった。

早熟な少女の情熱は、心のうちでは、もう充分に醗酵《はっこう》し、触れる指さえあれば、ふきこぼれそうに芳醇《ほうじゅん》な酒をかもしていた。その美酒が、少女の白い肉の細胞にしみわたるとき、どのようにうるおし、匂わせ、玉のような蕾《つぼみ》の花びらがゆるやかに花ひらくかということを、かの子自身は気づいていなかった。

胸を焼きつくすような不思議ななやましい熱情にかられると、かの子は、よく裏庭からつづく、青田をこえ、河原へ出た。

白い石河原の多摩川へおりていくと、咲きみだれる野薔薇の白い花がほのかな花あかりをともしていた。花の向うに、多摩川はいつでも悠久の時をのせてさらさらと流れつづけている。

河原づたいに流れに近づき、かの子はほてった素足をつける。しみいるような川の冷さが、足先からしんしんと頭にさかのぼり、いっそ快かった。いつのまにか着物の裾をからげ、えびのように身体をまげ、手もひたしてみる。川水のなめらかな愛が、かげりもなく優しくかの子の皮膚から心の奥までとどいてくる。

いいようのないさっきまでの心のいらだちも、ささくれだった感情も、いつのまにかなめされて、心臓が川の流れの唄にあわせて、さらさら、さらさらと、やさしげに低く唄いはじめる。

かの子はうっとり川の心と一体にとけいり、自分自身が、川の流れのまにまに軽やかに浮んで素直に流れていく薄い一ひらの花びらのように、清浄に軽やかなものに思われてくるのだった。

冷えた手足にふたたび熱い血が流れ、かの子の心は川への想いでみたされてくる。恋情とも呼びたいような甘いやるせなさがうっとりと全身の細胞にみちていた。

かの子は河原の花あかりに腰をおろし、川への愛の告白をする。あふれる感情の中からことばをえらび、ことばをさがし、かの子は川へ捧げる愛の讃歌をなめらかな水の上に書こうとするのだ。

《かの女の耳のほとりに川が一筋流れてゐる。まだ嘘をついたことのない白歯のいろのさざ波を立てて、かの女の耳のほとりに一筋の川が流れてゐる。星が、白梅の花を浮かせた様に、或る夜はそのさざ波に落ちるのである。月が悲しげに砕けて捲《ま》かれる。或る夜はまた、もの思はしげに青みがかつた白い小石が、薄月夜の川底にずつと姿をひそめてゐるのが覗かれる。

　朝の川波は蕭条《せうでう》たるいろだ。一夜の眠から覚めたいろだ。冬は寒風が辛くあたる。をとめのやうにさざ波は泣く。よしきりが何処かで羽音をたてる。さざ波は耳を傾け、いくらか流れの足をゆるめたりする。猟師の筒音が聞こえる。この川の近くに、小鳥のゐる森があるのだ。

　昼は少しねむたげに、疲れて甘えた波の流れだ。水は鉛色に澄んで他愛もない川藻《かはも》の流れ、手を入れればぬるさうだが、夕方から時雨《しぐ》れて来れば、しよげ返る波は、笹の葉に霰《あられ》がまろぶあの淋しい音を立てる波ではあるが、たとへいつがいつでも此の川の流れの基調は、さらさらと僻《ひが》まず、あせらず、凝滞《ぎようたい》せぬ素直なかの女の命の流れと共に絶えず、かの女の耳のほとりを流れてゐる。かの女の川への絶えざるあこがれ、思慕、追憶がかの女の耳のほとりへ超現実の川の流れを絶えず一筋流してゐる》（川）

かの子は誰かが自分を呼ぶように思った。

ふりむくと、大山から箱根の山脈の上に富士が見えていた。右手には秩父《ちちぶ》の連山が藍色につづき、ちぎれ雲のかげが山脈の背にくっきりとうかんでいた。武蔵野《むさしの》の空は目まいのしそうなほど晴れ渡っていた。

川をみつめすぎたせいか、頭の中がしびれたように重くなっている。

――水に酔ったのだろう――

かの子は、立ち上る拍子に指を野薔薇の棘《とげ》でついた。中指のふっくらした腹に、赤い南豆玉《なんきんだま》のようにぽっちり血がふいてきた。かの子は指をなめて、お転婆《てんば》らしく裾けたてて堤をかけ上った。

家への近道の畠を走っていく時、軀の一部にふと、ふたしかな違和を感じた。家へつくとすぐ、二階の部屋へかけ上った。川辺で感じた詩情をすぐ書きつけておきたかった。

ペンをとった時、さっきよりもたしかな感触があった。それは何か秘密めかしく恥しい感覚だった。

立ち上ったかの子は顔色を失っていた。

ころぶように階段を走りおり、奥の間で裁《た》ち物をしている母のところへとびこんでいた。

「おっかさん、どうしよう、けがしちゃった。こわい」

アイはかの子が泣き声でうったえ、くるりとふりむいてみせた着物の汚れをみて、ほうっと頰を染めた。

「何でもないよ。けがじゃないんだよ」

かの子はアイに湯殿へ運ばれ、軀を清められてから仏壇《ぶつだん》の間へつれていかれた。

「あんたはもう、お嫁にいってもいい躰になったんだよ」

アイの話すことばに、かの子はわっと泣きだしていた。

心は早熟で自然主義の肉慾小説ももう数えきれないほど読み、観念ではそのことを知っていながら、かの子はそれが自分に確実に訪れてくる日のことは夢にも考えていなかった。そういう教育を家庭で子女にする風習もまだなかった。

かの子はこの時ようやく十二歳になったばかりだったのだ。

その夜、大貫家では赤飯に尾頭《おかしら》つきの魚が祝われた。子供たちはかの子さえその意味もしらず、赤い御飯にはしゃぎ喜んでいた。

晶川だけが、目をあげず、血の上った顔でむっと不機嫌におしだまって、いらだたしそうに箸《はし》を動かした。

第四章　向日葵

《校長先生をお師匠様と呼んでゐた私の女学校はその昔倫理科は論語を用ひ、国語科は大和田建樹《おおわだたてき》先生の源氏物語などが課せられ、下級では落窪《おちくぼ》物語、竹取物語など講ぜられて居りました。京都風な言葉が生徒達の言葉に交つてゐました。

――B子さん居やして（いらつしやいますか）

――そうぢやはんか（そうぢやありませんか）

等、主なものでした。

一体温和でもお腹のしつかりした生徒が多かつたやうに覚えてゐます。普通の高等女学校になつては程度が低くなるから、なか〳〵校長先生（跡見花蹊女史）がそれを決意されなかつたやうに覚えて居ります。生徒は年少の女でも堂々とした漢字の書風を習得して居りました。絵画もいはゆる花蹊《かけい》流の習得が校中あまねく行き渡つて居りました。和歌も服部《はっとり》先生といふ新派の先生が居られて非常に発達して居りました》（だんまり女学生）

明治三十五年三月、高津の尋常高等小学校を卒業したかの子は、東京に出て下宿しながら、眼病の治療に通ったり、語学の勉強に打ちこんでいた。その後、選抜試験をうけて、十二月に小石川柳町《こいしかわやなぎちょう》の跡見女学校に入学した。

かの子と同じクラスで、学校時代から、卒業後も親交が深く、かの子の永眠まで、ずっと親しく往来していた多門《たもん》中将未亡人多門房《ふさ》の記憶によれば、

「かの子さんが寄宿舎にお入りになったということはわたくしは覚えておりません。たしか、かの子さんは、普通の入学の時でなくて、あとからお入りになっていらっしゃいました。何でもお兄さまとご一緒に下宿しているということを、お親しくなってからうかがいました。わたくしは在学中、結婚して、中退しましたので、もしかの子さんが寄宿舎生活をなさったとしたらそのあとでございましょうか。わたくしは五年生のはじめまで、学校におりましたが……」

といい、これまでの入学と同時に寄宿舎生活をしたという説を否定している。寄宿舎生はあんどん袴という前後のない筒のような袴を着けていたから一目で通学生と見わけがついた。房の記憶の中にかの子のあんどん袴スタイルがうかんで来ないのをみてもかの子は通学していた時の方が多かったとみられる。

かの子の「或る時代の青年作家」の中には、はじめ晶川と同じ家から通学していた後晶川が一高の寮へ入ったのを機会にかの子も寄宿舎へ入ったと書いてある。

当時の跡見女学校は旧大名の敷地に建てられていて校舎は旧《ふる》い英国風の建物であった。

後ろに日本風の平家がつづき、そこからはときどき、花蹊のさびた謡曲の声などが聞えてくる。昔の邸時代の奥庭があり、池や築山のほとりに、大きな楓《かえで》の樹が真赤に染まっていた。校庭には桜の巨木が並び、春になると、どっぷりと落花に漬かるほど花が咲きこぼれ、その下を紫袴の生徒たちが、三々伍々長い袂をひるがえしていた。秋には萩《はぎ》が、大株を連ねて咲きつづいていた。庭の隅には大弓場があった。

跡見花蹊は、儒者で画家で、気骨の通った女丈夫であったが、洒脱《しゃだつ》なところもあり、その人間味豊かな薫陶《くんとう》ぶりに、生徒たちは「おもしろいお師匠様」といって慕っていた。

「あの頃はお裁縫は畳の上で坐っていたしましたが、生徒が足を横坐りなどしていますと、花蹊先生が見まわってこられて、それはおかしなことをいってたしなめられるのです」

という多門未亡人の話に、

「おかしなことってどんなふうにおっしゃるのでしょう」

「さあ、それは、ちょっとはばかるようなことでございます」

七十二歳の美しい未亡人は、こまったという微笑を薄い蚕《かいこ》のようななめらかな頰の上にほんのりうかべられた。

生徒たちは三百名ほどで、上流家庭や、富豪の子女がほとんどをしめていて、華族女学校に匹敵するものがあった。いきおい衣服は華美になり、東京一の贅沢学校といわれていた。当時一般の女学生は、えび茶の袴がはやっていたが、跡見は、紫の袴を用いるので目だっていた。それは花蹊が宮中から賜ったゆかりの色だと伝えられ、生徒たちは誇りにしていた。髪も御所風の稚児髪に結んでいたのが、これは時代と共に束髪やお下げになっていった。

入学した当時のかの子は、小学校時代の活発なおもかげは消え、無口で、

「どちらかといいますと陰気な感じの方だと思っていました。ところが、お親しくなってみると、よくお話もなさって、人なつこい、やさしい方だと次第にわかってきました。今の体操の時間、そのころ遊戯《ゆうぎ》の時間といっておりましたが……その時は、ちょっとからだのぐあいが悪いと見学してしまいます。そんな時よくかの子さんと二人で見学組になり、お話して、次第にあの方がわかってきて親しさがましていったように覚えております」

と房の追憶がつづく。

《その頃の級一番のだんまりは私でありました。「居るか居ないかわからない」といつも云はれて居ました。「黙つて居る病気の人ではないか」と噂され乍ら級中で私は一番友達に大切にされて居たやうな気がします。でもそんなだんまりの私が漢文や英語のおさらひなどはよくお友達にして上げました。その代り、お裁縫の時間、むづかしいツマの形を作るときなど寄つてたかつてお友達が先生よりずつと親切に教へて呉れるのでした。時々級の投票がありました。「おとなしくて勉強家」は私にいつもあたつて居まし

たのに、今ではおとなしくも勉強家でもなくて、お恥かしい次第です》（だんまり女学生）

後で寄宿舎に入った時も、上級生だけれどはきはきしたところがなかったので室長になれず、下級生がかわってつとめたと伝えられている。

花蹊は、こんなかの子のなかから本質をみぬき、

「このお子は特別のお子どす。これでよろしゅうおす」

といって、かの子の勉強ぶりに掣肘《せいちゅう》を加えなかった。ただ習字の時間などは、かの子が勢いあまって箪笥《たんす》という字を曲って書くと、

「この曲った箪笥ではお嫁に持っていかれませんよ」

といって、直真ぐな線に朱筆をいれるという程度であった。いわゆる花嫁修業型教育ではなくて文学的に高く、本質的な人格教育に重きをおいた花蹊の教育方針は、かの子には水を得た魚のような住み心地よさであった。

奥庭の大楓の樹かげにかくれ、先生の目をぬすんで森鷗外訳の「即興詩人」に読みふけったりしても誰もとがめる者もなかった。

短歌の受持の服部躬治《きゅうじ》も、かの子の歌の天分を見ぬき、激励指導をおしまなかった。学内雑誌「姫の井集」には毎号かの子の歌がのって、生徒間や教師の間にも評判が高かった。

房のほかにも校内一の美人の藤井とし子と親友関係になり、いわゆるエスの情熱を傾けたりして、結構かの子は学生生活をエンジョイしていた。外面には内攻的でうつらうつら夢みているような状態にみえながら、かの子の女学校時代は、生涯を通じて一番周囲の理解と愛情にめぐまれた平和で幸福な時代であった。

文学に対する情熱も、かの子のエリート意識を快くみたす程度で、まだそれが、肉を灼《や》き骨を削るような業苦《ごうく》の表情を伴うまでにはいたっていなかった。

たまたま、この時代から晶川が谷崎潤一郎と親しくなっていき、活発な文学活動に入っていったのに刺激され、じぶんでも、校内だけの文学活動ではあきたらず、晶川のまねをして、「文章世界」や「女子文壇」「読売新聞文芸欄」などにしきりに投稿をはじめた。歌だけでなく、晶川にならって新体詩などもつくりはじめている。当時大貫野薔薇の雅号をつかっていた。いかにも少女趣味の名がほほえましい。

明治三十九年三月発行の「文章世界」第一巻第一号の投稿欄「新体詩」の部に、選者蒲《かん》原有明《ばらありあけ》でかの子の詩がのっている。住所は「青山南町三丁目二十三」と、大貫家の寮の番地になっている。

胡蝶怨

人より長き髪なれば
世にも稀なる愁すと

嬌羞《けうしう》をたためる小扇よ。

頬に流るる薄花の
一弁づつに瘠するとて
鼓抱ける小走りや。

夢にも君は恥かしと
化粧凝らして宵寝《よひね》する
あえかの息に臙脂《べに》揺れて
小袖にちらす蝶鳥の
咽《の》むで舞ふや春の夜の夢。

この時、かの子は十七歳であった。全く「明星」ばりの星菫調《せいきん》の詩である。この詩でもうかがえるように、かの子はこの当時から晶川とともに「新詩社」に入って、与謝野晶子《よさのあきこ》の影響を強くうけていた。

この年七月号の「明星」から大貫可能子の筆名で歌がのりはじめてもいる。
磯《いそ》の路あぢさゐ色の絹傘は黒髪みせぬ松めぐる時

ただふたりただひと時をただ黙《もだ》しむかひてありて燃えか死ぬらむ
そぎたまふ髪を螺鈿《らでん》にぬりこめて壁にや倚《よ》らむ我はたように

「胡蝶怨」の詩といい、明星の歌といい、明らかに与謝野晶子の歌の影響のあとがみえる。

鉄幹《てっかん》与謝野寛《ひろし》が「新詩社」をおこし、新しい詩歌運動をおこしたのは明治三十二年十一月であり、かの子は十歳で高等小学生だった。その翌年「新詩社」の機関誌「明星」が発刊されている。晶子の「みだれ髪」が出たのは明治三十四年八月で、かの子は高等小学校を卒業し、生理の訪れもあった年で、文学的にも急速に心の目が開けていった年にあたっている。すでに府立一中生でしきりに新体詩をつくっていた晶川とともに、かの子が鉄幹や晶子の文学運動に、心を奪われたのは当然のなりゆきであった。

「われらは詩歌を楽しむべき天稟《てんぴん》ありと信ず。われらは互に自我の詩を発揮せむとす。われらの詩は古人の詩を模倣《もはう》するにあらず。われらの詩なり、否、われら一人一人の発明したる詩なり」

という「新詩社清規《せいき》」をかかげた「明星」派の浪漫的で芸術至上の理想は、ナルシシズムとエリート意識にふくらまされていたかの子の心を美酒のように酔わすのに充分であった。

かの子はある夏のはじめ、紅入り友染と緑色の繻子《しゆす》の袱紗《ふくさ》帯を胸高にしめ、千駄《せんだ》ケ谷《や》の与謝野家へはじめて訪ねていった。黒い瞳に熱情をこめて、美しい高い声でつつましく話をするかの子を、晶子も鉄幹も、いかにも良家の子女らしい素直な、純な性質の娘と好感をもった。それ以来、かの子は月に一、二度は与謝野家を訪れ、ますます晶子の影響をうけるようになった。「新詩社」に入ったのは、かの子が晶川より先で、少しおくれて晶川もかの子に誘われたかたちで入っている。晶川の作品が見えるのは、明治四十年未歳第六号の「明星」からである。「晶川さんは詩もお書きになり、小説も書いておいでになりました。歌はかの子さんの方がお上手だったように、覚えております」

という晶子のことばがのこっている。

晶川は毎号、小説や詩や翻訳を華々しく発表しはじめた。

かの子は、三十九年は隔月に歌を発表していたが、四十年三月跡見女学校を卒業し、二子の家に帰っていってしばらく、休詠している。

かの子の学生時代が、明治三十年代で終っていることは、その後のかの子の生涯と文学を考える時、除くことの出来ない運命的な因縁であった。すなわちかの子は、その感情や性格が形づけられる少女期を、日本文学史的にみればロマンチシズムがその主調をなしていた明治三十年代に過したわけである。鉄幹と晶子は旧い歌の形式の中に、恋愛の自由と神聖を歌いこみ、若い世代の強い共鳴にささえられて、ロマンチシズム運動を華々しく展開したが、その運動は丁度明治三十年代の終りで一区切をつけ、次第に擡頭《たいとう》してきた自然主義の思潮に敗北して後退していった。かの子はこの若々しいロマンチシズム運動と共に肉体的にも精神的にも成長していったのである。

かの子の歌集「わが最終歌集」の跋《ばつ》によると、

「歌神に白すあなたはわたくしに十二の歳より今日まで歌をお与へなされた」

とあるが、この十二歳は数え年なのでかの子の満十一歳の年は、明治三十三年で「明星」が誕生した年にあたっている。かの子の歌への目ざめが「明星」の誕生と期を一つにしているのは偶然といいきれない。晶子の「みだれ髪」が出たのがその翌年三十四年であるし、鷗外の「即興詩人」の訳が十年がかりで出来あがったのが次の年の三十五年である。つづいて、三十六年には蒲原有明の「独絃哀歌《どくげんあいか》」が出て、何れも文学史上に大きな意味をもってあらわれてきた。歌をつくることによって文学に目ざめたかの子が、これらの問題作をつぎつぎにむさぼり読み、深い啓示《けいじ》を受けたのは当然であった。いわば、ロマンチシズム運動の洗礼をうけ、その中から生れた申し子のようなかの子が、終生、ロマンチシズムと縁をきることが出来ず、晩年の散文芸術にふみきった以後も、そのモチーフや文章に、ロマンチシズムの色濃い耽美主義の匂いをぬきがたかったのも、ここに根をみることが出来るのである。

若い頃のかの子の歌は、自然発生的に、苦渋のあともなく、かの子の口をついて出るようであった。本質的にかの子は詩人の血を持って生れていたのである。

一口にいって詩歌主潮時代ともよべる明治三十年代の「新詩社」の文学運動も、「藤村《とうそん》詩集」の出た明治三十七年ころをピークとして、すでにひしひしとおし迫っていた自然主義の波に、足もとをすくわれていくのである。


《遂に、新しき詩歌の時は来りぬ。

そはうつくしき曙《あけぼの》のごとくなりき。あるものは古《いにしへ》の予言者の如く叫び、あるものは西の詩人のごとくに呼ばはり、いづれも明光と新声と空想とに酔へるがごとくなりき。

うらわかき想像は長き眠りより覚めて、民俗の言葉を飾れり。伝説はふたたびよみがへりぬ。自然はふたたび新しき色を帯びぬ。明光はまのあたりなる生と死とを照せり、過去の壮大と衰頽《すいたい》とを照せり。

新しきうたびとの群の多くは、たゞ穆実《ぼくじつ》なる青年なりき。その芸術は幼稚なりき、不完全なりき、されどまた偽りも飾りもなかりき、青春のいのちはかれらの唇にあふれ、感激の涙はかれらの頬をつたひしなり。こころみに思へ、清新横溢なる思潮は幾多の青年をして殆《ほとん》ど寝食を忘れしめたるを――略》(藤村詩集序)

跡見女学校三年で、この文章を読んだかの子は文字通り、「新しきうたびとの群」の一人として青春の涙を流し、寝食を忘れ、文学に溺れこんでいった。と同時に、かの子の跡見卒業期と期を一つにして、「明星」の内部には同人間の軋轢《あつれき》が生じ、壊滅《かいめつ》への一路をたどっていく。

明治四十一年十月中歳第拾号、満百号記念号に、同人社友百数十人の写真をかかげ、終巻号となった。

跡見を卒業したかの子は、名前も可能子から、かの子に改め、同人待遇をうけていた。

　わかうどはうまいするまもさまよひぬ香油みなぎるくろ髪の森
　ましぐらに疾風《はやち》おこりてわが髪を君へなびけぬあないかがせむ

まだ晶子の模倣の域を出ないうちに、かの子は「明星」の終刊を迎えたのであった。

歌はほとんど熱烈な恋愛歌であるが、必ずしも現実に、歌のような熱烈な恋の対象があったとはきめられないが、年ごろになった文学少女のかの子に、恋めいた雰囲気がまつわってくるのは当然であった。

きんの話によれば、そのころのかの子には、今でいうボーイフレンドは一人や二人ではなかったという。外見には内気で無口なおとなしそうな娘によそおっていたが、男友達との間でのかの子は、必ずしも内気なだけの女ではなかったらしい。

少女時代までの家での我ままなタイラントぶりは、男との交際の中で再び芽をふいて、ひきつけたり、じらしたり、突然冷淡に突っぱなしたりして、相手がその度、あわてふためき、感情的に、ひきまわされて、くたくたに疲れてくるのを眺めて、喜ぶような、加虐《かぎやく》的な傾向がこの頃すでに芽ばえていたのである。

　ああ十九げにもいみじき難は来ぬしら刃に似たる憂き恋をもて

恋に恋するような、漠然《ばくぜん》とした恋愛への憧れ心地の対象として、いわば遊戯的な恋の対象は、何人かあったがその中で、次第に相手が真剣になり、かの子が、じらしたり、いじめたりすればするほど、火に油をそそぐように一徹な恋情を燃えつのらせる学生があった。

その青年は松本某《まつもとなにがし》といって、東大の法科学生だった。晶川は、美しく才気のある妹を自慢にして、友人たちに見せていたし、自分の手を通じて、友人が妹に手紙をやったり、交際を求めたりするのを、内心いくらか得意で容認していた。したがってかの子は女学校時代から、他の年頃の少女たちよりは若い青年との交際があった。そのうち、家を離れて、兄と二人、召使いをつかっての寮暮しなのだから、親のきびしい監督の目からも放任されていた自由があった。

かの子は面白がって、男友だちの手紙を兄にもみせ、彼等の言動をつぶさに晶川に伝えてかくすところもなかった。ところが松本某だけは、意外なちょっとした事件で、かの子が晶川の手を通さず直接知りあった学生であった。

晶川が一高時代記念祭にかの子を招いた。かの子は藤井とし子といっしょに出かけていった。早くつきすぎ、二人がいった時は、まだ会場の飾りつけがすっかり終っていなかった。

その時、法科大学生の松本は一高生の弟のところへやって来て、弟の受持の飾りつけを手伝ってやっていた。それは鍾馗《しょうき》の飾物だった。たっぷり墨をふくませた筆で鍾馗の髭《ひげ》を塗ろうとしていた松本は、勢あまって、墨汁を飛ばしてしまった。下でそれを見上げていた見物人の中のかの子のピンクの縮緬の被布《ひふ》の袖が、その墨をべっとり受けとめてしまった。

おどろいたのはかの子といっしょに見ていた松本の姉だった。仕立おろしの被布の高価なのを見ぬいた姉は、その翌日、代りの羽二重《はぶたえ》の帯地を持って松本をつれてかの子と晶川のいた家へおわびに来た。晶川は留守だった。それ以来、松本は、度々訪ねて来たが、妙に、晶川はいつも留守の時であった。

晶川はすっかり松本に対して悪感情を持ってしまった。

夏休みになってかの子たちが二子の実家へ帰ってからも、松本はしきりに手紙をよこすようになった。それに嫉妬した晶川がかの子をねちねちせめるのでかの子は意地になって松本とのつきあいをやめなかった。

けれどもかの子はあんまり美貌でもないこの法学生に本当のところは何の興味もなかった。なりゆき上、手紙の返事をやったり、逢ったり、歌を送ったりしてはいたが、男をひきつける自分の魅力をためしているような気持であった。

はじめての男友達ではなかったけれど、松本のような一本気な青年はこれまでかの子の周囲にはあらわれなかった。

かの子が跡見を卒業しても、松本は二子へよく訪ねて来た。かの子の好物、かの子がちょっと興味ありげに口をすべらしたものを必ずもって松本はやってくる。次第にかの子は松本の熱情をもてあましながらも、どんな無理でもかの子のためにはかなえようとする青年の純情に、これでもかこれでもかと、難題《なんだい》をふっかけるような注文をする。それでいて、愚直な松本の態度をまのあたりにすると、むかむかしてきて、かの子はきんなどがはたではらはらみかねるような冷淡な態度を示したりした。

そのあとでは急に、自分の態度がくやまれ、松本にすまなさがつのって、追っかけるように熱っぽい恋の歌をおくったりする。

直情型で一本気の法学生は一年もしないうちに、かの子の気まぐれにほんろうされつくし、強い神経衰弱にかかってしまった。病気は重くなる一方で、とうとう精神病院に入り、それだけが原因ではないだろうが、治らないまま、急逝してしまった。

青年の発病も死も、あながちかの子への恋のためとのみはいいきれないとしても、かの子にとっては松本の死は自分の青春の入口に黒い喪章《もしよう》をかかげられたような不吉な気持におそわれたことであろう。

跡見を卒業して二子の家にいる頃のものと思われるきんあての手紙をみると、すっかり憂鬱病にとりつかれたかの子が虚無的になって、生涯結婚はしない決心だとのべている。

「――略――つまらぬ迷ひ言を言うてかへつて御胸を痛めるは済まぬことと随分私も堪《こら》

へて居たのですけれどもとても一人で秘めつくされぬ苦しみをじつといだいて居る事も随分つらくつて、遂にわれ知らずに走つてしまつたのです。あなたは嘸々驚《さぞさぞ》いたでせう。無理もありません。世の中の人のうち千人に一人の不幸者があなたの姉であると御知りなすつたのですものね、私自身はもうつらいも悲しいもこの内より越して今はもうわづかながらでもこの不幸中の光＝つまり慰安ですね＝を求めるのにつとめてゐる位なのです。本心なの、此頃は自分の体が一かたまりの冷灰《れいくわい》の様な気がしてね、前の様にどよめきなまめく少女の中にまざつてもそれはもう他界の賑ひで自分は何か冷い顔と共に只《ただ》あてどもなく世の中を過して行けばよいくらゐにまあつまりこんも張もないのですよ――略――御両親に対してもまつたく済まない、兄様にもまた御前達妹弟にも。けれどもゆるして貰はなければなりません。私は自分のわがままで女の道からはづれたわけではないのですから――略――私は決して嫁きません――略――道にそむき親に随はぬ罪は私の一生に孤独のさみしさとなつてむくいて私を苦しめるでせう。ああ其《それ》もこれも運命ならしかたがありませんどうぞあなたは学校もつゝがなく卒業してお母様の御心通りの家庭を造つて下さい。あなたにこんな事を云ふはまだ早いかもしれないけれどあらかじめあなたの順境の幸福を私は今からいのつて居ります。

　昨日音楽学校から通知が来ました。まだ入学許可迄には行きませんが晩《おそ》くとも来年の夏頃は入学が出来るでせう、箏曲《さうきよく》科です、撰科ですから一週に二度くらゐ而《しか》も一時の授業ですから卒業は五年か六年の後でせう、天才がなくともどうかかうか卒業くらゐ出来るでせう、さうすればどうかかうか自分一人の身の仕末くらゐつくでせうよ。のんきにね裁縫でもしながら通ふことにしませう。

此頃では歌どころではないの。元より才がないのでせう、筆も持たなくなつて何一つ書かうともしないで一向に御無沙汰して居た晶子様の方から先日牛込《うしごめ》の或る先生の所に一週一度づつ一時間くらゐ英文学の講義があるからどうかと云うて来られたのです。語学の素養がろくろくないのに分るかどうかしれませんがどうせお琴に通ふついでだからためしに一度行つて見てわかつたらつづいて行かうとも思つて居ります、御父様もしぶしぶ承知してくれましたから。裁縫へは毎日通つて居りますからここのところは御母様はまことに御まんぞくですの、とにかく私は誠の満ち〳〵たお母様と玉の様な心を持たれた兄さまを持つたのがしあはせです。どうぞあなたも今の様な真面目な心を変へないでいつ迄も力になつて下さるやうにあつくあつく御頼み申します。

乱筆ですみません、文子《ふみこ》さんにもよろしくね。


かの拝」

愛する
妹きんへ

ひどく陰気な手紙である。

丁度、明治四十年十月から四十一年三月まで「明星」に歌の見えない時期に書かれたものと推定される。具体的な理由が何も記されてないけれども、松本の死のショックやその他、不健康などの理由が重なったうえ、青春の情熱が内にこもって、重苦しい憂鬱にひきこまれていた時であろう。

　身体が弱いから箏を習得して生涯独身ですごそうと考えたのには、やがて、かの子の両親も本気で賛成するようになっていった。病弱で、我ままで、どこか一人立ちできないようないじらしいところもあるかの子を世間の娘並に嫁がせてもおさまりそうもないと親も考えたのである。かの子の箏の才能は、生れつきのものであったらしく小さい時から習っていたのが身について、きんは、

「これまでにも姉の琴の音ほど冴えたひびきは聞いたことがございません。歌より小説より、天才的な何ともいえない美しい音色を出していたものでございます」

と述懐している。結婚しないという理由は、身体が弱いことのほかに、「へぼ胡瓜」の中には、かの子が、じぶんの早熟肉体と性欲の稀薄なアンバランスを病的な異常と思いこんで、結婚をあきらめていたと書いてある。何れにせよ、幸か不幸か、かの子の音楽学校入学は計画だおれで実現はみないで終った。

　晶子がさそった週一回の英文学の講義とは、馬場《ばば》孤蝶《こちょう》らが始めた「閨秀《けいしゅう》文学講座」の解散後の集りであった。明治四十年八月、新詩社が主宰して九段ユニテリアン教会付属の成《せい》美《び》女学校の中へ「閨秀文学講座」は設けられた。馬場孤蝶・上田敏《うえだびん》・与謝野晶子・森田《もりた》草《そう》

平《へい》・生田長江《いくたちょうこう》等の講師をそろえ、「時勢の必要に応じ、平易簡明に内外の文芸を講述して、一般婦女子に文学上の知識趣味を修せしめ、兼ねて女流文学者を養成する」という主旨と目的で始められたが、この講座は会場の都合やその他の理由で三ヵ月で解散になった。そこで参加者だった平塚《ひらつか》らいてうや山川菊栄《やまかわきくえ》たちが馬場孤蝶宅に集って一週一回、ヨーロッパ文学の講義を座談的に聞くことになった。かの子はそれに誘われたのである。かの子はこの席上で、らいてうや菊栄たち、後の「青鞜《せいとう》」の女たちと識りあったのである。

音楽学校行は沙汰止みになり、かの子はまた文学熱をもやしはじめ、この講座に通うかたわら、上野の図書館に通いつめ、文学書を読みあさるようになっていった。

このころ寅吉はよく夏になると、磯部《いそべ》や塩壺《しおつぼ》などの温泉へ湯治《とうじ》がてらの避暑に出かける習慣であった。

明治四十一年の夏、かの子と晶川も寅吉に伴われて信州は沓掛《くつかけ》に出かけていった。かの子の自筆の年譜に、

「同年（明治四十一年）夏父兄に連れられ信濃《しなの》に旅行す。英文小説セーラー・クルー物語の通読拙《つたな》しとして浅間山《あさまやま》の花野の一角にて兄に痛く打ちのめされし記憶あり。兄仏文にてモーパッサンの諸作を読み始めしを傍観せし記憶あり」

とある。

「病気はよいのやら悪いのやら、とにかく頭痛はあまり致しません、お前には働かせてばかり居てすみませんね。それから新聞を毎日ありがたう、旅は心細いもの、実に哀れの深いもの、知り合ひに美術家が居ます、御前の好きさうな人、をかしなことを云ふやうだが、私はこの気象だから勝手なことを云ひすぎて気弱すぎる人を驚かして居る、でもさすが男よ、すこしはさみしさまぎれのたよりとなる、私は画は少しも知らないけれど毎日肖像や風景の写生に熱心の様です美術学校四年生年は二十四。女のやうな小さい人あまり上品すぎて私にはちときゆうくつ、いやな法学生などに口きゝかけられる時にげこむのはこの人の処、兄さんが恋しいどこへ行つても兄さんくらゐの人は居ない、兄さんを思うて東京がなつかしいなぜか御たよりを下さらぬから御前からよろしく云うて下さい。私はこんな敗物（註、廃物の誤りか）、とても人をうらむ資格はないのだから。

きん様

かの」

（未発表手紙）

いっしょにいった晶川は、何かの都合で先に帰り、神経衰弱気味であったかの子が寅吉と二人で追分《おいわけ》の油屋に滞在したのである。今でこそ夏の軽井沢避暑は珍しくないけれども、当時、父と娘で一夏、滞在するなどということは、豪奢な贅沢であった。

避暑地の宿の上等の間を占領している富裕な父娘の滞在客が、同宿の客の注目と好奇の目をあつめたことは想像出来る。

十九歳のかの子は女の生涯で一番美しさが匂いだす年頃である。もともとかの子は人目をひく派手な容貌を持っていたし、それをいやがうえにもきわだたせる厚化粧であった。寅吉は避暑地の娘の服装を最高の贅をつくして着かざらせていた。さらにかの子はいわゆる、箱入り娘の無性格の人形のような娘ではなく、文学少女としても、筋の通った個性的な娘である。

宿の琴をかりて、高原の月夜に冴えかえる琴の音をかきならすかと思えば、ノート片手に花のようにパラソルをかざして、歌材をみつけに散歩を楽しんでいたりする。誰いうとなく、武蔵野の豪農の娘で、跡見出の才女で「明星」に活躍した閨秀《けいしゅう》歌人だという身元調査までゆきわたってしまった。

この手紙の中の画学生は、明治四十二年卒業クラスの上野の美術学校の洋画部の中井金《なかいきん》三《ぞう》であった。後にまだ二人同級生がそれに合流した。

きんにいっぱし不良ぶった口調で報告しているように、退屈な避暑地の宿で、かの子はこれらの画学生と気楽な交際をはじめていた。

明らかに自分を中心にして、はりあっているらしい画学生に女王のようにとりまかれているのはかの子には悪い気持ではなかった。

画学生が、お互いに相手を見張りあって、安心して写生にも出かけられず、終日、かの子の行動ばかりうかがっているのがおかしくてならない。

本気で話しあうには、三人ともかの子の相手にとっては物たりない。文学知識も通り一ぺんで話にならなかった。かの子はまた例の持ちまえの癖が出て、三人の男たちを、一人ずつ、適当にひきつけたり、じらしたり、つっぱなしたりして、彼等がかの子のまわりで、かの子の手かげんひとつで、糸につけられた操り人形のように、きりきり舞いするのをひそかにながめて愉《たの》しんでいた。

ある月夜の晩、なかの一人が、宿の手すりにもたれ、月をみているそばへ、かの子は甘い香水の匂いをただよわせて近づいていくと、

「ねえ、西洋のキッスって、どうやってするものかしら、あんな高い鼻と鼻が、かちあわないようにするには、顔をどう、もっていくのかしら」

と話しかけ、はみだしそうな黒目を油煙のようにけむらせて、じいっと相手の顔をみつめたりする。青年が、大胆なかの子の話にどぎまぎして、とっさに返答のしようも思いつかず、顔色を変えるのをみて、突然、かの子ははじけるように笑いだし、

「ほほほ、ごめん遊ばせ、きっとこうするのね」

と、いきなりふっくらした顔を、男の顔の近くになナなめにもっていき、紙一重でぴたっととめると、あっけにとられ、口もきけないで硬直《こうちょく》している青年に、またはじけるような笑いをあびせ、袂《たもと》をひるがえして廊下をかけ去ってしまった。

その頃、彼等の同級生の岡本一平は、暑い東京で、卒業制作「自画像」「女」「深川《ふかがわ》の女」の作品を画きつづけていた。

そんな一平のところへ、信州から、中井金三が、筆まめに、絵はがきや手紙をよこし、ロマンチックな女流歌人の美少女の話を何くれとなく得意そうに報告してくる。

一平はおよそ女にはもてそうもないタイプの三人の級友が、娘の魅力《みりよく》にしばられて、三すくみにすくみあがっている状態が、想像しただけでもおかしく、同時に羨《うらや》ましく、いまいましい。

「何だたかが、多摩川べりの田舎娘じゃないか、だらしがないなあ、あいつら」

とつぶやきながらも、どうやらしだいに見たこともない娘の俤《おもかげ》をあれこれと空想しはじめている。中井の便りに一々返事をやりながら、中井が娘に見せた時の効果をいつでも計算にいれて、せいぜい気のきいた、しゃれた文章のはがきをせっせと送っていた。

「きみの宿の美わしきミューズの女神によろしく」

と書きそえることも忘れない。そのうち中井の絵はがきの後に、かの子の字でただひとことよろしくと、書き加えてきた。いかにも歌人らしい優雅《ゆうが》な筆に見えて、一平には娘が急に身近に感じられ、いっそう中井の背後の娘を意識した手紙を腕によりをかけて長々と書いてやった。

ところがその手紙は、一平があてずっぽうに書いた所書きがでたらめだったので、全国をまわりまわった末、符箋《ふせん》を暦のようにかさばってはりつけてようやく追分にたどりついた。中井から一平にその報告が来た。

「全くきみののんきさには呆れかえったよ。ミューズの女神が、あれをみて笑いたまい、なんてのんきなおもしろい方でしょう。うちの神経質な兄にこの方ののんきさを半分でもいただきたいわとのたもうたぞ」

といってきた。一平は思いがけない計らざる効果ににやりとした。けれども手紙の終りに、かの子の近作だと中井が得意気に書きつけた歌を読むなり、思わず、腕ぐみしてうなってしまった。情熱のこもった娘の熱いかぐわしい息を真向《まつこう》からふきつけられるような歌であった。

山に来て二十日経ぬれどあたたかくわれをば抱く一樹だになし

第五章　旅　路

岡本一平は、生粋《きっすい》の江戸っ子のように世人にも思われ、自分でもそのように振舞うのが好きであった。谷崎潤一郎でさえ、先に引用した座談会の中でも、

「一平はチャキチャキの江戸ッ子で」

といい、江戸っ子の一平が何でかの子のような野暮ったい田舎者に惹《ひ》かれたのだろうと不思議がった。

ところが、一平は、東京生れでもなければ、三代はおろか、両親からの江戸っ子でもなかった。

父の岡本竹次郎《たけじろう》は三重県の産で、母は北海道生れ、一平も北海道函館《はこだて》で生れている。ただし数え年四歳の時から東京に住み東京に育った。物心ついた時は、江戸は日本橋《にほんばし》に近く、京橋《きょうばし》区南鞘町《みなみさやちょう》に住み、かの子と結婚後、青山に新世帯を持つまで、そこで育った。現在の中央公論社から歩いて三、四分の、昭和《しょうわ》通りに出る角のあたりが、当時の岡本家の場所に当る。

かの子が一平と結婚した時の婚姻届を見ると、明治四拾参年八月参拾日の当時、岡本家

は「東京府南葛飾郡新宿町参千四百四番地」に戸籍がある。これを見ると、岡本家は京橋に居を定める前に、北海道から上京して、南葛飾に一時住んでいたのかもしれない。
いずれにしても一平の育ったのは、まだ江戸情緒の濃く残った東京は下町のど真中、日本橋界隈だったことにまちがいなく、幼年期、青年期を通じて、一平の精神形成は、この土地の江戸趣味の中でつくられていったのであった。
小学校は、日本橋箔屋町《はくやちよう》の城東《じようとう》小学校を卒業、中学は大手町《おおてまち》の商工中学へ入り、後上野の美術学校を卒業した。その成長過程だけを見ればまさしく一平は江戸っ子にはちがいない。
当時の岡本家は、
《それまで小料理屋だったとかで、小部屋が多く、下に四間、二階に三間、玄関の二畳に梯子段があり、上ると手前側に父可亭《かてい》の書斎、奥が一平の勉強部屋。縁側の厠の横に裏梯子があって物干台に通じていた。庭というほどのものはなかった。ごく普通の巷間《こうかん》の小屋で、一階の奥で食事しているのが玄関から見えた》（清水崑《しみずこん》　岡本一平伝）
という状況だった。
聞えてくるのは、朝早くから向側のブリキ屋でブリキを叩く音、町内の長唄の稽古場の稽古三味線と小娘の唄う黄色い声。煮豆屋の声、昼もすぎると、羅宇《らう》屋の声をはじめ、季節季節の物売の声が通りすぎる。物干の上には鉢植が並び、竜の鬚《ひげ》がのびている。猫がこっちの物干から隣の物干へ我物顔にとびうつっている。どこかで煮物の焦げる匂いがしている。赤ん坊が泣いている。到来物をお裾分けする声高な声が聞える。

やがて豆腐屋のらっぱの音から、閑《のど》かな一日が暮れると、下町の夜は物静かに更《ふ》けてゆく。く。ブリキ屋の夜業《よなべ》の音もやみ稽古三味線もやむと、鍋焼うどんを運ぶ出前持の、どぶ板をふむうるさい足音もいつしか消え、やがて、斜向《はすむか》いの湯屋が流しを洗う水音や桶の音が物さびしくひびいてくる。猫の恋哭《こいな》きの鳴声が月に吠え、しんと、あたりはすっかり静かになってしまう。

そんな下町で、一平の父の竹次郎は号を可亭と呼ぶ書家であった。近所からは一応先生と呼ばれていたが、一口にいえば、下町の商家の看板の字を書くのが仕事だった。

可亭は伊勢《いせ》のある藩の儒者の家に生まれた。

可亭の父安五郎《やすごろう》は生まれついての律義者で、融通の利かない儒者のこちこちであった。自分の部屋に坐っている時でも、腿《もも》の線が、畳の縁《へり》と平行になっているか、直角になっていないと落着かないというふうであった。代々、藩のおかかえ学者で、流行おくれの朱子学の講義さえしていれば、平穏に暮せてきたのが、黒船渡来を境にして、急に日本にも洋学鼓吹《こすい》の新思想が浸透してくると、この藩でも、藩政改革がはじまり、まず、古くさい朱子学の講義など不必要ということになった。

思いがけず、中年で禄を離れ、失職の憂目《うきめ》に遭った儒者浪人は、知人を頼って田舎へ落ちのびてゆかねばならなかった。この時もう、竹次郎は生れていた。こんな際にも、気位ばかり高く、世間智にうとい儒者は、伝家の槍を従者にかつがせて先に立たせ、自分と妻は馬に乗り、悠々と落ちていった。馬上で読みかけの易経《えききょう》から目も離さない。彼は六尺豊かな偉丈夫で、腰に大刀をはさんだ馬上姿は威風堂々としていた。まさか失職して、藩を追われた身の上だとは他人目《ひとめ》には見られなかった。書物に飽きると、帰去来《ききょらい》の辞など朗々とうなって行く。後の馬上の彼の正妻は、おっとりと無邪気な女で、三十になるやならずの深窓《しんそう》育ちであった。夫さえいれば天下泰平の顔つきで、派手なうちかけを着て前に長男の松之助《まつのすけ》をのせ、胸に赤ん坊の竹次郎を抱きしめたまま、うっとりと、遊山《ゆさん》にでも出たように、伊勢路の春景色に目を細めている。

やがて目的の村につくと、儒者は家を借りるのに、家主を呼びつけ、自分は上座に端坐して、家主は土間に土下座させるというやり方で、交渉をすすめた。家主が世間知らずと見ぬいて、ふっかけると、

「左様な事は天が許しませんぞ」

と、易経の文句から説いて、悠々とお説教を始める。そんな始末でともかく、一家を構え、それ以来三年間、村のあばら屋で、一日もかかさず易経を読みつづけて三年目にころりと病没した。

その間、彼は一文の金を稼ぐ才覚もなかった。易経のおかげで村人に卦《け》を立ててくれと

頼まれることはあっても、

「この失せ物は、必ずある場所にある。それを探しだすのは、探す人間の知恵と努力によって、早くあらわれるか遅くあらわれるかである」

というような理屈っぽいものなので金になる筈もない。僅《わず》かに妻の細々した内職で食いつないでゆくだけであった。

彼は書見にあきると、胸にわだかまっている不平不満、欲求不満が爆発するらしく、いきなり猛獣《もうじゅう》のような物凄いうなり声を発して飛び上り、大刀をひきぬき、家の柱に斬りつける。おかげで柱は無惨な刀痕だらけになってしまった。淋しさをまぎらすために酒を飲まずにいられない。そこまで落ちぶれても見識高い彼は、昔通りの食事の習慣を改めることは出来ないのだ。定紋《じょうもん》つきの高足の膳に、一汁三菜という決りの皿数が揃わないと食事をした気にならないのであった。

貧乏が底をついてくるにつけ、酒はどうにかしても、向う付の魚などつづけられる筈もなかった。干物を二枚にして二日つかったり、はては、干物をこまかくむしって、何日もつかったりした揚句、とうとう魚の骨ものせられない状態になってしまった。

するとある日、彼は、古道具屋から八文で木の魚を一尾買いこんで来て、皿の上に置き、それをながめて酒をふくむようになった。

その魚は、元来大阪の商家で使っていたものであった。大阪の商家の習慣として、月の六斎《ろくさい》の日に、生ぐさの代りに、鮮魚を形どった木の魚を、店員たちの膳につけた。それを安五郎は、古道具屋で発見してきたのである。

竹次郎はこんな家庭で、こんな父のそばで終日、机に向わせられ、近所の子供と遊ばせてももらえなかった。竹次郎に与えられているものは習字の道具一式で、朝から晩まで手習いを強いられる。手本は顔真卿《がんしんけい》。厳格一点張りの面白くない字と、幼い竹次郎は終日格闘していなければならなかった。

父は酔うと、竹次郎を呼びつけて、幼い息子がわかってもわからなくてもおかまいなしのお説教をくりかえす。要は、自分は不運にしておちぶれたが、お前は必ずお家再興に努力せよということであった。

《この時親は子に向つて彼の不平と瞋恚《しんい》と反抗力とをあらゆる言葉とあらゆる気合ひとを用ゐて吹き入れた相です。家を衰へさせられたといふ形をとりも直さず自分の生命《いのち》に打撃を与へられたと受取るやうに出来上つてる昔の親は矢張り家の復興といふ形によつて彼の生命《いのち》の再燃を彼の息子に注文しました。家といふものに対する彼の愛執《あいしふ》、迷信、責任感をも悉《ことごと》く移して息子に植ゑつけました。彼は之等の事を述べる言葉の間に挟んで感情を燃やすに都合よき拍子を取る為め又言葉の盛り能はぬ言外の意味を相手の子の心に印刻する為め「であるからな」カチン「どないなとして、えゝかな」カチンと膳の上の向ふ付けの木の魚を箸で一々叩いた相です》(泣虫寺《なきむしでら》の夜話)

竹次郎はこうして物心つくかつかぬかで、お家再興の執念を骨の髄まで叩きこまれてしまったのである。「泣虫寺」の中の一平の文章を見ると、この祖父の生命がけの妄執《もうしゅう》が、子供に注ぎこまれるのがよくわかるが、この文章の中ですでに「生命《いのち》」の文字があらわれ、それが、「彼の生命の再燃を彼の息子に注文する」という形であらわれているのに注意をひかれるのである。

後に岡本かの子の文学は「生命《いのち》」の文学であるとか、「家霊」の表現だとかいわれたその根源が、既に大正十年に書かれた一平の「泣虫寺の夜話」の中にはっきりと打出されてあるのを発見する。後に、かの子の文学そのものについて触れる章において、くわしく扱うつもりだけれど、このことは記憶にとどめておくべき重大な件であろう。

ともあれ、竹次郎は、父の妄執を栄養失調の幼い身に生命がけでそそぎこまれたあげく、父を失い、ついで六年めに母に先だたれてしまった。

竹次郎十四歳の時であった。父の没後の、母子の生活は餓死とすれすれの線上にさまよっていたもので、まだ若い母の死も当然、栄養失調と過労によるものであった。

残された竹次郎もたちまち枕も上らない病人になった。病名は肺結核である。看《み》とる者もないあばら屋で十四歳の竹次郎はただ生きている屍《しかばね》のようにごろんと寝ているだけであった。兄の松之助《まつのすけ》は早くから大阪へ奉公に行っていた。村人がそれでも孤児になった彼をあわれみ、豆腐一丁ずつ差入れてくれる。外《ほか》の物は喉を通らないという理由もあった。

そうして一年あまりすぎた時、ある夜、突然、竹次郎は、ふと、この世に生きて、自分のしたいことをせめて一度だけでもして死にたいという気持にとりつかれた。生きる欲というものが出て来たのである。すると急に十五歳の竹次郎は一刻もがまんできず、力のない軀で四つ這いになって寝床をぬけだし、隣家の庭へ這いずっていった。もう寝ていた隣りの老婆を叩きおこし、

「わたい、もう死ぬのんやめますさかいに、粥《かゆ》など炊《た》いておくれんか」

と訴えた。

その夜を境にして、竹次郎には不思議に活力がかえり、もりもり病気が回復していった。体力がつくと、早速筆をとり、ただ一つの特技である顔真卿を役だてて、村の代筆をひきうけたり、荒物屋の看板をかいたりして細々と食いついでいった。

十七歳になった時、ほとんど何もない家財を、叩き売り、わずかの金を懐にして村を出て行った。亡父の執念のこもった例の木の魚を懐にし、家伝の槍を杖《つえ》に、旅の荷物はそれだけで何もなかった。時代は丁度西南《せいなん》戦争が終り、憲法発布には間があるという時であった。

竹次郎はまず神戸へ出た。異人館のウインドウに、髪をちぢらし、シャツを着て、靴をはき、手に洋書をひろげた日本娘の写真が出ているのを見て茫然《ぼうぜん》としたり、色硝子《ガラス》の牛肉屋によって、おそるおそる四足の肉を食べ、意外の美味に一驚したり、生れて初めて海を

みて不思議な感動を受けたりするうちに、竹次郎にも次第に勇気が身内からわき出てくるように思った。思いきって、財布をはたき、ハイカラな白金巾《かなきん》の蝙蝠傘《こうもり》を買いこんだ。それへ、顔真卿で「男子在到所青山」と書きこみ、頭上に高々とかかげて槍をひきずって歩きはじめた。

伝家の槍は、鳥羽《とば》の海辺で海鼠《なまこ》を突いたら、もうすでに虫が喰っていたとみえ、ぽきりと千段巻の根元から折れてしまった。竹次郎の道づれはついに蝙蝠傘一本になってしまった。箱根を越え、いよいよ東京に乗りこんでいった。

身を養う方法はどこにいっても顔真卿一つしかない。京橋の真中で、筆を頼りに生きはじめた若者は、怖い者しらずの青春の血だけに支えられていた。

当時の東京、殊に下町では、江戸時代の好みをそのまま受けついで、字も、市河米庵《いちかわべいあん》、巻菱湖《まきりようこ》などの流れを汲む匠気《しょうき》の臭う商売字に人気があった。竹次郎、号して岡本可亭の方正厳格一点張りの顔真卿流の字など受付ける筈もない。ところが、何でも新し好きの奇をてらう趣味のある江戸下町人の好事家《こうずか》気風が、ふと、この可亭の「変った味の字」に興味をいだいたのだった。

「可亭の字はちょっと乙じゃねえか」

と評判が立ちはじめると、われもわれもと注文に来て、気がついた時は、たちまち可亭は下町の人気書家になり上っていた。日本橋通りや御成《おなり》街道の軒毎に厚板に書いた可亭の字が飾られた。気の利いた料理屋など可亭の看板でなければ料理の味まで疑われるという流行っ子になった。

一人口には余りある収入が入ってくると、可亭も三度三度江戸前の鰻《うなぎ》をとりよせ茶づけにするという有様だ。机の上には、いつのまにか、仕事にかわる吉原細見《よしわらさいけん》が、唐墨《からすみ》を押えにしてひろげられているという始末になっていた。

朝湯にいく可亭の肩の手拭にはなまめかしい口紅のあとがあり、風呂でぬぐ黒羽二重《はぶたえ》の紋服の下には派手な女の長襦袢《ながじゆばん》が重ねてある。

こうなると厳格な顔真卿もいつのまにか、たるんできて、どこか卑しい匠気がぼんやりかかってくる。移り気で正直な下町の人気は、たちまち可亭の字から潮が退くように遠ざかっていった。

いつのまにか、また可亭はひとりぼっちの壁の影といっしょに、向う付の皿に亡父の執念のしみこんだ木の魚を飾り、ちびりちびり苦い酒をなめている自分を見出すようになった。

一平の筆によればここでまた、

《見て無い様で見て居る。眠つてるやうで眠つて無い働かないやうで働いてる、細いやうで太い才覚の無いやうで才覚のある、かの生命《いのち》といふやつがそれでは俺れの計画《もくろみ》につと違ふやうだと、少し許《ばか》り指先を動かし》(泣虫寺の夜話)

可亭に突然、亡父の御家再興の執念を思いおこさせたのである。

ある夜、いつものようにひとり酒に酔いも廻って、何気なく箸で木の魚を叩き、

「おやじはよくこうして木魚を叩いては俺に説教したものだったな。お家再興せよか……、カチン」

木の魚がわびしいかわいた音をたてたとたん、可亭はぶるっと身震いをし真青になった。木魚の鱗《うろこ》の下に冷えかたまっていた亡父の不平と瞋恚《しんい》と、反抗の怨みが突如、青い炎になってめらめら鱗の間から燃えたったと見えたのである。

それから三日後、可亭は再び、赤茶けてしまった白金巾の蝙蝠傘をもち、東京をあとに飄然《ひょうぜん》と旅立っていった。

可亭はどうせ行くなら、北海道に渡り、そこで大金をつくってシベリアに渡って仕事をし家名をあげようというとてつもない大望を抱いていた。

それから急ぐ旅ではなし、道々、旅の書家になって、字を書きちらしながら、悠々と東北を渡り歩き、漸《ようや》く北海道にたどりついた。東京を発ってはや三年の歳月がすぎていた。

可亭はここで、はじめて生涯を共にしようと思う妻にめぐりあった。函館《はこだて》で結婚した可亭は、生れてはじめて身と心を温め安らえられる、自分の家庭を持った。妻は、次々に子供を産んでいった。

明治十九年六月に生れたはじめての子が総領の男の子で一平と名付けられた。つづいて、セツ、シュン、クヮウの三人の女の子が生れているが、可亭と、妻の美貌を受けつい

で、一平も三人の妹も揃って美しい眉目《びもく》をさずかっていた。

可亭は、家庭の幸福におぼれ、もう家再興の悲壮な悲願は忘れはてたように見えた。妻子の口を養うことだけに汲々と没頭しはじめていた。

中学の書道の教師に口を得た外、それだけではたりないので、家でせんべい屋をしたり、小間物屋をはじめたりした。どれも馴れない商売でうまくいかなかった。ついに函館生活五年で、可亭は家族と共に東京に舞戻ることになった。

この旅を最後に十七歳の時から始まった可亭の長い漂泊《ひょうはく》の旅は終りをつげたのだが、この途中、青函《せいかん》連絡船の中で、可亭は不吉な事故に逢っている。

函館を出た汽船の三等室に芋のようにおしこまれていた親子は、船が金華山《きんかざん》沖をすぎる頃揃って船酔いに苦しめられた。気持の悪さを、不快を伝えるために、たった一つしか覚えていない、

「あぶいよ、あぶいよ」

ということばでしか表現出来ない三歳の一平が、おしっこがしたいと訴えるので、可亭は、妻にかわって一平をつれふらふらと起き上った。洗面所へおりるつもりで船のせまい急な階段に足をかけた時、大きな一ゆれがして船がかたむいた。その拍子に可亭は、七段上からきりきりきり、もんどり打って下へ転げ落ちていた。

うちどころが悪くそのまま気絶した父の側で、裾をぬらしてしまった一平が、

「父ちゃん、あぶいよ、あぶいよ」

と心細そうに訴えていた。

この時の打傷が原因で、上京後三年余りも可亭はひどい神経衰弱に苦しめられねばならなかった。

今でいうノイローゼで、可亭の病症は激しい強迫観念に襲われるのである。帰ったばかりで生活の安定もない不安のうえに、病気という病気が一時に身体中の処々方々から、名乗りをあげてとび出してくるような状態が、一層可亭の不安をかきたてていく。発作がおこると、可亭は失神して寝床にぶったおれる。かと思うと、いきなり躍り上って、物凄い形相《ぎょうそう》になりわめきたてる。

「木魚！　去れ！　槍一筋の家位じき建ててやるぞ、馬鹿！　安心しろっ！　まだ貴様疑うか、息子にきっとやらしてやる。きっとだ。きっとだ」

かけつけた家人に取りおさえられ水をのまされて、はじめて人心地つくと、きまり悪そうにあたりを見まわして苦笑する。

すると、近所では、

「可亭もとうとう気がちがった」

「いや、木魚にとりつかれて馬鹿になったんだ」

と、ろくでもない噂が立つようになった。

心配する人があって、そんな可亭を、鎌倉にある禅寺に預けてくれることになった。

可亭は妻と娘を親切な近所に頼み、六歳になった一平をつれて禅寺に入った。

色が白く、目鼻立ちのりりしい一平は寺ではたちまち僧侶たちのペットになった。衣をきせられ、裾をひくので大きなあげを腰にも袖にもされた上に丸ぐけの帯をしめると、可愛らしい小僧が出来上る。「菩薩子《ぼさつご》」という名で呼ばれ、一平は老師から雲水《うんすい》たちにまで可愛がられた。ただし、寺の食物は水のような粥が朝晩と、昼はばくてきという麦七米三のぐしゃぐじゃした御飯だ。お菜は古漬け大根か、水のような味噌汁と決っている。たべざかりの一平は年中空腹を覚えてはいたが、朝は雲水と星のあるうちに起き、掃除も手つだい、禅室ではちょこなんと座禅の真似もし、経行《きょうぎょう》には大人にまじってちょこちょこかけ足でおいつきながら文殊《もんじゅ》の廻りを廻ったりした。茶礼《されい》の煎り豆を待ちどおしがり、参禅には一人前に、日に三べんずつ老師のところへ入室した。老師は、一平にとっておいた干菓子をくれたりこよりの犬をくれたりする。父の可亭はその後で老師から散々油をしぼられるのであった。

可亭はここまできてもまだ亡父の執念にとりつかれていて木の魚を持参し、今は小さな一平の食膳に必ずのせておく。

ある日、老師は可亭にいった。

「いつまで親孝行の殻をかついでいる。もういいかげんに成仏しろ。菩薩子の膳の木魚をよしなさい。お前一代か、菩薩子の一生まで迷わせることになっていいのか。今もし、お前の亡父の霊をよびだしたら、孫には孫としての下された生涯があるから、あれの思いどおり手一ぱいの暮しをさせてやってくれというに決っているよ。どうだな」

「いえ、どうおっしゃられても、祖父《じじい》はあのことについては生命がけで思いこんでおりました。それは誰よりも私が知っております。その志をないがしろにしては、あんまりおやじが可哀そうです」

可亭のがんこさは、老師の説教も受けつけようとしない。

たまたま、二人の会話を襖《ふすま》の外で聞いてしまった一平は、子供心にも、祖父から父に受けつがれた執念の怖しさをぞっと肌身に感じ、急に今まで何の気もなくみていた木魚が不気味なものになって迫ってきた。

可亭の病いは月日と共に癒《い》えたが、可亭の心魂にしみついている、家再興の執念は、益益確固となって、年と共にぬきがたいものになってきた。

可亭が物心つくと同時に、父から叩きこまれたように、可亭は自分が果たせなかった亡父の遺志を三代目の一平に是が非でも果たさせようと考えるようであった。

小学校に上った一平は成績がよく、三年生の時一年飛級するほどの秀才ぶりであった。ところがそれ以後、中学、美術学校と、あんまり芳ばしい成績ではない。

「警察の厄介にならぬ程度の不良少年。いつも落第と及第の境を彷徨《はうくわう》する仮及第の怠惰《たいだ》な中学生。放歌《はうか》乱酔《らんすい》の美術学生」と、一平自身「泣虫寺の夜話」の序文の中で自嘲しているような成績であった。こういう成績に身をおくことが、若き日の一平の父可亭に対するせめてもの消極的レジスタントだったと述懐している。

何がそれほど、一平の心を傷つけていたのか。

可亭の朝となく夜となく繰りかえす「家再興」の執念と責任感の強要であった。

可亭は、妻子の愛に溺れて、亡父の遺志をおろそかにした自分のなまくらな生涯では、とうてい一家再興の大事業を成就する能力はないと見きわめあきらめてしまった。そこで自分の息子の一平の肩に、亡父から叩きこまれた思想と責任をすりかえようと思ったのである。可亭の目から見れば一平は親に似ない悪筆で、とうてい自分の家業を継ぎ、書で家を興すような才能はないとみられた。また自分が残りの生涯でどれほど稼いでみても一平にとても充分な勉強や研究をさせる財がつくれようとも思われなかった。一時は、一攫《かく》千金を夢みて、発明に凝り、部屋中にブリキ屑《くず》や石膏《せっこう》をひろげてみたこともあったが、頭で描いた素晴らしい発明はどれも実現させるまでに至らず、そのうち可亭もそんな夢のはかなさに覚めたのだ。貧乏人に与えられた人生は結局、こつこつ自分で働き自分の口を養いながら、その余力で「何か」を成しとげるしかないのだというのが、可亭が孤児の身の上から孤軍奮闘して惨風慈雨《ざんぷうじう》の中から得た人生の真実のような気がしていた。

そこで小学生の一平に学校から帰るとすぐ、狩野《かのう》派の絵を描く老師匠のもとへ絵を習いに通わせた。

「わしは凡物で駄目だ。お前も生れ付き器用でないからな、わしの家は三代目のお前でも再興出来ないかもしれない。その時は、いいかな、必ず、根気よく、お前の子、孫と、譲り伝えて、四代五代と続くうちに、段々家を立ててゆく事だ。とていお前の不器用さでは書は無理だから、絵を習わせる。絵なら、何とか形ぐらいはかけるようになるだろう。それにこれからの世の中では書はすたれる一方だ。絵の方がまだしも望みがある」

それが可亭の口癖であった。一平は可亭のこの言葉を耳にタコが出来るくらい聞かされた。絵は嫌いで嫌いでたまらなかった。

毎晩師匠の所へゆき、晩酌をかたむけている師匠の横で墨をする時、必ず、くやしさと、無念さで涙が出た。一平は涙のこぼれた紙の上に、狩野派の松をなすりつけた。

酔った師匠が気づかないのをいいことにして同じ絵を何日も毛せんの上にひろげ、今夜画いたような顔をして師匠をあざむき、わずかに心の鬱憤《うつぷん》を晴らしたりした。

それでいて、生れつき気持の優しい一平は、苦労しつづけてきた父に面と向っては、反抗するということが出来なかった。

その自分の弱さがまた、たまらない自己嫌悪《けんお》をさそう。一平は次第に心の奥底で、純な精神をねじ曲げてゆき、父の前だけは卑屈な姿勢でおとなしい総領息子の体面をたもっているようになった。

中学生の時、一度だけ、思いきって小説家になりたいと父に訴えたことがあった。それは少年のやむにやまれない欲求から出た必死の願いであったけれど、可亭は一言の下に拒絶した。

「小説で飯が食えるか。これからは絵画流行の世の中だ。飯の食えないことぐらい悲惨な事はない。何はともあれ、口を養うことが第一だ。お前は迷わず画家になるのだ」

これが可亭の答えだった。一平はこの無理解な父を内心憎みながら、一方では自分でも気づかず、深く愛していた。美しいだけで凡庸《ぼんよう》な母親には、生涯、愛も尊敬も抱いていないのに比べて、可亭の一徹で不器用な、孤愁《こしゅう》をおびた生涯には、一平は深い愛憐《あいれん》の情を感じていたようである。

父が中学を出た一平を、浮世絵画家の武内桂舟《たけうちけいしゅう》の家へ内弟子に入れた時も、内心泣く泣く父の意見に従った。当時桂舟は博文館の雑誌に描いている挿絵《さしえ》家の中ではボス的な存在だった。幸い桂舟は天才肌で仕事を好きでなく、一平を相手に天麩羅《てんぷら》の揚げ方だの、小刀のとぎ方だの、植木の育て方などにばかり凝っていた。一平は桂舟の書生兼弟子で三年いた。この間に青春の情熱と肉欲をもてあまし、神経衰弱になって自殺のまねなどしてみたが、本気で死を思いつめたわけではなかったのだ。

父の可亭は、そんな一平の心の中など一向に知ろうとせず、一平のために月賦の古画の翻刻《ほんこく》など、工面《くめん》して買いだめてくれたりする。すると一平は心細く、父があわれになって、ついロ元だけにでも優しさと頼もしそうな語気をこめて、

「もうこれからは洋画の時代ですよ。お父さん。ぼくはひとつ洋画をやろうかと思います」

などいってみたりする。可亭はすぐ息子の言葉を真《ま》にうけて、

「うむ、お前のいうのも一理ある。それはよい考えだ。洋画でやんなさい。わしも出来るだけお前の足手まといにならぬように、もっと勉強してゆかねばならんな」

など考えこみ、それからは、品格のある字も書けるようになろうと、初心者のように墨をすり紙をのべるのだった。一平はこんな父の願望《がんぼう》に、結局がんじがらめにされた形で、次第に絵で身をたてる決心に追いこまれていった。

藤島武二《ふじしまたけじ》の曙《あけぼのちょう》町の研究所に通って入学の準備をし、翌夏、平凡な成績で、美術学校の入試に無事通過することが出来た。

一平以上に可亭の心中の得意さは思いやられる。可亭はやがて出世するであろう息子にふさわしい父となろうとして、書家仲間の団体に参加して展覧会に出品したりした。意地の悪そうな老書家が家に出入りするようになり、可亭から金を借りていく。磊落《らいらく》そうな調子で可亭の字をおだててまきあげては、彼はかげで可亭の字を俗字だとののしっていた。

そういうことがあっても可亭は、一平の前途に望みのすべてを託し、また日々の糧《かて》のための看板を書き、名刺を書き、標札を書いた。

月に二、三回の海釣りと、晩酌の一合だけが、今の可亭の最上の慰めになっていた。

美校に入学後の一平は一、二年は級友や教師を驚かすような絵を描いた。一学期毎にある油絵の「競技」には一平の陰鬱な不思議な詩情をたたえた暗い絵は注目を集めた。

学校に馴れてくるにつれ、また持ち前の倦怠《けんたい》が頭をもちあげてきて、身の置きどころもないような退屈さを味わいはじめた。

入学当初は、級友のすべてが天才のように見えたのに、なじんでみると、普通の人間だ。漸く、校友会雑誌の編集にうさ晴らしの場所を見つけて、それに一時の情熱をそそいだりした。

そのうち小学校時代の同窓生に誘われて、魚河岸の若旦那になっている彼の手引で茶屋酒の味を覚えるようになった。

学校はそっちのけで、一平は毎晩友人の相伴《しょうばん》で茶屋通いを始め、芸者に好かれたり、仲居に岡惚れしたりして、すっかり一かどの蕩児《とうじ》になりきってしまった。

学校は四年の時、英語で落第点をとり、五年は選科に上って辛うじてびりから二番で卒業した。

明治三十八年の夏入学し、四十二年三月卒業している。

この頃、一平とかの子はめぐりあうのだけれど、一平の「どぜう地獄」によれば、卒業後の夏の出来事のように書かれているが、これはかの子の年譜から推量した明治四十一年の夏、即ち、一平の卒業の前年の最後の学生時代の夏休みという方が正しいように思う。信州で、かの子が逢った一平の同級生たちも、卒業制作のため出かけていたのであるし、帰ってから、一平がはじめて晶川の下宿でかの子に出逢うのだが、これも一平が学生時代の方が自然のように思う。

一平が可亭に向って、生涯でただ一度、真正面から強気に出たのは、かの子と結婚する時だけだった。結局、一平は、幼少から、内心不満をつのらせながらも、可亭が描いた青写真通りの生活をやりとげた。可亭の夢にも忘れなかった家再興の実績を、これは可亭の期待以上に、三代目で見事になしとげて、生涯かけた生命がけの哀れな父の悲願を達成してやったのであった。

尚そのうえ、かの子と、その子太郎の業績を加えれば、可亭の霊はこれ以上の喜びを知らないだろう。

一平は、父の死後、晩年の父を愛情をこめた筆で書きのこしている。

「光」という随筆と、「泣虫寺の夜話」の序にそれが見られる。

《略――私のおやぢは気が弱かつた。それにも係《かかは》らず、或はそれがために、自分の感情といふものを外に現さなかつた。堪《こら》へと睨みを持ち続けて、一生を終つた人だ。

両親に早く死に別れ、幼少より苦労しながら、彼が父の代に浪々零落《れいらく》に陥つた家を、再興するのが念願であつた。運拙《つたな》く、とても自分の世では覚束《おぼつか》ないと見て取り、それを

私に噛み含めた。方法としては、
「何代かかつても関《かま》はぬ、根気よく」といつた。

私が女史を貰はうと、女史を連れておやぢに見せに行つたとき、おやぢはやつと承知した。少々打解けてから、かういふことを女史にいつた。「伜《せがれ》は格別のところもないが、気は優しいものだから――」嫁に対して安心のゆくやう、伜の性質を保証した。これは親として伜に好意ある証明に違ひないが、私の能力を説明し、格別のところもないといつたのは、親として、大やうな謙遜《けんそん》ばかりではない、事実、おやぢは私をこの程度にみていた。今になつてみて当つてゐないこともない。

女史に対しては、彼もさすがに感ぜられるものがあつたらしい。書家であるおやぢは女史の書く字を見てかういつた。
「あんたは手本の字は習はなくてよろしい。自分の字を書いて行きなされ」

つまり天分を認めた。

伜夫婦の生活はがたぴしだつた。試煉《しれん》に死にもの狂ひだつた。中庸を好み「程」といふ印を拵《こしら》へて、落款に使つてたほどのおやぢに判りやうもない。伜の生活とおやぢの生活はしばらく離れていた》

――略――

《しかし、さうかうするうち、私たちの生活も多少は落着き、する仕事も少しは世間に芽出して来たので、おやぢもさうはいはないが、筋を伸ばした顔付をして私たちに対した。晩年は、東京の借家を抜け、江戸川べりに自持ちの小さな隠荘を構へた。日頃敬愛し奉つてゐた明治天皇さまの御歌を、謹書して頒《わか》つのを、終生の仕事に筆を染め出してゐた。娘たちもみな片付き、聟《むこ》と一しよに泊りがけなぞで遊びに来て、彼は幸福でない晩年でもなかつた》(父)

可亭が死んだのは大正八年秋、可亭六十三歳の年であった。死因は癌《がん》であった。右の頸《くび》に椀程の肉瘤《にくりゆう》が出来ていてその痛みは酷烈をきわめた。

癌だということは一年前からわかっていたが、医者から本人に知らすことはとめられていて、家族はだまっていた。病勢は日毎に進む一方で、効もない光線治療に、可亭は根気よく通っていた。

瘤《こぶ》のため首が曲ってしまっていた。やせた軀に折目正しい着物をつけ、細巻の洋傘をきちょうめんについて、厳然とした態度で京成《けいせい》電車にゆられていた。

一平はこんな時代の可亭に、それとなく、宗教をすすめ、真宗《しんしゆう》の聖典を持っていったり、禅書をおくったりした。

可亭がどの程度にそれらから、息子の真意を汲み、かつ、宗教心をひらかれたかは全くわからない。

瘤は次第に色づき、いのちをとるまでにまる二年かかった。大きくなる一方で、痛みは烈しいらしいのに、病人は一言も苦痛を訴えなかった。

痛い時は、じっと蹲《うずくま》ってたえていた。常に可亭は、自分の死期だけは、はっきり教えてくれと一平にいいのこしてあった。

いよいよその時が来た時、一平は思いきって、父の枕元に顔を出していった。

「もう時期でございます」

可亭は、

「そうか」

といった。それから障子の硝子から晴れた空をつくづく眺めたのち、突如、枯れた両腕を虚空につきだし、

「万歳」

を三唱した。やがて静かに絶え入った。

寂然《じゃくねん》と横たわったやせ細った可亭のなきがらは、ようやく癌の激痛からも、終生おおいかぶさって離れなかった家再興の悲願の圧迫からも解き放され、いかにも軽そうに、縹《ひょう》渺《びょう》と横たわっていた。

第六章　桃　夭

《「素焼の壺と素焼の壺とただ並んでるやうなあつさりして嫌味のない男女の交際といふものはないでせうか」と青年は云つた。

本郷《ほんごう》帝国大学の裏門を出て根津権現《ねづごんげん》の境内まで、いくつも曲りながら傾斜になつて降りる邸町の階段の途中にある或る邸宅の離れ屋である。障子を開けひろげた座敷から木の茂みや花の梢《こずえ》を越して、町の灯あかりが薄い生臙脂《きえんじ》いろに晩春の闇の空をほのかに染め上げ、その紗《しや》のやうな灯あかりに透けて、上野の丘の影が眠る鯨《くじら》のやうに横たはる。鯨の頭のところに精養軒《せいようけん》の食堂が舞台のやうに高く灯の雫《しずく》を滴らしてゐる。座敷のすぐ軒先の闇を何の花か糠《ぬか》のやうに塊り、折々散るときだけ粉雪のやうに微《かす》かに光つて落ちる。

かの女は小さく繃帯をしてゐる片方の眼を庇《かば》つて、部屋の瓦斯《ガス》の灯にも青年の方にも、斜に俯向き加減に首を傾けたが、開いた方の眼では悪びれず、まともに青年の方を瞠《なが》めた。

「それではなにも、男女でなくてもいゝのぢやございません？　友人なり師弟なり、感情の素朴な性質の者同志なら」かうは答へたもののかの女は、青年の持ち出したこの問題にこの上深く会話を進み入らせる興味はなかつた。ただこんなことを云つてゐるうちに、この青年の性格なり気持ちがだん〳〵判明して来るだらうことに望をかけてゐた。

「こんなことを女性に向つて云ひ出す青年は、どういふものか」すると青年は、内懐にしてゐた片手を襟から出し片頰に当てていかにも屈託らしく云つた。かの女のあまりすかないこんな自堕落らしい様子をしても、この青年は下品にも廃頽的にも見えない。この青年の美貌と、芯に透つた寂寞《せきばく》感が、むしろ上品に青年の態度や雰囲気をひきしめてゐるのかもしれない。

「やつぱり異性同志に、さういつた種類の交際を望むのです。少くとも僕は」

それからしばらくして、

「でないと僕は寂しいんです」

唐突でまるで独言のやうな沈鬱《ちんうつ》な言葉の調子だ。かの女はこの青年がいよ〳〵不思議に思へた》(高原の太陽)

かの子と一平の結婚前らしい姿のうかがえるかの子の小説の書き出しである。

一平は、二人の結びつきや、結婚後のことを「へぼ胡瓜」や「どぜう地獄」にくわしく書きこんでいるが、かの子にはこの種のものはほとんど見当らない。「へぼ胡瓜」や「どぜう地獄」も事実に相当なフィクションを加えた、面白おかしい戯文《ぎぶん》調だから、額面通りそれをそのまま、二人の歴史と信じることは出来ない。同時に、かの子の文章は、もっと意識的に文学化して事実を理想化したり昇華してあるので、いっそう事実の推定には役だたないともいえる。

けれどもこの「高原の太陽」という短篇は、作品的には、まとまりのわるい不出来なものであるにかかわらず、結婚前の一平との交際のある雰囲気が不思議なリアリティをもって感じられる。

一平の「へぼ胡瓜」では、この場面が、

《根津の通りは黄昏《たそがれ》に近く暮靄《ぼあい》の雲母《きら》を藍墨《あゐずみ》の家並の軒に漂はして居る。続くやうに往き来の人が通る。労働者が多い。弁当箱を首にかけて足駄《あしだ》を穿いたのや女工服を着乍ら立派な島田髷を結つたのや、必ず喋《しやべ》り乍ら行く。この辺の商店の売物はたとへば八百屋ならば菜を茹《ゆ》でたのが一山々々になつて居て買へば直ぐ食べられるやうに手数が省いてある。漬物屋の店頭には沢庵《たくあん》が二銭から買へるやうに一本幾つに分割してある》（へぼ胡瓜）

といった町の描写で、同じ根津のあたりでも全くかの子の書いたものとは雰囲気《ふんいき》がちがう。そんな下町のごみごみした通りに面して、その時分、かの子が下宿していた家があった。

千本格子の入った玄関の戸を開くと、せまいたたきに、沓《くつ》ぬぎ石があり、玄関の四畳半の襖の奥に廊下がつづき、みかげ石の手水鉢《ちょうずばち》の横に南天《なんてん》の植った型通りの庭があるといった下町風の二階家に、かの子は年よりの女中一人つれて、かり住いをし、大学病院に通っていた。「へぼ胡瓜」には鼻の手術をしたためとあり、「高原の太陽」には眼病の治療ということになっている。どっちだったにせよ、腺病質のかの子にはありそうなことであった。

いやに下世話にさばけた女中一人のついたそんな状態のかの子に、すでに一かどの蕩児をきどっていた一平が近づき言いより易かったのはうなずける。

それより何ヵ月か前、軽井沢から帰ったかの子に、一平は、中井を通して、すでに近づきになっていた。中井の下宿と晶川の下宿がたまたま同じだったので、そこへ遊びに来たかの子に、一平はひきあわせてもらったのである。

はじめてかの子を見た時、かの子はネルの着物を着て、まるい膝の上に袂《たもと》を重ね、子供のようにむっちりした小さな掌を、袂のかげでもじもじあわせながら、晶川の後ろにかくれるようにして笑っていた。

一平は一目みて、深い衝撃にうたれた。眼蓋《まぶた》より大きく外ににじみ出た油煙のような黒々の瞳の、異様な美しさに魅せられてしまったのだ。白い額ごしに上目づかいに相手をみる大きな瞳には、疑いをしらない生娘《きむすめ》の熱情が、ふきこぼれるように燃えていた。

立ち上ったかの子は、ネルの着物の中で豊かな肉づきの、娘々した軀が、ゴムまりのようにまるみをおびていた。骨組はまるい肉の中にがっちりしているようで、手足が、まるで人形のように短くついている。歩くと、その短い手足が不思議に優しく動いて、可憐な感じと、情熱的な肉の強さが奇妙にとけあい、男心をそそった。

八百屋お七《しち》のような情熱を身内にだきしめているような女だと、一平は一目みて心にうなった。

もうすでに一平は、茶屋酒の味も知っていたし、女は、芸者から女郎まであらゆる階級の女と遊んでいた上、したたか者の仲居の情夫の役までさせられた経験もつんでいた。けれども素人の、上品な家庭の処女と交際するという機会にはまだ一度もめぐまれていなかった。

かの子の不器用な化粧や、野暮な着付けも、玄人女《くろうと》ばかり相手にしてきた目には、新鮮で可憐なものとして目に映った。

一平はセツ、シュン、クヮウという三人の美しい年頃の妹がいたし、母の正《まさ》も端正な顔だちの美人だった。妹たちは、一平とかの子が結婚して後、人力車をつらねて二子の大貫家を訪ねた時、あまりの美しさに、町の人々が往来へ走り出てみとれたと語りつたえられているほどの美貌だった。黄八丈《きはちじよう》に黒衿をつけ、きんしゃの前掛をかけるというような粋な下町姿の母や妹たちを見なれた一平は、いわゆる美人型の女はかえって珍しくもなかったのではないだろうか。

まだらな白粉の下からナイーブなはだかの心がむきだしにのぞいてくるかの子の、いきいきした野性的な表情の方が珍しく、美しく見えたのである。

かの子の方では一平が感じたほど、箱入娘のおとなしいばかりの娘ではないことはすでにのべたが、やはり、一平の大人びた放蕩にくらべれば、かの子の観念的な恋愛遊戯の一つ二つは全く児戯《じぎ》に等しいものだった。

後になって一平は、自分のこの当時の恋情をくりかえし、反省している。かの子が歌を詠む才媛《さいえん》であり、豪家の娘であり、友だちが競争して想いをかけている娘であったため、自分は、友だちの鼻をあかしてやりたい卑しい競争心から、誘惑する気になったので、決して純な愛だけで出発したものではなかった。大貫家の資産も、かの子の教養も、みんな計算ずみの上のずるい求愛だったといえるのである。

けれども、それらの俗情《ぞくじょう》を全部さしひいてもなお、やはり、一平の心を強くとらえて離さない真実な糸が、かの子との間にひかれていたのも事実であった。それを一平は、かの子の生れながらに持つ稀有《けう》な寂しみの情だといっている。

ところが、かの子の方でも、一平の積極的な求愛に次第にひきこまれていく中心には、一平と同じ一筋の真情が二人をひきつけるのを感じたのであった。

一平は自分の美貌や、しゃれた身なりや、粋な会話、身のこなしが、女好きするものであると、ちゃんと自負し、計算して、かの子に対していた。それは一平の計画通り、かの子の好みに適《かな》っていた。

女の友だちでも美貌でなければならない。面食いのかの子は、一平の美青年ぶりにまず心を捉えられたのである。

《青年の姿は、美しかつた。薩摩絣の着物に対の羽織を着て、糯袢の襟が芝居の子役のやうに薄鼠《うすねず》色の羽二重だつた。鋭く敏感を示す高い鼻以外は、女らしい眼鼻立ちで、もしこれに媚を持たせたら、かの女の好みには寧《むし》ろ堪へられないものになるであらうと思はれた。併《しか》し、青年の表情は案外率直で非生物的だつた。青年のほのかな桜色の顔の色をかの女は羨んだ》（高原の太陽）

一平の外貌が気にいったと同時に、晶川や、晶川の友人たちとはおよそ肌あいのちがう、さばけた一平の話しぶりや、経験談に、かの子の好奇心はひかれていた。そしてそのどれにもまして、かの子の心を捉えてしまったのは、深く知れば知るほど滲みでてくる一平の白々しい虚無の翳《かげ》と、こちらの心を時々寒々とふるえあがらせるような寂しさの伝わってくることだった。

そんな同じ一点で互いに牽《ひ》きあっていることに気づかず、一平とかの子は逢う度、しだいに宿命的なきずなを強くひきしめていった。

一平とかの子が、はじめて晶川の下宿で逢ってから結婚まで、どれくらいの月日があったものか、正確にはわからない。

これまでのかの子に関する年譜も、一平の書いたものも、この間の月日は曖昧《あいまい》で正確だとは断定し難い。

明治四十一年の秋、かの子十九歳、一平は美術学校四年生二十二歳で逢い、間で交際はとぎれた時もあり、翌四十二年三月、一平が卒業後あたりから、二人の間は次第に親密になっていったのではないかと、私は推察する。

この間に、かの子はもう一人別の男と恋愛をしていた。

青山の寮の近所に住む伏屋《ふしや》という青年で、家は代々宮内《くない》省に勤める家柄の長男であった。この伏屋青年のことは、かの子の書いたものにも、一平の作品の中にも一切出ていず、私が現存するかの子の身内の誰からも聞きだすことのなかった存在であった。

かの子の死後二十四年を経た昭和三十八年の秋になって、突然、老衰の病床にある伏屋老人が、かの子との過去を発表し、自分の子にちがいない岡本太郎に、生前一目逢いたいなどといいだしたため、週刊誌のとりあげるところとなり、世間の耳目《じもく》をそばだてる結果になったのである。

かの子と伏屋が特別の関係にあったことは、現存する伏屋の実妹や、伏屋夫人までが口を揃えて証明するに至ったので、無根のことではなさそうであった。

彼等の話によれば、かの子は明治四十一年から四十二年頃、伏屋に親しみ、結婚の約束をした。当時、伏屋は、かの子好みの美男子で文学青年でもあった。ただし、伏屋家の厳父が、資産家ではあっても、地元の地主にすぎないかの子の実家と、宮内省に出入りする自家の格式の相違をたてにとってこの結婚を許さなかった。そのため、かの子と伏屋は千葉に嫁していた伏屋の姉を頼って、駈落まで決行した。

これはたちまち、両家から迎えがゆき、引き戻される結果になったが、この駈落事件で、いっそう伏屋とかの子の仲は決定的に裂かれてしまった。

伏屋老人は病床で、かの子と別れた時、かの子は妊娠三ヵ月だったといい、かの子が一平と結婚し、太郎を産んだ後、稚《おさな》い太郎を抱いて伏屋を訪れ、玄関に出た伏屋の妹知子《ともこ》に涙ながらこの子は兄さんの子にちがいありませんといって泣いたと述懐し、知子や伏屋夫人までもそれを証明したので、話は一層真実らしく聞えてきた。

その上、伏屋と一平の風貌にどこか似通った点があるので話はますます複雑になってきた。しかし老衰の臨終近い耄碌《もうろく》した人間の五十年も昔の記憶が、多分に感傷的に彩られるのは想像出来ることだし、正確とは信じ難い。伏屋老人の妊娠三ヵ月説をとれば、太郎の誕生月日から換算して最後にふたりが別れたのは明治四十三年七月頃ということになるが、この頃は、一平とかの子の恋愛が白熱期に入っているので、時期的に辻褄《つじつま》が合わない。

「へぼ胡瓜」によっても、一平とかの子の仲は、ある時期、かの子の方から完全にとだえさせていたのを、一平が、偶然のチャンスで、かの子の根津の下宿を探しあて、復活したことがわかる。おそらく、明治四十一年の秋、はじめて一平、かの子が出逢った前後から、かの子は伏屋と恋愛関係に入っており、一平の一方的な野心がかの子に注がれていたとみるべきだろう。

再び一平がかの子とめぐり逢った根津時代は、すでにかの子が伏屋との仲を裂かれていて、一平の熱烈な求愛が、失恋の傷手に悩んでいたかの子の心に沁《し》みていったものと推察出来る。

かの子が、太郎を、自分の子でないと意味ありげに人に語ったりしているところからみても、かの子には現実逃避《とうひ》の夢見がちな空想から、勝手な筋書をつくって、自らを慰めたり、人をまどわしたりする癖があったとみられる。幼児がその場で、願望を現実と思いきめたがるような小児性と、自己韜晦《とうかい》趣味とが、かの子の中には同居していたとみられる。

かの子が太郎をつれて訪れた時、冷淡に扱って追い帰した伏屋が晩年、かの子の文学碑が建てられるという噂で賑っているのを聞き、突然のように太郎との対面を希望するなど、あまりに三文小説的な筋書である。もちろん、岡本太郎は、この老人の願望を世迷《よま》い言として一笑に附し、取りあげなかった。

伏屋老人は、かの子の文学碑の建つ直前、かの子に呼びよせられるように息をひきとっていった。

卒業後の一平はこれという職もなく、昼はじだらくに寝て、夕方になると起きだし、根津のかの子の下宿を訪れるような日がつづいた。

その間に、熱烈なラブレターのやりとりをするのも、一平の恋なれた手のひとつだった。

手紙を書いていて、たまたま、涙が落ちたりすると、あわてて、そのあとにインクでまる印をつけ、

「これはぼくの涙のあとです」

など書きいれた。出したあとでは、相手がかりにも歌を詠む文学少女なのに、ちょっときざすぎたかと後悔してみたりもする。

時をみては、下宿からかの子をつれだし、上野を散歩した。不忍《しのばず》の池《いけ》の観月《かんげつ》橋を渡って、中の島の料理屋へ案内するなど、世なれた扱いをすることも忘れない。

秋の夜風が身にしみすぎるのに障子をあけ放って、町の活動写真館のイルミネーションが夜空を色どっているのをみせてやる。いつでもかの子は、安心しきったような様子で、おとなしく、鷹揚《おうよう》にまかせきった態度なのだ。

料理をとってやると、遠慮しないで、さも美味しそうにたべる。松茸《まつたけ》の土瓶むしの器が珍しいといって子供のように喜んだり、

「うちの多摩川の方では、この三分の一位の可愛らしい鮎《あゆ》しかとれないわ。でも、そういうものをたべつけると、こんな大きな鮎は何んだか憎らしいみたい」

など他愛もないことをいいながら、

「でも大きいのはやっぱりおいしいことね」

と、食欲はさかんで、気持よくたいらげていく。

一平は、まるでものわかりのいい父親のような態度で、そんな時はゆっくりかまえて、かの子をみまもり、いつもの口説き文句などはわざと口にしないのだ。

こうしてしだいにかの子が、一平になじんでくると、

「素焼の壺と壺の並んだような男女の仲」

などといったことは忘れたように、

「あなたとつきあって、僕の白々と寂しかった世界が変ってきた……僕の精神は高まり盛り上ってきました。僕はあなたの病的に内気なところを懐しんで近づいていったのですが、不思議ですね。それは表面だけで、あなたの芯には男を奮い起さすような明るい逞《たくま》しいものがあるんです。僕はあなたの生命力にみちた積極的な本質にひかれているんですね」

と、全く前言と反対のことを訴えたりする。

かの子も、これまでの男友だちとは全く毛色のちがう一平の扱いに馴れていって、晶川と自分の、異常なほどの兄妹愛や、自分の軀の弱いことを訴えるようになった。

「あたしは結婚なんて、出来ないような気がするんです。それでお琴を本気でならって、

畠の真中に小さな家をたててもらって、一生独身で琴の師匠でもしながら、秩父《ちちぶ》の山の晴れ曇りをみて、ひっそりと暮したいと考えているの」

結婚は拒絶したとみせながら一歩ひきよせるようなそんな心をうちわった話もするようになっていた。

明治四十二年の「スバル」にのったかの子の歌は、

親の死のたより聞くとも此頃の冷たき我の心動かじ

わが暗きかなしき胸をみたすべき大惨逆は行はれずや

少女等がみな喜びに振る鈴をわれは忘れて生れてこしかな

など、伏屋との失恋の後の絶望を思わせる暗い陰鬱な句が目だっていたのが、四十三年第一号には、

思ふこと皆打出でて殻のごと心の軽くなれるわびしさ

わが門の土ぬらさまし君過ぎて稀にみ靴のあとや残らむ

と、ぐっと調子が変ってきているのは見のがせない。

この頃がかの子が、一平の熱烈な求愛に心を許した時機とみていいのではないだろうか。

このあと三ヵ月かの子の歌は見えず、第五号にひさびさで作品十五首があらわれ、それが大貫姓を名のる最後の作品となっている。

抱かれて我あるごとし天地を広き心にながめたる時

明らかに一平の恋を受けいれた大どかな心の和みがうかがえる作品であるが、この年四、五月頃というのは、二人の恋の絶頂期に当っていたのである。太郎を妊《みごも》ったのもこの五月である。

次に歌の見えるのは「スバル」十二号で、この時はもう岡本姓になっており、

ゆるされてややさびしきは忍び会ふ深きあはれをわれ失ひしこと

美しく我もなるらむ美しき君にとられてぬる夜積らば

と、なまめかしく新婚の喜びを歌いあげている。

一平と、かの子の結婚は、明らかに、この四十三年五月から十二月の間に行なわれたものだが、その時期が、春か秋か、はっきりしない。

二人の戸籍上の婚姻届は、

明治四十三年八月三十日に提出されている。

これが結婚式と一致するとすれば、夏の式だが、きんの記憶によれば、式は袷《あわせ》で、かの子は梅の模様の式服を着たというから、もっと、先か後に行なわれたものだろう。

何れにせよ、翌明治四十四年二月二十六日には、長男太郎が生れているので、事実上のふたりの結びつきは、四十三年初夏と信じられる。

一平が、大水の時、二子の大貫家へ水見舞いに行き、その夜徹して、寅吉に求婚し、寅

吉がついに、かの子との結婚を許したという話は、一平自身が書き、伝説的に有名な話になっている。

往年の新聞を調べてみれば、明治四十三年八月十一日の朝日新聞に、

「関東一面泥の海

稀有の洪水」

という大見出しで、

「八日以来の大雨にて、東海道の全部及び東山道の一部諸川増水して水害甚だしく、汽車及び電信電話の如き、何れも不通となり、浸水家屋及び浸水耕地は其の幾千なるを知らず、被害の甚だしき部分を記せば左の如し」

「……略……九日朝より非常なる出水あり、諸川堤防破壊し、濁浪《だくらう》滔々として作物は素より其の他の被害多く……」

「鉄道全く不通」

「雨は尚盛に降り、益〻増水しつつあり」

という記事で埋まり、翌十二日は、

「箱根の福住楼《ふくずみろう》流失

洪水の惨禍各地激甚《げきじん》」

というセンセーショナルな記事が出ている。

更に翌十三日には墨田川《すみだ》決潰が報じられている。この時の水害は天明《てんめい》以来の洪水で、四十年の大水害よりも甚しいと伝えられていた。

一平がある朝、新聞で多摩川の洪水を知り、徒歩で、泥水の中をわたり歩き、朝出発して、日暮れにかの子の家へたどりついたと書いたのは、いかにもこの時の大水のことのようであるから、夏以前に結婚はしていなかったと見られる。

この時ならば、東京でも五万戸も浸水したので、一平の家でも危かった筈であった。我家の危険も考えず、いきなりかの子の見舞に出かけたのは、並々でない愛情を抱いていたので、それは、もう、かの子が自分の子をみごもっていたことを知っている男の情愛《じょうあい》のあらわれともうけとれる。

しかし、この時、はじめて、一平が寅吉に許されたとすれば、八月三十日の結婚式はいかにもあわただしく、ましてそんな大水のあと二週間以内に、式があげられたとも考えられないのである。

きんは、

「大水の時、一平さんが見え、父に姉をほしいといわれて、許されたように、わたくしも覚えております。もっとも、その頃は、もう度々、一平さんは大貫家へ遊びに見えていましたので、その時かどうかは、はっきりわかりません。何でも、父が厳粛《げんしゅく》な顔をして、わたくしに、硯《すずり》や紙をもってこさせ、奥の座敷で、一平さんは、姉を決して将来、粗末にはしないという一札を書かされ、それに小指をきって、血判まで押されたのを覚えております。きっと、血判などということが、大げさで異様だったので、まだ少女のわたくしには強く印象にのこったのだと思います。父はそのあと、わたくしや母に、このことは決して他言《たごん》してはならないなど申しわたしたものでございました」

と語っている。

当時、大貫家と岡本家では、家同士としても釣合いがとれぬものだったし、一平は、美術学校は出たものの、まだ定職もない書生だった。幸い、帝国劇場が、丸《まる》の内《うち》に設立され、一平の美校の教師和田英作《わだえいさく》が、その壁画をひきうけたので、一平も同級生と共に、和田英作の下に集められ、壁画かきをしていた。今でいうアルバイトで、一月、十円あまりになる程度だった。

それも四十四年三月の竣工予定なのでせいぜい一年たらずの仕事で、そのあと、どうなるか目算もつかない状態であった。

寅吉が掌中《しようちゆう》の珠《たま》のようにしていたかの子を、いかに一平が熱心にもとめたとはいえ、一晩で結婚を許す気になったのには、わけがない筈はない。

一平は、かの子の母のアイが、寅吉より早く、かの子と一平の結婚に賛成したので、寅吉が承知したと書いている。

もうこの時、四ヵ月の身重になっていたかの子の軀を、アイは、たというちあけられていなくとも、気づいていたのではないだろうか。あるいは、かの子とアイと一平の共同作戦で、寅吉を承諾させたのではないだろうか。

一平は、大水のひくまで大貫家に泊りこみ、水のひいたあとで、かの子をつれて、京橋へ帰り、父母に、いきなりかの子との結婚の許可をもとめるという離れ業《わざ》をやってのけた。

「どぜう地獄」の中に、この滞在中の一つのエピソードが書かれている。これは単なる一平のフィクションとしても、一平、かの子の結びつきの上で、本質的な深い問題を持っている。

寅吉に許された翌日、一平はかの子と晴れてつれだって散歩に出た。

家の前の厚木《あつぎ》街道を、西へ西へ歩いていく。家々は、大水の後しまつで、畳をほすやら、泥水をかぶった家具を洗うやらで大さわぎだった。

一平とかの子の、のんきな散歩姿にも、さすがに目をそばだてるひまもないといった風《ふ》情《ぜい》の人々の表情だ。

街道は片側を陽にかげらせて、どこまでも真直つづいていた。

小川があふれて濁流が流れているのを、かの子はまるで子供のように、着物の裾をからげて、ひょいとお転婆《てんば》にとびこえてみせた。

そんなちょっとした動作にも、結婚を許されたという安心と、一平への甘えがみえて、一平の目にはいじらしく映る。同時に、何事にもニヒリスティックで懐疑的に考える癖のついている一平は、結婚が許されてしまうと、その成功の歓びや得意さに、かの子のようには無邪気に自分をひたせない。今度の事に関して用いた自分の作意や、欺《あざむ》きや、無理や卑怯《ひきょう》が一挙に胸にせまって、白々しい自己嫌悪に心がぬりつぶされてしまうのであった。

突然、かの子が甲高い声をあげた。

「まあ、汚なくって可愛らしい子豚ね」

からから日和《ひより》下駄で小石をけとばしながらかの子はかけよっていった。

道の行手に子豚の列がぞろぞろとあらわれたのだった。子豚は、妙な鳴声をあげて、鼻で地べたをあさりながらよちよち歩いていく。

きょときょとして前後の子豚がもつれあいまるい桃色のからだをぶっつけあっている。

かの子はとうとう子豚の列の前にしゃがみこんでしまって、その可愛らしさに手を出そうとした。

それでも、薄い赤むけのような子豚の肌が気味悪くもあって、出した手を宙にうかせている。やがて、袂から麻のハンカチをとりだし指にまいて、ハンカチの上からそっと子豚にさわった。

「まあ、子豚のからだってあたたかいのね。人間の赤ん坊みたい」

感にたえたようなかの子の声に、横の家から、女が顔をだし、かの子の方をみると、わざとらしく、持っていた餌箱をことことと叩いた。

その音を聞くと子豚はいっせいにまわれ右をしてぞろぞろ女の方へはしりこんでしまった。

「まあ、ひどいわ、いじわるね」

かの子は女の仕打ちに気を悪くして、鼻をならすと、くやしそうにハンカチを地面に叩きつけ、さっさと歩きだした。

一平はいそいでハンカチをひろいあげ、

「ハンカチにあたったって仕様がないよ。しまっときなさい」

「あら、いいのよ、それ、豚のからだにさわったんですもの、汚いのよ、すててちょうだい」

「え、捨てたのか、ああそうか、なあんだ」

さり気なくいったものの、一平はぎくっと心にこたえ、顔色がかわるのを感じた。

高価な麻のハンカチを、ただ豚にさわったというだけで、おし気もなく捨てさるかの子の鷹揚《おうよう》さ――下駄一足買うのにも父親の収入とにらみあわせて考えながら買うような自分の育ちの小心さ。どれほど放埒《ほうらつ》を気どり、放胆《ほうたん》ぶった様子をみせたところで、じぶんのはつけ焼刃にすぎないのだ。

かの子のハンカチを捨てる態度の自然さには及びもつかないものがある。もともと、かの子のどこかおっとりとずばぬけた鷹揚さや、そこからくるけたはずれの純粋や、無邪気さにひかされてはいたものの、これほど、天然自然にふるまったかの子の素直な大きさをひしひしと感じたことはなかった。

それにくらべて、じぶんは何という卑小な道化《どうけ》であろうと、一平は自分をあざ笑った。かの子は気取りや偽りでさえ、そうすることが当然と信じて、打算なしに気取り、偽っている。だからいつでもかの子は堂々として、力にあふれてみえる。気取りや偽りの中でさえ、天性のかの子の稚純《ちじゅん》は清らかに光って人をうつ。

じぶんはどうだろう。偽りも気取りも、一分間でも真実らしく人目にみせようとして苦心惨憺《さんたん》している。だから、かえってそれはいつでも空虚でそらぞらしくなってしまう。

芸術にも、恋にも、本気でたち向っているのだろうか。じぶんに都合の悪いことまで、逃げずに真正面からひきうける覚悟はついているのだろうか。浅はかな小細工でごまかそうとしてはいないだろうか。

一平はじぶんを襲ってきた反省にうちのめされそうになった。何も気づかず、悠々と、幸福そのものに輝いているかの子の童顔が、尊いものにさえみえてくる。

たった今まで、この華やかな女を征服したという思い上りに得意だった心が萎《な》えてしまった。考えてみれば、逢った最初から、本当は、いつでもかの子の無防禦の心の清さと大きさに、圧倒され、その生まれつきの自然な鷹揚さに、おどろかされつづけてきたのではなかっただろうか。

一平は心にわき上ってくる真面目な感想を、いつものように、

「ふん、厭味な考えがわいてきやがったな」

とつぶやき、ふりすてようとしたが、妙にその感動はどっしりと一平の心に居すわってしまって動かない。

一平は手の中のハンカチをしばらくみつめていたが、それをかの子に気づかれぬように、じぶんの袂にいれてしまった。

「よしっ、おれが、惜しいと思ったハンカチだ。あくまでその気持をつらぬいて、持ってやれ、いくら、ちゃちでも、そう考えたことが、今のおれの本当の姿なんだから」

何も気づかず、ゆうゆうと坐りのいい腰をふって歩いていくかの子に、おいつこうとして、一平は足をはやめた。

かの子を本質的にじぶんより秀《すぐ》れた者としてみる一平のかの子観は、この結びつきの最初の時、すでに、これほどの強さで、一平の心をとらえていたことは注目すべきことであった。

かの子の天衣無縫《てんいむほう》を鏡にして、じぶんの小細工や虚飾《きよしよく》の多い俗っぽさを映しだすことに、一平は一種の被虐的な快感を味わっていたようにも見える。

水はなお二日ばかりひかなかった。

ようやく三日たって、とにかく第一便の渡し舟を、冒険的に出そうということになった。

一平はそれでかの子を、是が非でも我家につれていって、両親に結婚を承諾させようとした。

寅吉もアイも、こうなっては一平の意見に従うほかないので、かの子に外出の支度をさせた。

やがて一平の前にあらわれたかの子は、暑いさなかだというのに、華やかな極上の和服を着て厚い帯を高々と結びあげていた。そういう豪華な衣裳を身につけると、かの子はかえって堂々と自由らしく見える位《くらい》が身にそなわっているようだった。

あわててした厚化粧は、例によって、ところまだらで、ところどころ粉をふいている不器用さだったが、恋に目のくらんでいる一平は、それさえ、かえって初々《ういうい》しく上品だと目に映るのだ。

「立派ですね」

「そうお、おかしくなくって、ありがとう」

人の言葉をお世辞やお追従《ついしょう》と疑うことがないかの子は、いつもの調子で、おっとりとい い、嬉しがっている。

「兄さん、岡本さんがかの子を東京へつれていらっしゃるんだよ」

アイは二階の晶川に声をかけた。

仕方なくおりてきた晶川は、それでもまぶしそうに妹の盛装をみると、

「岡本さん、お願いします」

と殊勝らしく、几帳面な挨拶をする。

家じゅうの者に見送られ、かの子をつれた一平は外に出た。

門を出るのをまちかねたようにかの子がからだをよせ、

「兄さんね、あれで内心嫉妬しておこってるのよ。あなたにあたしが奪われたと思って、うんと悩んでいるのよ」

とささやいた。

町の人々が、目だつ二人の姿に、思わず表までとびだして見送っていた。

豪華に盛装した娘を我者顔につれて歩くのを人に見られるのは、味なものだと、一平は、上機嫌で得意になっていた。

京橋の岡本家につくと、一まずかの子を家の外に待たしておいて、一平だけが家に入った。

三日も外泊して帰ってくるなり、いきなり嫁をもらってくれときりだした一平に、可亭はど肝をぬかれた。

「もうその娘は、外に待たしてあります。むこうの両親は承知させました」

「それじゃ、相談ではなくて、報告ではないか」

可亭は呆れかえって、苦々しい顔をした。

正《まさ》も、内心、一平の勝手な仕打に腹をすえかねたものの、放蕩者の一平が、いつかのように、変な商売女にみこまれて、素姓もわからない女をつれこまれるよりは、ましだとすぐ考えた。

正は士族の出だったので、一平は平凡な母だとみくびっていたが、内心気位は高く、自分の血統に誇りをいだいていた。

外で待ちくたびれたかの子は、心細くて半泣きになっていた。ようやく一平によびいれられて可亭と正の前につれだされると、あがってしまい、アイから教えられてきた挨拶をのべるのがやっとだった。

とにかく、一平の強引な奇襲《きしゆう》作戦が効を奏した形で、その日の会見は無事に終り、一平の方でも両親の許可を無理に得たことになった。

双方の親を承諾させた上で、かの子の妊娠の事実が打ちあけられ、籍だけその月のうちにと、八月三十日に先にいれたのではないだろうか。

式は秋風のたつのを待って、行なわれたと考えるのが自然なような気がする。

「あまり、暑くも寒くもなかったような気がいたします」

と、きんは語っている。

岡本家からは、可亭の字で、箱書をした帯地一筋が結納《ゆいのう》として大貫家にとどけられた。その箱は、後年まで、大貫家の土蔵にのこっていたと、ハツは語っている。

媒酌《ばいしゃく》は、絵の師でもあり、その時の一平の収入源の恩人でもある和田英作夫妻に頼んだ。

このことも一平は、世間の見栄もいいし、将来の仕事の上でも、万事都合がいいだろうと、打算的に選んだと告白している。

大げさではないが、筋の通ったちゃんとした結婚式が行なわれた。

二子の古老たちは、

「雪之助さんの婚礼の盛大さは今でも語り草になるほどで、覚えていますが、おかのさんは、何でも東京の書生さんが、ぜひにといってもらっていかれたという評判がたったくらいで、いつのまにか、すっと、いなくなりました。とにかく、大貫家のおかのさんの婚礼にしては、不思議なほど、つましいものだったとみえ、何の記憶もありません」

と語った。

当時は、結婚式の写真をとるという習慣が、それほど一般化していなかったので、記念写真はのこっていない。新婚旅行にもいかなかった。

かの子は、式のあと、岡本家に同居、一平の家族たちといっしょに暮すようになった。

その日から、かの子には想像もしなかった試練の日々がおそいかかってきた。

大貫家では、家一番のタイラントで、女王のようにわがままいっぱいに暮してきたかの子に、姑や三人の年頃の小姑と同居の、下町の嫁の立場は、全く窮屈《きゆうくつ》で息苦しく身のおきどころもなかった。

菜っぱ一つ洗ったこともないかの子は、料理も掃除も一人前に出来ない。その上、気を利かせるとか、ことばの裏を察しるなどいうことは全く不得手なので、家族の顔色をみたり、機嫌をとりむすぶことなど、考えたこともなかった。

多勢の使用人にとりかこまれ、大家族の中で育ってきたかの子は、せまい家に小さな茶ぶ台をかこんで、お醬油《しようゆ》一滴も、無駄にかけず、万事、少なく品よくもりつける食事の仕方一つにも息がつまりそうだった。

かの子の常凡《じようぼん》でない本質を見ぬき、かの子の無器用な真正直を理解してくれたらしい可亭は、心を家族にさえ開いてみせぬ無類の無口だし、頼りにする一平は、人前で妻をかばうなどとは、野暮の骨頂と心得ている都会人的照れ屋である。

かの子が、岡本家の習慣や下町の空気に性急にとけこもうとすればするほど、その一々の動作は家族の失笑を買い軽蔑《けいべつ》をまねいた。

かの子が嫁いで二ヵ月ほどたったある寒い夜、大貫家の裏庭にしのんできたかの子は、きんをこっそり呼びだした。何事かと出ていったきんは、月影の中に肩をすぼめ、げっそり面やつれした姉の顔を見て驚いた。かの子は、きんをみると、たえかねたように声をだして泣き、妹にしがみついた。

「おきんちゃん、あたし辛い、どうしていいかわからない……とてもつとまりそうもないわ……でも帰ってきちゃお父さんやお母さんに悪いわね……」

姉の手をとったきんは、かの子の美しかった手が、見るかげもなく荒れはてているのを見て声も出なかった。

「あんたにいって泣いたら、やっと胸が軽くなった。来たこと母さんたちに内緒にしてね」

かの子は家に入らず、そのまま月影の中を河原の方へかけ去っていった。

第七章　なげき

青山六丁目の都電通りから西へ入る露地の一つ前で岡本太郎は立ちどまった。昔、一平とかの子が新世帯を持った家の辺が、どしどし壊されて、まもなく跡かたもなくなりそうだから、早く見ておいた方がいいというので、一日案内していただいたのである。

家具屋や、酒屋や薬局の並んだ商店街の前で立ち止り、

「ここに北条《ほうじょう》という箪笥屋、あそこに三河屋《みかわや》という酒屋、この薬屋が昔は油屋だった。油の桶《おけ》やかめが暗い店にずらっと並んで、お婆さんが、しんちゅうの杓《しゃく》で油を汲《く》みだしては売ってたのを覚えているよ。三河屋の小僧さんが毎日、御用聞きの荷車にのせてぼくをつれてってくれたもんだった」

と、追憶する。

薬屋の横の昔乍らのせまい露地を入っていくと、はじめての通りの角に、家がとり払われて、アパートを建てるための地均《じなら》しがはじまっていた。

そこが、明治四十四年頃から大正七年まで、かの子一家が棲《す》んだ家のあった場所で、当時の赤坂区青山北町六丁目五十五番地に当たっていた。

角の家は辻《つじ》男爵の家で、その隣りのいばらの垣根に囲まれた二階屋が、岡本家であった。向いはどこかの厩《うまや》になっていた。

すぐ近所に下田歌子《しもだうたこ》の邸《やしき》があった。かの子が南 鞘町《みなみさやちょう》の岡本家に同居したのは、半年にもならぬ短い期間であったようだ。

可亭は、日一日と険悪になる家庭の空気を見通し、一日も早く一平夫妻を独立させることがよいだろうと考えたのだろう。

「嫁を貰った以上は、一人前とみなして、もう生活の援助はしないが、家だけは建ててやろう」

といって、青山北町のこの家を建ててあたえた。

階下は八畳に四畳半、三畳、玄関で、二階はガラス張りのアトリエになっていた。長い縁側がつき、せまい庭もあった。

この家ではじめてかの子は新婚気分を味わうのだけれど、ここに入ったのは、おそらく、太郎誕生の後ではないだろうか。

明治四十四年二月二十六日に、かの子は二子の実家で、太郎を産んでいる。年があけてからすぐ、大貫家に出産のためと称して帰り、一平もまたかの子に従って大貫家へ泊りこみ、二子から、帝劇の壁描きの仕事に通っていた。

その時にはすでに晶川も結婚していたので、新妻のハツは、この気位の高い我ままな義妹の里帰りに、さんざんアイと共に手を焼かされた。

アイが一平にむかって、

「かの子はあなたに着物といっては風呂敷に穴をあけて着せかねまいものでもありませんよ」

と、結婚前に、いったように、かの子はおよそ、世の常の嫁なみの修業は何一つ身についていなかった。

一平の袴の脇は今にもちぎれそうに長くほころびたままだし、一平の足袋は親指に穴をあけたままはかされている。

みかねて、アイが新しい足袋をこっそり一平に与え、ほころびはハツがつくろっておくという状態だった。

かの子はそれにさえ気づかかず、我まま一杯にふるまい、月満ちて、大貫家の客間の次の十畳で、無事、太郎を産んだ。

太郎はかの子の子供ではなく、一平が他の女に産ませた子だという噂が意外な根強さで流れているが、出産にたちあったハツや、きんの証言で、それは全くの世間の噂話にすぎないことが証明される。

ハツによれば、

「かの子さんのタイラントぶりは、一通りではなく、嫁の私などは勿論のこと、実の母でさえ、かの子さんの滞在中は神経をすりへらし、その疲れが出て、かの子さんたちが東京へ引きかえして間もなく、発病して寝こんでしまいました」

というほどだった。

京橋の頃は、町絵師の妻になろうと、かの子はかの子なりにつとめ、一平が教える粋な洒脱《しやだつ》を身につけようと、黒衿のかかった着物をきたり、大丸髷《おおまるまげ》に結ったりした。そういう恰好が、かの子に似合う筈もなく、かえって姑や小姑の失笑をかっただけだったが、静かな青山の家では、かの子はもう誰に気がねもなく、本来のかの子流に立ちかえって、のびのびと妻と母の気分に浸ることができた。

一平の収入は相変らずの状態であった。帝劇が出来上った後、そのままのメンバーで、舞台の背景書きの仕事を引きつがされたので、どうにか収入は細々とつづいたものの、見栄張りの一平にそんな収入で足りる筈もなく、かの子は一平より以上に、金銭にかけては、鷹揚を通りこした超無神経なのだから、いつでも家計は火の車だった。

かの子の嫁入仕度の金目のものはどしどし質屋に入ったし、それでも足りなくて、一平は始終、京橋へ帰り、可亭に内緒の小遣いを母の正にせびっていた。相手にしない正の後から、空っぽのがま口を開けて、一平がいつまでも鬼ごっこのようについて歩いたのを覚えていると、一平の末妹の現在の池部鈞《いけべきん》夫人クヮウは語っている。

親子三人で、北町《きたまち》の家に移って半年ほどが、かの子の結婚生活では、貧しくても一番心和やかな日々であった。

生活が落ちつくにつれ、かの子は眠っていた文学への熱が頭をもたげはじめてきた。

この頃のかの子の手紙が現存しているので、それによって当時のかの子の生活や心のうちを比較的正確にうかがうことができる。

「――（前略）――昨日帰りましてからは、やはりお粥《かゆ》に玉子くらゐで床に就いて衰弱のくわいふくするのを待つて居ります。太郎にミルクを下さいましたから今の処私が太郎の牛乳をのんで居るのです。

今日はためしにおさかなを煮てたべましたが、やはり玉子が一番よいやうです。玉子は昨夜おとなりの北村のをばさんから可成いただきましたがなほお家の鳥が新鮮の玉子をたくさん産むやうでしたらおついでのせつ少々いただきたいのです。しかしもし買つてなんか下さるならこちらで買ふのも同じですからよろしうございます。あつたら家の新しいのがほしいのであります。おとなり（両隣）さんは実に皆しんせつです。今度のめんだう見てくれた親切などは実に忘れられぬ程です。殊に北村のをばさんなどは善人です上、充分教育ある方ですから物が分つて私の様な者でも実の娘の様にか愛がつて呉れられます。世間に鬼ばかりは無いとは実によく云うたものです――略――色々申上たいのですがまだ張つてますから筆が云ふこと聞きません。兄さん御大切に早くお直りになつて下さいませ色々御相談致したいこともありますから。

姉さん二十五日から御祝ひですつてね。随分御きげんよう。おきんさん暇を見てまた来て下さいな。

太郎公がおできが出来ていやにやかましいのは困ります。其から困つたことには私の乳はすつかり上つてしまひました。

廿日　　　　さよなら

　　　　　　かの

大貫皆様」

これは産後が日だってから、親子が青山の家へ引きあげて間もない頃の手紙とみられる。

「先日は御邪魔、一平無事、太郎無事。わたし無事。急ぎのぬひもの御たのみ申し度、あす喜七《きしち》氏学校のかへり取りに越されたし。

スゲ田の肖像はよかれあしかれ気に入るやいらずやとにかく書かせてもらひたし。それで渡世致すもの、御ひとつでも仕事のあるは結構だから、なる丈鮮明なる写真をよこされたし」

右の葉書の文面中スゲ田とあるは、アイの里方である。一平に肖像画の世話をして、少しでも家計を楽にしようと、大貫家でとりはからったものとみえる。

「それで渡世致すもの」など、いかにも町絵師の女房きどりのことばがあるのもおもしろい。けれども、かの子は一平が、劇場の背景や、知人の肖像など画いて終ることに決して満足していたわけではない。娘時代から、晶川と共に培《つちか》ってきたかの子の芸術至上主義的な考えからは、芸術はいつでも第一級のものでなければ認めることは出来なかった。

おそらく、一平の経歴から、かの子は一平の才能の中に純粋絵画の旗手としての映像を描いていたのにちがいなかった。次の晶川あての二通の手紙には、その夢が、一平との現実の生活に、少しずつ打ち砕かれていく過程がうかがわれるのである。

「——前略——兄さんにも色々思惑が群がるやうに御あり遊ばすでせう、それを存じながら自分の云ふことばかり云うてはあまりに遠慮ないわざではございますがどうぞ御許し下さいまし。——略——

一平は人間としては誠に面白いかはり到底々々一生一凡俗以上にはなり得ないと見極めが付いたやうに私には感ぜられます。私はこの凡俗の面白さにつり込まれるのを恐れます。せめて域に達せられぬ迄も私丈は芸術的に苦しく快い努力に一生を送つて死に度いとおもひます。

病気の苦痛からのがれてホッとする間もなくまたこんな苦痛にとらはれて居ります。

美しき容姿のみめでて夫としぬ

このぜいたくにまさるものなし

一平は先日文芸協会の試演会で和辻氏に会ひ帝劇で一昨日谷崎氏に遇うたさうです。

——後略——」

和辻哲郎も谷崎潤一郎も晶川と共に第二次「新思潮」の同人であった。「新思潮」はこの年三月にはすでに終刊になっているが、前年、明治四十三年には、目ざましい活躍をみせ、殊に谷崎は「刺青《しせい》」「麒麟《きりん》」の作品等によって、文壇に認められ、この年明治四十四年には、「スバル」や「三田文学」を経て、遂に十一月には「中央公論」に「秘密」を発表し、文壇に華々しく乗り出していった。これらのことは、結婚し、子供を産み、一時文学どころでない状態にありながら、かの子が無関心に見すごすわけのものではなかった。いつのまにか晶川を通じ、一平も新思潮同人と親しくなっていた。

この三月二十四日付の晶川あて谷崎潤一郎の手紙に、

「——前略——新思潮三号は又しても発売禁止（或は発行停止）の厄に会ひ候最早や到底立ちゆかぬ始末と成り居候て已むを得ず岡本氏との交渉も打ち止めに致さん為め同氏のあとを追うて再び多摩川の御尊宅へ参り候処今朝御発足との事（註、晶川夫婦熱海へ出発の件）を承り岡本氏だけに面会小生の一存にて斯くなる上は岡本氏に財政上の助力を頼むも無益と存じ関係を絶ちて帰宅仕り更に木村と相談の上兎《と》に角《かく》今月の末までに一同寄り合ひて財政上の始末をつけねばならぬ事と相成り申候——後略——」

とあるのを見ても、一平は相当、新思潮同人と密接な交渉も持っていたとうかがわれる。

それらの消息からでも、かの子の文学熱が、新思潮同人の意欲や活躍に刺激を受けなかった筈はないのである。文学への夢がふたたびかの子をそそのかしてくる。

「――前略――自分には何か沢山することがあるやうですが自分の力で皆なしとげ得ない迄も半分くらゐは必ず行けるだらうと思へるのにまだ〳〵其かたはしへも手が着いてゐないやうなもどかしい気分に心が一ぱいになつてしじゆうはりつめた頭をかかへて居ります。

兄さん私はどこまで行つたら満足出来る女なのでせう。私は夫を愛し子を愛し自分の生活に充分な興味を覚えながら何をとらへようとして猶且つあせつて居るのでせう。

私はどうしても世の功名を慕ふ卑しい女で御座いませうか。けれども一がいに功名心とばかりは云ひ切れませんねどうでも何かせずには居られないとして其結果が目に見えなくては承知出来ないと云ふやうなのは……

兄さん要するに私は並以上の女になりそしてそれが少くとも並の女より以上の存在を人にみとめられたいのですね。

兄さんにこんな虚栄らしいことを（虚栄ぢやないけれど）云うたら嘸《さぞ》さげすまれることと思ひますが性格なんですから仕方がありませんわ。

私がさしづめこの心を充実させようとするには私たちとしたら、文学が一番でせう。其より外一寸でも人に勝れた処が私にはないのですもの、それには何としても兄さんの力も拝借しなくてはなりませんわ。無ろん自分でも出来るだけの努力はするわ。けど道を開いて下さるのは兄さんですわ。兄さんお願ひですわ。道を開いて下さいな。兄さんとにかく二人この兄妹はどうしても人並以上なすぐれた者にならなくてはなりませむ。

兄さん小さい時分から幾度二人はこんな誓をしたでせう。もういいかげんにすこしはどうかなりさうなものですのに私は口惜《くちを》しい恥しい。

兄さん早く体をしつかりして私にもむち打つて下さい。

御病気づかれの兄さんにこんなこと云ふと相済まないとおもひながらこんなことつい云うてしまふやうな次第には色々な動機があることですの。

私フランス語が習ひ度いのですけど沢山なお金を初歩から出すことも出来ません。どうしたらよいでせう兄さんのお友達の中で後藤《ごとう》さんでもまた外の誰でもよござんすが月一度でも二度でも長いけいくわくでするんですから向う様の御めいわくにならぬかぎりどうぞていねいに手ほどきをしてできる方におたのみ下さいませんか。兄さんならなほよいけれどもまさか多摩川まで行けもしませんからね。

近頃私は地方の雑誌などへ時々小説の安原稿を書かして貰つて居りますその内会心ものが出来ましたら兄さんにお目にかけます。

兄さんゆつくり養生してすつかり体をなほして一生の相談相手になつて下さいまし

ね。そしてどうしても二人はすぐれた者になりませうね。――後略――」

この頃からすでにかの子は、自分の文学上の夢は、「歌」ではなく「小説」にかけていたことがうかがえるのである。

生後まもない乳呑児《ちのみご》を抱いた母の胸中をしめる想念にしては、およそ世の常識の母性愛とは縁遠い自己示顕欲である。小説はひそかに作ってはいても、自信はなく、晶川にもその後も見せた様子はない。自信をもって世に問う場合はやはり「歌」を選んでいた。

「先日はお邪魔致しました。

そして先頃中御願ひ致しましたとほり私の歌稿兄さんの御知り合ひの誌上へ御紹介下さいませんか。出来ることなら、なるべくいつかのおはなしどほり、和辻さんにお願ひして下さいませんか。兄さんの御忙しいのも存じて居りますが我々夫妻も色々なことを犠牲にして迄も――不明――の発展をたのしみながら鈍才をはげまして勉強致して居りますのですからどうぞ何程かの御助勢を願ひます。

しかし私の作品が兄さんが何処へ御紹介下さるにしても価のないものと御らん下さいましたら速やかに御断り下さいませ。

とにかく多くのなかから割合ひに自信あるもの十首とりいだしました」

これほど文学に心を奪われたかの子が、家庭的に気のつく妻である筈もなかった。貧しい中にもキリという娘を子守兼用の女中にやとっていたが、かの子はおよそ家事上の取りしまりなど出来ず、たちまちこんな小娘にもなめられてしまう。

　掃除や洗濯が下手で嫌いなことはいうまでもなく、日常台所で必要な品の見分けもつきかねた。風呂を沸かすつもりで炭を注文すると、ずるい炭屋はかの子の無知を見ぬいて、座敷用の最上級の桜炭《さくらずみ》を持ちこんだ。かの子はそれさえわからず、一ヵ月も平気でその高価な炭をつかって風呂をたてていた。

　ものを切れば指を切る。ものを煮れば焦がす。その上、広い家にゆったり育ったかの子は、新居の狭さにいつまでも馴れず、不器用に、始終、柱や襖に自分の体をぶっつけては、子守り女にさえ軽蔑された。

　時々多摩川から、きんが訪れては、山のような洗濯物をし、大風呂敷いっぱいの仕立物を持って帰る。

　そのくせ、おしゃれは相かわらず、衣桁《いこう》に三十本もずらりと半衿をかけ、

「おきんちゃん、どれがいいかしら」

　とどのつまりは、あるだけの長襦袢に、きんが半衿のつけかえをして帰ることになった。

　かの子は物欲は薄く、一平がいくらかの子の持物を持ちだして金にかえてきても、けろりとしていた。そんなものだと思って疑わないとも見える底ぬけの鷹揚さである。

　その年も暮れ、金にかえるかの子の持物もいよいよ底をついてきた時、思いがけない運

命が一平の上にふって湧いた。明けて明治四十五年（七月、大正に改元）のことである。

その頃、朝日新聞では、漱石《そうせき》の新聞小説「それから」が連載され、挿絵は当時の流行挿絵画家名取春仙《なとりしゆんせん》が受けもっていた。

春仙は一平の小学校の先輩で、美校時代、ふとしたきっかけから、遊蕩《ゆうとう》場で知りあい、春仙のなじみの芸者の姉と一平が一時結ばれたりした関係でよく識った仲だった。たまたま、春仙が病気で倒れた時、一平に代って挿絵を画くようすすめてきた。十回ほどつとめたその結果が意外に好評であった。たまたま各紙がこぞって力を入れていたコマ絵（一枚ものスケッチ画）も、春仙の代役で書いた。それに一平は、持前の都会的な風刺をきかせた短文をつけた。すでにマンネリズムにおちいっていたコマ絵の世界に、一平の作品は新鮮な風を吹きこんだ。

漱石がまず激賞し、それが縁で正式に朝日新聞社の社員として迎えられることになった。

京橋の滝山町にあった朝日新聞社の編集室で、一平は毎日、鋲痕《びよう》があばたのようにみえる机に向い、コマ絵画きに専念した。傍にブランとベルモットを割って湯を注した酒のコップを置き、マッチの軸を削ったものを画筆にして、一平は必死になってコマ絵にとり組んでいった。

帝劇の背景部で踏台《うま》に跨《またが》って、高さ七間幅十八間の背景に泥絵具をなすっていた仕事から、突然、新聞紙の一段一寸八分の狭い世界に人世を凝縮《ぎょうしゅく》させようという方法に移ったのだから、一平は最初は自信があるわけでもなかった。その日その朝が勝負の新聞の生命にあわせようと、一平は降っても照っても町を歩きまわった。事件があってもなくても歩きつづけ、社会のあらゆる現象を、片端から写生し、鋭い短文を添えて発表した。一平自身が愕《おど》くほどの反響がわいた。たちまち時代の流行児にまつりあげられるのに日を要しなかった。

当時の心境を一平は、

《僕は漫文とか漫画とかを生涯の計《なりはひ》にするという気はさらさらなく、無論さういった意識でかく事も無かつたのである。新聞の仕事をする以上、自分の趣味に沿ひ乍ら、新聞にも向くやうな画文を草《さう》さうといふ程の心構へであつた。何も勉強であるから世の中を見物がてら三年程この仕事に充当して、そこで元の志に復帰しようと考へて居たやうに思ふ》（一平傑作集の序）

とのべているが、世間の好評は、一平の初めの志とかわり、三年で漫画と縁をきらせるようなことにはならなかった。

人気と収入が増えてくるにつれ、一平には結婚前の放縦《ほうじゅう》な生活がかえってきた。

あれほど熱望して手に入れたかの子であったけれど、家庭に入って、毎日顔をつきあわせてみれば、かつて魅力であったかの子の生一本《きいっぽん》な純情は、あまりにも融通の利かない野暮さに通じ、まばゆいほどかの子を彩っていた芸術的天分の虹は、家庭の中では色あせ、かえって、いつまでたっても文学少女趣味のぬけきらぬ、鼻持ちならぬ青臭いきざさにも思われてくる。身内に燃えるような熱情をたぎらせてはいても、その伝え方に何の技巧も面白さもない。

恋愛時代より更に無口で、しじゅううつらうつら何かを考えこんでおり、意外に陰気でしんねりしている。

たまに口を開けば、一にも芸術二にも芸術で、あいづちをうつのも、馬鹿らしい。

一平ははじめこそ珍しさにかの子のそばにくっついていたが、次第に家を外にする方が、愉しくなってきた。

一平の下町の通人ぶった考え方では、男の借金は財産で、借りるのも能力、技倆である。その金で世間の交際を華々しくして、人気を集める。妾《めかけ》の一人や二人持つのもまた男の働きのうちだ。絵かきの女房などというものは、茶屋の女将《おかみ》や役者の妻のように、融通性があってことりまわしがきき、気が利かなければならないのだった。

一平は陰気で、貧乏くさい家の内で酒をのむのもまずくなり、外で飲み歩くようになった。酔ったあげくは、家に三、四人の友人をぞろぞろひっぱってくる。

そうなると、二日も三日もたてつづけに酒宴がつづくことがめずらしくなかった。

かの子は、おろおろと、その支度をととのえ、酒肴《しゆこう》を補充するだけにかかりきりである。あとは酒宴のひらかれている隣室で灯もつけず、赤ん坊を抱いてひっそりと坐りつづけている。

一平の酔っぱらいの友人たちに、気のきいた挨拶や愛想口一つ云えるわけでもない。一平も、客も、自分の飲食に夢中になって、それをかの子にわけることなど気がつかない。

かの子の方は、あるだけのものをそこにさしだしておいて、一日でも二日でも、のまず食わずで坐っているだけだ。

まるで馬鹿のようなそんな機転のきかなさであった。かの子は、一平が家にいる時は、一平の指図なしでは御飯一杯たべてはならないというような妙に古風な躾《しつ》けを自分に課していた。

収入が増えたので、年よりの女中をおくようになった。ところが、かの子には、楽になるどころか、いっそう苦しみの種になる。方々渡り歩いてきたような老女中は、一日で、かの子の家事の無能力さを見ぬき、夫に飽かれている妻の立場も見ぬいてしまう。あとは一平の前だけで、まめまめしく、ことりまわしよく立働くので、かの子は手も足も出ない。一平の好きな酒の肴《さかな》などは、小器用に作るので、一平は調法にする。たまにかの子が、気にいらないことがあって女中に注意でもしようなら、

「それじゃ奥さま、やってみせて下さいまし」

とうそぶく。出来る筈もないかの子は女中の意地悪な顔をみつめたまま、

「あんまりよ」

といって泣きだしてしまうのがおちであった。

若い子守娘のキリはキリで、いつのまにか、かの子以上に厚化粧をして、近所にかの子の悪口を云いふらしたあげく、まるで一平が自分に手をつけているように自慢らしい口つきをする。近所では、太郎は一平がキリに生ませた子供だろうとかんぐっている始末になった。

老女中は、何度も暇をとっては出ていった。その度、気のいいかの子は幾らかの餞別《せんべつ》を与える。すると、一ヵ月もすればまた、舞いもどってくるのである。餞別目あての芝居だったが、やはり、一平の気にいった肴をつくる老女中は便利で、ついつい迎え入れる。

最後に、やる金もなくなった時、かの子がそれをいうと、老女中は、

「質屋に奥さんのものもってけばいいじゃありませんか」

とうそぶいた。一平もさすがに呆れはててその老女中を二度と迎えなかった。

キリもまた、近所の御用聞きと不始末をして出ていった。

すでに京橋とは、かの子はほとんど行き来もしない状態にあった。

一平が朝日新聞社に入って二ヵ月後、大正元年十一月二日、晶川が急逝したことは、かの子の人生観を根底からゆり動かすような激しい打撃であった。

一平に描いた夫としての理想が破れたことを、さとりはじめた矢先、やはり、自分を理解してくれ、自分の頼りに出来るのは、晶川しかなかったのだと気づいたところへ、突如としてもたらされた晶川の死であった。

かの子にとって、晶川の死は一人の肉親の死であるばかりでなく、人生の師と、文学の先導者を同時に失ったことを意味した。

かの子の悲嘆《ひたん》の様子は、さすがに一平の心をうった。もともと、人一倍多感で感じやすい心情を、わざと、ニヒルをよそおってうそぶいている一平には、かの子のこの絶望を見殺しには出来なかった。

大正元年十二月二十日発行で世に出たかの子の第一歌集「かろきねたみ」は、一平が失意のかの子を少しでも慰め、晶川に代って、文学的意欲を奮いたたせようとした何よりの心づかいであった。

その日も、晶川の死以来、うつけのようになっている状態のまま、かの子がぼんやり物想いに沈んでいると、外から帰ってきた一平がいきなり分厚い紙の束をかの子の目の前にほうりだし、

「この紙に肉筆で、今までの歌を整理して書きなさい」

といった。おどろいて目ばかりきらきらさせ、むしろ、脅えたようなかの子に、一平は久しぶりの優しい打ちとけた表情で声をついだ。

「きみの第一歌集が出来るんだよ。みんな手筈はととのっている。かの子は安心して、ただ自分の選んだ好きな歌だけをここへ書けばいいのだ」

かの子の大きな目にみるみる涙があふれてきた。青白く、やせ、娘時代のふっくらした頬もそぎおちた顔を紅潮さすと、それだけしかいえないように、子供のように素直な声で、

「はい」

と答え、あわてて罫《けい》のひいてある版下用の雁皮紙《がんぴし》の束を、ひしと胸に抱きしめた。

その夜からかの子はわき目もふらず、机に向い、一気呵成《かせい》に、自作の歌を書きあげていった。

その作業が、かの子を絶望の中から知らず知らず立ち上らせていくのを、一平はだまって見守っていた。

こうして書き上った歌は、一平がそこの徒弟たちに絵を教えていた木版彫刻組合の頭取吉田《よしだ》耕民《こうみん》の手に渡され、全篇肉筆の柾紙《まさがみ》木版刷りという凝った歌集に仕上げられた。装幀は一平がひきうけ、大型菊判本文五丁の小冊子にふさわしく、白地に朱の麻の葉模様という可憐な表紙で、歌双紙第一編「かろきねたみ」と銘うたれていた。口絵には、和田《わだ》英作《えいさく》の「たそがれの女」をもらい、収録歌は七十首であった。定価二十五銭で、青鞜社《せいとうしや》が出版先になっている。

ともすればかろきねたみのきざし来る日がなかなしくものなど縫はむ

からとられた題名であった。

「熱く優しくなつかしき女史の情緒は、頃合の桜の枝に淡墨のにじみ勝ちにもつつましく刻《かたど》られたり」

という宣伝文に飾られて、それは世に出ていった。

結果的に見れば、晶川の死が、この第一歌集を世に送りだしたともいえよう。ともあれ、かの子のはじめての歌集を手にした歓びは深く、一平の頼もしさと優しさに、改めて夫を見直したにちがいない。歌集を出す前後のかの子と一平の心の歩みよりの証《あか》しのように、やがて、かの子は翌大正二年八月二十三日、長女豊子《とよこ》を産んでいる。

けれどもその雨の晴れ間のような薄ら陽の平和は、ほんの短い間しか、かの子の上に止まらなかった。

一平はまた、いつのまにか以前通りの放縦な生活に返り、一度不吉の影のさしはじめた大貫家では、財政上の破局、アイの急逝という不幸が矢つぎ早に襲いかかり、かの子の上にもその暗い影は不気味に反映して来ずにはいなかった。

父よりも母になついていたかの子にとって、最愛の兄に引きつづき、母を奪われたことは、ぬぐいきれない打撃だった。尚その上、豊子までが、誕生日も迎えず、わずか八ヵ月で、大正三年四月十一日午後三時、その儚かった生を閉じた。

「かろきねたみ」上梓《じょうし》後から、豊子の死に至るまでの大正二年後半頃が、かの子と一平の生活で、最も悲惨な時期にあたる。

豊子は生まれてすぐ、里子に出されたが、もう物心ついてきた太郎は、一時も目を離せないようないたずらな危い時であった。すでに女中も去り、子守も去ったがらんとした家に、かの子は、ほとんど一平に置き去りにされ、太郎をかかえて、絶望にのたうっていた。この間一年ほど、「青鞜」にも、歌がのっていないのをみても、かの子の心の空白状態が察しられる。

《その頃、美男で酒徒の夫は留守勝ちであつた。彼は青年期の有り余る覇気をもちあぐみ、元来の弱気を無理な非人情で押して、自暴自棄のニヒリストになり果ててゐた。かの女もむす子も貧しくて、食べるものにも事欠いたその時分、かの女は声を泣き嗄《か》らしたむす子を慰め兼ねて、まるで譫言《たはごと》のやうにいつて聞かせた。

「あーあ、今に二人で巴里《パリ》に行きませうね、シャンゼリゼーで馬車に乗りませうねえ」

その時口癖のようにいった巴里といふ言葉は、必ずしも巴里を意味してはゐなかつた。極楽といふほどの意味だつた。けれども、宗教的にいふ極楽の意味とも、また違つてゐた。かの女は、働くことに無力な一人の病身で内気な稚い母と、そのみどり子の飢ゑるのを、誰もかまつて呉れない世の中のあまりのひどさ、みじめさに、呆れ果てた。

――絶望といふことは、必ずしも死を選《えら》ませはしない。絶望の極、死を選むといふことは、まだ、どこかに、それを敢行する意力が残つてゐるときの事である。真の絶望といふものは、ただ、人を痴呆状態に置く。脱力した状態のままで、ただ何となく口に希望らしいものを譫言のやうにいはせるだけだ》(母子叙情)

とかの子が書いたのは、この時期に当っていよう。

この時、思いあまって太郎をつれ、多摩川へ頼っていったこともあったが、その時は、大貫家も破産騒ぎで、子と妻に先だたれた寅吉は、かの子を迎えいれる心の余裕もなかった。

太郎をつれて、多摩川の畔《ほとり》を何時間もさまよい、死を選ぼうとしたのもこの頃であった。

《生活の矛盾、そのはね返りから父はひたすら酒に走り、毎夜のように遅く、泥酔して帰るようになった。真夜中、よく、激しく戸を叩く音に眼をさまし「また飲んでいらっしゃった」という母の愚痴と、父の返答がえしを寝耳に聞いたのが幼心にも淋しかった想い出として残っている。

その頃の父は朝日新聞に入って、漫画で生計を立てはじめていたが、このような収入の殆ど全部を友達づきあいで呑んでしまったりして家計は惨憺たるものであった。電燈を切られてしまったがらんとした家の中で、真暗な夜におびえたことを私は今でも覚えている》(思い出すこと)

と、太郎も追憶している悪夢の時代であった。
毎朝目を覚ます度、ああ首がつながっていたと思わず首をなでたと一平が洩らしている時もこの時期で、夫婦は、互いに愛情をよりからませた不気味な空気の中で息をひそめていた。
豊子を死なせて間もなく、一年ぶりで、久々にかの子の歌が「青鞜」に見えるが、大正二年第三巻第十号の
わがまこと足らざるかはた汝がまこと足らざるかこの恋のはかなさ
につづく十八首の後、翌、第十一号には「なげき」十六首の悲痛な叫びが涙のほとばしるような一種悽愴《せいそう》なひびきをこめて歌いあげられている。
中でも、孤独ななげきの深さに身も世もないように、われとわが身に呼びかけた次の三首は、かの子が絶望のはてに、われとわが身をなだめかねてもらした、肺腑《はいふ》からの呻《うめ》きであった。
かの子よ汝が枇杷《びは》の実のごと明るき瞳このごろやせて何かなげける
かの子よ汝が小鳥のごときさへづりの絶えていやさら淋しき秋かな
かの子かの子はや泣きやめて淋しげに添ひ臥《ふ》す雛《ひな》に子守唄せよ
この歌の載った翌月の「青鞜」第十二号の編集後記には更に次の様な不気味な消息が見える。

「社員の岡本かの子さんはひどい神経衰弱になやまされて今岡田《おかだ》病院に入院していらっしゃいます。で、あのやさしいお歌も見ることが出来ません。こんな悲しい御手紙が参りました。私共は御健康を回復せられることを、そしてあのお歌に接することの出来る日を只々祈ります。

《「もう歌もよめないかと思ひますと生きてゐる甲斐もございません。まだ衰へるには早い年齢でございますのに、若い血しほをしぼり尽してただかなしみのみさいなまれて居ります私。つらうございます情なうございます。これより外に書けません」……》

第八章　煉　獄

《私は生来一本気で、正直でかけ引きを知らない性質《たち》ですから、いい加減のことを行《おこな》つたり、言つたりは出来ません。ですから社会の出来事でも自分の心の腑《ふ》に落ちないものに対してはだまつてゐられません。又自分が余り正直に物をいひすてるために、かへつて自分の本意を誤つて言ひつたへられて、世間から大変に悪く言はれることがあります。

過ちをしてすぐ正直にあやまります時、正直だと褒《ほ》められずに、先きに叱られることがあります。

私はかうした世の中の不合理を見る度に、不服でく〳〵たまりませんでした。

又私は非常に感情家です。むしろ感情過多症なのです。この性質は私の兄弟の幾人をもみじめな悲劇に導きました。とても感情が強くて奔放《ほんぽう》であつて、しかも強い強い良心を持つてゐました。これはたとへてみれば、常識と非常識を一時に持ち合せたやうなもので、自分でも苦しいことが随分ありました。本当につらい思ひばかりして生きて居ました。

或時は、感情的な奔放さと倫理的な良心の間にはさまつて苦しさのあまり自殺しようとしたことさへあります。その時子供——あの子は直感力の強い子供でした。「ママ、僕に悪いところがあつたら直すから許してね。いゝ子になるから、ママは死なないでね」

と可愛さうにあの子も四つか五つの時に直感力が強いために、こんな苦しい感情の経験をしました。あの子供がゐなかつたら、私は死んでゐたかも知れません。

色々の苦しさが度重つて、どうにかして救はれたいと願ふやうになりました》（親鸞《しんらん》の歌こそ心の糧《かて》）

かの子の随筆は面白味がない。その歌があふれる詩情のほとばしるにまかせ、その小説が、豊かな思想と幻想を絢爛豪華な筆勢《ひっせい》に彩られているのに比べると、別人の筆になったように、味のない文章で、中学生の作文のように稚拙《ちせつ》なものさえある。宗教や芸術について語ったのはまだしも、自分自身や自分の生活について語ったものが殊にそうである。

晩年、小説家となってからも、所謂《いわゆる》私小説家とはならなかったかの子は、自分の現実の生活を生《なま》のまま、生《なま》の筆で表現することは、得手でなかったのだろう。

かの子自身が魔の時代と呼び、大曼《だいまん》の行《ぎょう》の時代と呼んだ家庭生活上の危機の期間について、正面からとりあげて語ったものがほとんど見出されない。この随筆に書かれている直感力の鋭い幼児とは、いうまでもなく太郎であった。

この時代の子供の瞳に映った家庭の暗さや、かの子の嘆きの深さを、かの子の告白以上に太郎の文章が、的確に捕えている。

《――略――いま私が母を憶い起すとき、一番なつかしく眼に浮かんで来るのはまだ私が四つか五つの幼年時代、青山北町《きたまち》六丁目の淡紫色《たんししよく》にけぶる夕闇をバックにして、憂愁に打ちひしがれて青白く沈んだ白百合《しらゆり》の哀しい姿である。

母はいわゆる賢夫人型の女ではなかった。

子供っぽいところが多分にある童女型の女だった。泣きわめく自分の子をなだめ兼ねて、一しょになって泣き出すという稚拙さがあった。私の方がびっくりして黙ってしまうこともあった。――略――漆《うるし》のような黒い髪が、蒼白な頰からやせぎすな肩の丸みをつたって背に流れ、長く垂れた姿を、私は印象的に覚えている。感覚はとぎすまされた白刃のように冴え、濃い青春の夢を追うロマンティストの母が、生活の幻滅に打ちひしがれ、起ち上る術《すべ》も失っていた時代である。母は、その憂愁を幼いわたくしに注ぎかけた。よく私を抱いて、はげしく泣いた。私にはその意味が理解できなかったが、狂乱の瞳よりあふれ出る母の泪《なみだ》は、幼心に拭《ぬぐ》い去ることのできない寂寥《せきりよう》を刻みつけた。母はようやく物ごころつくかつかぬかの境の私に向って、一人前の男に対するように語ったり、相談したりした。それは教育上よいことか悪いことか知らない。しかし、ひたむきになって、むつかしいことも恥らうことも、うちあけて語る母に、わたしは自分が一人前の人格を備えた相手のように聞きながら、世の憂きことどもを心に灼《や》きつけられると同時に、それらを撥ね返す力をも教えられ、しっかりさせられた。――略――母は幼い私に、世間の一部の人々の冷酷をなげいて語った。私はそのなげきの言葉の数々を聞いて、骨身がひえるような気がした》(白い手)

《――略――その前後、母はほとんど狂気に近かった。私が外で遊んでいると、近所の子供がよく「お前のお母さんは幽霊だ。幽霊だ」といってからかった。子供心に極めて辛い恥辱であったが、たしかに蒼白な面に漆のような黒髪をおどろに乱し、うつろな眸《ひとみ》をすえた母の姿は鬼気迫る趣があったに違いない。後に苦しかった時代のことを物語りながら、正視できないほどに荒《すさ》んだ、異常な表情の写真を母自身が見せてくれたことがある》(母、かの子の思い出)

心の落着いている日は、まだ人家もまばらな、森や林の多い青山の美しい夕暮れの空を仰ぎ、かの子は幼い太郎に、渡り鳥の習性を教えたりすることもあった。おそらくその夕も帰る筈のない一平の帰りを迎えるように、夕暮れの門口に椅子をだして、太郎を膝にのせ、次々口をついて出る唄を歌う。曲は大てい、女学校で習った「庭の千種《ちぐさ》」や「蛍《ほたる》の光」などだった。かの子はどんな唄を歌うにも、目に涙をいっぱいため、全身全霊で感情をこめて歌った。かの子のひたむきな心のふるえは、腕の中の太郎の皮膚から内臓まで沁みとおり、いつのまにか、幼い太郎も、母の腕の中でしゃくりあげながら、きれぎれに声をあわせている。否応なく太郎の感受性はとぎすまされ、まだことばも正しくいえないころから、大自然のリリシズムや、人生の底しれない哀愁を、母の皮膚から骨の芯に吸いとっていた。

またの日、太郎は柱に小猿のようにくくりつけられ、泣き疲れてひっそり虚脱《きょだつ》していた。

創作欲に憑《つ》かれた時、読書欲に見舞われた時、かの子は、太郎にまつわりつかれるのを極度に嫌った。女中も子守もいないため、どうしようもない窮余の一策から、太郎を柱にしばりつけることを思いついたのである。

およそ、世の常の母の常識から度外れた育て方であった。

着物といえば、ほとんどかの子の着物のお古の仕立直しを着せられていた太郎は、世間の子供の持つような玩具を買ってもらった記憶さえあまりない。ただ一度、一平が気まぐれのように、三輪車を買ってくれたことがあった。するとかの子は、大喜びする太郎より先に、自分がそれに乗り、狭い庭を何往復もしてみせてから、漸くじれて泣きだした太郎をその上に乗せてやった。

先天的に、両親の芸術家的血を受けついで生れた幼児が、このような育てられ方をした時、常識では想像出来ないほど直感力の鋭い子供になるのは当然の現象であった。

四つか五つで、母の自殺を止めさせた太郎は、その濁りのない子供の瞳に、やがて母の情事をも映しとるようになっていた。

かの子の年下の恋人堀切重夫《ほりきりしげお》が登場するのが、いつの年代だったかを考察する前に、かの子が、精神病科の岡田病院へ入院していた年月をはっきりさせたい。「青鞜」の編集後記に載せられたかの子の手紙からおしはかると、かの子は大正二年の十一月には、すでに岡田病院へ入院していたことになる。入院の期間を、岩崎呉夫《いわさきくれお》の「岡本かの子伝」では、ほぼ二年間と考察しているが、これは長すぎるのではないだろうか。かの子は豊子を大正三年四月に死なせているが、三人めの健二郎《けんじろう》を大正四年一月二日に産んでいる。したがって、大正三年の春には、かの子は、すでに家庭に帰っていたと考えられるのである。せいぜい入院期間は三、四ヵ月の間のことだろう。

また、かの子を半狂気に追いこんだ程の精神的苦悩の中に、堀切重夫のラブアフェアはまだ織りこまれてはいなかったと考えられる。

ただし、かの子は貧乏や飢《うえ》によっては、本質的に精神を傷つけられたり、病ましたりするような女ではなかった。かの子の神経を、病的にまで追いこんだ悩みは当然、「愛のなやみ」以外の何物でもない。一平に対するむくわれない愛の渇き、裏切られた愛の絶望が、苦悩悶乱《もんらん》の総《すべ》てであった。自分でも認めているように、人一倍多情多感な、熱い血を抱いているかの子は、一平から見捨てられている間の孤独に堪えきれなかった。手応えなく燃やしつづける情炎の熱さに、われとわが神経を焼き切ってしまったのであった。

すべて身も心も投げてすがらんと願へども救ふものの来らず
この淋しき人の世を行く道づれとなりてたまへや恋ならずとも（或人に）
と歌うような心境にあったかの子は、全く無防禦な、赤裸の心をさらけだしている危険さがあった。そんなかの子に同情から恋の幻想におちた男の一人二人が、或いはいたかもしれない。
《――略――彼女は愛でなくてもいゝ、とにかく今の空しき位置より逃れ、男の心によつて強く緊しく抱き竦《すく》めて貰ふ張合ひある境地を欲しました。――略――根がお人好しの自惚《うぬぼ》れと負惜しみの強い、且つ臆病な都育ちの私ゆゑ、何事も心得顔につんと澄まして居ました。その実女のこの狂乱を見て何が何やら心状が判りませんでした。
「女の我儘で自由を求めるなら勝手にするがよからう。俺れはまだ嫉妬《やきもち》を焼くやうな甚《じん》助《すけ》には憚《はばか》り乍ら成り度く無いから」
かう私は独断もしました。根ではらくし乍らその冷汗の出る掌を懐手にしてのたうち廻る女の傍に横柄さうに佇立《ちょりつ》して居ました。――略――女はこれでもかこれでもかと苦悩悶乱を嵩じさせて行きました》（深川踊の話）
と一平が書いている程度の情事めいたものが、一つや二つは存在していたとも想像出来る。けれども、その中に、堀切重夫は入っていなかった。
なぜなら、堀切重夫は、一平の許可を得て、北町の家に同居したからである。

狂気の境にまで自分を追いこんだかの子の深い絶望に気づいた時、一平も愕然と覚るところがあった。この稀有《けう》に熱情的なかの子の純情こそ、身を以て守り抜かねばならない貴い資質だと感じたのだった。

その頃、

我儘の妻にもなれてかにかくに君三十路《みそぢ》男となりたまひけり

というかの子の歌を目にした一平は、

《男ながら「参つた」と思つて、ついに我を折つてしまつた――我儘はむしろこつちで、そのため大曼《だいまん》の行《ぎやう》を惹起さした痕跡が多い。だのにそれを覆つて向ふから労《ねぎら》つて来る。大きな愛に参つたのだつた。しかもそのときから女自身は重い病床に横たはりつつもあるのに。「この女を傷つけてはならぬ」僕の転心が始まつた》(かの子の歌の思出)

と述懐している。こういう心境になっている所へ病癒えて帰って来たかの子は、和解のしるしのように健二郎をみごもった。

堀切重夫の出現は少なくともこの後のことと考えられる。重夫とのはじめての出逢いを、かの子は妹のきんによく語った。

ある日、かの子が二階のアトリエの窓から何気なく下を見ていると、家の垣根の茨《いばら》の芽をしきりに摘みとって去りがてにして佇《たたず》んでいる男が目についた。ほっそりした長身に、目のつんだ紺飛白《こんがすり》を着ながし、兵児帯《へこ》をきゅっと小気味よく細い腰に結んでいる。鼻筋の通った色のやや蒼白い、見るからに腺病質な感じのする美青年だった。

青年はふと、見つめているかの子の視線を感じ、目をあげた。長いまつげにかこまれた女のような目に、男には美しすぎる朱唇《しゅしん》を持っていた。たちまち頰を染めて青年はどぎまぎし、逃げるように立ち去っていった。

かの子は、青年の美貌に強くうたれると同時に、どこかで逢ったことがあるような不思議な気がしてならなかった。

かの子がその鮮やかな美貌を忘れないうちに、再び青年はかの子の家の前をうろついた。漸く、かの子に声をかけられて入って来た青年は堀切重夫だと名乗った。

云われて、かの子も、「文章世界」で写真を見たことのある投書家の文学青年だと気づいた。以前、手紙をもらったこともあったのを思いだした。

こういう現われ方をした重夫に、かの子はほとんど一目で恋におちた。重夫の方では、はじめから、かの子の才能と人に憧れて近づいて来たのだから、もちろん恋にとらわれていた。

重夫は福島の旧家の温泉宿の息子で、早稲田《わせだ》の文科に通っていた。十五、六歳の頃から投書家になるほどの文学青年だった。当時は小石川《こいしかわ》の水道端《すいどうばた》に下宿していた。かの子二十五歳、重夫二十一歳の初夏の頃であった。

太郎はよく、訪ねて来た重夫とかの子の会話の中からスイドウバタということばが出るのを聞き覚え、きっと一日中水道の水がバタバタ出ているところにいるのだろうと無邪気な想像をしていた。本能的に太郎は重夫になつかなかったし、重夫の方でも太郎に無関心だった。

かの子と重夫の恋は、激しく燃え上った。

小説家志望で、性質が陰湿な、内攻的な重夫は、かの子の深い心の襞々《ひだひだ》の中にまで入ってゆけるデリカシーをもっていたし、かの子の話を熱心に聞き、吸取紙のように吸いとってくれた。

結婚して以来、一平にはぐらかされつづけ、いつも心を真向きにしてもらえず、そのもどかしさに苛だち悩みつづけていたかの子には、重夫との時間は思いがけない快楽だった。

ようやく、癒えたとはいっても、まだ傷口のなまなましくむけかえっている魔の時代の苦悩についても、かの子は誰かに聞いてほしいものをいっぱい持っていたのだ。

一平には互いにいたわりあってそこには触れない痛い辛い想い出の数々、けれども、かの子には、一朝一夕《ちょうせき》では忘れ去ることの出来ない痛恨の数々……かの子は、体内に充ちた毒素をはきだすように、おとなしい聞き手に向って終日縷々《るる》とかきくどいた。

帰らねばならぬ時が来て、送りに出ても、話はつきず、今度は重夫が門まで送りかえす。するとかの子はまた送っていく。

終いには話すこともなくなって、ただ二人肩を並べながら、何度でも同じ道を歩きつづけた。かの子が、過去の悪夢の日の思い出に胸をつまらせて、思わず泣きだせば、重夫も美しい瞳から、泪《なみだ》をあふれさせていっしょに泣いてくれた。

ある日はまた、人妻を恋う自分の恋の儚《はかな》さ切なさに、重夫がわれとわが身をいとおしんで泣くのに、かの子がいじらしさのあまり、もらい泣きをするということもある。

ふたりは遂に水道端の重夫の下宿で肉体的にも結ばれてしまった。

一平との結婚以来、ただ押えられつづけていたかの子の鬱情《うつじょう》は、いまになって、復讐の炎を燃やしはじめたかのように見え、娘時代の我儘な、タイラントぶりを発揮しはじめてもきた。

被害者は、重夫であった。暴君が奴隷《どれい》の背にむちを振うような快感を、かの子は、おとなしい自分の崇拝者を精神的にしいたげることで味わってきた。

傘を持ち添へし手にまたしてもはら〳〵君が涙かゝりぬ
ぢり〳〵と痩せたまひけんやはらかく強き瞳にまつはられつゝ
いかばかり淋しきわれに思はれて君が「若さ」よ慰まざらん
いかに我がわりなきかなやあてもなきねたみにまたも君を泣かせぬ
ほそぼそと蚊のなき出でぬ歔欷《すすり》つゝふたり黙せる黄昏《たそがれ》の部屋

重夫との恋がのっぴきならぬものになってきた時、かの子は情熱と倫理感《りんり》の板ばさみになって、苦しみはじめた。

漸くとりもどした一平との平和は、一触れの爪あとにも、無惨に破れそうなもろい頼りなさを孕《はら》んでいる。それでいて、一度想いを燃やしはじめると、対象の骨までかみくだき自分と同細胞化しなければおさまらない情熱をもてあましてきた。

かの子は、遂に、一平に自分の恋のすべてを打ちあけた。すると、一平は、むしろ平然として、

「そんなに好きになった男なら、手許へつれてくればいいだろう」

といった。この時の一平の心理は昏《くら》い魔界《まかい》を共にくぐりぬけてきて、漸く理解することの出来たかの子の異常な情熱の火のとり静め方は、この方法以外にないと悟っていたともとれるし、自分の与えた過去の罪過のつぐないに、かの子の欲するものは無条件に与えてやろうという心がまえともとれる。また、相変らず、嫉妬を野暮とみなす、持ち前の都会人的はにかみと気取りから、強いて、感情を殺し、平然を装ったとかんぐられもする。

ある日、かの子は重夫を家に招き、一平に引合わせた。一平は平然として、堅くなった重夫を眺め、あぐらをかき、煙管《きせる》ですぱすぱ煙草を吸いつけていた。重夫には無表情とも愛想がいいとも見えるこの著名な社会人のコキュの心の内は理解することが出来なかった。

かの子は重夫に、そんな一平の心情を、

「おとうさんは、あたしをこよなく愛しているから、あたしの愛するものまでひっくるめて大きく愛することが出来るのよ」

といい、更にことばをつづけて、

「それは肉体の香にまつわる愛ではなくて、心霊の上に境界線をひかねばならない愛でもないの。強いていえば自分と連れそう運命をもって生れた女をあわれむ、湖水のような静かな愛なのよ」

という。やがてその年も暮れ、重夫は一平からの葉書を受取った。社用で一週間ばかり旅に出るからおなじみがいに留守に来てほしいとある。複雑な気持で重夫が訪ねて行くと、すでに一平は出発しており、かの子がいそいそと迎えてくれた。その晩かの子が敷いたふとんは、夜着のビロードの衿に、一平の刻み煙草の匂いがしみついている。そのふとんの中に息をひそめ、台所でかの子のたてる水音を聞いていると、重夫は自分が足の先まで一本の煙管の羅宇《らう》になったような気がしてくるのだった
食卓につくと、かの子は太郎にじぶんの椀のものを吸わせたり、太郎の皿のたべのこしものを平気でつついたりする。神経の細い重夫には、自分の恋人のそんな世帯じみた姿は見る度心を傷つけられる。およそ、母という感じには縁遠いかの子を、自分の下宿でかき抱いた時とは、全くちがった感じがするのだった。

本能的に重夫に反感を持つ太郎も、重夫には少しも可愛げのない子供だった。妙に白い目をむけて、子供らしくない表情で、重夫を睨みつけているかと思うと、まるで大人のようなひねこびた表情で、しんとして、母と重夫の挙動をいつのまにかうかがっている。

重夫がつい一平の本など手にとっていると、いきなり横からひったくり、

「これは坊ちゃんちの本だ。読んじゃいけない」

と白目をむけたり、かの子のすきをみて身をすりよせると、

「早くスイドウバタへ帰れ」

など憎まれ口をきく。重夫はそんな憎らしい幼児に対してもつい、卑屈になって、機嫌を取り結ぶような気になる。太郎に命令されて、馬になり、太郎を背にして座敷をぐるぐる這いまわっていた時、急に重夫は、この家に来て以来の、心の傷が一せいにうずき出し、堪えられなくなってきた。こんな子供にまで、おべっかを使う現在の自分のみじめな姿が客観視されると、やにわに力まかせに背をふり払ってすっと立上ってしまった。不意に畳にふり落された太郎は、火のついたように泣き叫ぶ。泣きながら小さい体に渾身《こんしん》の力をこめて、重夫に体当りでとびつき、拳をふりあげてきた。

重夫は太郎の冷い憎悪のこもった目の中に、無表情な一平の嘲笑を見るようで、我にもなく本気で太郎に襲いかかっていた。

「重夫さん！　太郎！　およしなさい」

かの子が、かなきり声をあげてふたりの間にとびこんできて騒ぎを静めようとする。

「あなたはまあ、大人のくせに、小さな子供に本気で向うなんて」

かの子の大きな目に涙があふれると、重夫も情けなさに涙がこみあげてくる。

そんな奇妙に揺れ動く感情の波の激しい日々がまたたくまにすぎ、ある朝一平から、今夜帰るという電報がとどいた。

重夫はさすがに一平の顔をみないで水道端に引きあげようというと、かの子がふいにひき裂くような泣き声をあげて、その場に泣きふしてしまった。泣きながらかの子はかきくどく。

「おとうさんはそりゃあ、あたしを愛しています。でもうるさくされればいやで怒るんです。手さえ取ってくれない。だからあたしにはおとうさんはただ肉親の兄か父のような感じしかしないんです。あなたが表面、ここで愉快そうにしてくれていても、おなかの中でいろいろなことを考えているかと思うと、あたしはほんとうにあなたを摑んでいる気がしない。心細くて、さびしくて……」

そんな日々の後に、一平の承認の許に、堀切重夫は、やがて下宿をひき払いかの子の家に同居することになった。

二階のアトリエの一隅に机を据え、スタンドがわりの石油ランプの光で、重夫は熱心に小説を書きはじめた。かの子はそれを読み、仮借のない辛辣《しんらつ》な批評を下した。時には、あまりの辛辣さに、従順な重夫もがまんしきれず、挙句《あげく》激しい口論になることもしばしばあった。

この頃の一平は、一度たてたかの子を守ろうという自分の誓いに殉じるように、それまでの酒席友だちともぷっつり縁を切り、自分のあらゆる欲望の芽をつみとり、かたつむりのように手足をちぢめて自分の殻にとじこもるような姿勢になっていた。長い間の荒れすさんだ放蕩の疲労と毒素が、漸く全身に滲みでてきた時期ともいえよう。

本能的に一平との凄惨な闘いの勝利を自覚して、無意識のうちに、生き生きと生気をとりもどしてきたかの子と、全く対照的な姿であった。

かの子が、一平の寛容《かんよう》に甘えきり、二階の重夫と、階下で、仕事もせずねそべる一平の間を、そわそわと、日に何度も気忙《きぜわ》しく往復するのを、さも無関心そうに、無表情を装って横目に眺めながら、一平は、思いがけない感情が自分の胸中に苦く煮えたぎってくるのに気づいてきた。

あれほど、軽蔑しきっていた嫉妬の情が、全く思いもかけない強烈さで、一平の胸に湧き出してきたのである。しかもそれは、想像を超える生ま生ましさで、一平の妄想をさいなんできた。

外面《そとづら》の無表情さ、寛容さに比して、内心二階の物音、話声一つにも、一平の神経はふるえ上って鋭く傷ついてきた。一平にとっては全く予期しなかった自分の心の悶え方であった。一平は苦しさのあまり、ひそかに鎌倉の禅寺へ参禅にいったり、禅書を読みあさったりした。いくら恋に溺れているとはいえ、直感力の鋭いかの子に、一平の内心の苦悩が見抜けない筈はなかった。けれどもその時はもう、かの子の恋自体が、引きかえす道も見失うほど深淵に溺れこんでいた。

僅かに辛うじて均衡《きんこう》を保っていた家庭の平和は、再び前にもまして暗い、不安で不吉な破局への前兆をはらんできた。

ある日、一平は突然、思いたって、かの子に婚礼の時の五つ紋の羽二重をださせ、それに三尺の晒木綿《さらしもめん》を帯がわりにまきつけ、頭を青坊主にそりたてて、ふらりと家を出ていった。片手には一升の飾樽を下げていた。

行った先は浅草のかっぽれ一座、豊年斎梅坊主《ほうねんさいうめぼうず》の許であった。

かっぽれとは、俗曲の一つで、芸人仲間ではトバといわれている。

天保年中流行した鳥羽節のはやしことば「わたしゃお前にかっ惚れた」から出た名称という。

明治十年頃から、大道芸から寄席《よせ》へ出るようになり、初坊主、豊年斎梅坊主の名が高くなった。初代梅坊主のあと二代目は夭折し、この当時は三代目梅坊主の時に当っていた。

「かっぽれ、かっぽれ、あまちゃでかっぽれ、よいとな、よいよい」

「猪牙船《ちょき》で行くのは、深川通い、上るさん梯子、あれわいさのさ、いそいそと、客の心は、うわの空、飛んで行き度い、主のそば」

と、世を小ばかにして、こっけいな身ぶりで踊り狂う。

一平は、この一座に飛びこんで、梅坊主に弟子入りをしたのである。一座の者は、道楽者で家屋敷を喰いつぶした者とか、芸人の中でも一筋縄でゆかない強か《したた》者たちのより集りであった。こんな中へ飛びこんでいったインテリの一平を、梅坊主は、あっさり弟子入りさせた。

「ようがす。おやんなせえ。あっしのとけえ来る手合《てえ》は、みんな、おまはんと同じさ。人間は気の抜けてる癖に癪の虫だけはちっとべえ人様より大型のも持ってるという連中ばかしさ。ただしこの商売に人情は禁物だぜ」

一平は、ここでたちまち一座の中堅になり、青木の娘玉乗りの一座といっしょに浅草の小屋に出てかっぽれを踊るようになっていた。

それも長くはなく、一座の者の女房との仲を疑われたのが原因で、あっさり一座を抜け、かの子の許へかえっていった。

他人の目には奇矯《ききょう》としか映らないそんな行動も、一平の当時の精神の荒涼を物語るものであった。

この頃、かの子ははじめて生田《いくた》花世《かよ》を訪れ、身上相談とも、告白ともつかないことをやっている。

大正四年五月号の「青鞜」に載った生田花世の随想「苦痛に向ひて」という一文を読んで、かの子が感激し、

「あなたなら、わたしの今の苦しみをわかってくれると思う」

と、訴えに出むいたのであった。当時、花世は夫の生田春月《しゅんげつ》と、牛込《うしごめ》の天神町《てんじんちょう》の露地の奥に棲んでいた。花世は四国徳島の出身で、春月の妻であると同時に、自身も「女子文壇」の投書家時代を経て、随筆集を持っていた。田舎者らしい底ぬけの親切さを持つ善人だった。初めて訪れた時のかの子にも心から暖い純朴な迎え方をした。その日のかの子は、派手な大柄の空色の錦紗《きんしゃ》の着物を着て、洗い髪のように長い髪を結びもせず背中にときはなしていた。

異様なその髪型が決してなげやりや無造作からされていない証拠に、その髪は両頬で、わざわざ鋏《はさみ》が入れられ、飾り毛をつくってあった。

顔は地肌もみえない白粉の厚塗りであった。

かの子は、初対面の花世に向って、いきなり、堰《せき》をきったように、洗いざらい自分の心の秘密をぶちまけだした。

驚いた花世は、家人の手前もあるので、気を利かせてかの子をうながし、外へつれだした。すると、通りの子供たちが、かの子の異様さにたちまち目をつけ、ぞろぞろ後からついて来る。かの子は、そんなことは一向におかまいなしで、大きな瞳を宙に据え、きらき

ら光らせながら、細い美しい声で、めんめんと話をつづける。

大道で話すような話題ではなかった。花世は、一考して、そば屋の二階にかの子をつれこんだ。ここでも、かの子は、一人喋りつづけた。

一平との魔の時代の苦しさ、現在の奇妙な三角関係の生活、その中での三人三様の苦しみの様、話は、そば屋の二階に居づらくなるほどつづいても一向に終らない。花世はまた、かの子をつれだし、なるべく人通りの少ない通りを歩いた。

結局この日、かの子はのべ七時間も、ぶっとおしで話しつづけた。熱にうかされたようなかの子の話を、生来の優しさと律義さから、いいかげんに聞き捨てにできず、身をいれて聞かされた花世は、その後三日も寝こんでしまった。

「人の思惑なんて、全く考えない人ですからね、自分の話に熱中して、夢中で、物に憑《つ》かれたように喋りつづけるんですよ。育ちと性格のちがいからくる一平との生活のくいちがい、はじめは、鷹揚に家に堀切重夫を招くようすすめた一平が、そのことで思いがけない嫉妬に悩まされ、かの子が、二階と階下を右往左往しなければならない切ない状態、その当時、一平は、酒毒と放蕩で、肉体的に、殆んど不能に近くなっていて、性欲の強いかの子がとうてい一平では満足を得られなくなっていたこと、堀切重夫の結核体質者特有の性欲の強さが、はじめてかの子を肉体的に満足させたこと……そんなことを、道を歩きながらでも、喋りつづけるんですよ。本当に困ってしまいましたねえ。でも、この恋はいいかげんじゃないんだって、うめくようにいうんです。あたしも、いじらしくなって、聞き役になってあげたんです。私自身は、その後もそんな激しい男女の闘いに出逢わず年をとってしまいましたが、あの日、かの子の話をあれだけ真剣に聞かされたおかげで、世の中の男と女の間の不思議さ、複雑さも身に沁みてわかり、どれだけその後あらゆる文学書を読むのに助けになったかしれませんよ」

今も健在で、頼まれて、婦人サークルに「源氏物語」の講義などしている生田花世は語ってくれた。

かの子の狂熱的な愛し方は、サディズムを帯びてもいたので、繊細で傷つき易い重夫の神経は次第に、異様な共同生活の中で疲れはててきた。

生来、美貌で女好きのする重夫は、かの子の許に来るまでにも女との交渉は少なくなかったし、かの子の情人になってからも、女の方からのぼせてくる事例がないではなかった。かの子はその度、狂暴なほどの嫉妬にかられ、重夫を責めさいなんだ。ついに重夫は、胸の病を発病し、一時、海岸に行ったり、故郷に療養に帰ったりしなければならなくなった。

わがねたみあまりあくどくまつはりて君病む身とはなりたまひしか
許したまへねたまじ泣かじ今はただ優しく君をみとる女ぞ
そのまゝに泣きてのみあれそのまゝにただ美しう泣きてのみあれ

そのままではどこに解決のめども見つからないような恋地獄におちようとした時、思いがけない破局が、思いがけない形で訪れてきた。

かの子の妹きんは、その頃もやはり時々多摩川からきて、こっそりかの子の洗濯をしたり、つくろい物を片づけたりしていた。いつか、訪ねていって、寅吉にすげなく帰されたと思いこんで以来、かの子はほとんど大貫家とは絶交状態だった。実際、きんの家庭的な手助けがなければ、喜んでひそかに迎えていた。けれども心の素直なきんの訪れだけは、喜んでひそかに迎えていた。実際、きんの家庭的な手助けがなければ、どうしようもない家の中の乱脈さでもあった。

きんは訪れる度、かの子から若い情人の礼賛を聞かされ、目の前に美しい若い男が、まるで女王にさいなまれている奴隷のようにかしずくのをみて、感じ易い心を傷めはじめていた。

魅力的ではあるけれど、あまりに矯激《きょうげき》なかの子の情熱に、漸く疲れを覚えはじめていた重夫の目に、牡丹のかげの野菊のようなつつましい、きんの飾り気のない清楚《せいそ》さが、すがすがしく、なつかしく映りはじめてきた。

きんの無言の同情の瞳が、自分でもそれと気づかぬうちに、ひかえめな愛をたたえはじめる頃、重夫の方も、きんのおだやかな優しさの中に、ふっともぐりこんで、まどろみ、なぐさめられたいような心の誘いを感じはじめていた。ある日、偶然、街頭でゆきあった二人は、折からの雪を、一本の傘の中にさけて、寒さもわすれ、町をさまよったことがあった。

きんが多摩川の家にいる時、思いがけず、重夫が病みほうけた頰に血をのぼらせて、訪ねてきたこともあった。二人で多摩川の川原におりてゆき、言葉少なに草の中に何時間も坐っていた。一分の休みも与えず、情熱のはけ口を求めてくるかの子にくらべ、きんの、日だまりの空気のようなあたたかな優しさと沈黙は、重夫の疲れた心身をやさしくなごめてくれた。

かの子の幻影におびえながらも、きんも重夫といる時間の甘美さに、生れてはじめて、不思議な胸のときめきを感じはじめてくるのだった。

けれども、こんなひそかな心の交流も、鋭いかの子の直感に見ぬかれない筈はなかった。ふとしたことから、二人の交渉を知ったかの子は、全く狂的に嫉妬し、憤怒した。絶交状態だった大貫家へ、きんの行状に対する監督不ゆきとどきを責め、一日も早くきんを縁づける様に迫った。それればかりではあるまいが、きんはその後、全くあわただしく、縁づかされている。その結婚は不幸に終った。

きんは今、当時のことを、

「堀切さんが、姉から私に愛を移したなんてことは全くございません。姉とわたくしとは比べられるようなものではありませんでした。姉は本質的にも、外見的にも、全くわたくしより並外れて秀《すぐ》れていたのでございます。ただ、姉はタイラントでしたから、愛するものを可愛がると同時に、ひどく傷つけないではいられない不思議な性癖がございました。堀切さんは姉を愛しながら、姉の愛とサディズムの綯《な》いあわされた激しさにへとへとに疲れたのです。その時、わたくしの中に、ほんのかりの安らぎ場所をみつけたにすぎないのです。あの時も、今も、わたくしはそう信じて疑っておりません」

と語る。

何れにしろ、きんと重夫の仲を識って以来、かの子は自分から、重夫との仲を断ちきろうとした。

こうした大人たちの異様に緊張した空気の中で、殆んど放任されていた幼い太郎は、ある夕暮れ、外で遊びつかれて帰り、門を入ろうとした時、ふっと、二階のアトリエの灯が消えるのを見た。すると、不思議な呪縛《じゅばく》に逢ったように全身がかたくなり、何かしら、門内へ入ってはならないような予感がして、そのまま、もときた道へ引きかえしていった。

それほど、病的に感受性の鋭くなっていた太郎は、またの日、家の奥座敷で激しくもみあって争う、母と重夫を目撃して顔色をかえた。

かの子は両眼から大粒の涙をあふれさせ、必死に簞笥にしがみついていた。蒼白《そうはく》な顔に珍しく目を吊りあげ、怒りの形相《ぎょうそう》になった重夫は、かの子を突きとばすようにして、簞笥の中から手紙の束をわしづかみにした。庭に、四斗樽《よんとだる》が一つころがっていた。最初の束をその中に投げこみ、神経質にマッチをすり、火をつけた。絶望的に涙を流しながら、尚、反射的に、重夫の足元にすがるかの子をつきとばし、重夫は尚も次々手紙の束をなげこんでいく。太郎は、夢中で母をかばい、小さなこぶしをあげて重夫に立ちむかったが、何のたしにもならなかった。

しまいには、ぼうぼうと燃えあがる樽の中の火勢に気をのまれ、恐怖とおびえで母にしがみついて激しく泣きだしていた。

そんなことがあって間もなく、重夫の姿が、北町の家から消えていた。今度は一時的の療養の旅ではなく、再び重夫はかの子たちの前にあらわれなかった。郷里の町で、肺を病み、二十四歳の多感な命の終りを迎えたという噂が東京に伝わったのは、それからあまり日もたたない夏の終りであった。

　君亡《う》せぬのこされて泣く人々の眼にはかなくもこすもすの散る

ただひとり死にし君のみ安らけき秋にもあるかな人はみな泣く

寂しきやと問へばうなづきさしぐみしみ眼なるよ君つひに閉ぢしは

孤独《ひとり》してなど現世《うつしよ》にあられんと泣きしをひとりましてよみ路に

死のまへの君が恋ゆゑ傷ましく寂しかりしもことわりなれや

かの子は重夫の死を、割合に沈潜したおだやかな調子でこの様に詠んでいる。

重夫はかの子との恋のいきさつをその同居の前まで、克明に書き、「冬」と題した私小説として「早稲田文学」大正四年七月号に発表した。かの子を「L」とし、私という一人称で書いたこの小説は、おそらくかの子一家と同居中、二階の一平のアトリエで書かれたものであろうし、もちろん、かの子の許可を得て発表したものであろう。告白小説というより一平、かの子という著名人のモデル小説という意味で、発表当時、相当問題になったものである。けれども、重夫の夭折《ようせつ》は結局この小説だけをのこし、文学的業績はついに何も残すことがなかった。

この激しい一家の精神の葛藤《かっとう》の中に、もう一つの生命が犠牲になっていることを忘れてはならない。

健二郎は、大正四年七月十五日、午後十一時三十分、まだ生後半年の短い生命を絶っていた。

朝、かの子が目をさました時、この薄命な赤ん坊は冷くなっていた。

かやの吊り手をおとし、三角になったかやの中で、赤ん坊の死んでいるのに気づき、かの子と女中が泣きだしたのを、太郎は見ていた。

かの子が泣き叫びながらうらめしそうに、

「お父さん、健二郎が死んでいるのに、なぜおりてきて下さらないんです」

と二階へ呼びかけるのに、一平が、

「死んでしまったもの仕方がないじゃないか」

と答えた声を、太郎は印象的に記憶の中にたたみこんでいる。

当時のことを太郎は「文芸春秋」三十三年六月号に書いている。

《赤ん坊はよく戸をしめっぱなしにした暗い奥の部屋に寝かしてあった。何か用があって、隣の茶の間から入って行った母が、赤ん坊が置いてあることを忘れて不用意に蹴つまずいては、アラ大変！　またやってしまった、と自分で呆れていた。まったく世の風上におけない母親だった。——略——若い頃の親父《おやじ》は子供にひどく無関心だったし、母は家事、育児には恐るべきほどどうとかった。私もさぞ彼女に蹴つまずかれたり、変なものを食べさせられたりしたんだろうと思うが、生来頑健だったので、平気で勝手に育ってしまった》（父の大いなる遺産）

ここに不思議なのは、堀切重夫との恋がはじまった頃、かの子はすでに健二郎を妊っていて、重夫との恋がすすむにつれ、かの子の肉体は妊娠の徴候を顕著にしはじめていただろうと思われることである。

文学青年で神経の過敏だった重夫が、妊婦のスタイルで醜くなるかの子と恋愛関係に入っていけただろうかという疑問が生じる。

堀切重夫の「冬」には、かの子が太郎の母であることにさえ嫌悪を感じていることが書かれているのをみても、更に一平の子を妊ったかの子に恋を燃やすだろうか。

重夫の小説「冬」は発表年月から推定しても、大正三年の末から大正四年のはじめにわたる冬を意味すると思われる。

かの子が生田花世を訪れはじめているのが大正四年の晩春なのだから、重夫が「冬」を書きあげていた頃にあたる。やはり、重夫とかの子の恋愛のクライマックスは、大正四年のはじめの冬とみなしていいだろう。

ところが健二郎は大正四年一月二日の生れとされているのだから、お産直後のかの子と、重夫は同棲したことになるのである。戸籍面で一月二日生れの健二郎の本当の誕生月日を、前年の十二月末と見ても、大した差はないし、産月近いかの子が重夫と逢引をつづけていたという推定になるのである。果してそんなことがあり得たであろうか。健二郎を一平が他の女に生ませた子だとする説もあるが、かの子の若い恋人を容認するほど、かの子をいたわっていた一平が、病後のかの子にそんな情事の証拠をみせようとは考えられない。それなら健二郎はかの子と重夫の間に出来た子かと想像する場合、重夫とかの子が交際しはじめたと見える大正三年三月のはじめから、ただちに二人が肉体関係に入ったとしか考え様がない。そんなこともまず考えられない。健二郎が死んだ時、一平が二階から降りて来ないといって恨みがましくかの子が言うのも、一平の子でないなら言えた義理ではないだろう。そう考えると、健二郎の短い生命だけは、疑問だらけにつつまれてくる。かの子の並外れた情熱は、一たび恋の対象をみつけた時は、生理などにとん着しないものなのだろうか。

ともあれ、堀切重夫を失って後、かの子はふたたび、孤独な自分を見出した。左右に残されたものは、地獄の業火を共にくぐりぬけ、生きのびた一平と、幼い目の中にすでに地獄の炎を映しとり、生まれながらの孤児のような孤独な目を持つ太郎だけであった。

第九章　崖の花

帆柱は折れ、梶《かじ》は飛び、半ば浸水して傾きかかった難破船同様の家庭を、とにもかくにも修理して、再び、海上に浮べるまで再建するには、奇蹟のような努力が払われたにちがいなかった。

一平は、堀切重夫を失って、虚脱したような空虚で孤独なかの子の瞳を見た時、妻の愛人を同居させるという非常識な自分の寛大さが、決してかの子を幸福にさせてはいず、かの子の心の飢餓《きが》感は一向に満たされていなかった事実を、はじめて悟らされた。

同時に、かの子は、一平の情事を黙認していたのが、決して心からの鷹揚さからでなく、並外れた洒脱さからでもなく、せいいっぱいの虚勢と、無理な見栄からのポーズで、一平もまた、世間の夫並に、心はそのことでずたずたに引裂かれ、惨めに血を噴いていた事実に気づいたのであった。

涙もかれはてた虚しい目を見あわせた時、二人の心におきたものは、かつてない互いへの憐憫《れんびん》だった。二人はまだ、三十をこえたばかりで、もう老人のような人生を見終った目つきをしていた。相手の目の中の絶望の深さに、お互い自分のことは忘れ、何としてでも相手を立ち直らせ、守らなければならないと同時に心に誓っていた。

《大正三、四、五年と予の家は滅茶苦茶であった。予等は身心共に壊滅の界にあった。——略——破滅の頂上の大正六年になって予等に一転機が来た。

奇蹟があって予と予の一家は基督《キリスト》の救ひに入った。予等の狂信は山手の某教会のU牧師を手古擦らしたり、米国人のM女史の家でM女史の薄い口髭を不審がりながら讃美歌を合唱したりした。

理論に於て基督教に行きづまった予は、法然親鸞《ほうねんしんらん》の絶対他力《たりき》の信に牽《ひ》かれた。歎異抄《たんにせう》に曰く、

「善人ナホモテ往生ヲ遂《と》グ況《いは》ンヤ悪人ヲヤ——、云々。」

又弥陀の因位《いんに》について解釈に蹴つまづいた。日蓮《にちれん》上人の遺文録に走り込んだ。曰く、

「四十余年未顕真実《みけんしんじつ》—逆化《ぎやくげ》—二乗作仏《じようさぶつ》—後《ご》五百歳《さい》—久遠実成《くをんじつじやう》の仏陀《ぶつだ》—」等云々。

に息のつまる程強い根本力の魅力を感じた。さりながら理屈では判って居ながら名字《みやうじ》即《そく》の題目はギコチなく唱へては法悦を味へぬのに焦慮した。

迷ひ出しては信仰が毎日変つた。頼みなき心を繋ぐに持ちものが必要だと思つて、芝露月町《ろげつちやう》の珠数屋へ行つて、ある日、真宗の珠数を買ひ求めた。そして又、あくる日は、法華《ほつけ》の梅の木で作つた珠数を買ひに行つた——略——》（泣虫寺の夜話序）

と、一平は当時の立直りの経過を懐古している。

夫婦揃って宗教の門をたたくというような行為が、自我と自尊心の強い芸術家の二人に出来たというのをみても、この時、二人の堕ちた絶望と孤独地獄の深さが思いやられる。

山手の某教会とは麴町《こうじまち》一番教会（現在、富士見町《ふじみちよう》教会）で、U牧師とは植村正久《うえむらまさひさ》だった。

かの子は学生時代、晶川と共にこの教会にいったこともあったし、当時プロテスタントの名牧師として高名だった植村牧師にも逢っていた。晶川は、一時、熱心に聖書を読み、麴町の教会にも通ったことがあった。植村正久は週刊「福音新報」を発行して、才筆をふるったり、旧約聖書の翻訳、讃美歌詞の翻訳などで、明治文学史上にも名をとどめヴラウニングを日本に紹介したりする、文学的感覚も持っていた。当時は、多くの青年が、彼の魅力にひかれてその教会に集っていた。晶川もその一人で、人見しりをする晶川が、植村牧師とは、個人的に、文学論などしていたことが、その日記にも残されている。晶川の強い影響下にあった少女時代のかの子の胸に、植村牧師の名が強くきざみこまれていて、絶望の中で思い出したのである。

正久は、自分を頼ってきたかの子と一平の告白や懺悔《ざんげ》を聞き終り、その事については何も答えず、静にバイブルの講義をはじめた。

その後正久は、週に一度ずつ、自ら出むいて夫婦を訪ね、聖書の講義をつづけた。かの子は、聖書を読めば読むほど、罪の解釈に迷い苦しんだ。

講義が終って、かの子が毎週、馬鹿のように繰りかえしてたずねることは、

「聖書にはむやみに罪とか罰とか、善とか悪とか、人間を叱ったり区別したりする文字ばかりが出てきます。神様がおっしゃるように全智全能なら、なぜはじめから、罪だの悪だのを持った人間を創られたんですか。そういうふうに創っておかれて、あとから許すとか贖《あがな》うとかいうのがわからないのです」

という質問だった。性急に、自分の当面の悩みに明解な解答を欲しがり、苦しみから直ちにすくいだしてもらおうとあせるかの子の要求に、正久は具体的な答を与えず、やはり、聖書を一心に読むようにとしかいわない。

講義のあとで、かの子は、はぐらかされたようなもどかしさで涙ぐんでしまう。もてなしの鮨《すし》を出すと、正久は、食前の祈りを捧げる。かの子は、納得のいかないものに祈禱することが出来ず、もじもじして、いっそう涙ぐんでしまう。正久は、そんなかの子をみて、

「まだ祈禱する気にはなれませんか」

と、おだやかに微笑するだけだった。

教会へは、かの子が一平を誘ったが、それで結局充されるものがなかった時、仏教にすがろうと導いたのは、むしろ一平であった。

一平は幼少より、実家で、総領息子の義務として、毎朝、仏壇に御飯と水を供える役目

を躾けられていた。無意識のうちに、それが宗教心の基礎《きそ》になっていたと後年述懐している。そういう一平の、悩みの解決法は、自然仏教的雰囲気に憧れていった。かの子の情事を黙認した苦痛をひそかに癒そうとした時も、一平は人しれず、建長寺《けんちょうじ》の禅道場に通い、原田《はらだ》祖《そ》岳《がく》師の犍椎《かんち》をうけていたのである。

何ごとにもひたむきで、愚直なほど融通のきかないかの子は、救われようとして救われないもどかしさ、じれったさ、苦しさを、一々、まともに受けて惨めなほど悩み苦しんだ。

一平は、見かねて、そんなかの子をある日、乗合自動車にのせ、鎌倉の原田祖岳師の許に預けにいった。キリスト教に絶望したかの子を一平が仏教に導いたのである。

《わたくしは雨安居《うあんご》といふ文字が好きである。それは字画もよいし、また落着いたやはらか味のある坐禅弁道を思はせる。

専門道場の雨安居は四月乃至《ないし》五月の半《なかば》から始まつて九十日間の結制である。わたくし達は在俗の女人のことでもあり、六月中のある五日間だけ如法《にょはふ》の生活をする事にした。主人はわたくしを寺へ送り届けて呉れた。旅鞄の口を開けてはな紙や楊子歯磨の在所を示し、それから「内証だぞ」といつて、私の好きな塩煎餅《せんべい》の袋が、鞄の底に在るのをごそ〱いはした。娘の子を持たぬ主人は、私のかうした寺行きには、まるで娘の初入学のやうな興味を持つのである。旅鞄の口を締めると、彼は絵の具箱を肩にかけて、どこかへ写生に出かけた。

朝は早かつた。鐘の音で起きてすぐに電燈の下で坐禅をする。其間に老師が一座の教訓をされるのだが、その錆《さび》た声音は私を坐睡の夢のなかに陥れるやうな事が間々あつた。俊乗《しゆんじよう》さんといふ十二の小僧さんが、警策で肩を打つて醒まして呉れた。夕方になると一抹の哀愁と共に、家の茶の間のピアノの照りが想はれた。——略——

入室は恐ろしかった。老師は決して手荒な扱ひはされない。如意《によい》を膝に立て其上へすゑた手に顎を置いて、丁寧な洗練された言葉で訊かれるのであつたが、私の心は理路から直観の袋小路へ、ぎり〳〵と追ひ詰められて行つた。わたしは自分の指で、自分の魂の裸身へ触《さは》つて見る驚異に、思はず心内に声を立てるやうなことがたびたびあつた》(雨安居)

《この時、或立派なお坊さんが、あなたの悩みは尊い、あなたの考へ方は間違つてはゐない。又その一本気な正直な性質は尊いのだといつて下さいました。

この頃から私の仏教への目覚めが出て来たのです》(親鸞の教こそ心の糧)

とかの子がいっているのは、この間の消息を物語っている。この後、かの子は「歎異抄」を識り、はじめて煩悩《ぼんのう》のまま救われる道のあることを悟った。

《親鸞聖人の歎異抄を読みますと、

「善人なほもて往生を遂ぐ、いはんや悪人をや」とありました。仏様は誰をもお救ひできる。まして悪人や悩みをもつ者をどうして捨てておかれませうといふ意味でありま す。私の疑問はこゝで始めて解かれ、救はれた思ひが致しました。

親鸞聖人の唱へられた浄土真宗のみ教へは、日常生活にもあてはまる教へで、歎異抄は文学的な美しい文章でも書かれてあります。

仏教は人間性を決して否定しようとはせず、すべては必然的な結果であると申してゐます。要はその人間性を時と位置によつて、上手に使ふにあるといふものです――略――》（親鸞の教こそ心の糧）

というように、浄土真宗に一気に傾いていったかの子は、一度心を捕えられたものは、徹底的にその本体を見きわめ、根源《こんげん》をつきとめなければやまない。いつもの性癖から、親鸞聖人その人の伝記をしらべはじめた。するとたちまち、人間親鸞の迷いの多い生涯と、人間らしさに魅了されていく。親鸞が対女性関係も複雑で、情欲も人一倍強く、自分の煩悩になやまされながら、それを凝視し、煩悩を肯定《こうてい》し、その上で尚「一切衆生悉有仏性」の思想にたち、唱名するだけで救いを得るという他力本願の信仰をうちたてたことに、かの子は血脈的な親近感と共鳴を覚えたのである。

親鸞を通して、仏教にふみこんだかの子は、法然、日蓮、道元《どうげん》と、鎌倉期仏教の開祖たちの言行録を読みあさっていった。次第にその研究は、八宗の教義の究理《きゅうり》にのび、ついには龍樹《りゅうじゅ》の空観哲学の大乗仏教の源流にまでさかのぼっていくのである。

従ってかの子の仏教研究は、一宗一派にこだわらない八宗兼学であった。

自分の一身にもてあました愛欲の悩みから救われたいために入っていった仏教が、いつのまにか、かの子を女流では珍しい仏教学徒に仕立てていった。

《日本古来仏教各派の宗祖が、立教開宗の前後に於て必ず踏む宗学的課程の一形式がある。それは一切経《いつさいきやう》の閲読である。法然上人が下総土橋《しもうさつちはし》、東漸寺《とうぜんじ》に於て閲したのが、かの上人に於て三度目のものとされて居る。勿論研究には違ひ無いが、一方に於て一切経閲読は、仏弟子にとつて神秘的な功徳《くどく》を享《さず》ける、聖なる儀式でもあつたのである。——略——

現代人の大蔵経《だいぞうきやう》に対する感じは余程違つて居る。学者達の尽力によつて原典の搬出《はんしゆつ》があり、歴史的の検索も幾分明かになり、英仏独の仏教学者等の異味の貢献もまた好個の刺戟である。要するに一切経それ自身の進展更生である。私は日本伝統的の各宗のリバイバルにも尊敬の意を表する。然し一方今日の、進展更生を世界的身幅にまで拡めた大蔵経を閲読して、茲《ここ》に現代の最新人に対する、生命的施設としての新仏教を開演暢達《ちやうたつ》することは、之に並ぶべき急務と思ふ。その任に選ばるべきは果して誰人であらう。筆に禱《いの》つて大正《たいしやう》　新修大蔵経《しんしうだいぞうきやう》巻の第一頁に書く、「新土覓新鍬」》（閲蔵）

という意気込で、あの尨大《ぼうだい》な一切経を読み砕いていったことをはじめ、あらゆる仏教書を読破しようとした。

一方かの子は一平の示唆もあって、真宗にふれるかたわら、禅宗にも興味をもち、原田祖岳師の後、鶴見総持寺《つるみそうじじ》の管長新井石禅《あらいせきぜん》師についても行法《ぎょうほう》を試みている。かの子の仏教研究はその後、延々十年の余の歳月《さいげつ》にわたって根気よくつづけられたが、最初の二、三年は、研究家としてよりも救われたい一心の迷える仏徒にすぎなかったのは当然である。「迷い出しては信仰が毎日変った——云々」とある一平の述懐は、そのままかの子のものでもあっただろう。

夫婦で宗教に救いを求めはじめたこの頃、吉屋信子《よしやのぶこ》が、偶然、かの子と運命的邂逅《かいこう》をしていて、その頃のかの子の姿を、「逞《たくま》しき童女」の中にいきいきと活写している。

当時、吉屋信子は少女雑誌から始めた長い投書家時代に漸く飽きと疑いをいだいてきて、投書家時代に自ら訣別《けつべつ》した。そして上京して、投書家時代に「新潮」の選者だった中《なか》村武羅夫《むらむらお》を訪ねていった。中村武羅夫は、この優秀な投書家だった文学少女の才能を惜しみ、文学は一生かかるものだと、励ました。その後ですぐ家の後ろに生田春月《いくたしゅんげつ》と花世《はなよ》夫婦が棲んでいるから、花世に逢っていってはどうかとすすめた。花世もまた、「女子文壇」の投書家上りの女流作家だったからである。

武羅夫に同伴され、信子はその日、はじめて生田家を訪れた。かの子が、はじめて花世を訪ねて行き、悩みを打ちあけたあの日から、大方一年近い日がすぎていた。かの子は、初訪問以来、しげしげ花世を訪れては、相変らず一方的な悩みの打ちあけ場所として、花世から無言の慰めを得ていたのである。

花世は、例により、天性の人の好さから、初対面の文学少女を、下にもおかぬもてなしぶりで歓待した。信子が遠慮して帰りかけると、あわててひきとめた。

「今夜岡本かの子さんが見えられるはずですから、あなたもぜひ会うてゆかれたらいいと思いますよ。かの子さんはお嬢さんの頃やはり『女子文壇』の投書家で、いまは『朝日新聞』に絵を描かれる一平さんの奥さまで歌人です」

信子は歌人としてのかの子をまだ知らなかったが、新聞の一平の漫画と、その文章は愛読していたので、興味をひかれた。

やがて、かの子が出現した。

《この路地の奥の低い地面の小さい家は外より早く家うちが暗くなる。花世さんが立って電燈のスイッチを入れた時……縁の外に足音が軽くひびいて障子に影がさした。「あっ見えられた」花世さんは岡本夫人の来訪を迎えて縁に出た。やがて一人の女性がわたくしの前に現れた。その刹那わたくしは烈しい衝動を受けた。

それはわたくしのかつて今まで見たことのない、あるエキセントリックな美しさともうるわしさともなんとも名づけがたい感じを与える女性が眼前に出現したからである。

髪はその頃の形の（耳かくし）と称したものでふっくらとまんまるな顔によく似合い、そして化粧も描けるごとく念入りであったろうが、まず何よりもその印象の中心をなすものは、二つの大きく大きくまるく見張られた眼だった。まことに陳腐《ちんぷ》な形容ながらまったく濡れた大粒黒真珠のような瞳は、時としてその顔中全体が二つの眼だけになってしまう感じだった。

美しいひとをわたくしもさまざま眺めたことはある。だがこうした雰囲気を身にまとうた女性を見たことはなかった。童女がそのまま大きくなった御婦人、この世とちがったところで呼吸している女性……。

花世さんはその岡本かの子夫人にわたくしを紹介された。わたくしははずかしかった。無名のなんでもない名、単に女学生上りの文学少女の来訪者に過ぎない姓名を夫人に告げたところでなんになろう。わたくしは身の縮む思いだった。ところが夫人の双眼はぱっと光を放つかのようにわたくしを見詰めて、

「『文章世界』や『新潮』の投書欄であなたのものずっと前からわたし愛読していますのよ」

この瞬間《しゅんかん》大いなるショックが波のようにわたくしを襲《おそ》ってかすかな身ぶるいさえ覚えた。

「わたくしはもう有名になった方の作品を読むより投書欄の若いひとたちの一生懸命に――」

この（いっしょうけんめい）という言葉のところで大きな眼を爛々《らんらん》とさせて迫力をこ

めて、

「いっしょうけんめいに書かれた投書の文章がほんとうに好き！」

夫人の姿も顔も髪もみな消え失せて、ただ二つの女の熱意を含んだ眼が宙に黒く玉のように浮いてわたくしにせまった……》（逞しき童女）

この瞬間、吉屋信子は（小説家になる、石にかじりついても！）という運命的な大決心をしたのだという。巫女《みこ》的な魅力をたたえた異様なかの子の風貌や言動が目に見えるようである。

かの子は、小猫がまるい膝に這いよると、ハンドバッグから深紅《しんく》のハンカチをとりだして、小猫の首にまいて結んだ。信子は、うっとりとして、そんなかの子の動作を酔心地で見守り、かの子が花世に話す例の打ちあけ話を横でかしこまって拝聴していた。かの子は初対面の少女の前もはばからず、相変らず、一平の放蕩時代の話、岡本家で姑や小姑と暮して辛かった時代の話、太郎の話などを、めんめんとつづける。

そして時々信子の方にも顔をむけ、

「人間にはそれはそれは苦しいことがあるのよ」

と、大粒の黒い瞳に、熱をふくんで、じっと少女の顔を凝視したりするのだった。

夜も更け、信子が辞去すると、かの子も一緒について、生田家を出た。灯の濃くなりはじめた神楽坂を辿りながら、かの子は荘重な口調で話しつづける。

信子の投書の題名まではっきりあげて感想をのべ、

「きっといい小説が書けるひとよ、あなたは」

と、予言者めいて、励ましたりする。

「人間はたとえ女でも何事にも志は高くどこまでも高く持つものよ、わたくしは満身創痍《そうい》を受けても高く高く——もがいて苦しんでそれを抱き締めたいの」

信子が、かの子の口調に、圧倒されつづけたままでいるうち、牛込《うしごめ》見附《つけ》の電車の停留所へ来ていた。電卓の中でもかの子は今度は自分の家へも来るようにと、青山への道じゅんまで親切に信子に教えた。

赤坂見附でようやくかの子は乗りかえのため降りていった。

《そのあと電車が動き出すと突然に、前の席からつかつかと一人の老年の紳士がわたくしの前に進み来て早口に問うた。

「失礼ですが、さっき降りられた御婦人はどういう方ですか、じつに不思議な別嬪《べっぴん》ですなあ！」》（逞しき童女）

この夜のかの子の話題の中に、すでに大乗仏教についての話がまじっていたという。初めて花世を訪ねた時より、髪型や風采がいくらか尋常らしくみえたのも、かの子の精神状態が求道《ぐどう》の途上で、いくぶん落着きを得てきたしるしであったのかもしれない。

この頃、岡本家の家族構成も大分変ってきていた。

女中には代々、こりごりして、もう女中は置かないことになった。堀切重夫の去った後、二階のアトリエにまた一平はこもるようになり、階下の玄関脇の四畳半に、二人の大学生が寄宿した。恒松源吉《つねまつげんきち》、安夫《やすお》の兄弟で、島根県の素封《そほう》家の息子たちであった。彼等の祖父隆慶《たかよし》とかの子の父寅吉が親しかった関係で、はじめ兄の源吉が、ついで弟の安夫が共に慶大に入って追っかけてきた。恒松隆慶は有名な政治家で、大地主でもあった。

安夫は殊にかの子夫妻になつき、かの子も安夫を気にいった。いつのまにか、掃除や食事の支度、はてはわんぱく盛りの太郎の世話まで、一切安夫の手にゆだねられてしまっていた。二人の故郷では旧家で、多勢の召使いにかしずかれて暮した生活なのに、安夫は天性、気持が優しく、小まめで、そういう仕事を器用に楽しんでやってのける才能もあった。

精神のたて直しに熱中している夫婦は、自分たちのことだけでせいいっぱいで、小さな太郎は、またしても完全に忘れすてられていた。

幼稚園は久留島武彦《くるしまたけひこ》のさわらび幼稚園へ入ったが、犬張子《いぬはりこ》の記章をつけて通ったのは、半年もつづかなかった。幼稚園の途中の浅野《あさの》の森で、いつまでも遊んでおり、欅《けやき》が夕焼空にひろがる美しさに見とれたり、どぶ川のふちにしゃがみこんで、水中の世界に見とれ、時間も忘れていたりした。孤独な幼児は、木や水や太陽をいつのまにか自分の対話の相手にして、自然の中にひとりとけこむ術を身につけていたのだ。

近所の小学校に上っても、太陽としゃべりながら、学校の門をとっくに通りすぎてしまっていたり、校庭から、くず屋の車について、そのまま学校をぬけだしたりして、教室におちつかなかった。

自分の問題でいっぱいの両親は、そんな太郎に手を焼いて、本石町《ほんこくちよう》のある寺小屋式の塾にあずけてしまった。

そこでは、塾長の妻を「奥さん」、娘を「お嬢さん」と呼ばなければならないのが、幼い太郎にとっては、本能的に屈辱《くつじよく》感を呼び、堪えられなかった。食事もひどくまずかった。

そこも半年たらずで出て、今度は慶応の幼稚舎に入れられた。

そんな頃のある夜、青山通りで、太郎が何かで癇癪《かんしやく》をおこし、道路で坐りこんで泣きわめくので、かの子が激しく叱っていると、通りすがりの紳士が、

「こんな小さい子を、そんなに虐待《ぎやくたい》してはいけない」

と、かの子にお説教をはじめた。その事をかの子はいつまでも覚えていて、

「太郎が、悪いのに、あたしの方が叱られちゃって、恥かいた」

とよく笑い話にしていた。当時の太郎が、いくらか、癇癖《かんぺき》が強く、乱暴だったにせよ、普通の家庭なら、まだ六つや七つで、寺小屋に入れたり、小学校の寄宿舎に入れられたりすることはなかっただろう。

かの子はこの頃になると、ますます家事はかえりみなくなっていた。

重夫の一件で、唯一の手助けだったきんも締出してしまったため、押入は、汚れ物、未つくろいの物の山だった。

当時、太郎は、小遣銭に不自由はしない。庭をさがせば、縁側から、ごみといっしょにはきとばした銅貨や、銀貨まで、わけなく手に入れることが出来たのである。

安夫が、掃除係りになって驚いたのは、原稿料の郵送された為替が、あちこちにすててあったり、うっかりすると、封もきらないで塵籠《ちりかご》に入っていたりしたことだった。女中の居た頃は、神棚に、かの子が為替を置く片端から、女中が盗みとって使っていたのさえ、気づかなかった位のルーズさだから、そんなことがあっても、不思議ではなかったのだ。

夫婦の宗門めぐりも一段落して、親鸞に熱中しかけた頃、たまたま、北町の家を造った大工が、芝白金に、二階建の借家を建てている話を持ちこんできた。

様々な暗い思い出のしみついた家から出て、心機一転の新生活に入るのも良かろうという気持になっていた一平は、すぐさま大工の話にのって、その家が出来次第青山から引越すことに取りきめた。

当時、まだ白金あたりはまるで田舎で、野原や、稲田が通りのすぐ向うに広がっているという状態だった。今の五反田《ごたんだ》界隈も、大崎《おおさき》のたんぼで、道ばたに清水が湧きだしていたりした。

日吉坂上《ひよしさかうえ》の、郵便局とパン屋の間を入って行く細い下り坂道の横丁から、更に左へ入る小さな露地の奥の、木造二階建がその家だった。

白金三光町《さんこうちょう》二九三番地。一平は「崖の家」と名づけて、この新居を愛着した。

家の裏は、雑草が生い茂った赤土の崖で、その上に、黒いコールタール塗りの木柵をめぐらせた伝染病研究所の庭があり、小さな番小屋の屋根ごしに、古びた鋭角の塔をもった病院の建物が見えていた。崖には雑草がはびこりトカゲがぬめぬめと腹を光らせて走る。崖上の青空や雲の往来を仰いでいると、まるで、山の中の渓谷の底の家にいるような気がしてくる。世捨人のかくれ家らしく、どうかすると風流めいて見えないでもない。

赤むけになった心をいたわりあい、そっと休ませるには、いかにも落ちついた雰囲気に思われた。

かの子も一平も、ろくろく間取りも見ないで、土台石を置いた時から約束したので、いざ引越して来てみて、はじめて近所の様子を見たくらいだった。

家へ入る露地の入口の前が、ずらりと並んだ長屋だったのを見て、かの子が眉をひそめ、

「困ったわねえ、入口に長屋が並んでいるわ」

と、逡巡《しゅんじゅん》した。生涯に一度は、石の柱の門のある家に住みたいなど、幼稚で、通俗な虚栄心をもらしていたかの子だったから、見すぼらしい長屋の前の露地の家というのに

は、いささかめんくらったものらしい。

その辺りは、不思議にも震災も戦火もまぬがれて、まるでそこだけ、歴史の流れがよどんだように、今もそのまま、当時の雰囲気を残している。

《白金三光町の電車通りを銅貨を掌に載せたまゝ朝風に吹かれ歩いて行くのも一つの風流だ。商人屋《あきうどや》は場末に近い町とて葉茶屋で、鶏卵を売つてたり八百屋の片店で塩魚の切売りをしたり鄙《ひな》びて居る。人力車の車宿が自動車を一台買ひ入れ傍《かたはら》、貸自動車を始めた。文明の利器の容れ場に家の大方は取られて車宿の家族は片隅に息も絶え〴〵に住んでゐる》（へぼ胡瓜）

と、一平が書いた電車通りは、さすがに道幅も広く、商店もこざっぱりと近代化されているけれど、まだどこかに場末じみた鄙びた悠長さの影がのこり、一日同道してもらった岡本太郎の記憶によれば、商店の屋号など、それぞれ往時のままのものも多いという。坂道の入口の郵便局など、今時、田舎にも珍しいような木造ペンキ塗りのものが当時の俤《おもかげ》をそのままに伝えていた。

「この格子《こうし》の家で、いつも三味《しやみ》線《せん》の音がして、ちょっと可愛い女の子がいて、ぼくらがのぞくと、きまって、あの子岡本って家の子よと、甲高い声で格子の中で云うんだ」

そっくり当時のままだという坂道の片側の家並の前で、ふと立ち止った太郎から、そんな思い出話も出るような、古風な昔の東京がそこにある。

この「崖の家」を、一平は当時、「修道院《にく》」とも呼んでいた。

《最初主人は主婦に、人様の前では中悪い話だが、まあ恋に似たやうな事をやつて親元から懇望して貰つて来たのだから、謂《い》はば夫婦であつた。夫婦であつたが、主人の放埒我儘や主婦の矯激な感情が喰ひ違ひをやつてひどい目に遇つた。二人の性格が一遍ずたずたになつた。互に生かしては置けぬ程も憎み合つて然も絶ち切れぬ絆《きづな》は二人を泣き笑ひさせた。それから双方傷手《いたで》をいたはり合ふやうな所へ出て今日では夫婦のなかなぞといふ事もまだその間に性といふ垣根があるから煩ひだ。もつと血肉にならう、で只今では主人と主婦とは身体の上に修道院の僧と尼僧の如き淡白さを保たうとして居る。心の上に兄妹か或は姉妹の如き因縁を感じて居る》（侘《わび》しき時は汽車ごつこ）

生活の建て直しをする手段の一つとして、夫婦の間から一時、「性」がぬきとられるということは、さほど奇矯なことではないだろう。けれどもその習慣が、そのまま、夫婦のどちらかが死ぬまで、保ちつづけられたといえば、やはり奇異な現象といわなければならない。

かの子一平の夫婦間に「性」がぬきさられていたという噂は、長い間、一種の好奇的な伝説として語り伝えられていた。生前のかの子が、それとなく、ほのめかしたり、唐突に女友だちに、「あなたセックスはどうしていらっしゃるの」など、奇矯な質問を浴せたりしたことから、いっそうその噂は秘密めかしく拡がったのだが、その源は、実は、すでに一平が、その作品の中で、これほどはっきり明示したことから世間に伝わったのだった。要するに、はじめからこの夫婦は、その事をかくべつ世間に秘密にして扱っていなかったのである。

後年、太郎も、この間の夫婦の消息を、

《一家つれだってヨーロッパに遊ぶ頃には、父母は傍目にはうらやましいほどの和合に達していたのである。しかし、その裏には、やはりまた一つの陥穽《かんせい》があった。それは却って父母が大乗的に乗超えた筈の、俗な意味での夫婦生活である。父母は単なる夫婦愛によって結ばれていたのではない。といえば何か神秘的な言い草のようだが、母をかばうことに決心して以来、二十数年の夫婦生活の間、父は肉体的な夫婦の関係を全く持たなかったのである。常識では考えも及ばない夫婦関係であったが、やはり父がまったく惚れて惚れて惚れぬいた結果というより外はない。だから多情多感の母は、信頼と愛情にみたされていながら、また、そこに悩みを持たなかったであろうか。旧家の伝統のうちに育った母の倫理感は、きびしくそれをさいなんだ》（母、かの子の思い出）

と、明言している。この文章には仔細にみれば、不思議な暗示的な箇所があるのに気づく。

「父は肉体的な夫婦の関係を全く持たなかった」

とあるのは、当然、二人はと書くべき箇所であり、かの子の倫理感がきびしくそれを、さいなまなければならない、問題が、かの子の側にはあったという意味にもとられるのである。

ともあれ、二人の間に、夫婦としての肉体交渉が絶えたのは、青山北町の終りから、芝白金に移った前後であるにはまちがいない。

一平は、北町時代の後半、すでに、酒毒から、心臓に不気味な結滞《けったい》をおこすようになっており、性生活も不能に近くなっていた。

かの子をかばう決心をした時、同時に、それまで中毒症状になっていたアルコールとも煙草とも、きっぱり縁を絶ち、酒友までも絶交した。

そういう一平に向って、夫婦の性を絶ってみようという申し入れをしたのは、かの子の方からであった。

一平はこれに応じた。しかも、生涯その誓いを守ったのである。もちろん、酒を絶ち煙草を絶ち、生活が規則正しくなった一平の健康が回復するのには暇はかからなかった筈である。

健康な三十四、五歳の男が、妻の死ぬまで二十年間に、夫婦なのに全く性交渉を持たず、更に妻以外の女性にも一切触れず、すごすことが出来るであろうか。常識的には不可能にちかいそんな荒行《あらぎょう》を、一平は自分に課し、あくまで守りぬいたのだった。

かの子が、そんな条件を持ちだした時には、自分の過ちを通った肉体を清めたい気持もあり、その肉体への刑罰の気持もあったと同時に、一平に対して本能的な復讐の気持が働いていなかったとは云えないだろう。

かの子が、そんな重大な提言をしながら、それを夫婦生活の最後まで守りぬく覚悟でいったとも考えられない。とにかく、二人が、共に叩きこまれたどん底から這い上るエネルギーの一つに、禁欲も手段の一つと選んだものではないだろうか。もしかしたら、多分に残っていた文学少女趣味から出た思いつきのロマンチックなうわ言だったかもしれないのである。

ただし、それを受けて立った一平の方の受け取り方が尋常でない真剣さで、問題を真向から正眼に受けとめたから悲劇になった。

この問題はかの子、一平の稀有な夫婦関係を理解し、二人の残した仕事を解明するためには、最大の鍵になる。

けれども、今、その結論を急ぐことは出来ない。

この問題が我々に謎を感じさせ、釈然としないものを残す、その不確かさのままで、一平は一方的にかの子との誓言を守り、それを守り通すことで、二人の夫婦生活は歳月を重ね、かの子はそんな生活と一平に支えられて、以後二十年の間に、全く違った人格の女として、生れ変ってしまったからであった。

この状態の上に咲いたかの子の仏教研究の成果であり、かの子の文学の業績なのであるから、やはり、この問題は謎のままにして、二人の今後の生活の歩みをたどるのが妥当ではないだろうか。

白金に移ってからは、ともかく、平穏な、いたわりあいの日々が流れた。

太郎は、土、日とかけて幼稚舎から帰り、普段の日は、恒松兄弟と夫婦だけの生活がつづく。炊事、洗濯、掃除は、専ら、安夫の役目になり、かの子は、炊事も後片づけぐらいで、あとは、毎日、日課のように、歯医者や鼻の医者に通い、長唄の稽古に出かけ、後の時間は、仏教研究に打ちこんでいる。

一平は、朝寝と朝湯だけがただ一つの人生の道楽といったような、くらしぶりで、崖下の場末の家にも、仕事を持ちこむ雑誌社がおしかけ、経済的な苦労はなくなっていた。

かの子の言動には、次第に、以前になかった、活発な活動的な風が見えてきた。

「かろきねたみ」をだして四年ぶりに、第二歌集「愛のなやみ」を出版する気持になったのも、外へ向ってのびようとするかの子の活動意欲《いよく》のあらわれであった。

「愛のなやみ」は、大正七年二月十日、東雲堂《しののめどう》書店から発行された。

菊半截、本文百六十四頁。定価六十五銭。収録歌五百三十七首である。

「スバル」「青鞜」にのせた歌と、病気から回復し、「水甕《みずがめ》」その他の歌誌に、需《もと》められて寄稿した作品があわせられた。

第一歌集「かろきねたみ」が、青春と新婚生活のモニュメントならば、「愛のなやみ」

は、文字通り、かの子のぐぐった愛憎の煉獄《れんごく》の炎で書いた苦悩の歴史ということが出来よう。

序文に、

《愛はなやみなり、進めば囚れ易く、退けば堪へず淋し。われ、これを求むる情のかぎりもなくはげしきに、心あやにくかよわくて、絶えずそのなやみに傷む。

わがうちにひそみつつうつむき勝ちに綴《つづ》れる「愛のなやみ」一巻をひもとかば、おのづからなるをんなのなげきをききたまふべし。

大正七年一月

かの子しるす》

と記している。

歌は、晶川の霊に捧げた哀悼歌《あいとうか》、母アイの死を悲しむ歌から、一平にかえりみられない頃の悲痛な、なげきの絶唱《ぜっしょう》から、堀切重夫があらわれ、去り、遠くで死んでいった悲恋の経過を詠んだものなどで埋められている。したがって、「かろきねたみ」が、甘いロマンチックな匂いをたたえているのに比べ、「愛のなやみ」の方が、ずっと複雑な、女の生活や心理のドラマが、なまなましくうかがえるのである。

いかばかり君を思はば我をのみ思ふ君とはなりたまふらん

いやさらに離《か》るるは淋し傍に君美しうあるもなやまし

海行かば波高からん陸《くが》行かば土凍りてんさあれ逢はでやは
一日だに離《さか》るはつらや人の身の命みじかし生きの日少なし
蝉々《いとどく》泣きて誰をば待つ汝《なれ》ぞ泣きて誰をばうらむ汝《いまし》ぞ
しばしだに肌《はだへ》はなさばはかなくもまた冷えはてんわが人形か
ああ百夜いだけど君の美しさ冷たさはげに変らざりけり
人一倍濃情の、火のような想いをもてあましたかの子の愛のなやみが、熱い炎になってふきつけてくるような、歌々である。魔の時代の毒素を吐きつくしたかにみえるこの歌集のあとには、またちがった匂いの詩の花が咲く筈であった。
ある晴れた朝――崖下の家を近所の老婆が訪れた。勝手知った庭先へ入っていくと、明るい縁側で、一平とかの子が、子供のように並んで足をふみならして行進している。ふところ手の一平の肩に、かの子が両手をかけて、調子をとりながら、交互につぶやいていることは、
「しゅっしゅっぽっぽ、しゅっぽっぽっぽ」
「がちゃ、がちゃ、しゅっぽっぽ」
「ほら、トンネルよ。機関手さん、しっかり、しゅっぽっぽ」
老婆はあきれて、棒立ちになってしまった。
「何ですねえ、いったい、旦那も、奥さんまで」

「おばさん、おもしろいわよ。汽車ごっこよ。やらない？　ほら、しゅっぽっぽ、しゅっぽっぽ、ピピーッ」

かの子の童顔は、紅潮し、目はきらきら輝いて、全く無心の童女そのものの、三昧境《さんまいきょう》の表情だった。老婆は呆れて首をふった。

崖の雑草の白い花が、見えない風にゆられていた。

第十章　波　濤

崖下の家に移ってから、一平の仕事は急激に忙しくなってきた。新聞社に勤めだした頃は、まだ漫画をのせる雑誌が少なく、ほとんど新聞社の仕事だけをしていればよかった。

毎朝十一時に出社して、取材《しゅざい》に歩きまわり、夜十時まで社にいて、その日の材料を絵にしてまとめあげる。

三百六十五日、休日も休まずこの仕事を四、五年もしているうちに、次第に酒の力を借りなければ、アイディアが躍動しなくなってきた。

取材先で飲むのは勿論、社に帰っても、執筆しながら、ウイスキーかブランデーを飲む。それもきかなくなると、ベルモットにブランをいれて、熱湯《ねっとう》を注して飲む。

こうして完全にアル中になった頃、仕事はいつのまにか量をまし、雑誌にも漫画の頁《ページ》が多くなってきた。

新聞社の仕事だけでなく、家に帰れば雑誌社の仕事がある。夜なかにそれを片づけるのに、また酒の力を借りる。

頭も心臓も怪しくなりはじめて、漸く禁酒禁煙を実行したのが、崖下の家に移った頃と一致していた。

雑誌「良友」に子供漫画「珍助と平太郎」、「婦女界」に「女百面相」などの漫画をはじめ、「雄弁」に「へぼ胡瓜」、「新小説」に「泣虫寺の夜話」等の小説まで、毎月十二、三の雑誌をひきうけていた。

新聞社の方でも、続き漫画の外に、議会が始まれば政治漫画もあり、「週刊朝日」もはじまるという状態になった。その上絹本《けんぽん》まで引きうけていた。

夜十一時頃帰宅して、それから暁方《あけがた》まで雑誌の原稿や絹本を描く。漸く東天が白みそめる頃、筆をなげだし、牛乳を四合のんでぶっ倒れるように寝につく。朝六時から十時まで寝て十一時に出社する。

その上、週のうち三日は必ず徹夜して、翌朝すぐ議会に出かけなければならないということもあった。睡眠はたいてい三、四時間で、往復の車の中や、議会の席で居眠りするより睡眠のとりようもない有様だった。

一平は疲労に逆襲するため一日百人の顔を描くカルカチュアデーを計画したりした。自《じ》虐《ぎゃく》というより外ないこんな無理な仕事ぶりの中へ我から自分をつき落すようなやり方であった。

そんな一平の仕事ぶりをみて、かの子は「誰もそんなに働いてくれと頼みやしないじゃありませんか。からだをこわすとこまるのにねえ」

とため息をついた。

《「一体何故さう忙しがるのだ。苦を求め疲労を求めるのだ。さう訊く人があるかも知れない。その人にはこっちから訊く。一体自分の生命を湯掻《ゆが》くのに忙しさの外によい方法はあるか。人生に苦と疲労の味以上の味はあるか。——中略——宗教巡礼に踏出す前までは僕はニヒリスティックなる死灰《しくわい》の自分を掻き乱すために無暗に仕事に没頭した。宗教巡礼に踏み出してから仕事は、僕の求道《ぐだう》の道具だつた。喫茶喫飯が求道の道具であるやうに、自分をリアリスチックに解明把握する粉砕機として仕事を使つた。仕事によつて外殻的《ぐわいかく》な自分を一たん粉末飛散させる。箇と認める自分が一片も無くなった上にゆくり無く映じ出る真の自分に逢ひ度い為に、自分を粉砕する仕事といへば好き嫌ひを許さぬ過酷《くわこく》な度合ひのもので無ければならぬ。息もつがせず矢つぎ早やに役し来るものでなければならぬ」》（苦楽十年の回想）

というのが、当時の一平の覚悟であり心境であった。

同時に、自分に苛酷な仕事を死物狂いで克服していくうちに、思いがけない透明な三昧境に導かれ、恍惚《こうこつ》にひたることがあった。夜明け、徹夜の仕事の業苦から解き放された瞬間、我知らず、地獄から極楽に転じていた三昧境から引きもどされる。筆を置いても尚つづく恍惚の余韻と、仕事を終えた爽快感が、心身にわきあがる時、疲れは忘れられる。

一平は、太郎を起して、二人で目黒《めぐろ》大崎の朝露を踏みに出る。赫々《かくかく》と上る朝日を仰ぐ時、業苦が恩寵に変っているのを知らされるのだ。

もちろん、その頃の一平に、人気の波に乗った人間の自信と、自負と、より性急な野心がなかったとはいえないだろう。

その頃、岡本家へ始終出入りしていた人物に、恒松安夫の大学の級友の有森英彦《ありもりひでひこ》がいた。

現に健在で芝白金三光町に棲む有森英彦の記憶によれば、ある日、いつものように訪ねていくと、一平は絵を描きながら、

「今の俺の人気を見ろよ。凄いだろう。でもまだまだこんなものじゃないぞ。今の俺は、これから、どこまでこの人気がのび拡がるか見てやろうという気持だよ」

と満足そうに語った。英彦がまだ大学も下級生で、家族同様の安夫の親友だというところから、おそらく一平が不用意にもらした内心の本音《ほんね》であったろう。

一平はそんな忙しさの中でも、英彦がいつ不意に訪れていってもついぞ不愉快な顔をしているのを見せたことがなかった。

午前十時頃、悠々と朝湯に出かけていく一平に、表通りで逢うこともあった。湯から帰りの時は、一平はたいてい汚いドテラや浴衣《ゆかた》の胸を、買物でふくらませている。中身は肉であったり、煮豆であったりつくだ煮であったりする。

「今夜、めし食いに来いよ。俺の炊事当番だから。うまいビフテキ御馳走するよ」

そんなことをいう一平は、とても死物狂いの仕事に追われ、家ではすでに雑誌記者が数人もつめかけて、原稿督促《とくそく》に居坐っているなど、想像も出来ないようなのんびりさに見うけられた。

朝の食事の支度は、ほとんど安夫の役目であったけれど、夜は一応当番制にして、かの子や一平も引受けていた。衣食住の中で、食にもっとも欲望の強かった一平は、不味《まず》い物を食うくらいなら死んだ方がましだというだけあって、かの子や安夫よりも、料理がたしかにうまかった。

かの子はこの頃から、自分の生活に厳然と勉強時間を決めていて、その時は、家中に誰もいず、かの子一人が在宅していても、玄関に誰が訪れようが決して出ない。たとい泥棒が入っても勉強時間中は座はたたないのではないかと思うほどの泰然自若《たいぜんじじやく》ぶりである。その間は、一平に来客があろうが、安夫に友人が訪ねようがもちろんお茶一つ出しはしない。

ある日などは英彦が安夫を訪ね、廊下でぱったりかの子と顔をあわせたのに、かの子は勉強時間中の三昧境から魂がもどっていないらしく、英彦ににこりともしなければ、もちろん声もかけず、目の色ひとつかえず、すっすとすりぬけて悠々とはばかりへ入っていった。文字通り眼中人無き境に入っているのである。

こまめで気の優しい安夫は、いつのまにか、かの子の女中兼秘書兼経理士兼崇拝者にみなされてしまった。

為替《かわせ》の入ったままの封筒を屑籠《くずかご》にすててあるのも気づかないような夫婦のため、安夫は金銭の管理をまかされると、一平もかの子も、安夫から小遣いを渡される状態をかえって便利がり面白がった。

英彦はかの子の長襦袢の衿を、不器用な針目でつけている安夫をみたことがある。またある日は、英彦が訪ねると、丁度かの子は鏡の前で安夫に帯を結んでもらっていた。

夕方から青山学院で、日本の古典文学について講演するのだというかの子は、いつもより念入りな厚ぬり化粧に、派手な外出用の着物を着ていた。鏡の前でかの子の背後に立ち、安夫は厚い帯を両手に持ってぎゅうぎゅうしめている。

「もっとよ、あら、しめすぎ、も少しゆるく、あら、ゆるすぎた……きつすぎるってば」

なかなか、かの子の気にいるようにいかない。

「ちょっ、何て不器用なんだろ」

「そんなことといったって、無理だよ、お姉さん」

安夫にかの子はお姉さんと呼ばせていた。

おとなしい安夫は、いつのまにか顔に汗をにじませ、顔を紅潮させ苦心惨憺だ。ようやく締めかげんが及第したら、その次はおたいこの型が定まらない。ああでもない、そうじゃないと、かの子は安夫の結ぶおたいこに一々文句をつけて、いつまでたってもかの子の理想通りの型に出来上らない。

「もう、いいわ、いいわよう」

かの子は大きな目に、くやし涙とも、疲れ涙ともつかない涙をあふれさせ、とうとう結んだばかりの帯を駄々っ子のようにほどいてしまった。

「ど、どうするんです」

「こんな気持の悪い帯で、とても人の前に立って話なんか出来やしない。もう止《よ》すの」

「だって」

「だっても何もないわ。今日の講演は行きません。何とでもいって、あんた電話でことわってちょうだい」

いいだしたらきかない。とうとうかの子は帯の結べない理由で、その日の講演を本当にすっぽかしてしまった。

英彦の目には、何から何まで不思議で奇怪な岡本家に見えた。

たまに幼稚舎から帰ってくる太郎に対するかの子の態度なども、普通の平凡な家庭に育った英彦の目には、まるで継子《ままこ》いじめの継母《ままはは》のように冷く感じられる。つい、

「かわいそうだなあ、こんな小ちゃい子に」

叱りつけられている太郎に同情してつぶやくと、かの子に、にらみつけられ、

「ほっといてちょうだい！　あたしには子供なんて育てられません！」

と、どなりつけられてしまった。まるでそれが当然のように胸を張ってヒステリックに叫ぶかの子の態度に、英彦はいっそうど肝をぬかれ、だまってしまった。

それでもかの子は、「勉強時間」以外は、なかなか陽気で愛想もよく、安夫の親友である美青年の英彦にも親切だった。機嫌がいいと、安夫や英彦相手に、芸術論をのべたてる。

「あんたたちなんか、芸術はわからないのよ」

ときめつけながらも、自分の芸術論の聞き手としては、いい相手にしていた。英彦が親しさにまかせて、

「芸術芸術っていうけど、あなたの歌なんかそんなにいいかなあ、たまにつくるぼくたちの歌のほうがずっといい時だってありますよ」

とからかうと、かの子はむきになっていいかえす。

「それはちがいます。あんたたちが、たまに一つくらい傑作が出来たって、それは素人のまぐれ当りというものよ、あたしたちは専門家、玄人《くろうと》です。玄人ってのは、百点の歌が一つもつくれなくても、つくればいつでも七十点平均の歌は必ずつくれるという腕のことをいうのよ。あたしの歌は、玄人の歌だから、そこがちがうんだ」

たまたま、一平がそんな場にいあわせても、だまってにこにこ聞きすてているだけで、その態度は、いつでも全面的にかの子のいい分に賛成しているというふうであった。

この頃の一平は、生きる目的のすべてを、かつてかの子を狂気に追いこむまでに与えた、自分の惨酷の罪を償うことにあてていた。残る生涯のすべてを、かの子の幸福のために捧げようと、内心堅く決意していた。性来、懐疑主義的で虚無的な、人生に何の張りも感じないような性質《たち》でありながら、かの子のために生き直そうと決意して以来、一平は、自分の誓いを徹底的に守り抜いた。朝寝と食道楽以外のすべての快楽を自分に絶ち、半僧《はんそう》半俗《はんぞく》のような生活を自らに課していた。

夜もろくに眠らず稼ぐ上に、一平が浪費しなくなったのだから、二、三年の間に、生活はよほど楽になったし、安夫がしっかり家計を預るから、いつのまにか、たくわえさえ出来てきはじめた。

一平は、魔の時代に、かの子が太郎を抱きしめ、

「今に巴里へ行きましょうね、シャンゼリゼーを歩きましょうね」

と、うわごとのようにつぶやき、自分の絶望を慰めたという話が、骨身に沁みてこたえていた。

「今に、金がたまったら、家中で洋行しよう。お前に巴里をみせてやろう」

というのが、一平のひそかな悲願になっていた。その夢は折にふれ、語られ、今では、家中の共通の夢になっている。

この外遊計画が世間と変わっているのは、一家ぐるみの計画であったことだ。夫婦に太

郎は勿論、安夫までもがこの人員の中に数えられていた。

かの子も一平も、兄の源吉の方は、性質にも人柄にもそれほど親しまず、弟の安夫は無くてはならない家族の一員のように考えていた。したがって、家族ぐるみの洋行とは四人の出発を意味していた。

当時、画家たちが巴里へ留学するには、一年の留学費に往復旅費を加算し、どんなに倹約した生活の予算をたてても、六千円はかかるとされていた。その四倍の金額が必要となる。時期は、太郎が小学校を卒業した時に決めた。中学へ上がる一、二年を休学させて巴里を見せるのがいいという計算だった。それまでには金の方も、今の調子がつづくとみれば、どうにか調いそうにも思えてくる。かの子は、この計画を誰よりも喜び、早速フランス語をならいはじめていた。

ところがある日、突然《とつぜん》全く予想もしなかった事態が突発した。

大正十一年一月のはじめのある日だった。

一平はその日も、朝日新聞でデスクにしがみつき、漫画を描いていた。そこへ、一人の訪問客が訪れた。一平が「女百面相」を連載している婦人雑誌「婦女界」の社長都河龍《つがわしげみ》だった。

都河は今度世界一周をする計画をたてたが、一緒に出かけないかという話をさり気ない表情で語った。一平は反射的に、

「そいつは――」

有難いといいかけて、あわてて、

「結構な御相談ですなあ」

とつづけた。都河は更に計画の詳細を語った。英国に本店のあるトーマス・クック社は、世界中に支店や代理店を持ち、旅行の万般のことを取り扱っている。この社が今度、世界一周の団体を日本で募集した。日本ではこの企てが二回目であった。旅行の月日は丸四ヵ月、廻る国々は、英、米、仏、独、白、伊、それに都合により埃及《エジプト》へ入り、海峡植民地を通る。

往きは太平洋を渡り米国よりはじめ、帰りは印度を越す欧州航路に依る。会費は八千五百円、待遇はすべて一等で、汽車、汽船、ホテルの費用、食事、見物、案内の費用、ボーイのチップまで、すっかり会費に含まれている。

旅行者は洗濯代と自分の飲みもの代及び土産物等を買う小遣いがあればいい。それ等の費用や支度金もふくめ、まあ一人一万二、三千円はかかろうというもの。日本から日本人の通訳が一人ついてゆく。一応これほど安心な大名旅行はなさそうである。

そんな説明を聞き終ると、一平の心はいよいよ、躍り上ってきた。もちろん、都河の話は、一平の費用のすべてを「婦女界」で負担する条件での誘いであった。

その夜、一平は崖下の家へ帰り、いつものように家族と食卓をかこみながらこの重大な話をきりだすきっかけを窺った。

小学四年になっている太郎も土曜日で寄宿舎から帰っていた。

食卓には安夫の郷里の出雲《いずも》の郷土料理の鍋焼きが用意されていた。魚と野菜のごった煮の鍋である。

安夫の給仕をうけながら平和に食事の進んだ頃を見はからい、一平は、はじめて、今日の都河の訪問の話をきりだした。

「今日世界一周に行ってみないかという話があったんだがね」

「まあ、それはいいお話じゃないの、でももっとくわしく話してみて」

かの子は意外に虚心《きょしん》に話にのってきた。一平の説明を聞きおわると、おどろくばかりの無造作さで、

「わかったわ、いいお話よ、行ってらっしゃい」

「でも、お前が留守にまた心配して例の病気にでもなりやしないかい」

「大丈夫よ。あたしこの頃すっかりあなたを信用しています。末梢《まっしょう》のことは心配するかもしれませんけど、根本は大丈夫よ。今、行く方があなたのためにいい気がするわ。あたし達の行く時の参考のためにも下見にいってきてちょうだい」

一平は安堵《あんど》と、喜びで胸が躍りあがってきた。

「あら、お父さんずるいや、一人で洋行するんだって、ぼくもつれてってよ」

太郎は茶碗も箸も放りだすと、いきなり一平の首ったまに弾丸のようにとびついてきてぶらさがった。

幸い朝日新聞社の方でも、四ヵ月の休暇を快諾してくれた。

出発までの三ヵ月はまたたくまに経ってしまった。

旅の支度は万事安夫まかせで、一平は少しでも多く仕事をして新聞社に尽して出る心がけだった。かの子は、こんな際何の役にも立たない。安夫一人が気をもんで、支度に没頭する。洋服屋も靴屋も安夫が呼びよせ、のっぴきならず一平の寸法をはからせる。

「西洋では、こんなものを着て寝るそうです。洋服屋が持ってきたから買っときましたよ」

キリストの服のようなパジャマの用意もしてくれる。

一平がしたのは、安夫につれられてデパートへゆき、カラーを買う時、首にあわせたのと、タキシード用のエナメルの靴に足をあわせてみただけであった。

出発の朝まで、徹夜で仕事に追われつづけ、尾頭つきと赤飯で首途《かどで》を祝われ、一平は出発することになった。

かの子は相変らず、見送りの仕度に手間どり、一平以上に安夫の手をわずらわせながら、大騒ぎであった。それでも、上機嫌で、四、五日前からろくに口をきくひまもなかった一平との別れに対して、さほど感傷的になっていないのが、一平には救いになった。

玄関へ出た時、かの子がちょっと一平の肩をおさえた。

「旅行中のお守りをあげましょう」

かの子は太った指から自分の指輪をぬき、一平の小指にはめてやった。

「そうか、これは有難う」

一平もさりげない調子で軽く頭を下げた。

あの魔界の業火をくぐりぬけて来た夫婦にしては、ようやくたどりついた淡々とした浄《じょう》福《ふく》のうちの別れだった。

東京では、漫画家の一団や雑誌関係の見送りでごったがえしていた。漫画家の派手な手打式に送られ列車は出発した。

横浜では一万三千五百噸のシルバー・ステート号が、緑色の巨体をゆったりと港に横たえて待っている。

かの子も太郎も安夫も、一平について船内まで見送りに入った。

「まあ、すてきに便利で可愛らしいお部屋だこと、お父さん、うちにもこんな部屋がほしいわね」

かの子は、太郎にまけないくらい目を輝かせ、のんきなことをいっている。一平にはそれも救いになった。

この頃のかの子は、次第に、神経質な病的な繊細さは表に出さなくなり、一平や安夫に甘えきった童女のような無邪気さが、徐々に表面にあらわれはじめていた。

波止場でまた、漫画団の派手な手打式があって、型どおりテープが投げかわされ、ついにシルバー・ステート号は桟橋《さんばし》を離れはじめた。

一平の目には、誰かの肩車に乗って群衆の上にぬきん出、両手をちぎれるようにふっている太郎と、その横でひどく緩慢にショールをふるかの子の真黒な大きな瞳だけが映ってきた。

自分はもう半生に、したいだけのことはしてしまった。自分の快楽のために犠牲にしてきたかの子と太郎に、どんなことをしても幸福な目を見せなければならない。一平は、突然、おそわれた感傷に、気弱く涙ぐみながら、妻と子に対する愛情が、別れの今、猛然とわきあがってくるのを感じていた。

「きっと、つれてってやるよ、この次は、お前たちをつれてゆくんだよ。とにかく、みんな丈夫で元気で待っているんだ。そのためにならうちにある有り金みんなつかいはたしていいんだよ」

あれもこれもいいのこしたことがあるようで、段々小さくなっていくかの子と太郎の姿を追いかけ、一平は、甲板《かんばん》を走りまわり、少しでもよく見えるようにと、手すりにしがみついていた。

えりまきも、ハンカチーフも手袋も、一度にふつて呼びにけるかも

名も知らぬ男が吾子を肩にのせ、船なる父を呼ばせつつあり

一平を見送ってからかの子たちは、横浜のステーション前で、おそい昼食をたべた。波止場では、興奮し、はしゃぎきっていた太郎は、船が見えなくなってから、急に憂鬱になり、泣きだしそうな表情で、むっつりしている。

東京へ着くと、かの子はしょげた太郎の気をひきたてるため、安夫と三人で銀座を歩いてやった。

道端に売っている二十日鼠《はつかねずみ》をみつけると、太郎は、そこにしゃがみこんで動かなくなった。今日なら、母が寛大で物をねだれば買ってくれると思っている。

結局一つがい八十銭の、真綿の一かたまりほどの可愛らしい白鼠を、安夫ががま口をゆるめて買ってやった。

一平が去った家の中は、さすがにがらんとして、日一日と寂しさがおそってくる。これまでの経験でも、一平が旅に出たあと一週間めあたりが、一番淋しさのつのってくる時であった。

太郎は、寄宿舎に鼠は持ってゆかれないので、土曜日に家へ帰ると、二十日鼠につききりだ。どこで覚えたのか、やや小さい方の牝《めす》の鼠を、

「ね、これが鼠の妻よ」

など、大真面目な顔でいって、かの子を失笑させた。

旅先の一平に手紙を出すことが、留守の者たちの唯一の仕事になり愉しみにもなった。きちょうめんな安夫は、一平のトランクの蓋に、中身をあらためたこともない一平のために、

大鞄

一、洋服全部　一、ネマキ
一、クツシタ　一、ハンカチ
一、ソフト・カラーと並カラー
一、ネクタイ　一、白手袋
一、ワイシャツ

中鞄

一、著書　一、スケッチブック
一、洗面道具　一、部屋着
一、ポマード　一、褌《ふんどし》二十五本
一、メリヤスシャツ　一、ハンチング

注意書

カラーカフスは少なく共一日置きに取換へて下さい。シャツを不精《ぶしよう》せず洗濯に出さなくてはいけません。髭《ひげ》も毎日お剃《そ》りなさい。日本とはちがひます。

と書いた一覧表をはりつけて置いた。それなのに、一平の出て行ったあと、机の上にタキシード用の黒ネクタイが忘れてあったのを見て、地団駄《じだんだ》ふまんばかりにくやしがった。

「こんなだから困っちまうんだ、仕様がないなあ」

安夫はぶつぶついいながら、

「間着《あいぎ》の背広は霜降り許り着《ばか》ていないで、四、五日交替位に取りかえて下さい。また、五月頃になったら、白セルのズボンを着ることを忘れないように願います」

とレターペーパーに書きつづっている。かの子はそれを横からのぞきこんで、

「まるで細君みたいだ」

と他人事《ひとごと》のように安夫をからかった。

「お姉さんがしないからですよ」

安夫は、頬をふくらませて、太郎の書きあげた漫画をまとめている。

太郎の絵は「シルバー・ステート号にのったおとうさん」というみだしつきで、一平が上着をふりながらだんだん小さくなってゆくところを、一平の漫画を真似て豆粒くらいの大きさの一平まで丹念に描いている。

「小さくなっても小さくなってもふっている。こっちでは洋服が海に落ちないかとひやひや」

ということば書きもついている。もう一枚は、

「フォークとナイフをまちがえて西洋人に笑われぬように御用心御用心」とのみだしで、ナイフとフォークをまちがえて持ち、テーブルについた一平を、目鼻のついた太陽が笑っている図である。三枚めは、「一平の鼻が高い」とのみだしで、一平がエッフェル塔と鼻の高さをくらべている図である。

それらの絵は、かの子の淋しさを一夕《いっせき》は忘れさせ、心から笑わせる効果をもっていた。一平からは、小まめに、船中や、外国の町々から便りがとどいた。

その留守中に、崖下の家には、一つの事件が起っていた。

安夫といっしょにいた兄の源吉が、チブスに罹《かか》り、梅雨の間に急逝したことである。もともと剣道何段という安夫とちがって、性来心身に活気がなく、バイタリティに乏しく陰気だった源吉は、ふとした病気にも抵抗力が乏しいのか、恢復《かいふく》期にキャラメルをこっそり食べたのが直接の原因で、あっけないほどはかなくなってしまった。

かの子と安夫は源吉の遺骨を持ち、出雲まで送りとどける旅に出た。

この報せが一平の手に渡ったのは、四ヵ月の旅程もほとんど終え、一平たちの一行がシンガポールまでたどりついた時であった。

一平はその報せを見るなり顔色を変えた。

なじみの薄かった源吉の死は、正直のところ、一平をそれほど悲しませなかった。それより源吉の死因が伝染性の腸チブスであることが、一平を不安と恐怖につきおとした。

そういう用心にかけては迂闊《うかつ》この上もないかの子が、伝染していないとはかぎらない。週末に帰宅した太郎の抵抗力のない小さな体に病菌がとりついていないともかぎらない。安夫に死なれていても、不憫ではないか。

一平は、いても立ってもいられない懊悩《おうのう》と焦慮《しょうりょ》に見舞われた。万一かの子が死んでいたら、太郎が一人前になるまで面倒をみて、その後は出家しようなど、暗い空想ばかりに捕えられていく。

今更のように、かの子に与えた数年の暗黒の生活の罪が重苦しく一平をさいなんできた。

シンガポールからホンコン、ホンコンから上海につくまで、一平は生きた心地もない心配にさいなまれていたが、上海ではじめて無事なかの子の手紙を受けとった。

これがそもわが生みし子わが子かや泣きわめく子をつくづくと見る
これがそもわが生める子かわが子かやあまり可愛ゆしつくづくと見る

かの子は源吉の死を、

これがそも人のはてかやかろがろに骨壺を抱《いだ》きかい撫でかい撫で

と報せると同時に、

かがやける陽よ花よ夫《つま》よ子よわれ死ぬべしやいかで死ぬべしや
われ死なばもろとも死ねよ咲く花よかがやける陽よ夫よわが子よ

人として命終らばうつし世に馬とも魚ともなりてし生きんと力強く、生命の讃歌を送って来た。

一平は、それでもまだ、かの子の手紙の発信の日付からみて、この手紙以後十数日が経っているのを知り、その間に、もしかしたら発病してはいないかと、取越苦労は際限もなく執拗《しつよう》におそいつづけてくる。

《愛は心配である。冒険である。根気である。事業である。そして信仰である。――略――実際予は家人の事を考へてのみ世界を一周してしまつた。笑ひ給ふな。われ等は結婚してから早十年余の歳月を経てゐる。なまなかな色や恋でこんな今時珍らしい馬鹿正直な心持が続けられるものではない。因縁だ。因縁愛だ》（世界一周の絵手紙）

一平は不安をまぎらせるため、旅行中にうけとったかの子の手紙を何度も何度も読み直した。

コロンボで受取ったのには、

「中耳炎もすつかり癒《なほ》り、音楽とフランス語の稽古に行きはじめました。おとうさん、ありがたう。ありがたう。ほんたうに親だつてこんな惜しげもなく仕込んでなんかくれませんわ――わたくしをよく知るものは、のんびりしたところがわたくしにあると申します。おとうさんがのびのび大切にして下さるので気がひとりでにのんびりとしてゐるところがあるのね。今日は三越《みつこし》で蘭《らん》の盆栽のすばらしい一鉢を買つて『これを一平の居り場所へお置き下され一緒にお仕事なし下され度し』と書きそへて、朝日新聞のおとうさんのアトリエの机にとどけておきました」

という安泰平穏なものであった。

旅愁《りょしゅう》で常より感傷的になっている一平は、こんな素直な、無邪気な感謝を手放しでよこされる夫の幸福に、思わず涙ぐんだ。同時に、またしてもかの子の無事を祈って、神仏という神仏にぬかずきたくなるのであった。

三月十八日に横浜を出発した一平は、三月二十六日にはアメリカ大陸の西海岸シヤトルのビクトリヤ港に着いた。それから二十五、六日で全米をかけまわり、シヤトル、バンクーバー、サンフランシスコ、ロスアンゼルス、ソートレーキ、コロラドスプリング、バッファロー、ボストン、シカゴ、ニューヨークの町々をすぎた。

セドリック号で四月二十二日正午から大西洋を横断し十日目の五月一日朝、イギリスのリバープールに到着した。オックスフォードやロンドンを経て、パリー、ブラッセル、ベルリン、ミュンヘン、ミラノ、ローマ、アレキサンドリヤ、カイロを経、印度洋を通って、漸く帰途についた。上海《シャンハイ》から出た船が神戸に到着したのは、七月十八日の午前七時だった。

神戸に出迎えたかの子の黒い瞳を船上から認めた時、一平ははじめて重苦しい不安の霧から解放された。

上り坂をたどりつづけていた一平の人気は、この世界一周を機にして、いよいよ全盛を極め、決定的な地位をきずきあげた。

外遊中の絵便りは、「婦女界」をはじめ、「朝日新聞」その他誌上に、一年以上にわたって連載され、それがまた圧倒的好評を博した。

これから十年余りの一平の歳月こそは、生涯の中で最も活躍し、目ざましい働きを示し華やかな男の花道を驀進《ばくしん》していた。

その頃の一平自身について、一平が自筆で正確に活写した文章がある。全盛《ぜんせい》の人間でなければ書けない自信にあふれた文章で、当時の一平の風貌から心理の奥まで見とおし出来て興味深い。

《僕の顔は童顔といふ方らしい。五六十になつても子供つぽいところが残るといふ側の顔だ。――略――鏡を見ていつも想ふのは僕の趣味性格には女形的のところは少ない。――略――では、自分の顔は嫌ひかといふとさうでも無い。菊五郎《きくごろう》が首を取換へて呉れといつても僕は取換へない積りだ。静寂《せいじゃく》で詩的でプレーンで陶器的の感じのするところが気に入つてゐる。僕の作品から想像した人が岡本一平の顔らしくないと意想外に思ふ。――略――笑ふことの外、喜怒哀楽があまり表情に出ない顔だ。この点に於て東洋人式、殊に老子の虚無思想に可愛がられる顔だ。だからまた人にはあまり目立たぬ顔だ。この位のきりやうなら女の目につく筈だが、それが無いところを見ると余程静物画に出来てる顔だ。――略――顔だけ見ると一寸可愛気もあり繊細にも見えるが、着物を脱いで裸にすると腹から脚へかけて見かけによらぬ。だから僕のエネルギーは下の方から出るのだと思つてゐる。

少し猫背で腹つぷくれで蛙股《かえるまた》で後退は緩慢だから歩く姿は多少滑稽《こつけい》味を帯びてる事と思ふ。それにネクタイはいつも曲つて結んでるし洋服の着かたはぶくぶくだし、なほの事と思ふ。然しなにしろ四肢の均整の取れてる身体だから醜悪には見えまい。或は余裕と雅《が》味《み》とを帯びて見られるかも知れないと思つてる。――略――性格の自己印象になると僕は根は顔の如く気の弱い童心平明なお人好しであるらしい。ところが一部執拗な負けず嫌ひと、生れ付いた求道の魂とがあつた為それが推進力となつて世相の探究に向つて先天的性格を追ひ入れたらしい。その為後天的な複雑な性格が僕の中に抉り出されてきた。――略――

第一に直覚力が非常に強いらしい。神秘的感覚に近い程物事のキイポイントを摑む。――略――

第二に僕は多技多能であるらしい。――略――

画といつたとて油絵漫画、日本画、単に漫画といつたとて各社会の諷刺、スケッチ、物語、絵画脚本文といつたとて小説、論文、エッセイ、詩の真似事もする。宗教の方では碧巌《へきがん》の講義もする、それに講演ラヂオ。――略――しかしこれは多技多能に見えて実は至極単純なのだ。つまり生き得ればいい、目的はたつたこれ一つだ。――略――

第三、平凡人の血の中の一滴天才の血が滴《したた》り混つたこれが僕の素質だらうと思ふ。一滴の天才の血が煮え沸くために他の平凡人の血全部が攪乱《かくらん》される。――略――第四に僕の性質には超越と現実執着とが異様に入りまじつてる。――略――僕は割合に人から好意を持たれる人間らしい。恩愛を極めて執拗に感ずる性質らしい。

衣食住のうちで、衣と住は全く意に介さないが食だけは命のやうに愛護する。――略――自然は退屈だ。その代り人間の中ならどんな喧騒《けんさう》の中でも悦ぶ。僕は人間好きの人間だ》（?・の人間）

第十一章　爛漫

大正十二年七月下旬のある日であった。

じりじり照りつける炎天の下を、一平とかの子は、一平の知人に案内され、鎌倉の町を歩きまわっていた。

十八日に一平が海外旅行から帰って来て、あわただしい旬日が過ぎていた。

一平の旅疲れを癒す目的と、留守中のかの子と太郎の慰労をかねて、親子三人で一夏を避暑して暮す家を探すのが目的だった。

雪の下、長谷《はせ》、扇ケ谷《おうぎやつ》と探し疲れ、三人ともびっしょり汗になっていた。

光る鉄道線路を越えたり、貸別荘の庭先の向日葵《ひまわり》の蔭で汗をぬぐったり、松林の松籟《しょうらい》の下をたどったり、岬の端に立ち寄ったりしながら探したけれど、恰好な貸家が見つからなかった。結局、案内役の友人の知りあいの、駅前の平野屋《ひらのや》を最後に訪れた時は、それ以上、探す気力もないほど疲れはてていた。

平野屋はもともと京都に本店を持つ料亭で、東京の支店のそのまた支店を鎌倉にも置いていた。目算が外れ、鎌倉の家は営業不振で、今年は思いきって、母屋を交ぜた三棟を避暑客の貸間に当て、京都風の手軽料理で、若主人がその賄《まかない》に当ろうという計画である。

すでに、もう二棟に借手が決っていた。真中の一棟だけがまだ空いているのを好都合に、かの子はそこに決めようといった。どの棟も真中の芝生の広庭に面し、庭に向った廊下でつながっていた。

話が決ると、主人は他の棟の借手の説明をした。一番外れの棟は数人取りまぜたブルジョアの子弟たちで、藤棚のついた二間打ち抜きの母屋《おもや》寄りの棟は、

「文士の芥川龍之介さまでございます」

という言葉つきも、得意そうに聞える。一平やかの子の職業から、いい隣人だろうといわぬばかりの主人の口調に、一平は、

「ほう」

と無造作にうなずいた。かの子は、大きな目の中に、はっと動揺《どうよう》の色をみなぎらせた。

芥川龍之介は明治二十五年生まれだから、かの子より三歳年下であったが、大正五年第四次「新思潮」を発刊し、「鼻」をのせて以来、年々に文名は高まり、天才的作家としての名声は谷崎潤一郎に比肩《ひけん》するほどになっていた。

かの子の小説崇拝熱は、かつて、谷崎潤一郎に抱いたような稚拙な憧憬《どうけい》と崇拝を龍之介の作品と人に寄せていた。龍之介の華麗な文体も奇抜な意匠も、秀麗な容貌も、ことごとくかの子の嗜好に合っていた。けれども今、とっさにかの子が示した動揺は、自分の憧憬

人物と、はからずも同じ家に一夏を共にするという偶然に恵まれた好機への感激ばかりではなかった。

一年ほど前から、かの子は内心期するところがあって、短歌から小説に転向しようと、ひとりで秘かな努力をつづけていた。試作品の小説を、菊池寛《きくちかん》に頼み、教えを請《こ》おうとしたことがある。たまたま、菊池寛は「文芸春秋」創刊の画策中だったことを理由に、自分は多忙だから、友人の芥川龍之介に観て貰うようにと、かの子に勧めた。

かの子は勇みたって、龍之介に丁重な依頼の手紙を出した。その手紙には、待てど暮せど返事がかえってこなかった。これまで、返事の必要な手紙を出し、こんな黙殺のされ方をしたことのなかったかの子にとって、この龍之介の態度は、たいそう骨身に沁み、自尊心を傷つけられた。

そのことを聞いた知人の一人が、

「芥川さんは、きっと、一平さんの画いた文人戯画のネタの出所を、あなただと思って要心してるんじゃないかな」

といった。政治漫画で好評を得た一平は、前年から「文章世界」に、文人戯画を連載して、その飄逸《ひょういつ》、鋭犀《えいさい》な筆はいっそうの好評を博していた。その中の龍之介の時使った材料は、雑誌記者から提供されたものだったが、その事は龍之介の秘事に触れていたらしく、龍之介の心証を害しているという噂が、かの子の耳にも伝わっていたのである。

かの子は龍之介にその事で誤解されているなら仕方がないとあきらめ、それ以来、小説を人に見てもらう気持も失っていた。

そのあと、かの子は偶然あるパーティの席で龍之介を見かけた。その夜の龍之介は、混雑した人群れの中にあっても水際立った風貌と容姿でかの子の目にさわやかにも魅力的にも映ったが、龍之介が、しきりに好意を示すある人妻を、かの子は美人と思われず、龍之介の審美眼《しんびがん》を疑い、気持がもやもやして一晩中不愉快であった。その時の感想を、かの子は、ある雑誌に随筆として書いてしまった。もちろん、二人の名を秘したが、書いたかの子にとっては、それは、消しがたい一種の心の荷として残っていた。

それらの人にも話せないような瑣末《さまつ》な心理的葛藤の経験が、かの子の心に一瞬よみがえったのである。

かの子は軽いショックがすぎると、たちまち無邪気に、龍之介との同居を喜ぶ感情がわきあがってきた。

かの子は夏休みに入っている太郎をつれ、早速、平野屋へ移って来た。一平は東京の仕事を片づけ、数日おくれて来ることになった。かの子より三日ほどおくれて、龍之介も平野屋に投宿した。

かの子の部屋から、藍色模様の広袖浴衣を小意気に着こなした龍之介が、藤棚のある部屋を出入りするのがよく見通せた。押え難い好奇心と好意をよせ、かの子の神経と目は、ともすれば龍之介の部屋に吸いよせられていく。細い軀つきに似合わず、龍之介は太いバスで豪傑笑いをする人であった。龍之介より二、三日おくれ、一平が到着したのを知ると、龍之介はわざわざ庭を横ぎって、挨拶に訪れた。庭先から、ぬれ縁に両手をついて、丁寧なお辞儀をする龍之介に対し、一平は、ゆったりと余裕のある挨拶をかえした。かの子は自分の好きな二人の男の、劇的な初対面を一種の感動をもってつぶらな目をみはり、じっと部屋の奥から見つめていた。

そのうち、かの子と龍之介も、廊下や洗面所で顔があうと、何げない言葉をかわす程度の親しさを持ってきた。

龍之介の部屋には時々、華やかな笑い声をたて、大声で嬌声をあげる女が出入りするようになった。谷崎潤一郎の愛人として世間に知られていた千代《ちよ》夫人の妹、せい子だった。後年、「痴人の愛」のナオミのモデルとなったせい子は日本人には珍しいスタイルの典型的なモダンガールだった。

かの子は、せい子に対しても、パーティの夜の人妻に抱いたような違和感を持ち、そんな女を相手に楽しそうに打ち興じる龍之介の神経に裏切られたような屈辱をひとり覚えていた。龍之介の部屋にはやがて、親友の小穴隆一《おあなりゆういち》も加わるようになった。

せい子が小穴のモデルをつとめたりしている。せい子が来る度、龍之介の部屋では、とつくみあいの角力《すもう》がはじまったり、ふざけちらしたり、傍若無人の乱痴気《らんちき》騒ぎが展開する。その騒ぎは、かの子の部屋までつつぬけに伝わってくるが、かの子は一度もその仲間には誘いをうけなかった。

そんな客の来ない静かな朝夕の時を、龍之介は、かの子を誘って、静かな話を交すようになった。

かの子はいつか、龍之介の印象や、彼との対話を丹念に日記に書きつけるようになっていた。かの子の女にしては珍しい学識や、論陣に、龍之介の方も一種の好奇心と興味を抱いてくるようであった。

「どうも日本の自然主義がモーパッサンやフローベルから派生したものとすれば、私には異議があります。日本の自然主義は外国の自然主義作家の一部分しか真似しない気がします。モーパッサンにしろフローベルにしろ何も肉体的な自然主義ばかりを主張してませんね。私はむしろ精神的な詩的香気の方を外国の自然主義作家から感じるのですが」

こんな青臭い文学論をかの子がのべたてても、龍之介は相槌《あいづち》をうって、何となく自分の部屋にかの子をひきとめるような時もある。

かの子は、自分と龍之介の間には、外観は全く相対的なのに、神経や好尚《こうしょう》に、同種のものがあるという感じ方をした。それが二人の緊帯《きんたい》になっていて、友情が生じているのだと信じるようになっていた。

同時にこの頃から、次第に、かの子は龍之介から不可解な圧迫や非礼な態度やしんねりした意地悪を与えられるようになってきた。

かの子の部屋に来客があると、龍之介は壁際に椅子をよせて、何時間もその話を盗み聞きしたり、かの子の部屋に来る客の人数を数えあげたりする。かと思うと、無理にかの子を自分の部屋にひきとめ、いつか、かの子が随筆に書いた美人論を根にもった、陰にこもった論争をねちねちふっかけてきたりする。感受性が強く、人一倍自尊心の強い、それだけに傷つきやすい神経を持ったかの子は、龍之介の悪意のこもった応対をうける度、龍之介の予期以上に、傷つき、部屋に帰ると、ひとり涙をふりこぼして泣いていた。

龍之介は大正十年の支那《しな》旅行以来、次第に健康をそこねていて、神経衰弱、胃痙攣《いけいれん》、腸カタル、ピリン疹《しん》、心悸《しんき》昂進等々の満身創痍《そうい》の状態が続いていて、この平野屋滞在中も、決して通常の健康体ではなかったのである。それだけに、かの子のような健康な、そのくせ、神経だけは異常に鋭敏尖細《せんさい》な女の、絶え間のない好奇心と観察眼の追求が、うるさく、重苦しくこたえていたのにちがいない。同時に、かの子の野性的な豊穣《ほうじょう》さや、のっそりした鷹揚さや、童女のような無邪気さが、ある日は憧れを誘い、またの日は、堪えきれない圧迫感となって反撥を呼ぶのである。

都会人通有《つうゆう》の虚栄心や韜晦《とうかい》趣味や、小心軽薄さ、偽悪さは、かつては一平の若き日にもことごとく具《そな》わっていたものなのに、かの子は今ではまるで老成しきったような一平の円満さと包容力に馴れているため、いちいち、龍之介のそんな性癖が、針になって心の表皮にささってくるのである。

互いに魅かれあいながら、反撥しあう、宿命的な性格が咬《か》みあいからみあい、日と共に二人の間には妖しい火花が散って、負けず劣らず消耗していった。

かの子は龍之介の執拗な女々《めめ》しい好奇心と意地悪に憤激しながら、自分が絶え間なく全神経を龍之介の部屋に引きつけられ、彼の不用意な一挙手一投足に至るまでも、丹念に日記に書きつけている執念が、どれほど龍之介にとっては煩しく鬱陶しいものか、そのことには気づいていなかった。

そんな二人の神経戦を黙って見すごしていた一平が八月も末となったある日、

「とにかくあの人の神経にゃ君が嚙み切れないいんだよ。そうかって君って人にはどうにも無関心になり切れないらしいなあ、ああいった性分なんだね。ふだん冷静に見せていて時々末梢《まつしよう》神経でひねくれるのさ。君にだって悪意があるわけじゃないいんだ……それで焦れてついいろんなことをいったり仕たりしちまうんだな」

そういったあとで、

「どうだい、一たん東京へ引きあげちゃあ」

とさりげなく帰京をうながした。

龍之介も所用で二、三日帰京したらしい留守のことだった。

九月一日の朝、いよいよ平野屋を引きあげ、東京へ帰ることになった。ぐずのかの子は例によって、朝から、出発の支度にとりかかりながら、一向にはかどらない。いざ出発という間際になっても、やれ腰紐がみつからないとか、帯がうまく締まらないとか、ぐずぐず手間どってたちまち昼になってしまった。するとかの子は、

「まだ少し早いけど、いっそお昼ごはんを食べて行きましょう」

と腰をおちつけてしまった。ちょうど食事が終ったとたんだった。いきなりぐらぐらっと床が動いた。十一時五十八分、関東大地震が襲ったのである。

あっというまもなく敏捷《びんしょう》な太郎が真先にはだしで縁側から庭に飛びだしていた。その太郎の足をすくい大地がゆれた。地面にもんどりうって転がったまま、太郎は手に手をとった一平とかの子が縁から転がりおちてくるのを見た。三人は一かたまりになって、前後左右に芝生の上を転がされた。目の前で、たった今、飛びだした棟の屋根が、飴《あめ》細工のように曲って崩れ落ちて来た。一瞬の差だった。

親子三人命拾いしたと思うと、はじめて恐怖がぞっと背筋をかすめた。

それからバラック住いを十日ほどするうち、鎌倉にも暴徒が出たという噂がひろまり、御用邸へ逃げこむことになった。伝わってくる東京の災害は、全く地獄図だという。留守は安夫があずかっていたが、安夫の安否《あんぴ》さえわからない。

平野屋の主人は家宝だという葵《あおい》の紋つきの短刀を一平に貸した上、護身用の竹槍までけずってくれた。一平はいかにも物の役にたちそうもない、板前のけずったきゃしゃな竹槍

をかかえこみ、いよいよの時は、太郎とかの子をさし殺し、自分も死ぬまでだと悲壮な覚悟をきめた。

御用邸の前の焼けあとには、赤ん坊を胸にかかえこんだままの母親が焼け死に、二つの骸骨《がいこつ》が、骨になっても重りあっていて涙をさそった。

数日たって、一平だけようやく東京へ行き安夫と連絡をとった。安夫は一平の訪ねてくるのを予期して、家の前に立札をたて、避難先の学校を書き示してあった。崖下の家は半倒壊で、とてもすぐには住める状態ではなかった。

安夫の提案で一先ず一家で安夫の故郷へ避難してはということになった。

鎌倉に引きかえした一平から東京の惨状を聞くにつけても、とうてい東京へ帰れそうもない。

「あたしのカンでぐずぐずしたおかげでみんな命拾いしたのよ」

とわざといばって元気をつけていたかの子も、さすがに心細そうに肩を落してしまった。

一平は、それでも、自分の外遊中でなかったのがせめてもの幸いだと思った。

そのうち、横須賀《よこすか》まで乗合自動車が動きはじめ、横須賀からは軍艦が清水《しみず》港まで送ってくれることになった。そこから先の東海道は安全だった。

倒れた平野屋を掘りおこしてみても、何の役に立つ衣類も出て来ない。親子は着のみ着のままで避難民の一団に加わって西下していった。

軍艦が江尻《えじり》に着くと、県内の各町村から救護所が出ばっていて、食物や鼻紙まで支給してくれる。医者が無料奉仕で診察してくれる。かの子は下駄、太郎は帽子をもらって、どうにか旅装がととのった。

静岡で、一平は幸いポケットに入っていた銀行の小切手と、画に押す落款《らっかん》があったので、銀行へ寄ってみた。

窓口の銀行員は、ぼろぼろの西洋乞食《こじき》然とした一平の風采《ふうさい》をみて、

「あなたが岡本一平さんですか」

と、うさん臭そうな目つきをする。

もちろん、正真正銘の一平だと名乗っても、結局係員は真偽を疑い、

「東京との連絡がまだとれませんので――」

とか何とかぐずぐずいって、小切手を押しもどしてきた。

静岡から東海道線で山陰線の石見大田《いわみおおた》の駅までは、駅毎に、窓から慰問品のさしいれがあった。

一平はそれを克明にノートに写しとっていた。

「藤枝《ふじえだ》　ボルドー
青島町《あおじまちょう》　慰問の手紙

島田《しまだ》　氷、ハンケチ、タバコ
金谷《かなや》　茶、むすび
堀《ほり》の内《うち》　氷
掛川《かけがわ》　団扇《うちは》、フライ糖、新聞……」

といった調子で、石見大田の終着駅まで、おこたらなかった。それまでのかの子とぐった地獄の業火も、この避難所から考えると、贅沢な悩みだったと思われてくる。頭で組みたてた思想や、信仰は、大地震のゆれと共に、身体中から、がらがら崩れおちてしまったような気もしてくる。

道中、かの子は、太郎をかばいながら、全身でまるで童女のような無心の信頼を寄せ、一平に頼りきっていた。一家はとにかく島根県の恒松を頼っていく。

結婚以来、親子水いらずで、これほど心身をよりそわせた時があっただろうか。

疲れきって眠っている太郎の安らかな寝顔を眺めながら、かの子も一平も、ふと胸にこみあげてくるものがある旅路であった。

もし、あの地震の日、予定通りの電車に乗りこんでいたら、それは藤沢《ふじさわ》駅の外れで転覆《てんぷく》しており、また昼食をとらず、次の電車を待合すため鎌倉駅にいたら、プラットフォームの屋根の墜落《ついらく》の下敷になって、どっちみち惨死の運命をまぬがれてはいなかった。

たとい今、こうして身一つで、駅毎に人の情にすがりながら、遠い石見まで流れ落ちていく途上にせよ、この親子水いらずの平安と幸福を味わうことは出来なかっただろう。

かの子は、一平をかえりみて、一平にだけ聞える声でいった。

「パパ、あたし幸福よ。今ほどパパがあたしに真向きの心をみせてくれたことはなかったわ」

恒松家では下にも置かないもてなしを受けた。この地方第一の豪家である広大な家の周囲は、すべて恒松家の地所の畠で、太郎には生れてはじめての田園の生活のことごとくが珍しかった。紺絣《こんがすり》に赤い襷《たすき》をかけた小麦色の頬の小作人の娘たちの生き生きした肌が、子供心にも太郎の目に、これまで接した都会の女たちの誰よりも美しく映るのだった。

松江にすむ旧友の未亡人りかに案内され、かの子はよく静かな城下町らしい佛の松江市《まつえ》を訪ね、小泉八雲《こいずみやくも》の家跡を見たりした。大山《だいせん》や宍道湖《しんじこ》をめぐる自然の落着いた美しさも、生死の危急を越えて来たかの子の目には、しみじみ懐しく、ありがたいものとして映った。

はるかに伝わってくる焦土の東京の噂は大杉栄《おおすぎさかえ》事件、厨川白村《くりやがわはくそん》の圧死など、不気味で悲惨なものばかりであった。そういう不気味な噂を伝え聞く度、かえってかの子の心は、焦土の東京がなつかしい土地に思われてくる。

大地震《おほなゐ》に追はれて来つれいまさらにわが東京を恋してやまず
そんな日々を送るうちに、東京の安夫は、半倒壊の家から、ほりだせるだけの荷物を出し、近くの白金今里町《いまざとちょう》に新しい手頃な家を見つけた。

すべてが揃った時、かの子たちは松江を引きあげ東京へ帰っていった。

今里町の家の近くには、禅の生活社の山田《やまだ》霊林《れいりん》、千代能《ちよの》夫妻が住んでいた。かの子は霊林と近づきになり、仏教研究の上で大いに益することがあった。ジャアナリスティックな勘もある霊林は、一平の禅味のある洒脱な性格を愛し、かの子のひたむきな熱情を見ぬくと同時に、二人の芸術的天分と、仏教を結びつけることを思いついた。

一平には禅画をすすめ、かの子には禅小説の発表をうながした。同時に「禅の生活」短歌欄の選者に、かの子を迎えた。

そんなある日、岡本家の玄関の前に一台の人力車が止った。車から下りたったのは、一代の名編集者として高名な中央公論社の滝田《たきた》樗蔭《ちょいん》であった。

樗蔭の訪問の目的は、「中央公論」春季特集号にかの子独詠の「さくら百首」を一挙に掲載したいという依頼であった。その破天荒な斬新なプランにかの子は感激してふるいたった。与えられた期間は、わずか一週間しかなかった。

かの子はほとんど寝食を廃して作歌に没入した。とにかく期日までに、百首の桜の歌は爛漫《らんまん》の万朶《ばんだ》の花を咲かせきった。

折から世間も花の盛りだった。

一週間の疲れを癒そうと、かの子は家族づれで上野の桜を観にいった。

ところがかの子は実物の桜をみるなり、激しく嘔吐《おうと》してしまった。一週間の疲れもさることながら、空想の桜でかの子の神経はもう十二分に桜には食傷していたのである。この話はかの子のひたむきさを語るエピソードとして長く伝えられた。

百首の歌の中には、玉石混淆《ぎよくせきこんこう》の感もないではなかったが、全体を通じ、充分樗蔭の知遇にむくいるだけの秀歌が多かった。

桜ばないのちいつぱいに咲くからに生命《いのち》をかけてわが眺めたり
地震《なゐ》崩れそのままなれや石崖に枝垂《しだ》れ桜は咲き枝垂れたり
しんしんと桜花《さくら》かこめる夜の家突としてぴ、あ、の鳴りいでにけり
日本の震後のさくらいかならむ色にさくやと待ちに待ちたり
かそかなる遠雷《とほいかづち》を感じつつひつそりと桜さき続きたり
急坂のいただき昏《くら》く濛々《もうもう》と桜のふぶき吹きとざしたり
狂人のわれが見にける十年まへの真赤《まつか》きさくら真黒《まつくろ》きさくら
桜花《はな》あかり厨にさせば生魚《なまざかな》鉢に三ぼん冴え光りたり

これら「さくら百首」を中心にした第三歌集「浴身」が大正十四年五月二十三日、越山堂から刊行された。

「かろきねたみの下町文化なるに比してこの集はかの子の生れた寮のある山の手文化の匂ひがある」

と一平は評している。かの子自身は、

「私の健康状態も漸く肥盛《ひせい》になり生命力が盛り上ってきた時代である。正に私の歌のフォービズムである。私の哲学も情感も叙景も放胆に荒削りに詠《うた》ってある」

と解説した。

帙《ちつ》入、桃色絹地張の装幀は、これまでのどの歌集よりも豪華なものであった。一平門下の旭正秀《あさひせいしゅう》の手になった。

巻頭には代表作「桜ばないのちいっぱいに……」の歌を弘田龍太郎《ひろたりゅうたろう》が作曲した「さくら」の曲譜がのり、口絵は一平の画友近藤浩一路《こんどうこういちろ》の水墨の「西行桜《さいぎょうざくら》」、外、かの子自筆の集中の歌の短冊の複製、および一平筆の「かの子の像」という似顔、更に、

紅の林檎《りんご》のせたる掌ひとつを抽《ぬ》きてわれの湯浸《づ》くも

湯浸きつつ熟《つく》ゞ見やるこの林檎しんがすこしまがりて居るも

の二首によせた木村荘八《きむらしょうはち》の挿絵入りという豪華版であった。三百二十頁、六百八十二首が収められていた。

歌作の時期は、大正六年ごろから十四年に至る八ヵ年間、かの子が魔の時代から抜けだし、新しい自分を確立してきた過程に当り、社会的には第一次大戦後の未曾有《みぞう》の経済好況期から関東大震災、震後のめざましい復興期までに至っている。

「浴身」の出版記念会は、大正十四年六月、京橋の東洋軒《とうようけん》楼上で行なわれた。中央公論

社、文芸春秋社などから花束が贈られ、与謝野晶子をはじめ北原白秋《きたはらはくしゅう》、釈 迢空《しゃくちょうくう》らから女流の歌友ほか数十人の参会者だった。

ところが定刻がすぎ、客が揃っても、一向に、主賓のかの子が登場しない。待ちに待って、中には呆れて帰る者も出てくる始末、司会の今井邦子《いまいくにこ》が青くなって、かの子の行方をさがしているところへ、漸くあらわれたかの子は、満艦飾《まんかんしょく》に装いをこらし、

「美容院で時間をとられて」

と悠々と、自席におさまった。

「浴身」は後にかの子自身、

「一番人間味を覚え純粋さを感じ、私乍ら愛感にうたれる」

といっているが、あとがきの中でも次のようなことばをのせている。

《私自身のよろこびの中心は、過去七八年の生活の推移や種々相が、すべてこの一集に閉ぢつくされ――略――たといふことであります。

いろいろな生活がありました。さまざまな推移がありました。一生懸命な生活でありました。うたたねする暇もありませんでした。決して座談的なものではありませんでした。――略――たとへその懸命な生活の実相が直ちにそのままのすがたとなつて歌はれては居りませんでも、それは山川、草木、海、空、野、花卉《かき》といはず鳥にも虫にもすがたをかりて私の歌の全部に瀰漫《びまん》してをります。――略――

歌稿全部を読んだある人が「この中に何人ものあなたが居るやうだ」と云はれました。もちろん、七八年の月日が種々の生活相をふくむからでもありますが、或は私の性格が童女型で大きく単純でありながら細部はかなり複雑で多角的であるからでもありませうか――略――大正十四年五月二日午後一時》

「浴身」以後のかの子は、歌にも仏教家としての立場から詠んだ宗教家くさいものが多くなっていた。

先に述べたように「禅の生活」の短歌欄の選者を引受けたばかりでなく、積極的に、仏教短歌の研究にも乗りだした。その結果として、仏教歌はこれまでのように教訓的な非芸術的なものではだめだという意見で、それを立証する意気ごみで、自ら概念を血肉化してこなし抒情的に表現した仏教歌を次々と作ってみせた。

　夢幻即実在

うつゝ世を夢幻とおもへども百合あかあかと咲きにけるかも

のような歌はかの子自身好んで、よく短冊に書いていた。

同時に霊林にすすめられた禅小説にも、意欲的に手をつけていった。かの子は、いつかは小説家として立ちたいという念願は、心の奥に強く秘められていたから、禅小説という形式や方法をとって書いても、それはすべて、本格的な純粋小説を書く日への習作のつもりであり、その題材のこなし方、解釈のしかた、表現法にも、そういう心構えがのぞいていた。

かの子の手にかかると、通俗な勧善懲悪《かんぜんちようあく》の「霊験記」が、芸術化してくるから不思議であった。百喩経《ひやくゆきよう》に取材した「愚人《ぐじん》とその妻」、秋成《しゆうせい》の「夢応《むおう》の鯉魚《りぎよ》」を原典とした「鯉魚」、その他「茶屋知らず物語」「ととや禅譚《ぜんたん》」など単なる宗教小説の域をぬけ、立派なコントや短篇小説としても第一級の作品になっていた。

かの子の処女作と一般に信じられている「鶴は病みき」に先だって、これらの小品は作られたものであった。当時のかの子は一平のことばによれば、

《かの女はその魔界時代が去ると、圧《お》した指を除けたあとのゴム毬のやうに、ふつくらと膨らみ始めました。私、乃至《ないし》男に対する復讐観念や敵対観念などまるで残さず、生娘《きむすめ》のやうに膨らみ始めました》(かの子と観世音)

という、円満な容貌になってきて、性質も大母性の風格を具《そな》え、次第に円熟円満になってきたようである。一平が、かの子の容貌の中に浄瑠璃寺の吉祥天の俤を見出したというのも、この頃から四、五年間のことである。

世の中は丁度、震災後の混乱の中で、仏教が目ざましい勢いで拡がりはじめていた。天災で動揺した人間の弱さが当然のようによりすがるものを求めた結果である。

大正十五年十二月改元、代は昭和に移っていった。

この頃になると、かの子は歌人として以上に仏教研究家としての名声が広まりはじめ

た。

講演にラジオに執筆にと、忙しい仕事に追われるほとんどが、仏教家としてのかの子を必要としたことばかりであった。

昭和二年の浅春《せんしゅん》、白梅の咲く頃のことである。

かの子は一平と二人で熱海へ梅林を見に行く途上の列車の中だった。

列車が新橋《しんばし》を発つと同時に、真向いのシートから立ち上って、

「やあ」

と声をかけたのは、芥川龍之介だった。鎌倉以来、足かけ五年間、かの子は全く龍之介に逢っていなかった。

かの子は一見して龍之介の変り方に驚かされた、鎌倉の頃の、あの秀麗な俤は今はもう見るも無惨に蝕《むしば》まれて見えた。額が細長く丸くはげ上り、力のない髪がふわふわっとかぶさっている。

頰はこけ、目ばかり異様に大きく熱っぽく光っているのが、骸骨を連想させる。頰も老婆のようなしわがたたまれていた。

あきらかに、何かの病いが龍之介の身体を、内側から蝕み衰えさせているとしか思えなかった。中が空洞になっている樹をみるような頼りなさが全身にただよっていた。

かの子は五年前の気まずさも忘れ、なつかしさをこめていった。

「私ずっと前から、お逢いしたかったのです」

それはかの子の本音でもあった。かの子の自信と、心のゆとりが、そんなことばをさらりといえるようになっていた。

「僕も」

龍之介の素直な返事に、かえってかの子はとまどった。

「鎌倉時代に、もっと素直な気持で、あなたにおつきあいすれば好かったと思ってました」

「僕も」

「ゆっくりお打ち合せして、近いうちにお目にかかりましょうね」

「是非そうして下さい。旅からお帰りになったら、お宅へいつ頃伺って好いか、お知らせ下さい。是非」

龍之介は一平にも愛想よく話しかけた。龍之介はこの頃、健康はいよいよ悪くなり、不眠症になやまされ、妻と赤ん坊の也寸志《やすし》をつれ鵠沼《くげぬま》に移り療養中であった。

そうしていても、四方から壁が迫ってくる恐怖観念に見舞われていた。

この後田端《たばた》の実家に帰ったが、すでに自殺の決意は固めていた。

七月二十四日未明、田端の自宅で、妻と寝床を並べながら、ヴェロナール・ジャールの致死量を仰いで自殺をとげた。夫人が気づき、医者を迎えた時は、もうこときれていた。

枕元にはバイブルと、夫人、小穴隆一をはじめ数人にあてた遺書があった。

かの子は、龍之介の自殺の報に、驚愕した。龍之介の死は世間で様々に取り沙汰されたが、誰も真相はわかる筈のものではなかった。

病苦、家庭苦、恋愛苦、芸術苦……さまざまなものが一つになって、病み疲れた龍之介の心身を死へ誘ったとしかかの子には考えられなかった。

龍之介の死後、小穴隆一がある雑誌に龍之介の晩年の日記にかの子のことを記し、自分の知る女人の中の誰よりも優しく聡明な女と評してあったということを読み、いっそう深い感動を覚えた。

かの子は、平野屋時代からは見ちがえるように成長した闊達《かったつ》な性格になっている今の自分ともう一度つきあって慰められてほしかったとくやしがった。

同じ憧憬を寄せながら、潤一郎には最後まで嫌われたかの子にとって、龍之介が少なくとも自分を認めてくれていたと識《し》ったことは満足であった。

智慧の実を喰《たう》ぶるなべに瘠せ瘠せてかそけきいのち自がつひに絶つ
龍之介の死後八年たって、かの子は龍之介との交渉を克明に描き「鶴は病みき」という短編に仕立てた。それが、かの子の小説家としての出発のきっかけをつくる作品になったのも、かの子にとっては業因縁《ごういんねん》によるものだろうか。

龍之介への敬愛の念は終生つづき、第三創作集「巴里祭」の扉には、

「この著を
芥川龍之介氏の霊に捧ぐ
君は人生の美と苦悩の為に、殉じたまひぬ。
われもまた、厳しき苦悩と美の為に殉ぜんとす」
という献辞を捧げている。

今里の家は一年たらずで大正十三年九月には、青山南町六丁目八十三番地に転居していた。

この家は斎藤茂吉《さいとうもきち》の家に近く、構えは大きくはなかったが、電話もあり、石の門があった。かの子は、

「一生に一度石の門のある家に住みたい」

など、まるで子供のような憧れを持っていて、家の中では始終口にしていたから、この小ぢんまりした住居は気にいっていた。家賃は百円だった。この家に移って以来、かの子は次第に活発に世間に対しても活動的になっていくと同時に、次第に肥満《ひまん》の度が目立ちはじめてきた。

肥満をふせぐためと、気分転換のため、この頃からかの子は日舞を花柳二之輔《はなやぎにのすけ》に、洋舞をヨーロッパ帰りの岩村和雄《いわむらかずお》について習いはじめた。何事にも凝り性の本性を発して、たちまち応接間を、舞踊の稽古場に改造してしまうといった熱心さであった。ただし岩村和

雄のダルクローズの訓練は厳しく、結局、その厳しさに堪えきれず、踊りの方は途中でなげだしてしまった。ただし、築地《つきじ》小劇場で開かれた岩村門下の発表会には出演している。この日、かの子から切符を送られた吉屋信子《よしやのぶこ》は観にいった印象を次の様に書いている。

《「プログラムは進んで岡本かの子……あの葡萄《ぶどう》のマークの幕が上ると仄暗《ほのぐら》い舞台の中央にスポットライトが当るなかにま白き幅ひろき布を半身斜にかけまとうて三分の一裸身素足の女身がタンバリンを持った片手を上げて出現した。その手がきわめて緩慢にいちにど動きタンバリンがかすかに鳴ったがそれなり彫刻のごとく動かない。わたくしの後方の席にいた中年の婦人がつぶやいた。

「あれなに？　外国の活人画？」やがて幕は降りた。ほんとにそれは荘厳なる一種のタブロウ、ヴィヴィアンの感だった。わたくしはほっと吐息して席を立った」》（逞しき童女）

昭和三年三月から十一月末まで、仁木熙《にきひろし》の懇望により、読売新聞宗教欄へ、仏教に関する短文を連載した。題して「散華抄《さんげしょう》」。随想あり、コントあり、エッセイあり、短歌ありといった自由な形式でつづき、大いに読者の反響と支持を得た。

翌昭和四年五月一日、「散華抄」は帙入五百三十頁の豪華本とし、大雄閣から上梓《じょうし》された。装幀は和田三造《わださんぞう》、金泥《きんでい》と朱の曼陀羅《まんだら》模様、序文は高楠順次郎《たかぐすじゅんじろう》博士、巻頭には坪内《つぼうち》逍遙《しょうよう》の筆「多調多彩」の題字が飾られていた。尚この本の扉には、一平筆の「吉祥天女に象《かたど》れるかの子の像」と題する口絵がのり、世人の意表をついた。はしがきにかの子はいう。

《「――略――迷ひを迷ひとして、正しく認めるときに、それはやがて、偽らざる実在としての価値を生ずる。私の心の中にある三つのものの鼎立《ていりつ》も、今日ではもはや既往のごとく私を苦しめなくなつた。寧ろそれを、そのままに認めるが故に、却つて心が、広やかになつたのを覚える――略――」》

この年、かの子不惑《ふわく》の四十歳になっていた。

第十二章　緑　蔭

「散華抄」は、文章も生硬で、理屈っぽく、説くところの思想や、仏教の解釈も、とりたてて新鮮ではない。晩年のかの子の文学的開花と比較する時、同一人の筆かと思うような拙さを感じさせる。

「鬼子母《きしも》の愛」「象牙の牀《しょう》」などのコントや「阿難《あなん》と呪術師の娘」「寒山拾得」「ある日の蓮月尼《れんげつに》」等の戯曲も収められているが、どれも、文学的には成功した作品ではない。かの子の生《なま》の思想が、大げさな装飾的な文章で飾られすぎていて、作者の意図が押しつけがましく目立ちすぎている。

こういう戯曲は、かの子が敬愛していた九条武子《くじょうたけこ》の戯曲「洛北の秋」に刺激されて作られたものという。

《――「阿難と呪術師の娘」は毎日二枚半か三枚づつ分載（読売新聞）して行つて格別、読者から苦情も来なかつた。――略――この戯曲をかの女は読む戯曲《リーディング・ドラマ》として書いた。かの女が生涯の色別けをするに最も都合のよいのは昭和四年から七年への外遊である。外遊が薬に利いたのか大体は晩稲《ばんたう》のかの女がこの機会に蕾《つぼみ》を破つたのか、兎に角、外遊以前と以後とは別人の観がある。そしてこの外遊前、約十年ほどを、人生問題に悩み宗教や哲学に潜心した時代とすれば、「阿難と呪術師の娘」は、かの女が潜心時代から何物かを摑み来り、世界の風に触れて開蕾《かいらい》せんとする一刻前、宗教欄執筆の機会に一度、その蕾尖《らいせん》を世の風に当てて見た作品とすることができよう。だから生《なま》かもしれない。外遊後、かの女はものを書くに当り、宗教と文学を、双方を生《なま》で入れ混らせることを極力避けて来た。この生《なま》は、二度と繰返さなかつたやうだ。それだけ、この戯曲はその時代のかの女を概念的に摑むに都合のよい僅な作品の一つである》（改造社版新日本文学全集岡本かの子集）

と一平が解説している。かの子自身「あとがき」で、

《この劇の目的とする処は、恋愛の浄化過程の研究である。「愛によつて躓《つまづ》くものはまた愛によつて立上らせられる」この釈尊の大乗仏教的の一句を眼目としたものである》

と説明してある。

一平との長い暗黒時代からの立直りを書いたのだと、かの子は生田花世に話してもいた。

かの子が長い潜心時代から摑んで来たものは、一口にいえば煩悩即菩提の救いであった。

かの子の「散華抄」が意義を持つのは、一平の解説通り、かの子の生涯の大きな区ぎり

の標識《ひょうしき》になっている点である。

けれども、「散華抄」は、かの子の過去十年間の悩みと仏教研究の成果が、ここに集約されたというほどの出来栄を示しているわけでもない。おそらく、新聞に啓蒙《けいもう》的意味を書いたせいもあるだろうが、それより、この時代のかの子は、意あまって詞が追いつかない眼高手低の状態であったのだろう。

仏教歌も収められているが、これも御詠歌《ごえいか》めいて、かの子の本来の馥郁《ふくいく》とした匂やかな歌の響きには乏しい。

何よりも見逃せないのは、この本の中に一平の「吉祥天女に象れるかの子像」が入っていることである。

一平は後に、この絵について、昭和七、八年の頃のかの子を見て、浄瑠璃寺の吉祥天を思いだして描いたと書いているが、これは、明らかに、昭和三、四年頃のかの子の間違いであろう。

一平がこの時代から、かの子に強烈なエリート意識を植えつけ、次第に神格化し、生来のかの子の人一倍強烈なナルシシズムをいやが上にも助長させたのを見逃すことが出来ない。扉にこういう絵をいれるという一事にも一平のそうした意向がうかがえるのである。

この絵を描きながら一平はかの子に、

「お前は天女の生まれ変りにちがいない。こんな下品《げぼん》な家に嫁ぐような女ではなかったのだ」

と、吹きこんだのだろう。一平のかけた暗示にかかって、かの子も自分を理想化し、一平が偶像視するにつれかの子自身、自分が拝跪《はいき》される値うちのあるような錯覚と自信を深めていったのではないだろうか。

かの子は一平が好むからといって、年齢にはおよそふさわしくない派手な着物を着だし、一平が、女としてよりも娘のように可愛がりたがるのをみては、風貌から言葉つきまで、つとめて童女的にふるまうような純情さがあった。それは素朴な純情というより、一平かの子によって、いつのまにか培《つちか》われ、岡本家の家憲《かけん》のようなものとなっていた芸術と愛に「殉じる」精神のあらわれでもあった。

本気で一平が、かの子を拝跪するほど、かの子の中に「神性」を認めていたかどうかは、疑わしい。あるいは、二人の間の約束となって守られていた肉欲ぬきの夫婦生活をスムーズにさせる為の一つの方便として一平が編みだした自己抑制の巧妙な手段であり、ルールであったのかもしれない。

生きながら皮をはぎあうような、地獄の業火の中をくぐりぬけてきた二人が、互いの傷口に触れまいと深くいたわりあう時、現実離れしたこんな観念の遊びのほの明りの世界が生まれてきたのではないだろうか。後にかの子は小説の中で、

「あんたアミダ様、わたしカンノン様」

といって冗談をいう自分たち夫婦らしい人物を書いている。

《――略――今となりましてわたくしは、人の世の男と女がどうしてあの程度の愛で満足出来て居るか、不思議でならないので御座います。如何に愛し合つて居る男女でも、刹那《せつな》々々の気分の動きがその純情に不純の礫《れき》を混じへぬと、どうして云ひ切ることが出来ませう。またいかに信じ合つて居る男女にしても、ひよつとした夜の夢に他の男女の俤が、一度も現はれて来ませぬと誰が証言出来ませう。――略――それに第一、人の世の男女の愛といふものは、必ず「自我」といふ殻を冠つて居ります。男女が互に自分の殻を破り捨てて、無条件の愛の恍惚に融合《とけあ》ふといふことは、滅多に無いので御座います。大概は自分はちやんと殻を冠つたまゝ、相手だけの殻を破らせて、自分の勝手な愛のなかへ相手を取込めようとしたがるものなのです。――略――彼等は愛といふ一つの神秘に融け合ふのに、あまりに現世のまゝの我が肉体や心が邪魔になるので御座います。現世の肉体や心が、兎もすれば現実の「自我」といふメスを二人の間に差し入れて冷たく元へ引戻し勝なので御座います。――略――人の世の男女の愛ほど、眠り易い心の華は御座いませぬ。それを凋《しぼ》ませぬ為には努めて嫉妬、妨害、偽り、憎みなどの刺激が要るので御座います。若し又それを必要としなくなつて永続する時には、もうそれは、男女の愛ではなくなつて、性を超越した他の愛に変質して居るので御座います》

（阿難と呪術師の娘）

愛に対して、ここまで落着いた諦念《ていねん》を持つようになったかの子は、一平との間には、たしかにもう、男女の愛とはよべない、性を超越した他の愛に変わったものを抱いていた。それは、親子に近い愛とも、兄妹の愛とも、神仏と信者の関係にも変幻していった。けれどもかの子のこの悟りと落着きは、煩悩肯定の上になりたったものであるから、かの子の人一倍多感な熱情や情欲が、すっかり灰になってしまったわけではなかったのだ。一平との間には、性を超えた不思議な調和と浄福《じょうふく》が保たれていたが、

「幾とせ禁断にこもりつつ心漸く疑ひを生ず」

と題して次のような官能的な歌をつくるかの子でもあった。

生きの身の命の前におろかなる誓ひかわれのひとに触れざる

いつまでかその憂うつに堪ふるものぞいや黒みつつ樫《かし》の太立《ふとだ》ち

幾年を人には触れぬ乳《ち》の白さ澄み浮くよかなし昼の温泉《いでゆ》に

一平がかの子を神格化するのに対し、かの子はこの頃からエゲリアということばをしばしば口にして、自分の大母性的性格を自認するようになってきた。

かの子のいうエゲリアとは、男にとって、永遠の生命的感化を与える女のことである。出典はイタリヤの古伝説からきている。

ダイアナの森近くの流れのニンフがエゲリアであった。エゲリアはヌマ王の妻で、よき忠告者でもあった。それでたとえば、ダンテに対するベアトリーチェ、ナポレオンに対す

るジョセフィーン、バルザックに対するハンスカ夫人、秀吉《ひでよし》に対する淀君《よどぎみ》のように、男性に憧憬と生命力を与えて、運命的な導きをする女性の力をさしていうようになった。

《エゲリアの素質は、女性の何人にも備はつてゐる。「永遠に青春の女」を言ふのである。女性その当人は気付かずとも、ある男性に於てはその女性の賢明さより、ある男性に於てはその女性の美より、各人各様に感取《かんしゆ》し得る。而もそれを熱望しつつ得ざるもの、源氏物語の光源氏《ひかるげんじ》の女性遍歴となる。

英雄は一面から見れば子供である。故にエゲリアの善悪は英雄の善悪に影響する》

（泉の女神）

もちろん、かの子自身が自分のうちにエゲリア的力を認めていたのであるし、こういう女性の能力を理想化していたものであろう。

かの子は、「情欲これ道」の悟りを得て以来、人間的にも自信とふくらみが出来てくると、家庭での態度も、目に見えて明るく闊達《かつたつ》になってきた。自分が一平の生き観音であり、エゲリアであるという自信の上にたって、積極的に家庭における一平の面倒を見るようにもなった。

いつでも、羽織の前をあわせて前掛をしめ、用が出来ればすぐ立てるような身ごしらえまでしていた。

一平が声をかけると、たとい自分の「勉強時間」でも、「あいあい」

と、わざと可憐な童女のような声をつくり、気さくに立ち上って、お茶の支度をしたりする。動作に若さを漲《みなぎ》らし、童女の無邪気さをあふれさせた。

急に思いつくと、矢もたてもたまらないといったせわしさで、自分の着物をほどき、一平の丹前《たんぜん》を縫いあげたりする。かの子は和裁も習っていて相当に腕はある筈なのに、気持の方があふれると、手許は狂ってしまい、ただもう、一刻も早く、自分が今、一平に感じているのっぴきならない哀憐の情を、丹前というものに表わしたく、無我夢中になる。とうてい本職でもそうは速く出来まいという速力でそれを仕上げると、

「さあ、パパ、これ、お客さまと逢う時、着るよそゆきよ」

とさしだすのだ。その丹前の綿は、ころころして、袖口のふきは、めちゃめちゃに不揃いで、とても人前で着られるような代物ではない。

「へっ、これ、人の前で着るのかい？　ひひひ」

一平が呆れて、笑いだすと、かの子もさすがに自分の作品の不出来に失笑しながら、

「笑っちゃだめ、見ないで着るのよ」

と、自分の方からころころ、笑いころげてしまう。

「あとで直してあげますからね」

というけれど、一度も直したためしはない。一平が忘れた頃になって、突然、

「ありがとう」

「パパは不精だから」

「何だい」

といって涙ぐむ。

「だって、そんな丹前、よくパパは着てくれると思って。パパは素直ね」

そんなかの子は、一平のために、筆を揃え、絵具をひろげてやる。

まるでなまけ者の子供でもかばい、はげますように、一平が仕事に取りかかれるようにしてやるのだった。

勉強時間中だと、たとい訪問客があっても、絶対に玄関へも出ていかなかった四、五年前に比べたら、信じられないような変りようである。かの子のこういうおだやかな精神状態と、ゆきとどいてきた内助にささえられ、一平の仕事はますます華やかになっていた。

大正十三年には「金は無くとも」「増補世界一周の絵手紙」「どぜう地獄」「紙上世界漫画漫遊」「漫助《まんすけ》の社会改造」、大正十四年には「弥次喜多《やじきた》再興」、大正十五年には「一平傑作集」、昭和元年に「人の一生」、昭和二年には「富士は三角」、昭和三年には「手製の人間」「新漫画の描き方」、昭和四年「指人形」と、矢継早に著書を発行している。

このうち「どぜう地獄」と「富士は三角」は、完全な小説である。今読むと、文章が冗漫で、文学的にも高いものではないが、溢れ出る一種の文才のあったことは認めざるを得ない。

「どぜう地獄」は私小説だが、「富士は三角」はフィクション小説である。

この頃一平は、新聞の為に内閣諸大臣訪問問答の記事を書き、脚本を書き、婦人雑誌の座談会で三角関係を論じた。芝居の劇作家の会合に出席して、新演出について論じたかと思うと、劇評を書いている。宗教雑誌に宗教小説も書けば、展覧会へ邦画研究団員として邦画出品もする。と思うと洋画研究団員の立場で洋画も出品。講演も引受ける、少年雑誌に探偵小説も書く。小説家のインタビュー記事も書けば、娯楽雑誌の漫画の選者にもなった。文芸雑誌の人物論も引受けてしまう。文字通り八面六臂《はちめんろっぴ》の大活躍であった。

「富士は三角」にいたっては、

「この小説は、小乗《しょうじょう》に陥り易い人間を強ひて大乗《だいじょう》に向はせる生命の意志を説き明すつもりで書いた」

という気負い様で、

「願はくば更に縁が向いて来てこれ程の長編をあともう二、三十書き過し度い。その後の自分のすがすがしさは思ひ遣るだに小気味よい」

という、大へんな抱負である。

かの子が自分の仏教的悟りや思想を身うちに充満させながら、その一端も表現しつくせず、不器用にもたもたしている時、一平は、軽すぎる程の才筆で、繭《まゆ》の糸をひくように、ずるずるいくらでも書きつづけることが出来たのである。

一平はいうまでもなく、それらを需《もと》められるまま生活の資として書いた。四十歳にもとどかない一平は、こんな人気絶頂の生活の中で、ふっと自分を見失いそうになることがある。

ある日、恒松安夫の友人の有森英彦が、今里の家に訪ねていくと、かの子も安夫も留守で、一平だけが、縁側の近くで坐禅をしていた。

庭先から入っていくと、一平は坐禅の姿勢のまま、うすく目をあいて英彦を見た。

その時、英彦は、思わず声をあげた。

「どうしたんです、いったい！　そら、その凄い蟻！」

一平の坐った周囲の畳の上に、黒いへこ帯をぐるっと置いたように、真黒な蟻の大群が、うじょうじょ這っているのだ。

「うん、これか、こうやって、砂糖をこぼしたらこんなに集ってくるのだ。きみ、面白いよ。こうして、さっきから見つめていると、何万匹いるかしれない蟻のやつ、一匹ずつ、みんなちがった動作をしているんだよ。見飽きないねえ、きみも見ていてごらん」

英彦はあきれて、二の句もつげない。

「汚いですよ、早く掃きだしちまいなさい」

英彦が箒《ほうき》をとって、一平の周囲を、さっさと掃きとばし、蟻を退治してしまっても、一平はさっきの姿勢のままで、悠々としている。

「蟻を見てると、頭が休まるんだよ」

かの子はこんな一平の労働のおかげで、全くこの時代は生活苦からは解き放されていた。

今里の家へ移ってまもなく、岡本家の家族構成に変化がおきていた。

太郎はようやく、慶応の寄宿舎から引きあげ、家から毎日、安夫といっしょに慶応の普通部へ通っていた。

更にもう一人、同居人が増えていた。仁《に》田《た》勇《いさお》（仮名）という若い医者だ。

仁田は、かの子が痔《じ》の手術で慶応へ入院した時、執刀に当った外科医だった。きりっとした容貌の、腕のいい若々しい外科医に、かの子はすっかり心をよせてしまった。

かの子は欲しいとなるとまるで幼児のようにこらえ性がなくなる。一度、かの子が執着をかけたものには必ず自分を打ちこんで相手をとらえてしまわずにはおかない。そのとらえ方は、

《いたいけな裸子が独活《うど》の芽のやうな手の指を先に、乳を探りながら、もぞもぞと懐に匍《は》ひ込んで来るやうな感じのものもあつた。真正面に体当りでぶつかつて来るやうなときもあつた、電気鱏《えい》のやうにぴり〳〵とエレキを出す場合もあつた。歎きを情熱の紐で相手の頭の先から足の先までぎりぎり巻きつけてしまふこともある》（エゲリアとしてのかの子）

かと思うと、いつのまにか相手の心の中心にすべりこんで、ころころ笑っているような時もある。しみじみした情緒で、いつのまにか相手をしっとりと濡紙《ぬれがみ》のようにつつみこんでしまっていることもある。女としての技巧めいてみられることもあるが、いつでも、かの子はこれと思い打ちこんだ対象に対しては、それがたとい人であれ、物であれ、思想であれ、全身全霊、捨身で自分の愛を投げかけるのだった。

何時でも、何所ででも、何にでも、三昧になれる不思議な性能に恵まれていたかの子にだけ可能な捕え方かもしれなかった。

《かの子は、何物にも一目で自分に有縁か無縁かを見分けてしまふ女でした。一目で気に入り自分の手に取ったものは、一生自分から離さないことが多くあります。人間でも――》（かの子と観世音）

と、かの子のこの性質を見ぬいている一平は、また、

《少くとも私以外、私の知れる限りで三人の男性にとつて歴然としたエゲリアである》（解脱）

ともいっている。

かつて、堀切重夫の時、

「そんなに好きなら、家へ連れてこいよ」

といった一平は、また今度、

「ね、パパ、いいでしょう？　つれてきちゃっていいでしょう」

と、天真爛漫にかの子にねだられ、かの子がそういった以上、反対しても仕方のないことを知っていた。

かの子は、一度、恋の情緒にとりつかれると、相手の立場も都合もかまっていられないほど夢中になる。その場合、かの子は純粋に精神的なのだけれども、周囲の目はそうとばかりはとらなかった。

仁田に、入院中から、あたりはばからないかの子の信頼のよせ方は、人目についていた。退院しても、かの子は仁田に呼びだしの電話をかけるし、訪ねてもゆく。人目に立つかの子のこうした行動は、たちまち病院の話題になった。仁田は、慶応にいられなくなって、北海道の病院へ移っていった。

かの子は一平の許可を得ると、北海道まで出かけ、とうとう仁田を呼びもどしてきた。

恒松安夫が、いつのまにか、岡本家でなくてはならない家族の一員になったように、仁田もいつのまにか、岡本家の一人として、完全にその生活の歯車の中にまきこまれてしまった。仁田はかの子の許で暮しながら、叔父の病院へ通っていた。

かの子はゆったりと落着いてきた。世間には仁田の同居はあまり大っぴらにしてはなかった。誰かが気づいたとしても恒松のような同居者としか見なされなかった。

この頃から、かの子は一平に対して、普通の夫婦の間では絶対云えないような心の動きも、情欲の乱れも打明けている。

普段はむしろ静かすぎるほど静かで、めったなことで感情の波立ちを外へは見せない一平は、無口で鈍重にさえ見える時がある。

天才的な人間には一点だけ天才的に鋭く目覚めて、機敏な活動をする部分があり、その一点の鋭さに全力が集中され、他の部分が全くなおざりにされていることが多い。一平もこの例にもれない人間であった。一平の鋭さは、自分の仕事に対してと、かの子への愛の時に純粋に激しく燃焼《ねんしょう》した。仕事に対して、ぬけめなく、攻撃的で、一点の疎漏《そろう》もないように、かの子に関するかぎり、一平はかの子自身より、かの子の内面の生を的確に把握し、かの子の煩悩の霧の底のものまで、見透すことが出来た。

かの子はまたそれを確実に感じとっていた。いつでも一平に自分を預けきった気持で安心していられたし、どこまでいっても、自分についた糸の端は一平の手の中にゆだねてある甘えと信頼があった。

かの子は自分のほしいままな妄想まで、一平が自分といっしょになって咀嚼《そしやく》してくれ、自分の栄養に摂取しやすいように嚙みこなしてくれるものと信じていた。

一平の眠っている精神の部分までかの子は自分の領土のような気がした。それだけ、自分の精神の領土が拡められていると思う。そのため、かの子は安心しきって、一平の傍で、ずいぶん思いきった妄想にも、情痴《じょうち》の夢にも浸ることが出来た。まかりまちがったら、一平が始末してくれるようなゆだねきった安心感があった。

世間の目には、こんな夫婦の愛情は、理解出来る筈がなく、円満な夫婦の見本のようにいいはじめていた。

もう人生の夢は見つくしてしまったように老成した気持になっている一平には、いくつになっても、瑞々《みずみず》しい小児性を失わず、ロマンティックな夢の涸《か》れる日もないかの子の不死身の青春に、驚異と憧憬を覚えずにはいられない。

「今、ちょっと、パパにもいえないの、でもきっと、そのうち、説明するから待ってね」

かの子は、一平にも告げられないほど、自分ひとりの情緒の中に溺れている時もある。そんな時、いつも、目に涙をためて、ちょっとはにかみ、わびるように、甘えた調子で一平にいう。

そして、必ず、いつか、一平がそのことを忘れきった時に、ふいに、あの頃の自分の感情の経緯《いきさつ》を、一平に向って説明しだすのであった。

かの子は一平に聞いてもらい、すいとってもらった時ようやく、その問題から自分がぬけだしたことを感じ、心身がせいせいとさわやかになった。

どんなことをいっても、一平がかの子の心の中におこりうることの予測は出来るし、その解決のめどもつけてくれるという絶対の信頼——かの子の、まるで神に対するような純粋無垢《むく》な信頼が一平には一番こたえた。

ある日、かの子は一枚の女の似顔絵を描いてくれと一平にせがんだ。

かの子は女友達とそれを約束してきたのだという。一平が逢ったこともない相手だった。

「だって、そんな無茶な話ってないよ。写真くらいもって来なよ。雲をつかむような話じゃないか」

「そんなことといったって、すぐ要《い》るんだもの、パパならきっと、見ないでも描けると思ったのに。引受けてきちゃったんだもの、描いてよ」

一平は呆れてかの子の顔をまじまじとみた。かの子は円《つぶ》らな目をみはって、自分が無理をいっているなど、夢にも思っていない顔つきである。

一平の技倆を信じきって、安心しきっている表情だ。無垢《むく》な信頼の前に一平の方がかぶとを脱いでしまった。とにかく、かの子がたどたどしく説明する、目の形とか口の特徴をつなぎあわし、十二、三枚も女の顔を描きちらしていくうち、

「あっ、これだっ、この通り、あの人そっくりよパパ。よく出来てるわ。だからあたしや、パパには描けると思ってたんだ」

かの子はいそいそと、その似顔絵を持って出かけてしまった。

自分のいうことなら、何でも一平が聞いてくれると信じているかの子、絵ならどんなものでも描きこなすと、一平の技倆に絶対の信頼をおいているかの子、その無垢な信頼に、

一平は打たれて目頭があつくなってきた。一平はかの子のそんな絶対的な信頼に触れると、自分が高められ浄《きよ》められたような気がしてくる。

常人では理解出来ない不思議な愛が、一平とかの子の間には生れてきていた。

このころまた、一平は銀座を歩いていて、水晶の観音像二体を印判屋のウインドウに見つけ、かの子のために買って帰った。

観音が美しいからというので、観音信仰を深めていたかの子は、この小さな水晶仏をたいそう喜んだ。早速、不器用な手つきで、手編の袋をつくり、小さい方の一体をお守り用にして帯にぶらさげ、爾来《じらい》肌身離さないようになった。大きい方は、仕事机に置いて、日夜それを拝んでいた。

目がさめるとすぐ、編袋の観音を帯につり、寝る時は枕元に置いた。時々、とりだしてむっちりした掌の中に握りしめ、しみじみ撫でさすっていた。

白梅の盛れる今日よ水晶の持仏観音拭きたてまつる

紅梅のいろ近くしてくれなゐに染みたまひけり水晶仏は

かの子が自分の有縁のものと直感して、捕えずには置かないものは、必ず「美」を伴わなければならなかった。

「釈尊が美男でなければ私は仏教を愛さなかつたかもしれない。観音さまでも美貌でなければ決して私は観音さまを肌身に抱いてなんかゐはしない。あれほど深い教は、美貌より包蔵し得る資格なし」

といいきるかの子は、夫も息子も若い恋人も、すべてかの子好みの「美」を具えていなければならなかった。そういう「美」への貪欲《どんよく》さは、娘時代からのタイラント的な我ままを、ふたたびこの頃からかの子のうちによみがえらせてきていた。

女友だちでも、かの子は美貌を性情より上位において選んでいた。

女の友だちに理解されることが少なく、自分の方でもほとんど心を開いてゆこうとしなかったかの子が、この時代、心から尊敬し、愛慕していた二人の佳人《かじん》があった。

一人は九条武子《くじょうたけこ》であり、一人は柳原白蓮《やなぎわらびやくれん》だった。どちらも一世にその美貌と麗姿《れいし》を歌われた女人である。

九条武子の美貌をかの子は高雅優麗《ゆうれい》、稀有の麗容《れいよう》という最大級の言辞でほめちぎっている。自分は、世間のように武子の外観の美だけにひかれたのではなく、その魂の美しさにひかれたのだといいながら、かの子は、武子があれほど美人でなかったなら、決してあれほどの敬愛の情をよせはしなかっただろう。その上、初対面に近い武子から、かの子は、思いがけない親愛の情を示されたのである。

武子の「洛北の秋」が帝劇で上演された時、かの子も招かれて観劇にいっていた。武子は客の接待にいそがしく立ち振舞う間にも、時々かの子のところへわざわざ近づいてきて、何かと囁《ささや》いていく。まるでかの子の肩を抱きよせんばかりにしてかの子の丸い肩を撫でながらいった。

「今までのは私でよかったのよ。でもこれからの仏教文学はあなたが引きうけてね」

「まあ、そんな……」

かの子はびっくりして二の句もつげなかった。

またの日、武子は同じことをふたたびくりかえしてかの子にいった。

「あなたはどうして、そんなに熱心に、そのことばかりおっしゃいますの」

「私あなたの眼を見て判るの、あなた程、霊魂《れいこん》に恵まれた方はめったに無いと思いますの。でもあなたは熱情家だから、過去に随分なやみをお持ちのようでしたけれど、それを宗教で整理なさっていらっしゃるのも知っています」

かの子は武子のことばを聞いて、あまりの愕きと歓喜で、手放しで涙をふりこぼしてしまった。

これまで、かの子は女たちから、先ず誤解される自分をいやというほど思い知らされていたし、どの女も、かの子の不用意と無防禦の中から、嘲笑の種とあらを探すことにだけ汲々としていた。それなのに、まだ、識っていくらもたたない武子から、これほど本質を見ぬいた信頼をよせられたということが、かの子のナルシシズムを満足させ、かの子の誇りをかきたてた。

昭和三年二月七日、四十二歳で武子が病死した時、かの子もまた病床にいた。

その報せを伝えられると、かつて肉親の誰の死に逢った時よりも、悲しみにうたれた。

みこころは晶と冴えつつ花たちばな香に匂ふ君がみかたちなりし

白蓮柳原燁子《あきこ》によせたかの子の愛情も、かの子の女友だちの交友関係の中ではきわだっていた。

筑紫の炭坑王の所に嫁《か》しながら、若い恋人との恋に走り新聞種になったドラマティックな燁子の運命が、かの子のロマンティシズムと、情熱を刺激した上、燁子の天性の美貌が、かの子を捕えたのにちがいなかった。

大正のある年の夏、麻の着物をあっさりと着て、燁子はかの子を訪れてきた。初対面のかの子の前へちゃんと坐ったまま、燁子は、眼を可愛らしくまたたいて、世間的な儀礼など少しもいわない。

燁子は作歌を通してかの子の人柄に憧れ、わざわざ訪ねてきたのだった。そのくせ、ひたむきな逢いたさの目的が達せられてしまうと、話すことなど忘れたように、おっとりと、かの子の前に坐って微笑んでいるだけだ。内裏雛《だいりびな》に生気を通わせたようなあどけなさと、凜々《りり》しさの中に、天性の素朴さが滲みでている。

かの子は、こんな燁子を評して、

「凡《すべ》て、燁子が過去に歩んだ燁子の道は、彼女の不用意な純真性、彼女の乙女らしい無分別、時に多少不聡明な処置に陥る果断。世間を多少怖れ乍らも遂には見栄もかなぐり捨てる彼女の無器用な殉情《じゅんじょう》。それらが歩んだ跡付けに外ならない」（柳原燁子さんを語る）といっているが、これはそのまま、かの子自身に対する世評の誤解への抗議、弁明ともとれるものである。

燁子は、かの子のこうした理解と好意に感じたものか初めて訪れて以来、しばしばかの子を訪ねてきた。

青山南町の家へ、つくろわない姿で訪問する燁子に、当時、慶応普通部の学生だった太郎もよく逢っていた。

この二人の有名な女友だちの外に、当時のかの子が一番心を許していたのは三宅《みやけ》やす子《こ》だった。

この人もまた美しい未亡人で、世間は様々な臆測と取沙汰でかの女のまわりをとりまいていた。

かの子は、やす子の場合も、その中に、誠実な真心を発見しており、世評に自分の目を曇らされるようなことはなかった。

中条《ちゅうじょう》百合子《ゆりこ》の才能と、さわやかな美貌もまた、かの子には魅力のある女友だちだった。

やす子と百合子には気を許し、いつでも長い甘えた手紙を送ったり、訪ねたりしていた。

いずれにしろ、白金今里町時代から、青山南町時代におけるかの子は、家庭的にも何の不安もなく恵まれ、夫にも恋人にも友人にもとりかこまれて平和そのものだった。

文学への執念も、深く沈潜していて、まだ活動期には入っていない。それだけに、憧れの美しさを目の前にたなびかせているだけで、それに執りつかれ、業苦《ごうく》とまで感じるほどにはなっていない。

仏教研究も作歌も、一点の余裕をのこして、かの子が気負っているよりも趣味的な、ゆとりのある感じがしていた。

かの子は、一平に甘やかされ、生活に甘やかされ、友情に甘やかされ、自分でもうっとりとナルシシズムに酔っていた。

それは、ある日は自分を神格化してみるかと思うと、内臓の一部まで愛憐をそそぐ手放しの自己礼讃《らいさん》になる日もあった。

《私のペットは私の心臓です。私の心臓は寝ころがつて居るのださうです。私がふとつて居るのに心臓奴《め》がまた大へん大きいのださうです。レントゲンで見ると、その心臓が寝そべつて居るのですつて。うまく、きゆうくつな場所にはまるためでせう。何といふりこうな可愛い心臓奴だらうと、私はそれを知つて以来、可愛くてなりません。で、私のペットは私の心臓、それよりほかペットなんかいらなくなりました。

――略――若くつて、真赤で、健康で、感情家で、弱虫で、同情ぶかい癖に、男の子のやうにイタヅラ好きで、英雄のやうに好い気なところがある私のペット、私の心臓。研究家の学者面の私の頭のヲバチャンに時々叱られて一寸しよげても、ぢきに平気で横つちよに寝そべつてお得意の歌なんかうたつてゐる》

第十三章　鳥　籠

昭和四年十二月三日の朝日新聞には、
「賑かに出発した漫画全権
おけさ節に送られて
きのふ岡本一平さんの首途《かどで》」
という見出しで、写真入り五段ぬきの派手な記事が見える。
「世界の漫画家が腕によりをかけて待ち構へてゐるロンドン軍縮会議に唯一人の日本人『漫画の全権』――本社特派員――として活躍する岡本一平画伯は二日午後七時東京駅発急行で華々しく外遊の途に上つた。

△

特に今回はかの子夫人と独り子の美術学校学生である令息太郎君（一九）といふ二人の全家族も同伴、睦《むつま》じい首途なので、駅頭は窒息《ちつそく》せんばかりの素晴らしい多勢の見送人に埋められ、団扇をふりかざす日本漫画会員、夫人を送る日本大学仏教会員、太郎君の母校、慶応普通部、美術学校画学生等の団体の外に、親友の藤田《ふじた》画伯を始め文士あり画家あり政治家あり新聞人等総勢五六百人を越え多くの人は折角見送りに来ても近寄れずあきれ返るといふ騒ぎ。

△

背広姿の一平画伯および太郎君、華やかな和服の夫人は花束と握手と、『しつかり頼む』の激励攻めに大面食らひの有様。プラットフォームはまるで愉快な暴徒のやうにひしめきとわめき、学生団は新作らしい送別のおけさ節を歌ひだす。太郎君にもぢつて、『桃から生まれた桃太郎……』ををどりだす。さすが現代の大人気者の外遊だと思はせる。

△

一平画伯は『僕は会議後二年ほどフランスを中心に滞在して勉強して帰るつもりだ。女史（画伯は夫人をかう呼ぶ）も勉強するつもりだが僕等洋行の主眼の一つは、太郎を勉強させることだ。僕の漫画のやうでなく、本格的な立派な絵が描けるやうにしてやりたく、本人もそのつもりで出かけるのです……』とさすがに親心、しんみりと語つた。

かくて見送りはしやんしやんとしめるやら団扇を叩くやら熱狂の内に破れんばかりの万歳の声に送られて、乗船地神戸に向つた」

新聞記事としては最高に好意的な情感のこもつた記事であるのを見ても、当時の岡本一平の人気がしのばれるというものである。

岡本家の一行の出発に先だち、十二月一日には、横浜出帆のサイベリヤ丸で若槻《わかつき》、財部《たからべ》両全権大使たちの一行が出発している。岡本家出発の駅頭の賑いは、この全権大使の出発の時以上だったと伝えられた。

この日、七時頃、東京駅に車で乗りつけたかの子たち一行は、たちまち興奮した見送りの群衆に埋めつぶされそうになった。

かの子は耳かくしに白茶のリボンを巻きこんだ髪型がよく似合い、派手な裾模様の訪問着姿、十八歳（満）の太郎も、新しい背広の晴姿で颯爽《さつそう》と見えた。二人とも興奮して頰を紅潮させ、かの子は大きな双眼にもういっぱいの涙をため、一平の腕にとりすがったまま、

「パパ、パパ」

と上ずって口ばしっている。一平はさすがに、いつもの穏かな一見つまらなさそうな表情で、そんな妻と息子をかばって、見送りの人々に万遍なく応えていた。

当代随一の人気絶頂の漫画家と、歌人、仏教研究家として高名な派手な妻と、若冠十八歳で、花の巴里へ遊学出来る世にも幸運な息子によせる世人の好意と憧れが、この前代未聞の華やかな見送り光景となってあらわれたのである。

車内には贈られた花束が山のようになり、腰をかける場所もない有様だった。

怒濤のような歓声に送られていよいよ東京駅を離れた列車は、行く先々の停車駅で、更に待ちうけている新しい見送り団に応えなければならない。列車が静岡辺へさしかかるまで、三人はほとんど呆然として、寝支度も手につかなかった。

ところでこの出発は、世人も羨む一家揃っての旅立ちだったが、三人の外に恒松、仁田の二人の家族も同行していたことは新聞は伝えていない。

もともと、今度の旅行は、一平が朝日の特派員になったということが契機にはなっているけれど、一家揃っての外遊の計画は、岡本家にとってはもう年来の夢であり、かの子にこの望みをかなえさせてやろうとする一平の心は、昔の自分の罪に対する贖罪《しよくざい》の意味が含まれていて、一平の心の中ではもはや一種の果たさねばならぬ儀式のようなものになっていたのだ。「婦女界」の世界一周のため、一平だけがこの夢からまたもや一人先んじてしまった上、つづいて震災があり、太郎の学校の進学問題もありといった事情のため、つい、心ならずも、のびのびにされていたというにすぎない。

以前の計画の時、すでに同居中の恒松の同道を当然のこととして考えていた夫婦は、今度の旅に当って、もう一人増えていた家人の仁田をも同道するのは当然のことであった。

幸い恒松は、大学の方から留学許可もおり、その費用で自前で同行することが出来た。仁田も旅費は貯めていた。もちろん、雑費のすべては一平がひきうけた。

この日あることを期して、一平は一応の旅費の用意も心がけていたけれど、昭和四年六月から先進社より刊行が開始された「一平全集」十三巻の印税は、何より力強い財源になっている。

一平の理想としては、太郎が幼稚舎から普通部に上る境めが一番外遊にいいと考えていたが、それが果たされず、この年すでに太郎は上野美術学校へ入学したばかりであった。

《在学中でもあり、師匠筋にあたる先生の忠告もあり、かの女ははじめ、むすこを学校卒業まで日本へ残して置く気だつた。

「ええ、そりやさうですとも、基礎教育をしつかり固めてから、それから本場へ行つて勉強する。これは順序です。だからあたしたち、先へ行つてよく向うの様子を見て来てあげますから、あんたも留守中落着いて勉強してゐなさい。よくつて」

かの女は賢さうにむす子にいひ聞かせた。それでむす子もその気でゐた。

ところが、遽《あわただ》しい旅の支度が整ふにつれ、かの女は、むす子の落着いた姿と見較べて憂鬱になり出した。たうとうかの女はいひ出した。「永くもない一生のうちに、しばらくでも親子離れて……暮すなんて先のことは先にして――あんたどう思ひます」逸作《いっさく》は答へた。「うん、連れてゆかう」

親たちのこの模様がへを聞かされた時、かなり一緒に行き度い心を抑へてゐたむす子は、

「なんだい、なんだい」と赫《あか》くなつて自分の苦笑にむせ乍ら云つた。そして、かの女等

は先のことは心にぼかしてしまつて、人に羨まれる一家揃ひの外遊に出た》(母子叙情)

出発の時には、駅頭での一平の新聞記者への挨拶のように、二人の渡欧の目的は、太郎の将来と勉強のためということに重点が置かれていた。

漫画王と呼ばれている一平の、あまりに素直な「しんみりした」述懐を見逃すことは出来ない。

「僕の漫画のやうでなく、本格的な立派な絵」

と一平がいっているのは、そのまま、かの子の絵画芸術に対する最高の夢であった。一平のこのことばは、かの子の結婚以来の、根深い一平に対する不満の正体を表わしているのである。

「漫画もパパくらいになればね」

と、一平の漫画をようやく認めてはきていても、かの子の心の底にはやはり、漫画を純粋絵画の下に見る気持はぬけきらなかった。

一平との結婚生活で、次々かの子の夢が破られていった中にも、最もかの子を傷つけたのは、一平が芸術家の道に進まず、町絵師として非芸術的な職人になったことであった。かの子にとっては芸術が道徳であり、芸術が倫理であった。この世で至上なものは芸術であり、それに殉ずることこそ生甲斐で、他はすべて、第二義的などうでもよいことであった。

それほど芸術を大切に思うかの子にとっては、芸術と名のつくものはすべて第一級のものでなければ承知出来なかったのだ。一平の漫画のおかげで生活が安定し、家族がようやく豊に暮していけるようになった事実を、現実の上では認めていても、やはり、真情では、一平が本格的な絵から離れたことは、裏切られたという恨みをもっていた。

この不満をかの子がひとりで持ちこたえている筈はなく、時々一平に激しく迫り、非芸術の漫画から足を洗ってくれるよう注文したことは察するに余りがある。この間の事情を太郎も、

《丁度私が小学校三年生の頃、父親を遂に説得して、漫画をやめさせるところまで行ったことがある。

ある日、お小づかいで玩具を買って来た私に、母は急にあらたまった調子で、「お父さんは今度、漫画をやめて、本格的な（彼女はこういう言葉づかいが好きだった）絵をお描きになることに決められました。家も前とは違って苦しくなるから、そのつもりで、無駄なお金を使ってはいけません」と言った。子供心にも、ばかに悲壮な思い入れがややおかしいほどだった。この彼女の理想は現実生活がついに許されなかったが。

やがて一平の名声があがり、ジャーナリズムの上で一代の寵児になった。そして生活は全く安定した》（かの子文学の鍵）

と書いてある。

「すべて正途《しょうと》のものでなければ」

というのが、口癖のかの子は、たとい生活が昔のように貧しくなっても、一平に正途の純粋画をかく芸術家になってもらいたかったのだろう。かの子はじぶんはあくまで、第一級の芸術を追い求める意志は失わないと同時に、一平の上にかけて破れた見はてぬ夢を、太郎の将来と才能に賭けようとしたのである。そしてかの子のこの悲願は、そのまま一平のものとして、いや夫婦共通の夢と悲願として、一平にわけもたれることになったのだ。一平は、かの子の絶望に気づいて、かの子の為に生きようと悔い改めた日から、この日を待ち望んでいたともいえる。

「パパ、思いきってお金つかってきていいの？」

かの子は出発の前、一平に聞いた。

「ああ、いいよ」

かの子はだまって感謝のまなざしでうなずいただけだった。一平はかの子が何を考えているかわかっていた。旅費をきりつめた、ぎりぎりのみみっちい旅なら、しない方がいいのだ。かの子にとって、今度の旅はこれまでの半生の夢を賭けたもので、その夢は狂気と死の暗い記憶によって支えられ、はぐくまれてきたものなのだ。

第一等の旅行を、東洋の王侯の旅のような大名旅行をかの子はする覚悟であった。覚悟――、かの子はたしかにそう呼ぶのがふさわしいほど心に期するところがあった。

新しい自分を創るために——第一級の芸術をつくるため、日本の女、日本の芸術家を代表して、ヨーロッパの伝統と知恵を吸いとってくる覚悟であった。何事にも壮大なことを望むかの子の夢は、いつでも常凡の人間の想像を越えたところにあった。

そして、かの子はこの旅行が自分の生涯の大きな転機《てんき》になることを、はっきりと予感していた。

帰国後出した「かの子抄」の序文に、

《ひとたび、稍〻《やや》完成しかかつた私を解体して欧州遊学の途にのぼつたのは——》

とあるように、かの子はこの出発の前に、これまでの自分というもののすべてをうちくだき、全く瑞々しい初心にたちかえって、これから目にするすべての「新しい」経験を、吸収しようとした。

昭和四年十二月三日、つまり出発の翌日付の発行になっている改造社刊の「わが最終歌集」は、かの子のそういう決心を物語るものである。わざわざこういう発行日にしたのは、かの子らしい演出で、本は出発の前に出来ており、知人にくばられていた。何ごとにも大げさなかの子は、こんな仰山な題をつけた歌集で自分の決心を世間に公表しなければ気がすまない。この決心の奥には、今度こそ残る生涯をかけて、最初からの憧れである小説を書くという一事に全力をそそごうという決意が秘められていた。

そうはいっても歌を詠みなれた作歌の習癖はそんなに簡単に止められるものではなく、

かの子はもう出発した船の中から歌を詠んでいるが、一度自分や世間に誓った約束に義理をたて、これ以上、どんなにもとめられても歌集としては、決して歌を編ませることはしなかった。

それだけの覚悟をこめた歌集だけに、九百三十五首収録四百七頁の歌集は一平の装幀、口絵及びカット藤田《ふじた》嗣治《つぐはる》「序に代へて」という与謝野晶子のはなむけ二首、

唯だ一人女の中に天馬をば御しうる人の遠く行く国

海こえてかの子の行かば身のうちのわが若さまで尽きむここちす

斎藤茂吉の「序歌」と題した、

このあさけ庭に飛びつつ啼く鳥のたはむれならぬこゝろぞかなしき

わが友の歌をし読めばしづかなる光のごとくおもほゆるかな

に飾られるという豪華ぶりであった。かの子自身は、

「歌神に白す」

ではじまるひどく大時代な文章で綴られた序文をのせ、

《……わたくしのみに於てあなたの恩寵に酬《むく》ゆる途は今日あなたとお訣《わか》れする事であらねばならぬ。お訣れして次の形式にわたくしを盛る事こそあなたへ対するわたくしの的確なるスケジュールの履行と思はなくてはならなくなつた。あなたが微笑してわたくしを送つて下さることを感じつつわたくしは今素直にあなたの前に頭を下げお訣れの言葉

を申上げる》

と述べ、更に「歌に訣れむとして詠める」

ふたたびはわが逢はざらん今日の陽をまなこつぶらにながめけるかも

という歌をかかげ、この歌集の世界に訣別の手をふった。

背水の陣をしいたかの子の新生への決意は、これほど大形な引退《いんたい》披露にふさわしいものがあったのである。

尚、この「わが最終歌集」には、すでに「子と遠く別るる予感あり」として、

子と離るるかなしみ無くばわれの棲む世はおほかたに安けきものを

遠く居る母を思はんそれよりもひたすらおのが命を育め

という歌をのせ、太郎は巴里にのこしてくる計画が示されているのである。

勿論、そのことは、出発前、太郎との間で充分討議された結果であり、太郎は、美術学校を中退して行くからには、フランスに永住すべきだという覚悟をひそかに決めていた。

かの子が歌に悲壮な想いで訣別したように、太郎は十八歳の純情をかたむけて、再び故国には帰るまい、パリで芸術に一生を捧げるのだと気負っていた。かの子の注ぎこんだ芸術至上の純粋主義は、少年の太郎にそのまま根を分けていたのである。

夫に捨てられ、人の親切からも見捨てられ電灯も消された家の中で飢えにふるえながら抱きあい、

「あーあ、今に二人で巴里に行きましょうね。シャンゼリゼーで馬車に乗りましょうねえ」

とうわごとにつぶやいた希《ねが》いが、今ついにかなえられようとしている。薔薇やカーネーションの多彩な花束に埋もれながら、母と子は言葉もなく車窓で目を見かわしていた。

神戸で欧州航路船箱根丸に乗船、十二月七日、船は門司《もじ》をすぎ、十五海里《かいり》の速力で冬の日本をいよいよ離れていく。

十二月九日、上海に着く。一平とかの子は新聞社の要請で、ちょうど訪日の途上にあったダグラス・フェアバンクスと、メリー・ピックフォードに、マゼスチック・ホテルで会見し、かの子はメリーと一緒に写真をとったりして歓談した。

かの子は市内見物の際フランス租界で毛皮の外套と、熱帯を渡る用意に夏服を買ったりした。翌十日も、午前中はデパートで買物に費《つい》やし、午後船は出帆した。

香港《ホンコン》につく前日、船中ではみんな合服に着かえ、漸く乗客同志もなじんできた。太郎は船客たちに好かれ人気者になっていた。一平もかの子も、船中でも遊んでばかりいられない。雑誌社や新聞の原稿をかかえていて、時をみては片づけていく。

香港に未明に入港するという時、船は急にひろがった濃霧《のうむ》に閉され進退がきかなくなった。無気味に鳴りひびく汽笛やドラの音の間から、海賊船に襲われる危険があると船員がいう。まさかと思い乍らも二時間たっても数時間たっても濃霧の中からぬけ出られない船の中で、不安になってくる。ようやく九時間もたって、霧は晴れ、香港に入港した。

十三日午後、上陸し、かの子も太郎も島の絶頂ピークまでドライブする。夕焼にそまった香港の町はかの子が夢に描いていた西洋風景そのままだった。ようやく外国に来たという実感が湧いてくる。一平は前の外遊の経験があるので、ゆったりかまえているけれども、かの子の詩人の鋭敏な感受性と太郎の多感な青春の感受性は、ことごとに外界の刺激に共鳴し、興奮した。見るもの触れるもの、すべてが初旅の二人にはたえまない感動と感銘の連続である。

帰船してからも、かの子はすっかり気にいった風景を眺め、甲板から離れなかった。その時、同船のドイツ人が精巧な双眼鏡をかの子に渡し、向うの小島の頂上をのぞくようにと手まねで教える。かの子はいわれるままにしてレンズを合わすと、あっと驚いていた。レンズの中に峨々《がが》たる巌山《いわやま》が浮び、その凹みに数台の大砲が並んで、レンズの方に筒先をむけている。双眼鏡のむきをかえると、今度は黒々とした軍艦の列がレンズいっぱいに浮び上って来た。砲艦七隻、駆逐艦一隻が並んでいる。かの子はこれを手はじめに、行く先々の海で英国の軍艦を見た。

かの子はよく同船の日本の海軍将校から借りた双眼鏡を首からかけ、靴音を立てて甲板を歩きまわり、軍艦や砲台の列をとらえて見入っていた。

「勇敢な女士官に見えますよ」

そんなかの子を、男客の誰かがからかっていった。

こんな艦上の感想を、

《眺望は時々刻々に変つた。彼《か》の海もこの海も私には忘れられぬ懐かしい印象を与へた。が其等の海は今の実感からいふと何んだか狭い限られたもののやうな気がする。日本のすぐ隣りに支那や米国が、その隣りにイタリーやフランス、イギリスが在るやうだ。そして海も陸地と同じである事を知つた洋上に、僅かに頭を出す孤島が重大な要塞地帯であつたり、恐ろしき軍備の根拠地であるのを度々見た。之等の島や港を中心にして大洋は今や至る所区画整理されてゐる。私は今も尚海は渺茫《べうばう》として涯《はて》しないといふ言葉を信じてゐる。

がその広大な海は、何処か他の世界に在るやうな気がしてならぬ。火星の海か、月の海か。或ひは地球上の海でも、それは昔の海ではなからうか。

兎も角今の世の海洋は、私には狭苦しい感じがしてならぬ》（海）

と書いている。

十二月十八日夕方にはシンガポールへついている。かの子はシンガポールへむかう途中暑さが嵩じるにつれ、軀を悪くして船室にこもって仕事をつづけていた。

熱帯の月明の町へ上陸し、椰子《やし》の並木をドライブする時、かの子も太郎も、その夢幻的な美しさに感激して涙を流していた。この時の印象は後年小説「川明り」の舞台に効果的に使われている。翌十九日も市内見物をし、夜出帆する。

二十一日、ペナン入港、二十五日コロンボ入港、二十六日から一月一日まで海ばかり。かの子はシンガポール以来の一種の風土病から四十度近い熱をだしたりして、軀がはっきりしなかったが、ようやく新年を迎える前になり、すっかり病気もなおったように見えた。

印度洋上の初日を拝もうというので、かの子は絽《ろ》の紋付を着、帯だけは冬のものを締めた。一平も黒紋付と袴の和式礼装にした。

甲板で船客はそれぞれの礼服姿で「おめでとう」を交わしあった。食堂では、日本の日の丸の国旗を刷ったカードが朝食のテーブルに並び、雑煮の餅が切隅《きりすみ》も正しく椀の中におさまっている。数の子、黒豆、が並び、屠蘇《とそ》も銚子の折紙の蝶々まで揃っている。

午前になると船尾に万国旗が飾られ、船客の子供たちが仮装をこらし集った。午後はまたそこに舞台が出来、忠臣蔵がボーイたちで演じられるというにぎわいだった。

お昼にはアデンに入港し、ここではじめてアラビア風俗を見ることができた。かの子の和服姿が街では目だち、板すだれのおりた家々の中から、人の姿は見えないのに、声だけが、

「日本人、日本人」

と囁いているのが聞えてくる。かの子は巴里で洋服をつくるつもりでいた。上海で買った服も結局は一度も着ずじまいであった。

夕刻出帆した船は紅海《こうかい》へ入る。船が北上するにつれ、次第に涼しくなる。五日夕、スエズ着、八十マイルを車で飛ばし砂漠を横ぎってカイロに着く、七日地中海をすぎ十日朝ナポリに着く。ヨーロッパ大陸の土をはじめてふみしめる。ポンペイの廃墟《はいきよ》を見物し、ホテルでスパゲッティをたべる。美しいイタリア人のギターひきが二人やってきて美声でサンタ・ルチアやオーソレミオなどを情熱的に歌う。かの子はすっかり気にいって美貌の歌手の美声に聞き惚れていた。

十二日マルセイユ着。ついに四十日の長い船旅も無事に終った。マルセイユには藤田嗣治の使いが出迎えてくれていた。市内を見物の後、夜行列事で一路パリへ向う。

十三日早朝、目を覚ますと車窓には朝日を浴びた冬枯れの平野が走りすぎていた。赤屋根の人家の美しさに目をみはっているうち、リヨン駅についていた。

冬のパリは想像よりはるかに暗く、すべては灰色一色に掩《おお》われていた。

出迎えの人達とタクシーに分乗して都心にむかって走りだした。

気がつくとセーヌ河を越えている。行手にはノートルダム寺院が遠くかすんでいる。

「ここが植物園ジャルダン・デ・プラントです」

と、出迎えの人が説明してくれる。

「ああ、とうとうパリに出た」

かの子と太郎はつきあげてくる深い感動をおし殺し、車窓にうつるパリに目をくいいらせていた。

ダンフェルロシュロー広場にあるホテルに落着いてから五日間、夜も昼も一家をあげてのパリ見物がはじまった。

五日間、夢のような見物の日がすぎていった。

レヴュー、百貨店、キャフェ、夜の街……すべての旅行者が一通り観るものをかの子も順序よくながめていった。

パリのすべての旅人がそうするように、かの子もまず大通《グランブールヴァル》のオペラの角の、キャフェ・ド・ラ・ペでパリの椅子の腰の落着き加減を試みる。ドイツ女、イギリス紳士、アメリカ娘、支那留学生……パリは旅人のカクテールだとかの子は無邪気に目をみはる。

憧れのシャンゼリゼーの町並が並木通りへ一息つくところにあるキャフェ・ロンボアンもかの子の気に入った。

ささやかな噴水を斜にながめて、桃色の綿菓子に緑の刻みをいれたような一摑みの建物が、かの子の旅情をやさしくなぐさめてくれるようだ。

そんなキャフェで、ゆっくり太郎とお茶をのむひまもないあわただしい見物の間に、かの子のしておかなければならない重大なことがあった。太郎の下宿をきめることである。

かの子たちは一平の仕事のため、すぐロンドンに渡らなければならなかったけれど、太郎は一日も早くフランス語になれる必要があるため、ひとりパリに残ることになっていた。

パンテオンとサンテチエンヌ・デュモン寺院とソルボンヌ寺院のドームや尖塔がそびえている丘のすぐ下にあるパンション・ド・ファミーエをみつけ、そこにきめた。下宿のすぐ前にセーヌ河をへだててノートルダム寺院がみえている。毎朝ノートルダムの鐘の音が枕元にひびいてくる部屋であった。

一平とかの子はロンドンにたつ前日、下宿を訪れ、落ちついた黄色の壁紙に古風なシュミネのある部屋をながめ、一まず安心し、下宿のおかみにくれぐれも頼みこんでいった。いよいよ一人になる太郎が淋しかろうといって、かの子は上海で買い、道中ずっと持って来たカナリヤの入った鳥籠を、下宿の窓ぎわに吊した。

一月二十一日、一平とかの子がロンドンに発つのを北停車場に見送ると、太郎ははじめて孤独《こどく》と旅愁《りょしゅう》が心身にしみとおってくるのを感じた。物心ついた時から、両親の側で暮した月日というものは数えるほどしかなかったし、孤独は太郎にとって、もう本性のようにしみついていた筈であった。

それでも、まだ訪れて一週間もたたぬ異郷の都で、ことばも通じない中にひとり残されたことは、さすがに心細い。その上、パリは灰色の冬で、マロニエの街路樹も葉を落しつくした黒い裸木で、寒々と鈍色《にびいろ》の空を支えている。すりへった石畳を、ひとりで歩けば、靴音がいよいよ孤独と旅愁をかきたててくる。

下宿に帰りカナリヤに餌のサラダをやろうとして、太郎は何といっていいかわからず、手ぶりみまねで下宿の下女に話しかけ大苦心の体《てい》だった。

ロンドンに渡ったかの子たちは、二十五日まで日本旅館トキワホテルに投宿し、二十六日からは、ロンドン北郊のハムステッド・ヒースの家を借りて引移った。自然公園や、なだらかな丘のつづく閑静《かんせい》な高級住宅地で、時の労働党内閣首相マクドナルドをはじめ、有名な文化人の住宅があった。

《ロンドン市中の富豪の別荘、わざと十九世紀の屋根の家に棲んでゐる新進美術批評家とその年上の妻の彫刻家。昔、田舎だつた旧家がそのままハムステッドがロンドン市に取入れられるとき一緒に取入れられたものなど。ふと、茨《いばら》の蔓《つる》とえにしだのもつれ合つた丘を越えるところに飛びはなれたモダンな貸家などあつて、スイッツルの若い貴族と駆落ちして来た女優が棲んでゐたりする。日本の破風《はふ》造りのやうな感じの家が落葉にうもれてアンナ・パヴロヴァの晩年の隠棲を伝へられたりしてゐる》（異国春色抄）

という風景の中にジョン・ガルスワーシーの白色の瀟洒《しょうしゃ》な邸も見えていた。

一平の借りた家は自然公園を前庭にして、ライラックの花卉《かき》ばかりを植えこんだ丘の繁みを間にはさみガルスワーシー邸とむかいあっていた。白薔薇の垣にかこまれた蔦《つた》がはったどっしりとした四階建だった。客間、食堂のほか四間あり、バス、台所、家具装飾付一切で一週四ポンド。夫妻と、二人の男との住宅としては申し分なかった。

かの子はこの家がたいそう気にいって、ここへ移ってからは上下八円のジャケットとスカートの洋装になり、靴音も軽く丘をこえ、買出しに出かけていく。

米の御飯が大好きで、日本を出て以来も、船室やホテルの風呂場でこっそりアルコールランプで御飯をたいていたようなかの子だから、今は誰に気がねもない自分の台所で、大ぴらに御飯が炊けるので大はしゃぎだった。

一平はついた翌日から軍縮会議のスケッチに出かけ、徹夜をしたりしてはりきっていた。この月末から、パリの太郎には毎月二百五十円ずつロンドンの住友銀行支店からパリ日仏銀行支店へ送金することに定めた。

この時から、パリの太郎と、両親の間に、手紙の往復がはじまった。

それは後年、一平、かの子が日本に帰国し、太郎がパリに残った後までつづけられ、この稀有な芸術家族の不思議な愛と美に充たされた魂の交流の記録として残されることになる。

もちろん、一平、かの子にしろ、太郎にしろ、当時そんな余念は一向になく、必要にせまられた愛情の交歓の手紙として書いたものだった。

《すつかり洋服になつちまつたの、私は、似合つても似合はなくつても自信を持つつもりよ。便利で前よりも十層倍も運動するしハウス・ウオークもできるの。写真とつて送りませうかね。頭痛なんかちつともしませんよ。丘を一〇町も歩いて買物に出たり、毎日町へ歩かなければ気持がわるくなる運動好きになつた》（母の手紙）

《近所では私がおとなしくて品の好い日本人だとうはさしてゐる。はうばうでお茶に呼んでくれます》（母の手紙）

と、のどかな生活ぶりを伝えたり、せいぜい自分は倹約につましく暮して他人にはしわくしないようになど、教訓を書き送ったりすることもある。太郎への手紙の中のかの子は、わざと言葉使いをボクなどといったり、やんちゃらしく甘えた文章になったり、いきいきと若々しいナイーブな心の流露《りゅうろ》をおしげも恥しげもなく展開している。

ハムステッドの生活にもなれてきたかの子は、バーナード・ショーが会長、ガルスワーシーが責任者として一九二一年に創立した「ペン・クラブ」に特別会員として招かれた。ペン・クラブの母といわれるドーソン・スコット女史の客間で、ある日かの子ははじめてガルスワーシーに逢った。花瓶の黄水仙《きすいせん》と古金襴《こきんらん》のようなソファーのかけ布地と、赤く燃えたストーブの火を背景に、ガルスワーシーは白髪で眼光の鋭い老紳士だった。

かの子はその時、クリーム色のフランスチリメンのアフターヌーンを着ていた。

スコット女史は、

「マダムが日本のきものを着て来られなくて残念でした」

ろう。ガルスワーシーは、

「そんな必要はありません。マダムは芸術家なんですから自分の着たい着物を着なされば
いい」

といった。かの子はこの老紳士がすっかり好きになったし、ガルスワーシーも、かの子
を気にいってそれからはよく自宅のお茶に招いたりした。
ガルスワーシー夫人も、さばけた粋な老婦人で、かの子を気にいった。
ある日、かの子が同家の客間で、印度人の厚かましいおしゃべりのお嬢さんたちと同座
した。わがままなかの子は、すぐ、娘たちの態度に機嫌を損じ、不快な顔を露骨にして、
さっさと客間を出てしまった。

老夫人は、如才なくかの子を玄関に送りだし、かの子の感情を見ぬいた目で、「あの人
たちは女猪《いのしし》たちだからね」

とささやいた。

かの子はよく散歩の途中で、外出しようとするガルスワーシーに逢うことがある。

「おお散歩ですか。私はどうもここでは落着いて書いても考えてもいられない。例の海岸
の別荘の方へ行きます。妻はあなたによろしくといって先へ出かけました。あ、それから
ショーのアップルカートとオームドビッム座だけは私が帰るまでに観ておきなさい。何な

ら暇をつくって海岸の方へ来なさらぬか、アップルカートの批評でも聞きましょう。あれはあんまり諷刺が濃厚すぎてあんたに気にいらないかもしれんが、御主人にはどうかな。私もなるたけ早く帰って来るつもりだが、このごろどうも体が弱りましてな、海岸の方の空気がこっちより合いますのでついあちらで暮しますよ」

かの子はこの老紳士を見送り、口ずさんでいた。

じょんがるすわーしいの白頭ひかり陽春のはむすてつど丘に見えつかくれつ

かの子は住めば住むほど気にいってくるハムステッドで、落着いた生活を愉しんでいた。

かの子はハムステッドで英会話の教師としてケンブリッジ大学を出たマガという若い女教師を迎えていた。一日おき一時間ずつで、かの子はこの女教師も大いに気にいっていた。一平の会話の先生はもと小学校の先生で上品な老婦人だった。

マガに案内され恒松や仁田もいっしょに郊外を歩いたりして、かの子は青春をとりもどしたような元気さだった。

六月聖霊降誕祭の翌日、ニーストン駅をたち、かの子たちはアイルランドを訪れた。

ベルファストや、ダブリンを訪れ、西下してゴードにマダム・グレゴリーを訪問した。

アイルランドの国民劇作家中第一人者でアイルランド文学の母といわれるグレゴリー夫人はダブリンから西へ汽車で六時間ほど走った田舎に住んでいた。夫人とかの子の間では今日の訪問のことは前もって手紙で約束されていたので夫人は待ちうけていてくれた。

「もう年とって、あまり人にも会わないのですがね、ロンドンのペン・クラブからの御紹介ですからね、あそこの会員を粗末にしたら又つむじ曲りのショー爺さんにやかましゅう云われますわい」

夫人は大きく笑って、かの子をみて、

「ほほう、東洋の御婦人は可愛らしくてアイルランドの乙女のようですね」

と一平をかえりみた。かの子はすっかりこの老芸術家に魅了されてしまった。夫人のふるまってくれた食事の献立も、かの子は一つのこさず覚えこんだ。

《献立——最初おっとり光る銀杯に、白、赤、の葡萄酒（これは私の庭の樹の葡萄から醸《つく》ったのですよと、夫人）、次に中形のボイルドエッグ二個（これもうちの卵よと、夫人）、次に純白の皿へ大形のハム。それから燕麦のパン。ラッキョに似たピックル、蜂蜜を付けたビスケット。シチウド、フルーツ。どれもみな自製のものばかり。

「紅茶ですか、ほほ、これだけはリプトンのお爺さんの御厄介になります」》（グレゴリー夫人訪問記）

夫人はイエーツもシングも、バーナード・ショーも、ここへ来て名を彫りつけたcopper beach の大樹に、かの子にも名を彫ってはとすすめた。かの子は少女のようにはにかんで、彫りつけることはしなかった。

第十四章　毬　唄

太郎はこのごろどうしてゐるね。

私たちはずゐぶん忙しく暮らしてゐるよ。でも私はじつにたつしやになつた。PaPaがときどきあちこちわるいけれどもこのごろあなたのいふことを少しきいて坐禅をやつたり、やはらかいレディー用のたばこをのむやうになつたりしました。おまへのいふことはパパもママもじつによく聞くとはたの評判。

六月末に来ることはまちどほしい。

でも、その日その日の交際や勉強にまぎれながら、その時期の来るのを静かに懇切に待つてゐることは幸福です。私がつまらぬ神経をつかふのもおまへの呈言のためだんだんあらたまつてきました。自信を持つて強く生きよう。私たちは芸術家なのだものね、よい芸術さへ現せば俗人どもの同情のない僻目《ひがめ》や嫉妬心で残酷な取り扱ひされたつてしかたないものね。――略――

いろいろな計画もある、杞憂もあり危惧もある。会つてから話さう、たつしやで勇気とともに暮らされよ。

（五月幾日か忘れた）　　　　　　　　　　　　　　　　かの子

夏休みに太郎がパリからやってくるという計画は、この手紙によればすでに五月末日にはもうハムステッドのかの子たちのもとには届いていたのである。

「ゴーギャンがタヒチ島へ来たほどの驚きはないのだけれど、とにかくよい旅でした」

と、アイルランドから太郎に書き送っておいて、六月二十七日の朝、かの子たちはハムステッドに帰って来た。

かの子は太郎と別れてロンドンに来て以来、全くよくかの子流の勉強をしてきた。

一平は、ロンドンに来ているフランスの漫画家や批評家に大そう認められ、仕事の上でも成功していたので、かの子は時々、一平のホステス役をつとめて、パーティに出席したり、観劇に誘われたりする以外は、すべて自分の時間に使っていた。

「英国って実に芸術的にはつまんないところで、あえて呼ぶ気にもなれないほど呼んでは気の毒なくらいよ」

と太郎に書き送りながらも、

「思想的には少しは研究する点はあるけど」

という見地から、かの子は芸術的な勉強よりも、社会的な見聞を拡めることに目をむけていたようである。

思索と冥想するにふさわしい美しいハムステッドにひきこもっているばかりでなく、この半年間、かの子は実によく、ロンドンの官庁街や下町へおりていって、社会見聞につとめている。

　芸術至上主義のかの子にしては全く珍しい行動と観察で、メーデーの町を見学したり、地下鉄の道路工夫の仕事場をのぞきこんでメーデーについての意見を聞いてみたり、ギルドや、政党問題や、失業手当や、職業婦人の問題まで意欲的に研究の手をのばしていた。

　それらのノートや記事は、日本に送られたものも、帰国後の用意のためのものもあったが、いずれも、通り一遍な、常識的な観察や見解にすぎず、特にかの子の芸術感覚の鋭さや、洞察がうかがわれるというほどのものではない。新聞記事のようであったり、いかにも一平や、恒松たちの意見のまるうつしのような感であったりする。けれども、かの子が、外国に来て、ただ、芸術一点ばりの勉強のしかたをしようとしておらず、もっと広い意味の刺激と勉強を求めていたということが、その行動の中に察しられるのである。

　アイルランドの旅にしても、究極の目的はグレゴリー夫人に逢うことだったけれども、そこへたどりつくまでかの子は、アイルランドそのものについても、文学的興味とは別個のものを抱いていた。

《あれほど華々しかつた愛蘭《アイルランド》文学のその後は、どうなつてゐるのであらう。グレゴリー夫人のその後。イエツ、ダンセニー、アベ・セタアのその後等。イギリス文人達のいら立ちが、却つて私に愛蘭《アイルランド》文学その後に就いて好奇心を持たせた。これが私には愛蘭《アイルランド》行を思ひ立たせた理由の一つである。今一つの理由がある。いかに光灼《こうしやく》を続けてゐるやうでも大英の太陽イングランドがその衛星である領土に対し牽引力が漸次《ざんじ》緩んで来たことは事実だ。印度、埃及《エジプト》、その他。そしてこれ等の衛星は現在のイングランドとの関係を薄くして、どんな自転を欲しているか。自転は果してどの程度まで進展して居るか。愛蘭《アイルランド》は同じ大英中にあつてしかもその中枢イングランドに対してはやはり、太陽をめぐる衛星である。印度埃及《エジプト》等に較べて最先輩の領土である。たとへ大英の他の衛星がイングランド対愛蘭と同じ経路を辿らないにしろ現在の愛蘭を観察して置くことは大英イングランドの衛星等に関心を持つものに取つて無駄なことではなからう》（愛蘭へ行く）

かの子のこういう政治的関心や、労働問題に対する興味の示し方は、かの子が日本を出発する頃の文壇が、プロレタリア文学隆盛の機運にあたっている最中だったので、その影響もあったであろうし、たまたま、ハムステッドのかの子の住いの近くに、時の英国の労働党内閣の首領ラムゼー・マクドナルドの私邸があり、時折、気軽に一人で歩くマクドナルドを見かけるというような偶然も、かの子の政治への興味に作用していたのだろう。

もちろん、かの子がかけだしの報道記者のように、議会や失業対策問題にばかり熱中していたわけでもない。

時には、会話の教師のマガに案内され、彼女の故郷でもあるシェクスピアの故郷、ストラットフォード・オン・エボンを訪れることもある。マガは細くとおった鼻筋、澄んだ青い瞳、ひきしまったきゃしゃな顎に知的な薄い唇をしたほっそりした美人で、黒のベルベットの裾長の服がよく似合っていた。シェクスピアの中では「真夏の夜の夢」が一番好きだというロマンチストで、かの子のために、シェクスピアの劇に出てくる草花の種類を籠一杯摘んで来て、押花にするようにと、かの子に贈ってくれたりする。ケンブリッジでは、シェクスピアを専攻しているだけに、彼女の案内で訪れるストラットフォード・オン・エボンは、興味深かった。

半年前、太郎と別れて以来の、こんな様々の経験で、かの子は心身共にいきいきと若返り、活力にみちあふれていた。

七月一日の十一時、パリの北停車場を発《た》った太郎が、カレー、ドーヴァー経由でロンドンのヴィクトリアステーションに着いた時、一平もかの子も、恒松も仁田も、総出で出迎えていた。

太郎は、はじめてみるかの子の少女っぽい洋服姿をみて笑った。

「やぼったいなあイギリスの服って。もうロンドンで服つくるのやめて、パリでもっとスマートなのをどんどんつくりなさいよ」

ずけずけ太郎にいわれると、かの子は、はにかんで、

「だって、これは運動服なんだもの、うちの用をしたり、丘をこえて買物にゆくにはこれ

で結構なのよ。でももちろん、パリへゆけば、うんといいのをつくるわ、お前見たててちようだいね。でもお前、スマートになったわね、すっかりパリジャンになってしまって」

かの子は、他人をみるような目をして妙にはにかみ、ちらちら太郎をながめていた。

太郎はパリを発つ前、オペラのそばの店で新しい背広を仕立て、帽子から靴まですっかり新調して頭のてっぺんから足の先までめかしこんできたのだ。

かの子には、半年見ないまに、太郎がすっかり大人っぽく、粋になっているように見えた。それは嬉しくもあり、小憎らしくもある。

ハムステッドの地下鉄のステーションはロンドン一深くて、リフトで地上まで三百尺も上ってゆく。

ステーションからハムステッドの白石の池《ホワイトストンポンド》までは北へだらだら坂になっていて、両側は、煉瓦《れんが》づくりの小ぢんまりした商店街になっていた。

商店街をぬけきると眼下に自然公園の木立や池が一望のもとに展《ひら》けていた。

太郎は思わず歓声をあげると、一平とかの子は、満足そうに、自慢そうにうなずきあった。

金鎖草《ラヴアナム》の金の花がゆれている煉瓦建の古城のような邸も太郎の気にいった。

一階のサロンからは、草原と森がひろびろとのぞまれる。その夜はトキワホテルからもらってきたスキヤキ鍋の用意が出来ていた。

夜のふけるのも忘れ、半年ぶりに親子は互いの生活を話しあった。

太郎は、両親の見つけた下宿から、もう、モンパルナッスの安ホテルの屋根裏部屋へ引越していた。秋にはアトリエ探しをして、絵の勉強を本格的にやるつもりだという太郎を一平もかの子も頼もしそうに、うっとりと眺めていた。

ロンドンの夏は美しく、しのぎよかった。ほとんど毎日からっと晴れ渡り、あまりむし暑くない。太郎は二ヵ月のバカンスを心ゆくばかり愉しみ、両親と、生涯の何時の時期よりも心と軀をよりそわせて暮した。

太郎はかの子とよく、白鳥の浮ぶ池のほとりや、森の小径《こみち》を散歩したが、そのうち、一つの現象に気がついた。かの子が道ばたでどんな小さな犬に出逢ってもひどくおびえて、あわてて太郎の手にしがみついたり、そそくさと、道をかえたりする。

「どうしたんです。前はあんなに犬が好きだったのに」

太郎が不思議がって聞くと、かの子は赤くなってくつくつ笑いながら、急に犬恐怖症になったおかしな経験を話してきかせた。

箱根丸が航海の途上のことだ。紅海をぬけスエズ運河の入口のスエズ港についた時、甲板でアフリカ大陸を眺めているかの子の前に、いきなり、いつ乗りこんできたのか、アフリカ人が、獣の毛皮をつきつけてきた。

「幾らで買う？　幾ら？」

と、むやみにおしつける。何の毛皮かと聞いても通じない。ただアフリカの砂漠に棲む獣の皮だろうぐらいしかわからない。

一坪ほどの金茶色の地にところどころ黒点が浮んでなかなか豪華なものだった。あんまりしつこいのでつい、云い値より値切り、それを買ってしまった。船室のソファーに置いて、結構それはつりあった。

ロンドンについてまもないある日、かの子は、あの毛皮で外套をつくろうと思いたち、小綺麗な仕立屋へ持っていった。マダムは、

「まあ、見事な毛皮ですこと。何の毛皮でございましょうね」

と感嘆した。

「これはファーじゃなくスキンでございますね」

などともいった。助手たちまでよってきてかわるがわる毛皮をなでほめそやした。かの子はすっかりいい気持になってその仕立てを頼んで帰った。三週間たって、仕上ったというのでとりにいくと、

「こんな毛皮は珍しくて扱ったことありませんので針がとても折れました」

お世辞とも不平とも聞える挨拶だった。

かの子は早速その外套を着用に及んで、得意になりロンドンの下町へ出かけていった。ストランド街へさしかかった時、かの子は一匹の小犬がついてくるのに気づいた。する

とまたたくまに、どこから集まってきたのか、大小五、六匹の犬どもが、かの子のまわりに群ってきて、くんくん鼻を鳴らしはじめた。

「しっ！　あっちへおいき！」

いくら日本語や英語で追っぱらっても、犬どもは一向平気で、去らないばかりか、まだますます、その数が増えていく。どの犬もかの子の外套に鼻をよせ、中には脚までかみつきそうに殺気だってくるのもいる。

とうとう、恐怖のあまり、かの子は日本語で、

「助けてくださあいっ！」

と叫び、半分もう泣きだしていた。

悲鳴を聞きつけ、犬の飼主がとびだしてきて、ようやく、犬どもを追っぱらってくれた。

かの子は極度の緊張と恐怖から解きはなされると、全身ぐったりと疲れきり、頭痛ががんがんしているのに気づいた。

その日、ようやく地下鉄にたどりつくと、またもや、犬に見舞われた。ロンドンでは車内に犬をつれこむのを大目にみる風習がある。

かの子が席がなく吊皮にぶらさがっていると、老女のスカートのかげから、ひどく大きな犬がのそっと身をおこし、かの子をめがけてやってくる。

体裁も恥もいっておられず、恐怖と、ロンドンの犬に胡散臭《うさんくさ》がられるくやしさから、ついに、かの子は、吊皮に下ったまま、悲鳴をあげてしまった。あわてた飼主が犬をつれ去ってくれたけれど、かの子は、まだふるえながら、頭痛がぶりかえしてきた。

その後も何度か、毛皮の難にあい、犬につけられて困りきった。

結局、原因は、その毛皮が、外ならぬ犬の毛皮を何匹分もつぎあわせたもので、それがロンドンの霧の湿気を吸いこむにつれ、犬本来の匂いを発散させはじめ、同類を招きよせたという事情が判明した。

かの子の話を聞いて太郎は笑いだした。

「それでその毛皮の外套どうしたの」

「くやしいから、トランクの中に投げこんであるわ。そのうちほどいて、また散々にしてやるつもりよ」

一平にとっても、かの子にとっても、約一年にわたるハムステッドでの生活こそ、生涯で唯一の、休養の季節であった。同時に、その中でも、太郎と暮した二ヵ月は平安と幸福の蜜のしたたりのような甘い滋味のある時間だった。

またたくまに、夏休みもすぎ去り、太郎は九月になってパリへ帰っていった。

かの子は、太郎の帰った淋しさをまぎらせるために、また都心へひんぱんに出ていって、見学や視察に、意欲的に活動しはじめた。

太郎がパリで秋からの勉強の手はずも調え、アトリエ探しをはじめたある日、突然、かの子から手紙が来た。

《太郎どの　かの子

十月二日

この手紙見ても驚いてはいけない。

静かに観読せられよ。

第一回の脳充血に見まはれた。

トキワ楼上で土曜日の夕方。

一時絶望。しかし観音を念じる念力によつて死と戦ひ勝つた。

静かなる第二の生の曙《あけぼの》に目ざめた。

四〇近くまではともかく私の年ごろになつたら御身もそれまでに地盤をかためおき静かなる生活にはいられよ。かならず。

今のうちによく勉強いたしおくべし。私も若いうちからよく耐へて境遇をつくつておいたから、今後の生活はいくらでも静かに自然にできる自信があります。安心せられよ。トキワ楼上三晩滞在後ハムステッドにかへつて二晩経過ことによろし。

――(ナムアミダブツ)は唯一興奮性のおん身に対するワガ贈物――》(母の手紙)

たいそう芝居がかった大げさな手紙である。太郎は一読、転倒するほど驚いた。けれども、手紙の文字はしっかりして、乱れていず、文面も確なのでまず、安心した。

それでもたちまち、不安がおしよせてきていつに似ず早速返事を書いた。先ず脳溢血と脳充血とはどういうふうにちがうのか。ただしいずれにしても、感情過多症で、興奮し易いかの子に、これからはくれぐれも気をつけるように、あまり活動的に動きまわらず、内にこもって平静な生活をするようにという心情を吐露したやさしい手紙であった。

かの子の母のアイが、やはり脳溢血で倒れている。かの子の体質はアイに似ていたのでもともと、心配はしていたことであった。

たまたまその日、かの子は郊外散歩に出かけ、帰りにトキワで夕食をとっている時、急に発作をおこし卒倒した。医者を迎え、そのまま二、三日安静をいいわたされたので、トキワで泊り、後ハムステッドへ帰ったのであった。

太郎の手紙をみたかの子からは、折り返えし返事がきた。

《まるつきりこの手紙をもらふためにおまへを育てたと思はれるほどよい手紙だ。

これは子が母へ対しての、そして人間へ対しての最もよい好意と同情と愛情のこもった手紙です。

静かですよ、私の世界は今、そしてこの静けさの底にシンと落着いてゐる力がある

——もちろん磐石のやうな形のものではない。むしろ毒々しい形をとらないきちんとしたつつましい白金のやうな力強い繊維の束です。

「この不幸を幸福なものにして下さい」

とあなたはいふ。しかり私から過剰な熱情を駆逐《くちく》してくれたやうなものでせう、この病気は。けさはレイスヰマサツをしました。坐禅もずつと前より確かに行なひます。もしかするとかへつて長生きができるかもしれない。新鮮なしつかりした女性になつて長生きしよう。そしておまへの生きて行くいろいろな経路も見られる――。略》（母の手紙）

幸いかの子の病気は快方に向って、大事にならなかった。かの子はほとんど面会謝絶で静養につとめ、秋にはロンドンを引きあげ、いよいよパリに行こうと準備していた。

太郎は十月の下旬、オランダ、ベルギー方面に旅行し、かの子の指図に従って、かの子たちがパリで暮す家をさがしておいた。

その間にも、知人がパリを訪れると、太郎に、案内役や世話を頼み、その費用などは、

「お金おしまずに。みんなあとであげるから他人様のお世話のときは使うものよ」

というような行きとどいた注意を送っている。これはかの子の主義というより、自分たちの好意のもてる人に充分尽すのは、一平、かの子の間では家憲のようになっていた。一平の親分肌のところと、かの子の鷹揚《おうよう》さがいっしょになって、こういう他人の面倒をみる習慣が出来たようである。

十一月三十日、いよいよ一年近く住んだロンドンを引きあげ、ドーヴァー経由で、かの

子たちはパリへ移った。荷物が天井にのる大型タクシーで北停車場から、グラン・ブールヴァール、コンコールド広場、シャンゼリゼーを通って、ホテル・ディエナに着いた。

かの子は約一年ぶりのパリの夜景に、遂に、子供のように声をあげて喜んだ。

一年前には、かの子といっしょになって、パリのすべてに感激していた太郎は一年の間にすっかりパリになじみきっていて、もはやパリの人間になりきっている。

ホテルに落着くと、早速かの子をつれだして、まずパリのグラン・ブールヴァールのオペラの辻の角にある、キャフェ・ド・ラ・ペへつれていった。

「まず、ここで往来の人を見なさい。それからご飯にしよう、ね」

太郎は、まるで自分の自慢の庭でも見せるように、かの子たちに椅子をすすめる。その顔に恋人でもひきあわせるような、得意そうな、晴れやかな表情がうかんでいる。タキシードを着たパリジャンの美青年の給仕をまねき、要領よくみんなの好みの品を聞きとって注文する。指の表情、目や肩の使い方、すべてもうすっかりパリジャンのようにシックになってきている太郎の動作や表情が、かの子には、珍しく、小面憎く、それだけに得意でもあり、気恥しい。

「もうこんなにすっかりパリジャン気取りになって……」

かの子は、親愛な照れ臭さと嬉しさのいりまじった複雑な感慨《かんがい》で、つい、キャフェ自体や大通りより、太郎そのものに視線が吸いよせられがちになっていく。

「よくも一年に、こんなにフランス語をマスターしたものだ」とも思う。苦労の嫌いな太郎が、苦労ばかりして義務的に覚えたとも思えない。パリが好きになったればこその上達なのだろうと思うと、ああ、やっぱり、この子はパリにとられてしまうのかと、がっかりし、急に、大人っぽく見える太郎が他人のように思われて、かの子は妙に、おずおずはにかんでしまうのだ。

「どうかしたの、おかあさん、相変らず、こどもだなあ」

まるで、娘か妹をみるような目で太郎は母の心の動揺を見抜いてしまった。

竪縞《たてじま》に金文字入りの粋な日覆いが、歩道まで広く張りだしていて、キャフェの中は、どのテーブルも椅子も、人でいっぱいだった。

外は葉の落ちつくしたマロニエの街路樹の裸木が、黒い枝を夜空にのばし木枯しにふきちぎられそうだけれど、風よけの硝子《ガラス》の屏風《びょうぶ》をたてまわしたキャフェの中は中央にまるいストーブが赤々と燃えていて、背中が暖かい。まるで人種見本市のように、あらゆる族の異邦人《エトランジエ》たちがパリの夜の雰囲気にうっとりと酔い心地の表情をゆるめて、オペラの辻をながめていた。

戸外の闇をちりばめて、店々の薄紫のネオンの輝きが木枯しにふるえていた。

「一人で辛いことなかった、太郎さん」

かの子は小さな声できいた。

「ちっとも——いいや普通だった」

太郎の声は、一平にも聞かすようにわざと大きくなった。

「だけど、おかあさんなんかしつこい人だもの、僕にいつでもくっついているような気してたもの」

かの子は、太郎がわざとむごくいいすてる声を聞きながら、出発の時、和田英作が、太郎に美術学校の休暇をくれながら、

「だが、帰りにうまくつれて帰られるかな。太郎さんが残るなんていいだしたら骨ですぞ」

といったことばを思いだしていた。

もうこの子は、あの美校の制服姿にもどりはしないだろう……そう思うと、こういうことを、心の中では、とっくに覚悟していたし、一方では、一平ともども、それを望んでもいたくせに、やっぱりかの子は、太郎との別れを想像すると、胸がせまってきて、ベルベットの服の袖で、つい涙をふいてしまうのだ。

「まだ泣いている。さあ、これから僕たち一緒にパリに棲むんじゃないか。仕合せに元気に暮そうよ」

かの子の心のうちを充分すぎるほど読みとっている太郎の顔も、感情を押えて赤くなっていた。

ホテルで四日泊って、かの子たちは、太郎がかねがね見つけておいたパッシー区のRue Gustare Zédé 二番地にある、アパルトマン・ムーブレに落着いた。サロン食堂の外に、四人の部屋がそれぞれにある家に、かの子たちは、翌年の七月、ベルリンへ発つまで八ヵ月をすごすことになった。

アパルトマンに落着くと、かの子は、まるで、パリに酔っぱらったように、連日連夜、街にさまよい出て、パリをむさぼりすすった。

ロンドンでは、ハムステッドの落着いた雰囲気の中で、あくまで傍観者の冷静さを失わず、冷たく観察していたかの子も、パリでは、たちまち、パリの魅力のとりこになってしまって、憑《つ》かれた人になった。

かの子たちはパリの西北、パッシー区に、太郎は南のモンパルナッスにセーヌ河をへだてて棲んでいたが、毎日電話で連絡をとっては、ほとんど行を共にしていた。

シャンゼリゼー座で、世界の唄い手シャリアピンを聴いて帰る夜、スペインの美女ラッケ・メレの舞踊を観た夜、名優サシャ・ギトリーを見物した日、或いは、パリの街々の、画商の店を覗いたり、マデレンの辻にある有名な料理店、ラルユウで、食魔《ダウルメ》たちと、ロア・オウ・マロンというこの店の自慢の鵞鳥《がちょう》料理に舌つづみをうったりする。

散歩に疲れると、シャンゼリゼーの近くの可愛らしいキャフェ・ロンボアンで、お茶をのむ。

かの子には親子三人揃ってそんな行動をしながら、ロンドンの生活が生涯の中で、突然恵まれた恩寵のような休息の時なら、パリでの毎日は、思いがけず招かれた饗宴の、きらびやかな酩酊《めいてい》に似た恍惚の日夜だった。

かの子は豪華な劇場にもよく出かけたけれど、それ以上に下町の小さな寄席をのぞくのが好きだった。モンパルナッスの寄席ボビー、モンマルトルのルウロップ館、ダラン・ブールヴァールのACB《アセベ》などに通った。ダミアのシャンソンがごひいきで、彼女の出る寄席や劇場をどこまでも追いかけていった。

ロンドンで太郎に笑われた洋服は、パリでは、一等裁縫師の折紙の高いマダム・マレイに仕立をまかせていた。かの子のマダム・マレイへの傾倒の仕方は異常なほどで、一目で彼女の魅力のとりこになってしまった。

彼女の家は右岸の、旧パリの寂然《じゃくぜん》とした渋い街つづきの中の、とある邸町にあった。パリの裁縫師は、仕立屋というより、芸術家の位置におかれている。一流デザイナーともなれば、もう貴族に等しい豪華な生活と栄冠が与えられていた。かの子は裏町のうらぶれた寄席や劇場を好むのと同時に、マダム・マレイのような権威にみちた貴族的なパリの生活のあり方にも強く興味をひかれていた。相当な知名人の紹介なしには、マダム・マレイの客になれないことも、かの子の貴族趣味、子供っぽい権威崇拝の感情を満足させた。日本人では、かの子がはじめての客だということも、かの子の自尊心を快くくすぐった。

マダム・マレイ自身が、パリの古典的な好さを一身に具顕《ぐけん》したような、ノーブルな美人だったことも、美人好みのかの子を喜ばせた。マダム・マレイは、いつも黒いシンプルな服をつけ、派手なデザインを、モンパルナッス調だとかアメリカ趣味だとかいって軽蔑した。最初、かの子の希望するごてごてした服をマダム・マレイは、百貨店趣味だといって軽蔑し、決してつくってくれない。結局出来上ったものは、かの子からみれば、あまりに単純で、頼りないほどシンプルなものだった。マダム・マレイは、それをかの子に着せ、

「サセ、モン・グー（これが私の造るものの本当の味だ）」

と満足そうに胸をそらせた。その服は一本の線の仕立賃が、並の服一着分にも相当した。

彼女はかの子にとっては、パリの典雅《てんが》の象徴として、憧れをこめて、強く印象づけられた。

夢中ですごすうちに、マロニエの並木にいつのまにか若葉がしげり、蠟燭《ろうそく》のような形のマロニエの花が、葉の間に咲きほとばしってきた。

《この木の花の咲く季節に会つたとき、彼女は目を一度つむつて、それから、ぱつと開いて、まじまじと葉の中の花を見つめた。それから無言で息子に指して見せた。すると息子も、彼女のしたとほり、一度目をつむつて、ぱつと開いて、その花を見入つた。二人は身ぶるひの出るほど共通な感情が流れた。息子は、太くとほつた声でいつた。

「お母さん。たうとうパリへ来ましたね」

割栗石《わりぐりいし》の路面の上をアイスクリーム売りの車ががらがらと通つて行つた。――

略――

この都にやや住み慣れて来ると、見るものから、聞くものから、また触れるものから、過去十余年間の一心の悩みや、生活の傷手《いたで》が、いちいち、ゑぐり出され、また癒されもした。パリとはまたさういふ都でもあつた。

彼女はパリによつて、自分の過去の生涯がくやしいものにかへりみさせられると同時に、また、なつかしまれさへもした。彼女はこの都で、幾度か、しづかに泣いて、また笑つた。しかし、いちばん彼女の感情の根をこの都に下ろしたのは、息子とマロニエの花をながめたときだつた》(母子叙情)

かの子はパリに溺れきって日を送りながら、心の中で、

「復讐をしているのだ。何かに対する復讐をしているのだ。パリが、あたしに復讐をさせてくれたのだ」

とつぶやいていた。かの子はパリを縦からも横からも嚙みはじめていた。本当にパリで生活に身をいれだしたら、生活それだけで日々の人生は使い尽される。かの子はパリの髄《ずい》まで食いいっていく自分を感じながら、その自分のパリへの激しい恋情がそのまま、太郎のものとなって、どうかすると、太郎がパリという貪婪《どんらん》な美神の生贄《いけにえ》に供されている仔羊

のようにみえてきた。

太郎はこの年の春からセーヌ県シアジー・ル・ロア市にある私立学校の寄宿舎に入ってリセーの第三級（日本の中学一年に相当）の生徒と机をならべて、地理、歴史、数学など習っていたが、週に二回はパリに行き、かの子たちと行を共にするようにした。時にはかの子ひとりを、自分の行きつけのモンパルナッスのキャフェへつれていくこともある。

かの子はそんな時、常連の客たちから、すっかり仲間扱いにされ、親しまれている太郎を見、まるでパリの人間のように、気の利いた冗談をいいかわしたりする息子をまの辺りにすると、つくづく自分の子供を頼もしそうにながめてしまう。

《この夜は謝肉祭の前夜なので、一層込んでゐた。人々に見られながらテーブルの間の通路を、母子は部屋中歩き廻つた。

通り過ぎる左右の靠《もた》れ壁から、むす子に目礼するものや、声をかけるものがかなりあつた。美髯《びぜん》を貯へ、ネクタイ・ピンを閃《ひら》めかした老年の神士が立ち上つて来て礼儀正しく、むす子に低声《こごえ》で何か真面目な打合せをすると、むす子は一ぱしの分別盛りの男のやうに、熟考して簡潔に返事を与へた。老紳士は唯々《いい》として退いて行つた。その間かの女は、むす子がふだんかういふ人と交際するならお小遣が足りなくはあるまいか、詰めた生活をして恥を掻くやうなことはあるまいか、胸の中でむす子が貰ふ学資金の使ひ分け

を見積りしてゐた》(母子叙情)

かの子は、キャフェで太郎の友人たちにとりまかれると、そのすべてに好意と親愛を感じないではいられなかった。

みんなに酒をふるまって、

「何でも好きなもの、のましてあげてよ、太郎さん」

という。

《「謝肉祭《カーナウウル》」

もう、そのとき、クラッカーを引き合つて破裂させる音は、大広間一面を占領し、中から出た玩具の鳴物を鳴らす音、色テープを投げあふわめき、そしてそこでも、ここでも、嘻々として紙の冠りものを頭に嵌《は》めて見交し合ふ姿が、暴動のやうに忽《たちま》ち囲《あたり》を浸した。「おかあさん何? 角笛《ホーン》、これ代へたげる冠りなさい」

うねつてくるテープの浪。繽紛《ひんぷん》と散る雪紙の中で、むす子は手早く取替へて、かの女にナポレオン帽を渡した。かの女は嬉しさうにそれを冠つた。ジュジュ以外のものも、銘々当つた冠りものを冠つた。ジュジュには日本の手毬《てまり》が当つた。

活を入れられて情景が一変した。広間は俄《にはか》に沸き立つて来た。新しい酒の註文にギャルソンの馳せ違ふ姿が活気を帯びて来た。

かの女はすつかりむす子のために、むす子のお友達になつて遊ばせる気持を取戻し、ただ単純に投げ抛つたりしてゐるジュジュの手毬を取つて、日本の毬のつき方をして見せた。

ほうほうほけきよの
うぐひすよ、うぐひすよ
たまたま都へ上るとて
梅の小枝で昼寝して
赤坂奴の夢を見た　夢を見た。

かの女はかういふことは案外器用だつた。手首からすぐ丸い掌がつき、掌から申訳ばかりの芦《あし》の芽のやうな指先が出てゐるかの女のこどものやうな手が、意外に翩翻《へんぽん》と翻《ひるがへ》つて、唄につれ毬をつき弾《はず》ませ、毬を手の甲に受ける手際は、西洋人には珍しいに違ひなかつた。

「オオ！　曲芸《シクベール》！」

彼等は厳粛な顔をしてかの女のつく手に目を瞠《みは》つた。かの女はまた、毬をつき毬唄を唄つてゐる間に、ふと、こんなことを思ひ浮べた。毬一つ買つてやれず、むす子を遊ばせ兼ねたむかし、そしてむす子が二十になつて、今むす子とその友達のために毬唄をうたふ自分、憎い運命、いぢらしい運命、そしてまたいつのときにかこの子のために毬をつかれることやら――恐らく、これが最後でもあらうか。すると声がだん〳〵曇つて来て、涙を見せまいとするかの女の顔が自然とうつ向いて来た。

むす子は軽く角笛を唇にあて、かの女を見守ってゐた》(母子叙情)

そのうち、予定の月日はまたたくまにすぎてゆき、パリは夏になった。

七月十四日、その年のパリ祭の日は朝から曇っていた。かの子たちは、パッシー大通り、トロカデロ、オペラの辻、イタリー街からモンマルトルの盛り場をすぎ、バスチイユ広場の賑わいにまじりこんだ。にわか雨にあい、あわててにげこんだ横丁は、ルュ・ドラップの貧民街だったりして、そこにもパリの情緒と詩情がたっぷりと漂っていた。

パリ祭をすぎると、かの子は一平と、ブドウ酒の名産地ロアール河地方へ旅をし、それを最後にパリを離れることになった。

七月二十日は芳沢《よしざわ》大使の晩餐会に、太郎共々招かれた。

二十六日、明日はいよいよ出発という前夜、オペラ見物の帰り、親子三人は、またキャフェ・ド・ラ・ペの椅子に坐っていた。

「ベルリンから来年の春、日本へかえるんだけど太郎さんはやっぱり残る?」

「おや、またその話?」

太郎は一寸うるさそうにいったが、すぐ顔を真赤にして声をつかえさせ乍ら云った。

「僕、親に別れるのはつらいけど……でもパリからは絶対に離れたくない!」

かの子はわっと声をあげて泣いた。むせびながら、童女のように肩をゆすって、小さな声で叫んでいた。

「この小鬼奴《め》！　小鬼奴！　小鬼奴！」

第十五章　落　葉

七月二十七日、ベルリンへ出発の夜になった。

北停車場へは一時間も早く着いてしまった。

駅前のキャフェで時間つぶしにコーヒーをのんだ。もう話す何もなかった。

みんなだまってコーヒーをすすりながら、うわべは何気ない表情をよそおっていた。八ヵ月のパリでの想い出をそれぞれの胸にかみしめていた。もうこのような美しい日々を共有する日はないだろう。

今夜の別離は、かりそめのものにしても、その後にはもっと長いさけ難い別れの日が待っている――。感傷的に沈んでいく気持を互いにしらせまいとして、ことばをさがそうとすればするほど、胸にせまってくるものがある。

いつのまにか、中年の酔っぱらいの浮浪人がやって来て、テラスの前で曲芸をはじめている。キャフェの椅子を二、三脚ひきずり出しそれを組みあわせて、曲芸師もどきに、その上で逆立ちしてみせようとする。その度失敗して、男は舗道にもんどりうってひっくりかえる。テラスの客も、通行人も、男が椅子から落ちる度、どっと笑った。酔っぱらいの道化は見物人の反応に得意になり、ますます調子に乗って、いっそうこっけいな失敗をくりかえしてみせた。

一しきり人々を笑わせた後で、道化はしわくちゃの帽子を拾い、いよいよ金を集めにかかった。たちまちお巡りが来て、男の腕をつかみひったててしまった。男は、真赤になって巡査にくってかかる。相手にされないとみると、テラスの客たちにむかって哀願の声をふりしぼる。客たちは、彼の道化をみていた時よりももっと大きな声をあげて笑うだけだった。とうとう男は、しぶしぶ巡査に連行されていってしまった。

笑いが、しめりかけていた重苦しい空気を一掃してくれた。

「いかにもパリね、ああいうの」

かの子も笑いすぎて涙のたまった目でつぶやいている。

いよいよ停車場にひきかえし、ワゴンリーの車室に入る。

「ずいぶんりっぱだなあ、この車内」

太郎がわざと明るい声で感嘆してみせた。万国寝台車会社の車の内部はたしかにりっぱに出来ていた。

「だからさ、太郎さんも乗ってけばいいのに」

「その手には乗らない」

「いじわるめ」

かの子の声もことさら明るい。

太郎はかの子とむかいあって窓ぎわに坐った。まだ発車まで十五分もあった。

「もうおまえはお帰り」

突然、かの子がおこったようにいった。

「あたしたちは、これで汽車が出るのを待てばいいだけなんだから」

そっぽをむいて、ひどくすげない突っぱなすような口調だ。太郎はびっくりした目で母をみたが、すぐ席をたった。

「うん、じゃ帰る。元気でね」

きっぱりいうと、もうさっさと席をたちプラットフォームに出てしまった。

窓の内と外で、ちょっとうなずきあっただけで声をかけるひまもなく、くるっと背をむけ、どんどん大股にたち去ってしまった。

人一倍感情の繊細な、多感な情熱を同じ血の中にもつ母と子は、そんな方法で、堪え難い十五分の辛さから逃げだしたのだった。

かの子が急にしょげて、窓わくにすがりつき、涙をこらえている時、太郎はそんな母の童女のような純粋な泣き顔をはっきり思いうかべながら、つきあげてくる悲しみを靴先で蹴とばすように、しゃにむに街の灯にむかって歩きつづけていた。

《ギャル・ド・ノール》を出ると二人ともふさぎこんぢまつた。で、大はしやぎにはしやいでその感情をまぎらす。

汽車はたのしかつたけれど下りた晩から歯痛とイサンカタで苦しい。でも二、三日したらなほるだらう。

パリの町も女も男もきれいだつた。（清潔といふ意味とちがふ）アタマイタイからこれで擱筆《かくひつ》マタ書きます》（母の手紙）

七月二十八日、ベルリンへ着いてすぐ出した一平の手紙に添書したかの子の手紙である。ベルリンではシャロッテンブルグのカイザアーフリードリッヒ街の古い大アパートに住んだ。そこは商家街の真中にあり、ドイツの市民生活をつぶさに観察するのに都合がよいという理由で、選ばれた。

かの子はそこで昭和六年七月二十八日から翌七年一月十一日まで約半年をすごした。秋から冬へかけての暗い寒いベルリンは、春から夏へかけての華やかなパリの半年とすべて対照的であった。

《八月二日

ベルリンの家気にいらない。歯がいたい。

あんたパリ＝フランスにゐて幸福よ。

でもベルリン市では、通りがかりの人が私をきれいだつてほめるよ＝馬鹿にしないできなさい。

かの子》(母の手紙)

パリの瀟洒を観たあとでは、ベルリンは、「実質的で愛すべき点はありますが、何となくアカぬけしない」という感想をかの子に抱かせた。たべものの不味《まず》さもかの子を失望させた。

ベルリンの夏は日中ひどく暑く、日本の夏を思いださせた。パリよりもロンドンよりも暑いベルリンには蚊《か》さえいた。

第一次大戦後の復興のため国民は耐乏生活を余儀なくされていて、フランス人やイギリス人のように避暑どころのさわぎではない。

それでも町にはパリのマロニエのかわりに菩提樹《リンデン》の街路樹が緑の葉をしげらせていた。家々の窓という窓には、一階から最屋上の窓までテラスは花に埋まっていた。垣根も柵も堤も、花、花、花。歩道を歩くと、上のテラスの花にそそぐジョーロの水が雨になって行人の衿あしにとびこんでくることがある。

かの子はベルリンの無粋《ぶすい》さは気にいらないけれど、こんなつつましいベルリンの生活の仕方には愛憐を覚えていた。

近所の商家の気どらない庶民的な人々や、街でみかける労働者たちにも好感を持った。素朴で、けなげで、人なつこい国民性のようにかの子には感じられた。

かの子が街を歩くと、トラックの上に満載されていく労働者たちが、陽気な無邪気な笑顔で、異邦人のムスメサンに手をふってくる。かの子はどこにいっても、年を若く見られ小娘のように思いこまれていた。

菩提樹の並木はやがて夏の終りに散りはじめたかと思うと、仲秋の頃にはおびただしい速度で落葉の数がましていった。黄褐色の落葉は吹雪のように街をおおい、公園に舞いしきった。


《独逸の秋は――殊にベルリンの秋は菩提樹の落葉でうづまる。

絶えざる微風、絶えざる落葉、黄金色の菩提樹の落葉の濃《こま》やかさ、おびただしさ。街を歩けば肩に、背に、頭に、襟元に、唇にまでも触れて落ちる。

落ちた葉は地上に敷き重なる。落葉の厚味をわれわれの靴は踏みつつ歩む。

側を馬が走る。馬もリンデンの落葉の吹雪をたてがみにかづく。

自動車が行く。自動車の屋根もリンデンの落葉の層を戴く。

少年の追ふ犬――犬も少年もリンデンの落葉の模様に染つて馳ける。

鬱々と歩む老女の黒い帽子がなだらかにうけとめるリンデンの落葉。

紳士は杖《つえ》をリンデンの落葉の溜りの深みへ立ててくは、い、い、たばこの火をつけ足さうとマッチを擦《す》る。

活発に捌《さば》く若い女の外套の翼に、壮年の背負ふリュックサックへ、電車の窓に公園のベンチに――かぎりもなくリンデンの落葉は散る。

それが夕陽に染る。

それが朝日にかがやく。

昼の陽が、うらうらとそれに映る。——略——》（ベルリンの秋）

すると裸樹になった菩提樹に支えられ、すっきりと澄みきった北欧の秋空がもう冬の気配をたたえた硝子のような冷さでひろがっていた。

このころ一平はようやく旅の疲れが出たらしく、とかくからだの調子の悪い日がつづいた。

ヨーロッパの絵便りを新聞社に送る約束も、日本からの掲載紙の新聞がとどかないと次をかく気にならなくなった。

社会情勢も次第に険悪な空気がただよってきていた。ナチスの擡頭《たいとう》はようやく強力なものになり、ポーランド問題も、危機をはらんだ空気を濃くしながら論議されていた。

九月十八日に、満州事変が勃発し、その余波はベルリンの日本人クラブにもおしよせてきた。在留中国人たちがまいた日本の侵略帝国主義を宣伝したパンフレットがきいて、日本人は肩身のせまい想いをしなければならなかった。国際連盟が対日経済封鎖をするという噂も飛び、日本為替もかなり悪くなってきた。

そんな中で、かの子たちはまれに郊外のヴァン・ゼーとミューゲル・ゼーという湖水のある別荘地帯へ出かけたり、公園を散歩したりするくらいで、ほとんど家にひきこもって、それぞれの読書や研究に没頭していた。

かの子は、ベルリン滞在中に、フランスの現代芸術について総合的な論文を書こうとしていた。そのほか日本出発前、六代目尾上菊五郎《おのえきくごろう》に頼まれ、各地の都市で俳優学校の制度をしらべていた。

ベルリンの寒い冬ごもりの間に、かの子はそういう仕事を少しずつ片づけていく気持になっていた。しきりにパリの太郎あて、それらの資料や参考書を送る様申しやっている。

《――材料読んで要領を書きまとめるのに骨が折れて困るのならこちらで読むことはさしつかへない（つまり読めるから材料だけ送つてください）

しかし、そちらも手伝つてくれればありがたい。時間がないから（つまり他の材料も調べてゐるから）

最近、最も広く読まれ最も好評を得た小説、および、詩、劇の本があつたら前述のやうに読んでざつと梗概《かうがい》を本といつしよに知らせるなり西洋人に高級文学芸術なり劇なりのわかる人があつたら聞くなりして。

――とにかく読むことに困りはしない。ただ今月いつぱいだから時間気づかはれる。

――けさお手紙がついた。たいへんありがたかつた。ドイツ語勉強してみて、フランス語が恋しく思はれます。　　かの子

太郎へ
　裏ヘツヅク
ミスタンゲット、ジョセフィンベーカー（これだけは主として）その他気がついたらパリで代表的な人物のことについて書いたもの送つてください。
最近のゴシップ的な（割合に事実にもとづいた駄本でも駄新聞でもよし）ことを書いたものも気づき次第送つてください。
——読むことくれぐれも心配するな、この点信じてください》（母の手紙）
かの子の視力が衰えているのを心配して、パリの資料のことなら手伝おうと申し出たことに対するかの子の返事である。意欲的な勉強ぶりのかの子の気がまえがうかがわれる。この時の資料をもとにして書いたと思われる、パリに関する考察は、帰国後「世界の花」の中におさめられている。
　ベルリンの秋は短く、たちまち冬と雪が訪れた。いっそうかの子はこもりがちになって読書と執筆にふけっていた。
　そんなある日、外には雪が降りしきって、部屋ではストーブが赤々と燃えていた。玄関にノックの音が聞え、出てみると、労働者が三人立っている。
「室内電線の修繕に来ました」
という。老人と、中年と、若者の三人づれだ。質素な労働服を着ているけれど、清潔に洗濯された服にはていねいなつぎがあたっている。ベルリンの労働者に共通の、人の好さそうな人なつこい笑顔をしている。

部屋に入ると、てきぱきした仕事ぶりでたちまち仕事を終えてしまった。かの子は毛皮の敷物をすすめ、一休みしていくようにすすめた。

丁度、通いの女中が風邪をひいて欠勤してる。一平は、遠い部屋で、仕事をしていた。かの子がひとりでお茶をわかし彼等をねぎらった。

「日本のたばこあげましょうか」

すると中年の男がいった。

「たばこは結構です。それより日本のお嬢さん、あなたのお国の歌を聞かして下さい」

「日本でも歌をうたいますかね、お嬢さん」

年よりも物やわらかな声でたずねる。

かの子はそれじゃと坐り直した。

「みんな目をつむって下さいな。歌いますから」

彼等はおとなしく目をとじた。かの子は日本ではやっていたカチューシャを日本流にうたった。歌いおわると、目をあいた若者が、

「それはロシアの歌みたいだ」

といった。そこでかの子は、

「今度のは、純粋に日本の歌よ」

といって、「どんと、どんとどんと、波乗りこえて」を歌った。すると中年の男が、

「それは男の学生の歌でしょう。私たちが聞きたいのは、あなたがたお嬢さんのふだん歌う歌です」

という。音楽国の国民だけに、耳はたしかなのだ。かの子はそこで「さくらさくら」を単純な声調で歌った。三人はようやく感激して満足した。

「何という上品で甘いメロディーだろう」

「仲間にも話してやろう」

もう聞き覚えた節を、口ずさみながら工事道具を肩にした。

「お嬢さん、ありがとう」

若者が最後に、入口でもじもじして小さな声でいった。

「ぼく、切手あつめてるんです。お国の切手一枚下さい」

かの子は、すぐ、故国の便りから切手を幾枚もはいでやった。

そんなのどかな日もまじって、ベルリンの雪は、来る日も来る日も降りつんでいった。

街には雪合戦の子供たちがかけまわり、橇《そり》が行きかい、人々は厚い外套に雪靴をはいてせわしそうに歩いていく。

クリスマスがやってきたのだ。

街には、道ばた、街角、空地、あらゆる場所に樅《もみ》の小林が雪の中に立ち並ぶ。世界一たくさんの樅の木がつかわれるベルリンのクリスマス——。

かの子のところには、家主の娘のレビューガールがチョコレートをプレゼントにおとずれたかと思うと、八百屋《やおや》の七つの娘が、パンと砂糖でつくった猫をプレゼントにやってくる。

午後にはベルリン大学の学生たちが男も女も大ぜい訪れて、かの子を街へつれだしていった。

質素なベルリンの町もクリスマスだけは、デパートのウインドウまでデコレーションで、世界的な百貨店、ウエルトハイムも、ヘルマン・チェッツも、競いたてて大じかけなクリスマスの飾りつけをしてあった。

クリスマスもすぎ、明けて昭和七年、故国を出て三度迎える新年であった。

いよいよベルリンにも別れをつげ、かの子たちはいよいよ帰国の途につくことになった。

昭和七年一月十一日午後七時、アルハンター駅を発ち、オーストリヤの首府ウィーンへ向った。

「母の手紙」には当時の日記によって、この旅のスケジュールが細かく再現されている。

《一月十二日午前九時二十五分ウィンナ着、ホテルメトロポールに宿泊、一日中市内見物。十三日午前七時四十分南停車場発。
　アルプス山脈の雪にかがよふあまつ陽の光をわれも真額に受く
　焼きりんご熱きを買ひぬ雪深きスイスの夜の山駅にして
同午後十時半ヴェニス着。
ホテル・ダニエリ、珍しい快晴。
十四日、サンマルコ寺院および市中見物ガラス工場見学。
午後八時、フロレンスに向け出発。
十五日、午後一時半フロレンス着、博物館、サンタマリア・デル・フィオレ見物。
薄霧のアルノー川
　サンタマリア寺その壁画の大理石《おほなめ》はうすくれなゐの乙女のいろ
午後六時半、ローマ向け出発。
同十時ごろローマ着、ホテル・キリーナレに泊る。
十六日、一日市内見物。
　羅馬《ローマ》市の七つの丘のひとつにも春光くまなく至らぬぞなき
　ネロ皇帝の栄華のあとの芝原はみどり寂びつつたんぽぽ咲けり
十七日、市内見物、夜ジェノヴァ向け出発。
十八日、午前八時ジェノヴァ着、市内見物、十二時ニースに向け出発、国境での通関箇単ただし、花は厳重、午後八時ニース着。ホテル・ウェストミンスター泊り。
十九日、午前市中見物、モンテカルロ、カジノ見物
二十日、午前八時ニース発、午後十一時近くパリ着。帰国まぎはのあわただしい旅である》（母の手紙）

ヴェニスを出発前ゴンドラに乗った時は、朝まだ暗いうちだった。まだ水の都ヴェニスは眠りからさめず、ひっそりとしている。大運河へ入ると、杭《くい》の先の水路燈や、壁に反射する鉄燈籠《てつどうろう》などがほのかな光りを放ち、運河の河筋を示していた。間もなく頭上にリアルト橋がきた。その時かの子は船頭にいって船を岸につけさせた。鞄の中から、かの子は日和下駄をとりだした。黒に朱のあられの鼻緒のついたこの日和下駄はまだ一度もはかなかった。橋は太鼓《たいこ》のようにそっていた。道からとり付の石段を上っていくと両側に商い店が並んでいる。

貝殻のようにまだ戸をとざしたまま家々はひっそりしずまりかえっていた。一軒だけ二階にぼんやり燈影がさしている。

かの子は思いきって、日和下駄の足で、橋の西から東へ、東から西へ渡っていった。わざと足をふみならし渡っていく。

冬の石畳は、霜の気を帯び、こん、からり、こん、からり、日和下駄の音は、ヴェニスの空に高く響いた。

かの子はいつか幼女の頃、いつもそうしていたように、その音をかみしめながら、目にわきあがる涙をたたえ、こんからりと下駄をうちあてていた。

あーあ、よくもまあ今まで生きてこのような橋さえ渡れる——

ヴェニスの運河の水が、ようやくほのかに暁《あかつき》の光にしらみはじめていた。

イタリアのフロレンスは、全市が理智的芸術の匂いがするといってかの子を喜ばせた。

《寺々の中でも「花のサンタマリア寺」は、真に乙女のやうに清らかで華美でした。あの戒律的な寺がそれほど柔《やは》な感じを与へるのも不思議ですし大理石があれほど生きた人間の乙女の肌の血色に近い色彩を呈するのも不思議でした。

私はその寺を見て人間を魅着《みちやく》させたといふ日本の美しい浄瑠璃寺の吉祥天女の像にはるばる思ひを馳せました。

宗教を「性慾の浄化」と論ずる学者もあります。その人の論法をもつてすれば、あらゆる人間の所産が、性慾からの出立になります。「宗教が性慾」でなくて「宗教が性慾の最後の浄化」でさへあればその論法も敢へて差支へありますまい。

ところでこの寺を見ると人間の崇高性と人間の美慾との関係が実によく判るやうです》(続見在西洋)

一月二十日午後十一時近く、パリのオルレアン停車場に一行が着いた時、太郎が出迎えていた。

今度のパリは、太郎との別れを惜しむのが目的だった。

太郎は両親のため、前とは反対にパリのリヴゴーシュ（左岸）のモンパルナッスにある、ル・ロアイヤルという華奢《きやしや》で小ぎれいな宿に部屋をとってあった。そこは、太郎の画室にも近かった。

わずか七日間しかない日程は、長い別れの前の名残りの時間にしては短すぎた。ただあてどもなく街から街を歩きまわったり、劇場をまわったり、一流のレストランで食事をとったり、キャフェで坐りこんだり、何をしていても、目前にせまっている別離のことが、親子の胸をはなれたことがなかった。

かの子は、ベルリンで落着いて暮していた間に、このことは考えぬいて肝《はら》をきめていた。

《どうせ親の情痴を離れ得ぬとしても今までの情痴を次の情痴に置き換へよう。子がたとへ鬼の娘を妻にして呉れとせがんでも断われないだらう私なのだ。巴里と云ふ子の恋人の許へ置いて行くよりほかはあるまいものを。世人よ。十年二十年巴里に子を置き偉い画かきにするなぞいふ野心の親とは私は違ふ。幸ひ私が方向を換へた芸術の形式が私に今までの額より多くの収入を与へるなら、私はみんな子への情痴の世界にそれらをつぎ入れよう。巴里といふ恋人と同棲する子にお金の不自由をさせ度く無い》（オペラの

辻）

そんな覚悟は、心の底に据わっていたけれども、現実に太郎を見、太郎に触れ、太郎と話す生活をしてみると、やはりかの子は、長い別離がとうてい堪え難いもののように心が乱れてくる。

太郎は美青年の医学生アンドレをブリュニエ料理店に招きかの子に引きあわせた。この友人が自分の侍医だからと、かの子に安心させようとする。

かの子は太郎のアパルトマンを見にいった。

《彼女はむす子と相談し、むす子が親と別れて住む部屋の内部の装置を決めにかかつた。むす子が住むべき新しいアパートは、パリの新興の盛り場、モンパルナッスから歩いて十五分ほどの閑静なところにあつた。

そこは古い貧民街を蚕食して、モダンな住宅がところどころに建ちかかつてゐるといふ土地柄だつた。

彼女はむすこの住むアパートを見て歩いた。むす子が起きてからコーヒーを沸すのが面倒な朝や、夜ふけて帰りしなに立ち寄るかもしれない小さな箱のやうなレストランや、ときには自炊もするであらうときの八百屋、パン屋、雑貨食料品店などをむす子に案内してもらつて、いち〳〵立ち寄つてみた。あるときはとぼ〳〵と、あるときは威勢よく、また、かなりだらしないふうで、親にもらつた小遣ひをズボンの内ポケットにがちや〳〵させながら、これらの店へ買ひにはひる様子を、目の前のむす子と、自分のゐない後のむす子とを思ひ較べながら、彼女はそれらの店で用もない少しの買物をした。

それらの店の者は、みな大様で親切だつた。

「割合に、みんなよくしてくれるらしいね」

「ぼくあ、すぐ、このへんを牛耳つちやふよ」

「いくら馴染みになつても決して借を拵《こしら》へちやいけませんよ、嫌がられますよ」

それからアパートへ引返して、昇降機が、一週間のうちには運転し始めることを確め、階段を上つて部屋へ行つた。

しつとりと落着きながら、ほの〴〵と明るい感じの住居だつた。画学生の生活らしく、画室の中に、食卓やベッドが持ち込まれてゐて、その本部屋の外に可愛らしい台所と風呂がついてゐた。

「ほんたうに、いい住居、あんた一人ぢやあ、勿体ないやうねえ」

彼女はさういひながら、うつかりしたことをいひ過ぎたと、むす子の顔を見ると、むす子は歯牙にかけず、晴れ晴れと笑つてゐて、

「いゝものを見せませうか」

と、台所から一挺《ちやう》日本の木鋏《きばさみ》を持ち出した。

「夏になつたらこれで、ぢよきん〳〵やるんだね。植木鉢を買つて来て」

しな奴さ」

「まあ、どこからそんなものを。お見せよ」

「友だちのフランス人が蚤《のみ》の市《いち》で見つけて来て、自慢さうにぼくに呉れたんだよ。をかしな奴さ」

彼女は、そのキラキラする鋏の刃を見て、むす子が親に別れた後のなにか青年期の鬱屈を晴らすために、ぢよき〳〵鳴らす刃物かとも思ひ、ちよつとの間ぎよつとしたが、さりげない様子で根気よくむす子の室内の家具の配置を定めさせた。浴室の境の壁際に寝台を、それと反対の室の隅にピアノを据ゑて、それとあまり遠くなく、珈琲を飲むテーブルを置く。しまひに、茶道具の置場所まで、こまかく気を配つた。

それは、むす子の生活に便利なやう、母親としての心遣ひには相違なかつたが、しかし肝腎な目的は、かの女自身の心覚えのためだつた。かの女は日本へ帰つて、むす子の姿を思ひ出すのに、むす子が日々の暮しをする部屋と道具の模様や場取りを、しつかり心に留めて置きたかつた。それらの道具の一つ一つに体の位置を定めて暮らしてゐるむす子の室内姿を鮮明に思ひ出せるやう、記憶に取り込むのであつた》(母子叙情)

かの子はありあわせの紙に、すらすらと、観音像を描いた。それを太郎の洋服箪笥の扉の裏にはりつけた。太郎が朝夕あける扉の裏で、太郎を守って下さるようにという、母の稚純な必死な祈りがこめられていた。

キャフェで、ホテルで、太郎の部屋で、もう語りあわねばならぬことは、すっかり語りつくしていた。

いよいよ別れのその日が来た。

一月二十七日、太郎は午前中に、かの子にはモダーンな首飾りを、一平には日ごろ目をつけておいたシャツとネクタイを餞別《せんべつ》に買った。

ホテルに持っていってプレゼントすると、一平は、

「これは横浜上陸の時、着るよ」

と、喜んだ。

零時十五分、北停車場でロンドン行の列車に乗りこんだ一平とかの子は、窓からプラットホームの太郎をみつめていた。

かの子は朝から、青白なすぐれない顔色をして、あまりことばがなかった。必死に感情をおさえているのが誰にもわかっていた。

今日はもう、この前のように、お前お帰りともかの子はいわない。

ついに発車がせまった頃、かの子は堪えきれなくなって、大きな双眼から、大粒の涙があふれだした。

たちまち、顔の線がばらばらにくずれて、童女のようなひたむきな、あどけない泣顔になった。

「おとうさんも、おかあさんも、僕別れていると思ってませんよ。ね。一緒に居て仲のわ

るい親より別れていたってこんなに思い合っているんだもの」

太郎は泣いている母の手をとっていった。いつもの強がりも恥じらいも忘れて、太郎も感情をむきだしにして、泣いていた。

汽車はついに発車の汽笛を鳴らした。

わっと窓わくに泣き崩れたかの子の姿が、太郎の目にたちまち遠ざかっていった。一平がふっているハンカチの白さもやがて涙にかすんだまま、消えていった。

太郎とかの子が互いに現身《うつしみ》をみた最後だった。

走りだした列車の中で、かの子と一平は折れ重なるようになって泣いた。

かの子の直感が、この時の別れが永久のものになるだろうと無意識にさとっていたのだろうか。人目も恥じず、泣き沈んでいると、まるで、太郎と死別したような切なさがせまっている。

フランスの田舎のけしき汽車にして息子と人いふ泣き沈むわれに
いとし子を茲《ここ》には置きてわが帰る母国ありとは思ほへなくに
眼界に立つ俤《おもかげ》やますら男が母に別れの涙拭きつつ

こんな切なさを、いったい何のために、誰のために堪えねばならないのだろう。どうして、世間の親子のようであってはいけないのだろう――かの子は泣きながら、われとわが心に問いかけていた。

涙の中から、ためらいのない太郎の声が聞えてきた。――芸術のためですよ、おかあさん、おかあさんの好きな芸術のためじゃありませんか――

芸術の美神かそれは魔神か、親子三人の魂をいけにえにしても、まだ飽くことのない貪《どん》婪《らん》さで、この一家の運命の糸を、しっかりと爪の間に握りしめている。

この劇的な別離の日は、また、日本の運命、ひいては世界にも重大な日に当っていた。昭和七年一月二十七日は、満州事変がついに上海に飛火して、上海事変に拡大した不幸な日であった。

ロンドンについたかの子たちは、乗船までを、なじみのトキワホテルで泊っていたが、その二、三日の間に、世界情勢は一挙に危機をはらんできて、憂慮すべき状態になっていた。

ここ一、二日の形勢で、国際連盟が日本の経済封鎖をやるかもしれないという風評がたつた。そうなれば、日本の銀行はパリから引上げるし、在留日本人も、もちろん引揚げを強制されることになりかねない。

別れたばかりの太郎の身を案じ一平はトキワホテルで書いた。

《――さし当つて用意しておくべきは金だ。けさ住友銀行へ行つたところが君への送金をまだ出してなかつたから日本金をフランに直して送つてもらふことにした。

めつたにそんなこともないと思ふが、国際連盟で日本を経済封鎖でもするやうなことになれば日本金は両替できない。それで万々一の用意にフランで送ることにした。なにしろ上海問題はこれからどう発展するかわからない。フランスにゐるなら当分フランを相当身につけてゐるにかぎる。国際連盟は二日にあるはずだ。(金を身につけてゐても落したらダメだよ)右は用意のためだがぼくら旅中は君が困つてもすぐこつちからどうするといふ事もできない。それで右の手はずをしておくわけだ。日本金はいま暴落だが損トクには代へられない。万々一の用意をしとくにかぎる。米国もたいがい大丈夫さうだからあす出立とだいたいきめた。いけなければカナダを回る。日米問題多少気にかかるがとにかく行つて見る―略――》(母の手紙)

一月三十一日、大西洋航船ベンガレア号に乗船して、いよいよヨーロッパを離れた。パリ以来、かの子はほとんど、病気のようで元気がなく、食物も半人分くらいしかたべられない。

「静なる悲しみとなつかしさにておん身を思ふ(ときどきは堪へがたし)」と船中より太郎に書き送ったりして、わずかになぐさめていた。

二月アメリカに着き、ニューヨーク、シカゴを見物、ナイヤガラ瀑布《ばくふ》も訪れた。

あめつちの大瀑音のなかにゐて心しくしく汝をこそ思へ（別れし子へ）

アメリカは対日感情が悪化していて、日本人にとっては快適な旅ではなかった。

今世紀の黄金時代のヨーロッパを大名旅行したかの子には、アメリカの文化はすべて粗雑に思われた。

何よりも食物のまずさに一行は音をあげた。

〈食ひもののまづいのまづくないの、家鴨《あひる》も牛肉も一つ味だ。麻を束ねて煮しめたやうな調子。そのうへゴタゴタ何だかかけてあり小皿がたくさんついてゐる。お母さん浪花《なにわ》節《ぶし》調子で歌つて曰く「――萎《しひ》なびのかの子となりにけり」とにかく田舎町が成金になつた感じの都市だ。一平〉（母の手紙）

シカゴよりの一平の便りである。

かの子も後に、

「アメリカ人はまだ食味に発達しない国民で分量だけあれば満足するらしい」

と書いている。

シカゴではミシガン湖畔のスチーヴンスホテルに泊ったが、このホテルでかの子はたまたま、禁酒法のアメリカ人が、ホテルの大広間で数百名の男女が集い、シャンパンを床に流すほどの大酒宴に興じているのをのぞき見た。

宴会中ホテルの四方の入口は私服の刑事がはり番している。

かの子はこの皮肉でこっけいな現状をみて、禁酒法なんてない方がましだと観察している。

シカゴから大陸を横断してサンフランシスコ着、ロスアンゼルスにしばらく滞在して、ついに日本へ向って出発した。

昭和七年五月下旬のことであった。

出発の時の意気込み通り、九百数十日に及ぶこの大旅行の間に、かの子の脱皮は完全に行なわれていた。

昭和七年六月八日、横浜港におりたかの子の行手に、運命は急カーブを描いて待ちのぞんでいた。

第十六章　桃　源

岐阜《ぎふ》から出る高山線《たかやません》は、濃尾平野《のうび》を東へ走り、鵜沼《うぬま》をすぎるあたりから木曾川《きそ》の清流に沿って次第に北上し、飛騨《ひだ》山脈の中へわけ入っていく。

各駅停まりの列車の歩みはたいそうのろいけれど、車窓の右に、いっしょに走っていく木曾川の流れは列車が進むにつれ、いよいよその碧《みど》りを深め、翡翠《ひすい》色の水の輝きに鬱蒼とした木曾林の底を神秘を湛《たた》えて縫《ぬ》いくぐっていく。

朝の九時四十六分に岐阜を出た列車の客のほとんどは仕入れの魚の荷を持って山間《やまあい》の町々へ帰っていく商人たちで占められていた。

目を叩かれるような鮮かさで次々展開してみせてくれる木曾川の流れの美しさに車窓に顔をおしつけているような旅人は、どうやら私一人のように見える。

心細そうに時々地図を出しては、停まる小さな駅名と見くらべている私に、ゴム靴の眉毛の長い老人が、魚臭い荷の横から、

「どこまで行きなさるんかね」

と聞いた。

「白川《しらかわ》までなんです。白川口ってありますね」

「ああ、まだまだだ」

老人は私の地図をのぞきこみ、筋くれだった指で線路の上をなぞり、そこを指さしてくれた。

老人はまもなく隣りのいないシートに横になり眠りこんでしまった。

私はまだ木曾川の深い水の色に魅入られながら、果たしてこの旅の目的にたどりつけるであろうかと考えこんでいた。

昨年（昭和三十七年）の六月から、この「かの子撩乱」を書きつづけてきた私は、かの子の一家がいよいよ宿願のヨーロッパに渡った頃から、非常に書き辛くなっていた。

いくら、書いても書いても、一平、かの子、太郎の三人の姿と行動しか私のペンには浮んできてくれないからである。この間のくわしい行動や、かの子と太郎の稀有の美しい母子の愛情の流れは、かの子の作品、一平の想い出の記、一平、太郎の編纂《へんさん》になる名著「母の手紙」等によって、つぶさに知ることが出来る。

太郎と別れたかの子の一行の行動も、おおよその見当はつく。

それなのに、私はしばしば書きながらペンを置き、不思議ないらだたしさと、消化不良のような胸のもやもやを殺すことが出来ないでいた。

私のペンに流れてくるのは、あくまで親子三人の愛情と行動の流れであって、そこに他の人物の影が浮んで来ないのだ。この作品を書き始めて以来、何を質問しても問題を少しもごまかさず答えてくれる太郎氏にも、私はどう質問していいかわからない問題にぶっつかってきたようであった。

この旅の特異な性質の一つは、これが一家を挙げての洋行だという点にあった。しかも岡本家の場合、一家とは単に、三人の血縁だけの親子の意味ではなく、二人の男の同行者をも含めてのことだということを忘れてはならないのだ。

「かの子がヨーロッパへ男妾《おとこめかけ》を二人もつれていった」

というのは巷間《こうかん》に根強く流れていた噂でもあった。

どこまで書いても、私のペンはどのホテル、どの町角、どのキャフェの中にも、一平、かの子、太郎の水入らずの三人づれしか浮びあがらせることは出来ない。

そんな筈はないというもどかしさが次第に私を捕え、私は屢々《しばしば》ペンを置いて考えこんでしまった。机の前の壁にかけてあるかの子の写真を見つめながら、私はかの子が語りかける言葉を待ち暮していた。

やっぱりそこへ行ってみよう、行くべきだと決心したのは、十五章落葉の載った「婦人画報」十一号（昭和三十八年）を手にした瞬間だった。

私はすぐ青山の太郎氏を訪ねた。

「やっぱり飛騨へ行って来ます、いいでしょう」

「ああ、いいよ」

それだけだった。この作品の書き始めに当って、太郎氏の私につけた注文の唯一《ただ》つは、

「仁田氏のことは、現在、現役で社会的な立場で仕事をしている人だから、その私生活を乱さないように気をつかってほしい」

ということだけだった。私はその言に従い、仁田氏だけを仮名にして、かの子の死後まで一平と暮したその人に面会することははじめからあきらめていた。

当時の岡本家の生活のもう一人の証言者恒松安夫氏は、二、三年前から脳溢血で倒れ、もうこの原稿の始まった一年ほど前からはすでに意識もおぼろで、ものも訊ける人ではなくなっていた。その上、ついに今年六月二十日鬼籍に加わってしまった。

今は仁田氏しか当時の本当の生活を知る人はなくなっているのだ。

太郎氏が教えてくれた仁田氏の住所はおよそ二十年も前のもので、おそらく今では村名も、もしかしたら郡名まで変っているかもしれない。第一、仁田氏自身も果たして健在でいるかどうか。

私はそんな頼りなさの中で、案外平気に列車に揺られていた。私は、かの子について書き始めて以来、屢〻様々な不思議にめぐりあっているので、いくらか神秘的な神がかりを信じかけている。要するに、かの子はこの作品に必要な人には必ず逢わせてくれ、必要な事は必ず適当な時に教えてくれるということであった。勿論、いながら手をこまねいてい

るわけではないけれども、私はこの一年余り、その不思議さに逢って来ている。かの子の意志が明らかにまだこの世に生きて動いていると感じずにはいられない。

白川口へ着いたのは、十二時前だった。このあたりから木曾川は白川と赤川に岐《わか》れ、赤川からは更に黒川が岐れている。碧潭《へきたん》はいよいよその濃度を深め、渓流に洗われている奇岩奇石の重畳《ちょうじょう》する風景は南画を見るようだった。山間の小駅はもうすでに早い秋の気配を漂わせた白い風にふきさらされ、ひっそりとうずくまっていた。

荷物を手荷物預けにして、私はいきなり仁田病院の所在を駅員に訊いてみた。

「ああ、それなら、たった今出たバスで三十分くらいかかる」

という。バスは三十分おきで、その病院前も停留所の一つだということだ。今から三十分待ち、三十分かかっていけば一時になってしまう。もし病院の診察時間がはじまってしまっては面会の申しこみもしにくいだろう。タクシーはあるかと聞くと、呼べば来るという。駅前のうどん屋でタクシーを呼んでもらい、私は急に躍りだした胸を押えて車に乗りこんだ。

車は細い町筋を通りぬけ川沿いに、どこまでも山の中へ入っていく。いつのまにかフロントガラスに細い霧雨が吹きつけていた。

人にも、バスにも行きあわない山道は、風景だけは美しくて退屈するひまもない。

三十分がひどく短く思ううちに、車は山と山のせまった田んぼの中のバス道路で、急に速度を落した。

道の左手の山ぎわに、突然、浮び上ったまだ真新しい建物が、一瞬、私の目には蜃気楼《しんきろう》のように妖しく見えた。

桃源境《とうげんきょう》ということばが反射的に思い出されてきた。昔の人が山道に迷い込み、急に行手に発見した桃源境とはこういうあらわれかたをするのではないかと思ううち、車は近代的な病院の庭先に横付けになっていた。

カンナが燃えるような炎をあげていた。私の知らない数種の花々が、紫や黄の花々をそれぞれの茎や枝にいじらしく咲きほこらせている。山を背にして、城のようにどっしりと広がった建物は、まだ木の香も新しく匂うようだ。庭の前には堀のようにめぐった大きなコンクリートがための生簀《いけす》があり、その中には数えきれない鯉が泳いでいた。

あたりは森閑として物音一つない。まわりに一軒の家もみあたらず、稲田と山が目の前にせまっているだけだ。

病院の受付で案内を請うと、若いまだ稚《おさ》な顔ののこった白衣の青年があらわれた。眼鏡の奥の目が人なつこそうなのに安心して私は簡単に来意を告げた。

青年と入れかわりに背の高い白髪の白衣の人があらわれた。端正な美貌にプラチナ縁の眼鏡が冷たい感じで、表情は固く、警戒するような昏《くら》いものを一瞬私は感じとった。指に

した私の小さな名刺に目を落したまま、伏目にちらっと私を見て、

「よくこんな遠くがわかりましたね。ま、あっちへ通って下さい」

といった。気の重そうな、まだ何か心を決めかねているという口調だった。表情に心の動揺を押しかくしたぎごちなさが消えない。

病院につづいた住居の明るい応接間に通されると、稲田と向いの山が、まるで庭の一部のようにベランダの向うにながめられる。

霧雨はいつのまにか止み、陽ざしが明るくすき透ってきていた。

その人は、患者を片づけてくるからといいのこし、診察室の方へゆかれた。さっきの青年が来て、

「ぼく、一平さんはよく覚えていますよ。戦後この家に疎開してたんです。和光《かずみつ》ちゃんて子とぼく同じ年でよくけんかばかりしましたよ。いづみちゃんて女の子、どうしたかなあ」

「長くいたの？　ここに」

「この裏にしばらくいて、それからこの村のほかの家に引っこして、しばらく美濃太田《みのおおた》ってとこにもいましたよ」

その土地こそ、一平の永眠の場所であった。

やがて仁田氏がふたたびあらわれた。

さっきよりよほど落着いた和んだ表情をしていた。

どこか亀井勝一郎《かめいかついちろう》氏を連想させる風貌《ふうぼう》だけれど、亀井氏より細面《ほそおもて》で、そのくせがっしりした美しい亀井氏より更に端正な顔をしていた。

「よくわかりましたね」

もう一度氏は呆れたようにいった。優しさが口調に滲み出ていた。

「お目にかかっていただけないかと思いながら来ました。もし、お逢い出来なくても、せめてお家だけでも見て帰るつもりだったんです」

私はこういう無謀には馴れているのだと語った。

仁田氏はちょっと当惑そうな、半分興味をもったような表情で、私の取材の無鉄砲さに苦笑を浮べていた。

どんな話からほぐれていったのか、それからものの五分もたつと、仁田氏は、もうすっかり心の垣をとり、何かに憑かれたように次から次へかの子の想い出を話しだしてくれていた。

私は、こういう時にいつも感じる全身の細胞がはりさけそうな緊張感と、わきたってくる喜びをおさえつけながら、一語一句も聞きのがすまいと目と耳で、語り手を見守っていた。

かの子が語らせているのだと、聞きながら私は思った。仁田氏も今、それを感じていることが私にはわかった。二人は今そのソファーの空席に、豊かなかの子の、白い肉体が、ゆったり腰かけているのを感じていた。らんらんと輝く目が、わたしたちを見守っているのを感じていた。語る人も聞く私も、完全に一種の魔法の世界にひきいれられていた。私の目から鱗《うろこ》が一枚一枚はぎとられるように、真相の輪郭が明らかにされていく。

「かの子が痔の手術を慶応病院でした時、私が執刀したのではなく、当直だったんですよ。あの頃は、痛いのは当り前だというので麻酔なんかかけないんです。ところがかの子は全身敏感な人で、痛みでも何でも人の五倍も強く感じてしまう。手術のあと痛がって泣き叫んで大変なんです。あんまり可哀そうなので私がモヒの注射をしてやったのです」

かの子がモルヒネの効いてきた甘い陶酔の中から、はじめて痛みの去った目をひらくと、目の前に、ぼうと霧につつまれたような男の幻が浮んでいた。背の高いやせた男は、青白い彫の深い顔に、長髪を乱れさせ、眼鏡の奥の目は、どこか昏く憂愁をたたえてかげっていた。かの子にはそれが濃密な夜のビロードのような闇をてらす華麗できゃしゃな一本の西洋蠟燭《ろうそく》のように映った。かの子は思わず、半身をおこし、その幻の方へ両手をさしのばしていた。

モルヒネの効いている目に映じた若い医者の俤はその瞬間からかの子の心眼にかっきり

と焼きつけられてしまった。

病院から帰ったかの子は、一平の膝にしがみつくと、

「パパ、パパ、病院で西洋蠟燭《ろうそく》のような男みつけたのよ。ね、もらってきて、すぐもらってきて、いいでしょ」

幼児が玩具《おもちゃ》をほしがるような一途な無邪気なねだりかただった。そんな時のかの子は赤ん坊よりこらえ性がなく、赤ん坊よりいじらしかった。

一平はよしよしといいながら、豊かなかの子の背を撫でてやった。

一平が病院へ行き、仁田に逢い、かの子が逢いたがっているから来てやってくれと頼んでも、美しい若い医師は、腰をあげようとはしなかった。

かの子が退院するまでに、例のあたりかまわぬ一途さで仁田への愛をおしかくそうともせず、片時も離さずそばにひきつけておこうとしたので、もう病院内では評判になっていた。仁田には看護士たちの中にも想いをよせている者も多かったので、彼女たちは、驕《きょう》慢《まん》な女歌人の年甲斐もない恋をあざけり、嫉妬し、軽蔑した。噂はたちまち、彼女たちの口から病院中にひろまっていたのだ。

かの子は一平が迎えにいっても仁田がやってこないとなると業を煮やし、自分で病院へ出かけて行った。診察室へ入ると、人目もかまわず、大きな目から涙をぽろぽろあふれさせ手放しで泣きだすのだった。

「医者というのは、人の苦しみを救うのが使命じゃありませんか。一人の女がこんなに恋に苦しんで、身も心もなく苦しんでいるのに、ここの病院では誰一人救ってくださろうとはしないのですか。あんまりじゃありませんか」

泣きながら、そんなことをかきくどくのだから人々はかの子を半狂人だと思っている。かの子はただ一途に仁田に逢いたいというだけで人の思惑などもはや眼中にないのだった。看護婦たちはそんなかの子にいっそう憎しみを覚え、団結して仁田をかの子に渡すまいとする。

自分の来たことを仁田に取りついでもらえないのを知るとかの子は今度は毎日長い恋文を書き人力車に持たせて病院へ迎えにやった。

「とにかくこの俥に乗って、おいで下さいまし、一目お顔をみせて下されば心が落着くのです」

内攻的で、孤独癖のある仁田は、その頃、青春に誰しも通る一種の厭世的な虚無思想になっていて、アメリカへ渡り、単身、外科医としての研究生活をつづけ、一生帰って来なくてもいいなどという夢想を描いている時だった。

あんまり熱心につづく連日の招待に、ある日、ついに仁田は心を動かされた。病院中で色情狂のようにいいふらしているあの異様な女患者から、さすがに当人の仁田は異常とか狂気とかでいいすてに出来ない真実な熱情を感じとっていたのだ。それだけにかの子の招きに応じるには何故ともしらぬ漠《ばく》とした不安があった。

仁田はついに、かの子の熱情の鎖《くさり》にひきよせられていった。俥は梶棒をあげるや否や、かの子の許へ向ってひた走っていった。

かの子はその日から、もう仁田を帰さなくなった。岡本家から病院に通う仁田の行動はたちまち、病院にかぎつけられ、噂はいっそう輪に輪をかけてひろがっていく。

病院側はついに仁田を左遷させ、ほとぼりの冷めるのを待つという態度をとった。

北海道、札幌の柳《やなぎ》外科へ補佐に行くという形で、仁田は慶応を実質的に追われてしまった。札幌へつくと、更にもっと田舎へ入った病院もまかされることになった。給料は地方手当もつき、東京よりはるかに高給になったが、一種の刑罰的島流しであることにはちがいなかった。

若い仁田は、かの子との別離は考えられなかったし、愛しあった以上、人妻との不倫の恋に堕ちた形はいやだと思った。

「奥さんを下さい。ぼくは奥さんと正式に結婚します」

一まわりも年下のことなど、仁田は考えてもいなかった。仁田の知ったかの子の純情と不思議なほどナイーブな心や若い肉体は、仁田にかの子の年齢もかの子の地位も、その教養や才能まで忘れさせるものがあった。

仁田の真剣な申し出を聞いた一平は涙を流して仁田にいった。

「かの子をぼくから奪わないでくれ。ぼくらはもういわゆる夫婦の生活はしていないけれど、ぼくにとってはかの子は生活の支柱だ。いのちだ。かの子をぬきとったぼくの生活なんか考えられない、生きているはりを奪わないでくれ。ぼくらは真剣な真実の生活をすればいいのだ。ただ、世間の道徳や、世間の批難など問題じゃない。きみたちがどんなことをしてもいい。ただ、かの子をぼくの生活から奪い去ることだけは許してくれ」

宰相の名を知らなくても一平の名を知らない者はないと世間にいわれている一世の寵児《ちょうじ》の、見栄も外聞もない男泣きの姿を見て、若い仁田はかえすことばもなかった。

仁田はひとりで、北海道へ発っていった。

それからは、とうてい常識では考えられない、かの子夫婦と仁田の間柄が始まった。かの子は仁田に連日、熱烈なラブレターを送りつづけていたが、矢もたてもたまらない逢いたさがつのると、一平に北海道へ行きたいとせがむ。

一平はかの子を青森まで送って行き、青函連絡船にひとり乗りこませる。

「カチ坊、必ず帰っておいでよ」

「うん、きっとパパのところへ帰るから」

遠ざかる船の甲板からかの子は心細そうに、一平にいつまでも手を振りつづける。埠頭《ふとう》に立ちつくす一平の姿が見えなくなると、かの子にはもう函館《はこだて》に迎えに来ている筈の仁田の姿が目の中いっぱいに拡がってくる。恋しさとなつかしさで胸がはりさけそうになってくるのだ。

仁田は、走りよるかの子を抱きとめると、別れていられたのが不思議だという感慨にみたされていた。

郊外の静かな病院で、かの子はどの従業員からも、東京にいる仁田先生の奥さんと信じこまれかしずかれた。

蜜のような日々がすぎてゆく。若い有為な前途を、自分のため、こんな淋しい土地に流され不自由で不如意《ふにょい》な生活をさせているのかと思うと、かの子は仁田への不憫さに心がしめあげられ、それは示しても示しても示したりない愛のあかしに変っていくのだった。

仁田はこれほど愛しあうかの子がふたたび東京へ引きあげていく人とは次第に信じられなくなってくる。それでもある朝、かの子は、

「もうパパのところへ帰らなきゃあ」

とつぶやくのだ。

男女の愛だけの生活では、かの子は満足出来ないものを持っていた。仁田はかの子と暮し、それをいやでも悟らされていた。

かの子は女らしい肉体、女らしい心の外に、もう一人芸術家という性のない人格をあわせもっているのだ。かの子の中の女が、女としての心身の歓びと快楽に飽和《ほうわ》状態になった時、もう一人の芸術家かの子がむくむくとかの子のうちから立ち上ってくる。それはも

う、仁田の真心でも愛撫でも引きとめることのできない強烈な表現欲と慰めようのない深い根源的な「なげき」のかたまりであった。

その時、かの子の心身がひたすら求めるのは一平の無限の海のような包容力と、どんな心の襞々《ひだひだ》の奥まで見とおす理解力の腕の中だけであった。

かの子は従業員たちに見送られ、仁田と列車に乗り、青函連絡船にひとり乗りつぐ。一平の買って渡しておいた往復の一等キップは、決して一平との約束を破りはしないのだった。

一平が船のつく青森の波止場に、もうすでに迎えに着いている筈なのだ。

北海道の勤めのおかげで仁田は三年間に三万円の貯金が出来た。

東京に帰って青山のかの子の家の離れに落ちつき、共同生活の一員にくりいれられた頃、一家の渡欧の相談がまとまった。

その頃、かの子は頭をつかいすぎたことからくる神経性心臓病の一種で、人中に出ると、突然、心臓に異状をきたすという発作の持病持ちになっていた。発作は、劇場やデパート、特にエレベーターや車の中で突然におこりがちだった。

そんな時、仁田がかの子の手を握りしめ脈をみながら優しく、

「大丈夫、大丈夫、すぐ治る」

と囁いてやれば、すうっと生気をとりもどし、心臓は常態にかえる。そんなことからか

の子は外出恐怖症になり、どんな時でも仁田といっしょでなければ出られなくなっていた。外国へも、仁田がいっしょでなければゆかれないといった。もちろん、一平の構想の中には仁田もふくめられていた。恒松は慶応から留学費が出たが、仁田は北海道での貯金の三万円で充分だった。一万円で一年外国暮しが出来、たっぷりした生活が出来るという当時だったのだ。


「ぼくは、そのころ岡本家ではハーちゃんと呼ばれていましてね」

仁田氏は、ことばをちょっととぎらせて恥しそうに笑った。六十をすぎた初老のこの紳士は、話の間でも、ふっと頬を染めたり、乙女のような美しいはにかみの表情をのぞかせる瞬間があるのに、すでに私は気づいていた。

「かの子が私の本名をいやがりペンネームにしろといってつけてくれたのが晴美《はるみ》という名前なんです」

「えっ、私と同じ字でしょうか」

「そうなんです。どうも……」

仁田氏と私は顔をみあわせて声にならない笑いをかわしあった。

「実はあなたがかの子を書いていらっしゃるというのは風の便りで聞いていましてね。私はあなたをどういう男性かなあと、想像していたんですよ。もうそれくらい浮世離れしているんです」

仁田氏は話の間中、煙草も吸わない。

「今は全く余生ですよ。世捨人のつもりの晩年です。人間というのは、ただ寝て食べて、だらだら生きているだけじゃほんとにつまらない。生きるということの意味の本当のものは、いかに一つのことに真剣に、命がけでとりくむかということでしょう。真剣に、一瞬一瞬生命の火を完全に燃やしつづける緊張した生活をすることでしょう。でも人間はほとんどそんな真実の生活をしらずに死んでゆく人の方が多いんじゃないですかね。少なくともわたしは……かの子と暮したあの頃だけは本当に、人生に命がけで真剣な生活をしましたからねえ。あんなことってありませんよ。もう二度とありません。でも素晴しい『時』でしたよ。ああいう時を持ったということだけでも、私はよかったと思います」

語る仁田氏の顔は、ぼうっと内から炎に照らされたようにその時、青白い顔いっぱいに血の色がさしのぼっていた。夕映えの輝きのようなその美しい血色は仁田氏の胸中に今よびもどされている青春の想い出の血の熱さなのだろうか。

終戦後島根県知事を二度もつづけた恒松安夫氏がやはり病気に倒れる直前、岡本家を訪れ、

「私の人生で何といっても、一番輝かしい生活だったのはここでかの子さんと暮していた頃でしたよ」

と述懐したという話を思いださずにはいられなかった。

仁田氏もまた、病院経営のほか、この山中の村に町制を敷き、疲弊した森林をたて直し、森林組合、農村組合の会長、町長、特産茶の栽培等と、余生といいすてるにはあまりにも実行力に富んだ男らしい仕事を手いっぱいに抱えている。

社会的にも人並すぐれて有能なこういう男性たちが、二人も揃って、

「かの子との生活」

を輝かしく真実な人生となつかしがるのはいったいどういう意味があるのだろうか、果たしてどんな不思議な魅力が、かの子と、その生活に秘められていたのだろうか。

私は次第に仁田氏の話にひきこまれながら、もう下手な質問などさしはさむ気にならなかった。

仁田氏のことばは、何か見えないものが、たゆみなくその糸をたぐっているかのように、繭《まゆ》の糸がひかれるようなよどみのなさで、後から後へつづいていく。

ヨーロッパへ発《た》つ前一つの事件があった。

仁田家は代々藩の御典医をつとめる旧い家柄の豪家だった。長兄が夭折《ようせつ》したので跡とりの地位に当る秀才の次男に、厳父は多くの期待をかけていた。

ところが、その息子は一廻りも年上の人妻の情欲のとりこになり、世間では男妾になったという悪評が流れている。こんな山奥の村までもその風評は伝わっていた。

「うちの家系にそんな不しだらな血は流れておらん。お前が産み、お前がそんな柔弱な男に育てたのだ。恥さらしをすぐ今、つれ戻してお前の責任を完了しなさい。もし、それが出来ないというなら、御先祖を辱《はずかし》めたのだからお前を即刻離縁にする」

そんなことを一徹な夫から申し渡された仁田の母は、驚いて、直ちに上京した。

青山の息子のところにかけつけると、かの子が直接、逢いたいという。

仁田は母とかの子の対決がどうなるかと、二人のいる応接間の外で息をひそめていると、半時間もたつ頃ドアの中からは明るい女二人の笑い声がもれてきた。

呼びこまれると、老母がにこやかな笑顔でかの子と打ちとけきって談笑している。

息子と二人きりになるのを待ちかねて、母はいった。

「好きやわ、あの人、あんないい人めったにいるものやない。まるで、太陽のような、ぱあっと明るい人やないか。あの人の前にいるだけで、何やらこう、ほうっと、心が明るくあったまってしまう。……お前……あの人のところにいて幸福かえ」

「幸福だよ、おかあさん。お父さんに悪いけれど、世界中でぼくほど幸福な真剣な生活をしている者はないような気がする」

「そうだろうねえ、そうだろうとも……」

その夜、母は、岡本家に泊り、夫にむかって、一晩がかりで長い手紙を書きあげていた。

「こんな不思議な明るい素晴らしい立派な女の人の許で意義ある生活をして、世界一幸福だといっている息子を目の辺《ま》りにして、どうして、その息子の幸福を打ち破ることが出来ましょう。

あなたが、私の無能を怒り、離縁なさるというのならいたし方ございません。どうか離縁なり何なり申し渡して下さいませ」

さすがの厳父も、老妻のこの手紙には呆れはて、せめて妻だけでも即刻帰るようにと命令した。

仁田の母は一目でかの子に魅せられてしまって以来、自分の若い時代愛用した着物や、櫛《くし》簪《かんざし》を惜しげなく、かの子の許に贈っている。

今、それらは仁田氏がかの子の形見としてふたたび仁田家に持ちかえっているけど、出して見せてもらうと、一点の斑《まだら》もない見事な鼈甲細工の髪飾りが、両掌で掬《すく》いきれないほど、どっさり、金蒔絵《きんまきえ》の手箱の中におさまっていた。

ヨーロッパで断髪にしたかの子はこの髪飾りも使う日はなかったけれど、贈り主の愛情を有難がり、死ぬまで大切に愛惜していたという。

「あの断髪はね……ロンドンで、ぼくがきってやったんですよ。かの子は異常なほど神経をつかいますからね。長い髪だと神経にこたえるんです。それである朝、ぼくが鋏でいきなりきってやったんです。この方がずっと似合うといいましてね。

さすがにみんなびっくりしました。あの髪は死ぬまで誰にもきらせなかったんです。のびれば必ず、ぼくがきってやりました」

実家からも公認になってまもなく、いよいよ外遊の運びになった。

その時の外遊の支度の大げささは、一通りではなかった。一寸した外出にでも、どうかすると支度に一日つかってしまうようなかの子のことだから、何一つ自分は手を下さないでもなかなかはかどらない、米から味噌醤油まで、何年分もつめこんでいくのだから、その時、たまたま同船した前田《まえだ》侯爵の荷物よりも、岡本家の荷物の方が多くて、トランクだけでも三十個を数えた。

恒松安夫はロンドンで歴史学を研究するのが目的なように、仁田は外科医として、ベルリンでぜひ研究したかった。

そのため、一平のロンドン会議の通信が目的だけれど、旅程は、ロンドンと、パリと、ベルリンということに予定された。

パリはかの子と太郎の希望だった。

かの子が本当にかの子の本性を発揮し、晩年のあの不思議な爆発的創作活動の準備をととのえたのは、このヨーロッパ旅行中だといわれているが、どのようにかの子が脱皮し、どのようにかの子が生れ変って帰国したか、具体的なことは何もわかっていなかった。

残されている「母の手紙」をみても、かの子の成長や突然の変貌の過程は、それほどはっきりのみこめない。

はじめて聞く仁田氏の話によって、私は一人の女が、怖しい芸術の魔神に魅入られ、三人の男を奴隷のように足元にふみすえ、その生血をしぼりとり、それを肥料に次第に自分の才能を肥えふとらせていく世にも奇怪で凄まじい芸術の魔神と人間との闘いの秘密に、次第に身も魂も奪われ、我を忘れているのだった。

第十七章　花　道

外科医で、手術の技術に定評のあった仁田は、ヨーロッパの大病院で、大手術にたちあい、あわよくば執刀するチャンスも恵まれたかった。当時の人種的差別はなみなみではなく、ヨーロッパでは、有色人種は、名のある病院の研究室へ入ることさえこばまれていた。

色を少しでも白くするため、渡欧に先だって、サルバルサンの注射をつづけたほどの用意と意気ごみで仁田は日本を出発していた。

それほどの努力も、結局、研究室へようやく通うことが許されるという程度で、とうてい執刀などは夢にも及ばない現実だった。

ほとんど連日のように、日本ではメスを握っていた仁田にとっては何ヵ月もメスを手にしないと、右手の指の感覚が鈍磨《どんま》するようで頼りなかった。

ある日、ロンドンの下町で、ふと手ミシンが店先に出ているのをみつけると、思いたってそれを買いこんできた。

ハムステッドの、蔦のからまった家では、仁田は二階の一番優雅な部屋を与えられてい

た。かの子の好意でそれは選ばれ、

「日本で、いろいろ辛い目にあわせているから、ハーちゃんにはこっちでは一番いいお部屋をあげて、慰労してあげましょう」

ということできめられたのだった。その部屋は、もとの住人の愛娘《まなむすめ》の部屋だったとかで、家具調度がすべて女性的で、色彩はピンクで統一されていた。「ピンクの部屋」と名づけて、かの子もこの部屋が大いに気にいっていた。

ただし、この部屋に住んでいた娘は肺結核で長らく病床にいた上、この部屋のこのベッドで息をひきとっていったということは、ずいぶん後になってから知ったことだった。仁田はこのハムステッド時代、この部屋にのこっていた病菌から結核をもらい、腎臓結核を病むことになるのだけれど、それは帰国後の話になる。

ピンクの部屋に持ちこんだ手ミシンを使うことによって、仁田は指の感覚の鈍ることをふせぎ、指淋しい感じを忘れようとした。散歩のついでに、人絹や木綿の安い端布《はぎれ》を買いもとめて来て、思いつくままにミシンを扱った。元来手先の器用なたちなので、たちまちミシンを扱うことを会得してしまい、そうなると、形のあるものを作ってみたくなる。

ある日、ローズ色の布で、仁田はワンピースを縫いあげてみた。

かの子に着せてみると、かの子はすっかり気にいった。

「いいじゃないの、とても似合うわ、ね、これ着て散歩に行ってくる」

首筋で剪《き》りそろえてしまったおかっぱ頭にローズ色のワンピースを着ると、小がらで肥ったかの子はたしかに十歳は若がえってみえた。

それが、かの子の外国での洋服の着はじめになった。

かの子はその服を着て、ひとりでロンドンの町へ出かけていき、

「みんなが見てたわよ。かわいいっていってたわよ」

と大はしゃぎだった。身軽でいいといい、それから急に洋装で暮すようになった。町で何着か買って来たけれども、

「ハーちゃんの作る服が一番カチ坊には似合うし、着やすくっていい」

といい、しきりに仁田に服を縫ってくれとせがむ。

町で気にいった布をみつけてくると、とんで帰り、

「早く、早く、これですぐ明日までに縫ってちょうだい、スタイルはどんなのがいい？」

一平も恒松も動員され、一しきりかの子の服のスタイルが論議される。スタイルブックからみつけた型を一平がかの子に似合うよう修正し、描きあげてやる。

仁田はそれをその夜のうちに徹夜ででも縫いあげねばならない。

何でも思いたつと、待ったなしのかの子は、その服が着たいとなると、もうがまんもこらえ性もなくなってしまう。明日の朝までに縫いあがらない筈はないと信じこんでしまうのだ。そういう時はききわけのない童女同様で、全く暴君のわがままさであった。

仁田は一睡もしないで、かの子が起きてくるまでに、ともかくにもその服を仕上げてやる。

「わあ、すてき！　すてき！　こういうのが着たかったのよ」

一夜のうちに仕立上っている服をみて、かの子は小さな手をぱちぱちとうちならし、子供のように大喜びする。

着てみると、少し短かすぎたり、脇がだぶついていたり、胸ぐりがゆがんでいたりしてもそんなことに頓着はしない。長すぎればベルトでたくしあげ、短かすぎればスリップをひきあげ、意気揚々とその服でロンドンの町へ出かけてゆく。

いつのまにか、かの子はイブニングやスーツ以外は、仁田のつくる服しか着なくなってしまった。

仁田は、肥ったかの子のために、細めの帯に、おたいこの部分を別にスナップでとりつける工夫をしてやったり、プリントの洋服地でおくみなしのつい丈の着物をつくってやったりもした。

それらの着物も新和服と呼んで、かの子はたいそう愛用した。

何を着ても、似合うでしょと信じこんで着るかの子は、人の目や思惑などおかまいなしで堂々とそれを着こなして誇りやかに町に出ていく。

そんなかの子の姿を、かの子を愛する三人の男たちは、そろって可愛いと眺めているのだ。

かの子は恒松に、古代エジプトに関する原書を、いくらでも買いこむようにと命じていた。もともと、古代史が専攻の恒松は、かの子の命令もあって、自分の外遊費の八割をそそぎこんで、高価な本を買いあさった。

贅沢な生活費は、恒松や仁田の旅費の予算を上まわっていたが、それらは一平がすべてひきうけておぎなっていた。

「今までの日本の芸術は金がかからなすぎている。あたしはうんと金のかかった芸術を産むんだ」

というのが、この頃のかの子の口ぐせだった。

また、この頃からかの子はやがて書くべき小説について、自分の抱負や夢を三人にむかって語るようになっていた。

「人類の根源にさかのぼって、爬虫類《はちゆうるい》時代からの、生命力を追求して書きたい。それから水が山奥の渓谷に湧き、細い谷川になり、平野に下り川になり、河に拡がり、やがて海へそそぎこんでいく生命力、それが七つの海にあふれて、絢爛豪華な夢の虹をかけわたす……そういう壮大な生命の讃歌をテーマに小説が書きたい」

日本の文壇でもてはやされている、みみっちい私小説など書く気がしないというのが、かの子の到達した理想の小説への夢であった。

そのためにも、かの子は古代人の歴史や生活に大いに研究心を燃やし、恒松の買いこんでくるエジプトの本を、夜になると、恒松に読ませて、それを吸収することに努めていた。

仏教の研究は引きつづきつづいていたが、これはまだ一平が先輩格で、一平から吸収するものが多かった。

東京での生活もそうだったが、ヨーロッパに渡って以来、かの子の生活は勉強一途に徹底していた。

東京では一平の文筆活動に対する内助の務が、かの子なりにあったけれど、ヨーロッパでは、すべてがかの子中心主義に生活が組立てられていた。

最初から、今度の旅行は、かの子の年来の望みを叶《かな》えてやるということに出発していたので、一平はあらゆるかの子の希望を十二分に達成出来るようはからってやった。

かの子は、出来るだけ高名な文学者や政治家にまで面会し、知識を吸収するチャンスを持とうとしたが、そういう時、必ず、三人の男を同道した。

「大切な微妙な問題は、日本語でないと完全に意志を述べることは出来ない。あたしは云いたいことはみんな日本語でしゃべります」

かの子は誰の前にいってもそういうたてまえで、日本語でしゃべる。通訳の役目は恒松だった。

「安夫さんが通訳し忘れたり、まちがったりした点を、ハーちゃんが横でおぎなうんですよ」

仁田はかの子からそういい渡され対談の間じゅう緊張していなければならない。それでもやはり、言語のちがう者同志の会話では微妙な点がわかり難いところもある。

「そういうことは、パパがその雰囲気をつかんで、絵にスケッチしてくれるんですよ」

一平は、かの子の命令通り、対談中横でスケッチブックを拡げているという状態だ。

帰ってくると、かの子は意気揚々としているけれど、三人のお供の男は緊張疲れでぐったりしている。

帰ってからがまた大変で、かの子はその晩のうちに会見の内容を復習し、三人の男の報告をとりまとめて自分の頭の中に整理し直すのである。

バーナード・ショーに逢う時も、グレゴリー夫人に逢った時も、チャーチルと対談した時もこのような態勢でそれは行なわれたのであった。

もちろん、観劇も、見学もすべてこの調子であった。

かの子のスケジュールの間を縫って、男たちはじぶんの仕事もすすめなくてはいけない。毎日は朝から夜まで、一分間も惜しいような緊張と努力の連続の勉強で明け暮れていた。

恒松の留学の目的がほぼ達せられたので、今度は仁田の望みを適えるため、いよいよ医学の都ベルリンに移っていった。

ベルリンで満州事変の報が伝わってきたため、予定を変更しなければならなくなった。

「これでもう帰れるかどうかわからないなら思いきって見るだけのものはみてアメリカへ渡りましょう。アメリカでは万一捕虜になるかもしれないけれど、それも四人でなるならいいじゃありませんか」

というのが、かの子の意見だった。そこでベルリンを発ち、ウィーンやイタリアをまわって、パリで太郎に別れをつげ、アメリカ行の船に乗りこんだ。

アメリカでも、かの子はヨーロッパ時代のままの習慣で、三人の男にかしずかれて女王のように振舞って、見たいものを片っぱしから見、新しい知識を吸収していった。

女性が大切に扱われる習慣の外国生活を長くつづけた上、実生活の中でも、三人の男にかしずかれ、かの子中心の生活をつづけてきたため、長い旅を終え横浜の埠頭に下りたった時のかの子は、とみに肥りはじめた軀つきに、女族長のような貫禄と威厳をそなえていた。

肉体的にも、滞欧中から少しずつ肥りはじめ、それはついに晩年までとまることがなかった。

帰朝して一行は赤坂区青山高樹町《たかぎちょう》三番地の家に帰り住んだ。たまたま同町内に住んでいた村松梢風がこの当時の岡本邸を次のように描写している。

《私は昭和七年春頃から満三年間ほど、青山高樹町三番地の借家に住んでゐた。すると同番地に岡本一平の家があつた。其処は高樹町の電車通から狭い横町を可成り奥深く入つた所で、其の一廓全体が三番地であつた。岡本家は横町の行き止りにあつて、横町の方へ向いて勝手口が付いてゐた。そこから道がカギの手に曲るその角の邸で、北向きの扉の朽ちかけた門があり、可成り古い木造洋館風の建物があつた。門から真正面の所に玄関が見えた。玄関さきの数坪の庭には何本かの樹があつた。此の家では決して庭を掃いたりなどしないらしく、一年中落葉が積りつ放しだつた。其の落葉は道路を隔てた向う側に聳《そび》えてゐる丈の高い樹木の梢からも飛んで来るらしかつた。――略――私が近所に住んでゐた頃は、まだ普通扉が開いてゐたやうに思ふ》(近代作家伝)

かの子は自然の風情をなつかしんで、庭の落葉を故意に掃かせなかった。この当時、岡本家を訪れたある婦人記者は、門を入るなり、ずぶっと靴の埋まってしまう落葉の厚さに驚いたと今も話していた。

「足首までいきなり入ってしまうのよ。ずぼっずぼっと一足ずつ、落葉の中からひきあげて歩かなきゃならないんですもの、あの驚きは今でも忘れられないわ」

雑草もまた生えるにまかせて、ある日恒松が掃除するつもりできれいにひき抜いたら、かの子が泣いて怒りだした。そんなかの子の嗜好《しこう》はついに、門にからまってのびていく蔦人の生命力がいとしいといつて、蔦をいたわり門を閉ざしっぱなしにするようになった。人の出入りは、脇のくぐり門を使用した。

《表門を蔦の成長の棚床に閉ぢ与へて、人間は傍の小さな潜門から、世を忍ぶもののやうに不自由勝ちに出入するわが家のものは、無意識にもせよ、この質素な蔦を真実愛してゐるのだつた》（蔦の門）

と、かの子の小説にある一節はそのままかの子の実生活の描写でもあった。

このあたりは近くに二万坪の敷地を有する根津邸もあり、町中とは思えない閑静な地区であった。

かの子はわが家に落着くと、まずパリの太郎に、一平と共に第一信を送った。

「ここでちよつとカチが書く。無事かへつたよ。おまへのゐない家へね。おまへのゐない家へだよ。そしてごはんたべたり便所へはいつたりしてゐるよ。洋服着てるよ。上ぐつで日本の縁側どんどん歩いてるよ。おまへがゐたらこの無作法者なんてどなるだらう。誰も太郎さんはと聞くよ。ぐつと胸がつまるのでそれに反抗して反身《そりみ》になつちまふよ。涙が出るから気どつてごまかして、どうもかへりませんのでと前おきするよ。そのあとの説明は推察しなさい。パパおとなしいよ。いい子だよわり合ひに。おまへの事考へてときどきぼんやりしてるよ。そして二人でとしよりみたいに子のないことの愚痴をいふよ。察しなさいよ。

遠き巴里の子想へかしふるさとの夜ふかき家に茶をのむ父母　かの子」

家には二十五、六の女中が二人いたが結構いそがしく、帰朝した岡本夫妻を訪れる客の絶間もなかった。

恒松は、外遊前同様、慶応へ講義にゆき、仁田は、伯父の病院を時々手伝っていたが、次第にかの子の仕事の秘書役のようになっていた。

恒松の存在は、外来の客の間にも前々からかくしてなかったけれど、仁田は一切、客の前に出さず、その存在は秘められていた。離れの一室に仁田の部屋は与えられ、どんな客が来ても決して姿をあらわさない。仁田の方は次の間で、今応接間にどんな客が来ているか知っていても、客の方ではちらりとも仁田の姿を見かけない。

当時、一平には宮尾《みやお》しげをはじめ、小野佐世男《おのさせお》、清水崑、小山内龍《おさないりゅう》、近藤日出造《こんどうひでぞう》、中村《なかむら》篤九《あつく》、杉浦幸雄《すぎうらゆきお》、横山隆一《よこやまりゅういち》たちの弟子がいて、賑やかに出入りしていたけれど、仁田のいることを知り、仁田の岡本家における本当の立場を知っているのは、岡本家の生活に一番入りこんでいて、事務的なことを手伝っていた宮尾しげを一人くらいだった。

かの子は、渡欧前からひそかに心に期していた小説への転向を、帰朝を期して、一挙になしとげるようにする意気込みであった。ロンドンやベルリンで、書きためて来た習作もトランクの底に相当持っていた。

たまたま、日本の文壇は、かの子の留守中、文学史的にもみのがすことの出来ない、一つの転換期に当っていた。

かの子の外遊前に五・一五事件がおこったのをはじまりに、留守中の四年間に、あれほど全盛をきわめたプロレタリア社会主義文学が弾圧に弾圧を重ねられ、転向文学や逃避的な私小説があらわれていた。同時に、アンチ・マルキシズムを標榜する芸術派の運動が活発に擡頭《たいとう》しようとする機運が熟しかかっている時であった。

ところがかの子にとっては全く思いがけない運命が待ちうけていた。すなわち、仏教界のルネッサンスとも呼ぶべき時代に、たまたまかの子の帰朝が重なったのである。

外遊前、すでに「散華抄」を発表して、仏教研究家としての名乗りをあげていたかの子を、仏教界が見逃すわけはなかった。新帰朝者という華やかなジャーナリスティックな肩書も、宣伝には絶好だった。

仏教界は、たちまちかの子引出しの運動にかかり、事毎にかの子の出馬をうながしてきた。仏教の啓蒙的な講演や、原稿執筆の依頼がひきもきらず押しよせてきた。

かの子は、念願の小説にとりかかるひまもなく、気がついた時にはこの渦の中にまきこまれていた。

ラジオの放送に、全国的な講演旅行に、原稿執筆にと追いまくられているうちに、かの子の名前は仏教研究家として、渡欧前以上に有名になっていた。仏教徒としてのかの子は、じぶんの力が真の仏教の普及に役立つことは、仏教界への奉仕と義務と報恩であると考える面もあったけれど、信仰家としてよりも芸術家としての真面目のあるかの子にとっては、この状態は全く予期せざる事態であり、自分のもてはやされ方に、無邪気に有頂天になれない悩みがあった。

帰って来て一ヵ月あまりたつと早くもかの子は自分の生活が、目ざしていた小説一途の道から外れていきそうな予感と不安を、太郎に訴えている。

「――略――忙しくてなかなかまとまつたものができない。自分の書きたいものがはたして文壇に受けいれられるか疑問です。でもやりたいことをやつてみようと思ひます。正直なおはなしだが、おまえとオバアチヤンの事を思ふと、心にそまない仕事もしなくてはならない。自分の思ふとほりの芸術的の仕事ばかりできたら、どんなに仕合せかとつく〴〵悲しく思ふこともあるけれども運命だと思つてなるたけそのへんのカネ合ひで仕事をして行くつもり。でもこのごろは頭にもたいしてさはらなくて自由に文章が書ける。ただ私はあまりウチッ子なので世間の大胆な女たちと張り合つて職業のため押しくらかへす暮らしがつらい。だが、つらいといつたとて仕方がない。お金でもうんとあつて世間のいいかげんな所を相手にせず思ふ仕事ばかりして行けるといふのではなし、心をはげましはげましともかくやつていかう。幸ひ、からだが丈夫なので気をとりなほしてはまた次の生活をたてなほすことはできる。おまへの迷つてゐることはよくわかる。同じ芸術をやつてゐる以上迷ひの苦しみがよくわかればわかるほど、こちらも聞きながら苦しい。

だが、私は思ふよ。制作の発表場所を与へられれば迷ひながらも一つの仕事を完成する。そして世に問うて見、自分に問うて見、また次の計画がその仕事を土台にして生まれる。さうしてゐるうちにともかく道程がだんだん延びて次の道程をつくる――でなければいつまでたつても空間に石を投げるやうにあてがつかない。無に無が次いでつひにつみ上ぐべき土台の石一つも積むことはできない。手で働きながら考へることだ。そろそろサロンに出してみてはどうか――略――」

六月二十日の手紙である。太郎が、自分の芸術と前途の方針に対して悩みを訴えてきたことに対する返事だけれど、かの子自身の当時の悩みの本質をはからずも語っている。仏教界からの原稿依頼は殺到しても文学の方からは、かの子には何の注文も来るわけではなかったのだ。

この当時から、一平は、故意に自分をひっこめ、かの子を社会に押しだそうとしはじめていた。

世間智のたけた一平の見解では、世間は一つの家の中から、二つの勢力が並びたつのを決して許さないという考えを持っていた。これまでは一平が岡本家の旗手だったけれど、かの子の文学を開華させ、かの子の自己示顕欲を適えてやるためには、自分に代り、かの子に旗をゆずる時代が来たという見方をしていた。

たまたま、漫画界でも、一平の弟子たちが、一平の外遊中それぞれ一人前になり、一平が漫画をかきはじめた頃にくらべると、漫画の地位も需要も、隔世の感があった。

弟子たちに華々しい活躍の舞台を与え、一平は漫画界の元老格として、第一線から次第に、少しずつ身をひいていく態勢をとりはじめていた。

この間の消息を太郎は次の様に解釈している。

「――一平が一応天下を乗取ってみれば、今度はその蔭にともすれば力を父の事業に吸取られていた母の芸術が表面に出て来なければならない順である。その生命の兼合の不思議さを父は熟知していた。――略――父は二人が共に起つのは世界が許さないことを知っていた。母の至難な売出し時代に、父は故意に自分の姿を潜めたのである――略――父はそれだけの大きな父性をもっていた」

故意に身をひいたという解釈は、一平もそういうふうに家族に思わせていたが、実際には、一つの家の中で、二人以上の芸術家が、互いの力をスポイルしないで並びたつということの不可能さの方が問題だったのではないだろうか。それが夫妻や恋人の場合は、いっそう、作用しあうものが強い。互いに相手の芸術的自我に神経をわずらわされず妥協して生活していけるならば、それはもはや、芸術家の神経ではない筈である。何ものにも侵されない、何ものにも妥協できない芸術家の自我はあくまで孤独であらねばならない。手を携えて、共に同じ道を歩み、同じ道をわけあうなどという生やさしい甘ったれた生き方は到底許されないものである。

このことを一平は、承知していたのだ。一つの屋根の下には一人の美神《ミューズ》しか鎮座しない、誰が美神ののりうつる媒体になるか——一平は、自分の肩からそれをかの子のまるまるとした肩にゆずるべき時がきたとみた。他のすべては、その時美神に奉仕する奴隷であらねばならない。一平は、喜んで奉仕者の側におりる決心をもった。理由は唯一つだった、かの子に対する贖罪と無限の愛、それはもはや、父性愛と呼ぶ方がふさわしい大乗的な愛のために外ならなかった。

この頃から一平は他に向って、かの子のことを「女史」と呼ぶようになっていた。同時に家の中では、かの子に事毎に自信と、エリート意識をもたせるようにふるまった。

かの子をかの子観音と呼び、一平が礼拝しだしたというのもこの頃からである。

人形遣いは、最初、技で人形を意のままに操る。人形に、自分の魂をふきこみ、嘆きも恋も官能の微妙な息づかいまで表現させることが出来る。ところが、ある時、人形遣いの技が、人の世の技の限界を抽《ぬき》んで、神技に近づいた瞬間、人形遣いは、手ひどい美神の復讐をうけねばならない。人形は魂を得て、人形遣いの手の中で、人形自体が自由にいきいきと、動き躍りだすのだ。その時、すでに、人形遣いは、ただ、人形の意志のままにあやつられる糸の一本になり変っている。人形は、人形の意のままに、手をのばし、目をとじ、恋にもだえ、熱い息をはきつける。一人形遣いが名人とうたわれる時もはや、人形と、人形遣いの主権の座は入れ替っているのである。人形遣いの生血は人形と人形遣いを結ぶ十数本の麻糸をつたわりことごとく人形の中に吸いつくされている。人形遣いは生命をあけわたした形骸にすぎなくなる。

一平とかの子の関係は、人形と人形遣いの、こんな因果関係に結ばれてきたのである。

一人の人形を動かす時、脚をもち、手をもつ、黒子がいる。かの子という華やかな人形の胴を扱うのが一平なら、恒松と仁田は、永久に黒衣のかげにかくれ、身をかがませつづけて、人形の手や足をささえた黒子の存在に当った。

三人は心をあわせ、かの子という人形を操る訓練に血を吐く努力をつづけてきた。三人のイキがあわなければ、人形の動きは生きて来ない。

修行につぐ修行の地獄を経なければならない。滞欧時代にひきつづき、帰国後二年ほどの間《ぶん》は、この訓練の最後の仕上げの時であった。

一平という花形人形遣いと二人の黒子の最も、心をあわせた時期ともいえる。

かの子は仏教界の寵児《ちょうじ》になり、ひきまわされている間も決して小説への執念を忘れてはいなかった。

しばしば太郎への手紙の中で、文芸週報や、ゴンクール、フェミナ賞の作品を送ってくるようにと依頼している。

小説も、忙しい時間の中から、書きつづけていた。

「……君の絵のコースを見つけることについての苦心実にもつともだと思ふ。しかし一つはチャンスとか運とかいふものがあつて思ひがけない方向から、向かうから引き出してくれるといふこともあるから、あせらずにしじゆう準備しておくのが肝心。全く準備のないものに運の来やうがない。だから怠らず力をつけておく必要がある」

という太郎への一平の手紙は、そっくりかの子へも一平がいいきかせていた言葉であった。手紙に、

「マルをつけたのはオカアサン」

というかの子の添え書がついている。

「私ね、あんたのために今までことわつてた仏教の雑誌に書くわ。あんたに教へるためと思つて、あんたに読ませるために。

今までね、あんまり原理的なものはむづかしく読むまいと思つたり、なまじつか新しく説いては邪道的でいやだと思つたり、まよつてゐたの、それにあんまりおまへを仏典ばかりにうづめても、とりちがへて、もし隠居みたいになつてもいけないと思つたからよ。遠くゐてこつちのりようけん判んないで、あんまりへんなうらみかたするなよ」

太郎におまえのために書くなどというのは、かの子のセンチメンタルな自己弁解で、もちろん太郎はかの子の仏教説話などに心を動かされる筈もなかったし、かの子もそれは承知していた。

かの子は仏教界での仕事を、小説に対するほど熱中できないまでも、決してなげやりにしていたのではなかった。何でもいいかげんのところでがまんできないかの子は、一たん引き受けた以上は、とことんまで自分の全力をかたむけた。

大阪のＢＫ放送局から仏教の連続講話をひきうけた時、一平はたまたま朝日の全国中等学校野球大会スケッチのため甲子園球場に赴いたので同道した。

大阪の堂ビルホテルに投宿し、かの子はその夜からほとんど連日徹夜で翌日の放送原稿をまとめ、昼間は座談会や見物にひっぱりまわされるという多忙さだった。かの子はこの講話にわかりやすい言葉をつかい、放送の度に結びに短歌をいくつか朗誦するというサービスまで工夫して聴取者のためにつくした。

《大阪の夏の夜も更けて、さすがに満都の甍《いらか》も露けく、ホテルの部屋は風通しもよかつた。けれども眠くて仕方がない。部屋のまん中の円卓で描いている私がふと、部屋の端の物書机でペンを執つてゐる女史を望むと、やはり疲れに堪へて書いてゐる様子はありありと見える。「この忙しい地獄の修業は生涯いつまで続くのだね」と声をかけると、女史はつい失笑してこちらを顧みたが「黙つて黙つて」と、また元通りに向き直り執筆を続けた。かくて女史は五日五夜の苦行を果した》（思ひ出の記）

という熱心さだった。

翌昭和八年は釈尊生誕二千五百年、弘法大師一千一百年祭の年に当り、仏教復興の機運はますますたかまった。各出版社は競って仏教関係の全集や叢書、辞典の刊行に力をそそぎ、かの子にも書き下し本の執筆の依頼が殺到してきた。

昭和八年十一月、建設社から文庫中の一冊として「人生論」という仏教啓蒙書を出したのを皮きりに、昭和九年には「観音経を語る」（大東出版社）、「仏教読本」、（大東出版社）、「総合仏教聖典講話」（大東出版社）をたてつづけに出版した。

「オレは今本屋からタノまれて『人生論』て百枚程のタンコー本になるのを書いてるよ。ジイド全集の出た本屋だ。ジイドは小乗《しょうじょう》で小ウルサイネ。一寸よんだのだけど、ロオレンスは素的に芸術的だ」

「夏の終りから書きづめで、大変な生活だったよ。（略）仏教界の大スターだよ。世間に注目されほめられもするが、タチの悪いのにヤジられたりゴシップで悪ロタタカれたりするよ。ともかく人気者になっちやった」

と太郎に書き送っているのを見ても、かの子は気がすすまないといいながら引きうけてしまった仏教界の仕事で、華やかな脚光を浴び、それはかの子の俗っぽい一面の虚栄心をくすぐって満更ではなかった様子が、行間に無邪気に不用意にあふれているのである。

どんな形にせよ、世間にみとめられるということで、かの子は長い間留守にしていた日本のジャーナリズムに対して、一つの地位を得た実感はあったし、それはやはり一種の安心感と自信をかの子にもたらしたようである。

「華やかにみえても、お金は入らない」

と、太郎に訴えているが、岡本家の経済は、前ほど楽ではなくなったことはたしかであった。

何といっても月々、太郎に送金するということが並々でない出費である。

一平の稼ぎためた金は、四年間のヨーロッパの大名旅行の生活ですっかり費いはたしてきた形で、貯えなどはなかった。女中の一人が帰ったのを機会に、一人にして、家中で家事をうけもつという節約体制にきりかえたりした。

ヨーロッパへ行く前から、岡本家は外食好きだったけれど、かの子の発案で、できるだけ、家で食事をとるようにした。たまに、鰻《うなぎ》をたべにゆくくらいを楽しみにきりかえた。何しろ外食といえば、一平、かの子に、恒松、仁田と四人が揃っていくのだから大層になる。その上、かの子のたべるものは最低に安くてうまいものか、でなければ最高に高くてうまいものにかぎられていて、中途半端なものは一切いやだという主義だった。そうそう、安くてうまいものがあるわけはない、結局、最高料理屋へ上ることになるから、その費用だけでも大変だった。

かの子はその楽しみまで節して、節約をはじめた。

「帰って以来、単衣《ひとえ》一枚しかつくらない」

というほど、衣類にも金をかけず、一平はじめ二人の男は、太郎の着物の仕立直しなど

着せられた。それでも、

「うちはお金はないけどそんなにみじめな暮らしをしてないから安心しなさいよ。私、家庭料理を非常に気をつけて女中にやらせるので、お父さんも私たちを連れ出して外で食べる例の癖なくなつたよ。お客もなるたけうちですますし、花もよく咲かせる。屋上は花の満開だよ。毎朝みんなで日光浴するの。夜はお夕食後お父さんは社へ仕事に、私は町に運動に出るの。――略――私、中篇書きあげたよ、それからラヂオ童話劇書いたよ。たつしやで、勉強家で家庭を幸福にしてパパを仕合せに勉強させてあげてるよ。トキドキオコルケドヂキナホルヨ、私このごろは――」

と、心は豊に暮し、同じ手紙の中で、

「おまへイタリア旅行したかあないかい。今のうち行つた方がよかないかい。ほんたうのところ、こつちもずゐぶん貧乏で、そのときそのときの暮らしはできてるけれど貯金なんかないんだよ。でも、私千円ばかり何かのときのたしに持つてゐるの。あんたが画風のきまりきつちまはない前にイタリアへ一度行くのが将来のためによいならそれやるよね」

と、気前よくいつている。

恒松は、この頃でも朝六時に起きて、女中をうながして、洗濯掃除、ご用聞きの世話までするし、仁田は、おいしい洋食や日本料理、支那料理までつくる。

「ときどき寄ってはお前へ送るお金を数へる。誰も不服はない。せつかくたまつたお金をみんなさらつておまへに送る用意をしてもみんなにこにこ大喜びで『まづ今度も無事送金できる』といふ具合」

とかの子が報じているように、もうこの頃では、恒松も仁田も完全なうちのものになりきっていて、それぞれの収入も支出も一つにまとめられ、全くの共産生活が行われていた。

昭和九年十月末が、かの子の仏教活動のピークであり、そのフィナーレとして華やかな幕をあけたのが、十二月の東京劇場で、菊五郎一座に演じられたかの子作の「阿難と呪術師の娘」だった。かの子の喜びようはこの上もなく、二ヵ月ほど稽古からラクまで東劇《とうげき》に通いつめた。菊五郎がかの子のあまりの熱心さにいたずら気をおこし、

「申し訳ないが、あっしは今日ちっとばかし熱が出て出られないんで」

とまことらしくからかい、かの子をがっかりさせるという寸劇まであった。菊五郎の釈《しやく》尊《そん》、花柳宗家や高田《たかだ》せい子のふりつけで、かの子は、

「太郎が日本にゐたらなあと思ふ」

と、嬉しそうにパリへ報告している。この華やかな舞台のどん帳が上った時、いよいよかの子の生涯の最後の檜《ひのき》舞台への花道が、かの子の前にひらけてきたともいえるのである。少女の頃から、憧れつづけ、燃やしつづけた執念《しゆうねん》の小説界への花道が、ついに目くる

めく脚光の中に白く一筋に浮び上ってきたのである。緋の大振袖をひるがえす人形が片脚かけた花道のかげに人形遣いの三人の男が今こそ息を一つにして、鳴りひびく拍子木《ひょうしぎ》の音を待っていた。

第十八章　満　願

かの子から「阿難と呪術師の娘」の切符を二枚、ぜひ見に来てほしいという丁重な手紙と共に受取った吉屋信子は、門馬千代子《かどまちよこ》と万障繰りあわして観劇した。その日の印象を書いている。

《……わたしの座席はかの子夫人のすぐ隣だった。その窮屈だったこと！　なぜなら、彼女はながい幕間《まくあい》にもけっして席を立たずじっと眼を必死の思いのごとく舞台の緞帳《どんちょう》に向けて身じろぎもしないのである。桜の花をも生命をかけて眺めるかの子はわが手に成りし戯曲の舞台を全身全霊で凝視している。隣のわたくしはそれに引き入れられて呼吸困難に陥るようにじっと息を詰めて観ていねばならぬ。咽喉《のど》が渇いてカラカラになってもお茶飲みにも廊下にも出られぬ……俳優学校卒業生と共にかの子作の釈尊に菊五郎校長自ら扮し、呪術師に尾上多賀之丞《たがのじよう》という豪華版だったにもかかわらず、仏法の真髄を喫し得ぬ凡下《ぼんげ》のわたくしにはその戯曲の内容がわかったようなわからぬような……》（逞しき童女）

小説を書くということに最終的な夢をかけつづけて来たかの子は、投書家時代からその才能を見つめて来た自分よりはるかに若年の吉屋信子をも、小説の世界に住む人間として羨望《せんぼう》と憧れをもって見ていたし、小説界への足がかりとして、その友情を大切に思っていた。

ウチッ子と自認するかの子は、家の中では三人の男の上に君臨する女王のように、わがままいっぱいに暴君ぶりを発揮したし、太郎への手紙の中では、思う存分、ヤンチャな筆づかいになり、自信と自負を臆面なく披瀝《ひれき》することがあったが、実生活の上では、世間に対してこっけいなくらい臆病だった。それは同時に被害妄想にまで達していた。

そのくせ、小説を書きたいという熱望のあまり、文壇や、女流作家の仲間づきあいには無関心でいることが出来なかった。

その著書の「人生論」や「仏教読本」や、随筆の中では、融通無碍《むげ》の生き方を説きながら、こと、文壇に関するかぎり、かの子の態度は極端に小心で、卑屈でさえあった。

吉屋信子に頼んで、林芙美子を自宅に招いたりしたのも、その心のあらわれではなかっただろうか。

かの子より十五歳も年下の林芙美子は、かの子とは対照的な、貧窮《ひんきゅう》の中に育ち、文字通り泥にまみれて女一人、逞ましく、自力で生きぬいて来ていた。かの子が渡欧した昭和五年には「放浪記」が改造社の「新鋭文学叢書」の一冊として刊行され、一、二年間に三十万部を売るというベストセラー作家になっていた。時に芙美子は二十六歳だった。

かの子の渡欧に先だち昭和五年七月から二ヵ月、「放浪記」の印税で単身、大陸旅行をしており、昭和六年秋にはやはり「放浪記」の印税で、シベリア経由でパリに行っている。かの子と同時期、ヨーロッパにいたことになるが、かの子の大名旅行にくらべ、旅先でも、家族のため原稿を書き、栄養失調と過労のため夜盲症になるという耐乏生活だった。その旅行記も自ら「三等旅行記」と名づけて出版している。一年にたりない滞在で、かの子より少し早く同じ昭和七年帰国していた。

帰国以後も、短篇集や旅行記、詩集などを続々刊行していたし、「改造」を舞台に活発な創作活動をつづけ、昭和九年には朝日新聞夕刊に「泣虫小僧」を連載するなど、すでに押しも押されもしない流行女流作家としての地位を確立していた。

そういう芙美子の文学を、かの子がどう認めていたかは疑問だけれど、芙美子の文壇的地位と名声には羨望の念を禁じ得なかったのは想像出来る。この年下の友にかの子は小説上の先輩としての謙遜《けんそん》な態度で、親交を結びたかったのだろうし、小説を書く上での友人づきあいがほしかったのだろう。ただし、世間のどん底で、世間の辛酸をなめつくした、好い意味でも悪い意味でも苦労人の芙美子が、子供のお化けのような大人のかの子を見て、どういう感じを抱いたかも充分想像出来るというものである。

二人の橋渡しを頼まれた吉屋信子の記録によれば、この日、かの子は、酒が好きだと聞いている芙美子のために一升びんを用意していた。それを岡本家の洋風の食堂のテーブルの上に、でんと立ててあった。そばに瀬戸の小火鉢に火がおこしてあり、その上に青い琺《ほう》瑯《ろう》引《びき》の薬《や》罐《かん》がのっている。

かの子は誰にも手伝わせず、あぶなっかしい手つきで酒を銚子につぎ、薬罐にどんどんいれる。

せいいっぱいのサービスだが、傍観している吉屋信子の目には、そのすべてが不調和でちぐはぐでこっけいに映る。芙美子は勿論、岡本家の生活様式や、かの子の態度を、冷たい皮肉な目で始終観察していた筈だった。

話題は、かの子が、女流歌人の仲間の悪口をいうことにつき、いつも、かの子から、最高の芸術についての情熱を神がかり的に聞かされていた吉屋信子には、意外で、不思議な感ばかりであった。

そんな卑俗な、埃っぽい噂話や、みみっちい悪口などは、かの子には全くふさわしくなかった。或いはかの子は、芙美子の人柄の前に、迎合しようとして無意識にそんな話題を選んだのか。後に円地文子も、かの子が口汚く、執念深く、人の悪口をいうのを聞いたと書き残しているところをみると、かの子の、被害意識は時々、そういう形で、反動的に曲《きょく》折《せっ》して外へ出るのかもしれない。

せっかくかの子の心をこめた招待も、思うほどの成功をおさめず、芙美子の方では、かの子を歯《し》牙《が》にもかけなかったことはその後、また、この三人の女流が、たまたま同席した時の挿話にあらわされている。

《ある日、婦人雑誌の各界の女人を集めた座談会の帰り、かの子、芙美子とわたくし三人が同じ車で帰る途中雨となった。かの子が先に降りる高樹町の家へ入る角の路に岡本家の老婢《ろうひ》が傘を持って立っていた。汽車や電車の駅ならともかく自動車で帰る奥さまをこうして待ち受けるのは相当ながく立ち尽さねばならぬのにとわたくしが感心すると、かの子は二つの黒眸《くろめ》に熱を含んでわたくしを睨むごとく見つめ、

「愛があるからよ、あのひと（老婢）はわたしを愛しているのよ！」

荘重《そうちょう》な口調で告げて車を降りてゆかれた。

そのあとで林さんはいきなりわたくしの肩をポンと叩いて「愛があるからよ、わたくしを愛しているのよ」と口真似をしておよそおかしくて面白くてたまらぬように小さい身体をゆすって高い笑い声をあげあのひとはなんていつまでお嬢チャンなんですかとまた笑った。幼少から険しい苦難辛苦の生を経てわが道を開いた林さんには、そのゆたかな詩情をもってしてもそれは理解の外にあったのも無理がない》（逞しき童女）

かの子は同性の友はほとんどなかったけれど、この頃すでに「文学界」の同人たちとの交際は始まっていた。

すなわち、昭和八年十月に宇野浩二《うのこうじ》、広津和郎《ひろつかずお》、豊島与志雄《とよしまよしお》、川端康成、深田久弥《ふかだひさや》、小林秀雄《こばやしひでお》、林房雄《はやしふさお》、武田麟太郎《たけだりんたろう》等八人で「文学界」が創刊された。最初、林、武田が語ら

い、川端、小林に話がすすめられ、「発刊の計画は、とんとん拍子に揃った。同人も忽《たちま》ち志を同じゅうして集った」

という川端康成の編集後記がつく運びになった。年齢も、大正時代から活躍の高齢者宇野、広津、豊島から、川端、小林、深田など「文学」以来の芸術派から、林、武田のようなプロレタリア陣営からの転向組までまじえ、呉越同舟《ごえつどうしゅう》と世間でかげ口されるような集りであったが、「文学界」の出現がさきがけとなって「文芸復興」のきざしが見えはじめた画期的な発刊だった。

この計画がすすめられた時、先ず資金がなくて立往生しかけた。その時、大正十一年頃から、岡本家に出入していた川端康成から、その話を聞いた、一平、かの子は広告代として、毎月一定額を寄附したいと申しいれた。

それは同人会の席上で毎月一篇最優秀の作品に奨励賞としてあてた方がいいという意見が出、かの子もその話に納得した。

そのため、かの子は「文学界」同人と親しくなり、後には「文学界」の会合は、岡本家で行なわれるようになって、かの子は彼等のために洋間を畳敷に改造するほどの熱のいれようだった。

かの子の寄附は匿名《とくめい》で出されたので、世間でも誰もかの子の歿後までその金の出資者を知らなかった。かの子が、自分の出した金で自分の賞金をもらったという「お手盛り」のおかしさを軽蔑した噂が、かの子歿後に流されたが、これは、かの子の「文学界」にのった作品「鶴は病みき」が、この賞をもらったことに対する世間の非難であった。

ただし、もしかの子が、世評の勘ぐるような卑しい感情で「文学界」並びにその優秀な同人たちに近づいたとしたら、格別、神経の鋭敏な彼等は、たちまちかの子の劣情をみやぶってしまい、相手にしなかった筈である。

かの子は晶川や潤一郎の「新思潮」時代の俤や情熱を彼等の上に思いおこしたのであり、なつかしさと、永遠に消えない小説への夢から、こういう処置に出たのだと思う。

川端康成の人と文学については、一平もかの子も無条件で尊敬しており、かげでの会話にも、一度としてけなしたことはなく、

「あれは本物ですよ。あの芸術の純粋さには全くかなわないわねえ」

と話しあっていたと、仁田が証明している。

かの子はその頃書きためていた小説の草稿を謙虚な態度で川端康成にみせ、その批評を請いはじめていた。

「文学界」同人はかの子が毎月寄附金を出しているというような実利的な面からではなく、かの子の純粋さと一平をはじめ岡本一家の芸術に対する盲目的ともいうべき殉じ方やその情熱に、美しさと快さを認めたからこそ、岡本家を会合の場所にするほどうちとけたのではないだろうか。

一平は、若い川端康成に向って、

「かの子がお世話になります」

といって、衿を正し、真心を顔にあらわし、叩頭《こうとう》するようなことも度々あった。

一平は、およそ、かの子の小説のためなら、どんな人にも頭を下げ、真剣に頼みこんだのだった。

後にやはり「文学界」の同人になった阿部知二《あべともじ》も、当時、一平に狙われた一人で、しきりにかの子の小説の指導をしてほしいと頼みこまれた。

月に一回か二回、阿部知二は一平から招かれて、高級料理店で、さんざん御馳走になる。もちろん、目的はかの子の小説指導で、頃あいをみはからって、いつのまにか一平は座敷から消える。

かの子は知二にむかって、滔々と文学の理想をのべ、小説への夢を語りきかせる。

「ガルスワーシーとかバーナード・ショーとか、いろいろ、難しい博学な話をひとりでやつきにして、こっちは退屈でちっとも面白くない。ところがかの子は夢中で三時間でも四時間でもしゃべりつづけるんですからね、その上、帰りにはごっそり生原稿をもって帰らされる。その原稿がまた観念的で、言葉の濫費《らんぴ》ばかり目だって、ちっとも面白くもよくもない。全くぼくは当時、岡本かの子があれだけの作家になるなんて夢にも思っていませんでしたね」

と、阿部知二は往時を思い出している。

ある日、あんまりつまらないので、丁度町で逢った奥野信太郎《おくのしんたろう》を誘ったところ、たべ放題のみ放題という知二の言葉に釣られ、奥野信太郎も同道した。

かの子は、新顔がいようがいまいがそんなことに頓着する性ではない。例によって、会談の間中、ひとりで文学論をふりまわしていた。

ようやく、かの子から解放されて街に出たとたん、奥野信太郎は、

「ああ早く、どこかののみやへいって、目に一丁字もない教養のない女と安酒がのみたいね」

といった。二人は逃げるように、安酒場へとびこんでいった。

その頃のかの子の小説は、どこの出版社に持ちこんでも、丁重にことわられるだけであった。

もし、この時一平の不断の励ましがなかったならば如何に自信とうぬぼれの強いかの子といえども、あれほどねばり通すことが出来ただろうか。

もちろん、こうして世話になる人々には、一平は十二分の御礼をすることをわすれなかった。

阿部知二は、ある日、

「坊ちゃんにセーラー服をつくってあげてちょうだい」

とかの子から、クリーム色の麻布をもらった。

「これはオランダの麻ですよ。上等なんですから、それにとても丈夫ですよ」

かの子は得意そうにその麻の質のよさを強調した。知二は喜んでそれをもらって帰り、早速子供のセーラー服をつくらせた。

しかし、その服は一回洗うと、めちゃめちゃにちぎれてしまった。

知二はかの子が決して、自分をだましたのではなく、あの純真さ、信じやすさを利用され、外国商人のたちの悪いのに、まんまとだまされて買って来たのだと想像し、かえって、かの子の純粋さにうたれたような気がした。

この頃、また、谷崎潤一郎にも小説を送って、教えを乞うている。潤一郎は、

「小説といっしょに反物を一反送って来てね、すぐ送りかえしてやった」

と座談会でいっている。江戸っ子の潤一郎は、反物を送りつけたという行為を野暮な失礼なしわざと感情を害したのである。

こういう気のつかい方は、本来、かの子のするものではなく、苦労人の一平が、かの子を世に送りだすため、若い川端康成の前にも叩頭したような気持で、すべて真心から取りはからったことにすぎない。けれども往々にして、それは「やりすぎ」の感じを人に与え、かえって、かの子のためにはならないことも多かった。

たとえば、この頃から、かの子は新聞の随筆の原稿料など、受けとるとすぐ、その正味

半分を、かかりの編集者に送りかえす。「どうかお茶でもおのみ下さい。他のどなたかと御一緒につかって下すっても結構です」

というような手紙がついている。都新聞の記者をしていて、かの子に原稿を頼んだことのある井上友一郎《いのうえゆういちろう》は、

「そうされると、かえって、気になって、そのわずかの金がほしいのかと思われそうで、原稿依頼がし難くなりましたよ、こっちは本当にかの子さんの原稿がほしい時でも、二の足をふむんですね」

と、当時を回想している。

とかく、そうした誤解を受けがちの中で、「文学界」同人たちだけは、終始、かの子の理解者だったのは、かの子にとって実に幸福なことだった。

かの子の小説はこうして、なかなか思うように認められないままに、外遊中の見聞をまとめ随筆集にする仕事もしていた。

すでに第一随筆集「かの子抄」は出版したが、その中には盛りきれなかった外国の思い出を少しずつまとめはじめていた。

ラジオドラマや、童話なども頼まれると喜んで書いていた。

それらはすべて、小説が認められないうさ晴しのようなもので、かの子は一日として小説を忘れたことはなかった。

た。

「小説は私の初恋だ。恋に打算はない」

というかの子は、全く、こと小説に関しては小娘のように初心《うぶ》で小心でおどおどしてい

た。

このころ、仁田は、ロンドンでうつってきた結核に腎臓が犯され、病床についた。

かの子も一平も親身な看病をし、充分養生させた。

かの子は寝ている仁田の退屈しのぎにと、ラジオを枕元に置き、株をやるようにすすめた。頭を遊ばせておくのはもったいないというのがかの子の意見だった。

おかげで仁田は終日、株式放送に注意したため、寝ながら、株の世界のことがわかり、少しずつ、買いはじめた。

それは気味の悪いくらい当ってもうける一方だった。

するとかの子は、

「株の守り本尊は浅草の聖天様《しょうてん》ですからね。もうけの一割は必ず聖天様に寄附しなければいけません」

と真顔でいう。仁田を聖天様が守っているのだというのである。また、聖天様というのは、もともと、色欲の強い仏だからエロチックなものが好きなのだといい、女性の脚のような二また大根をそなえるのが一番功徳《くどく》になると説いた。そして、株でもうかる度、東京中の八百屋に人を走らせ、あるだけの二また大根を買いあつめ浅草の聖天様に献納した。

仁田は、軀がよくなり、起き上れるようになっても、やはり株をつづけ、その当時の岡本家の家計を助けたし、金が入る度、家中で銀座へくりだし豪勢に食べ歩いた。

大暴落の一瞬前、仁田は持ち株を全部整理しており、損害を一切うけなかった。

かの子はそれも聖天様の御利益《ごりやく》だと、本気のような顔でいっていた。

軀がよくなると、仁田はまたかの子のために、小説の下準備をしなければならなかった。


かの子は、一つの事柄を仁田や恒松にしらべさせると、その報告書をうけとり、必ず文章に文句をつける。

「こんなありきたりの手垢《てあか》のついた文章で物を書いちゃだめじゃないの、自分で考えた、自分のことばで、自分だけの表現をするようにしなければ――これを明日の朝までに書き直しなさい」

もともと、いくら頭はよくても医科系の仁田は、調べは正確だが、文章は大の苦手だった。書くことさえきらいなのに、それを独特の表現をせよと強いられるのが死ぬほど辛い。それでもかの子は自分の思うようにならないと、泣き叫んでヒステリーをおこすので仕方がなかった。

仁田は、夜も眠らされず、その報告書の書き直しに没頭する。苦しさの余り、頭を壁にうちつけたり、水をかぶったり、さんざん苦心して、どうにか朝までに書き直す。それでも気にいらない時は、かの子は情容赦もなく、再び書き直しを命じる。

そんなことで二日も三日も徹夜することなどはざらであった。

こうした生活の中でも、太郎を思いだす時、かの子は世の常の母なみに子供恋しさの情にうちまかされる夜もあった。

「太郎に、ぢかに会ひたくつてもう手紙なんか書くのうんざりだ。ぢかに会ひたいんだよ。太郎を思ふ心がのりうつるんだらうか。おまへに似た青年や、年ごろの男の人にこのごろ親愛を感じて仕方がない。多摩川の父、すなはちおまへのオヂイサンなくなられたんだよ。平凡な人だつたが、インテリ気質《かたぎ》のかなり敏感な精神をもつてゐた。なくなつてみると愛惜される方だつた。しかし教養がたうてい現代でないから教養的には話も合はぬ。ただ人間的にやつぱりよいところがあつた。若い魂と上品な起居、昔のモダンボーイでかはいいところのある方だつた。若いうちは大家の好男子の若旦那で、声もよいはうだつた。

私は、今ごろ、恋を感じて仕方がない。前に自分の書いた蓮月尼《れんげつに》の芝居なんか見ると、いやにさとりすました女性が小にくらしくつて仕方がない。けれどまちがひなんか重々ひき起さないさ。だつて私のまはりには人間的にすばらしい愛が満ちてるもの。ただ胸をいためて、一人で泣いてるくらゐさ。かりに恋をするとしてもいとも大丈夫な恋をするさ。

（目下何らの実現はなし）

純文芸の小説なんかどんどん書けば恋はひとりでにそのなかに滲透《しんとう》するさ。おまへのこの間くれた手紙はすばらしいよ。私は芸術家だから芸術の神にぬかづけばよいんだよ。だが大乗仏教はそれさへ認めてくれるんだよ。芸術に奉仕するときは、仏が芸術の神になつてくれるのだよ。この点ジイドのひねくつてゐるカソリックの神なんかとすつかりちがふんだよ大乗仏教は。

一月二十三日（昭和九年）　かの子
太郎へ」

パリの太郎は、一人で異国に暮すうちに、たちまち、めざましい精神的成長をとげたらしく、時々送ってくる母への手紙は、かの子をびっくりさせたり怖がらせたりするほど、潑剌《はつらつ》とした生気と明快な理論につらぬかれていた。そして、だれよりも、時には一平よりも正確にかの子の本質を見抜いているのに呆然とさせられた。

《今お母さんの手紙を受け取りました。お母さんが自分の書いたものの世評に（たとへば先々月の××に載つたやうな）超然としてゐると聞いて、すつかり安心しました。自分の中にある汗、垢、膿などを喜んで恥とせずに出して行くことができれば万々です。ぼくの書いた意味は、それによつて受ける反動が、お母さんを苦しめて、ますます苦境におとしいれることを心配したので、今となつて超然とした、はつきりした態度を持つてゐるお母さんなら心配しません。ぼくはパリでお母さんといつしよにゐたときも「世評にくよくよするお母さんがいちばんいやだ、ケチくさくつて、女くさくつて」とよくいひましたね。しかし、その汗や垢があまりくだらないうちは到達だとはいへませんよ。

とにかく、さういふ心境に立つたといふことは祝福すべきことです。でも、ほんたうにさうなれましたか？　すべての自己満足を殺さねばなりません。まだまだお母さんは弱い。うちの者の愛に頼りすぎるといふことは自己満足です。お父さんがお母さんに対する愛は大きいですが、お父さんの茫漠《ぼうばく》性がかなりお母さんに害を与へてゐると思ひます。お父さんの茫漠性は長所であり短所であると思ひます。本当に今しまつてもらはなければ困ります。

小児性も生まれつきでせうが、やめにしてください。自分の持つてゐる幼稚なものを許してながめてゐることは、デカダンです。自分の持つてゐないものこそ、務めて摂取すべきです。一度自分のものとなつたら、そこから出る不純物、垢は常に排泄するのです》（息子の手紙一）

《――（前略）ですからあんな作品を書かないでください。ぼくがお母さんを攻撃するのは、じつに悪い半面をたたきつぶすのがぼくの愛された子としてのつとめだと思つてゐるからです。（お母さん、あんたはじつによい半面を持つてゐます。第一義的からい

つたらよいも悪いもないけれど、ぼくの知るきびしい人生や芸術に当てはめて見てですよ）

いくらぼくがいつても、わかつてくれなかつたら、お母さんは自分の子のいふことさへ耳にはいらないといふことになるのです》（息子の手紙㈢）

《（前略）ぼくはいはゆる宗教と称せられるものと純粋な芸術との間に大きな溝があると思ふのです。芸術家にとつては芸術しかなく、それは道徳でもなく非道徳でもないのです。これからの芸術家は芸術を信ずればよいので、神仏を信ずるのではないと思ひます。

芸術家は宗教より、より科学的である唯物論をも信じきることができません。芸術家が、自分の目の前に信心の対象より、もつと優れた芸術の姿が見えないのは、意気地《いくぢ》のない貧乏な芸術家としか思へません。崇高な芸術家の姿が見えたらすぐそれが神であり仏であるなどと俗な宗教家のいふやうな理屈をいひだしたらぼくは逃げ出しちやひます。

そこからまた宗教にこだはりだすからです。

信心を通して芸術を見たり唯物論等から果して芸術が生まれるでせうか。（略）

芸術家はあくまで革命的でなければならない。創造的でなければならない。（略）

芸術家は芸術のみを信ずればよいのです。芸術量の少ないものが信心や唯物論に行け

ばよいのです。お母さん。あなたはそんな芸術家でゐながら何をくよくよ迷つてゐるのです。（略）

芸術は宗教も道徳も越えたところの、切実な現実を現はすのです。（略）

この手紙を書いてしまつてから、我ながら驚いたのです。なぜならお母さんはほんたうのところ以上のことを解してゐるはずだからです。お母さんの真底にある天地間の闊達無碍《むげ》な超越的思想からすれば、今さらぼくが以上のやうな手紙を書かなくてもいいわけなのです。こんな煩雑なことを誰がさせるのですか。お母さん、やつぱり、あなたがさせるのです。お母さんはあんなりつぱな思想を研究し了解し得る素質を持つてゐるくせに、お母さんの個人にそれに添はない幼稚ないたらないところが残つてゐるのです。で、ともすれば子のぼくにさへ、ただの信心家だなどとお母さんは思はせ、こんな手紙を書かせるのです。お母さんの一方はあまりに偉すぎます。一方はあまりに偉くなさすぎます。あいにくなことに、偉くないはうがお母さん自身にも他にも多く働きかけるのです。両方がよく調和したときがお母さんのほんたうの完成を見るときなのです。（後略）》（息子の手紙四）

こういう太郎の手紙を見ると、かの子は、

《このごろは気がゆるんでしまつて、太郎にかへつて来てもらはうかと思ひ出してしまつたの。

よそへ行けば仲のよい親子を見るし、うちで何かしてゐても、もう世間態や名誉心はあんまりなくなり、内面的に楽しく暮らしたいのは、ときどき喧嘩《けんか》してもいつしよに芸術をたのしんだりいつしよに貧乏したりするはうがいいものね。一生懸命働いて何がたのしみに暮してるんだかわからなくなつたよ。

　このまま五年も一〇年も別れてりや君は三〇歳にもなつてよその人みたいになるしナア。日吉台《ひよしだい》へうちたて君あすこに住んで、どうだね。おヨメナンカもらはなくてもよいよ。無理にそんなことといはないよ。日本に住むだけで結構さ。君どう？　けふはこれでおしまひ》

などという心のくじけた甘えた手紙を書くかと思うと、

《久しぶりで手紙もらつてうれしく読みました。かつ、ありがたく言々を読んだ。

おまへのいふこと、ことに私の心象作物に対していふこと、みなもつともだ。

しかし、普通のもつとも以上に私のもつともがこのごろ私に存在してゐるのだ。おまへのもつともはうなづきながら私のもつともはそれ以上に超然としてゐるのだ。

私は幸福だと思ふ。私に仏知《ふつち》の働くこと頓《とみ》に加はつたとでもいはうか。私は何物をも肯定する。何物も恐れぬ。私のプチブル趣味さへも恐れぬ。それが実在で私にあり、私の対象の一人にでも迎へられる以上、そしてもしそれが真の私の近親おまへにきらはれ、きらはれることによつて私がまたそれをきらひ、それより脱し得られる時機が来るものなら来るであらうし――私の著書などといふものは私の体臭、あるひは汗のやうなものだ。心身の体内、汚臭、香気、みな出でつくせよといふ気持で書き、それをそのままとめたものだ。ふりかへつて見ようともしない。見てひはんしてゐるときかへつて自己マンネリズムにおちいる。楽しく公平に人間、あるひは世間を見て行く、そして自分の情感思想を取り扱つて生きて行く。その余は何をかたくらみ希求しよう。(後略)》

(母の手紙)

と、りりしい返事を書き送ることもあった。

自分の身近にいる三人の男性の献身的な協力の外に、思いがけず、パリの太郎までが、いつのまにか、かの子の芸術のために一役買ってくれていた。

かの子はすでにこの頃から長篇にも手をつけていた。

けれども阿部知二が言ったように、どの作品も意あまってことばたらずという調子で、理想は高いのだけれど眼高手低の、どうにもならないものだった。その上衒学《げんがく》的な用語がやたらにつかわれていて、とうてい、文壇に通用する小説ではなかった。

川端康成は、かの子から次々原稿を読まされながら、そんなかの子を励ましつづけた。

「或る時代の青年作家」「かの女の朝」などの小説を、好意をもっては読んだが習作の域を出ていないことを指摘した。

「或る時代の青年作家」は、亡き晶川や、谷崎潤一郎の青春時代の姿を、かの子の目を通してスケッチ風に描いたもので、「かの女の朝」は、太郎の手紙を中心に、かの子の身辺を描いたものである。「かの女の朝」は後に名作「母子叙情」のパン種となったものである。もちろん、「母子叙情」に遠く及ばない。

康成にすすめられ、かの子は今度は歴史小説のような「上田秋成の晩年」という作品を書いた。考証好きのかの子が徹底的に調べあげた材料を駆使して、敬愛している上田秋成の生涯の孤独を描いたもので、力作だったが、どこか生硬で、ぎごちなさがのこっていた。

それでも康成は、これをはじめて「文学界」十月号に掲載した。

世評は全く問題にしなかった。つづいて「三田文学」に「荘子《そうし》」を発表したが、これも老荘《ろうそう》の哲理を敷衍《ふえん》して書いたもので、文学的には未熟で、黙殺された。

この後も、一平は、かの子の作品を、あらゆる文芸雑誌にもちこませたが、どこでも相手にされなかった。「改造」も「中央公論」も当時、かの子の小説には全く冷淡だった。

世間では、歌人として、仏教研究家として一流の女流とみとめられ、また一平の妻として何不自由ない地位にありながら、この時くらい、かの子の心が焦りと不安と絶望で、暗くとざされていた時はなかったのではないだろうか。心の底では、自分の才能に疑いない自信をもちながら、現実のうちつづくジャーナリズムの冷淡さに、「わたし、本当に小説家になれるでしょうか」など、「文学界」の若い同人に、真剣にたずねたりしたのもその頃のことであった。

かの子の小説がなかなかジャーナリズムにとりあげられなかったのは、一つは作品の未熟さにもよるが、あまりに他の分野で有名なかの子の小説としては、よほどの値打のあるものでなければ、うかつに出せないという編集者の気持も大いに作用していた。

それと同時に、かの子の真剣な、血の滲むような創作態度は、誰も知らないし、かの子の文学少女がそのままふくらんだような一途で純一な小説への執念というものは世間では想像外だったので、裕福な有名人の、余技くらいにしか思われていなかったマイナス面も強く作用していた。

昭和十一年三月、小説では一向成果が上らないままに、外遊中の見聞をまとめた紀行文「世界に摘む花」が実業之日本社から出版された。これは、九年に出した「かの子抄」にくらべると、はるかに、豊かな文学的香気でいろどられていて、かの子がこの一、二年、いかに苦しみ、物を書く努力をしたかが、うかがわれる。この中には、旅行者として単に、風物や社会事情を書き記したものもあると同時に、かの子の「小説への試み」がいたるところにちりばめられている。

パリの街娼の描写なども、スケッチ風のものより、コント風にまとめた方がいきいきとしたリアリティにとんでいるし、ロマンティシズムにみちた、散文詩のような小品も数篇、こころみられていた。

かの子はどの本にも大げさな、気どった序文を書く癖があったが、この本にもはしがきとして、

《この集は、私の昭和四年から七年までの欧米遊学期間中の記念作品である。世界を、時に開閉する花弁《はなびら》に譬《たと》へるなら、昭和六年、すなはち一九三一年、英国が金再禁止をしたのを契機に、経済界の恐慌、関税の障壁等、世界の花弁は、つぼむ方に向つた。

私が外遊してゐたのは、この契機を中間に挟む歳月の間であつた。従つて、世界の花が咲き漫れる絶頂も、世界の花がつぼみ出すあわただしさも共に見たわけである。

その形勢の中を歩いては、見聞また自づから世相の方向にも触れざるを得なかつた。この点、時代は私の一部をして報道記者たらしめたと言へよう。だが、

始めは芳草に随つて去り

また、落花を逐うて回《かへ》る

もとより詩文を生命とする私には、世界を廻る間も、この観点は自ら保たれてゐた。この書の物語的紀行文集といふ肩書の謂《いはれ》は、従来の平面的紀行文の範《のり》を出でて、いささか立体的なものとして書きたかつたので、篇中この形式のものを多くしたためである》

と、いわでもの解説を加えている。すなわち、かの子自身、この紀行文の小説的匂いの強いのを充分計算にいれていたということがわかる。

このあと、大正十二年の震災当時、鎌倉でいっしょになった芥川龍之介をモデルにした

「鶴は病みき」という小説を書きあげた。この作品は、龍之介に対するかの子の愛憎の陰影がきつかっただけに、情熱がこもり、はりのある好短篇になった。かの子も内心期するところがあったので、「中央公論」にもちこんだ。当時の編集長だった佐藤観次郎《さとうかんじろう》は、編集部の藤田圭雄《ふじたたまお》に読ませ、まあ、のせてもよいというところまでになった。ところが、かの子は、その間が待ちきれず、谷崎潤一郎に直接事情を訴えた。そのため、潤一郎から話があり、原稿は「中央公論」から潤一郎の手にわたった。潤一郎は「こんなものは仕方がない」と片づけてしまった。そのため、かえって、収拾がつかなくなり、原稿はかえされてきた。

川端康成は、この原稿を「文学界」六月号に拾いあげた。当時のことを川端康成は、「材料が材料なので菊池さんがどういうかととても心配だったけれど、菊池さんはさすがですね。芥川の一面がよく書けている。いいだろうといってくれて、ほっとしました」と述懐している。康成は更にこれに心のこもった懇切な作者紹介の推薦文を添えて飾った。

《岡本さんが小説では新人のつもりで勉強してゐられることだけは言つておきたい。また、この「鶴は病みき」については、モデルに対する深い愛情で書かれたものであることだけは言つて置きたい。岡本さんは初めこの小説の発表を幾分躊躇されたやうであつた。芥川氏がモデルであることが明かだからであらう。そして作者の心が誤解されるこ

とを憂へてだらう。しかし、作者を離れ、モデルを離れて、これは一個の立派な作品であらう》

この一作で、かの子の目前から、はじめて檜舞台《ひのき》の緞帳《どんちょう》が、きっておとされたのである。

第十九章　黄金の椅子

《この女流作家は作をしてゐる当面のことを訊かれるのをトテも嫌ふのである。ある時期に度々眼を泣き腫《はら》して食堂へ出て来た。どうしたのだと訊くと、訊いてくれるなといふ。その後、文学界賞を貰つたのだといふので、やがて、かの女の作「鶴は病みき」といふのを見て判つた。モデルの主人公を書き乍ら泣いてゐたんだ。当つた、と恥しさうにいつた。この女流作家は太いのや細いのやペンを幾通りも、机掛も幾通りも色の変つたのを持ち、書く内容の気分で更《か》へる。美人を書く時はまづ自分がちやんとお化粧する》

という一平の文章があるが、これは、田村俊子《たむらとしこ》の「女作者」に明らかに似せた文章で、内容も似ている。大いに読者を意識して、かの子の女作者ぶりを魅力的に宣伝しようとする意識が見えすいていてかえって真実味の少ない文章である。第一、かの子は仕事については必ず、一平や協力者たちに逐一話し、話し乍ら、考えたのであって、とても、最初の二、三行のようなことはあり得ない筈であった。けれども、モデルのために書き乍ら泣いたというのはいかにもかの子らしい書き方で、美人を書くためお化粧したり、ペンの太さや、机掛けを、題材によってかえるといった文学少女めいた甘さとは別の次元の涙であると思う。

かの子のような作家は、書き乍ら、泣いたり、書き乍ら、痛がったり、書き乍ら陶酔におちいったりして、憑かれたように書くタイプである。

冷静に、題材をつっぱなして高みからあるいは遠くから眺めながら、科学者のようにメスを振うということは出来難い資質である。

したがって出来上った作品は、どこかに無駄があったり、過剰であったり、飛躍しすぎたり、読者をひっかきまわすような混乱があって、行間から、活字であらわしきれない作者の情熱がふきこぼれ、それが読者を気づかぬまに、強く激しく捕え撃つのではないだろうか。

「鶴は病みき」も全体として決してすっきりとしたものではなく、妙にねちっこくて、文章もくどく、描写も素人っぽいたどたどしさがある。それでいて、「文学界」が「賞」を出して恥しくないだけの充実した熱っぽさが行間から滲み出て来て読者を撃つのである。

ちなみに当時の「文学界」はこの小説を発表した六月号に先だって一月に、改組して横《よこ》光利《みつり》一《いち》、川端康成、小林秀雄、深田久弥、林房雄、藤沢桓夫《ふじさわつねお》、武田麟太郎、河上徹太郎《かわかみてつたろう》、舟橋聖一《ふなばしせいいち》、阿部知二、村山知義《むらやまともよし》、森山啓《もりやまけい》、島木健作《しまきけんさく》らが参加していた。当時の「文学界」とは、

《文学界はかの子さんがだしてくれたやうなものである。同人会にかの子さんの家をかりた事もあつた。その為にかの子さんは洋間を畳の間に改造した》（追悼文）

と川端康成がいっていたような関係であった。

この作品の反響は大きく、賛否両論で、非難する側の風当りもかの子の予想以上だった。特に最後の結びの文章にその攻撃が集中していた。

《その年七月、麻川《あさかわ》氏は自殺した。葉子《えふこ》は世人と一緒に驚愕した。世人は氏の自殺に対して、病苦、家庭苦、芸術苦、恋愛苦或ひはもつと茫然と透徹《とうてつ》した氏の人生観の、一つ一つ別の理由をあて嵌めた。葉子もまた……だが、葉子には或ひはその全てが氏の自殺の原因であるやうにも思へた。その後世間が氏の自殺に対する驚愕から遠ざかつて行つても葉子の死に対する関心は時を経てますます深くなるばかりである。とりわけ氏と最後に逢つた早春白梅の咲く頃ともなれば……そしてまた年毎に七八月の鎌倉を想ひ追懐《ついかい》の念を増すばかりである。

また画家K氏のT誌に寄せた文章に依れば麻川氏はその晩年の日記に葉子を氏の知れる婦人のなかの誰より懐しく聡明なる者としてさへ書いて居る。それが葉子の思ひを一層切実にさせるといふのは葉子は熱海への汽車中、氏に約した会見を果さなかつた。氏と約した通り氏に遇ひ氏が仮りにも知れる婦人の中より選び信じ懐しんで呉れた自分が、鎌倉時代よりもずつと明るく寛闊《くわんくわつ》に健康になつた心象の幾分かを氏に投じ得たなら、あるひは生前の氏の運命の左右に幾分か役立ち、あるひは氏の生死の時期や方向にも何等かの異動や変化が無かつたかも期し難しと氏の死後八九年経た今でもなほ深く悔い惜しみ嘆くからである。これを葉子といふ一女性の徒らなる感傷の言葉とのみ読む人々よ、あながちに笑ひ去り給ふな》（鶴は病みき）

このくだりを嫌味と感じ、鼻持ちならないうぬぼれととり、冷笑し嘲笑された。村松梢風も後に、

《滑稽なくらゐ不遜な言葉で「仏教哲学などで済度《さいど》される芥川ではない」》（近代作家伝）

ときめつけている。

かの子自身はこの作品に対して「自作案内」に、

《これは私の出世作といはれてゐる。モデルである故文人を愛惜する余り書いた。前にも一寸云つたやうに、篇末の方に、もし私があの人の自殺前に遇つてゐたら……といふ件は余り自負をみせたやうに人にとられるかもしれないが、私は今云へば、あれは単に私が遇つてゐればではなくて、あの人に「仏教哲学を話さして頂いてゐたならば」の意味であるのを遠慮深くあのやうにかいてしまつた》（文芸昭和十三年四月号）

と弁解している。

いずれにしても、漸く、純文芸雑誌にのせてもらった作品に対する世評にかの子は神経

質になり、岩崎呉夫の「芸術餓鬼」によれば、かの子が当時、誰彼となく「私、小説家になれるでしょうか」と訊き歩き、武田麟太郎は同じ質問を受け、

「腹蔵ないところを云ってくれと真剣に問はれて困ったことがある。私としては、もっと人が悪く、世間ずれしてゐなければ小説なぞ書いて行くのは無理ぢやないかと考へてゐた」

といったという話を伝えている。

《タロサンボクあんまり手紙書かなくなつたろ、ひまもだんだんナクなるんだけどボクはだんだんタロサンをタクサン愛し出したんぢやないかな——略——考へてみればタローはもうおやぢさんみたいな大人だろ。大人に手紙書くのはちよつとハヅカシーイな、親子テンダウといふ形。

ボクはこのごろ新進作家。あのね、文学賞をもらつたよ、文壇にセンセーションを起こした一作をものしたさ。だけど太郎、ボクは新進作家のうちから大家の風格をもつてる作品を書くタチだよ。ママがこんな自慢してくると横光氏に話してごらん——略》

(母の手紙)

《太郎、私たちはほんたうにおまへに手紙を書かないね。書かないでもよいやうな気持になれてこの地上にたつた一人離れてゐる最愛の者があることを静かに思つてゐられるやうになつたにもよるのだね。だが、も一つ原因がある。私が最後の目的である純文芸

小説に熱中しだしたからでもあります。おまへは喜んでくれるだらうか。

　私はとにかく日本の文壇のある特殊な女流作家として認められ始めた。「鶴は病みき」といふのが評判となり、引きつづいて出た小説も評判がよく、今度第一短篇小説集が出る。出版社では私自身の装幀をのぞみ、自序とともにけふそれらもでき上つた。おまへに見せてよい本の一冊がまづでき上がりさうです。以後の作によつて今後はもつとよい創作集ができ上がらう。今度のはまだまだ習作だ。とにかく第一集出版ができるまで家中熱中してゐて──（略）》（母の手紙）

　外へむかっておどおどしていたかの子も、内心の自信は肉親に向ってはかくす必要もなく無邪気な手放しの喜びようだった。何れにしろ、「鶴は病みき」の一作で、文壇の一隅に、憧れつづけていた自分の椅子の一つを与えられたことはたしかだった。

　その年は「鶴は病みき」にひきつづき「三田文学」六月号の戯曲「敵」、「文芸」九月号に「渾沌《こんとん》未分」、「文学界」十二月号に「春」を発表している。手紙の中の処女創作集は信正社からその年の暮に出たものである。

　「渾沌未分」は、「鶴は病みき」と同一作者の手とは思えないほど、格段の円熟をみせた匂うような名作である。老荘の思想からとった「渾沌未分の境涯」を水中の世界になぞらえ、題名にしているこの小説は、「鶴は病みき」よりもはるかに、岡本かの子文学のあらゆる芽を内包していて、かの子のいうような習作の域はすでに脱した一つの完成した芸術作品である。後の作品になると無抑制なほどあふれるナルシシズムが、この作品には、深く圧えられていて、作品の格調を高め、練りこまれた文章からは、海底から聞こえてくる人魚の歌声のような不思議な妖しい、人の魂をひきこむような音楽的響きさえ伝わってくる。

《小初《こはつ》は、跳ね込み台の櫓《やぐら》の上板に立ち上つた。腕を額に翳《かざ》して、空の雲気を見廻した。軽く矩形《くけい》に擡《もた》げた右の上側はココア色に日焦けしてゐる。腕の裏側から脇の下にかけては、さかなの背と腹との関係のやうに、急に白く柔くなつて、何代も都会の土に住み一性分の水を呑んで系図を保つた人間だけが持つ冴えて緻密《ちみつ》な凄《すご》みと執拗な靭性《じうせい》を含んでゐる。やや下ぶくれで唇が小さく咲いて出たやうな天女型の美貌だが、額にかざした腕の陰影が顔の上半をかげらせ大きな尻下りの眼が少し野獣じみて光つた――略――中柄で肉の締つてゐるこの女水泳教師の薄い水着下の腹輪の肉はまだ充分発達しない寂しさを見せてはゐるが、腰の骨盤は蜂型にやや大きい。そこに母性的の威容と逞ましい闘志とを潜ましてゐる》（渾沌未分）

この書き出しの中に描かれた小初という少女の容貌肢体こそ、かの子のその後の文学に様々に変幻して表われる理想の美少女の原型である。

小初の家は代々隅田川筋に水泳場を持つ清海流《せいかい》の水泳教師の家筋だったが、次第に新文化の発展に追いつめられ、場末の横堀《よこほり》に移り移りしたあげくついに、砂村《すなむら》の材木置場の中に追いこまれてしまう。父は水泳教師以外の仕事も持っていたがそれも時代の推移に押し流され、落ちぶれて、今は娘と二人夏場は夜番といつくろって水泳場へ寝泊りしている。二人の面倒をみる材木屋の五十男貝原《かいばら》の野心を見抜き、小初はそれを利用して、都会の中でなくては生きていけない自分たち親子の生活をたて直そうとたくらんでいる。一方小初は薫《かおる》という美少年と恋の遊びを覚えていた。

《水中は割合に明るかつた。磨硝子色に厚みを保つて陽気でも陰気でもなかつた。性を脱いでしまつた現実の世界だつた。黎明《れいめい》といへば永遠の黎明、黄昏《たそがれ》といへば永遠に黄昏の世界だつた。陸上の生活力を一度死に晒《さら》し、実際の影響力を鞣《なめ》して仕舞ひ、幻に溶かしてゐる世界だつた。すべての色彩と形が水中へ入れば一律に化生せしめられるやうに人間のモラルもここでは揮発性と操持性とを失つた。いはば善意が融着してしまつた世界である。ここでは旧套の良心過敏性にかかつてゐる都会娘の小初の意地も悲哀も執着も性を抜かれ、代つて魚介鼈《ぎよかいべつ》が持つ素朴不逞の自由さが蘇つた。小初はしなやかな胴を水によぢり巻き〳〵飽くまで軟柔の感触を楽しんだ。

小初は掘り下げた櫓台下の竪穴から浅瀬の泥底へ水を掻き上げて行くと、岸の堀垣の毀《こぼ》れから崩れ落ちた土が不規則なスロープになつて水底へ影をひくのが朦朧《もうろう》と目に写つて来た。

この辺一体に藻《も》や蘆《あし》の古根が多く、密林の感じである。材木繋留の古い古杭が朽ちてはうち代へられたものが五六本太古の石柱のやうに朦朧と見える。

その柱の一本に摑《つか》まつて青白い生きものが水を掻《か》いてゐる。薫だ。薫は小初よりずつと体は大きい。顎や頰が涼しく削げ、整つた美しい顔立ちである。小初は矢庭に薫の頸と肩を捉へて、うす紫の唇に小粒な白い歯をもつて行く。薫は黙つて吸はせたままに、足を上げ下げして、おとなしく泳いでゐたが、小初ほど水中の息が続かないので、ぢきに苦悶の色を見せはじめた。それからむやみに水を搔き裂きはじめた。たうとう絶体絶命の暴れ方をしだした。小初は物馴れた水に溺れかけた人間の扱ひ方で、相手に纏《まと》ひつかれぬやう捌《さば》きながら、なほ少しこの若い生きものの魅力の精をば吸ひ取つた》（渾沌未分）

薫との水中の戯れを活写したこの件《くだり》は全篇中の圧巻である。

フランスのコレットを想わせるような豊満な官能の匂いがたちこめている。これまでの女流作家には見られなかったかの子のオリジナルの世界といってよいであろう。同時に、この中に書かれた小初の父、時代の推移に順応出来ず、生活能力がないくせに、都会人としての自負と趣味生活は骨までからみつき「不味いものを食うくらいなら、いっそ、くたばった方がいい」という男のタイプも、かの子の今後の文学にくりかえし出てくる一つの人間像の原型である。

小初は処女としての最後の遠泳会に、薫と貝原に追わせながら、河から海へ、次第に雨

脚の激しさのますなかを、

「泳ぎつく処まで……何処までも……何処までも……誰も決してついて来るな」と、

「灰色の恍惚からあふれ出る涙をぽろ〳〵こぼしながら、何処までも〳〵白濁無限の波に向つて抜き手を切つて行く」

河から海に向って泳ぎ出していくという幻想も、かの子文学の究極の理想図であった。その意味でも、私は、むしろ、「渾沌未分」という作品こそ、かの子の全文学の母胎をなし、かの子の文学の思想を凝縮している貴重な意味を持つ作品ではないかと考えている。家系の宿業と、女の性の生命力とが、河川から無限の海へのひろがりとなってなだれこむ水の性に結びつくかの子独自の感覚という、かの子文学の主題は、すでにこの文壇登場第二作の中に、はっきりと示されていることを見逃せない。

更にこの作品の特色の一つは、「鶴は病みき」とか次の「春」とちがって、あきらかに一平の影が作品の中に濃く投影していることである。

かの子は、海が好きだったが、赤い水着をつけて、ぽちゃぽちゃ犬かきをする程度で、泳ぐというより浮いているという腕前だった。

一平の方は、「鶴は病みき」の中にもあるように、一つの流儀の免許を持つほどの水泳の腕であった。血や骨の中にまでしみた江戸下町人の気質や反骨も、多摩川育ちのかの子のものではなく、一平その人の特質であった。

「不味いものを食うくらいなら、いっそ、くたばった方がいい」

という父敬蔵《けいぞう》の意見も、一平の日頃の持論だし、感情を素直に口に出すのは嫌味とする都会人の癖も一平のものだった。

泳げないかの子が、あれほど、水中の世界の妖しい美しさ、その上水中の男女の戯れの息づまるようなリアリティのある描写をものにしたというのも、一平の適切な助言がなくては出来ないことだっただろう。

かの子は武田麟太郎にむかって、

「生活者としては不能に近い自分なのに、書きはじめるとペン先から種々雑多な具体的事実が流れはじめる、そんな事知ってゐるとは自分でも不思議な気がするが、小説の進行のうちにひよこひよこ躍り出てくる」

といったという。一平も同じようなことを「かの子の記」に書き残しているが、これは一平が、暗示にかけたか、かの子が暗示にかけたかであって、決して、知らないことではなく、二人が協力して、かの子の脳細胞のどこかにきざみこんでおいた事柄が時宜《じぎ》に応じてひき出されてくると解釈した方が妥当のように思う。麟太郎はこの一事でも、

「あなたは天才だ」

といっているが、一平とかの子の仕組んだ神秘性の演出にひっかかったとみるべきだろう。

「春」は、年来の旧友の精神疾患の患者を詩的に描いたもので、さほど秀れたものではない。かの子の感傷が目だつ、甘い作品であり習作の域を脱していない。

これらの含まれた処女作集には、例によって、かの子の序文がつけられていて、かの子の当時の無邪気な喜び様と得意さと気負いがうかがわれるのである。

《その境に入るとき惚《こつ》として夢に実感を生じ、疼痛《とうつう》の中にねたき甘みあり。現実の蜜蜂も近づき難き子房《しぼう》に探り入る。まま、生命の心髄に触れて、その電圧の至微《しび》に愕く。これみな純文学の徳である。

しかれども、この境に到る道は荊棘《けいきょく》にしてまたしばしば暗坑《あんかう》に逢ふ。涙と慰めと涙、私も亦、いく度それを繰り返すだらう。いま、第一小説集を出す。いささか唇《しん》端《たん》を綻《ほころ》ばすに足るに似て前途、望洋の感がいよいよ深い。人生の甘酸、多岐多彩は、私を魅誘することますます急がん。走りつつ転びつつ、時には現実に拘泥《こうでい》して「癖人猶ほ汲む夜糖の水」となり、時には超越の窓深く閉して「尺罪帳裡真珠を撒《ま》く」ともなる。人間性に於ける一長を愛するも一短また捨てず。爾後の生をひたすら純文学に殉ぜんと希《ねが》ふ》

この時、かの子四十七歳の時にあたる。

翌、昭和十二年は、かの子の脂の乗りきった年で、堰《せき》を切ったように次々傑作を発表して世人の目をみはらせた。

一月から八月まで、「三田文学」に「肉体の神曲」という大作を連載したが、これはダンテの神曲に、大乗仏教思想をからませたもので、野心倒れの失敗作として終った。「文学界」三月号に、「母子叙情」を発表するや、世人はその新鮮さと、オリジナリティに瞠《どう》目《もく》した。

「文壇に特定席を与へられた」

と一平は書き、かの子もまた太郎に、

「はじめはある方面の悪計や無理解への反抗から思ひ立つた事だが、それが漸次《ぜんじ》本質的となつたのです。

もはや日本文壇に入りきれぬほどの大作家的素質の作家であるとの自信、また他もさう思つてゐる人々が多い」

と書き送っている。七月に勃発する日支事変を前にした不気味な世情の空気の中で、「母子叙情」は圧倒的な好評で迎えられた。ほとんどの批評がこれに触れ、驚嘆と賛辞をあびせた。

中でも林房雄は翌十三年の「文学界」六月、七月、八月の三回にわたって「岡本かの子論」を連載したが、その第一回に「母子叙情」をあげた。

《岡本かの子の傑作はまづ「母子叙情」である。私のやや長い文壇生活の中でも、この小説ほど多くの人々をして語らしめた小説は珍しい。私にとつても云ふ迄もなくこの小説は驚異であつた。

日本文学の星座への新星の出現を見る思ひがした。おそらくこの新星は独立した太陽系の太陽であらう。

この小説はその豊かさと美しさに於て八角の宝塔である。

この小説の語彙《ごゐ》の豊かさと語法の自在さは驚異である。私は小説家の一人として驚嘆と同時に熱烈な嫉妬を感じたほどであつた。――略――「母子叙情」の女主人公は明らかに作者自身の影であるが、影以上のものではない。解剖家、創造者岡本かの子はどこまでも作品以外の場所にゐる。しかも岡本かの子を最もよく知ることのできるのは作品によつてである。岡本かの子は作品以外の場所に住んでゐながらしかも絶対な作品の中に住んでゐる》

「母子叙情」はかの子自身一平自身のような夫婦と、パリへ残してきた絵かきの太郎のような息子とがからみあう物語である。一見私小説風なこの構成なのに、「母子叙情」は全く私小説的でない。いうなればれっきとした本格小説である。パリからセグリマン夫妻が来て、その面倒をかの子と一平が見たことから、思いつき、筆をおこしたのは明らかだが、このテーマは長い間かの子のあたためていたもので、先に書いた「かの女の朝」は、この下書きか覚え書きのような役目を果たしている。

「鶴は病みき」の中で潜在的にみえたナルシシズムは、この作品であたりはばからぬ大らかさで堂々と開花してみせた。

林房雄の言葉のごとく、岡本かの子を識るとは現身《うつしみ》のかの子に逢うよりも、この小説の中のヒロインを読みとっていく方が、より本質的でリアリティがあるのである。かの子はこの作品の中で、文字通り母子叙情を唄い乍ら、理解されない自分というものを徹底的に解剖し、人前にさらしてみせている。ただし、その切口があくまで美しく、つかみだした臓腑《ぞうふ》までもが花のように見えるのは、作者の文学の資質のせいであって、かの子の人柄のあずかりしらぬところであろう。

作中、息子にかわってヒロインの母性を揺すり、つかのまの恋の対象となる春日規矩男《かすがきくお》という美青年は、妖しい魅力にみたされたO・K夫人なるかの子の本質を、読者にしらせるための方便につかわれているにすぎない。もちろん、夫の逸作も、パリの息子も、この一人のヒロインを解明するための、メスや麻睡薬のような役目を果しているだけである。

作者は、あらゆる人物の口を借り目をかり、このヒロイン一人を語りつくさせようとしている。小説の中に語られたヒロインの容貌、性格を丹念に拾いあげてみれば、かの子像が、不気味なほどの鮮明さで浮び上ってくるのではあるまいか。
☆甘い家庭に長女として育てられて来たかの女は、人に褒められることとその事自体に就いては、決して嫌ひではない。
☆派手な童女型と寂しい母の顔の交つた顔である。

☆かの女は元来郷土的な女であつて、永く異国の土に離れてはゐられなかつた。
☆不思議ですよ。おくさんは、お若くて、まるでモダンガールのやうだのに大乗仏教学者だなんて……
☆大乗哲学をやつてますから、私、若いのぢやございませんかしら。大乗哲学そのものが、健康ですし、自由ですし。
☆一たい、おくさまのやうな華やかな詩人肌の方が――略――どうして哲学なんかに縁がおありでせうなあ。
☆東京銀座のレストラン、モナミのテーブルに倚《よ》りかゝつて、巴里のモンパルナスのキヤフェをまざまざと思ひ浮べることは、店の設備の上からも、客種の違ひからも、随分無理な心理の働かせ方なのだが、かの女のロマン性にかゝるとそれが易々《やすやす》と出来た。
☆かの女はまた情熱のしこる時は物事の認識が極度に変つた。主観の思ひ詰める方向へ環境はするする手繰られて行つた。
☆むす子のこんなことまで頼母《たのも》しがるお嬢さん育ちの甘さの去らない母親を、むす子はふだんいぢらしいとは思ひながら、一層歯痒《はが》ゆがつてゐた。自分達はもつと世間に対して積極的な平気にならなければならない。
☆この女の性質の飛躍し勝ちなロマン性に薬を利かし、
☆かの女はかういふことは案外器用だつた。手首からすぐ丸い掌がつき、掌から申訳ばかりの蘆の芽のやうな指先が出てゐるかの女のこどものやうな手が、意外に翩翻《へんぽん》と翻《ひるがへ》つて、唄につれ毬をつき弾ませ、毬を手の甲に受ける手際は、
☆本能そのもののやうにデリケートで、しかし根強い力で動くかの女の無批判な行動を、逸作はふだんから好奇の眼で眺め、なるべく妨げないやうにしてゐた。
☆かの女の神経は、嘘と知りつゝ自由で寛闊《くわんくわつ》になり、そはそはとのぼせていつた。
「パパ、一郎が……ううん、あの男の児が……そつくりなの、一郎に……パパ……」

「うんうん」

「あの子すこし、随いてつて好い？」

「うん」

「パパも来て……」

「うん」
☆かの女は忙しく逸作に馳け寄つてかういふ間も、眼は少年の後姿から離さず、また忙しく逸作から離れ、逸作より早足に少年の跡を追つた。
☆かの女がまるで夢遊病者のやうになつて、
「似てるのよあの子一郎に似てるのよ」

などと呟きながら、どこまでも青年のあとに随き、なほも銀座東側の夜店の並ぶ雑踏の人混へ紛れ入つて行くのを見て「少し諄《くど》い」と思つた。しかし「珍しい女だ」とも思

つた。そして、かの女のこのロマン性によればこそ、随分億劫な世界一周も一緒にやり通し、だん〳〵人生に残り惜しいものも無くなつたやうな経験も見聞も重ねて、今はどつちへ行つてもよいやうな身軽な気持だ。それに較べて、いつまでも処女性を持ち、いつになつても感情のまゝ蓦《まっし》ぐらに行くかの女の姿を見ると、何となく人生の水先案内のやうにも感じられた。

☆かの女は断髪を一筋も縮らせない素直な撫でつけにして、コバルト色の縮緬《ちりめん》の羽織を着てゐる。

かの女は誤解されても便利の方がいゝと思ふほど数々受けた誤解から、今や性根を据ゑさせられてゐた。

☆かの女は自分の理論性や熱情を、一応否定したり羞恥《しうち》心で窪《う》めて見るのを、かの女のスローモーション的な内気と、どこまで一つのものかは、はつきり判らなかつたが、かの女に自分の稚純《ちじゆん》極まる内気なるものは、かの女の一方の強靭《きやうじん》な知性に対応する一種の幼稚性ではないかとも思ふのである。かの女が二十歳近くも年齢の違う規矩男と歩いてゐて殆ど年齢の差を感ぜず、また対者《あひて》にもそれを感ぜしめない範囲の交感状態も、かの女の稚純な幼稚性がかの女の自他に与へる一種の麻痺状態ではなからうかと、かの女は酷《はげ》しく自分を批判してみるのである。

こうしてあげただけで、ユニークで、不思議な魅力にみちた「かの女」すなわち「かの子」の全貌があますところもなく読者の眼前にはほうふつするのである。

同時に、これだけの自己の分析が単にナルシシズムという一言で片づけられる自己陶酔の中からは、決して生れる筈もないことに気づかねばならぬ、ナルシシズムの権化《ごんげ》のような自分をも、つき離して見つめることの出来る作家の眼が、すでにかの子には確立していたのである。

誤解された自分を正しく理解されたいというかの子の執念が、この作品を書かした根本の動機でないだろうか。だからこそ、太郎には、先にあげたような手紙を出しているのであろう。動機はともあれ、書きすすむうちに、かの子の文学がかの子の動機の卑しさを浄め、漸次本質的なものへと昂揚し、変質していって、かかる傑作が生まれたというそれは、文学のいのちの不思議というほかない。

かの子文学に対して、鋭い批評をした石川淳《いしかわじゅん》も、

「——浄心は『かの女』の母性側に、妄心はその詩人性側にあるのだらう。(どうか、浄、妄の字づらに迷はされないで下さい。これは一心なのです) 作者は『かの女』の身から離して『むす子』といふ縁起攴を置き、身に近づけて規矩男といふ他の縁起攴を置きつつ、その因縁によつてゆらゆらとあざやかに浄心妄心を一に帰せしめてゐる。紅白二本の絹糸を縒《よ》ぎ合はせるやうに、心をもつれ合はせて行く操作がひやりとするほど美しい。——略——『母子叙情』はその完成美をもつて、『生々流転』の未完成の魅力に

対立してゐる」

と、評している。

かの子自身も、この作品には大いに自負していた。

その「自作案内」に、

《これも私の出世作といはれてゐる。人間の本能を理智で解剖し、それに素朴で原始的な詠嘆を附した》

と書きだし、創作は体力ではないかということをいい、

《親が子を想ひ、男女相牽《ひ》く、その他の心情に於ても、必死の場合に最高度の燃焼に於て物を書く努力を不断に続けて行くには、精神力もとよりだが、八分は体力といふ気がする。しかしこの体力といふことが普通に生理学でいふ体力の強靭とはまた違ふのだから、かなり説明が困難である。冷熱の矛盾を極度に堪へて行かれる、精神的体力といふ字でも使ふべきか、私は書きものはじくじく捌いてあまり疲れない方で、疲れたと思つたときは、何となく気持ちの窪みのやうなものが感じられるが、半日ほど心身を休めてゐると、また、窪みは膨らまつてくる。けれども「鶴は病みき」とこの作を書き上げたあとは、流石《さすが》に窪みは却々《なかなか》除かれなかつた》

と述懐しているほど、うちこんだ作品ではあったのである。

「母子叙情」で成功したかの子には、一挙に、各文学雑誌、総合雑誌から注文が殺到し

た。

この年つづけて「文芸春秋」六月号に「花は勁《つよ》し」、「文芸」七月号に「過去世」、「中央公論」十月号に「金魚撩乱《りょうらん》」の三作ほか、「老主の一時期」「川」「夏の夜の夢」も発表している。雑文や座談会の仕事も多くなり、多忙さはますます身辺を埋めつくしてきた。

それほど、世間の名声を浴びてはきても、かの子自身の一風変った印象が一掃されるわけではなく、やはり世の中に出ると、奇妙なちぐはぐな印象を与えていた。

丁度この頃、しきりに岡本家に出入りしていた漫画家の杉浦幸雄が、ある時、婦人雑誌の座談会で、漫画をひきうけ、たまたまかの子と同座した。

杉浦幸雄は、熱烈に一平に私淑《ししゅく》しており、かの子は、大先生の夫人として、尊敬していたから、かの子の一挙手一投足にも好意的に注意していた。

ところが座談会がはじまると、たちまち、かの子の異様さが目立ってきて、どうにも座談会のテンポを乱してしまう。杉浦は絵もかけないほど心配してはらはらしているけれど一向にかの子には通じない。

かの子は、一つの議題が出て、一同の間でそれがてきぱきと論議されている間、大きな目をかっと見ひらいたまま、前方を凝視して微動だもしない。もちろん、一言も口を利かない。かの子をぬきにして、議題の検討が一応終り次の問題へ移り、それもほとんど論議されつくした頃、突然、かの子が、

「あのう、ちょっと」

とおごそかに口を開く。

びっくりしてみんながかの子の方をみると、

「さきほどの問題でございますが、わたくしの意見といたしましては……」

と、滔々とやりだし、誰のことばもさしはさませない。

問題のつき方が根源的なので、根底からさっきのまとまった意見はひっくりかえされてしまう。

一つ一つがそういう調子なので、みんなは終いにはものもいわなくなってしまう。

結局その日の座談会は、杉浦の目にもサンタンたるものに終ってしまった。

「何しろ、本質的ですからね、その上超スローモーションときているので、ひとりでは人中へ出せないって感じでしたよ、それが、もう、すっかり偉くなってしまった頃でした」

何れにしろ、この年も前年にひきつづき、かの子の文運は上昇と開花の一途をたどり、もう発表する作品に、以前のような、はげしいムラもなく、一作出るごとに、批評家の絶讃をあびた。

今やかの子は文壇きっての流行作家でありホープであった。あれほど、文運の悲運を嘆いていたかの子が、

「私の作品は文壇へ出はじめるや、あまり好遇を受けるので自分ながら感謝の辞に窮する程である」

といいだす始末になった。

第二十章　やがて光が

「鶴は病みき」を発表した昭和十一年が、かの子の小説が文壇に登場した記念すべき年だとするなら、「母子叙情」が発表された翌昭和十二年は、かの子が小説家として押しも押されもせぬ地位を与えられ、生涯をかけた「初恋」の夢がかなえられた画期的な年であった。

この年発表した作品のすべてが、かの子文学の精髄《せいずい》と秘密をあますところなく出揃わせているのをみても、この年がかの子にとって、如何に運命的な年であったかが察しられる。

特に「花は勁《つよ》し」「金魚撩乱」は、かの子の全作品の中でも代表作のうちに数えられるもので、「過去世」もかの子文学の特異な一面を代表するし、「川」はわずか二十枚ほどの小品ながら、全篇あふれる詩情で香高く歌いあげられた名作で、かの子の文学の脊椎《せきつい》のような「川」への憧れと、生命につながる「川」の性の秘密が表現されている。「老主の一時期」は、かの子の文学の主題の一つである「家霊」の思想の発芽である。かの子の文学では「川」を脊椎とすれば「家霊」は肋骨《ろっこつ》にあたる。重圧された家霊のもだえとうめきが

「過去世」にも「老主の一時期」にもすでにいんいんとこめられているのである。

「花は勁し」のヒロイン生花師匠の桂子《けいこ》は、遠縁の年下の男で、昔、絵の同門で今は肺病病みの小布施《おぶせ》を匿《かく》まい、物質的保護を与えている。

「丹花《たんか》を口に銜《ふく》みて巷《ちまた》を行けば、畢竟《ひつきやう》、惧《おそ》れはあらじ」という「丹花の呪禁《まじない》」を口ずさみながら、意欲的に、むしろ闘争的に情熱をかきたてて花を生けている。二人は愛しあっていながら、互いにそれを打ちあけられない。体力の弱るにつれ、気ばかり立ってきた小布施には、個性の確立した桂子の女が負担に感じられるようになる。そして、桂子の姪のせん子という小娘に、子供をみごもらせてしまう。そのことを知った桂子ははじめて「しまった」と胸に焼鏝《やきごて》を当てた。

せん子の留守をうかがい小布施の許にかけつけて詰問する桂子に小布施は説明する。

《不思議な同志さ。君には何か生れない前から予約されたとでもいふ、一筋徹つてゐる川の本流のやうなものがあつて、来るものを何でも流し込んで、その一筋をだん〳〵太らして行く。それに引き代へ、僕は僅かに持つて生まれた池の水ほどの生命を、一生かかつて撒き散らしてしまつた》

根気よく寸断なく進んで川幅を拡めて行く生命の流れの響きを聞くものは、気が気でないものだ。まして、定《きま》り切った水量を撒き散らす運命に在る人間に取っては、自分のものを端から減されるように一層こころ苛立《いらだ》たされる。

《逞しい生命は、弱い生命を小づき廻すものだ。小づき廻すといふに語弊があつたら、寵《ちやう》して気にして弄《いじ》くつて仕方のないものだ。ちやうど、こどもが銭亀《ぜにがめ》を見つけたやうに、水に泳がしたり、桶の縁に匍《は》はしたり、仰向けにしてみたり、自分と同じ大きさの生きものでないのが気になるのだ》

生命量の違うものの間に起る愛は悲惨だと小布施は説明し、やがてこの世で未完成だった生命の名残に、せん子の腹に自分の生命をきざみ残したまま死んでいく。

男より生命力の強い女が、男を飼うという主題は、後に名作「老妓抄《ろうぎ》」にももう一面からとりあげられるのであるが、かの子の他の長篇や中篇にもくりかえし形と彩りを変えあらわれてくる主題である。

これはかの子が考えだし発見した思想というより一平の胸にかねがね宿っていた考えであり、

「おれは元来うつろの人間で人から充たされる性分だ。おまえは中身だけの人間で人を充たすように出来ている」

といい暮し、かの子を暗示にかけてしまった思想でもある。

自分の生命力のなみなみならぬ豊穣《ほうじょう》さを自覚してきていたかの子は、この頃すでに、自分の芸術的使命感に開眼しており、それの遂行のためには、弱々しい世人の生命力など足元にふみにじり、その生血を吸いあわせて自分を肥えふとらせていくだけの覚悟が据わっていた。
一平をはじめ、自分に協力させている三人の男が、すでに自分に捧げられた犠牲《いけにえ》であり、かの子自身はミューズの代弁となって詩魂をこの世に伝える巫女《みこ》的存在だった。
《女には女の観る女の正体がある。他の人意の批判は目の触りにならない。自分でも意識し尽せぬ深い天然の力が、幼稚であれ、田舎娘であれ、女に埋蔵されてゐて、強い情熱の鉤《かぎ》にかかるときに等しくそれが牽き出される。それが場合によつては奇蹟のやうなこともする。または一生埋れ切る場合もある。どつちが女としての幸福か知れないけれど》
男との愛だけでは満足しきれない宿命を背負った女だけが、作中の桂子のように、
《私は私で私の理論性でも感情性でも凡《すべ》て私の全生命を表現しなければなりません》
という芸術家としての覚悟を迫られる。芸術の女神に魅いられた女がこの世では、男との愛を完《まっと》うすることは出来ず、孤独と引きかえにしか芸術の栄冠を授けられないことを、かの子は識っていたのである。実生活で、夫や、愛人や、奉仕者にとりかこまれて他人目には、いかに贅沢な男の愛にとり囲まれているように見えようとも、すでにこの時から、かの子の心の目は、自分の行末の真の孤独の意味を見究めていた。
かの子自身は「自作案内」で、
《幽《いう》けきものの嫋々《でうでう》たるものを弱いものと思ひ込んでゐるのは甚だ観念的である。その幽

けく嫋嫋たる条件に於て強剛に結続するものを持つてゐるといふ意図で書いたもの——一人の女が花を扱ふやうな弱々しい職業により勁《つよ》い生活を建設して行くに引き代へ、一人の男は芸術の本技を握りながら死闘してゆく、二人の間の恋愛は、女が男を愛するほど男を擾《みだ》し憂へさせ自分に逞ましさを増す。愛憐の情とは反対の結果を持ちます。結局、女は運命的生命力の取引を悟り、男には後継の私生子を生むことを黙認する代りに、自分は卓然として孤独で理想に進む》

と解説している。

「金魚撩乱」は「花は勁し」の主題をかの子の観念の中で発展させたもので、「金魚撩乱」の中では桂子に当るヒロイン真佐子《まさこ》は、崖の上の資産家の娘で、崖下の金魚屋の息子復一《ふくいち》は真佐子の父から学資を仰ぎ、理想の金魚を作るべき研究生活をつづけさせられているという設定になっている。真佐子は、桂子のように、自分では物も美も作りだそうとはせず、ただそこにうっとりと在るがままで、真佐子自体が理想の美女神のように復一の目には映って、圧迫する。

美に挑戦して、美を産みだすために、寝食も忘れるほど、骨身を削り、美身に生血を吸われるのは復一であって、真佐子はただ、

《見てゐると何も彼も忘れてうつとりするやうな新種を作つてよ。わたし何故だかわたしの生むあかんぼよりあなたの研究から生れる新種の金魚を見るのが楽しみなくらゐ

よ》と、おっとりした顔や声でいうだけで、復一の運命はのがれられない縄でしばりつけられてしまう。

いつでも復一には真佐子が生れながらに自分等のコースより上空を軽々と行く女で、自分のこせこせしたトリックの多い才子肌が、無駄なものに顧みられ、太い線一本で生きて行くような真佐子に対して、自分の卑小さを感じずにはいられない。

ここでは、女が、「花は勁し」の時とちがって「何もしない」のに男の卑小さが決定的なものに描かれている。「花は勁し」の生花という芸術に打ちこむ桂子の生命力と生活力よりも、もっとスケールの大きい女の優位性が、書かれている。まるで、男を苦しめ、ふみにじらずにはいられないようなサディスティックな匂いがこもるのである。かの子自身のことばをかりれば、

《無意識にのびのびと、美しさと美の生活を成長させて行く女に、衷心《ちうしん》愛着を感じつつ一種の位負けから、男は捩《ねぢ》れてゆく。男は女に対する愛執《あいしふ》と競争心から、その女以上の美を創造しようと生涯を賭ける。この熱心に縺《もつ》れ込んだのが、金魚といふ小さな生物だが、この生物は美しく弱い玩具物と思はれてゐるが、さうではない。慶長《けいちやう》時代から日本に移され人間と自然の眼に見えない美を追求する意志によつて、段々種の発育を遂げ、大震災後の惨鼻な世の中に却つて売れた位である》（自作案内）

石川淳は「金魚撩乱」の最後の一節、

《いま暴風のために古菰《ふるこも》がはぎ去られ差込む朝陽で、彼はまざ〳〵と殆ど幾年ぶりかのその古池の面を見た。その途端、彼の心に何かの感動が起らうとする前に、彼は池の面に屹《きつ》と眼を据え、強い息を肺一ぱいに吸ひこんだ……。見よ池は青みどりで濃い水の色。そのまん中に撩乱として白紗《はくさ》よりもより膜性の、幾十筋の皺《しわ》がなよ〳〵と縺れつ縺れつゆらめき出た。ゆらめき離れてはまた開く。大きさは両手の拇指と人差指で大幅に一囲みして形容する白牡丹《ぼたん》ほどもあらうか。それが一つの金魚であつた。その白牡丹のやうな白紗の鰭《ひれ》には更に菫、丹、藤、薄青等の色斑《しきはん》があり、更に墨色古金色等の斑点も交つて万華鏡のやうな絢爛、波瀾を重畳させつつ嬌艶《けうえん》に豪華に、また淑々として上品に、内気にあどけなくもゆらぎ拡ごり〳〵ゆらぎ、更にまたゆらぎ拡ごり、どこか無限の遠方からその生を操られるやうな神秘な動き方をするのであつた。復一の胸は張り膨らまつて、木の根、岩角にも肉体をこすりつけたいやうな、現実と非現実の間のよれよれの肉情のショックに堪へ切れないほどになつた》

を掲げ、この文章を、

《ふつうならばどうも挨拶に困る代物である。しかし、これを他のどんな表現に置きかへて、より切実なることを得るか、初等技術批評を尻眼にかけて、何といつても、この一節は精彩潑剌たる文章に相違ない》

みなしている。

といい、かの子は書き出すはじめは情熱が散乱していたのが、書くにつれ、次第に作中で集中して来て末段《まつだん》のこの辺りに及ぶや、集中の度合いが作者の生命の呼吸と合体したと

《「復一の胸は張り膨らまつて、木の根、岩角にも肉体をこすりつけたいやうな」といふ表現は、実に主人公を置きざりにしてゐるのだらう。そしてそれが文章に生命あらしめてゐるゆゑんなのだらう。この一節の文章にでている調子は作者の意図が貼りつけたものではない。作者の情熱の属性である。すべてさういふことが、わたしなどにはなかなか奇妙なおもしろい現象に見受けられる》

といっている。この作品は、「花は勁し」と同様に、賛否両論で、反対派は等しく、石川淳の認めたこの文章の抑制のなさ、感情過多で大形な美辞麗句の羅列にヘキエキしたものであった。質素や簡素に、美徳や美を見出すむきには、かの子の表現過多な厚塗化粧のような文章に嫌悪しか抱けなかったのである。

この作品で、特にもう一つの特徴として認められることは、真佐子のイメージの中に、「母子叙情」の「かの女」について、最も作者らしい容姿や感じを見出すことが出来る点である。かの子はこの後も大方の作品のヒロインに、自分の分身のような感情移入と、性格移入を行い、同時に容貌まで、そっくりに類似させる癖をもったが、その例のはしり

が、「金魚撩乱」の真佐子に於て顕著に認められる。

《その頃、崖邸のお嬢さんと呼ばれてゐた真佐子は、あまり目立たない少女だつた。無口で俯向き勝で、癖にはよく片唇を噛んでゐた。――略――外界の刺戟に対して、極めて遅い反応を示した。復一の家へ小さいバケツを提《さ》げて一人で金魚を買ひに来た帰りに、犬の子にでも逐《お》ひかけられるやうな場合には、あわてる割に、はかのゆかない体の動作をして、だが、逃げ出すとなると必要以上の安全な距離まで逃げて行つて、そこで落付いてから、また今更のやうに恐怖の感情を眼の色に迸《ほとばし》らした。その無技巧の丸い眼と、特殊の動作とから、復一の養ひ親の宗十郎《そうじふらう》は、大事なお得意の令嬢だから大きな声ではいへないがと断つて、「まるで、金魚の蘭鋳《らんちゆう》だ」と笑つた》

かの子の少女期の再現のような描写である。

大岡昇平《おおおかしょうへい》は、

《――略――自己に似た――或ひは自己の理想型をなす人物を作中に登場さすのは小説家の許さるべき権利だが、女流作家にあつてはこゝに微妙なる危機が孕《はら》んでゐる。即ち主として男性から成り立つてゐる読者及び文壇はこゝに単なる作者のかはりに、一個の生身の女性に直面してしまふからである。現実に於て男性が女性に対してもつ利害、感情のもつれをあげてこの作者らしい女性にむかつてくる。男性の場合には単に嘲笑の的にすぎない一寸した思ひあがり、気取りなどがどうしやうもない厭悪感の原因となる。

かうして特に自己暴露——これが亦《また》、残念にも女流作家として成功する捷径《せふけい》であるのだが——を主とする女流作家は絶えず一種の媚態を強ひられる。彼女たちは興味ある人間性を表現するばかりでなく、男性にとつて興味ある女性の人間性を表現しなければならぬ。そしてそれが同時にいつか男性に興味をもたれたいといふ希みをもつ女性の読者の共感をも呼ぶといふ次第だ。女流作家の大家はこれに加へてその人間性表現を以て、男性の作家に打ち勝たねばならぬ。で、林芙美子氏は心情の世界で行き過ぎ、宇野千代氏は情痴の世界で行き過ぎる》

と女流作家を批評し、かの子を、やはりこうした自己表現のタイプだが、かの子の作品の世界は、「母子叙情」にしても「金魚撩乱」にしても自己暴露よりは自己観照と呼ぶ方がふさわしいくらいに道徳的であり静観的であると評し、

《半ば知識的な半ば空想的なイルミネイションの氾濫《はんらん》の中に、一篇の自己観照図が完成する。自己観照型女流の作家の新風と推賞するに足るのである》

と讃称している。

先天的に生命力の豊かな立ち優った女に対する男のコンプレックスを描いているこれら二作品と系列とは全く別な「川」は、一平の解説によれば、

《この散文詩的な冒頭をかの女はある日、ほとんど物に憑かれたやうな情熱で一気に書き流した。それから起承転結をゆつくり構へて行つたことを想ひ出す》

とある。

この年には、九月に第二創作集「夏の夜の夢」が版画荘文庫として出され、十二月には第三創作集「母子叙情」が創元社から出版された。

それには「過去世」「花は勁し」「春」の三作も収められた。装幀、芹沢銈介《あしざわけいすけ》。同じく十二月には竹村書房から第二随筆集「女の立場」も刊行された。

翌十三年には、去年に引きつづき好調の波に乗ったかの子は、年の始めから書きに書いた。かつての恋人であった堀切重夫をモデルとした主人公を設定し「やがて五月に」三百五十枚を一気に完成した。これははじめ「魔は過ぎたり」という題にしてあったのを、終って改題した。

かの子は自分の作品に出てくる人物が好い人間ばかりなのをあきたらなく思い、この作品を書きだしたというが、終って、

「やっぱりあたしには悪魔《あくま》は書けないのかしら」

と一平につぶやいたという。これを書き終った後の感想を、かの子は「新潮」三月号に、

《一月二十四日
長い小説を脱稿して約束の雑誌の編輯者《へんしふ》にお渡しする。一時間程ストーヴの方に踞《うずくま》つてほつとする。いつも小説を脱稿したときと同じやうな鬼窟《きくつ》裏を出たやうな気持と永

らく住み合つた人々と離れたやうな綿々とした気持も残る。結局いくら食べても食べたやうな気がしない極髄《ごくずい》、虫が好く食品と同じやうな後気配である》

と書いている。それほど、気の入った作品であったにもかかわらず、この作品は力みすぎた感じで、まとまりが悪く、それまでの諸短篇よりも見劣りがする。かの子がどういう魔性を主人公泉宗輔《いずみそうすけ》のうちに思い描いていたのかはしらないが、作品では、陰気で女性的な男としてしかあらわれていないし、宗輔の憧れる楠瀬頼子《くすのせよりこ》も、例によってかの子らしい人物でありながら、桂子や真佐子のような瑞々しい魅力がない。

石川淳も、

《濁つたところがあつて、わたしには読むに堪へない。濁つたとは、作者がこれを書かうといふ意図の量だけ、作中人物のことでいへば宗輔の性格が複雑されてゐる度合だけ、作品が崩れてゐる》

と酷評している。

この作品は「文芸」三月号に発表されるや、例によって毀誉《きよ》褒貶《ほうへん》まちまちであったが、一年前のかの子の文壇的立場なら、全く取りあげられもしなかった作品だろう。この頃になると、かの子の文学についての好き嫌いがはっきり表れてきて否定する側と肯定する側の陣営まで決ってきた。

文学界系の作家は、かの子の文学を認め、社会主義陣営や、早稲田リアリズム派はかの子の文学を現実遊離のプチブル的有閑文学とやっつけた。特に、その濃厚な味あるいは血のしたたるビフテキのようなこってりした感じを感覚的に嫌うむきは、もうそれだけで、かの子の文学についていけない感じがするのだった。ニンニクの味になじめないような、感覚的嫌悪で、かの子の文学は非難、否定される面が多かった。その装飾過剰の文章と共に、日本人には珍しい自己陶酔《ナルシシズム》が、感覚に合わないというのがその理由の大方をなしていた。

かの子の、この作品に対する愛着は並々でなく、そのため、この作品に対する非難は、相当にこたえた。翌月の「文芸」四月号に「自作案内」を書くチャンスを与えられると、ほとんど、「やがて五月に」に対する批評への反発が目的のような文章をのせずにはいられなかった。

《――略――この主人公ほどのかほどまでに純情に牽《ひ》かれ生命を愛し乍ら、酬《むく》はれず右往左往した青年が漸く生くべき一筋を手繰り取つて、渾身《こんしん》の情熱をこめて行くところに作家の主人公に対する救済がある。それから私は美といふ事を自分でも云ひ人からも唯《ゆい》美《び》的の傾向があるやうに目されるが、これも一寸解釈する方が便利かも知れない。理智で物心両様の現象を割り切つてそこに真理の方程式を割り出せるにしても、その方程式を採りあげて全人間的の情熱をこめてうち出せる弾動的な精神作用はその人の嗜《し》味《み》本能の判断である。正を欲し善を欲するも、最後は嗜味本能の判断である。たとへ自分の精神には一応不快苦痛に思うことでもなほそれを押し切るのは、その底に横たはるより強力な嗜味本能の判断がこれを許可し満足するからである。もつと複雑な逆証的心理の迂《う》曲《きよく》が積み重ねられても、一目でこれを撥除け、即座に取捨を裁断するのは嗜味本能である。真の根強い表現慾はそこから出る。

ここでは説明に便利なため嗜味本能と云つたが、どうも言葉が狭く制限されて誤られ易い。よつて他の面から云へば、それから人間性の倫理的要素を見出し度い人にはヒューマニティでもあらうし、それから万有共通の核心的要素を抽出したい人のためには、リアリティでもあらう。私はこのものの魅力に対する愛着性の面を、私の文学的天稟《てんぴん》が最も強く自識するにより、仮りにこの全体をも嗜味本能と呼び、そして、この表面化したものを美といつてゐる。だから私が云ひ、私の表現する美なるものは百貨店の新柄陳列のやうなものでもなければ、造花でもない。以上のやうな理念の質が埋つてゐるものと承知して欲しい。――対象の分析には最も理智を使役することからいへば、私は知性の作家である。人間性を人に譲らず、良心的にいとほしむことから云へば、ヒューマニズムの作家でもあらう。情緒表現を美に依拠する方面から云へば、浪漫作家とも云へよう》(自作案内)

相変らず自信と自讃にみちた堂々とした論旨である。尚、つづけてかの子は熱っぽく訴える。

《私が文壇に孤独感をもつゆゑんは私の思想の出所が一般文壇人（一般読者ではない）と違ふ為である。私の思想は深い懐疑と同時に晴々とした肯定である。この肯定の母胎――懐疑は知られずして、肯定のみに着目される所に「自負過多性」と云はれる時がある。私は「高慢」と同じやうに「卑下慢」の卑偽をも自分に許されないのである。

最後にあなたは何か別の食べものでも食べてゐるかときかれる。私はもうそこまで行くと返事が出来なくなる。そしてあとで私一人で涙をこぼしながら一人で云ふのである。

――私の特別な食べもの――私は人より人生の「嘆き」や「矛盾」をとはそれはここでは云へないのである。これだけは作家として研究家として私の秘密な食べものである。私を生んだ神は私にかういふ食べものを与へておき乍ら一方それに対する情熱や批判や咀嚼《そしやく》力や耐久性や意地や内気を内意させてゐる。そしてそれをもとでに作家や研究家などといふ重い使命を課してゐる。普通なら弱い甘え込みたい女性であるわたしに……有りがたくも恨めしい私の人生である。私は時に私の心身から作家とか研究家とかいふ重大な使命を投げ出して天地の間の何者かの膝に取り縋《すが》り、わつと泣きくづ折れて仕舞ひたいのである》

かの子は、「やがて五月に」は、はじめて発表した長篇だっただけに、愛着が深く、自信もあったらしく、この程度の自作弁護だけでは気がおさまらなかった。

その気持は、やがて、自分の作品を国外に問い、真価を決めてみようという計画にまでふくれ上っていく。そしてその時にもこの作品をえらんでいる。

かの子はパリの太郎に手紙を出し、「やがて五月に」を仏訳して、ゴンクール賞か、フェミナ賞をとる方法を講じようとした。

これらの賞は、だいたいフランス国内の作家の作品に与えられるものだったが、かの子はそういうことはよくわからなかった。

《——あなたの「母子叙情」への注意、すみませんでした。あなたはずゐぶん本を読むね。目の悪いママには羨望なくらゐだ。

だが、あなたの文章はどうだらう。手紙で見ればずゐぶん荒いが——だからあなたが訳して、そのうへをフランスの文学的な人に仕上げてもらふんだよ、ね。その謝礼としてこちらの金で月百円だけの用意（それは永遠につづく）ができることになつたのだ。わかりましたか。

——今度の計画ね、なるたけ秘密に進行してほしい。賞がほしいといふのもママの性質に似合はしからんと思ふだらうがね。それはどうしてもさうしなければならないといひだした人たちがあり、それを納得した以上ママもそれにバクシンしたいのですよ。

賞はゴンクール賞とフェミナ賞。ゴンクールがよいでせう。どんな性質の作がよいかナ。

――この仕事成功すれば太郎のためにもなるよ。ああ、しかし、おまへに私の仕事させるナンテ予期しなかつたのに……でもそんな気の弱いこといふとはたで叱られるのママは。

――こちらの作品はどんどんできるからね。Iさん――にもMさん――にもまだだまつてね。それにしてもフランス人の文学的ホンヤクに優れた人をおまへの相談相手にさがしてほしい。

――御苦労でもママの小説毎日何枚訳すと日課にしてちやうだい。私はたいせつなおまへにそんな用させる気はさらさらなかつたのですけれど「わが子でなければ誰がそんな事してくれるか」とまはりの人々にさとされ、決心しました。ママの文章をフランス文壇に通用させるやうな文学的技能のある共訳者をフランス人の中から見つけてください》（母の手紙）

これらの指示を受けとった太郎は、かの子の気持に同情して、この面倒な仕事を引きうけることにした。結局作品は、「やがて五月に」に決めた。ところがいよいよ翻訳にとりかかってみると、なかなか難しい仕事であった。習慣や風俗のちがいから、そのままことば通り訳しても通じないところがあり、原文に手を加えなければならないところが必要になってきた。それらは到底、手紙の往復では、おさまらないので、太郎は一度帰国して、かの子に相談するつもりになって、そのまま、仕事を中止しておいた。

そのうち、かの子の方からは、まるで忘れたように、何もいって来なくなった。

日本の文壇では、その頃、林房雄が「文学界」六月号から三ヵ月にわたって、「岡本かの子論」を発表しはじめた。

それは、これまででた、かの子文学の賛否両論の中で最も長い、激しい熱情のこもった、そして、徹底的に肯定の側にたったかの子礼讃《らいさん》の文学論であった。

「日本文学の復活」という総題をかかげて始められたこのかの子論は、

《岡本かの子は森鷗外《もりおうがい》と夏目漱石《なつめそうせき》と同列の作家である》

というショッキングな冒頭の句から始まっている。

《この三人の作家は共に文壇の中からは生れなかつた。「文化」の中から生れた。小説の筆をとつた時には成人であつた。それぞれ他の文化部門に於て一家を成した後に小説の筆をとつた。この三人の作家は東洋の教養と西洋の文明を渾然と身につけてゐる。東西両洋の文化を日本といふ微妙な一点に結んで他の作家の及び難い高さに達した》

と絶讃の筆をすすめ、その文章を島崎藤村《しまざきとうそん》と比較して、

《藤村の「夜明け前」を読むとそれは言葉の撰択と統制が厳格にすぎ、枯木寒巌《こぼくかんがん》の趣きのみが出すぎてゐる事が淋しかつた》

のに比べ、かの子の場合は、

《その逆で、語彙《ごゐ》と語法の放胆すぎる拡張が見られる。彼を冬木立とすれば、此れは盛

夏の樹海であらう。日本語の宝庫は隅々まで採収しつくされて、南海の太陽のもとで、言葉の海賊の大饗宴が張られてゐる。藤村が排斥した西欧風も、近東風も、ここでは自在にとりいれられてゐる。岡本かの子の文章を読むとき、日本語の不自由さといふ嘆きは忽《たちま》ち消え去る。むしろ、現代日本語の豊富さに眼を見張るばかりである——略——小ざかしい批評家は岡本かの子の文章を節制なき熱情と呼んだ。云ふものをして云はしめよ》

と先ず文体からの礼讃にはじまり、その文章の若々しさから、かの子の信奉する大乗仏教哲理の秘密にとき及び、やがて、かの子の思想が、仏教の哲理をふんまえた大常識にのっとっていることを証明していく。そしてかの子の作品が、

《同じ経歴をもつ鷗外や漱石と相通ずる様な風格をもつてゐるのは偶然ではない。そしてこの点に彼女の作品が今日の年少作家批評家に理解されない重な原因が存在する》

と、第一回を結んでいる。三ヵ月にわたるこの熱情的なかの子礼讃の反響は、文壇に大きな波紋をなげかけた。

かの子の好むと好まざるにかかわらず、かの子は、もはや話題の中心になった。昨十二年に比べると、それほど矢つぎ早に作品を発表したわけでもないのに、かの子についての批評や、感想が見えない月はないので、非常に華やかな印象を与えた。

毎日、歌若干、各種の雑文二、三篇、これはほとんどかわらない作業で、その間に、朝

となく、夜となく、ただ小説を書きつづける。

同時に相変らず、仏教の講演会にも頼まれると、驚くべき勤勉さで引きうけて、北海道から台湾まで、全国各地へまめに旅行もしている。

睡眠は、ほとんど三時間くらいでことたらした。

家の中では、いつでも羽織の上に前掛をしめ、一平にお茶もいれれば、時には台所ものぞくという気軽さだった。

それでも、仕事が重なり、書いても書いてもおいつかない状態になると、一平や、仁田や恒松は総動員された。

雑文の原稿などは、趣旨をかの子がのべると、彼等がそれをまとめ、かの子が更に手を加えるという形がとられた。

原稿は、かの子がうちからあふれてくるのを、ペンのおっつかないもどかしさで、ひたすら書きなぐっていく。

それを一平が整理し、恒松や仁田が清書した。

「私はあとで、とやかくいはれるのはいやだから、字のまちがひや、文法上のまちがひだけはちやんとみてくれるやうに、文学のちつともわからない助手をつかつてゐるんです」

と、他人に語っているが、かの子は、恒松や仁田を、仲間扱いはしていたけれども、自分の文学上の本当の相談相手とか、理解者とは思ってはいなかったのである。

ただし、一平の影響からだけは終生のがれられなかった。

かの子の作中にも、一平らしい人物の言葉として語られる思想や、感想が、多く出てくるけれども、それは遠く、さかのぼって、二十年も昔に、一平が「一平全集」の中に書きこんだものを丹念にさがせば、たいていはその中から発見出来る思想や言葉なのであった。

この頃になると、一平はますます、自分をかげにして、かの子を押し出す演出を用い、仏教思想でも、まるでかの子の方が奥義《おうぎ》をきわめたようにいいふらしていたが、これもあくまで、一平の深遠《しんえん》な計画的な演出であった。

ある時、二人で、京都の東本願寺《ひがしほんがんじ》に行ったとき、本願寺では、かの子を座敷の床の間の方に導き、大きな座蒲団を三枚重ねにして坐らせた。一方、一平は廊下の方へ案内され一枚の蒲団も与えられなかった。かの子が気の毒がり、

「主人にも敷物をやって下さい」

といったので、はじめて一枚の蒲団が与えられた。というようなことを、面白おかしく絵の弟子たちに話し、

「女史は、とにかく、仏教界じゃ、われわれとはそこまで位がちがうんだよ、偉いもんだ」

というような宣伝のしかたをする。無邪気な弟子が、その話を真にうけ、それはまもなく世間に流布される。

そういうやり方で、かの子の偉大さ、かの子の天才が、いつとはなく世間に拡まっていくのである。

かの子が、女流文学者の集りで、一平はかの子が外から帰ると、泣いて拝むのよといって失笑をまねいたのも、この頃のことであった。

一平の弟子たちがこの時分岡本家を訪れると、ほとんどかの子は執筆中で、一平が応接間の椅子にあぐらをかき、客の応接に当っていた。

それでも、気分のいい日には、かの子も気晴しに客の前に顔をみせることもある。そんな時、一平は、客にもかの子にも、かの子のことを「女史」という云い方で話していた。

かの子は、杉浦幸雄などに、大きな目をじっとこらすと、

「あなたたち、まだ若くて、そういう実感はわからないでしょうけど、人間は四十になると、一度は根に帰るものですよ。そうしないと淋しくてやりきれない」

と、いうことがあった。くりかえし、この話は聞かされた。意味はよくわからないながら、かの子が、らんらんとした黒目に、涙をこめて、それを言うと、不思議な淋しさにおそわれ、背筋が冷くなる気がするのであった。

ある時、杉浦幸雄と、近藤日出造《こんどうひでぞう》が、岡本家に行くと丁度新潮社の重役が、どこかの帰

りで、子供づれで訪れて来た。五、六歳の男の子は、可愛らしく、わんぱくで、接待に出たかの子にもおそれずよくなついた。その子は応接間の片すみのテーブルにおいてあった、芭蕉《ばしょう》のうちわを珍しがり、気にいって、おもちゃにした。

大人たちの話の間にもそのうちわで遊んでいた子供は、父が辞去する時、そのうちわを離そうとしない。

「そんなに好きなら、坊や、持っておいでなさい、あげましょう」

かの子はやさしくいった。

子供は、大喜びでうちわをかかえて、父と帰っていった。

それから十分もたたないうちに、急にかの子が不機嫌にだまりこみ、目に涙をうかべて蒼白になってきた。

愕いた一平が、

「どうしたのだ」

ときくと、

「あの子があんまり、あのうちわをほしがったので、ついまけてあげてしまったけれど、あれは台湾へいった時、××さんに私が気にいっていただいたものだから、その気持がこもっているし、あのテーブルにあれがのっているところが、とても、私に気にいっていたのですもの、今、あのテーブルをみて、あれがないと、もう、自分の応接室でないようで、かなしくて落ちつかない。お願いだから、かえしてもらって来て下さい」

と泣きだす始末である。びっくりした近藤日出造と杉浦幸雄は、その場から、さっきの客の家を教わってうちわをとりかえしにいった。

幸い、客は、物わかりのいい人物だったので、

「かの子さんらしいじゃありませんか」

と、かえって喜んで、かの子がうちわのかわりにといってもたせた一平の図案の浴衣とひきかえに、さっきのうちわをかえしてくれた。

二人の使者が冷汗をかいて、そのうちわを持って帰ったところ、かの子は、まだ一平と、さっきの姿勢のまま応接間に待っていて、

「あ、そのうちわ、そこのテーブルにおいてちょうだい」

といい、二人がいわれた通りにすると、

「ああ、それでいいの」

と一言いい、さも安心したように、にっこりして、書斎へ引きあげていった。

またその頃、都《みやこ》新聞の記者をしていた井上友一郎《いのうえゆういちろう》が、原稿依頼で訪れると、約束の時間通りいったのに一時間もまたされた。女中に、どうしたのだろうというと、女中が手で鼻の頭に白粉を叩くまねをしてひっこんだ。

やがて満艦飾であらわれたかの子は、入って来て、挨拶をするなり、目を正眼にかまえ

て、

「井上さん、もう少し、あなた、窓の方へよってちょうだい」

「え？」

「ほんの少し、こっちへ身をずらして下さい。あなたの今の位置からだと、丁度光線のぐあいで、あたしの顔がみっともなく見える位置なんです」

「は、はあ、こうですか」

井上友一郎はびっくりして身をずらせ、顔中てんか粉《ふん》をふいた夏みかんのように疲労で肌のあれきったかの子の異様な顔を、まじまじとみつめ直さずにはいられなかった。

「え、そう、そこでよろしいの、ありがとう」

かの子は、にこりともしないで、真正直にいって童女のようにこっくりと、うなずいた。

第二十一章　いよよ華やぐ

岡本かの子の「東海道五十三次」を読んだのは、もう二十年もの昔になる。その頃から私は作中の作楽井《さくらい》という東海道に憑かれた男の生涯にたいそう魅せられてしまった。そのころの私は幸福な十代の女学生で、人生の苦労も哀しさも何ひとつ心身に沁みてはいなかった。そして四国の小さな町に生まれて育ち、まだ東海道を一度も通ってはいなかった。それにもかかわらず、私はかの子の作品で、東海道の幻にすっかり魅いられてしまったようであった。

《――「奥さん、東海道といふところは一度や二度来てみるのは珍しくて目保養にもなつていいですが、うつかり嵌《はま》り込んだら抜けませんぜ。気をつけなさいまし」

「この東海道といふものは山や川や海がうまく配置され、それに宿々がいい工合な距離に在つて、景色からいつても旅の面白味からいつても滅多に無い道筋だと思ふのですが、しかしそれより自分は五十三次が出来た慶長頃から、つまり二百七十年ばかりの間に幾百万人の通つた人間が、旅といふもので嘗《な》める寂しみや幾らかの気散じや、さういつたものが街道の土にも松並木にも宿々の家にも浸み込んでゐるものがある。その味が

自分たちのやうな、情味の脆《もろ》い性質の人間を痺《しび》らせるのだらうと思ひますよ」――》

作中の作楽井のことばが私の心の奥にしみついてしまった。

平凡で幸福な一穀物商だった男が三十四歳の時、ふと商用で東海道へ足をふみだしたのがもとで、病みつきになり、生涯を東海道の旅ばかりに暮し、妻子に見放され世間からも落ちぶれ、ひっそり死んで行くといった奇矯な漂浪者作楽井の旅への情熱が、妙に私の娘時代の感傷をゆさぶったのであった。

人の生涯で何かに魅いられるということほど、生きがいのある、そしてまた切なく苦しい哀しい経験はないだろう。対象が人であれ物であれ、魂をしぼりあげられるほど魅いられる喜びもまたこれ以上のものはないだろう。殊にその魔力をもつ相手が、「旅」という捕え難い非情のものである場合、魅せられた方の魂の憧れは、行けども行けども涯《はて》しもなく、いつ果てるとも定まらない。むくいられることのない恋にうつつをぬかしているような無償の情熱が旅では孤独にしかも豪華に霧散させられる。

私は四国の町から東京の学校へ通うようになり、いつのまにか何十度も東海道を往復していた。そしてその頃には、あわただしい汽車の窓から五十三次と同じ名の駅名をみつけては、かの子の「五十三次」を思いだし、作楽井の漂泊の姿を思いうかべることもあるのだった。けれども急に開けて来た青春の扉の前で、目移りな現象に捕われがちの若い私は、駅のどこかで下り、作楽井のように、あるいはかの子のように、旧い東海道の土をふみしめ、昔の旅人の旅情のため息に耳をすましてみようというような数奇な心には縁がなかった。

二十年の歳月は、平凡な一人の女の半生の心の旅路にも様々な山河のあとを刻みつけた。人生の哀歓を思慮にも襞《ひだ》にもたたみこんできた中年のこのごろになって私はいつのまにか、すっかり旅好きになっている自分を見出している。

《――ここの宿を朝立ちして、晩はあの宿に着かう。その間の孤独で動いて行く気持ち、前に発つた宿には生涯二度と戻るときはなく行き着く先の宿は自分の目的の唯一のものに思はれる。およそ旅といふものにはかうした気持ちは附きものだ――

何の為めに？　目的を持つ為めに。これを近頃の言葉では何といふのでせうか。憧憬、なるほど、その憧憬を作る為めに――》

そんな作楽井のことばが、一人で汽車やバスの窓にゆられて見知らぬ野や川や街を越えている時の私の脳裡に思い出されてくるようになった。

私の旅は物見遊山《ものみゆさん》ののんきな楽しみの旅は少い。何かしら、仕事をかかえての旅であった。それでも、ある町から町へ行く途中の乗り物の中の孤独と放心は、日ごろの埃っぽい、粗雑な暮しに追われている私にとっては、宝石のようにきらびやかな贅沢な時間になった。

そんな時、私はこのごろその生涯と作品を逐《お》っている岡本かの子との対話をする。かの子が身近に私のそばにあるのを感じる時、私は私の旅の孤独が慰められるより、むしろいっそう深い人生の孤独にふれる不思議な気持にひたされる。

そして私は、長い間思いつづけ果たさなかった旧東海道を歩きはたしてみようと思いたったのだ。おそらく、かの子は、実際にはほとんど旧東海道を歩いてはいないのではないかと思う。かの子のはたさなかった東海道への憧憬がこり固まって、あの名作をうんだのだろう。私はかの子の念のかかった東海道を歩いてみよう。機会ある毎《ごと》に私は東海道のどこかで汽車をおり、残っている旧い街道を歩くだろう。

三年前、私はこんなことを書きつけて、本当に一年ばかり、旧東海道を歩いたものであった。その頃川端康成氏も昭和十五年にやはりかの子の「東海道五十三次」を携え、宗長《そうちょう》の庵や宇津《うつ》越えをされたということをうかがった。

「あれは、実際にいってみると地理的にまちがいがありますよ。気がつきましたか」

といわれた。

この作品は昭和十三年八月号「新日本」に載った。一平の解説によれば、

《一度は作品通り吐月峰《とげつぽう》の宗長の庵から宇津を越して島田《しまだ》から汽車で帰つた。東海道の中程は、蒲郡《がまごほり》の常盤館《ときは》が好きでよく行つた時代に見て歩いた。鈴鹿《すずか》は名古屋に朝日新聞の支社ができた記念の講演会があり女史は呼ばれて行つた。その戻りに東海道を西へ走つてみたとき、車が通じないので歩いて越した》

とある。一平はつとに東海道には興味をよせていて、美術学校時代箱根旧街道越えをしたり、大正十年には東京漫画会の一行十八人で五十三次自動車旅行をしている。この時の先達になった近藤浩一路《こんどうこういちろ》の漫画東海道中膝栗毛《ひざくりげ》（大正十一年三月）の序文をひきうけ、
《――略――近藤は実に旅が好きである。十日も遇《あ》はないで居るとその間に何処其処《どこそこ》と気軽な旅をして来てる。近藤と一しよに道中して沿道の風物に対し近藤は気ぜはしくてよく観ないやうだと思ひ後で尋ねると一々詳しく知つてゐる。彼は観ないのではない。大概の旅の風物は暗《そら》んじて仕舞つて彼の興味を牽かないのだ――略――所謂《いはゆる》旅通なる一人である。そして東海道筋は特に愛し旅の出しな帰りしなには随分度々寄つて研究して来るやうだ――略――》
と記している。また大正十一年には漫画会の一行の「東海道漫画紀行」が出た時、序をよせて、
《東海道五十三次の名はわれ等に取つて詩の表題のやうに響く。それは決してわれ〳〵に縁遠い詩ではない。子供の時より広重《ひろしげ》の版画によつて唄はれ十返舎一九《じつぺんしやいつく》の膝栗毛によつて説かれて子守唄と共に耳に心に浸みこんだ詩である。われ等は自ら実地を踏まないけれども詩の力で少くともわれ等の父者人、兄者人又祖先がその道を辿つて親しく嘗めた旅愁、旅の気さんじ、困難、川止めの退屈、ごまの蠅の危険、雲助《くもすけ》の強請《ゆすり》の当惑、茶屋のだんごの飄逸《へういつ》、宿引の執拗を面白く心頭に再現する事が出来た。五十三次は決して

われ等に取つて初対面の人事自然では無い。われ等には広重一九を介して旧知の間柄である。否われ等の祖先がこの街道筋に対し流した汗、馴染んだ愛が今もつて血液の中に伝はつてゐるのである。それでこの名を聞いただけでも自ら旅のなつかしみを懐かせらるるのであらう》

とある。尚、自分の「漫画より見たる五十三次」の中にも同様の意味の文章がのこっている。

一平自身の東海道への愛着が、かの子に移入され、それがこの名作を産む因《もと》になったといって間違いないだろう。卒業制作に、東海道五十三次を書いたという近藤浩一路の話などが、いつのまにかかの子の詩魂にふれ、作楽井という漂泊の人物を産んでいったのではあるまいか。

川端康成も指摘した点であるが、かの子の文中、吐月峰柴屋寺《さいおくじ》を訪れ、

《まはりの円味がかつた平凡な地形に対して天柱山《てんちうざん》と吐月峰は突兀《とつこつ》として秀でてゐる。けれども矗《ちよく》とか峻《しゆん》とかいふ峙《そばだ》ちやうではなく、どこまでも撫で肩の柔かい線である。この不自然さが二峰を人工の庭の山のやうに見せ、その下のところに在る藁葺《わらぶき》の草堂諸具、一幅の絵になつて段々近づいて来る》

とあるが、これは実際行って、みる山などなく、現在では、とろろ汁丁字屋《ちようじや》の近くに吐月峰入口というバス停があり、そこから畠中へ道が通じていて、それをたどると、京都の

嵯峨野《さがの》あたりに似かよった鄙《ひな》びた畠地の中の右手に、森閑としたわびた小ぢんまりした寺が建っているだけである。これが天柱山吐月峰柴屋寺で、天柱山も、吐月峰も寺の別名で開山の宗長が名づけたものである。

ところが一平の「漫画より見たる五十三次」の中にも、

《此処から一里足らずの所に、灰吹きで名高い吐月峰柴屋寺がある。吐月峰と云ふのは、後の山の名である》

とある。かの子はどうやら一平の勘ちがいのままを教えられそれに基づいて書いたらしい。

もう一ヵ所、宇津山越えのところで、

《鉄道の隧道が通つてゐて、折柄、通りかゝつた汽車に一度現代の煙を吐きかけられた以後は、全く時代とは絶縁された峠の旧道である》

とあるが、ここは鉄道などは全く見当らない地形で、あきらかにかの子の勘ちがいである。

思うに「東海道五十三次」は、かねがね一平から東海道の面白さを聞かせられていたかの子が、一、二度行った経験を思いだし、ある時、一気に興がのって書きあげたものであろう。一、二の、地理的な誤りなど一向苦にならない名作である。好き嫌いもあろうが、私などは、かの子の短篇の中で、ただひとつをあげろといわれたら「東海道五十三次」をあげたくなる。おそらく現実には東海道に憑《つ》かれて、妻子と家を捨ててしまい無目的にただその道を上り下りして生涯を終える作楽井のような人物は、居ないことだろう。あくまでかの子の詩魂が産んだ空想の漂泊人である。山本健吉《やまもとけんきち》は、
《「漂泊人が持つこのやうな一種の憧憬は、取りも直さず、美的世界を飽くまでも自己の生活の上に希求する女史の憧憬そのものである。それは西行《さいぎやう》、雪舟《せつしう》、宗祇《そうぎ》、利休《りきう》、芭蕉と、日本人に伝統的な憧憬でもある。氏は芸術を生活のモラルとすることに依つて、周囲に人工架空の楽園を想ひ描いたのである。かかる希求は無目的であり、無償であればあるほど美しい。氏の作中人物はこのやうな心像の所有者が数多く登場する」》
として、「小町の芍薬《しやくやく》」の村瀬《むらせ》、「とと屋禅譚《ぜんたん》」の国太郎《くにたろう》等を同列の人物として挙げている。
このあと、この年のうちに「狐」「みちのく」「快走」「高原の太陽」などの短篇を矢継早に産んでいる。この中で「狐」はかの子の愛着した小品で「自作案内」にも、
《これは二十枚程の短篇だが自分では割合に気に入つてゐる。やはり題材は徳川期に採つたものだが、内容精神はこれも全然独創である、偽らずしてはゐられない事情に於て、必死の真心を通じる心路を書いた。実在の男と女がはじめ虚構である、中間に虚構の狐の鳴声を使ふとき、虚構は穿《うが》たれて実在の男女となる。霰《あられ》に混つてコンコンといふ、その声に人間哀音《あいおん》の至極をこめたつもりである》

と解説し、一平は、

《かの女の作品には魔は無かつたかも知れないが、神秘か妖気のやうなものはときに漂ふことがある。人のまごころがいろ〳〵の約束で十重二十重《とえはたえ》に遮り距《さへぎへだ》てられても、電波的に透き通し、伝はり通つて行く。半生以上の永い歳月の間、躾けや内気や自我に押へられて、その気持をその気持のままに人に伝へることの出来ない不如意に対する復讐でもあり、せめてもの心ゆかせであつたらう。かの女はこれを書きながら、しばし万年筆をとどめ、折しも、霰降る初冬の庭に向つて、「こん。こん〳〵、こん――」と狐の鳴声を真似してみて味ひしめてゐるのを見た。かの女自身の上に妖気の漂ふのに慄然《りつぜん》としたことを覚えてゐる》

と述べている。

石川淳は、かの子が全く女らしい方法で書く女の作家だという見解をもっていた。即ち、エネルギイの代りに熱で、努力の代りに調子で書く作家で、我を忘れて書くところに妖しい美しさが出るけれども、「狐」は「せいの低い作品」だと見て、この作品の末後で二人の登場人物が、こん、こんと狐の鳴声をまねて鳴き交す条を情熱と調子とが一気に、おおっぴらに迸《ほとばし》ったものだとみなしながら、一平の先の文章を引用して、

《わたしには「狐」本文よりも、右の一平氏の記述のはうがおもしろい。「かの女自身の上に妖気の漂」つたといふことは、そのとほりに受けとつておかう。しかし、作品の

はうには格別妖気の漂ふものが感じられない。作者の鳴声の切実さから、作中人物の鳴声が分離してゐる。けだし、作者の鳴いてゐる現実世界のはうが、作中人物の鳴いてゐる仮想世界よりも次元が高いのだらう。雰囲気がちがつてゐて、作品が顔まけしてゐるのだらう。作品に即してみれば、せつかくの、こんこんといふ鳴声が宙に分裂してゐて、どこで何が鳴いてゐるのか判らないやうな工合《ぐあひ》である。作者と作品との隙間から、狐がさつと逃げだしてしまつたのかも知れない。

こんこんと、心ゆくばかり、狐の鳴声をすることはよい。しかし、それは何も書かないでゐる時に、或る日ふつと我を忘れて、こんこんと鳴きたい。妖気は作者の身についたものである。作者と相談しながら捻出すべき筋合のものではあるまい。自分の鳴声を自分で「味ひしめ」たりなどしないで、ただ何となく、こんこんと鳴きたい。これを詩人のたしなみといふ》(岡本かの子)

と皮肉っている。それほど自慢になる小説でもないしむきになって悪口をいうほどのものでもない。ただし一平の文章が、時には全くかの子の小説の制作過程にあずかりしらぬ様に書くかと思えば、この場合の様にまるでその横につききりで書くのを見ていたようにいう時もあるのが面白い。実際にかの子がこんこんと鳴いたかどうかより、やはり私には石川淳のいう意味とは別に、一平がわざわざこういう描写でかの子の制作態度を伝える点が面白いと思う。「高原の太陽」は生命力の強い娘とニヒリスティックな青年画家の姿に、若き日のかの子と一平の姿を見るようである。

この年の一番の問題作は、何といっても「中央公論」十一月号に載った「老妓抄」であった。

この月の「中央公論」は、女流短篇小説特輯《とくしゅう》号で、創作陣のメンバーは、

「老妓抄」　岡本かの子
「竈《かまど》の火は絶えじ」　中本《なかもと》たか子
「秋袷《あきあわせ》」　矢田津世子《やたつよこ》
「膿盆胎児《のうぼん》」　小山《こやま》いと子
「煉獄《れんごく》の霊」　円地　文子
「山道」　佐藤《さとう》　俊子《としこ》
「恋の手紙」　宇野　千代

の配列である。これらの中で堂々巻頭を飾ったかの子の「老妓抄」は、他を圧して、その月の最大の問題作としてあらゆる評にとりあげられた。

平出園子《ひらやまそのこ》という老妓が、出入りの若い電気屋の技師のパトロンになり、その男の夢をかなえてやろうとするが、男は老妓の老いを知らない生命力に圧倒されて、かえって無気力になっていくという筋で、「男を飼う」モティーフは、「花は勁し」の延長上にあるとみていい。

《憂鬱な顔をしながら、根に判らない逞ましいものがあつて(略)次から次へと、未知のものを貪《むさぼ》り食つて行かうとしてゐる。常に満足と不満が交《かは》る交る彼女を押し進めてゐる》

というような老妓は、「花は勁し」の桂子よりももっと放胆な男の飼い方をする。老妓は無償で面倒をみている柚木《ゆずき》に人に惚れるにしても、心の底から惚れ合うのなら賛成だがお互いが切れっぱしだけの惚れ合い方で、ただ何かの拍子で出来合うというのはつまらない。

《仕事であれ、男女の間柄であれ、混り気のない没頭した一途な姿を見たいと思ふ。私はさういふものを身近に見て、素直に死に度いと思ふ》

という。柚木は思う。

《老妓の意志はかなり判つて来た。それは彼女に出来なかつたことを自分にさせようとしてゐるのだ。しかし、彼女が彼女に出来なくて自分にさせようとしてゐることなぞは、彼女とて自分とて、またいかに運の籤《くじ》のよきものを抽《ひ》いた人間とて、現実では出来ない相談のものなのではあるまいか。現実といふものは、切れ端は与へるが、全部はいつも眼の前にちらつかせて次々と人間を釣つて行くものではなからうか。

自分はいつでも、そのことについては諦《あきら》めることが出来る。しかし彼女は諦めといふことを知らない。その点彼女に不敏《ふびん》なところがあるやうだ。だがある場合には不敏なもの方に強味がある。

たいへんな老女がゐたものだ、と柚木は驚いた。何だか甲羅を経て化けかかつてゐるやうにも思はれた。悲壮な感じにも衝《う》たれたが、また、自分が無謀なその企てに捲《ま》き込まれる嫌な気持ちもあつた》

柚木は老女から、時々逃げ出す癖がつき、それでも必ずまた帰ってくる。

「年々にわが悲しみは深くしていよよ華やぐいのちなりけり」

と、老女の歌で結んであるが、この歌が先に出来、小説の結構が後から出来上ったと一平は解説している。いうまでもなく、この歌の心境は晩年のかの子自身のものであり、この老妓の夢もまた、かの子の夢に外ならない。ただ、これまでのかの子を托したヒロインたちが、いかにもかの子の分身らしい華やいだ生命力にあふれた姿をしているのに比べ、老妓はいつも憂鬱な顔をして真昼の寂しさに自分を憩《いこ》わしていることすら、気づかずにいるようにアンニュイにみちた表情であらわれてきている。文章もこれまでの冗漫で過剰な修飾癖が影をひそめ洗練されたきりっとひきしまったものになっていた。

これまでかの子の文学に対して否定的であった面々も「老妓抄」には圧倒的な好意をみせた。川端康成は朝日新聞の文芸時評に、

《この豊かに深い作家は高い道を歩いて近作の「老妓抄」や「東海道五十三次」のやうな名短篇をなす所へ来た》

と絶讃し、更に翌昭和十四年「文芸春秋」二月号には、

《岡本かの子氏は最近もつとも立派な仕事をしつつある作家の一人だ。続々と溢れる作品は生命の泉から不思議な花が爛漫と咲き出たやうである。この花の根は深いけれども水中か雲間に誇り咲くやうな光がある。

長篇は絢爛で豊饒《ほうぜう》で、時に極彩色じみるところに未成の思いもある。併《しか》し短篇には既に鬱然たる大家の風貌をみる――中略――

いよいよ専ら創作に精進《しやうじん》したいといふ相談をきいてからも早五、六年になる。それを思ふと近来の岡本氏の名作には一入喜びも深く卒爾《そつじ》に批評する気にはなれないのである。亦卒爾に批評出来ぬものをもつて岡本氏の作品は聳え立つてゐるのである。林房雄氏の岡本かの子論に倣《なら》つて私も先づ脱帽したい。

林氏の讃仰《さんがう》が心に響かぬ人もあると思ふけれど私自身が久しく求めて遂に到り得ない境地を岡本氏にみる者である故、林氏の言葉は私の胸に通ふのである》

と讃えている。一生に一度でもこういう批評を書かれる作家というのは作家冥利《みようり》につきるといってよいだろう。

この作品には、かの子も一平も発表前から相当な自信を持ち期するところがあったと見える。

かの子は、この作品の批評の出そろった十二月のある日一平の前にいつになく両手をつ

くまねをして、

「パパ、もう大丈夫、おかげでこれまでになれましたわ、ありがとう」

といった。一平は思わず涙ぐみそうになって、

「何だ、世界の文豪の列に加わるまでやる筈じゃないか、まだ漸く踏みだしだよ」

といった。

かの子は素直に、

「それもそうね」

とうなずいた。

それからまた、

「これからはすこし人の面倒も見よう」

といったりもした。

「老妓抄」の出た後、「改造」の編集局長だった横関愛造《よこぜきあいぞう》が岡本家に用があって訪れた。かの子は正月号の原稿に追われて幾日も徹夜がつづいたといってまだ寝ていた。ひる時で、一平がひとり親子丼をつついていた。

《僕が座につくと、一平はいきなり、

「老妓抄読んでくれましたか」

とたずねる。あまり唐突な問に、私はいささかどぎまぎしていると、

「是非読んでください。あれだけは……」

と念を押すようにいう。実はまだ読んでいないというと、一平は気軽に立って、中央公論を持ってきた。そして、すぐこの場で読んでくれというのだ。その態度が、いかにも真剣であるのに、私はまずおどろいた。有無をいわさずに読めといった気構えである。私の用件など聞こうともしない。

私は即座にそれを読んだ。最初の二、三頁は、編集者式に斜めに目を通した。が、途中から、引きずられるように、一気にその全文を読んで、さて思わず〝ウー〟とうなった。巻を掩《おお》うてホーッと歎息をもらしたのだ。先きほどから、だまってお茶をすすっていた一平は、私の読み終るのを待ちかまえたように、

「どうです、いいでしょう……」

と、タタミかけて念を押す。その目は異様にかがやいている。私は、作品のよしあしなどわかるがらでもないので、

「いいですなア、一気に読ませますね」

と、お世辞ともつかず、相槌を打ったかっこうで、いささかお座なりの返事をした気味だったが、実は、これは大した作品だナと、内心では驚歎していた。

「その程度ですか……そうですか……」

一平は、あっさりとした私の返事にいかにも物足りないといった口調で、こういって

ジーッと私の顔を見入った。——中略——

かの子の文学に対して、一平は常にわがことのように、その大成をいのっていた。なるほど、一時はこの夫婦の間に、大きなミゾができて苦しんだ時代もあるが、解脱《げだつ》して見ると、そんなミゾはもうどうでもよくなって、ひたすらお互の芸術完成に精進し合った。それだけに、この「老妓抄」は、一平にも満足すべき芸術だったのだろう。

「アーラ、いらっしゃい……」

頓狂《とんきょう》にちかい上ずった声で、かの子がはいってきた。片手に歯ブラシを持ち、半分踊っているようなかっこうで、巨体でシナをつくり、

「パパ、歯みがき粉出して……どこにあるの？」

と、駄々をこねる子供のように甘えた調子である。

するとー平は、つっと立ってお台所に消えたが、歯みがき粉の袋をブラさげてきて、

「ハイッ」

とかの子にわたす。それがいかにも自然の姿に見えて、ほほ笑ましい風情であった。

これが私のかの子夫人と会った最後の幕切れである。

その後一平が画いてくれた色紙は、かの子の面影を髣髴《ほうふつ》せしめた、老妓の一筆がきであった》（思い出の作家たち）

と、その日のことを書き記している。

かの子は「老妓抄」の成功を喜ぶと同時に、ごく親しい一平の弟子たちなどには、

「『老妓抄』がこんなにさわがれるのがおかしいのよ、この程度にわかりやすく程度を下げて書いてやらなければうけないいんだから、いやんなっちまう」

と、腹立たしそうにいったりもしている。

また、

「人世ではもうほしくない時に、それがやってくる」

などともらしている。ついこの間までジャーナリズムに苛酷《かこく》にあつかわれ、持ちこみ原稿をつっかえされてばかりいた頃の、うらみつらみが、今更のように、手のひらかえす態度とみくらべ、厭になったのだろう。

ともあれ、「老妓抄」の決定的な成功のおかげで、かの子の許には各文芸雑誌から注文が殺到した。

「老妓抄」から没年までの間に発表した短篇はみなすばらしく、かの子文学の頂点をなしている。

昭和十四年一月号には「文芸」に「鮨《すし》」、「新潮」に「家霊」の二作を発表した。この二作とも「老妓抄」と共にかの子の代表作としてまずあげ得る。川端康成は、

《「家霊」と「鮨」とは一対をなす短篇といひうる。一つは泥鰌《どぜう》屋、一つは鮨屋、共に日本的で妙な食ひもの店を描いてゐる。そして両方の作品に流れるのは、他の岡本氏の

作品でも同じだが、いはば高いいのちへのあこがれである。細々とした夢のあこがれではなく、あこがれの艶《えん》な肉体をほのめかさせてゐる。なにものにも生命を流れさせる見方は、或ひは仏法の心でもあるのか、確かにこれは東方の大きい母である。日本の心の深さを西方の人に知らしめる、現代作家の、岡本かの子氏はその最初の人ではないかと、私は常々ひそかに畏れをなしてゐるのである。

私がこの人に期待するところは大きい。

「人に嫉《ねた》まれ、蔑《さげす》まれて、心が魔王のやうに猛《たけ》り立つときでも、あの小魚を口に含んで、前歯でぽきりぽきりと、頭から骨ごとに少しづつ嚙み潰して行くと、恨みはそこへ移つて、どこともなくやさしい涙が湧いて来ることもあつた」(家霊)

以上二篇、食ひものを性格や生活と交らせて描いたのは手柄である。それを縹渺《へうべう》と生命の空に通はせたのは更にみごとである。

老彫金師や鮨屋の娘の形のとらへがたい恋は美しい命のあこがれである。文章のはしばしにまだ熟し切れぬものがあつても作者の尊さは失へまい》(文学の嘘について)

と、「文芸春秋」二月号に批評している。

林房雄が十三年六月「文学界」に「岡本かの子論」を発表しはじめた時は、かの子の文学を理解しない世間と戦う決意ではじめたともらしている。それが意外に早く世間の理解が訪れたのである。それは林房雄、川端康成のような強力な支持者がいて側面から、常に作品に好意的で適切な、しかも情熱的な解説の労を惜しまなかったせいもあろうけれど、やはり、天才の開花というよりないかの子の目ざましい作品活動の、うむをいわせない強力なエネルギーと見事な出来栄が、世評を納得させたのであろう。林房雄はもはや、戦う必要がなくなったとかの子論を中絶していた。

今やかの子の声望は隆々たるものになった。

一平が太郎にしらせた手紙で窺《うかが》えば、

「どの文学者の会合へ行つても同業の文学者から礼讃の声に取巻かれ、おかあさんの小説を極力支持する中堅作家と批評家が三人以上おかあさんの作品を毎回、讃仰紹介すべく筆を揃へて待構へてゐる状態に在つた。女流はもう敵でなかつた。

この勢ひで二年間続いたら男性の作家を悉く後方《しりへ》にして、かの子時代が現出するといふのがジャーナリストの間の定評だつた。現にこの一月号には三つの総合雑誌の中の一つ「日本評論」に連載中の長篇ものの第二回が載り、三つの文学専門雑誌中の「新潮」と「文芸」との二つに短篇が載り、婦人雑誌中で智識階級的な「婦人公論」に短篇が載つた。そして三つの文学専門雑誌中のあと一つ「文学界」には三百枚以上の長篇が載ることになつてゐて、ひたすら脱稿を急ぎつつあつた。これが征服でなくて何であらう。女にはもちろん出来ないことだが男の流行作家でも、これだけ純芸術的作品をもつて各誌を氾濫《はんらん》さすといふことはあまり多くないこととされた」

という状況であった。

かの子は一平に、

「ええ、そりゃ、どこへ行ったって、もうたいしたものよ、安心してね」

といいはじめていた。

あれほど憧れ、あれほど手の届かなかった小説の世界での成功が、今こそかの子の掌にしっかりと握られたのである。

「私に知友はあるが刎頸《ふんけい》の交りといふものが一人も無い。もしその然諾《ぜんだく》を重んじたら女史に対する保護力に支障を来しはしないかを恐れたのである」

とまで、自分を殺し、かの子を守り抜き、かの子の望みをかなえることを自分の生きがいとして来た一平の労苦が、はじめてここに報われたのである。

かの子の小説の一つ一つの成功を自分のことのように一平が喜ぶのも道理で、「老妓抄」の、老妓の生活環境や、下町の食物屋の雰囲気など、一平の案内と解説と指導がなければとうていかの子の知り得ない世界であった。

食魔という意味に於ては、かの子よりはるかに一平が当っている。うまいものを食べられなければ死んだ方がましだという一平の味覚に、多摩川の大家族育ちのかの子の味覚が追いつく筈はなかった。どじょうについては一平はつとに「どぜう地獄」という題を自分の小説につけているほど、どじょう好きであった。

《女史は小説を発表し出したので、私は老婆心から、ならば、もつと下情《かじやう》に通じるやうにと、浅草辺へ行つた度に、駒形《こまがた》名物のどぜう汁と鍋とを食べてみた。少々をかしいくらゐ真剣な我慢した顔付だつた。それから私たちは待乳《まつち》山《やま》へ上つて、春の月夜の隅田川を眺めた。眺めてゐるうち女史は嘔吐してしまつた。やつぱり骨ごとの丸どぜうは性に合はなかつたのだ。私が気の毒がるのを「なに、いいのよ」と取做《とりな》して呉れてゐた。棘を愛し、与へられた苦しみには価値転換をもつて復讐する本能を持つ女史はこのときとはつきりいへまいが、大体この辺の作品を思ひ付いたのであらう（略）人からもどぜう屋に関する話を聞いてゐた》

という挿話をつたえている。尚、

《女史は決して実際の食魔《ダウルメ》ではない。寧ろ食ひものは単純で慎ましい方だつた。それでゐて作品にはかなり多く食味のことを盛られてゐるのは、味を通しても性格の拡大作業をしたのだと思ふ》

とも解説している。が、その様に導き、そのように材料を選ばせ、そのように小説の中に料理させたのは、すべて一平というマネジャーがさせたという以外に私には考えられない。

かの子のこの小説を一平と共に喜ぶ他の二人の協力者のうち、一人がすでにいなくなっていたことに触れなければならない。

まるでかの子の忠僕《ちゅうぼく》のように、かの子に仕え、岡本家にとってはなくてはならない人物だった恒松が、こうしたかの子の成功をみる前に、高樹町の家を去っていた。

恒松が、現夫人と恋に落ち、その結婚を許してほしいとかの子に申し出た時、かの子はコロンバンで、恒松の恋人と対面した。

帰るなり、気にいらないから即刻別れるようにと命令した。恒松はもうすでに内々婚約しており、たといかの子の至上命令でも今度だけはきいれようとしなかった。するとかの子は夜のうちに仁田に命じ、恒松の荷物を一切家の外へほうりだしてしまった。

かの子は一平も愛していたし、仁田も愛していたけれども、恒松にも二人とは別な深い愛を感じていたし、むしろ、信頼する意味では、他の二人よりはるかに深いものがあった。かの子にとって、三人の男は、三人ともそれぞれ絶対必要な必然性があったのである。すべてにおいてオール・オア・ナッシングのかの子は愛に於ても、相手からすべてを吸収しつくさねば気がすまなかった。自分以外の女に心を移した恒松に、どれほど愛憐の心がのころうともう許すことは出来ないのだ。恒松の長い歳月の犠牲奉仕など、こうなると何の役にもたたないのだ。

かつて堀切重夫の場合がそうであったように、人の念のかかったものは、たといどんな愛情があってもきりすててしまうかの子の昔からの主義は今も変らなかった。

それでもかの子に恒松が去っていった後から急に肉体的な弱りが出たことを、医者である仁田は私にこう説明してくれた。

「かの子には、ぼくたち三人が三人とも必要だったんです。三人の必死に支える力が均等で、かの子という烈しい魂と肉体がやっとおだやかで安心していられたんです。その中の一人でもかけるということは、かの子の精神と肉体のバランスがくずれることになって、急に弱りはじめたのだと思いますね」

またこの頃、久しぶりに銀座でばったりかの子夫妻に逢った阿部知二《あべともじ》は、昔のように久しぶりで誘われ、料亭に上った。やはり昔のように、ある時間をおくと、一平は、知二に、

「かの子の話を聞いてやって下さい」

といってすっと消えていく。そのあとかの子は、らんらんとした目を据え、

「阿部ちゃん。恋をどう思う？　あたし、今、また命をかけてもいいと思う恋をしているのよ。本当に命をかけてもいいの」

といった。

時局は刻々戦争の色濃くなっている世相の中で、五十歳になんなんとするかの子が、憑かれたように生命がけの恋について語るのを、阿部知二は異様にも不気味にも感じ、まじまじかの子を見かえさずにはいられなかった。

第二十二章　薔薇塚

「ぼくは正直にいってかの子のような女は嫌いですね。かの子は虚栄心の強い暴君ですよ。我ままで横暴で……一平さんの方がずっと好きですね。一平さんはほんとにいい人だったな。あんな人はめったにいない。一平さんがほんとに気の毒でしたよ」

かの子の死後二十五年たっての亀井勝一郎の述懐である。そのことばを直接聞き、私は感慨深いものがあった。

かの子の死後一年後のことだった。私は入ってまもない女子大の寮で上級生から、

「知っている？　かの子の死は病死じゃないのよ、心中なのよ。相手は助かったけど、時間をきめて、別々のところで毒をのんだのよ。相手はね、亀井勝一郎よ」

と断定的に聞かされたのを思いだしていたからであった。考えてみれば、私が岡本かの子に本当に結びつけられたのは、その瞬間からだったのである。それまでは単にかの子の小説の愛読者にすぎなかった女子学生が、まだ恋の想いもしらない心に、いきなり聞かされたその話は、それが仮定の小説や物語ではなく、実在の人物のれっきとした恋物語だっただけに、印象は強烈だった。

かの子の文学の解説者としてのその当時の亀井氏の絢爛たるかの子文学礼讃の文章に魅せられていただけに、その心中説はロマンティックに美しく思えた。亀井氏の話によれば、当時のかの子が、突然、亀井家を訪問しては、二階でじっと坐りこみ、何もいわず、居つづけるので困り果て、いつでもそういう時は亀井夫人が一平に電話をかけに走る。すると一平がすぐ車をとばして迎えに来、亀井夫妻に本当にすまなそうにあやまり、かの子をなだめすかしてつれてかえる。

「一平さんにあやまられる度、本当に気の毒になりましたよ。かの子はわがままで悪い女ですよ」

亀井勝一郎のかの子に対する今の語調はむしろ冷い。とうてい心中の生き残りなど夢にも思えないことがわかる。

昭和十三年の秋、「やがて五月に」の亀井勝一郎の批評を読み、かの子が感激してそれ以来亀井勝一郎を自分の文学の最大の理解者と思うようになった。かの子はそれを自分の本の序に入れたいと亀井勝一郎に手紙を出し、それ以来二人の往来がはじまった。永眠までわずか半年ほどの短い交際である。この間亀井勝一郎は普門品《ふもんぼん》を学ぶため、高樹町の岡本家をしばしば訪れるようになった。

《その一日一日の不思議な感銘を忘れることは出来ない。古びた洋室には明治の薫りが残つてゐた。はじめて西欧の貴族文化を享けいれた日の優雅でロマンチックな匂ひのする小部屋である。そこに坐つて、秋雨の音をきゝながら、大乗の相《すがた》を語つて下さつた日を想ひ起す。かの子氏は仏教の教義については一言も触れず、ひたすら生命の美しさ激しさ悲しさについてのみ述べた。――略――すべての言葉に名状し難い切なさが感じられた。それは抑へようとしても抑へきれぬ生命の泉の湧きあがるさまに似てゐた》（追悼記）

こうして訪れた日は共に食卓を囲んだり、レコードを聞いたり、家族的な団欒《だんらん》に加わることがある。かの子は最初から、この美貌の若い評論家を家族的に厚遇していたのである。当時の亀井勝一郎にかの子が一方的に好意以上の愛情を持っていたと見るのは、不当ではなさそうである。訪れを待つだけでなく、想いをがまん出来ず、相手の家へおしかけていく。

「その時はもうすっかり肥《ふと》っていて、うちの階段を上るのも大変なんですよ。ぼくが後から、押しあげるようにしてえっちらえっちら上るんだから」

と亀井氏は苦笑する。歓迎されない客だということがわかっていたのか、わかっていなかったのか。わかっていても止むに止まれない激情につき動かされそういう行動をとらずにはいられなかったのか。物もいわず何時間でもじっと坐りこんでいるという五十歳のかの子の姿も哀しいなら、それを迎えに来る一平の姿も悲しい。

《貴族がさうであるやうに、氏もまた一種の暴君であつた。この傲慢不遜な強い個性の所有者は、自分の望むところのものは何でも手に入ると思つてゐたらしい。一切を支配し、奔放絢爛の生命をふんだんにふりまきながらのし歩いて行く。いのちを賭してもすべてを貪り得ると、驚くべき自信にみちてゐたやうである。氏の内部に住む「若い恋人」が望む相手とは、云はば人身御供《ごくう》に他なるまい。作品がそれを証明してゐる。牡丹はこれを土壌として妖麗《えうれい》に咲き乱れたのであらう》

かの子が銀座で阿部知二に語った命がけの恋の相手とは、かの子の片恋の亀井勝一郎であったのだろうか。

やはり丁度その頃のある日、第一の結婚に破れ、二度めの結婚で幸福な家庭に落着いていた藤沢に住むかの子の妹きんは、突然、江の島のホテルから、かの子の呼びだしを受けてかけつけた。

遠い昔、堀切重夫との三角関係で、激しい嫉妬をあびせかけた妹にむかって、功なり名とげたかの子は、昔のことなどおくびにも出さず、悠揚として迎えた。

京都で特別に染めさせたという水色の流水の模様の着物に、金と黒の市松《いちまつ》の帯をしめ、衣裳の自慢などを無邪気にした。

これから鎌倉の川端康成に会いにゆくのだといって、川端康成のことばかり、情熱的に絶讃した。きんはかの子が目下は、川端康成に特別の感情を寄せているのかと思ってだまって聞いていた。

あれ以来、ふたりであったこともないかの子が、わざわざ呼びよせたのは、口に出さないまでも、きんと和解したい気持からだろうと、おとなしいきんは姉の心中を察し、そういう姉はやはり淋しいのだろうかと思った。

「これから大作にとりかからなきゃならないのよ。それでこの近所に部屋をみつけてじっくり仕事しようかと思うの、油壺《あぶらつぼ》もいいと思うんだけれどもしこの近所だと、あんた毎日通って来て、御掃除や御飯の面倒みてくれる？」

きんは何十年か前の、王女と侍女のようだった、じぶんたち姉妹の立場をなつかしく思いだした。かの子はやはり、昔のままのかの子だと思った。

「いいわ。それくらいのことなら」

「そう、それじゃ、さっそくそのように考えるわね」

かの子はその日は始終上機嫌できんに対し、やがて鎌倉へゆくといっていそいそホテルを出ていった。それが最後の別れになろうとは、きんは思いも及ばなかった。

結局かの子は、湘南《しょうなん》で仕事部屋をみつけるという計画は果さないで、その年は家にひきこもり書きに書いた。年末までに仕上げたものは中篇「河明り」と「雛妓《すうぎ》」であった。「河明り」は「中央公論」四月号に、「雛妓」は「日本評論」五月号に、それぞれ、かの子の急逝後遺稿として発表されたが、二つ乍ら、かの子の筆力が冴えかえり、力量が爛漫と華開いた見事な傑作になっていた。

「河明り」はかの子の文学の主題である「川」に対する思想とモティーフが、正面から打ち出されているし、「雛妓」は、やはり、かの子文学のもう一つの主題である「家霊といのち」に真向からぶつかっている。

《観念が思想に悪いやうに、予定は芸術に悪い。まして計画設備は生む事に何の力もない。それは恋愛に似てゐる》（河明り）

《川を溯るときは、人間をだん〳〵孤独にして行きますが、川を下つて行くと、人間は連れを欲し、複数を欲して来るものです》（河明り）

《芸術は運命である。一度モチーフに絡まれたが最後、捨てようにも捨てられないのである》（河明り）

《河には無限の乳房のような水源があり、末にはまた無限に包容する大海がある。この首尾を持ちつゝその中間に於ての河なのである。そこには無限性を蔵さなくてはならない筈である》（河明り）

これらのことばは、すべてかの子の文学を解く鍵になり、あるいはかの子の正直直截《ちよくせつ》な遺言とも聞えてくる。「雛妓」ではもっと、明らさまに、かの子は自分の作品によって自分の文学の宿命と使命と生命とを語らせている。父寅吉の死を扱って、作品の中でも現実の岡本家の家族構成そのままを使用しながら、あくまで私小説ではないこの作品は事実と虚構を手玉にとり、かの子のまるい小さな掌の中で自在にこねあわせ、混然ととけあった一つの美学の本質を解き明している。即ち、かの子が小説を書かねばならない動機、理由、使命感が、この小説の中にあますところなく描きつくされているのである。

文中、主人逸作《いつさく》のことばとして、

《何百年の間、武蔵相模《むさしさがみ》の土に亙《わた》つて逞しい埋蔵力を持ちながら、匍《は》ひ松のやうに横に延びただけの旧家の一族に付いてゐる家霊が、何一つ世間へ表現されないのをおやぢは心魂に徹して歎いてゐたのだ。おやぢの遺憾はたゞそれ許りなのだ。おやぢ自身はそれをはつきり意識に上す力はなかつたかも知れない。けれど晩年にはやはりそれに促されて、何となくおまへ一人の素質を便りにしてゐたのだ。この謎はおやぢの晩年を見るときそれはあまりに明かである。しかし望むものを遂におまへに対して口に出して言へる父親ではなかつた以上、おまへの方からそれを察してやらなければならないのだ。この謎を解いてやれ。そしてあのおやぢに現はれた若さと家霊の表現の意志を継いでやりなさい。それでなけりや、あんまりお前の家のものは可哀想だ。家そのものが可哀想だ》

とある。これほど明快端的にかの子文学の本質を自ら解明したものはない。この逸作、即ち現実では一平のことばによって、かの子は自分の文学の主題をはっきり摑むことが出来た。即ち家霊の表現という自覚である。このことばはおそらく現実の世界でも一平の口からある日、真剣にかの子に語られたものであろう。なぜならすでに「五章」にも述べたように、親が子に伝える生命の再燃の注文、平たくいえば家運の復興という注文は、一平が、竹二郎《たけじろう》に強いられたものであり、竹二郎はそのまた父に強いられ、骨の髄までしみこんだ岡本家代々の執念であったからである。

「俺は元来うつろの人間で人から充たされる性分だ。おまえは中身だけの人間で、人を充たすように出来てる。やっと判った」

という逸作、また、

「俺がしたいと思って出来ないことを、おまえが代ってして呉れるだけだ」

といって、妻の、中庸《ちゆうよう》のたもてない極端な性格や、ただひたすら、愛や魂を体当りでぶっつけてくる不器用さを悦ぶ男でもある。

これもそのまま現実の一平の口癖と解釈していい筈である。

一平はつとにかの子の中のけた外れの非凡さと偉大さに気づくと、大貫家の家霊の顕現だけでなく、岡本家の家霊の執念まで、じぶんからかの子の肩にするりと肩がわりさせてしまった。

《若さと家霊の表現。わたくしがこの言葉を逸作の口から不忍の蓮中庵で解説されたときは、左程のことども思はなかつた。しかしその後、けふまでの五日間にこのエスプリのたちまちわたくしの胎内に蔓《はびこ》り育つたことはわれながら愕くべきほどだつた。それはわたくしの意識をして、今にして夢より覚めたやうに感ぜしめ、また新たなる夢に入るもののやうにも感ぜしめた。肉体の銷沈《せうちん》などはどこかへ押し遣られてしまつた。食べも

のさへ、このテーマに結びつけて執拗に力強く糸歯で嚙み切った》(雛妓)
《「おやじが背負ひ残した家霊の奴め、この橋くらゐでは満足しないで、大きな図体の癖に今度はまるで手も足もない赤児のやうなお前によろ〳〵と倚《よ》りかゝらうとしてゐる。今俺にそれが現実に感じられ出したのだ。その家霊も可哀さうならおまへは一層可哀さうだ。それを思ふと俺は切なくてやり切れなくなるのだ」
「俺が手の中の珠にして、世界で一番の幸福な女に仕立ててみようと思つたお前を、おまへの家の家霊は取り戻さうとしてゐるのだ。畜生ッ。生ける女によつて描かうとした美しい人生のまんだらをつひに引裂かうとしてゐる。畜生ッ。家霊の奴め」
「だが、こゝに、ただ一筋の道はある。おまへは、決して臆してはならない。負けてはならないぞ。そしてこの重荷を届けるべきところに驀進《まつしぐら》に届けることだ。わき見をしては却つて重荷に押し潰されて危いぞ。家霊は云つてるのだ――わたくしを若《も》しわたくしの望む程度まで表現して下さつたなら、わたくしは三つ指突いてあなた方にお叩頭《じぎ》します。あとは永くあなた方の実家をもあなた方の御子孫をも護りませう――と。いゝか。苦悩はどうせこの作業には附きものだ。俺も出来るだけその苦悩をば分担してやるけれどお前自身決して逃れてはならないぞ。苦悩を突き詰めた先こそ疑ひもない美だ。そしてお前の一族の家霊くらゐおしやれで、美しいものの好きな奴はいないのだから――」》

逸作のまるで予言者のような、あるいは教祖のような自信にみちた断言と教唆《きょうさ》は、かの子の心身にしみとおり、やがて完全な暗示にかかって、かの子は魔法使いの呪いにかけられた人間のように、あるいは、神の声を聞いたジャンヌダークのように、使命感とエリート意識にこりかたまっていく。

《「意気地なしの小娘。よし、おまへの若さは貰つた。わたしはこれを使つて、つひにおまへをわたしの娘にし得なかつた人生の何物かに向つて闘ひ挑むだらう。おまへは分《ぶ》限《げん》に応じて平凡に生きよ」

わたくしはまた、いよ〳〵決心して歌よりも小説のスケールによつて家霊を表現することを逸作に表はした。逸作はしばらく考へてゐたが、

「誰だか云つたよ。日本橋の真中で、裸で大の字になる覚悟がなけりや小説は書けないと。おまへ、それでもいゝか」

わたくしは、ぶる〳〵震へながら、逸作に凭れて云つた。

「そのとき、パパさへ傍にゐて呉れれば」

逸作はわたくしの手を固く握り締めた。

「俺はゐてやる。よし、やりなさい」》（雛妓）

かの子以外の誰が、照れも恥しがりもせず、こんな大時代なせりふをのべ、作品の中で大見得《おおみえ》がきれるだろうか。

亀井勝一郎は、これら晩年の小説をさし、

「女史は小説を以て『滅びの支度』をした」

といみじくもいいあてたが、死後発表されたこれらの中篇、更に「生々流転」や「女体開顕」などは、すべてかの子の遺言のように、後世読者に作品自体でかの子文学の解説をしている趣があった。

今はもう、かの子の小説に対して批難の声は全く聞えず、石川淳は後に「河明り」を、

「あつぱれ一本立の散文の秀抜なるものである。まあ傑作を以て許すべきに近いだらう」

とまで絶讃し、「雛妓」の中で、雛妓とかの子が互いの名を呼びかわすくだりを、

「作者の呼ぶ声と、作中の二重の呼声とが唱和するところに、作品の世界の調和がしづまつてゐる。いはば、作品の重心が作者寄りに、作者の生活の中に置かれてゐるあんばいで、作中の二人物の心のつながりが切れたあとでも、なほ作品の安定を失はない。女史の短篇中での佳作である」

と認めていた。

こういう作品の外にぼう大な長篇群「生々流転」、「女体開顕」、「武蔵・相模」「富士」等がすでに脱稿していたのである。後にそれらがすべてかの子の死後、遺稿として続々三年余りにわたって発表されつづけた時、人々はその質と量の偉大さに驚嘆させられた。ま

るで幽霊が、夜な夜な起きてきて書きつづけているような不気味な感じでさえあった。かの子は箪笥や茶箪笥の後ろの壁ぎわに、まるめた書き溜め原稿の束を無尽に蔵していて、編集者がいくと、無造作にそれをつかみ出し、

「こんなのどう」

といったというゴシップが伝わっているが、それはあまりの遺稿の大量さから出たゴシップにすぎない。かの子はたしかに長い下積み中の陽の当らぬ時代に何十年もかかってせっせと原稿を書きためておいたけれど、すべてそれらが世に出る時は、一平や仁田の周到な清書を経てからでなければ編集者の手には渡っていないのである。

死後のものは一平が書いているのだという噂まで出たが、かの子の作品が、「雛妓」一つとりあげても、一平の思想、一平の生命感、業感《ごうかん》などが、もはやかの子のものと一体にとけあって出来ている点をみても、ほとんど合作と呼んでいいものもあった。中でも「生々流転」には、明らかに一平の手が加えられている箇所を認めることが出来るが、これは後章にゆずる。

こんな多作の中にも濫作《らんさく》という感じを受けず、その作品が一切時流に染んでいなかったのは、岩崎呉夫《いわさきくれお》の指摘する如く、全く書き溜めのおかげだったというべきであろう。

このころのかの子は、それでもつとめて会合や、観劇に出ていた。その顔は睡眠不足と疲労に、肌の荒れが厚化粧の下にもうかがえ、夏みかんの皮のように荒れていた。顔色も

悪く目も充血していた。

人々には愛想がよかったが、観劇の間に居眠りをしている姿は、かつてのかの子らしくなくわびしすぎた。

それでもまだ誰も、一平や仁田のような家族たちでさえも、かの子の超人的な気力に眩《げん》惑《わく》されて、かの子の疲労の限界がすでに肉体を蝕みつくしていることに気づいていなかった。


昭和十四年二月二十四日の朝、熱海の宿で目を覚ました林房雄は妻の声に驚かされた。

「岡本さんが亡くなった！」

「そんな大きな声を出すな！」

といってふとんをかぶったとたん、はっとなって妻の手から朝日新聞をひきよせていた。

《女流歌人として又作家として有名だつた赤坂区高樹町三本社客員岡本一平氏夫人かの子氏は昨年暮以来過労のため健康を害し、湘南で療養中であつたが、帰京後心臓を悪くし、去る十七日小石川帝大分院に入院、十八日午後一時半遂に死去した》

以下型通りの略歴が並び、長谷川時雨《はせがわしぐれ》の談話がのっていた。

去年の暮から、かの子の躯の具合がよくないとは聞いていたけれど、こんな急逝《きゅうせい》のしかたをするとは思いもかけなかった。林房雄を驚かせたのは、死の発表が一週間もすぎているということであった。

別館に滞在中の川端康成に電話すると、まだ起きていない。しばらくしてもう一度かけた時は、川端康成もかの子の死を知っていた。

「ああ、新聞でみた、あまり急だね」

「一週間前に亡くなったと書いてあるよ」

「え、そうかい、おかしいね」

「おかしいよ」

ふたりは電話の両側で妙にかわいた声をだして笑った。

その夜ふたりは揃って上京し、高樹町の岡本家を弔問《ちようもん》に訪れた。

往きの列車の中で林房雄はつぶやいた。

「ぼくときみが二人揃って岡本一平さんに会いに行くのは何だか気がさすなあ」

岡本かの子の文学の最も熱烈な支持者で解説者だったふたりが、かの子の身近にいたということが、かの子のあの憑かれたような創作欲の源泉になっていないともいえないのではないか。そんな想いがふたりの胸にはあった。文学の仕事の苦しさ、その肉体的な負担のきびしさを誰よりも知っているふたりなのだ。

「困ったよ、今死なれたのでは、全く困るよ」

「うん、困ったね」

「これからなんだから」

「もう一息のところだった」

「五年でもいい、五年経てば鷗外、漱石級だといった予言も立派に立証されたんだがなあ」

「この儘《まま》では、人は巨大な未完成品と思うかもしれない」

「だから困るよ。全くかけがえのない偉さと可能性を持っていた人なのだ」

そんな会話もしていた。いくらかの子について語りあっても本当にかの子が死んだという実感がわいて来ない。

岡本家につくと玄関前の客間には晃々《こうこう》と明りがついていた。何事もなかったような灯の色でもあり、いつもとちがう不気味な灯の色にも見えた。

明るい応接間には正面に白布をかけた祭壇がしつらえられていたが、そこには位牌も遺骨の箱もなく、ただベルリンで写した童女めいたかの子の写真がかざられ、そのまわりを淡紅の薔薇がかこんでいた。写真の前に中指ほどのかの子の持仏の水晶観音像が立っている。それだけであった。山本実彦《やまもとさねひこ》が一平の傍にいた。一平はふたりを迎えると顔をぬぐいもせず、両眼からとめどもなくあふれる涙を流しっぱなしにしていた。その時の一平の印象を林房雄は、

《話してゐるうちに、一平さんの姿が、片身を削りながらなほ生きてゐる魚のように痛々しく見えはじめた》

と書いている。誰も一平のその悲痛な打ちのめされた姿を見ては、かの子が何の病気で、どの様に死んだかなど聞くことが出来なかった。一平の方から、かの子が生前、火葬を嫌ったので土葬にしたのだというようなことだけを聞いた。

それもいつ、埋めたものやらわからなかった。

新聞にかの子の死が報道されて以来、弔問客が五日間、岡本家にあともたたなかった。一平は誰に対してもただことばもなく涙ばかり流していた。

どの客もかの子の突然の死の報せに驚いていたし、その発表が死後七日も経っているのをいぶかしんでいた。

パリの太郎は二月二十四日おそくアトリエに帰ったら、ドアの下にさしいれてあった電報をみた。

カノコ病気、恢復のみこみ。

電文を持ったまま、太郎はベッドに坐りこんでしまった。事の異常さが胸に来て、胸さわぎがする。その夜は不安と臆測で眠れなかった。わずかにとろとろとすると若いガールフレンドの自殺する夢をみた。

かの子が危篤だと思わないわけにはいかなかった。次の電報は中一日置き二十六日につ

いた、案の定、

カノコ危篤希望を捨てず。

とあった。もうかの子の死は疑いようもなかった。太郎は友人の部屋へかけこみ泣きもだえた。最後の電文は二十八日の昼ついた。

カノコやすらかに眠る、気を落すな。あと文。

その夜は街にとびだしていくとアルコールに酔いしれて打撃と悲しみを忘れようとした。翌日またおっかけて電報が来た。

僕は君の為に生きる。すこやかにあれ、苦しければ電打て。

一平が、太郎のショックを少しでもやわらげようと苦肉の技巧をつかって電報を打っているのがわかった。

太郎の胸にはじめて母を失った父をおもいやるゆとりが出て来た。

電報局に足をひきずっていくと、しばらく考えて、頼信紙《らいしんし》に書きつけた。

母はわがうちに生きつつあれば悲しからず。父は僕にわずらわされず仕事に生きよ。

七年前、パリの北停車場で別れたまま、ついに会い逢うこともなく死別した母のことを太郎はそれから十日たって一平へ次のように書き送っている。

「――略――はじめの三日間は打ちのめされたやうになつて床についたまゝ眠りつづけ

てしまひました。目が覚めてお母さんの『死』を考へると、うそのやうでもあり、又とても、恐しいことのやうでもあり、変な気持でゐると、突然泪にむせんでしまつたりしました。少し用事で外出しようとして、五分間も外を歩くと、もう腰がぬけたやうにへばつてしまつてアトリエに引きかへし床につくとそのまゝ又ぐつすりと寝込んでしまひました。

お父さんがお母さんの為に生きてゐたやうに、僕も生活の大きな部分をお母さんのために生きて居りました。

お母さんの居ない後の空虚は、これからより強く生きることによつてうめて行くつもりです。それは勿論お父さんもさうしなければなりません。——略——

三月七日」

太郎にも逢えず、かの子はどのような死を迎えたのか。

昭和十三年の暮、かの子は新年の勅題《ちよくだい》の歌を頼まれ、その着想を得たいからと、油壺へ出かけていった。

いつでも、どこへでも一平か、仁田と一緒でなければ、決して出かけないかの子が、珍しくこの時は、ひとりで行ってくるといいはった。かの子の疲労を心配して一人出すのを心許ながる仁田にも珍しくかの子はひとりでいくといいはった。

一平と仁田に見送られ、かの子が油壺へ出かけたその翌日、油壺の旅館から電報で、かの子の急変を報らせてきた。

一平と仁田がとるものもとりあえず油壺へかけつけると、かの子は旅館の一室で意識不明になっていた。

昨夜、三度めの脳充血に見舞われたのだった。

そこへ行って一平たちははじめてかの子がひとりで来ていたのではないことを知った。宿の主人の話では若い学生ふうの男を同道していたが、その男はかの子の容体が急変すると、いつのまにか姿をくらましてしまったという。

一平も仁田もそんな男を詮索《せんさく》するゆとりもなく昏睡状態のかの子の看病に我をわすれた。仁田の手当と一平の夜も眠らない看護がつづき、一週間めあたりにはかの子も意識がはっきりし、動かしても大丈夫なところまで快復した。

そこで油壺を引揚げ、青山の自宅へつれもどり、静養させることになった。

今度の病気は三度めの発病だっただけに、四十七歳で同じ病いで死んだ母アイのことを思いあわせ、かの子はたいそう神経質になっていた。病気の恐怖におびえ、同じ病気でもかの子は軽い方だと納得させるのにふたりは骨を折らなければならなかった。

病床についたまま、四十日ほどの日がすぎるうち、かの子は二度ほど、

「太郎をどうするつもり」

と一平に訊ねた。一平は太郎を呼びよせると、敏感なかの子が興奮し、かえって病状が

悪化するだろうと思ったたし、またかの子の病気はせいぜい三ヵ月も静養したら治るものと診たてていたので、かの子が恢復したら秋にでも一度帰らせようという話をした。

かの子はそれに、

「帰ってくればまた仲がよすぎてけんかして病気に障《さわ》りはしないかしら」

といったりした。それでも一平が、タゴシももう大人だよというと、嬉しそうにだまってうなずいた。その頃からおしゃれのかの子は一切鏡をみなくなった。やつれた自分を見たくないというのがかの子のナルシシズムに対する節操で、

「あたしの顔はもうちゃんとあたしが覚えているから」

といって、ついに死に至るまで一切鏡をみなかった。何より好物のそばも、

「生涯美味しいと思っていた味が病気で損われて感じたらいやだから」

といって、決して口にしなかった。あれほど執念を燃やした仕事の話をすると、もう聞くのがいやだといって耳をふさいだ。

かの子は元来、貪《むさぼ》らない女だった。今や長年の屈辱の復讐の成就《じょうじゅ》は実現した。昔、かの子に敵対したすべてはかの子の神がかりのような実力の前に膝を屈している。満足と得意の絶頂も味わいつくした。

「武蔵野に小さな家をつくって、遁世《とんせい》してひっそり暮そうかしら」

などと、病床から話しかける日もあった。もう野心も欲望もさすがに疲れ衰えてきたの

かもしれなかった。何事についても、

「パパにまかせらあ」

というのが、かの子の口癖になった。「老妓抄」の題で最新の短篇集がもうすぐ発刊されることも、ほとんど各雑誌に毎月自分の小説がのることも、応じきれない注文が来ていることもかの子はみんな知っていた。けれども、現実には、「老妓抄」の本を手にとってみる閑《ひま》もまたず急逝したのだった。

二月十七日の未明、急に小石川の帝大病院へ入院をすすめられた。文字通りの急変で、その時はじめて一平も危険の実感をもったくらいだった。永眠は翌十八日午後一時すぎであった。生前信仰厚かった観音の日十八日に逝ったのである。

享年五十歳。傍には一平と仁田だけが見守っていた。

遺体は二人が青山につれかえった。一平はかの子の死に茫然自失し、後を追いかねまじい失望のしかただった。ふたりの男は、愛し、苦しめられ、共に歓びをわかちあった女の死を見守り終日、ことばもなく泣き暮していた。

「一平さんは全くあの時は血の涙を流されましたよ」

と仁田は当時を回想する。

生前かの子は、死んだ時は親類や知人の誰にも送られたくない。死顔も誰にも見られたくない。一平と仁田だけで見送ってくれるのが一番嬉しいといっていたので、ふたりはかの子の死を誰にも知らせなかった。冬のさなかとはいえ、死体をいつまでも置くことは出来ない。仁田はかの子の全身に防腐剤の注射をうちつづけ、一日でも半時間でもこの世にとどめておこうとした。いよいよ、それもかなわなくなった二十一日、ふたりはかの子に生前の健康な日のような化粧をほどこしてやった。肥満していたかの子は四十日の病床生活にも、かの子が恐れていたほどのやつれもみせず、化粧に彩られてみると、まるで童女の寝顔のようなあどけない清らかさをとりもどしていた。一番似合った純白のソワレを着せ、かの子の好きだった銀の靴をはかせた。太郎の贈ったネックレスもかけさせ、指には一番上等のダイヤの指輪をはめてやった。

東京じゅうの花屋からその日ふたりは薔薇《ばら》の花を買いあつめた。東京中の花屋にその日は薔薇が品切れになったほど、集ってきた。当時の金で花代が三万円になった。

その日は朝から冷い雨が霧のように降りしきっていた。一平と仁田はかの子を薔薇の花で埋め、ふたりだけで多摩墓地へ運んでいった。

美しい公園のようなモダンで静かな多摩墓地はいかにもかの子の気に入りそうなところだった。一人九坪という墓地を、一平はずいぶん無理をきかして、三人分の二十七坪入手した。やがてはかの子と一平と仁田でここを永眠の床とする心づもりだった。墓地の近くでまた花という花を買い集めた。

ふたりの男は、男の生涯も地位も名誉もすてて愛しぬいたひとりの女のために、自ら鍬《くわ》をとって土をほった。

雨にしめった土は柔かく、むせるようななつかしい匂いを放った。

この墓地では土葬などの例はないのを、これもまた無理に頼みこんで土葬にするのだった。

生前のかの子が火葬をとても厭がったのをふたりは覚えていた。

深い穴がほりさげられ、花々がそこにしかれた。その上に薔薇に埋ったかの子の柩《ひつぎ》がしずしずとおろされていく。かりの眠りに入った童話の眠り姫のように、最後に別れを惜しむその顔はあどけなく、今にも赤くふくらんだ唇から、

「パパ、ハーちゃん」

と、あの甘ったるい声がひびきそうであった。

柩の上にまた花々が降りそそがれ、やがて静かに黒土がおとされはじめた。

五彩に挟まれて柩は花のサンドイッチ。

《花のサンドキッチは馥郁《ふくいく》とした芳香を放ちながら、私が鉄匙《シャベル》で掬ひ落す土を冠つて行く。

これを見てゐた世話役の石屋の番頭さん、

「へえ、昔からお棺の上へ投げ花をなさるのはよくありますが、上下に花をお敷きになるのは始めてです。こりや結構なお思ひ付きですな。他の方に教へてあげませう」と。

結構なお思ひ付きかどうかは知らない。結構なお思ひ付きとしたなら、あまりに惨《いた》ましい結構な思ひ付きであつた。かの女がいくら平常、愛してゐた土地の土にもせよ、たとへかの女の生命が脱ぎ捨てたものの、入つてゐる柩にせよ、この寒空に、この土に、柩の肌をぢかに当てられようか。土に肌が馴染むまで、花よ、しばらく茵《しとね》衾《ふすま》ともなつて覆つてゐてやつて呉れ。この遣る瀬なさから出た、せめてもの趣向が、この惨しい結構な思ひ付きに現れたのである。かの子は実に花が好きであつた。

だが寒雨に濡れながら、その花の柩が、土に覆はれて見えなくなつて行くときの気持。

「ああ、何で人生にはこんな酷い出来事が構へられてあるんだ」「何に向つてこの酷い気持を訴へたらいいのだ」「俺はどうしたらいいのだ」》(亡き妻と共に生きつゝ)

その翌日、一平の原稿をとりにきた読売新聞の記者が、はじめてかの子の死を知った。そこで一平は止むなく、朝日新聞をはじめ各新聞社に、かの子の死を公表した。

告別式は排しその費用の概算額を傷病兵慰問に寄附したけれど二十三日から二十九日まで弔問客はひきもきらなかった。応接間に急ごしらえで設けた祭壇は花々であふれ、玄関の間までみちあふれた。あれだけ、かの子の生前、事務的な面でかの子をかばってきた一平は、告別式などの形式的で事務的なことに堪えられないほど、心は手放しの悲しみにうちくだかれていたのであった。弔客の前でただ手放しで泣きつづけていた。

告別式という形式でないから、弔問客は、祭壇の遺影の前で、お辞儀をして故人の霊に別れをつげるだけで焼香などもない。

吉屋信子はそのある日を次のように写している。

《やがておいおい人が現れる。故人の母校跡見女学校同級の代表として当時の軍部将官の夫人が「かの子さんにお似合の花でございますから」と室咲きの白牡丹の花籠を供えられた。そのひとたちの鄭重な儀礼正しいお悔みに一平氏はただ黙ってうなずいておられたが、いきなり遺影前の供物に盛り上げられてある生菓子を一つかみとると二つに割ってムシャムシャと口に嚙まれる姿を見たらたまらなくなった。そうでもするよりもう一平氏はどうにもこうにも悲痛のやり場がないのだ……》（逞しき童女）

一平はパリの太郎にこんな悲しみの中からも小まめに手紙を書き送り、かの子の没後の状況を報じた。

《タゴシ、おかあさんが眠られてから二十五日になる。遺稿の小説を整理して明日までに雑誌社へ渡さねばならぬものがあつたので、びつちりその仕事をしてゐた。これ等の遺稿が載る四月号の雑誌は大体次の通りである。中央公論、日本評論、文学界、この中には百枚以上の中篇が二つある。

それから新聞のは別として、雑誌でおかあさんの追悼その他おかあさんの記事を載せた雑誌には、改造、日本評論、文学界、文芸、主婦之友、婦人倶楽部、短歌雑誌がある。その他小さい雑誌の記事は数知れない。まづ日本の代表的総合雑誌、文芸雑誌、婦人雑誌の四月号多少なりとおかあさんの消息に関はらないものはない。また、すばらしい人気だ。中央公論社から、「老妓抄」といふ短篇集が今月末に出版され、かの子選集を何冊か出版する話が纏《まとま》りかけてゐる。改造社と日本評論社と春陽堂でも小説の単行本を出すを望みその原稿が雑誌に出切るのを待つてゐる。その他二、三の書房からの申込もある。この点に就ても人気といへる。

「おかあさんにこれを見せたかつた」僕はもうそんな甘いことはいはない。おかあさんは所詮あの時機にこれ等のことを見ずして眠る運命に在つた人だ。おかあさんは病気になるまへ、去年の十二月に自分の仕事の前途は大体かうある筈を予見してゐた》

文壇中心の追悼会は、四十九日にあたる四月七日午後、丸の内の東洋軒《とうようけん》でひらかれた。文学界同人をはじめ、文壇歌壇のほとんどが出席し、七十人を越す盛会だった。

川端康成の、

「このように大きく豊かで深い女人は、今後いつまた文学の世界に生れてくるであろうか」

という挨拶につづき、パリ帰りの横光利一や名士が交〻立って心からの追悼を述べた。

一平はその間中、始終、ただ涙を流しつづけていた。宇野千代はその日のことを、

《来会者は思ひのほか多かつた。会の始まる前まで、私はその人達がざわざわ賑やかに

してゐる中に奇妙な愉しいやうな気持で立混つてゐたのだが、やがて席につくと、思ひがけなく直ぐ前に岡本一平氏が坐つてられるのを見て、思はずどきつとなつた。あとで聴くと、一平氏はかの子さんの死以来「女の人に会ふのが一番つらい」と言つてをられるよし。私は生きて、何か愉しげにさへしてゐる同じ女である自分が一平氏の眼の前に坐つたことを申訳ないやうな、差し迫つた気持にふいに襲はれて、いひやうのない辛い気持になつた。

一平氏は泣いてをられた。私はまだ一度も、人の顔にこんなに涙が流れてゐるのを見たことはない。来会者たちがそれぞれかの子さんについて語つてゐる間、一平氏は顔をあげたまま、涙の流れるに任せてをられた。——略——会が終つても誰も席を立つものはなかつた》

と書いている。

パリの太郎は、傷心の父にむかつて、凜々しくも書き慰めてきた。

《悲惨ではありましたけれどお母さんの死は美しかつたと思ひます。燃えつくした焰の美しさです。お母さんのそばに近づくものは、お母さんの情熱に焼きつくされずにはゐなかつた。そのやうな、お母さんは浄火を持つてゐた人です。

今、全てを焼きつくして、自ら一つの聖火となつて消えて行きました。

お母さんは本当にたゞ事ではない美しい人生を生きおほせました。

お母さんと僕と、遠くはなれてゐるのをなげきながら生きて居りました。しかしそれはお互ひ、特にお母さんにとつてよかつたことだつたのでした。

そのために、お母さんの生活には悲劇的な矛盾があつたのでした。それがお母さんの仕事に深味と真剣さをきざみ入れたのだと思ひます。生活にも張りが出来たのではないでせうか。

「お父さんは今までお母さんのために身をさいてゐたと思ひますが、お母さんは早く死んでこれから永年生きるべきだつた大きな生命力をお父さんに宿しました。お父さんはこれに力を得て自分の生命を建てなほさなければなりません。――略――気を弱くしないで下さい。僕がうしろに居ます。――略――仕事のために脳を破裂させて死んだといふことはすばらしいと思ひます」

「お母さんの死は十字架を背負つた死だから美しかつたのです。

お母さんは全く神聖ないけにへだつたのです。

――略――お母さんもいけにへによつて永遠にそのたましひに触れる人達によつて生かされて行くのです。信徒がキリストを愛惜したのは磔《はりつけ》の下で、次には再生のよろこびが待つてゐたのです」

お父さんも僕もお母さんの恩寵を得て、お母さんの如くより強く生き、お母さんの如く十字架を背負つて美しい死を完うしませう。――略――

人生は意義ある悲劇です。それで美しいのです。生甲斐があるのです。――略――美しい生命を欲するなら、美しい死を欲するのです。美しい死はいけにへです」》（母の手紙）

第二十三章　残　照

「生々流転」はかの子没後、昭和十四年四月号より十一月号まで、「文学界」に掲載された。

この小説は一平の太郎への手紙によれば、はじめ七月号までで連載が終り、夏頃改造社より本になる予定だった。

それが、

《その小説の雑誌連載が思ひの外永引き秋頃に載せ終つて本になる》（母の手紙）

ということになった。結局十一月号までかかり、翌十五年二月に漸く出版されている。

四ヵ月も連載が長びくということが、最初わからなかったという事実は、かの子の遺稿整理という一平の仕事が、単にかの子の書き遺したものを、清書して雑誌社に渡すという機械的で事務的な操作に終っていなかったことを示すようである。

《四十日経つた今でもときどきは立つても居ても堪らない気がすることがある。おかあさんといふ人は妙に肉体的に影響を打込んで行つた人だ。けれども、そのひどい気持のあまり身体に触りさうな場合は、何かに紛らかしてこれを薄める工夫をし、堪へ得られる場合はこれをぐいと腹に溜めて、これからの整理の仕事の衝動力化することに努めてゐる。タゴシ、おとうさんはだいぶ強くなつたぞ。仕事の前や、途中に、おかあさんの眼前のいちばんかはい相だつたところやいぢらしかつたところや、いちばん純情だつたところをわざと思ひ出し、それによつて涙を絞り、自分の気持を沈潜し、厳粛にし、仕事を浄める作用に使ふこともある。また、この方法は類稀《たぐいまれ》なるおかあさんの持つてた、それ等を仕事を通して世の中に紹介し理解せしむる手段でもある。芸術家にとつてそのいちばん訴へたかつたものを表現さしてやるくらゐ有難く思ふものはない。それはおかあさんの眼前も眼後も変りはない。また、それはおかあさんの人間としての「業」を晴らして仏果を得さす手段でもある。僕はそれをやらうとするのだ。遺稿の整理発表で数年かかるだらう》(母の手紙)

一平特有の大げさな表現にしても、並々ならぬ意気込で、一平が遺作の発表にのぞんでいたことが察しられるのである。

おそらく原稿は原稿用紙のます目にきちんと書きこまれたものではなく、一平かあるいは仁田にしか読みとることの出来ないもので、かの子の心が先ばしりあふれて、文字に追いつかないという乱暴な判読し難い達筆で流し書きされていたものだろう。それを判読し、整理するということは並大抵のことではなかった。

かの子の思考の襞々の奥まで、知悉《ちしつ》しつくし、かの子の持っている語彙のすべてを心得ており、かの子の表現方法のあらゆるテクニックの秘密を識っている一平にして、はじめて成しとげられる労働であった。

死後遺稿として発表された作品の本当の制作年月が、わかっているものとわからないものがある。短篇は比較的はっきりしているけれども、長篇となると、いつのまに、これだけのものが書かれていたのか想像出来ない。

出来栄えからいって、長篇の代表作としては「生々流転」と「女体開顕」の二作になる。どちらも千枚ほどの堂々とした長篇である。

作品の完成度からいえば、「女体開顕」の方には破綻《はたん》がなく落着きがある。けれども作品の魅力という点では、「生々流転」の生ぐさいような熱っ気の方に点が入るのではないだろうか。発表は「女体開顕」の方がおそく十五年「日本評論」の一月号より八月号まで連載された。

「女体開顕」のヒロイン奈々子《ななこ》は十三歳から十四歳までの少女期を作品中に書かれている。「生々流転」のヒロイン蝶子《ちょうこ》は、十八歳頃から二十三歳までの女として書かれている。奈々子と蝶子は、全く同型の女であり、例によって作者かの子と風貌まで生きうつしに描かれている。奈々子が成長して蝶子になり、蝶子が成熟してかの子となると解釈してもよさそうである。

「女体開顕」の最後の章を、

《汽車の動揺につれ、奈々子はふと身体に、生れて以来覚えない異和を感じた。女となつたしるしの初潮か。

「宗《そう》ちやん、ちよつと待つててよ。あたい、ご不浄へ行つて来るから」

「しよんべんかい？」

東海の日の出は車窓に隆々と昇つてゆく》

と結んだかの子は「生々流転」の中では蝶子に十八歳の女学生の身で、学園の園芸技手葛岡《くずおか》の手により無造作に処女性を捨てさせている。

《旅寝を重ねてここまで来る間に、葛岡はもう安宅《あたけ》先生指導の二河白道《にがびやくだう》の距てのバンドも構へず、それから宿所に夫婦と名乗つてつけることもしなくなりました。すべては物憂い気だるさがさす業です。それこれに頓着なく、私たち二人はめうとに似たやうな間柄に、いつしか墜ちてゐました。人は愛や情熱の熾烈《しれつ》なときばかり、これに墜ちるとは限りません。若い身空《みそら》が性根をスポイルされて、青い倦怠の気が精神肉体に充《み》ちたとき、男女はなか〳〵に危ふくあります。その青い倦怠の中からわれ知らず罪咎《ざいきう》の魔神の力を藉《か》りても生き上らうとするわが身の内の必死の青春こそ、あなや、危ふくあります。

わたくしには、また、地上があれほど依怙地《えこぢ》にも自慢気に振り廻す「童貞、童貞」といふ言葉がむかしから嫌味でなりませんでしたし、安宅先生が逆手によつて強調した性の本能に就いても故々《ゆゑゆゑ》し過ぎるやうに思はれました。その反感もあつてわたくしは試にこの関門を手軽に越えてみただけのものでした。
旅寝を重ねて行くうち二人のめうとに似た関係もいつか末無川《すゑなし》の流れのやうに断えてしまひました。もとからこの種の縁は水無川《みずなし》の水のやうに二人の間には源からは湧き切れなかつたのでせうか。わたくしに言はすれば、私たち二人の身の上に深くも眼覚めて来た諸行無常の苦しみを、かかる耳搔きで耳の垢搔くほどの人事では滅多に忘れ得るものではなかつたのだと思ひます》(生々流転)
武田泰淳《たけだたいじゆん》は角川文庫版「女体開顕」の解説の中で、
《「女体開顕」は、衆望をになつた大童女奈々子を、「状況」から脱出、あるひは超越させ、はじき出し、旅立たせるために展開する。またそれは、奈々子が是が非でも生存させたいと決意してゐる。岡本かの子の招く芸術論、庶民芸術史、文明批評として展開される。——略——常に現実によつて魅惑されてゐたいといふのが、奈々子及びかの子の切なる願望である。この願望は、現状肯定論者の保守主義とは異つてゐる。現実を美化してそれに甘える、抒情主義はここにはない。——略——奈々子及びかの子の魅惑されたがつてゐる現実とは、社会、世界、宇宙のどんな微弱貧相な一点にも充実してゐる筈の或るなまなましき物である。笹屋《ささや》の好色老人にも出版会社社長龍彦《たつひこ》にも、見えない、そのなまなましき物のざわめきと光輝を、彼女たちは感得してゐる。それは笹屋老人の欲しがつてゐる真の弁財天でもあるし、龍彦の求めて得られない、泥土に根を持つ野生であり精気であるが、サルトル的用語を借りれば「存在の密度」と言つたものである。奈々子も蝶子も、実はこの存在の密度を導き出し、発火させ、拡大させるための酵母であり、導火線であり、仮説であり、小説的奸策の一種にすぎないのである。岡本かの子が私小説から脱出し得たのは、奈々子すなはち自分自身を、そのやうな仮説、奸策として利用できるだけの情熱とエネルギイに恵まれてゐたからである》（角川文庫解説）という見事な洞察を述べているが、「生々流転」の蝶子もまた、かの子自身として、存在の密度を拡大させる酵母とみなしてよいのである。かの子は私小説は書かなかったかわり、自分の小説のヒロインを理想像にしたて、彼女たちに、自分の心身の秘密のすべてを仮託して、巧妙に、告白懺悔《ざんげ》し、自分の小説の中で、自我を発散蒸発させ、思い残すことなく死んでいったのである。

かの子は先ず、「丸の内草話」で失敗した東京（むしろ江戸から東京への）の生いたちを描くことを「女体開顕」の中では完成さし、その中で創りあげたかの子自身の少女時代の俤《おもかげ》を理想化した奈々子というウール・ムッターの性を生まれながらにもった河性の少女と、奈々子を太陽にして、その光りでようやく光りを発する周囲の衛星たちの群像を描きあげた。更にそれを発展させようとして、奈々子がも少し成長した蝶子という乙女を創りだし、奈々子によって試みさした「状況」からの脱出、試みの旅を、更に蝶子によってうけつがせ、それは乞食行にまで達するのである。仔細に比較すれば「女体開顕」の中で作者にいのちをこめられた様々な人間は、ほとんどすべて「生々流転」で同じ型の人間として生まれ変っているのに気づかされる。奈々子が蝶子に、奈々子の最もよき理解者としてのおじさんと呼ばれる画家鳳作《おうさく》が、やはり同じおじさんの名で呼ばれる幇間《ほうかん》上りの俳人市塵庵春雄《いちじんあんはるお》に、妾をしながらオールドミス的心身のインテリで、常に何かに渇いている料亭の女将菊江《きくえ》が、女体操教師のオールドミス安宅先生に、奈々子の庇護を受けずに生きていけないような頼りない少年宗四郎《そうしろう》が、園芸技手葛岡青年にというように、いくらでもその転生の俤を「生々流転」の中に探しだすことが出来るのである。いわば「生々流転」は、かの子が「女体開顕」でさぐり、切り開こうとしたモティーフを、更に発展深化しようとした続篇とみなしていいのではあるまいか。

両者の相違は、「女体開顕」が、前述の結びのような、華やかで明るい未来を暗示する象徴的な結語で終っているのに比べ、同じ海の見える場所に蝶子と乞食の文吉《ぶんきち》青年をたたせた作者は、

《わたしは文吉に乞食の服装を脱がして普通の青年らしく拵《こしら》へて連れて行きます。しばらく川の両岸はよしきり《しき》の頻りに鳴く葦原つづき、その間にところぐ〜船つき場と漁家が見え、川はだんぐ〜幅を拡めて来ますと、つひに海——。

声も立て得ずびつくりして青い拡ごりに見向つた文吉の眼は、鈍いやうにも見え、張

り切つて冷徹そのものにも見えて来ました。いまその眼球には、寄せては返し、返しては寄する浪が映つてゐます。永却尽《えいごう》くるなき海の浪の動きにつれて文吉の瞳は拡がり、しぼみ縮みます。やがて、文吉はいひました。

「この中に生きたもの沢山ゐるのかい」

「さうよ、沢山」

「その生きたもの死んだら、どこへ埋めるの」

わたくしは、はたとつまりながら「さあ」と言つただけでゐると、わたくしに関はず文吉はひとり諾《うなづ》き顔で言ひました。

「うん、さうだ。海にお墓なんか無いんだね」

墓場のない世界――わたくしが川より海が好きになつて女船乗りになつたのはそれからです》（生々流転）

と結んでいる。

さばさばとした湿り気のない結びの文章だけれども、ここには「女体開顕」の結びにはない虚無の匂いがたちこめているのを見逃すことは出来ない。

乞食の子に落ちぶれていた少年が富豪に拾われ、聟《むこ》に入り大学教授になって、妾に生ました子が蝶子という、ヒロインの設定からして、この小説は昏《くら》い虚無的な匂いを持っている。

山奥に湧いた一筋の水が川となり河に拡がり、大海にそそぎこみ、その生命力が七つの海にあふれて、絢爛豪華な夢の虹をかけわたす……そういう壮大な生命の讃歌を書きたいというかの子の念願は、大海の入口で惜しくも終ってしまった形になった。かの子の夢想の華やぎよりも、かの子の肉体の終焉の気配とみられる一抹の淋しさが漂う幕切れである。

蝶子は奈々子と同じタイプで、

《派手で、勝気で、爛漫と咲き乱れる筈の大輪の花の莟《つぼみ》が、とかく水揚げかねてゐる。その蝕みは何処にも見えない。茎は丈夫だし、葉は艶々《つやつや》しい。それでゐて莟は水揚げかねてゐる》（生々流転）

いじらしい感じと同時に、

《しな〳〵見えてゐてそれで、土の上にぢかに起き臥《ふ》して逞しい土の精気を一ぱいい、ちに吸ひこましてゐる原始人のやうな逞しい女》（生々流転）

でもある。彼女たちは男に対して、

《わたくしには、何か、男に遜下《へりくだ》れないやうなものがあるやうです。男は力もあり、偉いと思ふところは必ずしも、女を遜下《へりくだ》らせる性質のものではない。女を遜下らせる男の偉さといふものは、さういふ感心させられるものより、却つて、これは女の勝手な考へには違ひありませんけれど、女に対して無条件な包容力があり、打ち込み方をして、男

としては女に甘いといはれるやうなところにあるやうな気もします》（生々流転）

という母性的なものを持っている。こういう女に憧れる男たちは、彼女の豊潤な生命力を瀕死人が酸素吸入をするように吸いとって、自分の弱い生命にむさぼり取ろうとする。こういう女と男の設定はとりもなおさず、かの子と一平、仁田たちの現実を想起させずにはおかない。

亀井勝一郎は「生々流転」をかの子の代表的な自伝とみなし、

《不思議にもここには氏の出生と生育が、死の予感とともに語られてゐる「内へ腐り込まれた毒素」から新しい生を希求して、晩年の氏は、幼年の日の歌のひびく多摩川の源へ源へと辿つて行き、また河下の大海へと流転し、一筋の宿命の川に憂ひつつさまよつてゐたやうに思はれる——略——とにかく氏は自分の還り行くべき終の栖を探し求めたのだ。生の不安に堪へず、原始のいのちへ憧憬と回復を描いたのだ。「人並ならぬ生の憩ひ」を模索したのである》

（角川文庫解説）

として、かの子の遺言とも見ている。

石川淳は、

《作者がおさへがたい情熱に浮かされて、手製の調子に乗りつつ、我を忘れて書きまくつてゐる。——略——作者はそんな様式上の野心などに憑かれながら書いてゐるのではない。もし効果とか様式とかをひねくつてゐられるほど静かな隙間があるとすれば、作者の心がかうまでのめりこんだ文章は出来上るまい。作者にきいてみれば、書きたいから書いたのだといふだけだらう。そして、いくら書いても書きたりないと内心に思つてゐるのだらう。自分でも何を書いてゐるのか茫としてゐるといふことに相違ない》（岡本かの子）

と「生々流転」の文章論を述べ、この小説が蝶子という娘を中心においた永遠に完成されることのない曼荼羅であると解説する。

調子と情熱で書く女の小説の通性を、かの子がもっとも発揮したという石川淳の批評は、かの子自身にとっては盲点をつかれた思いであると同時に心外だろう。

けれどもかの子の文章の調子、弾みのあるだらだらした流れというものは、よく見れば一平の文章の調子なのである。かの子の短編には、非常にひきしまった文体もある。

ここで気づくのは、かの子没後、めんめんと太郎に訴えた一平の手紙の文体である。一平の長手紙は有名であるが、この時には原稿用紙十六枚から二十三枚もの裏表へ、びっしり細字で書いた長文もある。それらの、いつ果てるともしれなくめんめんとつづく「調子」は、だらだらととめどなくつづいていく「生々流転」の文章の「調子」と、同一のトーンなのである。石川淳は女人の小説は情熱と調子で書くといったが、そうならば一平はその点、女性的な発想法と手法の文章家であったといえる。一平の調子がかの子に移ったのか、かの子の小説が一平の本来の調子に習ったのかわからない。いずれにしろ、晩年は渾然《こんぜん》一体となってしまった二人の文章は見きわめ難いほど同一の調子にとけこんでしまったのであろう。

二つの長編に、最も多くかの子の生《なま》の本音や告白が聞かれる。ヒロインはもちろんだが、「女体開顕」のおしゅうさまと、「生々流転」の歌い女お艶《えん》などは、いっそう、かの子生きうつしである。

ところがもう一つ気づかされることは、二つの長篇の中に、一平の分身が必ずあらわれ、これもまたかの子に負けない程の生の本音や告白を、随所に巧妙にそれとなく、ちりばめてあることである。あえていうなら、二つの長篇にあらわれる女はすべてかの子の分身であり、男はすべて一平の分身とみてもよいのではないか。一平の代表として、「女体開顕」の鳳作《ほうさく》があり、「生々流転《う》」の市塵庵春雄《いちじんあんはるお》がある。

二十歳ですでに人生に倦《う》み、素人《しろうと》の不良少年から玄人のやくざの線までたどり、自分のうちなる空洞《うつろ》を見出している画学生の美青年、古風な明治臭がこびりついていて貧しい庶民の義理人情や、かくやのおこうこの作り方までわきまえた老成しきったインテリ青年鳳作は、一平の若き日の姿の再現であり、大学出の幇間から俳人になり、芸者上りの妻、お艶を、男のいのちをこめて一流の歌手に仕立てあげる市塵庵春雄は、壮年以後の一平の生き写しに外ならない。

《奈々、おら、てめえが好きだ。だが、奈々、おれは、てめえの生れ附きの美しさに負け度くねえ。おれの望むのは、おれが、てめえの中から創り出す、おれの考への美しさだ。だから、おれは一度は、てめえを打壊すかも知れねえ。それから拵へ上げたおれの奈々子をこの眼で見たなら、おら、それを墓とも残し、導師とも頼んで、おら気持よく、いつでもくたばつていい。その他に世の中に何の望みもねえ》（女体開顕）
という鳳作の感慨も一平のものなら、「生々流転」の最終章に出るおじさん即ち春雄の蝶子への長い恋文の中の告白にすべてが、一平の生《なま》の声である。

ところで問題はこの恋文の件《くだり》にある。

いったいこの市塵庵春雄、通称おじさんなる男と、その妻お艶の物語りは、この小説の中でどんな役割を持たされているかと考えてみると、不思議なことに気づくのである。

一人の娘蝶子をヒロインとしたこのむやみに冗長な物語りの中から、おじさんとお艶に関する話をすぱっと切りとってみたらどうであろう。ヒロインが生きる迷いから乞食行を試み、たどりついた涯《はて》に多那川《たながわ》沿岸の鷺町《さぎちょう》に落着く。その町がやがてセメントを出す頁岩《けつがん》の発見から一躍工業都市となる。鷺市一の素封家百瀬《ももせ》家の次男啓司《けいじ》に本当の素姓を見やぶられ、結婚を申しこまれた蝶子が、
《わたしはウール・ムッターの女だそうです。その母性的の博愛を誰も男一人で独占することは出来ません。わたくしがもしそれを肯《がえ》んじても、直ぐ相手の男に飽きられる

か、自らあくがれ出て、その博愛を多くの男に振り撒《ま》く性だと言ひます》（生々流転）という理由で断る。小説ではこのあと蝶子が鷺市の市設の倶楽部式会館の女マネージャーになり、そこでお艶夫婦に識りあうという仕組みになっている。

けれども、蝶子が啓司との結婚をことわり、そのまま、乞食の文吉をつれ、海へ行くという最後に移っても全く不自然でないばかりか、むしろ、自然な終末となるように思う。なぜここでとってつけたようなお艶とおじさんの物語りをくっつけなければならないのか、更に奇怪なことは、

《蝶子、

川の渡りは無事だつたか、家《うち》の首尾は……》

にはじまる原稿用紙百枚にも余るおじさんの長い長い恋文の中には、明らかに作者かの子の死後の出来事が織りこまれているのである。いくらかの子の霊感が激しいといっても、自分の死期は予感し得ても、死後のことまで的確に予言して自分の小説の中に書きうつせるであろうか。

おじさんの恋文の設定では、インテリ幇間で美青年の春雄は、ぼんやりして無口で気品ばかり高く一向おもしろくない若い芸者に心ひかれる。それがお艶であった。その時すでに二人の男が、お艶に心をよせていたので春雄は若気《わかげ》の意地も手伝って、しゃに無二自分の妻にしてしまう。ところがお艶は、

《世上稀にある聖女型と童女型の混つた女で、声のみならず人間に一種の魅気を持つてゐた。彼女に魅せられた男は蛙が蛇に睨まれたやうに居すくまされたままそろそろと呑まれた。それでなければ相手は彼女の気魄を打込まれ、今更別に妻を持つても情人をもつてもそれには到底気が移らずして、生涯かの女を忘れられない中途半端の畸形《きけい》の男にした。――略――お艶といふ女は聖女と童女と混つた女である上なほ魔女のところもあつた。かの女が男を得ると、その男の心にまだ安心ならないうちは男に対して二時間でも三時間でも一室中に瞳と瞳と合はして睨み合はす所為《しよゐ》を課するやうなこともする。男の心が須臾《しゆゆ》も自分より反《そ》れないために。その男は魅気に疲れへトヽヽとなり、かの女の愛の薬籠中のものとなる。かの女は得た男ならその男が独りで寝て見る夢の中でする他の女の現れたのを話すことに嫉妬した。わたしは今でも思ふ――一人にしてかの女と対等の力で愛し合へる男がこの世の中で在り得るだらうかと。もしあつても、恐らく永い間には愛の気魄に負かされて精神羸弱者《るゐじやくしや》になつてしまつただらうと。かの女の愛には何か相手からいのちの分量を吸取る磁石のやうなものがあつた――略――また一方、かの女くらゐいぢらしく憐れな女はなかつた。何故ならば普通の分量の女が如意としてゐるものもかの女に取つては不如意であつた。儘ならないのであつた。この意味でかの女くらゐ現実に諸行無常を感じた女は少く、かの女は人界以上のものを人界に望んでゐるのだ。そしてかの女自身は獣身を持ちながら聖なるものも摑んでゐた》(生々流転)

という女である。この人物描写は、全くかの子そのものである。お艶は結婚後のかの子同様、人妻になってはじめて男女間の愛に目ざめ情熱のすべてを夫にそそぎ、夫からも同等の愛をほしがった。春雄はお艶を夫の力で、もっとさばけた世間並の妻に改造しようとした。ある時、深い考えもなく、運座の仲間と田舎芸者をあげ、そのまま、二、三日海村を遊び歩いて帰った。そのことのショックでお艶は一年ほど完全に精神を壊し、自殺しかねまじい勢いだった。

その後二年ほどかかり徐々に恢復した。

その間、いつ気がへんになり首をしめられるかしれない妻の傍に寝ながら春雄は毎朝自分の生きていることが不思議であった。こういうところも現実の一平、かの子の過去と寸分たがわない。更にお艶はかの子と同様、夫に、夫婦の性をぬきにした関係を強請《きょうせい》する。もちろん、自分の方も男を断つという誓をした。以来お艶は夫を兄さんと呼び、いつかおじさんと呼び習わした。春雄は正直に誓を守り、以後十八年、完全に女を断った。そしてお艶が望んでいた歌手としての道にすすませこの世界に押し出してやった。現実に一平がかの子を文壇に押した如く。

ここまで読んでくると、もう春雄と一平、お艶とかの子の区別は全くつかなくなってしまう。更に奇妙な感じに捕われるのは、かの子が書いている一平の告白として読もうとしても、いつのまにかこの文章のすべてが、一平自身の生の声として聞えてくることである。

小説では秋雄《あきお》という春雄と同居の弟子まで、道具立てが揃っている。お艶が想いをかけ、他の世界で有能な才を嘱望《しよくぼう》されていたのを、お艶がむりやり奪いとった男である。現実の仁田をあてはめればいい。

《お艶はかかる事件を惹起《ひきおこ》し、それを凌いで掌裡《しやうり》に収めるまでには何度でも毎回新なる情熱を湧《わか》し、一本気でいのちがけの行動をした。わたしは毎回魂を燃え立たして、それから雷火のやうな紫の焰《ほのお》を放つかに感ぜしめられるかの女に怯えもし、その真摯《しんし》に頭を下げた》（生々流転）

こうして男たちが自分の職をなげうち、お艶に尽さずにいられなくなる。春雄は、お艶を先ず世界一幸福な女にするため書画骨董の鑑定を覚え、そのコンミッションで財をなし、お艶は小切手帳にサインするだけでよい財力をたくわえていた。かの女を一流の歌手に仕立てるためには、

《わたしは人知れず古謡と古曲を漁《あさ》り、これを現代の好みに向けて再生産した。わたしは彼女に歌謡の節句を嚙み味はせ、自分から三味線を把《と》つて歌ひ巧《たく》ませ、大衆の好みの在るところをかの女に差し示した。何でかの女がその社会の名手にならずに置かうぞ。一個の有能の男子がいのちを籠めて息を吹き込むのであるから。しかし、かの女にも偉いところがあつた。かの女は自分のいのちの好みを守る場合には盤石のやうに重くなつ

て動かない女だが、そのために尽して呉れると判つた人にはまたおのれの全部を投げ出して与へた。そのときかの女は羽毛のやうに軽くなつてその人に添つた。わたしはかの女に「わたしの指図だ。日本橋の上で裸で大の字になりなさい」といつたところでわたしが傍にさへゐたらわたしの方を子供のやうにちろちろ頼りに見ながら群立つ人々を人臭いとも思はず、赤子の寝起きのやうにやをら裸の大の字になり得る女だつた。男としてこの意気を見せられ何で力を籠めずに置かれうぞ。それはわたし一人ではなかつた。かの女を後援する幾人かの男は、この捨身の寄りかかりにかかつてみなわれを顧みずに援けにかかつた》（生々流転）

ここに、かの子の文学に対して一平が蔭で果した役割りのすべての秘密が明されているのをみる。かの子の小説の大半を一平が書いたとか書かなかったとかいう臆測や推理に対する見事な答えである。

かの子の作品とは、その骨組から肉付から、すべて一平との緊密な合作、いや、仁田や恒松をもふくめた同居者の、惜しみない力の出しあいとかの子の天賦の才の合体のもとに花開いたものだったのに気づくのである。しかもなお芸術の不思議は、そういう科学的な合作の作品の上に、更に思いがけない自然発生の妙音《みようおん》を突然かなでだすのである。

《かの女はまた、とき〴〵予習して行つた既定の歌詞の章句や歌曲から全然離れてその場の思ひつきで何事かを唄ひ出すときがある。これは思ひつきなぞといふ軽いものではない。全く人間の巧みを離れていのちそのものが嘆き出し唄ひ出すのだ。その歌や声が人界を離れて優しく神秘に融遊《ゆういう》するさまは天界の聖女の俤があつた。人々は誰でもこれを知つてゐて、かの女がこの意味でのハメを外すのを待受けた》（生々流転）

かの子は死を予知して、遺言のつもりで創作の秘密を作品の中にかくも告白し去ったのだろうか。おそらく、かの子は最後までそういう気持はなかったであろう。一平の演出するままに素直にふるまっていた鷹揚なかの子は、作品の中にこんな協力者の協力をのこす義務も責任も感じはしなかったであろう。

では誰が書きのこしたか。私は一平その人が、この遺作整理中に次第に気持が動いて、この作品の中に、自分のかの子に対する生涯の愛も怨《うら》みもぐちも投げこみ、とかしこみ、世間にひたかくしにしてきた秘密のすべてが、それほどのものにも思えなくって、告白してしまいたい衝動に止み難くなったのだろうと推察するのである。

予定より発表の月日が長びいたのも、そんなところに原因があるのではないか。

この作品がかの子の精神的自伝の要素をおび、遺言めいた作になっているだけに、一平もこの作品の中に合体して自分の遺言といのちを塗りこめておきたくなったのではあるまいか。

そこで原作にはなかったお艶、春雄の夫婦、お艶の恋人で春雄の弟子の秋雄という人物の設定を新しく創りだし、春雄の一人語りの告白を思うさまさせたのである。

一平に、この決心をうながした動機は二つある。一つは、かの子の死後はじめて識ったかの子の裏切りであり、もう一つはかの子の姪、即ち、かの子の兄晶川の遺児鈴子に対する思いがけない老いらくの恋の自覚と、いのちの華やぎである。その二つともこの恋文の中にあますところなく織りこまれている。

お艶の突然の病死にあい、春雄はお艶を世界一幸福な女にしたつもりだけれど、果して女として見果てぬ夢を見のこしたことはないであろうかと考える。それがかの女に対する残された愛の仕事になった。

《わたしの胸に直ぐ来たことは、指折り数へてかの女の十八年間の禁慾生活である。それはかの女がわたしに「二人はお互ひよ」と誓つてわたしもそれを守つて来たものではあるがそれにしても肉体の均勢がとれたかの女の、而も幾人かの男を次々と愛し取つた身の上として、その精神に伴はざる肉体的の克己はどのやうに辛かつたらう。わたしはわが身の体験から推してそのことの苦しみを重々察した》（生々流転）

ところが、ある夜、秋雄からお艶との間柄について思いがけない告白を聞かされる。

《わたしはこれを聴いてから三日の間に三段に心がでんぐり返るのを感じた。まづ最初は秋雄の手を取り激しく振つて言つた。

「よく、さうして呉れた。わたしの最大の苦しみは、わたしとの義理のためにお艶が十八年間も禁慾してゐたといふことだつた。しかし実はそれが無かつたのだ。わたしはこんなに生れてから重荷を卸した気持のしたことはない。おれは君にこのやうにお叩頭《じぎ》をしてから、何でも奢《おご》るよ」

次の夜が来たときわたしは秋雄を避けてさめざめと一晩中泣いた。それは青年になつてから嘗《かつ》て零《こぼ》したことのない涙だつた。——略——その夜は心ゆくばかり泣いた。われとわが躾けを外して、わたくしは自分のために初めて泣いた。その生涯の馬鹿正直さ加減を、をかしな男気を、ヒロイズムを、自分を捨てて人の註文に嵌《はま》るその偶像性を、その見栄坊を、嘲りながら泣いた。わたしはその夜、わたしのために一生涯の分量の涙を零した。もうわたしとしてはこれでいいではないか。あとに残る天涯孤客の感じ、そんなものはどうでもいい。

わたしの天地を覆《くつが》へしてしまつたほどの大きな偽りを、わたしに構へて世を去つたお艶を、わたしは憎むべき筈なのにどうしても憎み切れないこのもどかしさに、またわたしは翌日の一日を費して考へこんでしまつた。心の中に声が聞える。「をぢさん、ねえ、それでいいでせう」するとわたしは是も非もなく抗意も何もかも投げ出してしまふのだつた。所詮かの女は頑是《がんぜ》ないこどもの大人である。わたしはこの子供に向つてどの手でもつても争ふ術を知らない》(生々流転)

恒松や仁田の同居中、一平が果してかの子との肉体関係を想像してみたことがなかつたのであろうか。堀切重夫の時は、一平も嫉妬に苦しんだ筈であつた。その事件のあと、かの子から言いだした禁欲生活は、一平自身も書き、世間にも知られていた。そんな不自然が、女の側のかの子より、一平自身によくも出来るものである。そのことを一平は、《わたくしといふ男は花柳界に人となり、芸人の癖に身状の上の女の印跡は案外、寥々《れうれう》たるものなのだ。わたしがもし自分のゲシュレヒツ・レーベンを書いて見たら恐らく相手の異性の数は当時の地方のその点放埒にされてゐる青年よりずつと少いかも知れない。外部からの理由としては直ちに例の芸人の躾けへ持つて行けるが、内部的にはわたし自身の性格に帰する。わたしはこれが江戸つ子気質《かたぎ》の通人意識から来るなぞといふ自惚《うぬぼ》れは鵜《う》の毛ほどもない。ただ苛酷に批判してわたしといふ男は、何と馬鹿正直な、ヒロイズムを好む、偶像性を多分に持つた見栄坊の男だらう。云ひ換へれば容易《たやす》く祭り上げられるお目出度い人間に出来てるのだと嘲笑したい。殊に女にかけては》(生々流転)と自己分析している。こういう下町純情で無垢《むく》な信じこみ方がたしかに一平にはあったのだ。かの子が禁慾を誓った以上、たとい恋に狂って、仁田を彼の運命から奪いとり、北海道まで追っかけても、そこにあくまでプラトニックなものしか見ていなかったということになる。それでこそ、仁田のもとへゆくかの子を、青森まで送りとどけ迎えるようなことも出来たのである。世界一幸福な女にするという条件の中に、性的なものを忘れるというところに一平の度外れな大きさがあるともいえる。けれどもかの子が、こういう一平から終《つい》に死ぬまで女としては満されず終ったということは、やはり女としては大きな悲劇に外ならない。

かの子と結婚して以来およそ世間の常識の埒外の心身の激動ばかり味わされてきた一平は、こういう常識では考えられない異常な性ぬきの生活が成立つものだと信じ、成り立たしているつもりでいられたのである。

《実際、かの女が生きてゐたうちは、しよつちゆう激しい不安の期待にはら〳〵させられ、震災の夜の帯のやうに緊張を解く暇はなかつた。かの女が死んで全てが嘆きである中にたつた一つ天を拝し地を拝しても感謝すべきことがある。それはかの女が狂気することの惧《おそ》れから逃れたことである。わたしは意識不通になつたかの女の傍で看護すべき歳月をも予想して、それにも堪へる覚悟さへしてゐた》（生々流転）

この告白の重大さを見逃せない。自分の手でかの子の精神を破壊するまで傷《いた》めつけたという加害者意識と、当時のかの子の病状から受けた恐怖の記憶が、一平には片時も離れることがなかつたのである。あの恐怖をくりかえさないためならば一平はどんな忍苦も犠牲も実生活で忍べたのである。

《わたしは育て上げたお艶を、あまりに愛のスケールの大きい女にしてしまつた。わたしが嘆いてかの女を揺がすとき、かの女の心の中にわたしと同列してゐる幾人かの人への愛をも揺がす恐れがあつた。それからかの女の魅気《みき》は、それを運び出したこつちの衷《ちう》情《じやう》を無意識のうちにも取り食つて自分のいのちの滋養にしてしまふ作用をした。それらの危惧からわたしは全部無条件でかの女に嘆き込めはしない。だからわたしはかの女に嘆くときは、奪はれても大事ない程度の心をおづ〳〵と運んだ。いまわたしはおまへによつてわたしの全てを投げかけても相手に取り食はれてしまはずに寧ろより多く酬《むく》いられさへする、嘆き寄るに頼もしい天地になつた一つの褥《しとね》の壁を見出した。それはわたしへ死のやうに悠久な憩ひを与へ底知れずあたたかく甘い眠りを誘ふ》（生々流転）

この告白に窺えるものも、つまりはかの子に対する一平の潜在的な恐怖である。一平がかの子の無意識の復讐の呪縛《じゆばく》から真に解き放たれたのは、かの子の現実の死によってではなく、かの子の長い偽りをはじめて知らされたその瞬間からであった。義理堅く、愛やまごころへの返礼の躾けを異様なほど自分に律している一平が、愛に報いず相手を狂気にまで追いやった罪の影にどれほど脅えて生きてきたか、そのために保てた禁慾でもあったのだろう。

《わたしの人生に於いて、わたしは愛人としてどの女の心も得なかつた。をぢさんとしてのそれだけを得た。寂しい生涯だつた。ただ唯一の暖味は、天下の歌手お艶が、わたしのためにわたし同様禁慾してるといふことだつた。それはわたしに大きな負担を感じさせてはゐたが、何となくわたしに艶気《つやけ》のある心情を感じさせた。それはをぢさんに対する厚意以上のものとしてわたしは永くお艶の死後もなほ悦んで禁慾の生涯を続ける力があるやうに思へた。その努力に於いてわたしはお艶をやや色つぽい心も通ずる女性と

して死後を扱つて行けたのだが》（生々流転）
生前かの子が愛した晶川の遺児はどこかかの子の俤に似てより美しい娘になってい
た。女子大の行きかえり、不幸な叔父を見舞い、無邪気に純ないたわりを見せた。
太郎より一つ年下の鈴子は当時数え二十八歳で、一平にとっては娘のようだった。か
の子の好きだった食物や、一平の好きそうなお菜など、こまめに携えて訪れる鈴子の優
しさは、一平に、
《女史の眠後、沮喪《そそう》の私に対し、母とも妹ともなつて、労り支へて呉れた唯一の女性は
この姪御である。この娘の労りがなかつたら、私はどういふ凧《たこ》の糸の切れ目をしたか判
らない》（さの原）
といわせるようになった。かの子の死の傷手から少し立ち直りかけると、一平は鈴子を
つれて、かの子の好んだ浅草のしる粉屋へつれていったり、
「嫁にいったら亭主がどういう遊びをするかくらい知っておいた方がよかろう」
などといって、大川口の料亭へ同道し、芸者をあげて遊ばせてやったりした。かの子が
生前、この父親の顔も覚えない薄倖の姪に心をかけ、天性の美声で身を立てさせようと考
えたり平凡で幸福な結婚生活をさせようと考えたりしていたのを識っていた一平は、かの
子の遺志を継ぐように、鈴子の結婚の相手を探してみたり、琴を習いはじめた鈴子を名取
りになるまでがんばるよう励ましたりするのであった。

そのうち、一平はこの純真な血のつながらない姪に惹かれている自分の心の中に、単に叔父の気持だけではない情味の交っていることを自覚せずにはおられなくなった。

《おまへは桐《きり》の花に花桔梗《ききやう》を混ぜたやうな声を持つてゐる。この声の耳触りはわたしの永年世俗に従ふための克己努力によつて殻に殻を重ねてしまつた松株のやうな心に容易く浸透してわたし自身の中なる本質のナイーヴなものをわたし自身に気付かせる。

おまへの姿は可憐にも瑞々《みずみず》しく盛上つてゐる。そしてどのやうに置き代へてもちやんとして格式の見える身体の据りに、躾けで鍛へられて来たわたしの趣味の嗜慾《しよく》は礼拝歓喜《れいはいくわんき》する。

おまへの容貌は純真の美そのものであると共に家附の娘のウール・ムッター（根の母）の格が豊かにしつかりした顎の辺の肉附に偲《しの》ばれる。わたしに何か言はれて詩を想ふやうに嬉しさうな眼で上眼遣ひに考へる。それは夢の国に通ずる》（生々流転）

市塵庵春雄に描写させている蝶子の外貌はそのまま家付娘の格調をしっかりと身に具えた美しい豊かな鈴子の外貌でもあった。

この若い姪への自分の不思議な情熱に気づくと、突然、二十年の強いられた禁欲の堰をきって、一平の体内には若さと情熱が青春のようにみなぎりほとばしってきた。

小説の中の春雄は、ある日蝶子に、思いつめた恋を打ちあけ、お艶との生涯での苦しみを訴え、生まれてはじめて、自分のためにする恋を叶えてくれという。蝶子の貞操と引きかえに、自分の命を投げうっても、即刻、獄に下ってもいいというせっぱつまった口説き方だった。

《斯《か》くて永らく女から遠ざかってゐたわたしは女の肉体なるものに仄かな月明りを感じ、神聖な白い碑を感じ、長生の霊果を感じるのだ。この頃よく〳〵考へてみるのにわたしは生涯に自分自身のためとして何一つこの世にいのちを彫り止めたものがないといふことが判つた。それがいまわたしはわたしの恋ごころを必死の鑿《のみ》としておまへの肉体の壁にわたしのいのちを彫り止めようと企てさした大きな原因らしい》（生々流転）

春雄の蝶子の肉体に対する憧れは、かの子の禁欲の呪縛から解き放たれた一平の、鈴子の現身《うつしみ》に対する憧憬と同一のものとみなしていいだろう。

小説の中で春雄は結局、蝶子に自分の恋を打ちあけ、蝶子から同情の接吻《せっぷん》を与えられただけで、引き下ってしまう。

現実の一平の恋は、鈴子を説き伏せようとして、鈴子の煮えきらない態度を、処女のはにかみと不決断とみた一平が、二十八年前のように、多摩川を渡り、勢いこんで大貫家の奥座敷へ嫁を貰いに乗りこんでいった。

常識の埒外のこの求婚は、一平が真剣で大真面目であればあるほど、大貫家の人々をとまどわせた。鈴子がこの年まで縁づかなかったのは、むしろ、大貫家という家柄と鈴子の美貌に釣り合う相手がないと選り好みしていた結果なのだから、人生の大半を終った叔父からの求婚など、思いもよらないことだった。鈴子の養父になっている喜久三《きくぞう》は、狂気の沙汰だといってこの話を一蹴した。

この時一平はすでに五十三歳であった。

箱入娘の鈴子もまた、この叔父に好意と愛情は抱きながら、この風変りな求婚を受けとめるだけの心の成長がなかった。

第二十四章　誇り

《ハアちゃんいろ〳〵心配かけて済まなかつた。藤田《ふじた》君の寺木曽川の流れを瞰下《かんか》した志《し》津《づ》御料林の紅葉の山を前に勝景の地。寺は普請して清楚、それと布団や寝衣《しんい》まで新調して僕を迎へて呉れた。久し振りで熟睡した。

こゝまでまだ俤に捉はれて山水も何も眼に入らなかつたが一夜の熟睡と山水の気は僕を蘇らせた。気付いてみるのに僕は元来大河の性弁財天の愛児、滔々洋々と流れて行くべきだ。一つや二つの俤踏みつぶしても前途に在るところの幾つかの若さ幾つかの芸術的生活を享受すべきだ。この意味で実に僕は自由の身に立つてゐるのに気付いて勇躍歓喜した。かの子が生前の労に酬ゆるため僕に遺して呉れたものだらう。

ひるがへつてたつた一つの俤――この俤の娘にはちよつとした小狡さと臆病がある、これ僕をしてもう一歩踏み込まさなかつた由縁だ――に捉はれてその俤の娘を背負ひ込み、またその仕立や庇護のため一生を棒に振らうとした危機を顧み負惜みでなく慄然《りつぜん》とした。

汽車で来しなに車窓から諏訪《すわ》湖岸の柳の枯れ枝垂《しだ》れた姿が実にしなやかでやさし味が

あるあの近くに温泉宿でもあるだらう。あすは帰りにそこへ泊つていよ〳〵自由の身の享受の出発を切る。喜んで呉れ給へ。この次は二人で一しよに旅に出たいな。

藤田氏の寺観音が本尊かの子の写真祭つてある》（未発表手紙）

木曽田立《ただち》滝の絵葉書二枚に、びっしり書きこんだもので、切手をはってあり乍ら、あて名を書く場所がないので封筒に入れ、送っている。長野県田立村にある禅乗院《ぜんじょういん》から岡本一平が出している。

宛先は青山高樹町三の岡本方仁田勇。昭和十四年十一月八日の日付。おそらく「生々流転」の連載の原稿整理も脱稿して鈴子への求婚が破れた直後、失意と疲労を癒すため、仁田にすすめられて出た旅先からのものである。

禅乗院を守る藤田湫漣《しゅうれん》はかの子の和歌の高弟で、かの子の訃《ふ》を聞いた時、悲しさのあまり、信州の寺を出てかの子の墓詣りをし、信州に帰るまで、列車の中も道も泣きづめに泣き、一平に逢ってもくやみの言葉も出なかったという純情な人であった。かねがね、一平に心身の保養に、自分の寺へ来て休むようにとすすめてきていた。

一平は、鈴子事件で、さすがにショックがひどく、信州の旅を急に思いたったのである。静かな景勝の山寺で漸く、落着きをとりもどした一平は、かの子の入定《にゅうじょう》の日にちなむ八の日に、仁田へ近況を報じる気になったのであろう。

仁田とは、かの子没後も、青山の家で、共に悲しみをわけあって暮してきていた。かねがね一平は、かの子のために前途の可能性をすべて棒に振り捨て、かの子に愛し取られてしまった仁田に対して、愛憐の気持を抱き自分の弟子たち以上に親身な慈しみの情を持っていた。仁田から、かの子の真実の生態を打ちあけられた後も、一平には仁田を憎むことも嫌悪することも出来なかった。かの子という異常な女の生涯に自分のすべてを犠牲にして賭けた男ふたりの哀しさが、今やその長い苦楽を共にした共同生活の中で、もう肉親以上の血のつながりを感じわけあっているのであった。

《そも〳〵お艶といふ女の異常な魅気の制禦的な親和力がさうさしたのか。二人は兄弟とも叔父、甥とも、何とも名状すべからざる親身の繫りになつてゐる。今、わたしから離縁し去つた後のお艶の内実の良人《おつと》は秋雄であつたと知つた。わたしに死んだお艶に対する未来永劫の義務と思つた一部の権利を放棄する念が萌《きざ》し始めると共に、その空間への心の軽さ、また寂しさが襲つて来る。それはまたわたしへの欺き手の組合人と知りつゝ矢張りわたしを秋雄へ慕ひ寄らさせずには置かない》(生々流転)

とあるが、そのまま一平の仁田に対する真情であろう。

ふたりの男はかの子の死後、互いに相手が自殺するのではないかという懸念のため、見張りあい、自分の後追い心中しかねまじい傷心を忘れることが出来たともいえる。

恒松が去って以来、仁田はかつて恒松のしていた岡本家の家庭的な事務一切を引きうけるような立場になっていた。それはかの子の死後も変りなく、実際一平は仁田が居なくては一日も暮してはいけない状態におかれていたのである。

もちろん、一平は仁田に鈴子に対する恋の経緯もすべて打ちあけ、相談相手にしていた。

かの子に対して守りぬいた禁欲も、かの子と仁田の実情を知ってからはもはや人情上のひとり角力《ずもう》の誓いと義務で、こっけいで無意味である。そう思うと急に二十年間の禁欲で貯えられた精力が、一平には総身にみなぎり煮えるようで、始末に負えない感じがしてきた。

仁田は一平の悶《もだ》えを察して、

「身体にいろ気が籠ってるのじゃないですか、試しに金で買えるような女で放散してみては」

とすすめたりしたが二十年の禁欲にかけた自分の純情誠実が今更に惜しく、とてもそんな軽々しいことで解決しようがない。鈴子の純潔《じゅんけつ》な肉体の壁に自分の命を彫り刻もうとした望みが絶たれた今日、一平は、自分の精力と、とみに目覚めてきた欲情のはけ口をどこに求めてよいのやらめどもつかないのであった。

旅に出て見て、はじめて、一平は、これまでとはちがう軽い気持で、二十年の解禁をしてみようかという気持がきざしてきた。

鈴子に対する自分のせっぱつまった感情も、客観的にふりかえるゆとりも出て来た。一平は鈴子の世馴れない純な親しみ方や、人一倍ゆたかな心の優しさから出るいたわりを、愛情と錯覚していたところがあった。鈴子ひとりに自分の恋を打ちあけ、求婚した際の、鈴子の煮えきらない態度も、ただ娘の羞恥《しゅうち》のさせることと察し、相当、鈴子の心に自信を持っていたのではないだろうか。一平にとっては大貫家に求婚にゆくということは形式で、断わられた時は、鈴子が家を捨て、自分の懐に飛びこんでくるというくらいの自信と目算があったのである。鈴子との結末は、現実にはあくまで一平の夢を破り、惨めな老いらくの失恋という形に終って一平を傷つけたのである。

要するに鈴子への恋の一方的な一平の心の進行の時期は「生々流転」の終章の、春雄の独白が書かれる頃と平行していたことに気づかされる。一平は鈴子への恋がつのるにつれ、その記念をかの子の小説の中に織り込み、人知れず、永久に残して、鈴子と自分の想い出にしようという野心を抱いたのではないだろうか。その上、それは、自分を裏切ったかの子に対しても、ちょっと粋な復讐の仕方になるのではあるまいか。かつて、かの子が一平に、自分の気ままな恋を通させる時、

「ね、パパ、いいでしょう」

と、可愛いく、ひたむきにねだったように、一平は心の中で、

「なあ、カチ坊、いいだろう。これくらいのいたずらを、読者にも後世にもさせてもらって……お前の小説の中で思いきったあそびをさせてもらうよ。ね、いいだろう？」

と、珍しく甘えていったことであろう。

《二十五日の手紙着

風邪の由、充分静養あれ。浜松《はままつ》へはまたいくらでも来る機会があるから今度はよしにした方がいゝ。手紙の様子で安心はしてゐるが、もし僕帰る必要があればいつでも即刻帰るから電報なりでいつて来給へ。それがないうちは平癒《へいゆ》に向ひつゝあるものと思ひ予定通り二十九日までこつちにゐる。和田穂《わだみのる》のやつに毎日見舞つて来るやう命じ給へ。風邪の原因の一つは、あの道玄坂《どうげんざか》の夜、君はモテ過ぎてヌキ過ぎたのぢやないかねモテ過ぎるのも考へものだ。アッコージョン奮発して十二オクターヴ八十五円のを買ふ事にした。折角買ふならこの位のでないと飽きが来るといふ衆議による。

鈴子燕列車よりの葉書をよこす。おばあさんのお伴で神戸のをぢのとこへ行く途中の由。

当地名士の家柄の一つ高杉《たかすぎ》弁護士の夫人相当完全なウールムッターなりとき〴〵会ふことにする。八重子《やへこ》といふここの宿の女中でおとなしくて寂しい娘二十八、これを第二夫人にする話を進めてゐる。

当人は月三十円もくれればいゝといつてる。なにしろ生活そのものがロマンチックな日々、酒なぞをかしくて飲んでゐられるかつてんだ。

絵はいくらでも注文あり、たいした盛況だ。成金で市中眺望よろしき別邸を僕に提供するといふ人あり。そこへまず弁天庵《べんてんあん》の額を掲げることにした。

身体大切に　　　　　　　　　　　　　　　パヽ

ハアちやん……》（未発表手紙）

《出発の際はあわただしく失敬した——略——

鈴子さんの気持聞いてみると仲々曲折してゐてややこしい。けれども今度の事は結局は鈴子さんのためにもいゝと思つてゐる。

こゝへ来て八重子さんをみるとおとなしく内気で悧巧《りかう》でやつぱり掘出しものの感じがする。一つも圧迫感が無いので楽だ。

八重子さんにシモヤケが癒《なほ》る話をしたら悦んだ。すべて事は順当に運びこの宿屋からは二十日に暇を取り二十五日僕迎へに来て家へ連れて来る手筈になつた。ここの宿屋の夫妻も大乗気、母兄も賛成、周囲も賛成、八重子さんも僕もなか〳〵信用がある。

○信州の藤田《ふじた》湫漣《しうれん》に女中を頼むためにちよつと好意を示しとかねばならない。湫漣は亀井勝ちやんの署名の著書を欲しがつてゐたから彼の著書「東洋の愛」と「人間教育」？ゲーテのことが書いてある本を本屋から取寄せといて下さい。

○川端康成に服地送つてやつて下さい。

以下○印のところ用事二つ頼みます。

ハアちやん　　　　　　　　　　　　　　　パヽ》（未発表手紙）

共に浜松市鍛冶町《かじまち》の旅館仲屋から、青山の仁田あて出したもので、昭和十四年十一月二十七日に一つの封筒に入れて出している。信州の旅についで、浜松の旅へ出た時のものである。

もう、この時、一平は再婚の相手を発見し、鈴子に対する恋は、あっけないほどあっさり過去へおしやっている。

八重子は小柄できゃしゃで、ほっそりした顔立の、むしろ古風な美人だった。およそ、かの子や鈴子のような豊満型の美女とは対照的な印象だった。男に圧迫を感じさせない、無性格さ、無知さ、非個性さ、そういうものがすべて、一平の何より安らぎと憩いを欲している心に、湯のように温かくなつかしく滲透《しんとう》してきた。もう奉仕者から奉仕される立場に還りたくなった一平に、八重子はあつらえたような女だったのである。

八重子を青山の家につれかえり、時局柄大げさに披露もしないまま、一平は新しい生活に出発した。

それを機会に仁田も、かの子との生活から解き放たれるべく、想い出の多い青山の家を出て、故郷に帰ることになった。

かの子が逝《い》って十ヵ月、生前、あれほど、強烈に男の心を捕え、瞬時の気のゆるみも与えなかったかの子にしては、眠後の執着のなさが不思議なほど、男たちを自分の想い出と呪縛から解き放つことが急であった。

故郷に帰った仁田は老父の守っていた病院の再興に全力を注ぎ、たちまち村の中心人物になっていった。かの子に愛し取られて、自分の本業、本道から外れて何年をすぎていただろう。はじめてかの子にめぐり逢った日から数えると十七年がすぎていた。

仁田も翌年になってきん子という妻をめとって、平凡な生活の礎《いしずえ》をいっそう固めた。しかし、一平の結婚を認めたかの子の霊は、仁田の幸福な結婚には嫉妬したのか、きん子は新婚の夢も新しい昭和十六年の暮には、もう急逝していた。

素直で美しく明るい新妻に、かの子とは全くちがった新鮮な愛情を抱いていた仁田にとっては思いがけない打撃だった。

互いに結婚して、今では家ぐるみで親類のようなつきあいをはじめていた一平は、きん子の急逝にも、丁重な慰めの手紙を送っている。

太郎は昭和十五年八月独軍のパリ占領と同時に脱出して帰国した。

昭和四年十二月故国を後にして以来、実に十一年ぶりの帰国だった。渡欧の際若冠十八歳の少年だった太郎もすでに数え年三十歳の堂々たる芸術家に成長していた。パリではすでにその力量を認められた新進気鋭の画家であった。

一平は太郎の帰国の時、神戸まで迎えに行った。

燈火管制のきびしい真暗な神戸の町のホテルの一室で、パリで別れて以来の父と子とははじめての夜を迎えた。

故国へ帰りついた興奮で、寝つかれない太郎の気配を察して隣の寝床から一平が声をかけてきた。

「眠れないのか」

「うん」

「今日は疲れているだろうから、話は家に帰ってゆっくりしようと思っていたのだが……」

そんな前置をして、一平も、寝れなかった目をみひらき、

「語りあかすか」

と坐り直した。太郎ははじめて、一平の口から、太郎の知らなかった父と母との生活の秘密を、隈《くま》なく語り聞かされた。

まるで自分の若い日そっくりになっている太郎に、一平は不思議な信頼感を抱き、ふと、心がゆるんだのだろうか。これだけは口にすまいと思っていた、かの子の油壺での発病の話も、仁田との秘密も、すべて語った。まるで懺悔《ざんげ》するようなくどくどしい語り方だったが、太郎はそれらの父のぐちともくりごとともつかぬ告白のすべてを、優しく聞きとってやった。

最後に、一平は、ちょっと照れながら、

「実は青山の家には、女がひとりいるのだ」

といった。太郎はその一言ですべてを察した。

「お父さんはさんざんお母さんに喰われてきたんだもの、これからは自分のために生きればいいさ」

「うん……」

涙もろくなっている一平は、目をしばたたかせてうつむいてしまった。八重子をもらう前に鈴子に求婚して断わられた話まで打ちあけてしまうと、心が軽くなった。八重子も鈴子も同い年で、太郎より一つ年下なのに、一平ははじめて気づいた。

目の前に成長した太郎を見ていれば、鈴子も八重子も、太郎の嫁としておかしくない若さなのだった。

「お前、結婚はどうなんだ」

「まあ、婚約者のような女がないでもない」

一平はすぐ、同じ船で帰国して埠頭で紹介された、清楚な令嬢を思い浮べた。音楽の勉強をしにパリに行っていた女性で、太郎は由紀子《ゆきこ》さんと呼んでいた。

一平は八重子がすでに妊《みごも》っていることも告げた。

「そいつはいい。おとうさん、これから大いに若がえるんだね」

一平には太郎の素直な喜びが有難く嬉しかった。八重子と結婚して以来、とにかく一平は周囲から冷い目をむけられている。何しろかの子が死んで以来、ほとんど毎月、何かの雑誌新聞に、めんめんとしたかの子追慕の一平の文章ののらないことはなかったのである。かの子のように生前夫に愛され、死んで後もこれほど追慕されるということは女冥利につきるというわけで、一平は未知の読者や世間に、理想の夫として思い描かれている。その一平が、まだ一周忌も迎えないですでに娘のような女をめとり、子まで妊《はら》ませているのである。

一平はやっぱり狸だったというかげ口も少くなかった。若い弟子などは面と向って、かの子に対して裏切りではないかとつめよる者さえあった。

太郎は、一平の話を聞いただけで、それらの世間の誰よりもよく理解し、一平の新生を素直に祝福してくれるのだ。わずか十八年しか共に住まなかった太郎が、あの鋭い少年の目に、父母の生活の真髄を如何に正確に映しとっていたかに気づき、一平は改めてぞっとする想いだった。

太郎は、帰国して一ヵ月すると九月にはもう二科特別展にパリから持ち帰った絵を出品して二科賞をとり十一月には銀座三越で個展を開きその特異な画風を認めさすという精力的な活躍ぶりを発揮した。

ただし恋愛の方は、船中で恋仲になった令嬢の家へ単身求婚に出かけ、いきなりその令嬢の弟になぐりつけられ、左の目を脹らし、丹下左膳《たんげさぜん》のような顔付になってくるという始末であった。時局は、次第に戦争一色に塗りつぶされてきている時であり、恋だの、愛だのということばを口にするだけで、若い青年に一概に軟派不良のような印象を与えるという時代になっていたのである。

《――なにしろ凹凸の多い、そしてまだ金のかかるコースに在るむす子です何事も兵役を済まして後の事です入営は一月下旬らし》

と仁田に一平が報じているように、翌々昭和十七年一月二十日、太郎は東京駅集合で大陸へ召集されていった。昭和二十一年六月復員するまで足かけ五年、太郎は大陸戦線に在り、またしても縁の薄い父と子は離れ離れの生活になった。

一平は、漫画集団の世話人にされたり、町会の理事にされたりして、公私共に多忙な生活をはじめた。八重子はいづみにつづいて、また年子を妊り、十七年十月には男子を出生した。和光同塵《わくわうどうぢん》からとって和光と名づけた。戦線の太郎からは、「バンザイです。早く名前をしらせて下さい」という喜びの便りがとどき、一平を感激させた。

仁田からも季節々々に、珍しい鳥肉や松茸や猪や新茶などを送りとどけ、一平を喜ばせた。

《時局下防空準備をしながらかういふみどり児を育てて行くのは並大抵のことではないとは思ひますが、しかしかういふフニャ〳〵柔かいものを抱へてこの時局を乗切つてこそ、仕甲斐ある仕事にも感じられます。――略――納税報国の儀、昨年の十一月、女史の思ひ出や追悼に関する僕の嘗て書いた文章を集め小学館から出したところこれが一万部売れ、第二期四期の納税もこれが基本で目出度く納められました。いつたい本屋は本年度から紙配給を五割六割減らされ出版なるものがずゐぶん苦しいことになりますがこれも一つの貴い試練としてこの方面の本を書く仕事も励んで行くつもりです。――略――何といつても女史を担つてあのやうな神経を庇つて荒波の世間へ押し出さうとしてゐた長年月間の心労や脅えを嘗《な》めたものにはもうたいして恐しいことも難儀なことも無いやうな気がいたします。それで一時的や神経的な喜憂、難易感に気持が高低することもありますが腹の底では人間相手の世渡りなどこれからの生涯に取つて余技のやうに軽々と感じられてゐます》(未発表手紙)

こんな一平に仁田は、万一の場合は、八重子と赤ん坊を預ろうといって来たが、一平はまだそれほど事態を切羽つまったものと考えていなかったので、好意を感謝するだけでその話は沙汰やみになった。五十七歳で孫のような赤ん坊を年子でふたりも持った一平は、若かりし昔、健二郎が死んでも、二階から下りて来なかったような気丈な父親ではなく、まるで世間の好々爺然《こうこうや》とした溺愛《できあい》の仕方であった。八重子との毎日にも、一平は心和み満足しきっていた。

鈴子がやはり、結婚話のすべてを断り、遂に琴曲《きんきょく》の道で名取りになり、舞台数もふんでいると聞いても、平静な心で、その前途も見守ってやるような心境だった。

そんな一平の姿を、青山界隈の人々は、

「一平先生は、かの子さんがなくなってから、まるでだらしなくなった」と評していた。ふたりの赤ん坊をかかえ八重子が手のまわらないせいもあるのか、本来一平はそういうなりが性にあっているのか、その頃ではみなりなどいっさいかまわなくなり、綿のはみ出た、ぼろの下ったどてらの懐に、いづみを抱き、素手で、なっぱや、こんにゃくをつかんで買物から帰る姿など、平気でさらして歩くのだった。

かの子というはりつめた氷のようにきびしく純一な支えを失った一平が、生活にもその性格の上にも、一種の格調の高さを失ってきていたことはいなめない。仁田にむけて書いた綿々とした手紙の中にもそれが如実にあらわれている。そこにはもう闘士も芸術家もいない。ただ愛する妻子を守り、ねぐらを守る平凡で情味の深い、一人の温厚な初老の男がいるだけである。

昭和十九年になって、八重子が三人めの子を妊った。もう東京では、食糧にも不自由になっていたので、一家はついに八重子の郷里である浜松へ疎開することになった。

作家も画家も従軍や徴用で、雑誌も統制で出なくなり、戦争一色にぬりつぶされ、もう文学も芸術もない有様になっていた。

思えばかの子は、最良の時代に死んでいったといえる。たとい生き長らえていても、もはや、小説発表の舞台がなくなっていたのである。

八重子は二十年一月浜松で三番めの女の子おとはを産んだ。一家はまだ東京にくらべて物資も豊富で人情にもゆとりのある浜松で、比較的のどかに平和な炉辺《ろへん》を味わっていた。

経済的にも小学館発行の「かの子の記」が一万部売れたため、物価高を見込み、一平が無収入になっても、二年は徒食《としょく》出来る現金が貯えられていた。その外青山の邸を朝日新聞の社員に貸した家賃も入ってくるし、朝日新聞からの一平への手当百円はまだつづいていた。

その上、一平の絵を欲しがる土地の人々に、金よりも一平の絵がものをいい、物資は不自由なく集ってくるのであった。一平はここで生活のために絵を書くかたわら「戦う仏菩薩」という原稿二百五十枚を書きあげた。

要するにかの子の遺稿整理が終って以来は、岡本家の家憲である芸術の仕事から遠ざかっていたことになる。

平和な浜松の生活も、そこがまた要疎開区となったため、一平はついに家族をひきつれて岐阜県西白川《にししらかわ》の仁田の家に疎開していった。

仁田はすでに再婚しており、和光と同い年の男の子もいた。

《もし手不足で貴兄お望みとあらば、貴医院の事務を執ることも平気です》

という覚悟でした疎開だったが、なじみのない新しい仁田の妻や子と、八重子や子供たちの間に、わずらわしいことが多く、ほどなく、同村の他の家に二階借りをはじめた。

昭和二十年八月の終戦は、その家で迎えたのだった。

翌二十一年六月、太郎は中国より復員して来た。青山の家の前に立つとそのあたり一面焼野原だった。何の目印も置いてない焼け跡に立って、復員疲れの太郎はその場にへたへたと坐りこんでしまった。茫然とした空白の時間がすぎ、漸く、気づいて区役所に出かけていった。そこではじめて一平の疎開先を知った。西白川村の疎開先で、太郎は一平に五年ぶりで逢った。はじめて逢う弟妹の顔も見た。

神戸で太郎を迎えた夜のように、親子は久しぶりで枕を並べて語りあかした。

アトリエも、パリから持ちかえった画材も、過去の作品も、すべてを戦災で灰にしてしまった太郎の再起の困難さを、一平は誰よりも知っていた。

「先ずお前が東京で再起することが先決問題だ」

一平は断乎としていった。疎開先を引き揚げ、共に再建に努力しようという太郎の意見に対して、

「一つの家から二人の芸術家の並び立つのを許すほど世間は甘くないんだよ。おかあさんとぼくの場合をみてもわかるじゃないか。今度はお前の番だ。おれはやっぱりもっと引っこんでいよう」

といって腰をあげなかった。

東京に帰り、太郎は対極主義をとなえて目ざましい勢いで作品の発表を開始しはじめた。

一平は、そんな太郎の再建ぶりを「どうも少し早すぎる」などといい乍ら、さすがに嬉しさをかくしきれない表情だった。白川村を出て美濃太田《みのおおた》に移り住んでいた。

昭和二十三年十月十一日、一平は前日からほとんど徹夜で原稿を書きつづけていた。ようやくペンを置いた一平は八重子にすすめられて機嫌よく風呂に入った。思いきり熱くたかせた風呂に入った一平は、真赤にゆだって出てくるなりその場に倒れた。脳溢血で、即死だった。

報せを聞き東京から駈けつけてきた太郎は、遺骸をとりまく村の人々の手前、必死に悲しみに堪え合掌すると、すぐその場で一平の死骸をスケッチしはじめた。

仕事部屋の壁には太郎に書かせた文学青年という文字がはりつけてある。その下の机に、書き終えたばかりの原稿用紙が開かれていた。すでに雑誌に六回連載した一休《いっきゅう》禅師の伝記である。机のまわりには白木の箱がいくつも重ねてあった。中には本がつまっている。いつでも東京へ帰れるように、木箱をつくって、荷造りの便まではかっていた一平だった。このごろでは、「さあ来年はいよいよ東京だ」といい暮していた。太郎はそれを見、死顔をながめ、涙がせきあげて筆をとめた。

《スケッチが終ると、私は亡骸を抱いた。そして、父の額に手をあててみた。面貌は全く平常と変りないのに、肌はゾッとするほどつめたく、身体は何かのつくり物のように硬直していた。父の死は無惨な実感となって胸をしめつける。私は総身の温みで父をあたためた。

老いてからも、さまざまの苦労が絶えなかった父が、やっとどうやら生活の平和を楽しめるようになった途端に死んでしまった。生涯を通じて報いられることのなかった人知れぬ苦悩、きびしい精神生活を知っている私は、改めてその全貌をうち眺めて慄然とするのである。——略——急に私は狂ったようになった。

「おやじをこの儘にしておいてくれ、灰などにしないでくれ」

抑えていた悲しみが堰を切って流れ出た。私は全く取り乱してしまった。人々は抱えるようにして、私を隣室につれて行った。やがて納棺になる。

「俺の凱旋の時はこいつを着て行くのだ」

と、日頃父が言っていた、母が生前、不手際に縫って父に着せた浴衣（父が絵を描き、母の字が染めつけてあり、浴衣地として一般に売り出されていた）、その冥途《めいど》への晴着を着ていた。

——そうだ、凱旋だ。——と思った。

いよいよ出発の時になって、私は人々に言った。「おやじは立派に仕事を成し遂げて死んで行ったのです。おやじ自身、死ぬことをいつも凱旋だと言っていました。皆さん、こんなことは普通のことではないでしょうが、おやじにとっては、これは晴れの出発ですから、岡本一平万歳を三唱してください」万歳がおわると、しばしの間、声がなかった。

みな泣いた。

火葬場は、一里ほど離れた田圃《たんぼ》の中にある。真夜中であった。田舎のことゆえ、霊柩車の設備もなく、寝棺はリヤカーの上に乗せられ、生前父の世話になった人たちがそれに荒縄をつけて引き、先に立った。他の一台には、いっぱい薪《まき》が積んであった。

総勢二十人足らずであったろう。月光の下を、線路を越えたり畔《あぜ》道を通ったりして、無造作にリヤカーの上に乗せられて、最後の場にいま父は臨む。この余りにもわびしい野辺の送り――これがかつては、宰相の名は知らなくとも、岡本一平の名を知らぬ者はなかったというほどに一世を風靡した人の最後を飾る有様と思えようか。この片田舎で生涯を閉じてしまった父が、かえすがえすも気の毒でならなかった》（父の死）

かの子の死から丁度十年めに当る秋であった。


多摩川の下流にかかる二子大橋を川崎《かわさき》市の方へ渡りきると、すぐ川の堤防の川上よりの方に、蒼穹《そうきゆう》にむかって白い炎を吹きあげているような異様なモダンアートの彫刻が聳えているのに気付かされる。

昭和三十七年十一月、かの子の育った二子玉川の地元の有志の発議によって計画され、地元の殆んど各戸から、またはかの子の生前の文学を愛する人々から醵金《きよきん》され、岡本太郎の制作によって建てられた文学碑である。

幼い日のかの子が無限の憧れと夢をはぐくんだ多摩川の流れを見下し、青春の日のかの子と一平が、愛を誓いあった鎮守の社の境内の一隅に、その白い優雅にたくましい文学碑はそそり立っている。それはかの子の文学碑であると同時に、稀有な愛に結ばれ芸術への殉死をとげた一平、かの子の生々世々の愛の記念碑でもあった。除幕式は太郎と一平の遺児たちの手によって幕がひかれ、かの子が生前最も信頼し、敬愛した川端康成によって祝辞が読まれた。

「この誇りを一平、かの子の霊に捧ぐ」

太郎が彫りこんだ無限の意味をふくむことばであった。

白い炎のような、あるいは白い翼のような「誇り」の聳えたつ秋晴れの蒼穹をみつめていると、いつかその空が無数の川のいのちをのみあわせた涯《はて》しもない大海に見えてくるのだった。そして、どこからともなく、かの子の歌声がはためく風にまじって朗々とひびきこだましてくるようであった。

大海洋《おおわだ》の果の果なる天心か
地軸にかわが生命《いのち》繋《かか》れる

岡本かの子年譜

年号	生涯	関係事項
一八八四年 明治十七年		十一月三十日、兄大貫正一郎生る。
一八八六年 明治十九年		六月十一日、岡本一平北海道函館に生る。父竹次郎、母正の長男。
一八八七年 明治二十年		二月二十三日、兄大貫雪之助生る。
一八八九年 明治二十二年 零歳	三月一日、東京市赤坂区青山南町三丁目二十三番地、大貫家別荘で生れた。父寅吉二十五歳、母アイ二十四歳の長女。大貫家は神奈川県橘樹郡高津村二子二百五十六番地に代々居住する大地主で、大和屋と号し、いろは四十八蔵を構え、幕府御用商を勤めて	憲法発布。岡本一平、両親、妹たちと上京。

	いた。苗字帯刀の家柄を誇っていた。	
一八九二年 明治二十五年 三歳		五月六日、妹キン生る。
一八九三年 明治二十六年 四歳	腺病質のため、二子に帰り、同村の鈴木家に里子に出され、爾来、もと薩摩藩祐筆の妹である未亡人を乳母として保育された。	
一八九四年 明治二十七年 五歳		三月二十六日、弟喜久三生る。
一八九五年 明治二十八年 六歳	両親と同居し、乳母から音楽、舞踊、源氏物語、古今集の手ほどき、習字等を授けられた。同村円福寺、鈴木孝順の松柏村塾に通い、漢文を習った。	胃腸病で東京に多く住み、保養、通院に明け暮れていた父が帰った。四月、妹チヨ生れ、十月死亡。
一八九六年	四月、高津尋常小学校入学。	

明治二十九年 七歳		
一八九七年 明治三十年 八歳	眼疾のため、休学して京橋竹河岸の寮に乳母と移り、京橋宮下眼科に通院、歌人井上通泰博士の治療を受けた。家に強盗が入り、沈着な行動をして賊を愕かせた。	二月十六日、弟喜七生る。 七月、長兄正一郎不慮死。
一八九八年 明治三十一年 九歳	復学、成績抜群、殊に書道、作文に優れていた。	
一八九九年 明治三十二年 十歳	溝ノ口高等小学校入学。	十一月、与謝野鉄幹「新詩社」をおこす。 五月三十一日、妹貞生る。
一九〇〇年 明治三十三年 十一歳	乳母の指導ではじめて作歌を試みた。	四月、「明星」創刊。

一九〇一年 明治三十四年 十二歳	溝ノ口高等小学校卒業。兄雪之助の影響で文学書に親しみだす。初潮を見る。	八月、与謝野晶子の「みだれ髪」刊行。
一九〇二年 明治三十五年 十三歳	十二月、選抜試験を受け跡見女学校に入学。校長跡見花蹊の薫陶を受け、和歌を服部躬治に習った。最初、寮生活をし、後晶川の下宿に同居した。	四月、雪之助府立一中に入学。晶川の号で詩歌の投書をはじめる。
一九〇三年 明治三十六年 十四歳		六月十日、妹糸生る。
一九〇五年 明治三十八年 十六歳	大貫野薔薇の雅号で「女子文壇」「読売新聞文芸欄」等に歌や新体詩を投稿しはじめた。	夏、岡本一平、上野美術学校へ入学。
一九〇六年 明治三十九年 十七歳	「文章世界」に「胡蝶怨」がのる。与謝野晶子をはじめて訪ね、七月号の「明星」から大貫可能子の筆名で歌がのりはじめる。春、谷崎潤一郎とはじめて逢う。	
一九〇七年	四月、跡見女学校卒業。一時二子の家に帰った。音楽学校箏曲科	晶川「新詩社」に入り、

明治四十年 十八歳

へ入学を志望し果さなかった。一週一回、馬場孤蝶宅でヨーロッパ文学の講義を聞く。この会で平塚らいてう、山川菊栄等を識る。東大法科生松本某との間に恋愛事件起り、松本は強度の神経衰弱の果急逝した。

詩や翻訳を発表。田山花袋、「蒲団」を「新小説」九月号に発表。十月十九日、弟伍郎生る。

一九〇八年 明治四十一年 十九歳

夏、寅吉と共に信州沓掛に避暑し、追分の旅館油屋に滞在中、同宿の上野美術学校生、中井金三を通じ岡本一平の存在を識る。青山の寮の近所に住む伏屋武龍と恋愛し、両家の親の反対にあい悲恋に終る。

乳母死す。十月、「明星」廃刊。文壇は自然主義全盛となる。

一九〇九年 明治四十二年 二十歳

「スバル」の同人として活躍。秋、晶川の下宿ではじめて岡本一平と逢う。

一月、「スバル」創刊。三月、一平美術学校卒業。

一九一〇年 明治四十三年 二十一歳

眼疾のため、根津権現付近の下宿に住み、東大病院に通い、一平との恋愛進む。秋、和田英作の媒酌で一平と結婚。戸籍面では八月三十日入籍。京橋区南鞘町の岡本家に舅、姑、小姑たちと同居する。

九月、第二次「新思潮」創刊。晶川同人に加わる。谷崎潤一郎、「新思潮」に発表の「刺青」「麒麟」で文壇に認められる。

一九一一年
明治四十四年
二十二歳

二月二十六日、長男太郎を二子の大貫家で出産。赤坂区青山北町六丁目五十五番地にアトリエ付二階屋を新築し、親子三人で暮す。「青鞜」社員となる。

一平は帝国劇場のバック書きをした後、朝日新聞のコマ絵を書き、夏目漱石に認められる。


正月、晶川、ハツと結婚。

三月、第二次「新思潮」終刊。

八月、平塚らいてう主宰の「青鞜社」起り、文芸雑誌「青鞜」発刊。

父寅吉、高津銀行の取付騒ぎの責を負い殆んど破産に瀕す。

谷崎潤一郎、「羹」に晶川をモデルとする。

一九一二年
大正元年
二十三歳

一平、朝日新聞社員となり、収入増大につれ放蕩はじまり、夫婦の危機に入る。

十二月、第一歌集「かろきねたみ」を「青鞜社」より刊行。全部肉筆の木版刷り、一平の装幀、収録歌七十首。


一月、晶川の長女鈴子誕生。

十一月二日、晶川、急性丹毒症のため急逝。

晶川訳ツルゲーネフ「スモーク」刊行。

一九一三年 大正二年 二十四歳	この年後半より約一年間、夫婦間の危機最も深刻悲惨な時期に当る。八月二十三日、長女豊子生れ、十一月、神経衰弱のため、岡田病院に入院。	一月二十八日、母アイ死亡。「女子文壇」終刊。
一九一四年 大正三年 二十五歳	四月十一日、長女豊子死す。初夏ごろより早稲田の文科生堀切重夫（二十一歳）を識る。	六月、一平「探訪画趣」を刊行。
一九一五年 大正四年 二十六歳	一月二日、次男健二郎誕生。堀切重夫と恋愛に陥り、重夫を同居させ、一平、かの子、重夫の深刻な三角関係となる。七月十五日、健二郎死亡。	七月、堀切重夫が、かの子との恋のいきさつを小説「冬」に書き「早稲田文学」に発表。九月、一平「マッチの棒」を刊行。
一九一六年 大正五年 二十七歳	春、一平は豊年斎梅坊主に弟子入り、浅草の小屋でかっぽれを踊る。重夫は肺を病み、かの子の妹きんと恋愛生じ、かの子の怒りに触れ、郷里に帰る。	一月、「婦人公論」創刊。二月、「青鞜」廃刊。宮本（中条）百合子、「貧しき人々の群」を

		「中央公論」九月号に発表。谷崎潤一郎「亡友」に晶川をモデルとする。十一月、一平「物見遊山」刊行。
一九一七年 大正六年 二十八歳	春、一平と共に植村正久を訪ね、キリスト教によって救われようとして果さず、夫婦して仏教にすがり、親鸞に傾倒してゆく。	夏、堀切重夫死亡。
一九一八年 大正七年 二十九歳	二月、第二歌集「愛のなやみ」を「東雲堂」より刊行。 恒松源吉、安夫兄弟が下宿する。	五月、芥川龍之介「地獄変」を「大阪毎日」に発表。
一九一九年 大正八年 三十歳	芝区白金三光町二百九十三番地に移転。 太郎を慶応義塾幼稚舎の寄宿舎に入れる。 「解放」十二月号に処女小説「かやの生立」を発表。 一平、この頃より漫画に、漫文に、小説にと八面六臂の大活躍をし、一世の流行児となる。	一平「新小説」に「泣虫寺の夜話」を発表。 秋、一平の父竹次郎(可亭)死す。 八月、一平「欠伸をして」を刊行。

一九二一年
大正十年
三十二歳

仏教研究に熱意を示し、原田祖岳師、鶴見総持寺管長新井石禅師らのもとに参禅する。また高楠順次郎博士の指導を得て「大蔵経」の閲読を開始する。九条武子、宮本百合子、川端康成等と交友する。

二月、第六次「新思潮」創刊。一平、「へぼ胡瓜」「泣虫寺の夜話」刊行。

労働文学盛んとなる。

一九二二年
大正十一年
三十三歳

一平の人気は頂上を極め、家庭内は平和に明け暮れた。かの子は短歌から小説に転向しようと、秘かに志し、日夜、猛烈な勉強を続けた。三月、一平は「婦女界社」より世界一周の旅に上り七月帰朝。

恒松源吉、一平の留守中にチフスにて急逝。

一九二三年
大正十二年
三十四歳

戯曲「夫人と画家」を「新思潮」七月号に発表。
七月末、一平、太郎と共に鎌倉駅裏の「平野屋」に避暑し、隣室に投宿中の芥川龍之介を識る。
九月一日、同宿で関東大震災に遭い、石見の恒松安夫の実家に難を避けた。
芝区白金今里町に転居した。この頃より慶応病院の医師新田亀三を識り恋に陥る。
「禅の生活社」山田霊林を識る。

一九二四年 大正十三年 三十五歳	「中央公論社」の名編集長、滝田樗陰の訪問をうけ、春季特集号に「さくら百首」をのせる。 九月、青山南町六丁目八十三番地に転居。 かの子の恋を受け入れた新田亀三は、北海道の病院へ左遷され、爾来三年間、かの子は新田と一平の間を往復する。	一平、「金は無くとも」「増補世界一周の絵手紙」「どぜう地獄」「紙上世界漫画漫遊」「漫助の社会改造」刊行。
一九二五年 大正十四年 三十六歳	五月、第三歌集「浴身」刊行。収録歌六百八十二首。 六月、「浴身」の出版記念会が京橋の東洋軒楼上で行われた。 仏教に関するエッセイ、コントを「禅と生活」「大法輪」等に発表。	一平、「弥次喜多再興」刊行。
一九二六年 大正十五年 (昭和元年) 三十七歳	「禅と生活」の短歌欄の選者となる。 戯曲「ある日の蓮月尼」「寒山拾得」等を試作。	一平、「一平傑作集」「人の一生」刊行。
一九二七年 昭和二年 三十八歳	仏教研究家として世に識られる。四月、ＪＯＡＫから「摩耶夫人について」を放送する。 七月、芥川龍之介の自殺についてショックをうけた。 日舞を花柳二之輔、洋舞を岩村和雄に習う。ようやく肥満がいちじるしくなった。	七月、芥川龍之介自殺。 一平、朝鮮に旅行する。一平、「富士は三角」を刊行。

	新田が北海道より帰り岡本家に同居する。	
一九二八年 昭和三年 三十九歳	三月から十一月まで読売新聞宗教欄に「散華抄」と題し短文を発表。 その中にリーディングドラマとして「阿難と呪術師の娘」も書いた。	二月、九条武子死す。 一平、「手製の人間」「新漫画の描き方」を刊行。 林芙美子、「女人芸術」に「放浪記」を発表。 プロレタリア文学隆盛。
一九二九年 昭和四年 四十歳	五月、「散華抄」を「大雄閣」より刊行。 十二月、「わが最終歌集」を「改造社」より刊行。収録歌九百三十五首。 十二月二日、一平、太郎、恒松、新田等、一家を挙げて渡欧の途についた。	四月、太郎上野美術学校入学。 一平、「指人形」刊行。
一九三〇年 昭和五年 四十一歳	一月十三日、パリ着。見物を終え、太郎をパリに残し、一家はロンドンに着く。ハムステッドに居を定め落着く。六月アイルランドに行きグレゴリー夫人に逢う。 七、八月、パリの太郎夏休みでハムステッドに滞在。 秋、第一回脳充血に見舞われる。	一平、「一平全集」十五巻刊行。

	十一月末、ロンドンを引揚げパリに移り、パッシー区のアパルトマンに入った。	
一九三一年 昭和六年 四十二歳	七月末、ベルリンへ移り、カイザーフリードリッヒ街のアパートに住む。 太郎はセーヌ県シアジール・ロア市の私立学校の寄宿舎に入った。	九月、満州事変勃発。 林芙美子、秋、シベリヤ経由でパリへ行く。
一九三二年 昭和七年 四十三歳	一月十一日、ベルリンを発ちウィーン着、イタリア各地を旅行して二十日ニースを経てパリに赴いた。一週間パリで太郎と最後の時を惜しみ、二十七日ロンドンに向った。三十一日アメリカへ出発、二月から四月までニューヨーク、シカゴ等を見物、サンフランシスコに行き、ここより海路を日本へ向う。六月八日、横浜着。 新居を赤坂区青山高樹町三番地に定めた。	一月、上海事変起る。 弟喜七自殺。 太郎、この年よりサロン・デ・スュール・アンデパンダンに出品をはじめ、アブストラクシオン・クレアシオン協会会員となり、芸術運動に参加する。
一九三三年 昭和八年 四十四歳	七月、ＪＯＢＫより五日間の連続仏教講話「新時代の仏教」を行う。 「文学界」に毎月金銭的援助を申し入れ、同人会の場として自宅の一間を開放した。	太郎、作品「空間」をスュール・アンデパンダン展に出品。 十月、「文学界」創刊。

十一月、「人生論」を「建設社」より刊行。

十二月、第二回脳充血を発病、数日で恢復した。


十一月、「日本ペンクラブ」創設。

十二月、父寅吉死亡。

プロレタリア文学衰退に向う。

一九三四年
昭和九年
四十五歳

春、胆石を病む。

仏教ルネッサンスの機運に乗り、仏教関係の講演、放送、著述に多忙を極む。

九月、第一随筆集「かの子抄」を「不二屋書房」より、「観音経を語る」を「大東出版社」より刊行。

十一月「仏教読本」を、十二月「綜合仏教聖典講話」を「大東出版社」より刊行。十二月には「阿難と呪術師の娘」が六代目尾上菊五郎により「東京劇場」で上演された。

一連の禅小説を「大法輪」「禅と生活」「雄弁」等に発表。「或時代の青年作家」「かの女の朝」等を試作したが発表に至らなかった。


新田、腎臓結核を病む。

太郎「傷ましき腕」を国際超現実派展に出品。

一九三五年
昭和十年
四十六歳

「上田秋成の晩年」を「文学界」七月号に、「荘子」を「三田文学」十二月号に発表したが世評からは黙殺された。

「短歌研究」に毎号、和歌、随筆、歌論を発表。


太郎、協会を脱退する。

五月、パリの太郎の画友、クルト・セリグマン夫妻来日。

一九三六年　昭和十一年　四十七歳

三月、紀行文「世界に摘む花」を「実業之日本社」より刊行。「鶴は病みき」を「文学界」六月号に発表、実質的には文壇デビュー作となった。戯曲「敵」を「三田文学」六月号に、「渾沌未分」を「文芸」九月号に、「春」を「文学界」十二月号にそれぞれ発表。

十二月、第一小説集「鶴は病みき」を「信正社」より上梓。

一九三七年　昭和十二年　四十八歳

一月から八月まで「肉体の神曲」を「三田文学」に連載。「母子叙情」を「文学界」三月号に発表、大好評を博し、ために各雑誌より注文が殺到した。「花は勁し」を「文芸春秋」六月号に、「過去世」を「文芸」七月号に、「金魚撩乱」を「中央公論」十月号に、「落城後の女」を「日本評論」十二月号に、其の他「老主の一時期」「川」を矢継早に発表した。「短歌研究」にも殆んど毎号短歌を掲載。

九月、第二創作集「夏の夜の夢」を「版画荘文庫」より、十二月、第三創作集「母子叙情」を「創元社」より、第二随筆集「女の立場」を「竹村書房」より刊行。


太郎、ソルボンヌ大学に入り、哲学、社会学から民俗学に移る。

七月、日華事変はじまる。

恒松安夫、恋人を得、かの子の怒りを蒙り岡本家を出る。

一九三八年　昭和十三年

前年に引きつづき、爆発的に創作を発表した。

「狐」を「文学界」一月号に、「やがて五月に」を「文芸」三月

林房雄、「文学界」六月号から三ヵ月にわた

四十九歳
号に、「自作案内」を「文芸」四月号に、「巴里祭」を「文学界」七月号に、「東海道五十三次」を「新日本」八月号に、「老妓抄」を「中央公論」十一月号に発表、「丸の内草話」を「日本評論」十二月号から翌年にかけて連載、其の他「みちのく」「快走」「高原の太陽」等の短篇を発表、このうち「老妓抄」は問題作となり世評頗る高かった。

座談会にも活躍し、「文芸」一月号の「志賀直哉の人と芸術」に小林秀雄と、「婦人画報」七月号に「恋愛と結婚」を円地文子等と語った。

「短歌研究」にも毎号寄稿。

パリの太郎の協力を求めて「やがて五月に」を仏訳し、ゴンクール賞かフェミナ賞を得ようとはかったが、訳しきれず果さなかった。

五月、第四創作集「やがて五月に」を「竹村書房」より、六月、第三随筆集「希望草子」を「人文書院」より、十二月、第五創作集「巴里祭」を「青木書房」より刊行。

年末、油壺の宿に作歌のため出かけたが、第三回脳充血に倒れ、自宅に帰り静養する。

り「岡本かの子論」を発表。

一九三九年
昭和十四年
新年を迎えても尚病床にあり、一平と新田との献身的な看病をうけていた。二月十七日、病勢更まり、小石川帝大病院へ入院、翌
四月、一平「生命の娘かの子」を「中央公論」

五十歳

十八日午後一時半永眠。二十一日、一平と新田で多磨墓地に土葬、二十四日、新聞を通じ喪を発表する。悲報はパリの太郎にも伝えられた。

四月七日、文壇の追悼会が丸の内東洋軒で盛大に開かれた。

「鮨」を「文芸」、「家霊」を「新潮」、「娘」を「婦人公論」のそれぞれ一月号に発表。

遺稿のうち、「河明り」は「中央公論」四月号に、「ある時代の青年作家」は「文芸」、「雛妓」が「日本評論」の夫々五月号に発表され、長篇「生々流転」は「文学界」四月号より十一月号まで連載された。

三月、「老妓抄」が「中央公論社」より、五月、「丸の内草話」が「青年書房」より、六月、「河明り」が「創元社」より、七月、「鶴は病みき」が「新潮社」より刊行された。


に発表。

「文学界」「短歌研究」は「岡本かの子追悼号」としてそれぞれ四月号をあてた。

秋、一平は晶川の遺児大貫鈴子に求婚し拒絶される。

十一月、信州から浜松へ旅をし、浜松で識った山本八重子と年末より同棲する。

新田は一平の許を去り郷里の家に帰る。

一九四〇年
昭和十五年
没後一歳

「女体開顕」を「日本評論」一月号から八月号まで連載。「宝永噴火」を「文学界」七月号に掲載。その他「かの女の朝」「好い手紙」「或る日の幻想」「秋の夜がたり」等の短篇は創作集に収録された。「武蔵、相模」「富士」の二長篇も発表。

二月「生々流転」、五月「岡本かの子集」を「改造社」より、六月「丸の内草話」を「青年書房」より、九月、歌集「深見草」を

八月、太郎帰国。

九月、二科賞を受く。

十一月、銀座三越で帰国第一回個展を開く。

亀井勝一郎、九月「岡本かの子論」を書く。

	「改造社」より、十一月、随筆集「池に向ひて」を「古今書院」より刊行。「新潮文庫」より「新選岡本かの子集」「雛妓」を刊行。	新田、郷里で結婚。
一九四一年 昭和十六年 没後二歳	三月、短篇集「鮨」を「改造社」より、九月、「散華抄」を「大東出版社」より、十二月、「母の手紙」を「婦女界社」より刊行。「新潮文庫」より「夏の夜の夢」刊行。	二月、一平、八重子の長女いづみ出生。 太平洋戦争勃発。
一九四二年 昭和十七年 没後三歳	八月、「観音経を語る」「人生読本」を「大東出版社」より刊行。	一月、太郎出征。 十月、八重子、和光を出産。 十一月、一平「かの子の記」を「小学館」より刊行。
一九四三年 昭和十八年 没後四歳	四月、「光をたづねて」を「大東出版社」より、六月、「女体開顕」を「中央公論社」より、八月、「かの子短歌全集」第一巻を「昭南書房」より刊行。	
一九四四年 昭和十九年 没後五歳	四月、「風雅の開顕」を「建設社」より刊行。	一平、一家をつれ浜松へ疎開。

一九四五年 昭和二十年 没後六歳		一月、八重子、おとはを出産。 一平、「歌ふ仏菩薩」を執筆。 一平など岐阜西白川村へ再疎開。 八月、終戦を迎える。
一九四六年 昭和二十一年 没後七歳	一月、「生々流転」を「鎌倉文庫」より、九月、「人生論」を「建設社」より、十月、「やがて五月に」を「近代社」より、十一月、「岡本かの子小説選集」三巻を「八雲書店」より刊行。	六月、太郎、中国より復員、対極主義を称えて作品を発表。 一平一家、白川村から美濃太田に移住。
一九四七年 昭和二十二年 没後八歳	三月、「河明り」を「養徳社」より、四月、「岡本かの子選集」を「万里閣」より、六月、「仏教人生読本」を「日華社苑」より、十二月、「母子叙情」を「日本社」より、「金魚撩乱」を「地平社」より刊行。	九月、八重子、みやこを出生。
一九四八年	四月、「岡本かの子全集」（全十二巻）を「実業之日本社」より、	十月十一日、岐阜県加

昭和二十三年 没後九歳	七月「家霊」を「文芸春秋社」より、九月、「生々流転」を「文芸詩集社」より、十月、「河明り」を「新潮社」より刊行。	茂郡古井町の疎開地に於て、一平脳溢血で死去。享年六十二、法名は一渓斎万象居士。太郎、画文集「アヴァンギャルド」を「月曜書房」より刊行。
一九四九年 昭和二十四年 没後十歳	七月、「生々流転」を「小山書店」より、十一月、「散華抄」を「大東出版社」より刊行。「新潮文庫」より「巴里祭」、「小山文庫」より「生々流転」を刊行。	
一九五〇年 昭和二十五年 没後十一歳	一月、「母の手紙」を「月曜書房」より、八月、「岡本かの子集」を「新潮社」より刊行。「新潮文庫」より「母子叙情」「河明り・雛妓」「老妓抄他八篇」を刊行。	太郎、「アヴァンギャルド芸術」を「美術出版社」より刊行。
一九五一年 昭和二十六年 没後十二歳	四月、「岡本かの子集」(日本小説大系53中)を「河出書房」より刊行。「角川文庫」より「生々流転」を刊行。	太郎、「戦後作品個展」を日本橋三越にて開催。

一九五二年　昭和二十七年　没後十三歳
十一月、「巴里祭・鶴は病みき」（現代日本名作選）を「筑摩書房」より、十二月、「母の手紙」を「宝文館」より刊行。
太郎、十一月より翌年五月まで、フランス、イタリア、エジプトを廻る。

一九五三年　昭和二十八年　没後十四歳
「角川文庫」より「女体開顕」を刊行。
太郎、「青春ピカソ」を「新潮社」より刊行。パリ、ニューヨークにて個展開催。

一九五四年　昭和二十九年　没後十五歳
二月、「岡本かの子集」（現代日本文学全集43中）を「筑摩書房」より、六月、同じく（昭和文学全集38中）を「角川書店」より刊行。「角川文庫」より「老妓抄」「巴里祭」「金魚撩乱」「花は勁し」を刊行。
太郎、「今日の芸術」を「光文社」より刊行。

一九五六年　昭和三十一年　没後十七歳
九月、「岡本かの子集」（日本国民文学全集27中）を「河出書房」より刊行。
「岩波文庫」より「河明り・老妓抄」を、「角川文庫」より「やがて五月に」「鶴は病みき」を刊行。
太郎、「芸術と青春」を「河出書房」より、「日本の伝統」を「光文社」より刊行。

一九五八年
太郎、「日本再発見—

昭和三十三年 没後十九歳		芸術風土記」を「新潮社」より刊行。
一九五九年 昭和三十四年 没後二十歳		太郎、画文集「黒い太陽」を「美術出版社」より刊行。
一九六一年 昭和三十六年 没後二十二歳	「母の手紙」が「角川書店」より刊行の「世界人間像」の中に収録される。	太郎、「忘れられた日本―沖縄文化論」を「中央公論社」より刊行、毎日出版文化賞を受賞。
一九六二年 昭和三十七年 没後二十三歳	十一月、故郷二子の多摩川畔に、地元有志の発議により、文学碑「誇り」が建つ。太郎制作にあたる。	瀬戸内晴美、「かの子撩乱」を「婦人画報」六月号より連載はじめる。 八月、岩崎呉夫、「芸術餓鬼岡本かの子」を刊行。

解説

上田三四二

瀬戸内晴美氏の出世作は「田村俊子」だが、氏の作家としての地位を確立したのは、「夏の終り」であろう。

前者は伝記的な作品、後者は私小説的な作品である。外観はいたく異っているが、私は瀬戸内氏のなかで、以後、これら二つの系統の作品が、二本の平行する棒のようにではなく、一本の、ねじり合わせた縄のようにあい補い、互いに表裏をなしながら創られつづけているのに注目する。言いかえれば、その源流をなす「田村俊子」と「夏の終り」の二つの作品は、いちはやく、そこに補完の関係を全うしていて、「夏の終り」に小説化されたような生活の背景なくしては「田村俊子」は書かれ得ず、また、「田村俊子」を通過せずして「夏の終り」を作品化することは、困難だったのではないかと想像する。

瀬戸内氏が、「女子大生・曲愛玲《チユイアイリン》」によって文壇に出たのは昭和三十一年である。それから五年たって、氏は「田村俊子」を書いた。その数年間は、作家としても、生活者としても、瀬戸内氏にとって危機にみちた賭の時代であり、そして結果的には豊かな稔《みの》りの予兆を確実に手にした時代だった。昭和三十七年の後半から翌三十八年にかけて書きつがれた一連の「知子」もの、「夏の終り」「みれん」「あふれるもの」「花冷え」にはそういう氏自身の顔が映っており、俗な言い方になるが、それは氏の過去の総決算であると同時に、芸術のためには何ものをもおそれまいとする、捨身《しやしん》の出発の表明だったのである。

「田村俊子」の中で、氏は言っている。

「私が終戦後、何年かたって、再び田村俊子の名を思いだしたのは、夫と離婚し、まったく自分でも思いがけなく、ペン一本に頼って女人の生活を支えはじめた頃からであった。

この頃になって私ははじめて、じぶんがじぶんとして生きているという実感にとらえられた。これまで使ったことも、あまり聞いたこともない自我ということばが、時代の流行とは別に、抽象論ではなく、じぶんじしんの感覚として内的に実感されてきていた。

と、同時に、明治以後の日本の女の生き方が、あらためて違った角度から、私の目に映って来た」

ここから氏は、いわばみずからの内なる女を見つめ直す心組みをもって「明治以後の日本の女の生き方」を探り、「田村俊子」「かの子撩乱」・「美は乱調にあり」「お蝶夫人」「遠い声」「余白の春」とつづく伝記小説の山脈を成就する。念のため各々の主人公の名を挙げれば、それらは田村俊子、岡本かの子、伊藤野枝、三浦環、管野須賀子、金子文子であり、これらの主人公の志すところは、ある者は芸術、ある者は革命であったが、彼女たちは皆、自我の伸長をその行動の原理とする点において共通する、激しい、目覚めた、新しい女の一群だったのである。中でも、「田村俊子」「かの子撩乱」「美は乱調にあり」の三作は、その制作過程においても、作品の密度においても、また主人公たちがすべて日本の女性の自覚史の上で画期的な意味をもつ「青鞜」の同人だった点においても、まさしく氏の伝記小説中の三幅対というにふさわしい。

したがって、「かの子撩乱」について言うには、この小説を氏のいわゆる「伝記系列の作品」(「取材ノート」)、ことにその前後をなす「田村俊子」「美は乱調にあり」と共に考え、かつそれらを、「夏の終り」とそれにつづく一連の私小説的な作品を背景として、眺める用意が必要であるように思われる。

田村俊子について、瀬戸内氏は言う。

「……前近代的な儒教的修養精神や、封建性の伝統にとりかこまれていた明治と大正のはじめにあって、じぶんを『目覚めた女』と自覚した田村俊子が、新しい近代主義の思想に立って、しゃにむにじぶんをとりまく旧《ふる》さを、じぶんの中の女に向って細い腕をふりあげている姿が、悲痛さといじらしさと一種のこっけいさをもって、私には身近に感じられた」（「田村俊子」）

「目覚めた女」田村俊子の中には依然として「旧い女」が棲み、彼女の闘わねばならぬ敵は、外部としての社会や家だけではなく、みずからの内部にあるこの「旧い女の愛欲と情緒」だった。しかし、田村俊子の中にいくばくか残っていた「旧い女」の面影は、伊藤野枝にあっては、社会主義という政治へのチャネルをとおして、ほとんど完全に払拭される。

「……伊藤野枝という『青鞜』で一番年少の同人が、『青鞜』の歴史と共にその青春を生き、（略）やがて恋と革命のために生命を賭けるべく『青鞜』をスプリングボードとして、決然と過去を絶ちきり、恋人大杉栄の胸に飛びこんでいった火のような野性の情熱と、その強烈な生き方に強く捕えられてしまったのである」（「美は乱調にあり」）

野枝の、政治の方に通路をとって出たその新しい女の開花は、岡本かの子にあっては、文学そのもののうちに遂げられる。そして、素肌の田舎娘野枝の「火のような野性の情熱」は、つねに「白塗の厚化粧」をほどこしたかの子において、「王者のような征服欲、魔神のような生命力」となって現われる。

「要するに、かの子の感情も行動も、物事の両端をゆれ動き、その振幅度の広さは常軌を逸した感を世人に与えるらしかった。中庸を欠く平衡感覚の欠如、強烈なエゴの示顕欲、王者のような征服欲、魔神のような生命力、コンプレックスと紙一重の異常なナルシシズム……そんなものがかの子の体の中には雑居し、ひしめきあい、その結果、外にあらわれる言動が世間の常識と波長が合わなくなるのである」(「かの子撩乱」)

こうして、少しずつ肌合いを異にするこれら三人の女性からその共通するものを引き出せば、それは、「元始、女性は太陽であった」に始まる、平塚らいてうの「青鞜」発刊の辞に行きつくだろう。また「お蝶夫人」の中で、俊子・かの子・環の三人を一括して言った作者の言葉をそのまま借りれば、彼女たちは、「それまでの日本の女の道徳や因習をはねのけ、自我に目覚め、自己を主張し、人並以上に男を愛しながら、男に依存しようとはせず、むしろ男を自分の成長の肥料として、自己の内にある才能の可能性の芽を育て、生ある限りそれを極限まで見きわめゆたかな開花をはかろうとして、火のような情熱的な生を燃えつくした点において、一致する。ありあまる生命力が、芸術あるいは革命のうちに自己表現の場を見出すとき、そういう彼女たちにとって、それまで優越者であった男は対等の存在となり、それどころか、彼女たちの昇り行くための踏石、成長のための「肥料」となる。

「お蝶夫人」の右の文につづいて、作者の、「その猛烈な生き方が私を魅了し、その才能の豊かさが私を彼女たちに惹きつけるのだった」という告白がみえているように、瀬戸内氏自身、あきらかにこのような生命力に満ちた女の存在を自己のうちに自覚しており、氏がその「伝記系列の作品」の主人公に見てきたものは、氏の理想の実現とまでは言わぬにしても、尊むべき先例であることには違いなかった。瀬戸内氏が田村俊子を書き、岡本かの子を書いたとき、氏はそれら過去の女流の生涯をもういちどそこに蘇《よみがえ》らせることによって、作品の中にみずからを生きたと言っていい。そして、現実においては、例えば「田村俊子」が、昭和三十二年に発表した「花芯」による一種の蹉跌《さてつ》の体験の自己克服であったように、それらの作品を書くことは、「ペン一本に頼って女一人の生活を支え」る瀬戸内氏の、自励の行為にほかならなかったのである。

「夏の終り」とほぼ同じころに発表された短篇に「雉子」というのがある。そこで作者は、自己の分身である牧子をつぎのように描いている。

牧子は、十何年かまえに「若い田代への愛のためには、夫の楠本も一人子の理恵も捨てて走った」過去をもち、いま、別の男と生活を共にしている、ものを書く女である。

「どの男も、牧子の愛の豊穣さに圧倒され、それを牧子の母性とかん違いした。けれどもそれが母性でない証拠に、牧子のそうした無際限の愛の放出は、肉親や女にむかってはせいぜい世間並で、恋の対象になる相手の場合にかぎられていた。牧子の愛は充たされるより充たしたがった。たいていの男は、おびただしい牧子の愛をうけとめかね、あふれさせ、その波に足をさらわれてしまう。結果的にみて、牧子に愛された男は、みんな不幸になった。

牧子自身には、その道理が、いつまでも納得できなかった。心はやはり不如意だった」

そして、四十になった牧子は、いまようやくその理由に思い当る。「雉子」の発表は、昭和三十八年三月である。前の年の六月にはじまった「かの子撩乱」は、このとき「婦人画報」に連載中だった。「雉子」の女主人公の、男を「肥料」にして育ってゆく女の生き方は、瀬戸内氏がようやく自己の選ばれた運命をそこに見付けた生き方であり、それはまさしく、岡本かの子の中に、ほとんど暴力的な強烈さをもって実現された生き方だったのである。

「田村俊子」「かの子撩乱」「美は乱調にあり」——こう制作順に並べてみて、そこに、題のつけ方に微妙な変化が感じられる。取扱う当の人物の名前を、次第に消してゆくその表題の変化の過程は、そのまま、内容よりいえば、評伝的な手法から小説的な手法に転じてゆく過程だと言っていいが、このようにして、一作ごとに小説らしい形に傾斜してゆく三個の作品に、最後まで共通して認められるものがひとつある。それは、作者が、直接主人公と関係のふかかった現存者に面接して、そこから、いま聞いておかなければ永久に失われてしまうかも知れない真実を引き出した、積極的な取材の態度である。

「かの子撩乱」は、十三章あたりから十五章にかけて、すなわち一平・かの子夫妻が一人息子の太郎を伴ってヨーロッパに旅立ち、かの地に二年あまり滞在する期間を取扱うところで、一つの谷間にゆき当る。その落込みの、俄かに立上るのがつぎの十六章だが、この章では、「田村俊子」「美は乱調にあり」の冒頭の部分がそうであるように、作者自身が前面にあらわれ、作者の動きを中心として話が展開する。すなわち、瀬戸内氏は、氏の取材の流儀であるいつもの無鉄砲でいきなり飛驒の山村に、文中では仁田氏となっている新田亀三を訪い、その体当り的な取材が、かの子の伝記と文学の曖昧な部分に、はかりしれない光りを投げかける。この章で立上るのは深部から掘り出された真実だけではない。そこでは、瀬戸内氏の文章もまた立上っているのである。

そのことを、先ごろ読売新聞に連載された「取材ノート」には、こう言ってある。

「かの子の恋人の一人であった新田亀三氏が、まだご健在で飛驒に住んでおられ、私はだれの紹介状も持たず、いきなりたずねていった。思ったより山奥で、どうなることかと思ったが、幸い、お目にかかることが出来、新田氏ならでは聞けない在りし日のかの子の雰囲気や言行を様々聞くことが出来た時は、身震いするような気がした」

そして、この「身震いするような」手ごたえの感覚は、本文のなかに、次のような抑揚に富んだ文章となって谺をかえしている。

「はじめて聞く仁田氏の話によって、私は一人の女が、怖ろしい芸術の魔神に魅入られ、三人の男を奴隷のように足元にふみすえ、その生血をしぼりとり、それを肥料に次第に自分の才能を肥えふとらせていく世にも奇怪で凄まじい芸術の魔神と人間との闘いの秘密に、次第に身も魂も奪われ、我を忘れているのだった」

この文章に、美文と誇張の傾向のあることを指摘するのはたやすいが、咎《とが》めるには当るまい。なぜなら、氏はこの取材の成果に、伝記を書くものの醍醐味を満喫したのであり、氏が「かの子撩乱」の中で言おうとしたことの主題は、このわずか数行の中に見事に要約されているからである。

ところで、ここに「三人の男」といってあるように、外遊するかの子の傍らには、夫のほかに、新田亀三、恒松安夫という、かの子よりはるかに若い二人の男の影があった。そうしてこの一平には公認の、奇怪ともいうべきかの子の生活環境は、外遊の前後を貫いてかわることがなかった。

瀬戸内氏は、三人の男に傅《かしず》かれたかの子を、人形遣いによってさしあげられた人形に譬《たと》えている。人形遣いは、その技が神技に近づいたとき、人形は動かされているのでなく、それ自身いのちを得てみずから身もだえ、人形遣いはただ人形の意のままに、うつろな存在となってその命《めい》にしたがうのだという。瀬戸内氏がかの子と三人の男の上に見たのは、そういう人形と人形遣いの関係だった。そして、その三人の持場は、「かの子という華やかな人形の胴を扱うのが一平なら、恒松と仁田は、永久に黒衣のかげにかくれ、身をかがませつづけて、人形の手や足をささえた黒子の存在に当っ」ていたのである。

かくまで常識を蹂躙し、世間の規矩を破るまでその自我の伸長をかの子に許したのは、彼女の溢れるような生命力であったことは言うまでもないが、しかしその生命力の放縦は、あげて芸術のためという大義名分によって正当づけられていた。「私たちは芸術家だものね、よい芸術さえ現せば俗人どもの同情のない僻目や嫉妬心で残酷な取り扱いされたってしかたないものね」——太郎に与えたこの文面には、かの子の芸術至上主義の心情があからさまに映っているが、確かに、かの子をしてあらゆる非常識の上に気位い高く自己を持せしめたものは、彼女の中のこの芸術家だった。

岡本かの子の中には、彼女の作品の中にしばしばあらわれる「河」に比喩を見出すような女の「性」そのものである生命力が充満している。しかしかの子の場合、その生命力は、性の充足を芸術の表現の中に求めようとするそんな境《さかい》に向って奔騰《ほんとう》し、言いかえれば、現実の生活における生身《しょうじん》の女としての性の充足は、しばしば、そして原則としてはつねに、芸術的創造の前に席をゆずるような具合に働いた。芸術家の孤独とはそれを言い、めぐりの男たちに「かの子観音」と呼ばれるまで跪拝の対象になりながら、かの子が心の中に育てねばならなかったのはこの孤独——彼女の持って生れた「無限の憂愁の翳《かげ》」だったのである。それを見落さなかったのは、伝記作家瀬戸内晴美の手柄だといっていい。

「実生活で、夫や、愛人や、奉仕者にとりかこまれて他人目には、いかに贅沢な男の愛にとりかこまれているように見えようとも、すでにこのときから、かの子の心の目は、自分の行末の真の孤独の意味を見究めていた」

「かの子撩乱」の名は、おそらくかの子の作品の「金魚撩乱」から来ている。(円地文子氏の小説「かの子変相」の暗示も否定できない) そして、その濃情とナルシシズムと、装飾的な文章において、また人目を惹く厚化粧と豊満な体軀と華美な服装において、金魚の中でも蘭鋳のごとき存在であった岡本かの子に、激しい情熱とともに癒しがたい孤独の棲みついていたことは、芸術家としてのかの子にとって、かりそめのことではなかったのである。

岡本かの子の兄に、文才を惜しまれながら夭折《ようせつ》した晶川大貫雪之助のあったことは知られている。かの子には、彼女を加えて十人の同胞があった。現存しているのは、かの子の妹で次女のきんひとりであり、瀬戸内氏の取材の情熱は、もちろんきん女に向って注がれ、老女の回想から、少女時代のかの子のタイラントぶりが如実に描き出される。そのきん女の告白に、かの子のような個性のつよい一人の芸術家が誕生するためには、そのかげに、周りの者によって如何に多くの犠牲が捧げられているかを言う件《くだ》りは感動的だ。つづいて老女は言う。「でも、姉のおかげでわたくしどもの一族の血の中にこめられていた慓れや、苦悩や淋しさが表現されましたのですから……」と。かの子の情熱と憂愁は大貫家の血であるといってよく、その血の擾乱は、兄晶川においてより一層矛盾をはらみ、磨ぎ澄まされ、純粋さは奇矯さと紙一重となり、挫折は時間の問題であると思われた。彼の丹毒による急死は、彼の傷つき易い魂の挫折と、ほとんど選ぶところはなかったのである。

晶川の死を運命論的に解釈すれば、晶川もまたかの子の「犠牲」であったと言えなくはない。彼は二つ年下の妹に文学上の開眼《かいげん》を与え、その役目を終えて舞台を下りたのだ、と。この、女の傲りの極みともいうべきあまりにも文学的な解釈には、しかしどこかそれを真実らしく思わせるエピソードを伴っている。第四章に詳しいように、このころすでに「明星」の歌人であったかの子は、松本という法科学生と恋愛におちいるが、これは妹を鍾愛していた晶川の容れるところとならず、そこにあたかも三角関係のごとき関係を現出しながら、松本が先ず狂して死に、ついで晶川も死ぬ。そして、かの子の第一歌集「かろきねたみ」の出たのは、晶川の死の年、その死におくれることわずかに一ヵ月だった。

歌人としてあらわれた岡本かの子が、小説家岡本かの子に転身するのは、容易なことではなかった。そこには、一平との間の、長年にわたる常識では考えられぬ屈折した夫婦生活があり、二人の年下の男の同居があり、要するに、瀬戸内氏のいうそうした人形遣いたちを従えて、四十も半ばをすぎた彼女に、ようやく作家たることの希みが叶えられる。かの子の、その野心充足の過程は、「かの子撩乱」の中でもことに小説的な興趣に富むところであるが、作者のかの子を視る眼は、そういう謂わば外面的なかの子像にとどまらず、むしろ作品論に意欲的に取組むことによって、作家の内面にまで垂鉛をおろしていることは注意されていい。

聞き書きによって伝記の欠落部に新しい光りをもたらした瀬戸内氏は、その実行に当って、また聞き書きの限界をも思い知らされる。「結局、伝記を書く場合は、相手が作家である場合、作品にたよるのが一番本質がつかめるような気がする」（「私の取材ノート」）――思い返せばまことに平凡な真理であるが、これが、いくつかの重要な伝記を書いてきた作者の感慨の落ちつくところであり、たとえ作品は事実ありのままではないとしても、その「作意」には「かえって、作家の本質が、掛け値なしにあらわれ」ているとするのが、作者の到りついた信念だった。そして、そういう作品論をとおして、瀬戸内氏は、「かの子撩乱」の中で一つの大きな発見をしている。それは、かの子の没後に発表された長篇「生々流転」は、そこにじつに多くの一平の手が加わっているという発見だ。同時に、その一平の加筆潤色によって、一平のかの子に対する心情の告白がなされ、ある時期以後、二人の夫婦であって夫婦でなかった奇怪な関係が、分明《ぶんみよう》になっているとする指摘も見逃すことはできない。見解のその当否に口を挿む知識を欠く私にも、これがかの子研究の上に及ぼす影響の大きさは、想像がつくのである。

ともあれ、そんなふうに死後にまで不可解な話題をのこしながら、かの子の強烈な自我は、晩年の数年間、その天分のすべてをあげて小説に傾注し、成功による栄光のなかに死を迎える。

「かの子は元来、貪《むさぼ》らない女だった。今や長年の屈辱の復讐の成就は実現した。昔、かの子に敵対したすべてはかの子の神がかりのような実力の前に膝を屈している。満足と得意の絶頂も味わいつくした」

この女流の死を、こんな心境のうちに描くとき、瀬戸内氏は、岡本かの子という一個の稀有な生涯の完結をとおして、そこにみずから情念のカタルシスを味わっていることは明らかである。

「取材ノート」に、その最初の伝記的作品を例にあげて、氏はこう言っている。「私の書いた田村俊子は、あくまで瀬戸内晴美のつくった田村俊子であって、実在した田村俊子とは、およそ似て非なる人物であるかもしれないのである」、と。揚言とも、言いわけともとれる言葉であるが、「かの子撩乱」の岡本かの子もまた、作者の全力をつくした伝記的事実への肉迫を通して、そこに書かれているのは、同様に「瀬戸内晴美のつくった」岡本かの子であるだろう。そして伝記文学というものの本当の面白さは、言うまでもなく、つねに、能うかぎり正確な事実による客観性を志しながら、その事実との格闘のうちに、おのずから作者の固有の考え方の映し出されていることなのである。

本作品は一九七一年十二月に講談社文庫で刊行されたものを、本文組み、装幀を変えて、新装版として刊行したものです。当時の時代背景に鑑み、原文を尊重しました。

|著者|瀬戸内寂聴　1922年、徳島県生まれ。東京女子大学卒。'57年「女子大生・曲愛玲」で新潮社同人雑誌賞、'61年『田村俊子』で田村俊子賞、'63年『夏の終り』で女流文学賞を受賞。'73年に平泉・中尊寺で得度、法名・寂聴となる（旧名・晴美）。'92年『花に問え』で谷崎潤一郎賞、'96年『白道』で芸術選奨文部大臣賞、2001年『場所』で野間文芸賞、'11年『風景』で泉鏡花文学賞を受賞。'98年『源氏物語』現代語訳を完訳。'06年、文化勲章受章。また、『いのち』は、大病を乗り越え95歳で書き上げた「最後の長篇小説」として大きな話題となる。近著に『あなただけじゃないんです』『青い花　瀬戸内寂聴少女小説集』『花のいのち』『愛することば あなたへ』など。また、秘書・瀬尾まなほ氏との共著に『命の限り、笑って生きたい』がある。

新装版《しんそうばん》　かの子撩乱《こりようらん》

瀬戸内寂聴《せとうちじやくちよう》

講談社文庫

定価はカバーに
表示してあります

2019年7月12日第1刷発行

発行者――渡瀬昌彦
発行所――株式会社　講談社
東京都文京区音羽2-12-21　〒112-8001
電話　出版（03）5395-3510
　　　販売（03）5395-5817
　　　業務（03）5395-3615

Printed in Japan

デザイン―菊地信義
本文データ制作―講談社デジタル製作
印刷―――信毎書籍印刷株式会社
製本―――加藤製本株式会社

ISBN978-4-06-516498-3

講談社文庫刊行の辞

二十一世紀の到来を目睫に望みながら、われわれはいま、人類史上かつて例を見ない巨大な転換期をむかえようとしている。

世界も、日本も、激動の予兆に対する期待とおののきを内に蔵して、未知の時代に歩み入ろうとしている。このときにあたり、創業の人野間清治の「ナショナル・エデュケイター」への志を現代に甦らせようと意図して、われわれはここに古今の文芸作品はいうまでもなく、ひろく人文・社会・自然の諸科学から東西の名著を網羅する、新しい綜合文庫の発刊を決意した。

激動の転換期はまた断絶の時代である。われわれは戦後二十五年間の出版文化のありかたへの深い反省をこめて、この断絶の時代にあえて人間的な持続を求めようとする。いたずらに浮薄な商業主義のあだ花を追い求めることなく、長期にわたって良書に生命をあたえようとつとめるところにしか、今後の出版文化の真の繁栄はあり得ないと信じるからである。

同時にわれわれはこの綜合文庫の刊行を通じて、人文・社会・自然の諸科学が、結局人間の学にほかならないことを立証しようと願っている。かつて知識とは、「汝自身を知る」ことにつきていた。現代社会の瑣末な情報の氾濫のなかから、力強い知識の源泉を掘り起し、技術文明のただなかに、生きた人間の姿を復活させること。それこそわれわれの切なる希求である。

われわれは権威に盲従せず、俗流に媚びることなく、渾然一体となって日本の「草の根」をかたちづくる若く新しい世代の人々に、心をこめてこの新しい綜合文庫をおくり届けたい。それは知識の泉であるとともに感受性のふるさとであり、もっとも有機的に組織され、社会に開かれた万人のための大学をめざしている。大方の支援と協力を衷心より切望してやまない。

一九七一年七月

野間省一

講談社文庫 ✤ 最新刊

濱《はま》 嘉《よし》之《ゆき》
警視庁情報官 ノースブリザード
〝日本初〟の警視正エージェントが攻める！「北」をも凌ぐ超情報術とは。〈文庫書下ろし〉

桐野夏生
猿の見る夢
反逆する愛人、強欲な妹、占い師と同居する妻。逆境でも諦めない男を描く過激な定年小説！

朝井まかて
福袋
舟橋聖一文学賞受賞の傑作短編集。どれを読んでも、泣ける、笑える、人が好きになる！

横関大
ルパンの帰還
妻子がバスジャックに巻き込まれた和馬。犯人の狙いは？　人気シリーズ待望の第2弾！

西尾維新
掟上今日子の挑戦状
一晩で記憶がリセットされてしまう忘却探偵。今回彼女が挑むのは3つの殺人事件！

山本一力
ジョン・マン5〈立志編〉
航海術専門学校に合格した万次郎は、首席卒業を誓う。著者が全身全霊込める歴史大河小説。

江波戸哲夫
ビジネスウォーズ〈カリスマと戦犯〉
経済誌編集者・大原史郎。経済事件の真相究明に人生の生き残りをかける。〈文庫書下ろし〉

鳥羽亮
提《ちょう》灯《ちん》斬り〈鶴亀横丁の風来坊〉
横丁の娘を次々と攫《さら》う怪しい女衒《ぜげん》を斬れ！彦十郎の剣が悪党と戦う。〈文庫書下ろし〉

高田崇史
神の時《と》空《き》〈五色不動の猛火〉
江戸五色不動で発生する連続放火殺人。災害都市「江戸」に隠された鎮魂の歴史とは。

織守《おりがみ》きょうや
少女は鳥籠《とりかご》で眠らない
新米弁護士と先輩弁護士が知る、法の奥にある四つの秘密。傑作リーガル・ミステリー。

講談社文芸文庫

野崎 歓
異邦の香り ネルヴァル『東方紀行』論
解説＝阿部公彦

オリエンタリズムの批判者サイードにも愛された旅行記『東方紀行』。国境を越えた遊歩者《フラヌール》であった詩人ネルヴァルの魅力をみずみずしく描く傑作評論。読売文学賞受賞。

のH1
978-4-06-516676-5

オルダス・ハクスレー 行方昭夫 訳
モナリザの微笑 ハクスレー傑作選
解説＝行方昭夫 年譜＝行方昭夫

ディストピア小説『すばらしい新世界』他、博覧強記と審美眼で二十世紀文学に異彩を放つハクスレー。本邦初訳の「チョードロン」他、小説の醍醐味溢れる全五篇。

ハB1
978-4-06-516280-4

瀬戸内寂聴・訳　源氏物語　巻《まき》九《く》
瀬戸内寂聴・訳　源氏物語　巻《まき》十《じゅう》
関川夏央　子規、最後の八年
先崎　学　先崎学の実況！　盤外戦
妹尾河童　少年H　(上)(下)
妹尾河童　河童が覗いたインド
妹尾河童　河童が覗いたヨーロッパ
妹尾河童　河童が覗いたニッポン
妹尾河童・野坂昭如　少年Hと少年A
瀬尾まいこ　幸福な食卓
関原健夫　がん六回　人生全快
瀬川晶司　泣き虫しょったんの奇跡　完全版〈サラリーマンから将棋のプロへ〉
瀬名秀明　月と太陽
仙川　環《たまき》　幸福の劇薬〈医者探偵・宇賀神晃〉
曽野綾子　透明な歳月の光
曽野綾子　新装版　無名碑　(上)(下)
三浦朱門・曽野綾子　夫婦のルール
蘇部健一　六枚のとんかつ
蘇部健一　六とん2

蘇部健一　届かぬ想い
曽根圭介　沈底魚
曽根圭介　本ボシ
曽根圭介　藁《わら》にもすがる獣たち
曽根圭介　TATSUMAKI〈特命捜査対策室7係〉
zopp　ソングス・アンド・リリックス
田辺聖子　川柳でんでん太鼓
田辺聖子　おかあさん疲れたよ(上)(下)
田辺聖子　ひねくれ一茶
田辺聖子　愛の幻滅　(上)(下)
田辺聖子　うたかた
田辺聖子　春情蛸の足
田辺聖子　蝶花嬉遊図
田辺聖子　言い寄る
田辺聖子　私的生活
田辺聖子　苺をつぶしながら
田辺聖子　不機嫌な恋人
田辺聖子　女の日時計
谷川俊太郎訳・和田誠絵　マザー・グース全四冊

立花　隆　中核VS革マル　(上)(下)
立花　隆　日本共産党の研究全三冊
立花　隆　青春漂流
立花　隆　生、死、神秘体験
滝口康彦　粟田口の狂女〈レジェンド歴史時代小説〉
高杉　良　労働貴族
高杉　良　広報室沈黙す(上)(下)
高杉　良　会社蘇生
高杉　良　炎の経営者　(上)(下)
高杉　良　小説日本興業銀行全五冊
高杉　良　社長の器
高杉　良　その人事に異議あり〈女性広報主任のジレンマ〉
高杉　良　人事権！
高杉　良　小説消費者金融〈クレジット社会の罠〉
高杉　良　小説新巨大証券(上)(下)
高杉　良　局長罷免 小説通産省
高杉　良　首魁《しゅかい》の宴《うたげ》〈政官財腐敗の構図〉
高杉　良　指名解雇
高杉　良　燃ゆるとき

高杉　良　挑戦つきることなし〈小説ヤマト運輸〉
高杉　良　銀行大合併〈短編小説全集(上)〉
高杉　良　エリートの反乱〈短編小説全集(中)〉
高杉　良　金融腐蝕列島(上)(下)
高杉　良　銀行大統合〈小説みずほＦＧ〉
高杉　良　勇気凜々
高杉　良　混沌《こんとん》　新・金融腐蝕列島(上)(下)
高杉　良　乱気流(上)(下)
高杉　良　小説会社再建
高杉　良　小説ザ・ゼネコン
高杉　良　新装版　懲戒解雇
高杉　良　新装版　大逆転！〈小説 三菱・第一銀行合併事件〉
高杉　良　新装版　バンダルの塔
高杉　良　新・燃ゆるとき
高杉　良　管理職の本分
高杉　良　破戒者たち〈小説・新銀行崩壊〉
高杉　良　第四権力〈巨大メディアの罪〉
高杉　良　巨大外資銀行
高杉　良　最強の経営者〈アサヒビールを再生させた男〉
高杉　良　リベンジ〈巨大外資銀行〉
竹本健治　新装版　匣《はこ》の中の失楽
竹本健治　囲碁殺人事件
竹本健治　将棋殺人事件
竹本健治　トランプ殺人事件
竹本健治　狂い壁狂い窓
竹本健治　涙《るい》香《こう》迷《めい》宮《きゅう》
竹本健治　新装版　ウロボロスの偽書(上)(下)
竹本健治　ウロボロスの基礎論(上)(下)
竹本健治　ウロボロスの純正音律(上)(下)
高橋源一郎　日本文学盛衰史
高橋源一郎／山田詠美　顰蹙文学カフェ
高橋克彦　写楽殺人事件
高橋克彦　総門谷
高橋克彦　北斎殺人事件
高橋克彦　北斎の罪
高橋克彦　総門谷Ｒ　鵺（ぬえ）篇
高橋克彦　星封陣
高橋克彦　炎立《ほむら》つ　壱　北の埋み火
高橋克彦　炎立つ　弐　燃える北天
高橋克彦　炎立つ　参　空への炎
高橋克彦　炎立つ　四　冥き稲妻
高橋克彦　炎立つ　伍　光彩楽土〈全五巻〉
高橋克彦　白妖鬼
高橋克彦　降魔王
高橋克彦　火怨〈北の燿星アテルイ〉(上)(下)
高橋克彦　時宗　壱　乱星
高橋克彦　時宗　弐　連星
高橋克彦　時宗　参　震星
高橋克彦　時宗　四　戦星〈全四巻〉
高橋克彦　天を衝く(1)〜(3)
高橋克彦　ゴッホ殺人事件(上)(下)
高橋克彦　高橋克彦自選短編集〈1 ミステリー編〉
高橋克彦　高橋克彦自選短編集〈2 恐怖小説編〉
高橋克彦　高橋克彦自選短編集〈3 時代小説編〉
高橋克彦　風の陣　一　立志篇
高橋克彦　風の陣　二　大望篇
高橋克彦　風の陣　三　天命篇

2019年6月15日現在